御製

佛光恩照　三千大千　隨緣徧滿
恒沙法界　普度衆生　悉證菩提
身心安泰　年時豐稔　風雨調順
日月升恒　乾坤清寧　百昌蕃熾
上下樂利　中外協和　庶物咸亨
萬善圓成　情與無情　同登正覺

大清雍正十三年四月初八日

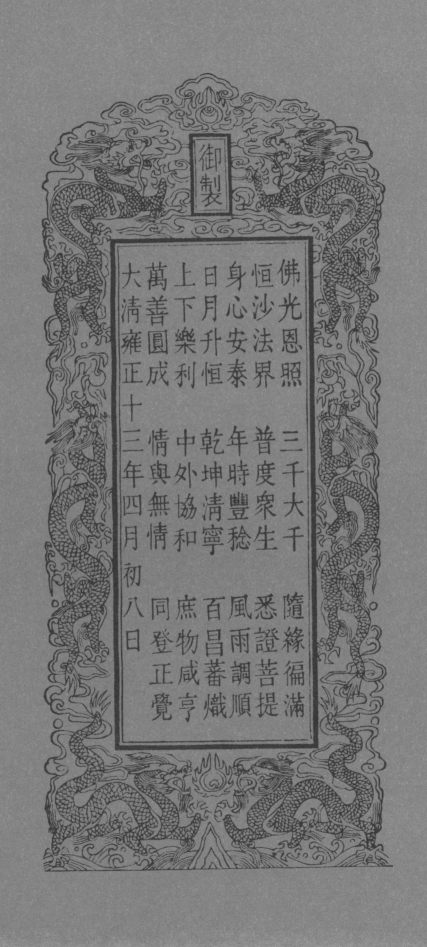

第四二冊　大乘經　單譯經（一）

十住斷結經　一四卷　姚秦沙門竺佛念譯……一

菩薩道樹經　一卷　或云：私呵經　亦名：道樹三昧　亦名：私呵三昧經　吴月支三藏優婆塞支謙譯……二四五

菩薩生地經　一卷　吴月支優婆塞支謙譯……二五九

佛説孛經　一卷　亦名：孛經抄　吴月支優婆塞支謙譯……二六三

無垢浄光大陀羅尼經　一卷　唐天竺沙門彌陀山等譯……二八三

成具光明定意經　一卷　後漢西域三藏沙門支曜譯……二九七

摩訶摩耶經　二卷　亦名：佛昇忉利天爲母説法經　蕭齊沙門釋曇景譯……三一九

諸德福田經　一卷　西晋沙門釋法立法炬同譯……三四七

大方等如來藏經　一卷　東晋北天竺三藏法師佛陀跋陀羅譯……三五四

佛説寶網經　一卷　西晋三藏竺法護譯……三六五

佛説内藏百寶經　一卷　後漢月支三藏支婁迦讖譯……三九一

佛説温室洗浴衆僧經　一卷　後漢安息三藏安世高譯……三九九

佛説菩薩行五十緣身經　一卷　西晋三藏法師竺法護譯……四〇二

佛説菩薩修行經　一卷　西晋河内沙門白法祖譯……四〇七

佛説金色王經　一卷　元魏婆羅門瞿曇般若流支譯　沙門曇林筆受……四一五

佛語法門經　一卷　元魏北天竺三藏法師菩提留支初譯……四二五
佛說四不可得經　一卷　西晋三藏竺法護譯……四二八
須真天子經　二卷　西晋三藏法師竺法護譯……四三三
佛說觀普賢菩薩行法經　一卷　劉宋罽賓三藏法師曇摩蜜多譯……四七七
亦名：觀普賢觀經　出深功德經
觀世音菩薩得大勢菩薩受記經　一卷　劉宋黄龍沙門釋曇無竭譯……四九三
不思議光菩薩所說經　一卷　姚秦三藏鳩摩羅什譯……五〇七
超日明三昧經　二卷　西晋清信士聶承遠譯……五二一
除恐災患經　一卷　乞伏秦沙門釋聖堅譯……五六九
佛說首楞嚴三昧經　三卷　姚秦三藏鳩摩羅什譯……五八七
未曾有因緣經　二卷　蕭齊三藏沙門釋曇景譯……六三七
諸佛要集經　二卷　西晋三藏法師竺法護譯……六七七
稱揚諸佛功德經　三卷　亦名：集諸佛華　元魏西域三藏吉迦夜共曇曜譯……七一九

十住斷結經

姚秦沙門竺佛念譯

清刻龍藏佛說法變相圖

十住斷結經卷第一

姚秦沙門竺佛念譯

導引品第一

聞如是一時佛在毗舍離城㮈氏樹園與大
比丘衆八萬四千菩薩十萬四千人俱普皆
大聖玄鑑通達獲致揔持辯無滯礙三昧常
定慧無畏難解了纏縛十二行本以逮深要
不起法忍周流五趣觀察訓導以佛弘智覆
蓋衆生隨其根源而救濟之執持威儀不失
禮節其名曰常淨菩薩寶積菩薩寶士菩薩
寶印首菩薩寶藏菩薩趣意菩薩轉法輪菩
薩除陰蓋菩薩施蓮華行菩薩師子菩薩日
光菩薩見正反邪菩薩不置遠菩薩無損志
菩薩持地菩薩持魔菩薩造化菩薩水光菩
薩施相菩薩應聲菩薩金纓菩薩慈氏菩薩

濡首等十萬四千人俱爾時地主四大天王釋提桓因將諸忉利天焰天兜術天化自在天他化自在天第一梵天王將諸梵衆來詣佛所及諸天龍鬼神揵沓惒阿須倫迦留羅眞陀羅摩休勒人與非人悉來集會爾時如來與無央數億千之衆眷屬圍遶而爲說法弊魔波旬不安本位復將官屬前後圍遶來至佛所頭面稽首在一面立此賢劫中一切大聖諸正士等皆悉雲集是時如來復以舌相光明普照三千大千剎土見光明者各相謂言今日忍土釋迦文佛放大光明引致十方高行菩薩於光明中演出此音能仁如來至眞等正覺在娑訶國土放微妙光與諸大人演說十千三昧正定非是緣覺聲聞所行我等各各齎供養具詣彼忍土興致禮敬承受奉覲於時東方去此九萬二千諸佛世界國名盛妙佛號殊勝如來其佛左右有菩薩名曰執志通慧大士住不退轉光明遍彼勸進菩薩尋自往詣盛妙如來至眞等正覺所稽首長跪而白佛言唯然大聖欲至忍土奉覲釋迦文佛至眞等正覺稽首問訊諮受未聞其佛告曰宜知是時便往勿疑又謂執志雖至忍界即當奉行五十五事戢在心懷無令漏失何謂五十五事施與不施等於戒犯戒等忍對不起等進退彊意等亂心禪定等深智淺愚等怨讎二親等見罵若空等三乘無高下亦無若干想亦不見善亦不見不善亦不見佛土淨亦不見佛土不淨若見衆生生惡趣者不懷恐畏見諸上士觀如衆祐亦不有二常若一心若見有殺盜婬泆妄言綺

語嗜酒愚亂嫉妬恚癡鬬訟彼此心執邪見非常言常悉當平等無增減心莫見戒具受上福報施受大福亦復莫云我今護殺延壽無量亦莫相輕我相好勝教戒殊特彼人卑穢凡大朋黨除去七慢十二無記是爲五十五事當念修行佛言執志若有族姓子族姓女心志質直等住定意可遊彼土設百千劫於吾之土建立梵行不如忍界彈指之間無高下意是爲殊勝億千萬倍於時彼土五萬菩薩各誓願言我當具足心意清淨侍衞執志菩薩得詣奉覲能仁如來至眞等正覺執志菩薩即與五萬菩薩譬如力士屈伸臂頃斯須之間於其佛土忽然不現尋在忍界奉覲能仁稽首禮拜退住一面爾時世尊觀衆來會集坐已定告四部衆汝等見此執志菩

薩乎對曰已見佛言諸族姓子斯大士者超越三有分別深奥辯才通達慈哀感動神足變化導引勸進所遊居處多所饒益是時座上有菩薩名曰最勝承佛威神即從座起頭面禮足白世尊曰唯然無著志性愚癡願欲所問若見聽許乃敢陳啓佛告最勝恣汝所問如來當爲解說爾時最勝菩薩以聽所啓即白佛言唯然世尊如來至眞入何三昧放大光明踰於日月若有衆生覩如來光必至所願不失人根此何變化神妙乃爾佛告最勝快哉問矣誠如來言光明威力接度衆生多所開化如來隨宜入億百千諸三昧定遊於恒沙無量佛土塵數姟兆性行所趣有婬怒癡强梁自用貢高放佚者如來觀察具分別之爾時最勝復白佛言何謂菩薩從初發

迹至成作佛一地二地至乎十地爲斷幾結消除幾垢何謂菩薩解了已身内外無生何謂菩薩自稱廣施不除斷滅何謂菩薩行戒具足終而不犯亦不毁戒墜墮本位何謂菩薩忍而不起於忍退還爲凡夫行何謂菩薩精勤不懈復有慢怠從始積業何謂菩薩入定意法天雷震動心不錯亂云何菩薩初發心行無能斷者云何菩薩意識安隱不可捨離何謂菩薩其心獨尊與衆超異云何菩薩心之所趣無能知意爾時世尊告最勝曰善哉善哉乃問斯義多所饒益多所成辦今當爲汝敷演其義菩薩所行不可思議智無邊崖亦無等侶乃能興心於如來前而師子吼諦聽諦聽善思念之最勝對曰受教而聽佛言菩薩發心求無上道先斷妄見身邪戒盜分别苦智建立志願具足禁戒每自思惟我之所行願樂遠離凡俗之法以五陰性不可得故道亦不可得况於在道外者倚色痛想行識求度衆生佛復告最勝五陰亦無觀行衆生亦無觀行亦復不見所可度者無言教法非羅漢辟支佛所能及也爾時最勝菩薩白佛言世尊不從五陰無觀行得道不從衆生無觀行得道寧可從四禁法得乎佛言非也最勝復白佛言設不從四事得者復可從空得耶佛言非也爾時最勝菩薩復白佛言不從空得不從四事得者今日如來及衆會者不成無上道亦不得果報乎佛言成無上道耳但不住有性亦不住無性而成等正覺最勝白佛言云何色痛想行識及内外法善惡法有漏無漏法有爲無爲法如來所説名

號之法云何以名想字體教授一切乎佛言行亦無名復無想念不見入出之二來往周旋故號一切智菩薩常當以十法了十地事云何十法了十地事以苦集義盡道之義滅盡無生一切徧義自識已身及他人義於六邪本及六十二見皆知空無義菩薩行是時當除有跡無跡云何除有跡無跡道是迹非道無迹來往是迹無來往者便無有迹菩薩當念修諸住地當行苦義斷婬欲之火瞋恚之毒愚癡之刺悲慈之心徧滿四方雖有愍哀意亦不有想已所惠施終不爲已普及衆生亦無所悋施不見施不有受者及與財物念與善者周接常當下意無生貢高說法之時不見有法出生巢窟無法之想出家之日與愛欲別以空無法斷除顧戀求佛成道莫

著相好亦復莫念吾先成道其在吾後設欲分流法教終不敗法毀法進趣果證不爲塵欲所牽心常懷念滅於貢高自用不求法報及財寶物所授諦說無言教想持身如空空無想念是爲菩薩以苦智誠辦淨一地迹復次菩薩復以苦義集義行百千定若欲得佛心定意三昧者不以色想亦不以種好亦復不以本宿行故而致一住亦不希望作是致是不作是亦不獲是常建是志不念過去當來之著亦復不念今現在世生死所趣不從五陰六衰而剋此法亦不離五陰六衰復當思惟六無根本六無根本者眼耳鼻口身意從所起生從所起滅復當分別六衰所興了知尋察色聲香味細滑之法亦復不用見聞念知心意識法得淨一住不以巧僞生滅之

法有常之想淨於一地無正無邪不造等意無所希望亦不是是亦不非非而淨住地亦不從一二三四至百千定亦復不離百千定意而淨住地不因心意而曉内外衆念望想是非之事亦不色痛想行識而淨其地亦不用戒聞定意慧解度知見十力無所護四無所畏諸佛所實十八法本不可以意想知見我想無我想不以五陰六衰生滅之處亦無所住亦無不住是謂菩薩淨一住地亦無色痛想行識之屋室亦不眼色耳聲鼻香舌味身細滑之處所何以故不可目視而見衆相解不起不滅之法無終無始是謂菩薩於初地中而淨其跡悉具足成道慧備滿如來所宣無有差別若干之念便能解暢亦能爲人啓受諷誦普能周悉諸佛深藏佛復告最勝菩薩復當具足六度無極念捨形色無所希望不生三念染著之法是則名曰施度無極欲知根原不念佛身達了本無當知以佛戒度無極不自想念我得成就三十二相計校諸法假號名句相貌無盡住不起法是故名之忍度無極一切諸法普無觀行亦無聞見行道士法見善不悅逢惡不慼意無適莫是故名曰進度無極心不興念起於亂想寂怕自守意識永定是故名曰禪度無極解色相空敗毀色空亦不自高不懷自大諸法之相達知爲一亦非有一是故名曰智度無極復以權道應適衆生隨緣拔濟使不漏失是故最勝發意菩薩以苦聖智治初地行便能具足諸三昧門陀隣尼門智慧自在復次菩薩得是十千三昧住於欲界當以苦智等智果

報分别十法欲恚慢癡狐疑身見邪見内見戒見盜見法已知已了不除不盡亦不令生復以苦智等智於有形無形曉了十八結毋雖分别結不盡不賜最勝當知初學發意復以集義等義於三昧定住於欲界形無形界思惟十九怨對之災瘡痍之患滲漏無首盡滅等義復於三界觀察十九迷誤之法道在三處有二十二亦當思惟三十四無漏聖意具諸功德悉爲成辦觀于無常苦空非身解知無二乃於一地而淨其跡也

留化品第二

爾時最勝菩薩前白佛言云何菩薩於二住地而具足行必果所願無有中錯佛告最勝菩薩於二地中常當思惟念淨其戒識其重恩勤行忍辱謙恭卑下常懷喜悅先笑後言行大慈悲孝順師長篤信三寳崇習妙慧無生染著計有常存夫計常者謂生死業解有道常常道非尊尊出非常乃謂爲尊尊既無尊何言道尊是故最勝菩薩了道亦無尊卑亦無相像虚空猶常言有形質眞道號字不可覩見其心坦然無所縛著所修德業不離諸佛無能中道而得斷絶一切諸惡悉盡無餘其心永定不可動轉志如金剛亦無伴侣皆知一切諸法之本以除衆垢消滅闇冥其法晃曜靡不照明心懷質直亦無諛諂性行平等無彼此意發心以來常懷鮮潔由本淨故得去諸垢沐浴清淵蕩除衆穢其信堅固無所遺捨施意廣大無有邊涯心若虚空亦無窮盡含受下劣將養使度所以然者其慧純淑無所罣礙心之所規無所不容大慈無

窮不盡之藏得識辯才常懷羞恥堅固之行心不可沮覺道之力無所不入辯才過衆無不渴仰得諸總持亦不忘失初不演說不急之事於百千定終不狐疑聞善惡法不懷憂喜不自貢高復不自下進趣安詳不失威儀十二行本曉知五陰六衰所起復以苦集盡道分別十二緣起癡行生死靡不貫達觀察五根具滿思念不復往來生死穢著乃以八十四智消滅諸漏誓留化身一劫教授如我今身必當入於無餘泥洹不永滅度亦復留化在賢明土將無數衆前後圍遶說微妙法最勝當知賢明去此北方度十三億恒河沙等諸佛刹土彼有世界名不動轉有佛號照意如來至真等正覺現在說法不動轉界亦無聲聞緣覺之名純諸登位大乘行人布施

戒忍精進禪定以神通慧而自娛樂無極之智纏絡其身隨時分別章句深妙慈悲喜護等如虛空觀前衆生知其志性爲雨甘露無極法味其服食者無瞋恨結行三三昧空無相願拔濟生死立無爲岸降魔塵勞懷害之毒彼佛神足感動變化周旋往反無量佛土彼受訓者不知是化謂爲真佛過去恒沙諸佛世尊皆留化佛接緣衆生使獲無爲是故如來隱形適化不可思議方將來佛慈氏等輩亦各有化如來之像開導衆生我雖滅度彼化佛身亦不滅度是故最勝化亦無化佛亦無佛解知空寂亦不二三若干之相二地菩薩常當修習幻化之法觀了慧地誠信之地見地薄地終成之地緣覺聲聞所居之地雖療其疾不取其證假使最勝二住菩薩欲

取聲聞緣覺證者甚無有難譬如有人手執華鬘及明月珠仰擲虛空未墮地頃於其中間斷結除垢諸漏永滅無生老死憂患之苦但爲菩薩雖知斷結終不取證所以然者未察衆生上中下意堅固其心永處究竟興無蓋雲擊慧雷聲降甘露藥宣眞諦寶不斷三業意念鮮潔如水清徹恒用禁戒而自莊嚴復以衆德修飾形相奉遵上妙賢聖覺道至後胎分一生補處學現諸佛所造本業覺意總持悉無處所先念與意嚴淨道場隨時進止行安般念在衆强志御無所畏心便勇健而得自在發心願成甚可愛敬爲諸衆生說喜樂法其心特尊與衆超異若能執持空無之相外道奇術無奈之何聲聞緣覺常所宗敬是時世尊復告最勝二地菩薩達知本無遠離身行去口殃禍除意亂念消滅三穢抑制三災掩塞五蔽推尋十二癡行之本上下五結散在三界以漸除却無令增多思惟十一苦惱之瘡捨諸四大躭著之病分別諸物惡露之法當避家業息諸習俗斷其愛欲瞋恚貪垢淨刈根本不使流馳常念思惟計無我想堅立四信住四意止成四意斷稱說五根布現五力無缺減志曉知七覺諸寶之藏修行八正賢聖之道八大人念初不廢捨如是最勝二地菩薩執心調意不若干念解知悉空而無眞實乃得上位受菩薩記不動勞行亦不離行學於上智雖有尊貴意不貢高觀知諸法一法不二不計三想亦復不與無益之想不有限際有無之想了想無處不住無處惟正覺淨諸佛亦淨善御於心正住不

邪等一善惡審知俱空空不疑礙亦復不見有爭無爭有觀無觀本無爲一亦不見一知一除一不住於一復不從一而起衆想等習勝意無習有際不見有際有勝有負不聽心散越内外法善防御識定而不轉雖在三有不著於三深察諸性了知無根知無根者所謂淨地二住菩薩自整其心觀諸法本悉同無常常無所入不見出生無善不善好惡之名利衰毀譽稱譏苦樂調正心意無有憂慼在所入處開示大藏入大法海念求七慧煎熬三愛善制四流修六重法成果證行如是最勝菩薩大士具諸法已知無形貌而不可見是謂習學淨於二地

空觀品第三

爾時最勝菩薩復白佛言云何菩薩於三地中當淨其行世尊告曰進學菩薩無出入念雖多學問義無厭足不入文句字體本末分流法施謙下於人修治國土無國土想建立善業亦不貢高初發心行無令有斷成功德願志如安明觀諸衆生説喜樂法從初發意以爲道本由是得至永寂道果心念廣施遍及一切建立志願具足禁戒開意精進行無懈怠無所喜樂唯道爲務無歸趣者與作將導因爲分别大智之法從初立心永無所住用極大慈不可見故欲拔根源立大乘迹當行悲哀愍其未度設見度者當懷悦豫於諸衆生平等其心雖遇苦樂亦不爲動將護一切引入道門爲諸如來所見殊特念順十方諸佛教戒當度一切五趣之難興隆道化無損三寶無所違失便成道果將順禁戒爲衆

入則暢演智慧無窮之寶猶如虚空不可窮盡其一切智亦不可盡如來心識亦復如是無有生滅著斷之二定意三昧智慧解脫度知見身無有近遠亦不可見最勝當知一切諸佛深法之要亦不可盡亦無端緒去來現在三世合散亦無所有不見有集有所成辦復無散落變易非一四大所造地水火風亦無有對而不可見用智了別衆生心行本願不斷不可思議皆無所生亦無髣髴一切諸法尋不可知以是之故故無所生亦復無法可有生者生已無生何者是生是故最勝發菩薩心而無窮盡不設心意形相諸法復無諛諂僥望諸法其心質直在衆殊特修息心法自觀身法觀他人身皆悉空寂不生想念觀身無染而不可得亦無受者分別爲一行步進止探察三界受形之類皆由癡愛遭諸苦惱了知無二而不可見痛意行法内外虚空無有生滅復次最勝進學菩薩觀息出入長短遲疾身中毛孔氣息所經靡不了達出氣爲温還報爲冷解知寂寞都無形質菩薩觀身分別識知亦無處所用清淨故平正無邪柔輭其心不懷麤獷篤信真要未曾變改志常堅强而無動轉無能憎嫉而嬈害者何以故爾以其行際不可逮及有所建立無能誹謗何敢興造無根無罪心垢爲消願令法輪常轉於世使一切人疾得妙慧光照幽冥如日貫雲立道善本自觀無我生無處所於内外法俱亦如是亦復不見生死所趣起滅之處乃至羅漢緣覺及佛皆無見聞有想見者爲非見也無所想見一切清淨不止淨想

乃爲非想是爲空見爲無所見復次最勝心不在内亦不處外不於道法不住於俗亦不住有亦不住無不見起滅動揺之處心無涯畔廣普無底亦無音響本末悉盡如是最勝當作是觀觀無所觀當作是見見無所見習行菩薩爲空爲滅爲無所有三住菩薩以諸法定使意專精計念成淨作是計者爲應泥洹應無所生是法無法無亦無無强爲生名字爲法性曉了法性無來往緣習斷意法哀世現名惡法未生精進御止攝使不起已興惡者御意令斷未生善法精勤使生已生增多不使漏失三住菩薩行神足定得樂喜定止所作行總其神足持身心意以精勤定除所作惡復總神足攝持身心復以意定除其所作統攝神足持於身心以智慧定除諸所作統其神足亦持身心漸進修根信精進根意定慧根便得入要佛法空盡無彼無我亦無因緣復無纏縛貪有計常生死苦斷一切無跡人多相倚見著性名於無數世當復積行憂惱相隨如影隨形往來不停如輪在轍莫知端緒行定無倚正觀不著貪盡想滅結解清淨於行不惑意無憂惱生老病斷無復往來慧眼大明普照世人拔十二緣無黠慧惑復次最勝菩薩大士復當修行神刀之德夫神力者莫能沮壞天魔外道威力之神無侵暴者信力精進意定慧力是謂菩薩每修行者遂應漸進七覺意華以意覺華行十五心斷慳悋心履菩薩迹成深妙慧而不退轉法覺意華無爲無作除去穢惡不善之行精進覺華合受懈慢有放逸者抑使不起歡悦

覺華應三禪地攝諸亂想寂怕無為倚覺意華無所貪著觀了諸法亦無所習以信覺華其志牢固暢說微妙而無悔恨亦當思惟無著覺華斷百八瑕染著心者復當修習八賢聖道等念等定等語等行等業等習等意等定超過八難越度六衰亦復分別三三昧法具此行已乃得稱為淨三住地如是最勝菩薩大士習行慧門校計空無不可得覩無有形相相亦無相與人說法恒用中正所言至誠終無有異設有所與無所希望不求名稱為人所歎咸共戴奉興致供養有所造作不自為已先求彼安後乃恤已所以自致獲安隱者所施功德不懷懈倦有所施為苦無厭足用慇一切衆生故也用無極慈拔濟老死為懈倦者而興精進所以勇猛興精進者欲以養育衆生之類常當自念我由衆生得辦道果諸功德業亦復具足所可陳力不希望報所以然者以心淨故蒙法潤澤是故無求世人有求為除利求以是慧力護一切法顧令羣黎各寧其所使上中下悉無怨恨所作事業安隱審諦由是菩薩無能制者亦復無能抑斷之者如是最勝菩薩宿誓弘普難量其慧無邊不可窮極猶若天金而無點汙所以然者用無瑕穢消盪塵蓋永無貪欲其諸惡心不能復亂又其意猛不為惡屈守護邪念亦不使生瞋恚愚癡所有貪著汲汲五欲貢高自大諸所不可皆悉除盡三住菩薩常護是心曉了內法而不可見亦無形相假使有相則毀法性捐捨重擔及諸垢濁當建是心不令懈怠尋其心識悉無處所而不可見

無若干想有憒亂者護使定意無智慧者育養成辨計於一切受形之分有功德者無功德者悉欲度脫至于大乘思念大乘亦不有跡訓誨一切履行法者畢志堅固淨於三地成於道果諸在厄難皆令建立無極功德雖獲其報知無所有心亦如是求不可見所以然者用慧觀知無去來今如是最勝菩薩常學修乎大慈若有苦難自投歸命欲求救濟全身命者寧喪軀體願受苦惱先度前急不負要誓其行慈者平等如秤若有增益不以喜悅設毀謗者不懷憂慼是爲菩薩隨時行慈夫行慈者常以三事淨身口意終不傳惡亦不念邪雖在愚癡塵勞之間獨步無畏亦不自大所學之法不捨普智諸神通慧攬諸佛法隨人所求不逆其心爾時世尊復告最勝昔我遊學淨三住結功齊德整共同聞者不可稱計其中退轉在吾後者不可陳說吾從一住至于三住建立弘誓心不移轉於其中間所作功德亦不可量具捨珍寶奇異妙物國財妻子不在其例但念頭施與其前人九千九百九十九頭最後遇虎飢羸窮急伺捕羣獸竟不尅獲便欲噉子以全其命舒身張爪前欲搏撮吾與慈氏柔順爲伴顧謂二人今正是時誰能建心勇猛特出以身自投施彼餓獸二人各自還相視面口雖不言心懷退轉吾尋觀知彼有悔意即於山頂投于深谷首陀會天尋下接持即化甘露狀似吾身飼彼餓虎使得滿足母子俱全吾亦不損思計彼身乃充萬頭是故最勝進學菩薩修成三地亦有悔還心不堅固正使我身入虎

口者虎亦不食亦不親近所以然者由其立根得神力故於一切法而得自在當習悔過未曾藏匿用無量施勸助功德菩薩修學頒宣道義奉習勤學大士之法其意牢固不捨弘誓無極德鎧用自纏絡佛復告最勝進學菩薩修治三地常當專心無令變異不以所見爲動衆心於諸煩勞恒知遠離於已止足無有僥倖不於想著心不流馳不求榮冀尊豪高位令一切人如法習法宣開上智使同其原彼我爲一然無差別隨其因緣而示現之當不以生非不有生無生不生乃淨其地以爲不惑終不以惑或出塵勞乃謂爲惑惑不見惑無惑不惑深知眩惑乃應眞空如是最勝菩薩之行分別空無引致入法具在苦痛皆令普安是謂最勝進學菩薩於三住地而淨其行

色入品第四

是時最勝菩薩前白佛言何謂生貴菩薩於四地中而淨其行佛告最勝生貴菩薩於四地中常當不捨奉眞人法念在閑靜不離宴坐於婬怒癡恒以少欲意趣知足亦不貪著不捨苦行十二法要執持禁戒如防蛇蚖見欲穢惡如被火然除愛欲意亦不使生興意視衆如泥洹想惠施所有不惜身命不懷慢惰於衆貢高不慕所有亦無三礙修行閑志心識之法於大衆中念行法施訓誨衆生果其所願積功累德爲無上道習在閑居山巖獨處所有多少趣足而已行諸德業而無厭足博學多知諮受不倦所演智慧不以爲勞校計身中思惟本末智慧通達所念具足離

於衆惡修解脫門其解脫者是菩薩教了諸法本思惟微妙當別五陰成敗之相觀知四大地水火風觀見六衰所起根本十二因緣深無邊際生死變易不可窮盡苦言忠諫念持不忘不計我人壽命長短寂寞無爲行非常業解知一切虛而不實復次最勝四住菩薩當護佛土分別道俗悉不可見菩薩之行智不可窮辨一切德修治國土隨其次第成就處所慧海無邊所受無厭多所救度一切衆生其所修行常爲先首最尊最上無能及逮所念總持强記不忘各獲善本令不缺漏所以然者用尊貴法得遠緣縛因斯受決入正士室亦因專勤意不退轉自致具足無上聖業所願輒成亦不見成若見成者則爲非成其所修行永無所見行其定意攝攬諸法所爲之行無令有短制伏心意是其道業修行自守無若干想所以者何乃離諸惡不與從事專精行施良祐福田菩薩發心於一切衆生不以身心有所貪愛轉增上妙無極之哀專精奉戒如護雙目教犯戒者使不爲惡亦當專精修行忍辱夫行忍者亦爲甚難雖在尊位財富極樂不輕貧賤羸瘦之人如是最勝忍辱爲難勤加精進亦不可及坐佛樹下正身正意結加趺坐亦不動轉若有人來言避吾處我欲坐此當建牢固勿爲彼伏先取佛道具諸相好降伏魔已即捨與處是謂精進爲難得及專心定意亦復難及生貴菩薩入定意時天雷霹靂萬響俱震欲得動亂菩薩心者不能轉亂如毛髮許是謂最勝菩薩定意故曰難也菩薩以慧修諸功德不以

爲勞於諸衆生出入行步和雅安詳威儀備悉法服齊整是謂菩薩修其智慧功德堅强無能危者曉知本無鉤玄致遠博覽微妙其明極照無所不達專精其心無有流馳常念一切無所依者爲設方便令得其依有闇冥者使覩大明無所歸者爲受其歸處卑賤中與作善友行姧僞者教修質朴見强梁者爲示忍辱於飾好中不爲綺雅見無反復教使報恩處在天宮令行十善在懈退處修奉業德設見貢高不懷自大有求其便不能得短不思念惡不說缺漏若在邪業輒往將護使入安詳衆生之類來到其所歡喜承受無瞋恚心有諫喻者亦進退法此當應爾此不應爾可然不然心無增減篤信罪福知有報對設在城郭遊近人間如在曠野巖居不異不貪利業不惜身命心懷清淨無是非意常護口過言無彼此不求供養望其奉敬明知節限止足而已心常柔和不由弊惡度於生死息諸患苦由是永致成大乘迹菩薩慧心亦不可見生死往返亦無所有以權方便明了訓誨隨時適化斷於終始終始無來亦無去者解知悉空而無處所菩薩計有便爲著有於布施中亦計無有亦無所有復不可見所以者何六度無極復不可見亦無所有如是最勝菩薩布施悉無科限有科限者則非眞施設當選擇當施與是不應施是分別高下意生是非施不周普不應爲施若能惠施不生染著無種種念乃謂爲施受施之主得全其命便能安隱坐起誦習身體得定氣力强盛周旋生死常不渴乏所生之處神足飛行

在所到方爲人所敬得神通眼見十方國耳聽遠聞無極音聲逮致妙香戒定慧解度知見身爲彼種種德勳之香身體香潔莫不悅豫常得餚饌甘美之味宿福所植而致奇相清淨無垢爲人所護隨其所乏而施與之身常無病不生不死無有衆患恒獲安隱一切具足備悉成就三十有二大人之相得八十種衆好之容敷開法藏不生貪悋充備道慧無所匱乏有來求索而不愛惜輒能盡施逮一切智諸通聖慧廣濟無窮得深經典樂法之樂於佛樹下坐于道場降伏魔兵及諸官屬不以色故有所施爲知色爲空色亦自空色不自知乃知色空如是最勝菩薩解知色性空者便爲一切道法之首成就法眼爲一切導三世特尊獨步無侶斯由具足諸通慧故佛復告最勝生貴菩薩終不信邪顛倒之法若見衆生各有所奉祠祀求福心不動轉以食向口見有生類正立無上獨尊之行終不動轉捨就小道知是深法無與等者勤心進業亦無他想雖有他法雜異之儀常以法性觀了别知雖共周旋意終不轉就於他道正使遭世有佛出世及般泥洹遺法教授復遇滅盡聖衆遊化又值中斷心常一定亦不變改雖無三寶不隨邪念恒習深妙無量經文用十二部遍見一切善權方便無所不入不貪名譽現身變化不自稱譽如是最勝生貴菩薩執行正見知空不眞無正不正正無所有明解此者是謂正道復次最勝菩薩大士修習智慧分别有無曉知眞空亦無所著復當修行諸慧句義亦無所有苦諦滅苦習

結已斷盡斷愛習道果受證等智照察息淫怒癡法智除垢達上中下以遠忍智上觀二界知他心智普了衆生心中所念無生智者不受生死胎分之穢行滅盡智曉斷五陰生滅端緒思惟三根所應行本未知已知無知之根至意成道當學斯根從三白衣至須陀洹修未知根從斯陀含至阿那含學已知根從阿羅漢至成作佛學無知根復當習定觀了禪智初禪總攝有覺有觀次禪中間無覺有觀復從二禪至無想定無覺無觀其心寂滅亦無動搖常念篤信入於正定如是最勝菩薩晝夜不作是念吾知奉戒眞人之處亦知無戒行惡之人無有異心分別之意悉知虛寂無有一二前後中間亂念之想菩薩精勤念不離佛法及聖衆戒施天念安般休息身苦死念亦知無處思除五結敬六重法行四神足育養大衆端正心意奮振無畏設有沙門外道異學或天梵魔及餘衆輩亦無有難詰問之者不見若干起吾我想以是之證行常安隱亦無所畏得精進力立第一處在諸大衆而師子吼轉大法輪沙門淨志梵釋魔衆一切外道所不能轉唯佛能轉如來身者金剛所成諸漏已盡而無塵埃正使恒沙億姟衆生無敢言佛諸漏未盡如來所說言眞無二善惡之報不失本願一切餘衆離內法者不見敢能違佛言教所說賢聖至道之要行是得道犯惡入罪亦無有能非如來教亦不見教有所出處無教不教教無所有深知教戒是謂眞道如是最勝生貴菩薩求成佛道行無缺漏欲聽法者捨諸不要先說微

妙使獲所起悉遍志願各得具足若有所說不恐怖處心未曾變無有狐疑不別好醜與二見心亦不思惟善惡差别所行法性亦無希望菩薩不念受其功報普爲一切有形之類不習聲聞緣覺之心亦不生念有所成辦令一切衆不離佛藏知一切空佛法亦空以因緣想有所興發由斯觀察而不可見亦無形質言有形者則毀法相相亦無相相不自生生無根芽何由有相相一無形而不可見是謂正眞無上之道如是最勝生貴菩薩於四住地淨修其行不離諸佛神通之慧有所施爲應適前人所說輒成無有不應從佛法教不捨本誓其心堅强完具甚安所可施爲皆達無願爲諸願者作善因緣其在三界無能逮者願令其德周遍一切菩薩之業其志常定一切智心無所不入以是之故名曰空寂所作施與過諸想著降伏衆魔令不自在如是最勝生貴菩薩常念修四無所礙慧於眞諦法亦無所礙於聖要義慧無所礙於辯才智慧無所礙所說明達慧無所礙是謂菩薩行無礙智與衆超異決斷心疑得至無爲及無央數不可稱計衆生之類普使濟度永處安寧除計常想思惟無常便斷欲愛形無形愛無明憍慢消盡不生先除身愛無令生想此五陰身漏結不淨眼如水泡亦不牢固幻僞不眞惑世愚士染著不倦眼耳鼻口身意之法斯亦無常而不可見無形無主永無名號當熟觀色色非我有亦非我造乃從無有而生此有以有形色便有識神以有識神便生五陰已生五陰便染六情以染六情乃

有癡行至者病死憂苦萬端往來周旋宛轉三界流趣五道無有窮已斯由合會因緣所成因是有是無是則無此起則起此滅則滅眼耳鼻口身意之法亦復如是皆悉虛寂而無形質智者達了本末皆空何用疲勞困苦識神如是最勝生貴菩薩去離色想心不染汙解知本末而無所有亦不見成復不見敗諸法之本寂寞空無無能動轉超越其上況復過者此則不然學一切智廣布其義悉了諸法空而不眞是故最勝當勤習學學無所學當作是行行無所行生貴菩薩於四住中而淨其地

十住斷結經卷第一

音釋

㮏奴太切　濡首濡音輭　揵沓恕梵語也亦云乾闥婆此云香陰揵巨言切沓達合切恕音和　戢阻立切藏也　姟古哀切數也十京曰姟　刈魚肺切割也　僥堅堯切幸也　獷古猛切惡也　黠胡八切慧也　盪徒朗切滌也　憒古對切心亂也　噉徒敢切食也　摶撮摶音博擊也撮千括切爪取也　飼音寺餧也　眩黃絹切　姧古顏切詐也　詰溪吉切責讓也

十住斷結經卷第二（第三同卷）

姚秦沙門竺佛念譯

了空品第五

爾時最勝菩薩復白佛言云何修成菩薩於五住中當淨其地佛告最勝修成大士常當遠離居家財業亦莫親近頻頭彌淫村修善功德念除憎嫉遠離俗會世間因緣當念和合遠離忿諍言當護口無亂彼此常當自卑不懷貢高雖多技術不輕懱人斷除無明消滅五陰息老病死諸所作爲不興塵勞亦復不與六十二見而共和同不自稱譽亦不自卑過世八事無有高下常知恭順去諸苦惱不行癡冥覺寤睡眠度諸恐懼不與罪俱及諸心垢斷於五陰乃至生死身魔罪魔死魔天魔思惟抑制不造彼緣如所聞慧輒能建立應如斯行而無所有諦入慧意學無厭足無所貪慕亦無適莫歡喜啓受心懷恱豫身輕志定其意和雅而無煩憒所學法本說法無窮心常趣道禁法自守好從正真不處邪部唯好妙慧分別種種諸度無極逮得菩薩大乘經籍善權方便隨前應適心復察解了無神通常欲聽聞無生滅法了十二緣達知無常暢演苦諦亦無吾我解知空定分別無相深體無願曉生死苦成就功德所聞勤執貪慕三寶亦欲知俗復知道法忠心附近以爲伴侶普入諸法欲除貧匱甘受正道其無知者化令成就同功勳業明識其本念避衆惡約身智達兼利衆生處安隱行亦不懷恨欲了最妙無極之行復次最勝修成菩薩念諸佛法云何得成無上道要如所聞慧便能

成辦所入隨時亦不越次聽彼音響然後調正深入於觀知心所行御身求度而濟衆生不計無常亦無所著探察因緣所可施設我人壽命去來現在成功德業分別禪定空無相願護已自守不隨貪欲遊於三昧而修正受如是最勝修成菩薩入百千定不以爲難菩薩周處靡所不到唯不願生無色天上及光音天亦不永入滅盡定中悉知本際思惟執持亦了本無而不取證所以然者皆由衆生垢未除故知其衆生解無吾我習行大慈不捨悲哀普入一切生死之難遠離貪著諸所榮冀教諸犯法亦不爲非行權方便教化無方隨前衆生心在愛欲使觀惡露修不淨行然後菩薩乃取盡證雖現滅度亦不永滅修成菩薩所度無窮亦不可盡各得其所使心無恨不失威儀禮節之禁出入安詳無有卒暴夫欲無諍莫若自守賢聖默然唯常寂靜而無言說夫無言者乃謂清淨虛無澹然亦無方圓科限之異賢聖默然者自護身口心觀說者勿與同處身欲不動心無變易亦無希望復無所想是謂修成大士之行欲不色惑當正其心以正其心便爲達至永寂無爲若不寂靜將養已者無得自稱亦莫賤人無高下者可謂順法所爲不失亦無所失解本無空便無所得失等觀三世亦無差特眼色及識無所止住耳聲識鼻香識舌味識身細滑識意法識悉無有主亦無所住亦無吾我觀諸法行悉無我所我者變易從本淨故如爾審諦知無吾我無吾我者是謂爲慧明了所有如無所有亦悉空寂本末清淨心常

不離諸法之本思惟遠離九衆生居所以然者輪轉没溺周迴馳趣不免九處衆生之類身異想異謂天及人復次最勝或有衆生身非一種成就一想謂梵身天最初出現降形世間貪著甘味漸失天威復有衆生一身不異有若干想謂光音天功德儀容威神殊特或有衆生一身一想謂遍淨天進趣儀則唯行極妙復有衆生意至無量虚空之念心不著有亦不趣滅是則名曰空入天是復有衆生意繫識想遺去形體不復役思有希望求斯則名曰識入天也復有衆生無所貪求消除是非内心充足於諸味著無所興想是亦名曰不用入天復有衆生建立弘誓求于無爲觀無色界而無形質謂爲泥洹無爲無作亦無造者精其志願貪得生彼壽八萬四千劫數之期竟彼壽已神當遷轉趣於五道應所生處中陰便往迎其䰟神將詣胎室然後乃知非眞滅度癡心隆盛便興恚怒心念口發種罪深殃背聖言教虚辭不眞誑惑世人權詐不實乃從久遠經歷苦行停至泥洹必然無疑我今云何更涉生死吾今乃信知無泥洹亦無神通得道之人思念之頃神趣惡道斯由誹謗賢聖之人如是最勝修成菩薩欲成無上正眞之道等正覺者常當思惟心念去離九衆生居一切衆生我人壽命無所希望所作因縁皆悉避之亦莫思惟俗間之念消除一切衆念之想修成菩薩復於十五殊特之心向法次法進成其道從第一法入苦法忍增於善根同無漏行從於五住至得如來悉具善根思惟欲愛五住菩薩斷除欲

愛滅不善根住于欲界執忍苦慧思惟苦本無形界中無色之身不待思惟苦之兀本是故菩薩不於無形除欲界法增不善根有九十事無漏慧藥亦有九十以十要法對不善根及欲界淫微細之垢餘八十法斷除八十不善根本雖非斯盡轉轉使微盡道聖諦亦有無漏合法亦有有漏合法修成菩薩於五住中唯斷有漏合法不斷無漏合法於有爲性亦有合法於無爲性亦有合法爾時菩薩唯斷有爲未除無爲相應合法如是最勝修成菩薩復當修行五分法性思惟分別了知無二戒身護命清淨無貪瑕穢已除衆定已成是謂最勝名曰定身分別諸觀無若干想亦復不起想著之念解了無一故曰慧身三世解脫無所黠汙亦不恐畏懷退轉心是謂名曰解脫之身已能成辦第九解脫故曰解脫知見之身有爲緣者是解脫身無爲緣者解脫見慧身有漏無漏亦復如是是謂最勝修成菩薩便能習學色緣盡法未能斷除非色緣盡云何菩薩色緣盡法非色緣盡色緣盡者若眼見色便生眼識分別是非善惡之法興意染著終已不離修成菩薩便當執智御使不生除去穢惡不淨之行非色緣盡非智所及不生眼識分別是非善惡之行所以然者非彼境界之所攝持今當引喻用自覺悟大智之人以譬得解猶如有人疲極睡眠神識安靜形不動摇無觸擾者目不見色識不流馳不興想念眼既内存外色遊逸當時憺然目不加功識不散落應現之色忽然便過亦不停住有所滯礙所以者何用無所有

性自空故如是最勝修成菩薩常當思惟分別妙觀斷除非色緣盡之法亦不與俱復不施設當學了知非色緣盡非有非無亦無成敗復當修行賢聖八正除於八邪成就三昧百千定意五邪心法三邪非心見念定方便斯在諸地初禪以還便有邪志邪見顛倒不在六識四邪盡在六識身中共相連綴不相去離所以邪見不通識者五識雖決無方便力意識慧了有方便力中禪以上亦無邪志但有邪見與三十六法共相受入初禪以還唯有邪志與十八法而相受入五識陰中雖有邪志自不相知中間禪內雖有邪見自不相應發意菩薩至于四住行於苦智忍辱之慧消滅邪見遠離邪志修成菩薩進向六住行玄通智斷三界緣乃應眞際先當精勤斷於奔逸殃禍之病愚癡猶豫興造五邪遍布三界無空缺處十八結本生百八法有苦無集亦與相應有集無苦亦與相應癡愛同空而共相生於苦門中無明結除集諦無明而不消盡還生於苦愛亦不除坐佛樹下決衆疑心正住佛道不懷異意得成正覺無上道時與無央數不可稱計衆生之類普使濟度解知緣著諸起滅法斯亦空寂而不可見五住菩薩得非色緣盡空性法時諸塵垢病亦皆消滅常以五法制御愛著通六識病普在三界拔其根本使不增長瞋恚五藥具六識身不及上流獨在斯界慢有五法一意識身而在三處根深難動邪見四藥一意識身亦在三處往來不息願疑四行及意識身復在三處慳嫉思惟不在三處睡眠覺寤當念遠

離不與雜錯去衆煩惱不爲癡冥求脫恐懼不與同處常念建立一切智心隨諦黠慧如空無礙如無有吾則無有我除去我見故曰苦慧集諸所有皆無所有悉無本末亦無住處不染愛著故曰集慧解知集者爲摩滅法學正眞要知無本際悉爲消滅故曰盡慧達照衆心朗如雲消玄通明徹無有塵垢是謂最勝菩薩道慧便能觀察爲曉五陰知四大本解六衰病分別四諦暢十二緣廣演三世分別一切諸使所與曉了五陰諸所生滅不見諸法有來往者有塵垢者亦復不見有生老死所以然者由其本性不可得故因緣以滅離諸著斷諸法垢盡無有罣礙言教已定亦不動揺猶如幻化夢中所見芭蕉野馬呼聲之響鏡中之像水中泡沫觀於色相我人壽命解色如是諦無所生觀了此法而悉清淨空無所有曉是五陰我人壽命實如幻化識亦無形而不可見不見動轉有其處所復當曉了非常苦空非身之業其知是者乃達五陰諸法慧義亦無起滅邊際所生地水火風不見增減觀於法界亦無剛柔究尋水性則無有水有所潤漬思惟火界復不見熱了風境界不見施張有動揺者分別四大不見有起生滅增減便能曉知言數之慧廣慧深慧無比之慧謂眼見色便生識想以法界觀亦無眼視悉知空寂復於法界觀耳聽聲亦復不見聲所從來恍惚自生而復自滅鼻香舌味細滑意法不著不斷無有興衰悉具足觀衆生性行志操不起皆悉平等不可別離無若干想空無有異亦不可量泥洹法身等

如虛空法界眞際斯同虛空如是最勝修成大士復觀眼空而無吾我非不有我我及無我是亦悉空解我空者在諸衰入不見端緒諦計六衰不著不斷是謂菩薩於六衰法而無起滅眼色爲衰衆亂之首設能觀視而不轉者則六衰淨而無瑕穢成大果證無復憂畏於衰不淨則損道性菩薩弘誓行大慈悲普覆一切爲其受苦不以爲痛無有近遠險恐之難要度衆生而不樂道勸行施德修善功德是曰修成菩薩思惟觀法五陰六衰悉無處所亦無形兆進止所趣復以苦集盡道分別五陰生者滅者有增有滅而悉無形生苦者苦病苦死苦憂悲惱苦怨憎會苦恩愛離苦所欲不得亦復是苦取要言之五盛陰苦是謂最勝名曰知苦尋察根源由苦枝黨所生爲集貪著愛欲玩之寶之莫知爲幻知而遠之故曰知集諸垢永除更不造新願欲畢故使不復生色現尋滅不令停滯了集常寂是謂知盡解八正道亦無體性親疎近遠住止之處變化無窮而不可極蕩除塵穢照曜愚冥無形無聲存亡之體爲諸迷惑導引之首入無爲路故曰知道菩薩分別四諦亦不取證欲護一切在生死者眞諦之相無相無形而不可見審解如本則應法性世俗言教假號有名其實字體不生不滅無所染著得聖諦心不念有無審解本者一切諸色普悉平等亦無高下生若干心是則名曰分別聖諦菩薩聖諦其實有一而無有二無著至眞無所希望亦不想求色亦不想求無色於想無想平等無二是則名曰眞諦之相已獲

審諦如實諦相者便能曉了五陰之相五陰所生苦毒之相是煩惱相菩薩復當思惟滅於百千之苦皆歸空無磨滅之法不起念故名曰苦諦演暢五陰所出生處除去愛著是曰集諦若心流馳多諸想求分别其意亦不貪慕不與三世愚心同處亦不住中而有僥倖悉去塵勞是爲盡諦欲成無上正眞道者了苦集盡斷邪疑心如是最勝修成菩薩於五住中當淨其地

根門品第六

爾時最勝菩薩復白佛言云何上位菩薩於六住地而淨其行佛告最勝上位菩薩常當修行六度無極不慕所有成本果誓去聲聞心欲淨國土無緣覺意所爲弘廣不爲小心見乞索者先自除貪尋赴前人使得飽滿所有珍奇殊妙之物念先給人不懷悔意遠離吾我去計常心其智無量亦無窮盡願欲聽採深妙之法淨身口意不犯一切戒常欲擁護諸持戒人上位菩薩心恒慈仁不懷傷害加于衆生身自不殺不教他殺見有殺者勸使修善不盜人物如毫釐許設有犯者教令改悔又常專心不犯淫泆若見犯者使修淨行常行至誠初不兩舌離别彼此有諍訟者和解令散忠言諫喻普令行善終不罵詈使人恚怒見瞋恚者令行忍辱不爲惡口有慚愧心所言護口不忘言說於一切人思惟平等不念憎嫉除其憍慢不生恚想向于衆生每自剋責願欲上及令不行忍後致醜陋常正其心不輕後學懷抱悅心在道法者其心清淨無有塵勞愛樂深妙無比之法四無所

畏降伏外學使修淨業能出其上至心在道遵奉慈仁若見沙門異學梵志便能師事務令得所所以然者由成佛道成一切智心常柔輭不行卒暴若見他非護已不爲初不漏失有非法行亦無聲聞緣覺之心於諸所犯不見所犯所生之處亦不愚闇常行精進不爲懈怠不與邪部而共周接設見弊惡無返復者不與從事言談密欵奉戒完具未曾缺漏近智慧人解深法者亦不違遠有疲厭意篤信淨戒所修眞正不爲邪部之所染汙慎守其法如所應行一切衆生歌歎其德掌護法律清淨無瑕所行堅固本心決了無能説非言有瑕疵所以然者斯由行正不懷邪道其戒完具不復毁戒所演音響莫不宣聞諸佛正覺之所扶持任已娱樂亦無所求常知止足無所貪慕其心純熟衆惡以除身意憺然無所欣樂常好閑居無心親近在於亂憒具能分别備悉道法不從外道有所諮受謹慎威儀未曾失禮不以好服而爲綺雅誓如本願德無能逮不以甘美而亂心意已有道力制持德業所修順戒不妄調戲天人衞護使成究竟行慈普念衆生之類又修悲哀忍衆塵勞遵奉守護使不懈怠行平等心善惡無二爲一切任荷負重擔常察觀了不爲損耗不聽心識馳騁衆想不念其惡不傳人非護一切意揔攝牢固不與其意隨所思惟念恒布施養育一切衆生之類使行忍辱不起異心志願精進終不迴轉禪思寂寞得安隱定奉遵智慧博覽衆義所演如海亦無厭足故修廣聞學戒要法隨逐善友欲達諸法常

離惡師遠諸邪學夫邪學者非眞正道無倚身相貪著文飾知諸萬物皆歸無常其戒功德淨如紫金所施意淨亦無悔恨心意清淨終無虛飾所學微妙亦不煩憒其意鮮明無有垢濁本行清凉心不燋然雖在迷惑不隨淫欲意不懷亂常若一定息諸結縛永無起滅終不誤失靜寂通徹戒具不缺無所漏失隨其本要亦不遺捨諸佛定根而悉分別用平等心度諸衆生從一切智入解脱門遊諸三昧悉現在前不貪身命不有一切亂想之念不計我人壽命之著亦不思惟名色痛想行識不倚身口四大造色其眞諦相實解如本分別造色一無有二復當思惟眼色耳聲鼻香舌味身受心法普皆清淨一相無相而不迷荒諦觀諸法以過空行無相無願亦無形像度於三界不染不著無解不解亦無繫縛復不生念亦不見生所以然者一切諸法都無所生常當慈愍不念殺盜育養一切欲令生活亦不妄取他人財寶好喜惠施不念邪淫遠離於色初無欺詐謗讒於人所説忠信受人善諫心不迷荒見諸耆年恒念尊敬所遊之方加以仁心各使得所不令有恨寛弘包容示以正教令以平等應於律法一切之類亦無枉濫衆行以備無所復進演説究竟度諸衆生廣爲一切發去覆蓋上位菩薩法之大主普演三乘無極之訓德過須彌慧超江海道踰虛空無以爲譬最勝當知用一切人愚癡懈怠放逸迷惑不順法教復當經歷涉生死苦退廢迷荒纏綿陰蓋不免三趣是故如來愍諸不及爲導一切諸法之本悉

爲一切斷諸習著二十二病更樂之本此諸法者亦無有法亦無非法亦無言教都無所說所以然者其無法者則無所生亦無所滅爲人說法不見所說如是最勝上位菩薩分別思惟更樂所起更樂所滅菩薩觀彼有對更樂與六更樂而爲根本亦當知之不爲六根本亦當知之與七更樂共相受入復次菩薩思惟觀了廣語更樂與三更樂而作根本枝流七更少有其分復次最勝菩薩當復思惟明更樂自相應時於餘四更樂共相受入亦當思惟不與染著復次菩薩無明更樂與三更樂自相應時復與十一更樂少有其分亦當思惟不與染著復次最勝非明非無明更樂自相應時餘十一更樂少有其分復次菩薩愛欲更樂自相應時十一更樂少有其分假使恚怒更樂自相攝持十一更樂少有其分復次樂痛更樂復與十二更樂少有其分苦痛更樂十一更樂少有其分無苦無樂痛更樂亦與十三更樂少有其分復次菩薩眼識更樂自相應時與八更樂少有其分耳鼻舌身亦如眼更而無有異色相更樂與五更樂爲體便與七更樂共相牽連若復聲更樂與三更樂爲體爾時便與十一更樂而共相連若使香更樂與二更樂爲體爾時便與九更樂而共相連或時味更樂與四更樂爲體是時便與十一更樂而相牽連若使細滑與三更樂爲體便與十三更樂共相牽連或時法更樂與二十二更樂共相爲體爾時與一切諸更樂而相牽連上位菩薩當思惟更樂與衰起滅之處一一分別令不增減便

能消滅諸塵欲結以能滅結心亦不著計常之想亦復不見我人壽命生滅著斷如是最勝六住菩薩以眞諦心不念有無審解空者於諸更樂了別爲一菩薩當知或時有對更樂與一根爲體是時別與八根相與牽連上位菩薩復當思惟專意在前一一分別心不染著菩薩復當觀察廣語更樂與五根爲體爾時別與八根共相牽連亦當思惟意不染著菩薩復當思念明更樂與三更樂爲體爾時別與九根共相牽連復次無明更樂自爲體時亦與六根共相連綴非明非無明更樂自作體時與十一根而共牽連愛欲更樂亦與四根共相牽連恚更樂復與四根共相牽連樂痛更樂與二根爲體與九根共相牽連苦痛更樂二根爲體復與六根共相牽連無苦無樂痛更樂與一根爲體爾時復與無根共相牽連復次菩薩眼更樂自爲體時與九根共相牽連耳鼻舌身亦復如是意更樂與五根爲體是時與八根共相牽連色更樂與二根爲體便與五根共相牽連聲更樂與三根爲體爾時便與八根共相牽連復次菩薩亦當思惟香更樂與六更樂爲體爾時便與九根共相牽連設味更樂與二根爲體是時便與十一根共相牽連或時細滑更樂與一根爲體便與八根共相牽連菩薩復當觀知法更樂與十九根爲體便與十三更樂共相牽連假使菩薩思惟校計除去貪著不造更樂便能充滿一切諸願以金色光相好嚴身光曜普照靡不周遍深解諸法悉爲空寂曉知法本亦無有法亦無非法所以者何其無

法者則無所生亦無所滅而爲說法不見所說非眞實法假號言耳內有六受外有六入五陰諸種及一切入斯皆虛寂皆悉假號分別章句及一切法以眞諦觀亦無五陰四大諸種及二十二更樂之本無有斷滅亦無是常非常亦無堅固是謂名曰諸法無言一切諸法本末清淨皆空皆寂無有其名一切法性及與名號皆亦自然悉無所有是諸佛教亦復如是普當修習無處所法何謂修習無處所法謂習憺怕悉無所生修於無欲行眞諦法習學本無而行法界亦習本際了知悉空一切諸法皆無所住無所習行無行不行如是最勝六住菩薩解諸法空復當修習威儀禮節不取當來已捨過去不念現在亦無我所無所受取亦不有主復無被服不可觀見爲究竟空故無有盡設有文字亦假號耳其無盡者則無所生以其本淨志意憺怕亦無出生當離所生及無所生已所習學亦無聲響不見進趣亦無退者推尋邊幅則無有底亦不無底不起不滅是則名曰達於本空講宣平等亦無想念無近無遠亦無足跡是謂爲習所言習者入於法律一切諸法假有號耳亦無來往周旋之處無得無失無聞無見是謂常在住於法界其能奉行如是法者是名爲習云何爲法所言法者法不念法亦不毀敗復不恐難無有希望設無希望亦不想報若不念報則除一切望想之累不逆當來不住現在不憶過去如是行者便能具足等於三世三世等者則無言說不用住故而度衆生最勝當知如來出現演此言教使衆

生類得度彼岸有佛無佛法性常住法界自然亦不變易法界住者是謂寂然復以何故法界自然以無吾我故曰自然或時菩薩計是我所自謂有身意所專著受五陰形觀見因緣名色思想周旋處所言辭往來依倚識知名號假設心中稱量觀察本末四大諸入是時菩薩復作是念我當勸進度三界人當使捐捨淫怒癡病修習道教入三脫門若復思惟使衆生等致於道迹至成羅漢得四果證或復思念意止意斷神足根力七覺八道空無相願四諦眞如滅於塵勞有是思想內於衆生爲眷屬者則於法界而有缺減六住菩薩以是遠離不與緣覺聲聞之心行菩薩業大乘之誓發大弘盎曠大之意心自念言若我作佛務求道慧於百千行使不耗減我當布施捨乎慳悋施以法財淨其禁戒斷除瑕穢謹慎守行建立忍辱刈去瞋恚體行柔和若修精進護懈怠垢勤力導修初不棄捨若處閑居修於正受意不亂轉逮得一心從三昧起奉行其義六度無極開化衆生以求佛道欲成道果要由六住成等正覺降伏衆魔轉無上法度脫人民以佛永寂而滅度之究盡聖慧學治住地宣暢如來十力之業十八殊勝不共之法四無所畏分別辯才通達無礙亦不想求於色無色無所貪慕應適前人分別五陰無所起滅生老死苦是惱之相設解空者是謂苦諦曉知五陰所從緣起所見萬物皆有想求別了其意而無是非雖不求者亦不永忘是謂集諦不與去來今現在事而俱同塵亦不住中有僥倖心悉知消滅

而無所有是謂盡諦欲致道者了苦集盡以
八十四聖所尊重神達之智除去緣縛猶豫
結網是謂盡諦分別四諦一切所現善惡苦
樂心知世間悉了本末不以爲求雖不求望
不取其證是謂菩薩行於道諦解了身空寂
滅不起以無殃疊亦不除罪無取無捨復無
斷壞無身不身不見施設有造作者不在彼
此亦無中間如是最勝上位菩薩常當思惟
除二十二更樂之本根連之殃乃能修習崇
菩薩業是謂最勝上位菩薩於六住中而淨
其行

十住斷結經卷第二

音釋

懱 莫結切 輕易也 漬 疾智切 浸潤也 疊 許覲切 罪疊也

十住斷結經卷第三

姚秦沙門竺佛念譯

廣受品第七

爾時最勝菩薩復白佛言云何阿毗婆帝菩薩於七住地而淨其行佛告最勝菩薩常當於七住中必報施勞終果其願去離計著不見有我雖度衆生不見有度亦復不見我人壽命斷滅計常十八本持諸入之性遠諸衰入顛倒之想亦不願求欲生三界常欲親附依佛法衆戒念天施空無相願亦復不見有入道者雖知有空無相之證知而不處不入其境慧過無願身口意淨悲念一切衆生之類復不自念哀愍衆生等視諸法斯空無主亦無所入欲爲導御勿爲貢高無所生忍報應之果一道教授不猗名色永離邪業而無所著求想知滅而不迴轉自調其意慧無所礙永去三塗不染於欲菩薩所說建立應時出入進退不失儀容一切望想貪求之意永不生念諸所受取審諦安詳散所施設無有錯誤亦無此心懷勝負意常當思惟寂然之法其寂然者斯乃名曰不退轉法諸佛皆歎而授名號乃得稱爲無所生慧所以者何於一切法亦無有心其無心者則無所生無所生者是則堅固不退轉地又初發意菩薩心者牢固其志常當守護弘誓之心猶若金剛不可沮壞遊於無量生死之難一切所有施無希望常有等心加於衆生我皆當度一切萌類以佛無爲而滅度之雖度衆生亦無有人至無爲者解一切法斯無所生分別曉了一切諸法常加精進無所遺漏其慧普入靡

所不達具一切智了入妙門諸所愛重無有增減以無貪悋斷諸妄見阿惟越致雖在三界不起衆想若起想著便在邊際在邊際者計於吾我倚其所施願及一切蒙勸助福作是施者便有三礙我人想施流轉生死纒綿在俗終不能得度世之道最勝當知於是菩薩若惠施時不著吾我不見受者而有所取設有所施未曾望想而求報應菩薩所施勸助一切用求無上正眞之道平等三世無去來今了一法身不處生死不止滅度教化一切悉無所住柔和心性愍哀諸厄等心廣濟一切衆生親善知識咨承未及習求經籍用悟疑結數念捨家不慕居業解了相好達之無形等觀諸法明悉解正無所從生宣暢一品蠲除衆念去諸亂想捨諸邪見滅塵勞穢寂然審諦其心調和志不懷害不隨染汙若入此地在其處者乃當名曰號不退轉一心入衆恒以神通而開化之解諸佛土空無所有普悉逮致究竟之處具足曉了衆生根元隨其所好而爲示現最勝當知七住菩薩精進勇猛如幻三昧常現在前隨彼衆生心意所趣而度脱之或入五道逐而救護不捨本願從其本誓輒得成就識別種種言辭所說尋以辯才報前音響則爲說法先達了知命根所趣至欲成道坐佛樹下莊嚴道場功勳具足通諸佛法靡不周悉菩薩恒當思惟退不退轉極妙之法悉達諸觀了其邊際而無處所亦無有終亦無有生菩薩思惟不退智忍明知諸法聚散堅強永使滅度不退智忍雖處放逸了於諸法而無馳騁不退智忍復

在諸法解知五陰起無所起不退忍者解一切法無有音聲所謂無響亦無往還不退智者存於諸法具足衆妙六度無極周遍虛空而無缺減不退忍者雖在諸法無來無去立坐卧寐無應不應不退智者法性常住住無所住亦無窠窟有其處所不退忍者悉於諸法無尊無卑無高無下不退智者於一切法捨離斷滅計有常心不退忍者皆由衆苦而生恐懼當知本空亦無處所不退智者於一切法去諸覆蓋普遍如空捨除六事不退忍者復於諸法消化塵垢不念不忘不退智者一切諸法無應不應亦無合散離遊諸法躅除塵勞永使無餘不退忍者因從其慧行無所習悉無知者亦無不知無思無見不退智者諸法無動無能搖者憺怕寂然亦無想念不退忍者諸法磨滅無有退轉皆悉滅盡不可模則不退智者於一切法本末無住性自如空不退忍者一切諸法皆在幽隱靜寞之地所至無礙亦無患難不退智者法界性住常以隨時興顯諸法不退忍者一切諸法悉爲空寂不念不捨無著不著不退智者乘載諸法令度彼岸不見彼此有度無度不退忍者不念諸法生老病死諸入憂惱不退智者攝取諸法而不可得志在深妙獲六度法不退忍者計於諸法以離垢穢本末無瑕不退智者於一切法奉修平等亦不有轉不退忍者不見諸法種性所造了知爲一不退智者於一切法亦無所求不懷憂慼不退忍者亦由諸法共相發起無有中息而懷懈怠墮在邊際不退智者曉了本無無進無退亦無若

干不退忍者斷除諸法所歸音響皆悉虛空不見相貌不捨本無法性自爾不退智者於一切法無有罣礙無來無去無著無脫亦無所生不退忍者除諸穢惡行甚清淨不退智者宣暢諸法調定衆智降伏縛著使興道心不退忍者悉度諸法輕慢之輩乃至恩愛報應之緣不退智者一切諸法以離名句其名本無無得無失不退忍者普使諸法無放無取不沒不生不退智者去心貪著究竟本末亦無增減不退智者爲法根本出生殊勝獨步三界不退忍者思惟苦本追尋分別知所從來不退智者分別根門意識因緣不退忍者菩薩要誓終不差違不退智者不以令身更受胎分恒當化生不退忍者思惟陰入諸種興衰持入陰性不退智者分別身中起不淨觀從頭至足無可貪者最勝菩薩常當思惟分別了知初發起學菩薩心者以不退忍觀了七本亦不生滅著斷之名七住菩薩復當思惟賢聖八本皆悉不見主滅著斷設使最勝隨所受生在彼校計若生色界五地十六四三二一在下位者正有七本亦當思惟無形界中復有十一了知空寂阿惟越致以能成辦苦忍苦智集盡道忍及賢聖智亦當分別八玄通忍除五十二無明之漏七住菩薩常念依初禪行六聖智修三三昧及三梵堂緣於喜根設依中禪而不取證當修七智無覺有觀心行守護空無相願假使菩薩因彼二禪思惟八慧無覺觀喜空無相願亦不受證若復菩薩復念三禪分別十慧不念覺觀空無相願快樂自娛是時菩薩於四禪中

復當分別十六聖智亦無覺行三梵堂等守護其意而不漏失其能入此菩薩寶藏行於智忍解無瘡病不爲五十二漏之所繫著分別諸法次第所起逮得聖慧不退轉法假使菩薩修行十六殊勝之智終不懷抱狐疑邪見則能消除一切衆結其心堅强而不怯弱意念牢固亦不昏忘獨步三界無所忌難志若金剛終無羸劣心常慚愧羞恥不及意能照鑒靡不通達智如玄明莫不蒙曜辯才言辭終不有滯逮致總持未曾忘失所爲決了不懷沉吟所在遊居輒行佛業所造平等意無增減言常柔輭不傷於人性不卒暴審諦安詳知人志趣輒爲說法分別五陰剖判諸入曉了諸法靡不備悉遥觀三世報應因緣知人心念而爲說法是處非處善惡果報慧心甚深亦無邊畔明解善權隨時適化知時進止出入行步識別可否威儀禮節初不失宜所可遊居興發無上正眞道意如是最勝菩薩大士在在處處說法度人令成道果棄捨衆難使獲永安終不生於八不閑處所遊國界而得自在聞其所說輒得度脫其有承受奉其言教尋便逮致不退轉法曉了空慧無所從生便成無上正眞之道菩薩常當施權方便亦不自念吾今以能降伏色想本我求願今日已果不生小心而隨取證是謂菩薩無有轉退分別十二因緣之法皆由無明便致生死尋其所生求不可見亦不可觀亦非有相亦非無相非不有相非不無相達知如斯因緣之本不見所行有正無正及上中下亦復不見罪福報應造不善行解了諸法

悉無所生修諸法本不見合散是乃名曰因緣所起假使無緣便無憂患言無患者無明行滅則無老死憂悲苦惱通達識知別十二法一切有因諸法名號因緣合散非我無我非彼無彼亦復不見我人壽命生老無常不見所入復非有入達知識入悉無所入如是入者則了一切退不退法是謂最勝不退大士若欲具足一切法者當了無常苦空非身雖知虛寂同衆生故而不取證菩薩行淨不著有爲衆生根深不盡有爲解十二緣斯有爲法菩薩導引使了無爲菩薩雖處無爲境界行空無相無願之法不住無爲而取其證了知無常爲磨滅法修行功德不懷疲極觀彼受生衆苦之源護彼衆生而自省察觀諸法滅亦不究竟觀痛意法尋無處所觀無所生不見所生觀念衆生爲彼重任觀漏無漏不滅三界行四等心慇彼後學意存無著不捨弟子緣覺之道如是最勝菩薩清淨意志審諦隨人所好而爲示現應適衆生終無有損得一切願以功德慧其心鮮潔眼所視色索之了無習行忍辱不興亂想其有罵詈瞋恚向者唯念其法解內外空而無所有亦不起疑而限於空不自見身及與他人所以者何阿惟越致從索手脚歡喜與之設復求頭其心倍悅不逆前人無所貪惜求妻子者即持施與心無變異所說章句唯務無上正真之道不大慇懃勸進於人作金輪王帝釋梵天爲一切人說微妙法發心起學爲菩薩道神通遊行見十方佛禮事供養諸佛世尊正使三千大千刹土滿其中寶心終不興想著

之心一切所有視無所有亦復不念是我所有意悉清淨不想色求同一法身不可見故視一切人如法界住逮得道眼神足備具以得慧眼便知所有都無所有漸解如爾眞際法性便獲佛眼十八法本分別法眼通達無礙具足十力執持弘誓便至無爲不死之境最勝當知其所修行如一切智習行所住故無所住解了此住住無所住學亦無學菩薩常念空寂之法諸法隨順而無反逆不以隨順而在平等不以反逆而墮邊際復不習邪墮於魔界亦不學正僥倖大乘所以然者不棄捨法牢固之要以不捨法則不犯非以自知者無所復作便能專心制持五陰使不流馳便度魔界無能中道蔽菩薩心爾時最勝白世尊言云何不退轉菩薩住無所住學亦無學佛告最勝七住菩薩住於三界不染三界亦無所習不習學者是謂爲內不求習者是謂爲外雖習於外不隨弟子觀無所學亦非緣覺所謂習者生死所學菩薩所修謂學無知習無所習學無所學習是名色習是因緣習謂我見習者是愛習是我所亦非我所習者雖貪學習布施習雖犯戒學習護戒復不於戒而自貢高習亦恚相學習忍辱習爲懈怠學習精進習爲亂想學習一意習者無明學習智慧習無果報學習功德習爲俗業學習於道習謂無脫學習得度如是最勝七住菩薩習無所習學無所學至無極慧一切諸法不見得失亦無所入亦無不入不可以色計有所入痛想行識亦復如是不從法數而至有極亦復不從非法之數得至無極求

一切智當如智住不自念法言是我作作解了者爲一切智菩薩欲求一切智者當從四大造色中求所以者何計身則礙而受四生不計身者則離愛欲菩薩住者如智之住以過諸界住無所住不計有生不爲生毋若見生者是皆非生以知無生號無生慧作是等者是謂平等無極無限大乘之等佛說是時十二那術百千天子悉得無所從生法忍七萬二千人皆發無上平等道意爾時座上尊大聲聞長者迦葉舍利弗摩訶目揵連阿那律離越難頭婆羅分耨文陀尼弗空須菩提等五百羅漢即從座起齊整袈裟右膝著地悉以頭面著佛足下皆共同時舉聲悲號哽噎哀感以手揮淚前白佛言我等見淺永斷聖種佛道深邃不蒙洗濯若有男子女人下至凡夫在三塗中欲求道者當發尊意至成作佛所以者何如佛今日以百千法爲吾等說不能成就發菩薩意私抱恨悔永無所及今雖得道稱爲羅漢六通清徹德超三有故不如本百千萬劫作五逆罪入無擇獄冀望罪滅會有出期漸蒙解脱以至滅度便得發意成菩薩道今已根敗無益時過所以然者以其燒然菩薩種故器以穿漏不復容止成菩薩道飛行蠕動有形之類一足二足至百千足皆悉依地而得生活食以甘美衣著輭細羣鳥飛空繫命在地吾雖得道猶養四大我與鳥獸有何差別彼雖雜垢漸漸得免畜獸之形種德不息成大乘跡諸天及人皆蒙度脱自怨鄙陋不及上尊皆懷愁憂悔本所修時彼會中千七百人未踐跡者先修聲聞

緣覺之法畢志堅固發無上心即於座上逮得無所從生法忍因其敷演六度大法宣暢四諦苦集盡道四恩四等訓誨一切令發道心時舍利弗承佛威神宣告來會諸菩薩等聽我曩昔在坏器時或從一住進至五住還復退墮而在初住復從初住至五六住如是經歷六十劫中竟復不能到不退轉所興即悔亦不究竟設當持心如淨戒者所願必得而不犯俗以智慧法靡不照明菩薩以住不退轉地亦復不計施與不施亦不見戒忍辱精進一心智慧亦復不從欲色無色界法亦復不從身口意行於一切法皆無所著悉如幻化野馬影響所住本末而悉清淨無有吾我壽命長短不見道俗是非名號亦不自念我當求是當不求是無憂喜想無緣無作亦無所生亦無所見亦無處所作是學者無欲怒癡無增減學不墮惡趣有退轉心欲成至佛當如是習亦不作罪亦不作福亦不有成亦不無成不想無想諸法悉等而無差特時舍利弗說是語時復有無央數百千衆生皆發無上正眞道意爾時最勝前白佛言云何一切諸法皆如幻化野馬乎佛告最勝譬若如化來不見來去無處所解知諸法亦復如是無所從來無所從去性自然住不見變易諸法無作亦無造者如來身者一爲化身二爲法身夫法身者不可覩見亦無形像化身如是虛空無形是謂最勝阿惟越致所修行本在諸大衆能師子吼行於空慧無能逮者功勳純熟諸法清淨無極深妙不可思議巍巍難量如是最勝不退大士於七住中而淨

其行

十住斷結經卷第三

音釋

騁 丑郢切馳騁奔競也 哽噎 哽古杏切噎烏結切哽噎聲塞也 蠕 而兗切蟲動兒 坏 鋪杯切未燒瓦器也

十住斷結經卷第四

姚秦沙門竺佛念譯

童眞品第八

爾時最勝菩薩白佛言世尊云何第八菩薩於八住地而淨其行佛告最勝第八菩薩常當具足以神通慧曉衆生根觀其意趣而爲示現復以神通遊諸佛國觀其奇特殊妙之行還自莊嚴其佛國土自往奉覲禮敬諸佛觀佛身相空無所有學習知忍分別諸根常入如幻三昧定意知其無本所作功德隨前形器各隨其所而成就之以過空行無相無願不有形像度於三界永無縛著慧無所念不有生滅以無所生故曰爲慧作不見作亦無造者是謂名慧亦無壃界中間處所都無住止亦無窠窟慧爲清淨識無所倚所以然者由無想念慧無有限用力方便不止貪欲亦不住色不住無色雖與同垢不爲染著是謂最勝名曰大智離淫怒癡不處愚冥永爲解脫而無罣礙不著不斷去十二緣無明根本不見我人無我不我不住貪欲了之爲一無求色想復不念在一切色中是謂第八菩薩慧業終不隨緣無煩惱患不與疑合亦不有爲非不有爲亦不求福非無功德以越諸惡非法之事所以然者法性常存不見愚者而行非法不見憂惱其身心識意不亂想流馳異念是謂最勝名曰爲慧分別空觀了知無生斷滅計常不使興起抑制六關終不邪闚誓在曠遠不計限局修童眞業而不越序若見退墮在下位者輒便誘勸務使上及奉順法者不斷諸佛所修律本身心怡然不能

窮已與隆道樂不除法身不斷聖衆不有縛脫復當修習道俗之法以法性故不斷諸學使愼禁戒因本清淨而不可盡諸在生死斯皆有盡流轉五道周旋往返亦不寧息住無常處斯亦盡滅外道異學雖獲五通不離世智願求長生後失神足亦復命盡便涉生死或有衆生勤行五戒十善之法得生人天精勤五戒在欲天中封受自然功德具足或有衆生習學空定在色天中以歡悅爲食不念苦本或有衆生心識澹然希望無爲謂爲無想永寂泥洹斯皆自調不至究竟滅度之處第八菩薩觀了斯處而不染著恒數演法勸進學者使遠離之最勝當知童眞之業亦復遠離二乘之道從須陀洹至辟支佛皆有疊發菩薩終不念羅漢法所以然者以其用心倚泥洹道緣覺所修菩薩不學以其發意無大慈哀有斯學者此皆非正若有菩薩欲究竟學習智慧海盡其元本而不可窮誓願不捨一切衆生修如來法爲不滅性慧無窮極故不可見道果數開使得成就言種實者菩薩發意弘誓之心十力無畏十八不共殊特之法亦不思議亦不可盡第八菩薩在在遊化執意行忍無能思議心不念非無有衆惡不懷恚恨加於衆生又不與意與人競諍復不導人有所毀敗愼護身口不妄有犯將護衆生愼已行本不處邪部思惟善業無愛欲意能莊嚴身如佛色像爾時世尊告最勝曰童眞菩薩常當習行音響句義云何菩薩學音響義於是菩薩知諸法空不染諸見思惟無相不與亂念分別無願永離三有法無婬

欲本性自淨不起恚怒永使不生觀了無明不爲愚冥復當思惟當來過去現在之法盡無所起諸法自然不見興滅不見生死不爲報應信作善惡知有果實修口清淨不行妄語其心解明行無點汙所與事勝不捨一切常自校計夢幻之法設有邪念即自覺知志性柔和守護其意使不生惡常生清淨眞正之土設在人間衆德具足相好八十聲如哀鸞亦若梵天所説微妙不懷綺飾去婬怒癡無復憂感終不惡顔恚恨向人所造功德未曾忘失隨其根本使至永安常以法言勸進一切降伏外道邪學異術以離苦惱無復戹難備悉諸佛具足之法人常忍辱身心至密現受罵詈默然不報若使衆生取撾捶者不念怨讎亦如地大包受萬物終無識想有增減意所以然者斯由法性本來空故設有忿怒終不有恨視彼恚色如幻如化興意來向不持心逆若念惡者陽若不知密自思惟吾今審諦知之爲空當求遠離不與彼緣前人懷恚我宜慎之假使有人來稱譽者不以爲喜若見捶者亦無愁惱所以然者不見已身及彼杖痛皆由積行降伏心意在閑靜處校計身中生老病死非常苦痛愁憂恐怖飢渴寒熱復重觀察是身壞敗爲非常法是身爲苦器衆病聚集是身虛空四大還本是身無我無生無滅三界衆生爲流所漂愛欲流者沉沒流轉亦無休息先當制心不使增多復當思惟有流之本處在三界所更生死受身不息亦當思惟邪見之流衆生愚癡隨顛倒見六十二塵迷荒之道無明流者三界衆生

懵懵爲癡不知眞道以不淨爲淨返入欲流以苦爲樂以非常爲常以非身爲身亦不思惟除去貪濁而自侵欺長夜不習老不息婬有財不施不受佛語是謂四蔽遂增愛根意念身行共相受入如是最勝菩薩入定寂寞而觀棄惡除欲不善之想内自觀身思憶三寶念察非常苦空非身隨賢聖教無苦樂心修行四諦究暢其義生爲苦諦愛爲集諦清爲盡諦度爲道諦患厭此形無一可貪深思根本爲從何生隨性觀之方知根源苦從身生集因愛生愛滅成盡無欲成道常遵慈心無有害意長養道化愍傷衆生生死勤苦爲之拔濟和顏悅色向於羣萌勸教衆生使發道意所言通利而無滯礙知諸法相眞諦之義達了諸法隨時而入卒問尋對應機無難所說應時辭無錯亂菩薩慈心愍傷一切遍念衆生有形之類不免疾病衰喪之痛爲設方便欲令解脫復起悲心哀感一切飢渴寒熱得失罪咎艱難之患思惟巧便欲令恬然復以喜心念諸世間皆有憂苦恐怖之難吾當方宜永使安隱常以守護之心願度三界八難生者愚癡蒙闇不見正道念欲成濟使得無爲愍哀衆生心不動轉雖行此法意不染著不以勤苦而生退轉渴仰無上正眞之道於諸通慧而無厭足設在五樂歌舞之中亦不生心而用歡喜曉了世俗斯皆幻化一切萬物盡歸無常不爲八法所見傾動心恒遠離如避劫燒不處其中爲人所惱若欲恚恨來向已者終不還報如毫氂許爲人所敬無敢犯者假使有人欲害菩薩節節解身各

在異處悉能忍之不生亂想因欲具足童眞之行菩薩復觀身心之法合成散滅何足貪著而欲寶之緣是果行必獲佛身備悉成就如來篋藏建立大誓究道根元菩薩行權變化無窮若在外道異學之中現身入火坐臥自由復從火起無所傷害輒使其人知有眞道心自改悔修清淨行化愚惑意還令返眞因從生天爲講演法解知天位亦復衰喪菩薩權道無所不入釋梵四天王無不自歸而稽首者斯由積功道德超殊亦非二乘所能及逮童眞神智亦無邊底心曠無涯不可限量所說有益亦無損耗以是之故慧不可盡一一分別眼耳鼻口身心之法了知悉空亦無所有達過忍慧便逮衆智不念一切是常非常尋便得入無極之慧若與前人音聲來往思惟言教猶山中響有解此者名曰權慧亦復觀察有爲無爲空性之法諦自虛寂假有號耳不念已身以得道果餘下劣者亦不及逮復不自念修行戒律奉遵法教終不興意生若干念是謂童眞權慧無邊或有菩薩行中和忍空忍頂忍不退轉忍如實觀察而無虛妄修三梵堂空不住本不念牢實無思想觀不念有相亦不願求而與願想法界一相亦無形貌思惟生死亦無終始亦無施爲無有施爲不見過去當來現在周迴往來都無眞實過去摩滅現在不住當來不生有德不見無德無德不見有德不爲有德不爲無德非不有德非不無德了知有德無德澹然空寂不有生滅著斷之名復觀無生不有所生不見無生分別有生及與無生虛而無實

一而無二不見度世道果之證亦復不見前後中間文字言教不見解散不與世合復不見聚而共同流如是最勝童眞所修深遠難及可不思議無能及者不見道忍與智忍合不見智忍與道忍合亦不不合不見無道與無智合不見無智與無道合道忍及道自不共合非不有合亦不不合所以然者性自空故最勝當知世有二法令新學者有狐疑想云何二法起狐疑者於是菩薩修百千法倚著泥洹謂以爲脱有斯行者則有減損或有菩薩知泥洹性永爲解脱不與染著施設生死無從無離深知爲一而無若干分部之名菩薩慧忍終不生心而有彼此平等大乘解入空慧無著無斷無所染汙乃謂平等等性觀了無縛無脱亦無所造故無所生不見自然有生滅者解脱然者乃謂自然不見有然不見無然解脱自然悉無所有是謂清淨是謂滅盡如是最勝菩薩積行慧無窮極行無生慧而不可盡從初積學至于道場坐佛樹下降伏魔怨成無上道先當入此忍慧定意然後乃遊師子奮迅獨步三昧放大光明普照三千大千刹土有見光者斯皆忍慧所見纒絡意識柔輭無强梁心常以慈哀攝身口意言教清淨終始無損任縱無爲於尊佛道遊志三昧心無亂想爲人謙下不驕慠人功德道果日夜滋生縛結怨惡永無根芽堪遊他方諸佛刹土知其光明神感之應訓化羣萌靡不度者尋其光明了無所有分别相貌亦無眞實復當分别色痛想行識所起相像云何觀達五陰之相有見光者是謂爲色有

形質者是亦爲色取受付與是亦爲色已身護持亦復是色若與他人亦復是色次當了知痛之起滅爲由何等而有此痛苦痛樂痛不苦不樂痛常念分別而無苦樂況當有痛此則不然具曉了者是爲痛相深記去就流馳不停追憶往古未來現在若男若女及餘無數無限之念名曰思想解知此想無來無去亦無處所虛而非眞亦無名號故名思想若復見行善惡之法有記無記有漏無漏有爲無爲有所造作不以爲礙菩薩于時見行善者非爲不善見行惡者非爲不惡若復有時亦不行善亦不行惡當念分別不見無善亦復無惡是謂最勝名曰爲行復當曉了何因有識識非一相眼耳鼻口身意之法亦名爲識色聲香味細滑之法亦名爲識達知更樂與衰之法亦名爲識在思想中亦名爲識離思想者亦名爲識有善有惡亦名爲識無善無惡亦名爲識亦非有善亦非不善亦名爲識解知此識爲從何生復從何滅解知無生亦無起滅達了此者是謂爲識如是最勝童眞菩薩捨身受形身根意識初不錯亂不受中陰而有留難衆生神離住於中陰隨其輕重殃禍之本便有留難菩薩大士發意之頃隨意所向尋往受形而無流滯最勝當知童眞菩薩常與一生補處菩薩以爲朋友隨侍遊觀佛土清淨選擇極妙最上佛土志存盛好施爲佛事第八菩薩逮得自在從其緣化靡不周遍所宣道法而無窮盡常以善教可悅衆生時彼衆會有諸菩薩各心念言今日如來頌宣慧業歎童眞行功德果報亦無

等倫今觀最勝大士所修履童眞業亦無差違假使最勝成最正覺無上之道得佛道時所號云何其佛國土功勳嚴淨爲何等類諸菩薩衆成就云何奉修法律有差別不爾時世尊知彼衆會心中所念便於座上尋時即笑無數億百千光明從佛口出照于十方無限世界蔽日月明覆魔宮殿光還遶佛無央數帀從項上入時會菩薩即從座起偏出右譬叉手禮佛而問笑意佛不妄笑願聞其意爾時世尊告衆會曰汝等見此最勝菩薩不乎對曰唯然我等已見佛告來會諸菩薩等此賢劫中百佛過去當有佛出號師子威如來出現於世至眞等正覺明行成爲善逝世間解無上士道法御天人師號佛世尊國土名號如今無異時彼土境國界神妙五穀平賤自然無價人民滋盛城郭嚴整合以七寶金銀瑠璃水精硨磲碼碯珊瑚琥珀及摩尼寶時彼佛土平正有八交道純以寶成其地柔輭如天細衣猶兜術天被服飲食宮殿室宅園觀浴池交露棚閣巍巍殊妙其佛國土神德如是諸天人民自然顯發作倡妓樂懸諸繒旛豎立幢蓋燒衆名香雨寶妙華將護正法使不缺漏導利開益無量衆生今此最勝菩薩從此間沒當生無怒佛土極樂世界已生彼土時無怒佛爲諸菩薩宣八千四百奇異法門闡揚道教歸於句義往返周旋不斷三寶皆使衆生立不退轉說是語時其在會者咸皆歎曰善哉善哉最勝大士以成佛號何其速耶願將來世得生此國值師子威如來出現世時遭蒙道教修童眞行如最勝

也時會菩薩重自念言令諸衆生普皆得慧忍智之法如今無異其聞此聲無有恐怖不懷猶豫爾時世尊告最勝曰菩薩行備具足衆德顯示殊特無量言教應時示現靡所不入或爲凡俗孤老之形或爲幼童嬰兒之像復以權變入於四道與須陀洹已成就者而爲朋友便説上要使不懈息復執方便入斯陀含勸使斷除五災之難能令得入不經七返或在天上敷演甘露純熟行者不來世間或與無垢眞人共會爲説身苦六十八法自歎鄙陋缺無上道徒喪慧明損辱法典或現諸佛縁覺之道顯揚神足現十八變默然教授使得解脱内懷權慧應適人心隨縁投藥使不增減或與新學初發意者入清淨定使諸衆生普見色身乃令三千大千佛土在手掌中共相供養於中往來無增無減令發無上正眞道意時有菩薩名曰究暢即從座起長跪叉手前白佛言唯然世尊是三昧定有何名號乃令三千大千刹土十方境界普在掌中其中衆生興敬供養而無增減乎佛告究暢菩薩大士曰其三昧定號曰清淨普現色身顯現變化靡不容受國土境界如故不異亦不增減正使三千大千刹土及恒河沙無量佛國悉在掌中共相敬事施行福業坐卧經行隨意所娱其中衆生各不相知已身所在無所觸嬈究暢當知皆是童眞菩薩威神之所施爲在所現化亦不見身竟爲所在不使衆生有增減心爾時座上諸來會者天龍鬼神乾沓惒阿須倫迦留羅眞陀羅摩休勒人及非人各自生念欲令最勝大士菩薩

示現神變清淨定意是時世尊知衆會心各有想念便告最勝菩薩大士曰汝今最勝當爲一切衆生及來會者現是三昧清淨定意令諸會者有篤信心是時最勝菩薩大士承佛威神敬奉聖教即於座上三昧正受令其十方恒沙刹土天龍人民及鬼神王并餘尊天諸會菩薩有形之屬皆現掌中於中顯示有禪定者有經行者有興功德作佛事者所現殊特巍巍難喻無以爲譬現神足已一切十方諸來之會還在本位如故不異最勝菩薩亦在本座衣服嚴整不失威儀時究暢菩薩語最勝曰仁者所現三昧威神超越無量無限之德神感威顯實無等倫乃能容受十方世界在其右掌而無增減我等勤加興功立德進修清淨定意之法務及童眞大士之行爾時最勝報究暢曰如是如是如汝所言若有新學發意行者務欲修習童眞之法當念勤加成就道果使不中退菩薩精勤有二十事所當應行育養擁護不使損減何謂二十無缺漏法於是菩薩修童眞行發大弘誓無蓋之心念欲拔濟危險之厄是爲精勤而無有退復次菩薩合集徒衆訓以道教無形狀法恒說空無虛寂之聲是謂童眞行無有退復次菩薩廣布功德使諸下劣得蒙纏絡先除貪意使無想念却乃訓道檀度無極復次菩薩見前衆生有困厄者輒身往化安慰其人使不受痛常念育養心無變易復次菩薩造立苦行經無數難求高明師諮受言律奉修正法常念擁塞六無根本復次菩薩求無上道心無榮冀有所染汙心常精勤諸神

通慧行於止觀除愛著心復次菩薩隨時應適曉了權變無覺知者前受教人癡心通達然後乃告方便之宜復次菩薩發心誓願備悉相好莊嚴其身自淨其土作黄金色所將眷屬同爲一相復次菩薩誓度曠遠不懷怯弱而有滯礙雖處生死不辭勞苦畢志堅固降伏外道復次菩薩造立無數功福之業常念衆生不自爲已有繼著心思惟四諦覺明觀慧復次菩薩被弘誓鎧從無數刧求無上道終不生念我行眞實有此行者則有耗減復次菩薩包容凡夫來自歸者微説道教指示徑路令知所趣觀前人器乃授甘露復次菩薩觀察方俗王法所制勿生叛逆善則從之惡則竊避無自貢高毀敗風俗復次菩薩當學入衆若梵志衆若長者衆觀採禮儀可行知行可坐知坐可卧知卧應適威儀而無錯謬是謂童眞菩薩而知入衆復次菩薩常當修學無生法忍無起滅慧而悉具足一切佛法遊化十方無量佛國欲得備悉諸總持門諸衆智門曉了智慧而無窮極當念修習童眞之行復次菩薩執正御亂不處邪部具施戒忍精進禪定智慧善權三十七品空無相願其心不懈亦不疲厭終不忽忘弘誓之心是謂童眞牢固之心復次菩薩合集功德衆善之本自纏絡身修諸相好而自莊嚴消除憍慢無明邪見童眞菩薩一相清淨則不染著不見境界有淨不淨爾乃周備相好功德無量福業而悉具足亦不懈怠有退轉心何以故以其童眞菩薩發大弘誓不捨本願廣布慧業精進無倦是謂菩薩修童眞行復

次菩薩分別幻化欺詐之法觀了空寂永無所有亦無形質而可覩見長養精進務修本業於十六分而不遺捨行慈菩薩恒自校計欲爲我生爲從何出深自思惟出無窠窟此是世人自起識想染著之意而興欲火焚燒善本墜墮五道斯由貪欲無明結故若有菩薩分別五欲皆不眞實勤欲思惟永不與處設聞他方曠野之處彼有苦行斷欲之人便能方宜誘導衆生到彼方域輒見苦行斷欲之人心意清涼不懷熱惱使其衆生皆發道心除去五欲漸漸將導遊諸佛國禮事供養諸佛世尊轉復引入深法之奥然後乃具布施之德戒忍恩和建立精進一意入定念不馳散廣修智慧無涯之業是謂究暢童眞菩薩所修行道弘益靡不周悉若有菩薩初發習學諷讀講論二十行業然後乃發履童眞迹當其最勝說是法時萬七千人皆發弘普無窮之意慕修童眞二十行業十千天人皆得無所從生法忍復有無數衆生之類增益功德不懷中退爾時世尊告最勝曰善哉開士多所饒益多所度脱若有菩薩被弘誓心合集功勳不懷懈惓加行勸助而修法施欲以開化衆生之類合集度脱入泥洹界永無來往是謂最勝童眞所修德不可量若有菩薩發心起學常當修習二十行法却乃漸入深法寶藏如是最勝當作是學如是學者便應第八菩薩之道

定意品第九

是時最勝菩薩復白佛言何謂常淨菩薩於第九地而淨其住爾時世尊告最勝曰九住

菩薩修習定意一心解門三昧正受而不虧損於淨不淨常若一心雖處塵勞恚恨之中不與亂想生若干念觀知衆生心意識著緣結苦惱之所繫縛所因報應而致此患復求方便權詐之法當何巧便得至永滅而取度脫是時第九菩薩大士當復思惟斯諸想著皆由不順正法之想從無明行致斯緣報唯當一心生其道念念佛法衆戒施天念安般攝身及死亡念守護一切使不煩亂勤行精進如救火災所建功德充滿一切内懷志願存於道果行諸通慧靡不周悉常念思惟愍傷一切由何衆生有塵勞患諦自觀察尋其源本皆由無明而致行報以生行報則有識神識既有窟謂爲名色名色已生具成六入内外相因便起更樂心已染著轉復生痛解了苦樂乃生愛意愛根已生共相受入生老病死愁憂苦惱漸漸長益欲愛報應第九菩薩觀斯報應深處思惟塵勞之縛虚而不眞諦無有實自觀緣報復知衆生分別果實都無處所應無所應報無所報復以清淨眞觀之法使其衆生令致清淨常念勸勉勤修定意先以權便觀一佛界有幾衆生建立堅誓造功德業進修無上莊嚴道樹有幾衆生禪寂入定神足變化權現無方復幾衆生荷負重擔爲人重任而代拔苦不使受惱爲幾衆生斷三結使具成道跡有幾衆生三垢已薄得頻來道永與苦别有幾衆生無五下分纏縛之難不復往還至此世界有幾衆生斷上五結遊諸解脫而自娛樂復以神通五眼觀察諸在幽隱法没盡處當有緣覺居止山林

隨時出現人間教化菩薩亦復思惟彼處有可親近有不可親近云何族姓子一意觀視一佛境界衆生之類建立堅固造功德業進修無上莊嚴道樹於是族姓子九住菩薩若見衆生有堅固心即設權便與作善知識隨時育養增益精進擁護成就畢志牢固不可沮壞誘進開示使知深法不慮遠近險難之中正使前有火災隆熾燒一佛界融然一體路由其中到他方界聞彼有佛敷演道法無生無滅無老死法便能前進没身自歸安隱至彼身不被燒亦無熱惱得覲彼佛禮事供養合集功德殊異之法便得成就亦無退轉若使遭遇大海深水如一佛界上下周帀而無有異於中立誓能自投歸亦不怯難所立功德志願堅固不可動轉是謂九住菩薩住大慈哀不捨一切攝衆生故云何九住菩薩觀彼衆生禪寂入定神足變化應適無方於是菩薩若見衆生遠居深山無人之處執意思惟入第一四禪第二四禪第三四禪第四四禪是時菩薩見彼衆生復從第四四禪起入第三四禪第二四禪第一四禪是時菩薩復見衆生但入一禪不入二三四或入二禪不入一三四或入三禪不入一二四或入四禪不入一二三是時菩薩亦見衆生入空處識處不用處或時菩薩觀見衆生但在空入不在識入不用入或時獨在識入不在空入不用入或時獨在不用入不在空入識入或時乃在第四四禪不在上下三禪九住菩薩便往至彼與爲善友使成功德不令厭倦能使衆生必至堅固者乃當稱之名曰九住何

謂九住菩薩荷負重擔爲人重任常代拔苦不使受惱於是菩薩以權方便往入五道隨時應適衣被飲食牀敷臥具病瘦醫藥若在三塗八難之處輒身往度趣使前人不令受苦或入地獄餓鬼之中便能廣惠各得飽滿是謂第九菩薩堪爲衆生荷負重擔云何菩薩勸喻前人斷三結使令成道跡漸得果證永與苦別於是菩薩執權方便現若干變與說聲聞緣覺之教說泥洹樂寂然無爲或時與說菩薩大士無生無滅虛無之法以能知彼衆生念已先論大乘方等之要布施持戒忍辱精進一心智慧大慈大悲四禪四等根力覺意八賢聖道及三梵堂其人聞已心意肅然衣毛皆竪隨器勸進使成道證或時菩薩觀彼衆生本發菩薩意自忖疲厭而不能得便欲退還入聲聞道菩薩于時復至彼所言卿積德以來今已垂辦光相種好當莊嚴身廣運衆生修治佛土何乃退還就於小道其人聞已倍自悔責咄哉無狀實爲可恥乃使通神菩薩道者而見怨責我今自勵要當勇猛積功立志執弘誓意爲一切故不捨本願發意菩薩生是念時爾時大地六變震動動魔宮殿不安本位是時弊魔自生此念向者大地六變震動是誰瑞應示現若此將非如來至眞等正覺出現於世若不爾者當是無欲之人得阿羅漢令其瑞應乃至於斯設無此者當是發意菩薩立堅固誓發大乘意欲求作佛獨步三界愍傷危厄濟度十方空我境界使無侍衛若不爾者當是百二十八鬲子罪王生地獄中以理治化心不增減或

能是彼神變所感若不爾者吾有萬子勇猛剛健才藝非恒在我左右統攝六天吾最小者名曰惡子受性兇暴行無慈仁吾遣使知王地獄事料簡善惡分別賢愚亦有神足感動天地令稱號曰治罪法王治無高下將非即是神感之應魔復思惟我有僕使名曰阿傍亦能現變威德無量當生之日天地大動若取命終地亦大動或能即是現瑞怪耳如是魔王興若干念便以天眼觀於三千大千世界於時便見斷欲之人應得須陀洹道今乃更發摩訶衍心正是斯人欲空我界當求方便壞于善心是時弊魔自將兵衆到善男子所自見常淨九住菩薩心自懷懼衣毛皆豎便自退還不堪前進是謂常淨菩薩神德感應使道跡寂成無上道建立誓願終不屈還何謂九住菩薩觀衆生類知三結薄得斯陀含無欲怒癡永與苦別於是菩薩觀彼衆生久遠以來所積功德有利根者有鈍根者設見衆生心意純熟垂成道果意不可迴令至大道若見鈍根勸使精進具衆德本道果之報菩薩將導使心不懈尋能成就四道之證或有超越取第四果不使留滯住阿那含皆是第九常淨之德未曾違捨弘誓之心是謂菩薩修勤精進無能稱量不計報應十二因緣九住菩薩修習常淨而致清淨或從他人聞柔順法內省己身應其法念專精一心志存學問常在閑靜不處憒亂知彼方便寂然定意觀察人根終不虛妄是謂菩薩於斯陀含而有長益云何菩薩扶接衆生斷五結使纏縛之患即彼天上勸使滅度亦不往還

至此世界於是菩薩至彼天上說無生無斷滅法即於其前入滅盡定現取滅度諸在彼界阿那含天心各生念共相勸勉於無餘泥洹界而般泥洹菩薩雖現殊異之法心亦不變有若干想自識久遠無數劫事發動所趣皆悉了知不見往者亦無還返亦復不見住止之處觀無所生本無處所自致清淨坦然無爲是謂菩薩於阿那含而有增益云何菩薩復觀衆生育養學者逮獲無著於是九住菩薩大士以天眼觀三千大千世界誰應漏盡誰得道果作是觀已或見有十有百有千乃至無數不可計人斷除結使同時同日應成無垢得阿羅漢是時菩薩以神足力一日之中周滿三千大千世界以權方便擁護其人各令適志而致無著永離生死寂然無爲是謂菩薩於阿羅漢而有增益云何菩薩勸緣覺乘而獲無著於是菩薩復以天眼觀諸世界高山平地幽隱之處靜寂獨止眇然思惟四十三止定意之法是時菩薩亦復至彼相去不遠以草敷地結跏趺坐繫意在前亦不邪視内自思惟欲現權化或現雷電霹靂音聲或現樹木共相棖觸於中出燄勝于火光或出鳥獸哀鸞之聲爾時菩薩在彼衆前忽改其形踴在虛空作十八變存亡自在有三十二相八十種好身出水火無所傷害彼緣覺人即見殊特奇異之變各自生念我等會當早成佛道亦當復有衆相嚴身宜共勤修精進不令有懈時彼諸人復於異時出彼山林到人村聚家家乞求以自救生爾時或聞鍾鼓音樂之聲或現哀哭涕呼之音内心

惻愴如被火然豁若自悟漏盡意解故號名曰無著緣覺如是九住菩薩所行智慧達了而無窮極緣覺雖有光相功德故不及如來一毛相之功德復合計之身體支節一一毛孔所作功德故不及如來眉間相之功德復取計之不及如來頂相之功德正使三千大千世界其中衆生盡篤信佛信法信比丘僧假令信心百千萬倍故不及持信奉法之人百千萬倍復使持信奉法之人滿三千大千世界智慧聞施合集功德故不及道跡之人所作德本復從道跡一一計之乃至無垢及其智慧百千萬倍不及一緣覺智慧功德正使三千大千世界滿中緣覺亦復不如一發意菩薩智慧功德復使三千大千世界滿中發意菩薩其智聞慧百千萬倍復不如一阿惟越致所作功德復取計之大千世界滿中阿惟越致菩薩其智百千萬倍復不如一一生補處菩薩所造功德億百千倍復使三千大千世界盡滿其中一生補處菩薩復不如一如來慧力功德如是最勝九住菩薩心之所明達知三世衆生心意隨病療治靡不濟度我自憶念於九住中度脫昏萌不可稱量自初發意至於九地其間所度得羅漢者一阿僧祇爲除心垢永無微曀從須陀洹至阿那含復有一阿僧祇普行四諦習相知滅復勸衆生發菩薩意志各堅固立不退轉一阿僧祇末後降神臨欲上生兜術天時要除十九不成之思塵欲之患辯才勇猛而無所畏蠲除一切識神止處皆盡諸漏虛僞之法以無漏心修諸解脫執慧利劍刈除塵欲獲神

通證奉導其行生死已斷梵行已立所作已辦更不受有如實知之菩薩所修大哀之法威儀禮節亦無缺漏住於堅固功德慧中一切諸魔及諸外道不能究悉菩薩行業為諸欲漏衆生之等為講無漏無生滅法除諸想著無有限礙最勝當知時我思惟入無盡慧觀過去佛所受生法所行平等亦無偏黨於凡夫法及賢聖道學及無學緣覺菩薩諸佛世尊所修行法悉皆平等世俗及道有數無數有為無為有漏無漏於此諸法皆悉平等故曰稱號為等正覺平等法者當等彼我斯同自然不見起滅自念所修多有漏脫宜當禁制廣平等法若心錯亂不得專精當念御意不使流馳達了亂定悉無所有普皆平等而同自然若復懷抱無慚愧時當與方便使生畏懼若復有時身口意惡行不善法復當思惟除使滅盡無令增長若復心念嫉妬癡疑穿漏法者隨求巧便永使無餘若復興念殺盜婬泆妄言飲酒復當思慮禍敗之源若復意欲貪著豪尊無恭恪意有人請求祕惜經法輕毀禁戒不順律法教入禪寂不隨定法終不興想念佛法衆心生貢高憍慢法師設有此者皆妨聖道無得親近而修習之若復興念生諸慢意一曰自大二曰甚慢三曰憍慢四曰我慢五曰邪慢六曰等慢七曰無我等慢當執慧意永無所生解無所有悉無所起平等無二亦無若干斯皆自然而無處所是謂菩薩平等正覺若心生念與于亂想一曰邪見二曰邪念三曰邪語四曰邪業五曰邪治六曰邪方便七曰邪意八曰邪定常

當息心使不損耗若復有時心横生念我常所敬而取輕慢如今現在復取輕之或能將來而取侵欺我恒所嫉汝今敬之今於我前復恭敬之當於將來亦當恭敬復重思惟曩昔以來曾侵欺我今現我前復取侵欺焉知將來復不侵欺設心如是有此想者則為敗毀聖道根栽墮于顛倒滋生陰蓋依倚邪見恩愛之穢則自亡失永離人道若復有時心念十惡不善之行放逸之道一曰殺生二曰盜竊三曰婬泆四曰妄言五曰別離彼此六曰惡口七曰綺語八曰恚恨九曰嫉妬十曰邪見若具生是身口意法悉當遠離不造彼緣當除此法無使有礙復當思惟惡何因滅善何由生達了善惡悉無所有虛而非眞斯皆平等而無有二菩薩雖獲九住之處常當思惟此諸穢濁我今所以成無上道受菩薩莂皆由癡愚十惡所造而得具足五分法身直至一道亦無若干一一分別空無相願復當勤行修四意止何謂為四所謂身痛意法達曉空觀遊意四禪四等四空定八維無九次第禪復求方便離於所生入無所生乃謂平等賢聖之道皆悉有盡而無有盡了盡無盡乃應無生一切塵勞是菩薩盡設不更與所謂無盡欲愛縛結是菩薩盡若不生者所謂無盡瞋恚慳貪是菩薩盡若無是者所謂無盡迷荒之道是菩薩盡若無迷荒所謂無盡有解脫門是菩薩盡無解脫者是謂無盡意止斷法是菩薩盡無意斷者所謂無盡根力覺道是菩薩盡若無此者所謂無盡沙門四果是菩薩盡無四果者所謂無盡有緣覺

道是菩薩盡解無緣覺所謂無盡有菩薩道是菩薩盡若無是者所謂無盡平等正覺是菩薩盡無平等覺所謂無盡逮成佛道是菩薩盡不見有成所謂無盡往詣佛樹是菩薩盡無稽留者所謂無盡謂修相好及淨佛國是菩薩盡教化人民顯揚法要是菩薩盡行空無相無願之法是菩薩盡有所希望專行德本是菩薩盡造諸功德分布大道是菩薩盡菩薩所處亦無高下亦復不見內外中間是菩薩盡不見凡夫所修之行亦復不見賢聖之行是菩薩盡雖在生死於染汙法不見染著是菩薩盡菩薩說滅觀滅無生亦不於滅永取滅度是菩薩盡達了眞際亦不隨順是菩薩盡不求遠離於諸魔界是菩薩盡以廣慧業不以爲劣是菩薩盡常當習行知時之行是菩薩盡於諸緣起而不去離是菩薩盡不以眞諦非不有諦是菩薩盡於禪脫門不見定亂是菩薩盡雖在人間閑居不異是菩薩盡在憒鬧中隨俗而入不攝威儀是菩薩盡若在禪寂不滅身意是菩薩盡不見有施非不有施戒忍精進持戒忍辱一心智慧不見有行非不有行是菩薩盡自覺三明眼生智與遊諸神通不見塵勞生者滅者常處愛欲亦不厭倦是菩薩盡在須陀洹修於道跡亦復不滅大道之行是菩薩盡見佛法沒不卒有懼亦復不見劫數長短是菩薩盡不見句體字體味體此則有數此則無數是菩薩盡婬怒癡根不成諦行是菩薩盡不起法忍至無生慧是菩薩盡欲界色界及無思想九衆生居是菩薩盡遊在人間郡縣國邑天

宮龍宮諸神妙宮於彼所修威儀禮節有可親近不可親近是菩薩盡是謂最勝九住菩薩有盡無盡之法門菩薩所行靡不周備有盡無盡解脱之要衆生習苦菩薩亦習便爲説苦眞諦之性若眼見色有苦有樂思惟眼識皆悉虚寂修以平等消滅患害菩薩正法常化衆生寂然無爲是謂菩薩爲苦衆生演暢苦慧生苦老苦病苦死苦憂悲惱苦怨憎會苦恩愛離苦所欲不得亦復是苦取要言之五盛陰苦達知此苦亦無起滅是謂菩薩有盡無盡之法門也若復菩薩見習衆生便爲演説愛著根本愛心深固深著難拔我先有誓要使除盡若使不滅終不取證是時菩薩漸漸轉入贍顔法觀於衆生前現其容貌見者嗟歎靡不順奉斯須之間變形醜陋見者心變異無常想是身非眞而無牢固我等顔貌與世殊絶如是不久便當敗壞宜當自修除去戀著不處恩愛如是菩薩爲習衆生而有增益若復菩薩見盡衆生以權方便而爲説法生者歸盡成者亦敗正使壽命億恒沙劫斯皆滅盡不得久存諸族姓子當知無常遷轉之法如幻如化亦無眞實菩薩解了無有眞實乃應清淨亦無染汙習由藏積遂不捨之以盡滅法觀無所有亦復不見有起滅處若使心生憍慢愚癡是常非常復以空慧無相無願而分別之或時菩薩爲説至竟一道教授諸族姓子當念思惟七處受觀若在五陰分別成敗衆生由此致陰弊患一一思惟色之所興前有色相我生識著因識生痛共相受入與意生想轉成行業斯由一色

遂成五法痛想行識亦復如是若復菩薩見前衆生興起十八陰衰之毒嬈固人心致令有礙不獲彼岸漸以善權和順將護要設權便畢使成就不使墮落若復菩薩見此衆生心常遊在愛盡念中不見有離亦無所離是謂具足七處觀法於觀行法亦不妄捨察其遲疾別其冷暖已已具足復教人行而得成辦如是最勝九住菩薩行正觀法亦無所畏釋梵四王天龍沙門梵志及魔魔子無能隱塞正觀之行不使留難於正覺法所以然者菩薩曉了達一切法悉爲平等於凡夫法及賢聖道心若虛空亦無偏黨學無學法聲聞緣覺菩薩佛法亦皆平等若復有時見有漏法及無漏法分別世俗度世之法盡除累著乃成菩薩道所以然者以空觀故故曰自然來熾自然滅熾自然空與實等無相相等無願願等於三界中向於自然復當思惟於無所生等於所生無行法觀等於觀法依與無依等與無等起無所起斯皆自然非有自然於三界等不見欲界色無色界菩薩復當思惟校計於淫怒癡道及明慧皆悉自然愛欲縛脫乃成乎道入泥洹境悉了無二平等自然是謂菩薩行大慈哀而爲衆生設于若于種種因緣建立衆生隨其根源各爲如應而分別說普令和順住于大乘盡令消滅苦惱之本于時菩薩在大衆中獨無所畏超絶無侣而無儔匹福德之本自瓔珞身菩薩若在大士衆中便能演暢於尊佛道哀愍聲聞不達上智雖得盡漏不離止處唯自解縛無廣大心復念緣覺無弘益意聖智辯才清淨無

瑕亦能知人根源所趣唯自守住不淨國土是以菩薩於中特出能悉分别逮尊佛道十力感動所濟無窮心恒憐傷不及道者以勇猛力降伏外道常轉法輪使不斷絶殊妙大法流轉於世如是最勝九住菩薩權現適化無所不入解知泥洹如泥洹相謂有真諦非有真諦空慧無主亦無住處故曰無爲自然快樂亦不在彼亦不在此都無處所無形無對而不可見住無所住是謂爲住謂法界住是謂爲盡爲無所生是謂泥洹寂滅無爲唯有三十四微末結存餘諸塵勞無所罣礙九住菩薩逮正覺時現在滅四當來滅四過去滅四坐于佛樹降伏魔巳執忍調意入無形定盡觀三千大千世界我今於此五濁之世當成作佛所求巳辦無復疑難我今宜自執權方便當爲衆生頒宣道義盡諸漏結如我今日而無有異是時十方諸如來無所著等正覺各於其方遥讚歎曰今日某方某國土有佛出現有三十二大人之相八十種好莊嚴其身光照幽冥聲如哀鸞善哉佛種而無斷絶當十方佛說此語時是時三千大千世界六變震動諸天龍神乾沓和阿須倫迦留羅真陀羅摩休勒人及非人魔若魔天各各驚愕不安本處皆共雲集至彼佛所稽首禮敬而自歸命侍衛如來成最正覺悉獲清淨無有怨恨皆致尊重致甘露城衆善具足道法無漏心興勇猛遊諸解脱觀察衆生所應之念隨時布現各得其所爲滅塵勞永寂無爲使衆生類除去吾我棄捨彼此無若干想不見依法不依非法非不有依非不無依達

知平等諸法恍惚如空如響亦如幻化而無有實彼則得致度生死岸不復往來周旋生死是謂九住菩薩功祚興隆道業亦無窮極所修眞正不懷狐疑於諸無漏亦無黠汙在諸黠汙不見受取永度欲界色界無色界皆悉歸斯無所生慧復廣演布普使聞知如是最勝九住菩薩所修行業威神巍巍與世超異若入衆中執持威儀不失禮節舉動視瞻隨順正法所著被服亦不綺飾若欲入國州郡縣邑法衣應器意常舒緩行步進止往來周旋坐卧起立心恒審諦語言柔軟不懷麤獷所演如空無有想著究竟苦行不造報緣其所施設唯存佛道是謂最勝九住菩薩名曰一住非九住也八七六五乃至初地亦非其住菩薩進修第十地法誠地諦地無恐懼地亦復名曰如來之地道地定地無所畏地覲地慧地自然性地菩薩逮此十地之法便無菩薩號字之稱當名如來至眞等正覺明行成爲善逝世間解無上士道法御天人師號佛衆祐亦無等倫具足十八殊特之法所說輒辦靡不應時衆行具滿現生兜術清淨無瑕或現降神誘接衆生是謂菩薩於第九地而淨其行

十住斷結經卷第四

音釋

擿捶（擿陟瓜切捶主蘂切擿捶杖擊也）懵（武亘切不明也）棚（滿庚切棧閣也）棖（直庚切挨也）曀（於計切塵翳也）

十住斷結經卷第五 第六同卷

姚秦沙門竺佛念譯

菩薩成道品第十

是時最勝菩薩復白佛言世尊云何十住菩薩於十地中而淨其行是時世尊告最勝曰所謂菩薩修神妙道廣度衆生以性空法暢演文字進修禁戒其德無量不可思議亦無有限一切世人所不能及天龍鬼神及神尊者無能齊限稱歎其德賢聖默然初無所說若有所演悉成章句示現神足到十方國面覲禮敬諸佛世尊復入定意解脫正受周普恒沙諸佛國土見諸正覺聞奇要異皆悉過度邪部之業志若安明亦不傾動心如虛空無所想念分別曉了法界起滅其所說法皆應聖印遊諸正受初無差違十方諸佛所說言教與聖法律不相違背所出音聲微妙殊絕觀諸世界等若虛空意念充滿解脫之門補處菩薩辯才通達義應識機心與道慧而共相應何謂爲心何謂道慧周流世典現入邪業是謂爲心專精一意在度世法是謂道慧捨慳布施使無想報調意和順審諦安詳是謂爲心正入寂寞不興諸想憺怕自守不離聖典是謂道慧若在生死務修其法雖處其中亦不厭惡是菩薩心若復菩薩在八難中不閑之處不起顛倒有二見心悉能度於終始之病是謂道慧於世俗法嗟歎泥洹無爲之道所造功德終不唐捐是謂爲心菩薩遊於諸法之空達了清淨而無所有是謂道慧觀于前人隨其本意而爲分別所應之法是謂爲心菩薩入定觀一法慧同于百千諸

法之相是謂道慧決意惠施不惜所有國財妻子無所愛悋是謂爲心處在平等無三乘道淨于道場盡歸佛道是謂道慧是謂十住菩薩大士道心所入靡不周備守護身口不令放逸歎譽具足八大人念當念少欲止足之行奉修禁戒而無黷汙能爲衆生淨於塵垢若見衆生毎自歎巳毀辱他人自大貢高憍慢豪貴懷婬怒癡不善之法如斯之類便能與說忍辱之德皆使衆生隨時自致無所從生法忍於中立勤愍諸困厄不及道者意猛精進心不退轉分別一切德本之業不見集聚共合偶者復不見散有若干别所興福業而無所住非不有住悉與相應而無所應不見有應不見無應無應不應是謂審諦心常娛樂禪思脫門思惟四食除去染著觀察盡滅不起定意所聞強記輙能諷誦慧無所亂分别根源無有處所欲尋其本亦不可得爲衆生宣三十七品解空無相無願之法常能奉持崇于佛道隨諸報應令得道果諸佛世尊所可宜說亦無若干所因與出斯是眞諦乃至滅度亦復如是無有他想雜念之心是謂最勝十住菩薩善權方便無所蔽礙以無礙道修于等覺而爲衆生轉其法輪令不退轉堅固之地十住菩薩立堅固誓誓度衆生而無有難譬如工巧造印章人知人姓字便爲刻記隨類記識亦不錯誤菩薩大士亦復如是以賢聖印而印生死隨器成辦終不謬悞復常審諦思惟此議印非泥本泥非印原然能示現名號姓字菩薩聖慧亦復如是執慧寶印印可衆生隨器布現使成名號便

能出生三乘道教如於良田種于穀子莖節萌芽展轉成長穀敗芽生無復本體深自思惟芽非本子亦不離本菩薩大士亦復如是因緣合會乃應法律觀諸衆生所有瑕穢三患六礙十二因緣邪疑身見顛倒之想便為演說苦空非身無常之法然後乃說如爾法性分別苦諦集盡道諦離於重擔永獲寂滅復當思惟原究本末因其所生乃有斯患悉由無明無黠慧法致于老病生死苦惱我當方便煎消其疾漸漸令入賢聖法律以滅無明生老病死永無有餘講演空觀寂然之法皆使有歸令得恃怙廣其慧明至於解脫悉共崇習微妙之智了婬怒癡等無差特尋其源本亦不可別以獲消滅衆想之念終不懷恨生增減心得離一切諸種陰蓋縛著結使無復罣礙心常遊於解脫之門嗟歎三寶功德之業常念遠離貪欲之患堪為衆生宣布功勳菩薩精進於彼無疑示現空慧而開導之凡所學法盡無所著以次成就於不退轉須宣經道淨修佛土招引衆生來入佛境令得滅度永無起滅是謂菩薩無上衆祐要典

如是菩薩當作是觀十住所入不可思議修于平等不二入門達於三世不斷三寶除去三垢成三脫門菩薩於彼示不思議從初發意至于十住常歎開士所修禁戒德香之熏靡不周遍彈指之頃皆悉了達音響之義於諸通慧而得成就悉能講演無量法要於諸文字解無所著亦無識想尋其處所了無窠窟若有學人繫識在色心不違之常懷希望縛著不捨遊於生死周旋往來意常迷荒不

能自拔有此疑網則墜生死輪轉五道無復休息菩薩執正御諸亂想不爲五陰之所流馳斷諸陰蓋亦不使色痛想行識令有起滅思惟安般出入息念復當分别四大造色地水火風各各有性若使彼識不在五處便能成就不壞法界識不流馳十二塵勞眼色耳聲鼻香舌味身更意法是謂無漏慧根之識非爲生死染汙之識若能消滅外不馳騁於一切法則無希望設有所倚便生識想有所僥倖亦名爲識菩薩起學無所受入心不生念無所慕樂所施功勞不望其報有爲有漏斯爲識種修無爲行乃謂無識菩薩闡揚慧明之燈竪無爲炬放大光明顯示殊勝無等之教爲求質直不求校飾住於道業其身自然無能及者能顯一切諸佛國土於中示現獨步無畏復於諸法永無所獲亦不選擇見有高下心應自在不懷怯弱隨其音響而教化之若爲衆生說深法要捨離一切所興因緣悉了衆生心之所念志性所趣善惡之法皆能周普諸佛國土諸佛世尊所修平等不見衆生佛國清淨若見有行則毁法界是故菩薩心無所住若覩衆生住于起分則於法性自生識累不起不滅識無所住是謂清淨無爲道慧設無道慧平等之法諸佛世尊終不愍哀與出於世菩薩弘誓行業無本亦不住本達於自然不有精勤有所成辦不見疲厭有懈怠者於平等觀無生無滅勇猛精進受菩薩莂悉能分别經典本末採取智慧除去塵勞觀察生死及與滅度不以爲異恒自懷抱深經之義探採遠近寂然無迹雖度衆

生亦無想識親善知識心無所著不計吾我及與壽命分別思惟空無相願不起不滅若在欲界思惟欲愛穢臭不淨色無色界受形之處達知不淨因欲開化迷惑之徒故爲說此眞諦之義分別空無悉無處所不見造作有形質者無作不作不見依倚住無所住亦無根本亦復不見受三惡趣不見生天食封自然顯示徑路使入道義無所希望悉無所行於諸法觀自致自然諸法之想不可究竟亦如虛空而無邊際十住菩薩教人惠施不與想礙持戒忍辱精進一心宣暢智慧善權方便慈悲喜捨救攝貧匱建立大道十住菩薩雖未昇于如來正座以能究暢慧海之源莊嚴土地修清淨國放大光明普致衆生訓以正法悉歸於道建立慧業而獲大乘十方諸佛恒將護之常以威神助揚其德乃至作佛成一切智爲無上道不使魔衆而得其便十住菩薩以自覺知功德具滿欲成作佛坐樹王下先當修行習四意止分別身意各各有性便自觀身起滅興衰心自慶賀永離苦惱觀身因緣成精進定思惟此身報應之對因緣合成散則磨滅知身無主亦不可貪何爲任意著此色身莫隨五陰四大諸入之所迷惑是身爲空不見四大吾我之法累劫積行今始乃得何爲著此無堅固身危脆之物我今當受如來色身及佛法身夫色身者功德之聚猶如金剛不可沮壞十方世界恒沙之數滿中世俗有漏之身不及如來色身一毛之德菩薩自念以無量德成此色身今因此形當受如來佛法之身雖涉生死往返五

道受苦無量不可稱限今受如來色身之體不念曩日更苦惱患自今永與諸塵勞別不復貪著五欲之中觀已身已觀他人身悉無處所修其淨行而無瑕穢是謂菩薩修習已身意止之法云何菩薩復當思惟痛意止之法於是菩薩從初發意至于成佛於其中間所更苦痛不可限量尊心建志慕求佛道不以苦痛經歷心懷若見苦人趣惡處者便能拔濟使不受苦恒念衆生不能自悟終不隨欲而興繫著我昔以來所更痛痒非眞非有悉無所生若使遭遇不苦不樂痛此名無記不可字名夫人習近著樂痛者便自遠離如來之座不應如來賢聖戒律自今永息不復生痛使諸衆生觀痛無主若彼衆生於色起痛若好若醜善色惡色地水火風四大造色達知虛寂而無所有或有衆生先痛後樂或有先樂後痛當說深經使護痛痒眼耳鼻口身意所與色聲香味細滑之法從因緣起從因緣滅思惟苦樂悉無苦樂復當分別内外之痛或有樂痛於現在生或以過去或將來世而有生者或有樂痛從愛結生轉增識著不能捨離或有樂痛從癡愛生思惟止觀乃得消滅或有樂痛因邪疑生轉轉滋長以四非常深遠之慧除使不生或有樂痛從四受生以無想定而除諸受或有樂痛從五蓋生便當思惟七覺意法永使無餘或有樂痛因六身法生分別於空無相無願或有樂痛從七識生常建精進不造彼緣或有樂痛因世八法生常當下意不自貢高或有樂痛從九惱生當自勗勉永離九處或有樂痛從十患

生當除望求不念横貿或有樂痛從七淵四使生便當思惟智慧大明或有樂痛從九衆生居及三觀生便當執意入空寂定或有樂痛非過去現在因未来愛非未來現在因過去愛非過去未来因現在愛或非過去因未來現在愛或非未來因過去現在愛或非現在因未來過去愛菩薩於彼思惟七處三觀之法滅此十三隆識之毒於是菩薩復當思惟樂痛所與或有樂痛由八邪見及六識身共相受入便生樂痛遂增陰衰諸入之種是謂菩薩以解脱觀分別此痛永使無餘或有樂痛與十不善穢陋之法共相因緣慧業所斷五疑羅網於現在生即現在滅若未來生亦現在滅若過去生亦現在滅是謂菩薩以解脱觀便能除却十五疑網云何菩薩復當思惟意止之法於是菩薩執意御亂心不流馳有所造作必有所緣自觀已意觀他人心其意正等不懐增減所適之方行步出入舉動安詳常自專精守護其心有緣衆生無緣起滅無緣衆生有緣起滅於已緣起自緣滅之於他緣起因他緣滅或緣起滅亦不在内復不在外亦復不在住兩中間於中出生有緣起滅有非緣起滅或因貪婬瞋恚愚癡七使七慢七識止處七解七觀七忍慧業若因此處有緣起滅有非緣起滅斯皆由心因心而生此四十五盲闇之法意識所造不自覺知意不知意誰爲意本既無根本何有意哉菩薩分別心意識法通達往來而無處所是謂菩薩以解脱觀知心緣本而不可得亦不見心與善惡合無合不合應解脱觀又復思

惟十二因緣甚爲深遠不可究盡所種之果不失報應於諸法界心無染著設觀法界從因緣起了知諸法無有眞諦自然寂靜將養自守心所造化亦無形質而不可見尋其相貌亦無色像聖慧通達便〻不起無所生法不住聲聞緣覺之地常自執意遊諸佛法內自思惟踊躍無量吾今乃得降伏於心捨生死著入智慧海斯由其心得獲無上正眞之道成最正覺是謂菩薩於意止法而得自在云何菩薩於法意止而分別觀於是菩薩修習正法初不忘失至成佛道亦不放捨內自觀法外觀人法菩薩悉知諸法之相一而不二亦不若干皆歸於空無相無願遠離邪見平等諸法分別十二緣起之本常念法界成敗興衰有漏無漏有爲無爲善法惡法有記無記是時菩薩思惟觀察不隨法界自生識想不見非法而有吾我亦不興念計人壽命或有菩薩自與法想習著吾我養育其命思惟斷滅無常謂有常天下物類皆悉常在於無常中計無合散或於法中生顛倒想無自常無有自常有無不生有有不生無無自然生無自然滅有自然生有自然滅無不能見我自然有有不能見我自然無十住菩薩明慧達觀分別有無斷滅計常我人壽命平等空無而無所有最妙第一空觀察之第一性空亦不生有有自常有不知無之所無無自常無不知有之所有菩薩思惟以慧分別有性自空無亦自空無不造有有不造無著有無者是生死法非最第一泥洹之要無自無空無不知無無自性空有自有空有不知有

有自性空有則是無無則是有是謂菩薩於諸法性一一分別思惟計校是常非常生滅著斷有爲無爲有漏無漏善法惡法有記無記一切諸法有名號者無名號者皆悉虛寂亦無起滅而自觀法觀他人法於諸想著亦無思想解空無相無願之法於法界中惟求佛法及與禁戒悉無處所亦無徑路不見度人逮解脫者亦復不見沒在生死於中開導一切衆生便能興起無蓋大哀療諸塵勞了諸纏結空無所有分別五趣訓以平等雖處塵欲不懷怯弱曉了三毒無所罣礙逮此處者名曰大士住不思議權現之道苦集盡道普歸自然於自然中不見起滅建意如空而無所有不念住處推求法界及虛空界衆生處所悉無所住一切諸法等若空界是謂菩薩隨時將導順於道法雖度衆生亦不見度若有菩薩自觀身法觀他人法能自制意遊於智慧解知諸法悉歸解脫便能將導一切衆生顯發無上正真之道使獲無爲自然之法不見所生亦不不生雖處不生思惟所生不捨無生無起滅法是謂菩薩於法意止而得自在佛復告最勝十住菩薩復當思惟四意斷法常念分別現在目前未興惡法制令不生已興惡者方便滅之未生善法求令生之已生善法重令增多常當修習勤行精進自攝其心使不流馳古昔以來所積功德不失威儀禮節之法所行平等以能檢心思惟正諦禍中重者三不善根墮入惡趣輪轉五道無有休息是故菩薩勤修精進便能消滅惡不善根不復重來興起亂想常自觀察不

善報應斯是穢行是非眞道吾今以離非法之行習第一義而盡塵勞永除瞋恚分別十二因緣之根未有善法建立功德令生萌芽使不敗朽其心清淨亦無瑕疵不倚三界縛著諸欲離於所著永無所著常能勸率至一切智於諸深慧不有損減所以得致功德之本皆由精勤而成道果是謂菩薩於四意斷而得自在於是菩薩復當思惟分別神足菩薩雖獲神足定意臨欲成道於第十地要當習定如初所學專意入定思惟四等加愍衆生彼自稱身亦稱心意轉入一禪次入二禪復還攝意從初禪起入第三禪於中思惟專精一意從三禪起復入初禪於禪現變而現神足從一禪起入第四禪是時菩薩於四禪中便試神足以身舉心以心舉身初如芥子轉如麻豆漸漸轉高大如胡桃如是勤加至三七日身心輕便無所罣礙所以菩薩重入定意而試神足依此神足化一億人立不退轉成神足定是時菩薩復自示現廣布神足而無窮極從閻浮提至第一天第二第三乃至六天諸天見已各生此心今此菩薩自現神足所演光明靡所不照我等諸天各相勸令擁護菩薩使成佛道或以天華雜香天衣被服自然甘露而供養者於中開化諸天人民必志神足而有長益過去恒沙諸菩薩等修行十住而淨其行皆於此處而試神足一心觀察伺求方便能現衆變以精進力輒成就道所爲自在無能違逆所欲化者到便降伏究竟根源皆使充足使獲果報魔若魔天不能傾動是時菩薩以天眼觀三千大千世

界有婬怒癡無婬怒癡有清淨行無清淨行有定意者無定意者有亂意者無亂意者菩薩悉知而爲分別諸根所趣復以天耳聞衆生聲悉能隨次知音響通而教化之以神足力八定三昧見一切人志性所趣自覩源本所從來處是爲菩薩行其神足於是菩薩復當思惟分別根力七覺意法八賢聖道信念精進定意慧根菩薩常以玄通之智觀察衆生頗有成就根力覺道諸神通慧是時菩薩以他心慧觀前衆生或有具足成就信根常習八道平等之法心懷正見不處魔界信知生死苦痛無量復知泥洹快樂無爲信有三尊世間大明不信外道九十六徑於諸通慧而無狐疑積功累德熾然正法於中建立直信無難復以玄通無罣礙智觀彼衆生晝夜勤力修精進根坐卧經行心無懈怠以獲精進則具諸根猶如天衣周帀四方上下正等而無差違時若有人從一面來提衣一角舉而移之餘三角者皆悉隨從精進根者亦復如是設有修習精進根者當知具足一切諸法以有精進便成念根心不錯亂名曰定根常以方便攝意守一分別善惡心若虛空是謂慧根十住菩薩八玄通定預知衆生受胎之相分別男女男根女根一生十生百生千生至無數生皆能曉了而無窮極是謂菩薩具足道門思惟諸住智辯難及當念感動十方國土復當遊於諸佛國土示現光明有見光者皆得蒙度復當於諸國土興立法律普使遵奉賢聖經典亦當安利國土人民導引法味聞無厭足常當曉了國土人民種姓成

就不別眷屬亦當觀知衆生心意便爲演說六度無極復當禁制衆生亂念漸漸延致一切衆生自爲導首牽引衆生入善法慧常念八定不失神足修已神通分別三世知去來今復當思惟學佛深藏無邊際慧亦當學習具諸佛法覺了諸法而無染著學演無底闢七寶藏學以神智成其剎土學習光明普照十方得佛定意感動國土學權方便化諸外道學於禁戒成就道果學當集會而轉法輪已身所學成一切智已成所學而無所學佛告最勝是謂菩薩修十住行進成作佛嚴治國土降神兜術權化天人亦現殊異奇勝之法觀察種姓託生何國從兜術天來下世間三十六返周旋往來而化天人於中度脫無數衆生以權方便獨步三界而無恐懼最後下降六年苦行專心苦體枯木不別吾雖示現在此苦行然我乃在無號佛土於彼教化八十四億那術天人皆使建立不退轉地此土衆生見我形者謂爲命過不成命根行過衆生積薪焚燒不能使然善權一心轉進聖慧不捨衆生諸所好慕除諸不要哀愍不及是故菩薩現于苦行十住菩薩於十地中開化衆生不別生死所度人民與成佛等若使菩薩意欲速成無上道者如彈指頃身黃金色具足十力四無所畏十八不共殊勝之法菩薩眷屬一日成就不求國土種類好惡但以衆生心懷貢高輕彼尊已不捨自大是以菩薩現受胞胎隨世權化在所至到多所饒益十住菩薩無菩薩號即當稱之號曰如來至真等正覺明行成爲善逝世間解無上士

道法御天人師號佛世尊無量福會諸佛所護諸天宿衛所講說法要有緣本隨時應適終不唐舉最勝當知所以名曰無號佛土者去此東南七十七億江河沙等諸佛國土彼有世界名曰仁賢佛名善眼彼無聲聞緣覺之道以無名號無生滅法而相教授知解脫空不計解脫聞空即解通利無難亦無三毒婬怒癡病緫持强記亦不可盡吾於彼土施為佛事此彼衆生亦不知吾身為所在是謂菩薩多所潤及是謂最勝十住菩薩於十地中而淨其行

十住斷結經卷第五

十住斷結經卷第六

姚秦沙門竺佛念譯

滅心品第十一

是時最勝菩薩前白佛言云何菩薩觀無常義諦分別空解了已身內外無主又心自在所作具足爾時世尊告最勝曰菩薩所遊心無所著講論諸法無所罣礙達知人根是夢幻法皆了一切衆生之心善惡之念因緣報應來者逝去若淨不淨苦樂好醜順逆縛解定亂窠窟悉能知之先以曉了虛而不實復以宿命神通之道如應說法令知空寂神足無滯靡所不覩是謂菩薩觀達本無或現佛身而取滅度現以方便不永滅度盡知衆生本末清淨或現分離散落異處因爲說法知爲惡露臭處不淨計常之人令除愛著復歎盡漏至泥洹門設漏不盡亦不受證復爲衆生讃歎無漏一切萌兆致無盡慧行大慈哀御禪三昧遊止三四至四空定逮空無相不願之法修三十七道品之德善權方便靡不開化觀彼衆生在至八難除去塵勞永使無垢復以無礙賢聖之道入於生死使至泥洹亦以權慧大智之法兼化緣覺聲聞之乘隨從勸進令至道場若在憒亂煩惱之中教人行寂不與衆想若有衆生計諸所著有數無數現無所有亦使諸人逮無所著雖處境界周旋往來不與想著無所罣礙常與衆生說微妙法有漏無漏有爲無爲善法惡法悉了知之亦無罣礙復以無礙無漏慧本曉了衆生心行法本隨彼形像安處無爲隨習俗教令解明法心意識想不使起滅權慧適化常

得自在是謂最勝菩薩行觀解了身本内外無主念常修行懷來無厭自獲永安復使衆生蒙其福祐行大慈悲不懷怯弱然後乃致解身無主及内外法亦復如是視其衆生如已骨肉有所求索先彼後已大哀堅强所濟不虚皆使得立奇特之德心識寂靜亦不動轉觀察身本無可貪著復爲衆生而說不淨是身如城終無盈虚身如溝澗時時流溢身如熾火吞薪無厭亦如江湖投海無滿如是最勝菩薩教誨分别思惟知之不淨亦使前人與不淨想深入辯才亦無滯礙逮得總持無所遺忘所教之言不失次第常得審諦正受三昧恒入寂然諸度無極降伏魔怨去邪亂想如是最勝菩薩觀身達知内外無有處所亦如幻化影響焰光入眞諦法分别法界遠離貪塵勤修正覺空無相願知一切法生亦無生無生亦無生雖處於生而無有二隨其所生開導度之執志勇猛不捨道意坐樹王下而自誓願吾今自盟若我不成等正覺者終不起于座也持心平等不捨佛道常處三界亦無所著自觀内法觀他人物亦復如是念求審諦清淨之慧了知常想悉無常想

復次最勝菩薩自念如吾今日受有漏形何由而獲斯由永劫積德不倦合集智業乃至此耳不念緣覺聲聞之道若有人來而趣向之心不恐懼亦不狐疑行於布施去衆亂想内自思惟使我成等正覺時相好嚴身作黄金色復訓衆生使立禁戒不墮惡趣順忍不起根門不亂勤加精進捨自大心三昧正受心不流馳修成大智遠離欲塵以權訓誨達

無邊際聖智之業未曾漏失所住牢固如佛之住分别辯才隨順應義遊心總持不損道教充滿衆生一切所願進御退轉使不墮落所陳言教與禁相應既自無隙不説彼短行菩薩道常省已過寧喪命根不毁彼此若有衆生自來歸命不以爲歡設不來者亦不憂慼聞善不喜聞惡不怒將順一切令至道場終成佛道不違禁戒先救彼危不自求安施以七寶惠而不悔入深法要神通無礙復以神力觀衆生根深淺高下分别聖慧而爲敷演行無所著亦無窮盡雖在緣起心不染著一切諸漏不以爲證觀察法性而無吾我正法寂寞清淨無著三世興衰法無所住不見過去永以滅盡不察當來有對無對不念現在而常存者如是最勝菩薩遍觀億姟形兆法無所起法無所滅身行清淨而不爲惡口言清淨念常至誠意在清白不犯十惡是謂菩薩應度無極便爲諸佛而見授決慧根巍巍功德熾盛居十住位定不退轉奉遵於法亦不差違情性和順所行具足逮佛十力志若金剛了於法本有起有滅曉一切人心病輕重衆生若干性行不同所受果報能悉分明云何菩薩而受果報手執慧明除其大冥思惟果證最勝當知持强記劒刈去疑聚有所與造皆是果證因其果證修行廣施持戒完具如吉祥瓶心行忍辱如頻頭大士精進超殊猶善顔王禪定入微空慧菩薩是也慧心果證不可移轉菩薩慧施平等無二不見吾我有若干想於諸人物亦復平等人物以等得諸法等了法平等正覺亦等戒忍精進

一心智慧悉解平等而無若干了一切生亦無所生生亦不生不生亦不生解生無生乃應法性是謂最勝菩薩達觀實窮一切眞正大法不與塵勞而與共俱捨一切生不見所生旣自布施不見所施或有菩薩以施求道又以想著欲得滅度斯由雜毒還在生死計吾往古無數劫時曾於此界作轉輪王飛行皇帝隨意所念自然在前無敢違者子孫相繼經六十九中劫其間行施戒忍精進一心智慧與七寶塔高至梵天彌滿世界時世有佛號名勇進翼從羅漢九十億百千那術菩薩大士不可稱計吾自躬身四事供養衣被飲食牀褥卧具病瘦醫藥國財妻子象馬七珍奴僕走使下及民吏盡持供養彼佛世尊時我所施有染著心由是墜落處在生死唐勞其功不獲其報欲計彼時所與功德如毫釐許今存在者未之見也如是最勝菩薩惠施施亦有施施亦無施亦不見施亦不見非施施亦非施非施亦非施於施等者得諸法等解施無施乃應自然戒忍精進一心智慧亦復如是了智空寂亦不有智於智無智乃應智慧復次最勝菩薩復當思惟法寶云何法寶所謂四意止四意斷四神足五根五力七覺意八直行神通三昧諸度無極一一分別而無吾我蠲除闇冥使知大明建立慧智開化衆生棄諸重擔心無猶豫修奉禁戒身意寂然復當思惟建立慧珍亦不生心而有所倚意離三世亦無内外不倚陰蓋四大諸入取證滅度不見滅度七覺意華以爲華鬘賢聖八品以爲果報莊嚴道場以爲室宅導

進衆生引至無爲淡泊寂然無老病死亦無憂喜衆苦之惱獨步三界而無所畏觀諸人物悉皆清淨我人清淨人物亦淨了達清淨而無所有菩薩從初發意以來當念清淨起微妙意於其中間終不復生婬怒癡意亦不施心當娩衆生亦復不興二乘之心在於大衆方爲上首雖處豪貴亦不貢高護於衆生不捨衆生本無之心各各無實心無有心亦無結網是爲菩薩金剛之意而不可沮長養善法使不漏失思惟深妙弘誓曠大不可思議察一切性不見所起亦復不見有成就者觀世幻事皆不眞實以清淨觀斯是顛倒不隨諸法應與不應復不捨之有雜索者不見現在有所積聚不見去來出有所由去亦無端來亦無緒分別現在皆無處所尋究正法而不可得菩薩建意要在顛倒不成之想是菩薩要六十二邪是菩薩要身想戒見是菩薩要沉吟猶豫是菩薩要貿求天福是菩薩要或入泥犁不計有苦是菩薩要或復變身入餓鬼中及畜生道是菩薩要菩薩雖處五無間中於中拔濟苦痛衆生安處無爲長存永樂亦無起滅亂想之患思惟法界亦不可得所以者何人由法生法由人興自起自滅亦無死本人不離性性不離人人物自然不見蹤跡吾我壽命亦復如是吾我自然諸法自然法以自然道亦自然解知如是空達觀者便得自然積聚之道所謂自然積聚道者妙觀無二亦不見二菩薩復有速疾三昧入此三昧者彈指之頃遊於十方恒沙諸佛國土禮事供養諸佛世尊還在故處人無覺者

尋於座上即如其像三昧正受到于東方億百那術江河沙等諸佛刹土禮事供養諸佛世尊問訊聽受微妙之法忽然西過復至無量江河沙佛國禮事供養諸佛世尊已尋復南至無量國土即還北方無量國土四維上下亦復如是於大衆中一坐一起無覺知者如是最勝菩薩入此正受定意彈指之頃遊于十方無量刹土忽然還至在于本位時坐衆生無覺知者如吾今日於大衆中敷說法義有二億菩薩不起于座各各遊至十方刹土令各還來在于斯座聽法衆生無能覺者皆由菩薩行純淑故是時最勝前白佛言斯正士等所入三昧爲號何等令諸菩薩周遊往返速疾乃爾是時世尊告最勝曰且捨菩薩所入三昧復有三昧名無礙通是諸佛世尊常所遊居如來入此三昧已出入息頃遊於億百千姟江河沙等諸佛刹土亦使十方諸佛世尊來內此界不燒衆生有覺知者或持十方一切海水移在虛空如懸明珠無不見者不使水性有驚恐者斯名無礙通慧三昧時二億中上首大士有一菩薩名曰海藏在于座上便自思惟如來必欲使我現於三昧神力即從座起往詣高座衆會之前稽首禮佛并諸上尊則住佛前叉手白言佛道深遠不可喻及無上正眞之道實爲難逮如今我觀一切菩薩及四部衆諸尊神天并來會者見此菩薩於大衆中而師子吼又且衆人飢虛於法來甚久矣今時難遇欲有所問若見聽者乃敢發言佛告海藏隨汝疑網而問如來悉當爲汝分別說之使諸菩薩及一切

會令得悅豫當以智劒之大火燒汝愚癡之業林是時海藏菩薩復白佛言唯然世尊向在座上心獨思惟而自念言斯諸二億正士積善甚久功德具足降調心意志存道法累諸善本獲此正受從無數刼承事諸佛禮事供養神通菩薩而此正士爲衆生故象馬七珍而已惠施皆使衆生類得成佛道或以退轉不堅固者行此定意正受三昧復有菩薩以塵勞故深入生死欲使衆生永無苦痛或有菩薩入慈三昧令彼衆生長離憎嫉復有菩薩興發悲心使彼衆生解無常義或有菩薩遊喜定意有瞻覩者令解空寂復有菩薩發金剛心皆使衆生成弘誓意復有菩薩廣大其志延致一切入已刹土復有菩薩以身法本令彼衆生初中竟善復有菩薩八不閑處與顯三寶使不斷絕或有菩薩以權方便隨前衆生應變適化復有菩薩閑居靜處觀有爲法如幻如化或有菩薩樂在空慧觀此形體如彼牆壁或有菩薩心意質直所行清淨亦無穢汙復有菩薩情性至密所遊之方而無漏失復有菩薩心趣一道不使衆生聞三乘之名復有菩薩志樂鮮明洗浴前人永無塵穢爾時世尊在大衆中讚歎彼菩薩曰善哉善哉海藏菩薩乃能吾前於大衆中而師子吼歎譽菩薩所入定意使來會者悉得聞知斯諸正士所遊定意三昧正受不可思議無能逮者非是二乘所能思量菩薩積德不自爲已念拔衆生受苦惱者正使三千大千刹土其中風起彌滿世界周旋速疾如隨嵐風設有入檢道跡之人心欲專逝於中往

來尋能成辦而無罣礙況復菩薩神通大士三昧正受而可思議轉念之間以過恒沙無量刹土復以六度十善之法教化衆生訓以善道其心永安不可動轉志行寂靜亦無錯亂若與心行亦無能及斯由前世衆德具足志行庠序不别種類大慈無盡亦無窮極一切諸法常自存在衆生不達謂有興衰法法自生法法自滅法不生法法不滅法法生法滅性不移轉斯是菩薩大士之道非諸凡俗之所及也衆生之類在於生死不達道本謂爲法性而有變易設當爾者此事不然菩薩從初發意以來行施行戒衆德具足所獲果報得成道者由解空觀虚無寂靜宣揚去來神妙行業皆悉成辦入諸菩薩所修行地遊於殊勝無量佛國勸發衆生度生死岸曉了根門隨時適化靡所不濟或以世俗威儀禮節或以神足神通道慧育養生類分别六情塵勞興衰眼耳鼻口身意所起眼亦無常亦無眞實去亦無處來亦無跡耳鼻口身意亦復如是過去當來現在之法亦不見生亦不見滅羣生愚惑計有常想何以故最勝當知菩薩大士權智普備行於無量諸度無極立成信地廣修諸法爲諸如來所見稱歎除去妄想得無量智辯才無礙常懷慚愧觀法無起不見動摇或以相好莊嚴佛土所行與法不相違錯入於甚深一切道智咨嗟聽法亦無猒足權智隻步降伏衆魔或至有想無想之處或至梵天帝釋宫舍或至十方恒沙國土所遊之方與有佛法所設玄遠不可思議除去憍慢亦無是非爾時世尊復告最勝菩

薩達士修於無量正覺法門四意止四意斷四神足五根五力七覺意八直行總持強記而無缺漏以法意止有為無為有記無記有漏無漏十力具足諸法無畏三昧正受斷除陰蓋曉了分別不退轉地復以三昧正受之力超越慧業五十七法菩薩當念使不忘失若人布施求諸天福或求鬼神諸龍宮中或以施心生四王天復有欲得生二十八鬼神將軍斯皆不眞不獲其願爾時世尊便與最勝而說斯偈

身淨不行惡　口行無四失　意法不念罪
是菩薩總持　頌宣無量德　永無慳貪心
神通除闇冥　是菩薩總持　教人布施時
無令有願求　失願墮三塗　功勞唐有捐
吾昔求正覺　想著經劫限　方便涉生死
五道為遊觀　復於阿僧祇　造修立德本
由不得自在　遊戲四淵池　今雖得成佛
獨王三千界　斯緣去想念　得入玄路門
道場放金光　億神來歸命　隨沙門善神
皆來而自歸

是故最勝當念專意除去想求解了法界一想無形修治佛土明慧不斷不勸助業普施一切無施無聖了無所生平等一乘不見若干最勝復當分別四諦苦由何生復由何滅此五陰身苦之根本以審諦觀當求滅之集由苦生盡滅無餘邪疑倒見有六十二以無量智解無處所復以四諦觀十二緣起從何生復從何滅漸漸思惟乃知淨寂身口意行亦復無主亦無授者亦無來去亦無住處從須陀洹上至正覺亦復如是分別欲界色無

色界復次最勝菩薩思惟知苦出要苦集出要苦盡出要苦道出要如實思惟復當分別十六聖法甚深難測三十六物惡露不淨宣揚無上道果之慧頒示訓誨導之以漸諸佛深藏靡不貫達所出言教終不虛發或現大財殊特長者因其所施攝取衆生周旋往返令成其道或以香華光明旛蓋廣顯照曜皆使周遍復以神足感動諸天宣及佛道使趣一乘故我累劫不以爲劬復現聲聞緣覺之道託居山澤不現滅度復入龍宮化諸龍子得在道檢如是最勝菩薩功業不可稱限非口所宣非意思惟或時菩薩生轉輪王家天上世界悉蒙將導復受十善若見衆生在饑儉中輒以甘露令充其乏荷負衆惱離愛欲中菩薩比像不可稱量復次最勝菩薩當念千七百定意法門令諸無著得成正覺復有光明定意法門令菩薩逮總持顯要復有道樹陰蓋定意法門三千世界蒙獲覆蓋復有兩世神珠定意法門放百千億無數光明一一光明出若干種苦空非身無我音響聞音聲者皆發無上無退之心復有水精無像定意法門令十方世洞然一色加出若干音樂之聲其聞音者自識宿命知所從來處所窠窟復有月盛滿足光明法門在衆獨曜如月在星復有日精光明法門現衆生眼令知進趣復有威神光明法門授大乘決無能知者復有無見頂相光明定意法門在衆獨尊與恭敬故復有舌相光明定意法門處衆信用無誹謗故如是最勝菩薩所入比像千七百定意光明法門無量清淨即於座上無數之

衆聞斯法者發於無上正眞道意自昔以來未曾聞見是時東方去此無數恒沙世界有一菩薩名曰寳勇將諸眷屬前後圍遶至此忍土前至佛所頭面禮足在一面立叉手向佛而歎頌曰

和顔色殊特　人中尊第一　塵勞無垢穢
施以無量德　其明照百億　鮮潔知無涯
慈悲一切人　獨步王三千　我等今日來
欲聞甘露慧　願演時得濟　如渴奔流泉
導師時乃至　如彼優曇鉢　我等病根人
爲救爲作護　今所從來處　去此無數土
飢虛甚積久　願爲宣示之

是時寳勇菩薩以此偈讚佛已復禮佛足各次第坐爾時世尊告來會者諦聽諦聽善思念之吾當分别說於菩薩無生滅行上中下善哉在心懷時諸菩薩白世尊曰願樂欲聞世尊告曰道者非生生亦非道無想是道想亦非道無者是道有者非道無著是道著者非道有欲成道斯亦非道無成無欲乃謂爲道意繫根門亦非眞道除根門者乃謂爲道時會菩薩復生此念云何名爲無生滅行復言是道今言泥洹豈非道乎爾時世尊復知大會心之所念告衆菩薩曰云何泥洹異於道乎對曰非也若使泥洹不異於道何以故言斯是泥洹斯是道耶此是無爲此是滅盡此是快樂安隱之處或復稱言此是名色六入此與則與此滅則滅復是泥洹道耶對曰非也世尊佛告曰善哉善哉如汝所言道非泥洹泥洹非道生是滅本然滅非生道是泥洹之本然泥洹亦非道也名色六入亦復如

是爾時衆會聞斯說法無生滅行定意觀時
皆逮得無生滅心不復退轉

十住斷結經卷第六

音釋

脃(此芮切物易斷也)勖勉(勖吁王切亦勉也)貿(莫候切貿易也)釐(理之切十毫爲釐)

十住斷結經卷第七

姚秦沙門竺佛念譯

神足品第十二

是時最勝菩薩前白佛言世尊云何菩薩於施戒忍辱精進禪定智慧有進有退復有菩薩從初發意至成作佛未曾處在父母胞胎常得化生復以神足遊諸佛國亦無國土之想唯願世尊一一分別使將來世諸學菩薩道者知其所趣爾時世尊告最勝曰諦聽諦聽善思念之吾當為汝一一分別最勝白佛言願樂欲聞佛告最勝若有菩薩行施戒忍心念有想精進禪智一切諸法與想著意或有世界無世界想見有衆生無衆生想見有去來無去來心見有現在無現在意見有著斷無著斷心斯是初地根力成就便當與十法相應云何為十所謂如來神德不可限量如爾一相無所罣礙正覺名號不見染著一切諸法不見越度等現三乘不見所趣不著世界解知名號無去來今所謂名相謂一切智亦名法界懷來道故將護彼志不傷其心如是最勝斯諸法者亦無處所來亦不知所從來處去亦不知為從何滅菩薩行戒忍辱精進亦復如是戒亦無戒忍亦無忍解知精進不見有進若人持戒恒護彼短設見毀戒不以為恨見戒完具不受用喜是謂菩薩成就於戒菩薩行忍心不增減有人來取菩薩身體節節支解執心堅固不可沮壞菩薩具施戒忍精進禪思智慧其想著斷心不懷二不起不滅與若干念於諸罪福平等無二復當思惟三向梵堂空無相願不見空義與相

願合相願亦不見與空合無願不見與空相合空相不見與無願合亦不不合無相不見與空無願合空無願不見與無相合亦不不合去來現在亦復如是復次最勝菩薩神足非思非慮龍種境界不可思議亦不著世復非離世往來周旋都無住處願相諸法亦復如是菩薩進前修其道果聖道自然不見邊岸若有人來求其端緒於賢聖法則爲自損如是最勝菩薩戒聞慧施六種清淨之法義理深邃得修梵行若有菩薩得修德本獲斯深法微妙之要於無餘滅度而取滅度教授衆生無去來際乃謂爲道菩薩現入愛欲之中觀察根源而爲說法或時入滅盡定斷出入息永無有餘形體胮脹漏諸不淨衆生覩者與無常想又觀衆生有定有亂隨宜示現

令得解脫或以威儀道品之法訓誨一切除其重擔神智五法是菩薩業十八微細是菩薩業十六金剛是菩薩業二十一戒賢聖所修是菩薩業在樹王下思惟三十四法是菩薩業於施戒等不見吾我是菩薩業去來現在分別不住是菩薩業如是最勝菩薩所修境界難量解知報應乃得趣道其有來者隨因緣合聲從空來耳識往聽言教書疏非眞非實隨緣合會隨緣散落緣合則合緣散則散散不自知爲從何散聚不自知爲從何聚是時最勝前白佛言善哉善哉快說斯法種種分別說緣本末爲諸菩薩被大德鎧令無數人發大道意稱歎菩薩功業所趣及如來號十法德義諸來會者咸得聞知如來智業無所罣礙若有菩薩聞斯法者陰衰諸蓋永

得消除使諸衆生靡不通達我等世尊自今日始奉遵如來所訓導教純熟之行不敢放逸布施調意恒常分別一切文字章句義理悉現在前心懷平等如空覆蓋所行慈哀普同一切隨其根源而開化之常以四等加被衆生食以甘露棄除一切恚恨結使放捨十法去離三毒拔其九惱亂想之法死魔塵埃傷害人心永使無餘分別十二因緣之本從癡緣行至生老死復當思惟緣起所滅癡滅則行滅至老病死亦復如是隨其種類察其根源然後投藥持心堅固明審衆人心所思念斯爲善行重爲說法不令流馳穢濁衆想不復興起是故最勝菩薩宣布所設言教多所饒益多所成就視彼衆生如母愛子隨時將養無增減意恒在正見不隨異學在大衆中如師子王思惟體中地水火風地動則水微水動則火微火動則風微四法動者諸情衰微神離其身臨時宗親有何恃怙唯有善法乃可憑耳復當思惟深觀之法諸佛所遊正受三昧順其本則不失威儀分別有無漏失之行超越世間八法之業利衰毀譽不染其心計我人壽命都無處所最勝當知若有衆生懷倒見心來詰菩薩所行法則若從一劫至百千劫承受一住菩薩所說言辭流利無能障塞是故當知菩薩所行無能及者不可以譬喻爲比所以然者皆是菩薩神足變動之所設爲往至十方禮事諸佛興敬供養從一佛國至一佛國所至到處輒爲衆生興顯道法蠲除一切始終之難諸有怨讎遭苦惱者自然消滅所以眷屬成就者何皆由捨

棄憍慢自大或時在於大衆之中其聲流利若如梵音使三部衆獲其志願趣使引入無爲究竟之地而滅度之亦如大龍興無盡雲雨於三千大千世界百穀草木普蒙其潤隨時滋長菩薩大士亦復如是暢一音聲以八解脱法味之水布道法教使三千世界普蒙其度其解脱者志若金剛内外清淨復以神足禁戒法律自瓔珞身衆相炳著如純金山所經過處令各得所其聞法者篤信不疑復令衆生入覺意三昧使三千大千世界其中有形之類蜎飛蠕動自識宿命皆令衆生覺本習緒知苦所由因是皆發菩薩之心奉遵修行如來正受是時聞法衆生用心精勤承佛威神明識來趣隨其遠近盡來趣至淨妙道場至道場者其志堅固入無所畏不復恐懼其志究竟剎根衆生或經一日二日三日乃至七日捨其形壽而取命終皆生天上其德純熟行不鈌者便生十方諸佛剎土生天衆生自取天上若干種華及諸雜香所有自然供養之具而來供養散諸大衆及來會者華處虚空皆不墮地化成自然寶交露臺以大音聲而自讚歎我等善利快蒙斯福乃能遇此覺意三昧使三千大千世界獲其所願如是世尊快得善利復以香華而别供養最勝菩薩令蒙仁恩得遭值此覺意三昧使我等身咸蒙慶會其有衆生得聞覺意三昧不篤信者當知此人乃前世時不遭此三昧之所致也是時世尊告來會者吾昔無數阿僧祇劫行此三昧使我今日得成阿惟三佛過去無數恒沙諸佛及當來者皆當修此覺意

三昧三昧威德不可稱量其聞名者悉皆啓發菩薩大心不可復計四部之衆皆逮此三昧定意復有百千諸來會者即於座上皆發無上正眞道意爾時世尊復放覺華定意三昧光明照彼三千大千世界地獄餓鬼畜生之類衆苦消滅皆得還生在人道中自識宿命是時座上有四億衆見此瑞應各生患厭心自思惟夫生有死皆由因緣死此生彼牽連不斷淫之爲源斯由貪愛我等願樂生無欲國乃得修此覺意三昧定意正受是時世尊知來會者心中所念而告之曰西方去此無數佛土有佛名無量壽其土清淨無婬怒癡悉同一心皆由蓮華中生不因父母情欲生也純是童男亦無女形無大小便以禪悅樂法無想念識以爲飯食共相敬念如父如母欲生彼者可發誓願時四億衆即於座上同心發願求生彼土爾時世尊即如其像放覺意三昧光明照彼國土使四億人得見彼土如來世尊及化生菩薩其國廣博純金銀琉璃衆寶雜廁無三惡道八難之苦見彼國已此四億人隨其形壽皆得同時生彼國土而得修此覺意三昧斯由本誓發願所致覺意三昧之所感動具德如是

恭敬品第十三

是時最勝菩薩復白佛言云何種類菩薩常從佛聞法而興恭敬意加踊躍不能自勝世尊告曰斯法要者猶那提神藥若人服食斯神藥者心神悅豫自然濡滿婬怒癡除無復衆病其聞此法一句之義至大乘者超出婬想得離惡趣志願自在未獲者獲諸根具足

未常缺漏若使有人專心一意勤修正行無他餘念而順其法諸塵垢病自然消除若善男子善女人得音響信加敬正法樹下端坐一心思惟設意倒錯復從一始若意不定當自剋責有何不及惡心不除勤苦劫數不在道檢何日進成而獲無漏因平等法得蒙度脱如是最勝夫順法者不居三界亦不離之復以三觀七露明禁而自防慎常悔前過將來不造當得諸佛十八之法四無所畏五根五力禪脱定門其所說法平等無二身黄金色相好自嚴種種功德以自瓔珞音聲言訓達於十方是謂最勝菩薩大士當獲十法功德云何爲十所聞正教專意思惟從善知識亦不違慢不自大不自下恒處於中所施行業終不虛妄諦入深慧意亦不亂歡喜念施心悅無悔若前布施無所選擇達於苦際宣暢無我神通自遊不失善權是謂十法獲十功德爾時世尊便說斯偈

聞教專意聽　順道無想願　憑受善知識
施念無悔恡　愛彼猶養已　高下隨顏色
一心念恭敬　獲十功德福

最勝當知善權適化智度無極逮於菩薩大乘方等如來出世愍於俗故而現若干行法不同或現緣覺聲聞之乘或在山崖深窟自隱或復經行而自剋責校計身中無一可貪由是之故當自思惟斯爲如來之所開化信吾言者而在心懷於現法中即得滅度雖在異學不改正行爲諸異學講演法鼓其法無想亦無諸念令其衆生盡諸有漏諸有會者致微妙慧行有若干志性不同如是之比不

可稱計好慕聽經非圖一類捨真就僞亦不可計現在目前其數難量或有菩薩專觀脫門雖行備具貪在滅度所以然者未解善權故致留難如來神足導引使知方自覺悟非菩薩行復爲波旬之所擾固復從是退還在凡夫最勝當知如來晝夜三達觀察誰根闇鈍退不進者誰復進前上菩薩位退如恒沙進如毫毛心復自知而無神通夫人初意其心堅固設當成者衆生根斷無爲之法定無生滅衆生疑惑謂爲非真善權方便務於真諦願樂欲聽無從法忍十二因緣法之深要先當分別解空無相願達知無常非真非有我人壽命虛無寂然佛復告最勝菩薩及衆會人自念吾昔未成佛時爲諸如來所見訓誨復加威神所見接導亦是本願行念所逮得蒙清淨志趣安隱今成如來平等正覺衆行具足出現於世斯由執意不退轉故諸菩薩衆亦無央數神足之變不可限量降伏於魔無餘僥倖若至城郭郡縣聚邑其衆生類覩見吾者執意聽經亦無他念興隆三寶使不斷絶欲求法者皆得充足獲安隱行佛復告最勝菩薩若有衆生信從法教空無相願當行三十六事令不墮損云何菩薩行三十六事令不墮損於是菩薩分別三向亦不懷恨雖處愛欲無所染汙觀於無常亦無觀想心行清淨不失法性求諸脫門法諸賢聖懷來道故而濟衆生妄見以斷悉知無常應無所著等正覺行隨緣起滅除去縛著所施爲事不自爲已解知人本本無出生壽是磨滅恒不久住命逝變易如幻如化過去永盡不

見蹤跡來無形像復當受有現在流馳靡知所趣知業慧明神識不住空慧止處縛解無縛勤修三事復修除三不倚空慧受其果證將養形命令至道場於欲無欲亦不離欲諸佛正受恒現在前往來周旋不生無想志常著在諸神通慧深入法藏不見所入滅盡無生以爲屋室如如如爾無形無相本無有際際亦無際常不有常思惟無常雖見生死亦不見生入於五道解無五道塵勞爲縛已已離之自守無爲無希無望度人如空空無所成身行口言悉無所損是謂最勝菩薩所行三十六事上妙之法非是聲聞緣覺所及當善察之爲人解暢無令衆生有諍訟心所以然者希有衆生能信之者夫能宣暢緣業之法斯乃應於無生之心若觀衆生意不堅固便當漸漸開使得解得失雖殊亦當下意勿得稱已設復有疑以本無觀三世平等等無差特亦不見等亦不見無等見亦無見亦無復見況有色相色自無色本無有色色識無識豈有識耶耳聲有識受外音故鼻香起識自生臭惡舌味生識分别好醜身細滑識因彼麤澀意法與識由前善惡了達諸法無住不住亦不見住最勝當知吾我所有諸法所有本悉清淨亦不見淨諸法吾我本無所有不見所有無亦自無亦不見無慧解菩薩皆無所有菩薩解慧不倚身口亦不自高復不自下從本至竟了達自然如是菩薩解空慧義便成無上正眞等正覺多所建立多所饒益爾時座上諸來會者四部之衆及八部鬼神心懷踊躍不能自勝各與恭敬以天香華

意華大意華散于佛上及散諸菩薩大弟子上悉在虛空羅列而住作倡妓樂自然而鳴復有諸天畟塞虛空皆發大聲自然雷震皆自歎曰今所聞法自昔未有爲諸菩薩講論法要空無之法所造言行意皆堅强前在鹿野苑中與諸天世人所轉法輪蓋不足言今聞如來說空無法無生無滅最第一義世之無雙不可稱量自昔聞法未如是也善哉世尊使我等心永無猶豫疑網悉除無餘結恨是時世尊告來會者慧解菩薩爲一切衆生故心不去離諸法之本況當遠離空無之法此事不然菩薩習學不當與意生于是非若在諸法念無所著法實甚深不可思議習知淺者用無黠故墮四顛倒而興陰蓋以去持入復生十二緣著以生便與六十二見共相受入以生受入復與一切諸塵勞垢而共合同如是菩薩常當遠離不與同處亦不離之從癡至死世間亂想及意所念若見精進心不慕及諸見懈怠亦不慢惰有奉戒者復不有異見毀戒者意等無二忍體滿具瞋致惡道一心不亂諸想不興智拔濟苦永盡無餘恒當遠離一切諸念去其世事云何爲世事所謂五陰六衰四大四患十八本持十二因緣與心不相應者是謂世俗法佛告最勝若有菩薩於三世中而行布施亦莫思惟過世受報不念過世所施財物亦復不念過世受物之人不念過世所施之處所住屋舍不念種姓生某家字某亦復不念爾時所施今乃獲報設令造福後報倍勝如是菩薩爲不成就爲墮邊際爲在魔界爲斷佛種終不至無

上正眞之道成最正覺所以然者有想著故想著施者非眞實果若復菩薩念現在施及當來施常當牢意無衆亂想或時菩薩給施所乏衣被飯食牀褥卧具病瘦醫藥隨其所須而不有逆欲成無上等正覺者解諸法空了達爲一空法無相空法不生無造無作無所施爲不見來時亦不見去以法性空觀了無形戒品慧品定品解脱品解脱見慧品三十二相八十種好法界如法界定法界觀法界無著佛如佛定佛觀佛無著佛者無我亦無所生道意意明法意意明衆意意明此十三行無漏慧觀當來過去現在十三佛已覩見一切諸界分別其界無來無往不見出生法自常住亦不見動亦不轉還一切衆生自起識想有不信者而取化之三場清淨修如來室諸法若干行不究竟所説亦異受者不同欲淨三場及五眼者現轉法輪無礙之想先行十三無漏之觀是謂最勝菩薩摩訶薩無礙之智無礙慧根爲衆生故示現法界姓字名號無量無限不可思議皆是善權智力所及是時最勝復白佛言云何菩薩入定三昧修行善權攝智不亂佛告最勝於是菩薩入無著定身意口教無所罣礙觀諸佛土如掌觀珠化育衆生亦無所著放大光明導引一切而轉法輪佛力無礙或以菩薩以爲眷屬復以佛智自瓔珞身住如佛住遊至諸國如佛所遊淨諸刹土以佛之度而度脱之其心盟誓以教教人以智訓人是謂最勝諸佛所入定意三昧所遊所行不可思議不恐不畏無所忌難聽無厭足心不轉還亦不疲倦

不捨當歸墮于餘法何以故以其菩薩在諸法中志意曠大弘誓之心不可沮壞發心起學修佛正法無底之源加被衆生而不捨離解衆生空諸法亦爾諸法空者道性亦爾善察衆生進趣來往以大慈心遍滿一切三世諸佛所行法則而不差違無形像法而悉成就所以者何猶如男子以如意寶珠懸著空中其有觀者莫不歡喜色甚微妙所照無礙自不言我廣有所照菩薩大士亦復如是以心寶珠出智慧口一切智光普照三千大千世界亦不自言我今慧光能有所照何以故然此菩薩爲彼衆生不自爲已欲使衆生至解脫門以佛聖印而印可之淨諸佛國爲諸衆生而作覆護離一切念其智慧眼無微不照明生死本去來現在八法功德及漏盡通想知滅盡羅漢緣覺所不能了菩薩覺知法性所覺如幻如化熱時之燄芭蕉野馬呼聲之響鏡像水月泡沫夢見皆不眞實此五盛陰苦空非身四大合成復當思惟地水火風空識六事處在三界欲界色界無色界斯是死界泥洹法身乃是眞界解生死界及泥洹法一而不二亦無若干四大吾我亦復如是吾我空者諸法亦空諸法空者六思念法亦復如是不墮倒見不處生死亦復不念中道取證是謂菩薩深了法要所度不虛受養不妄安隱處道而無唐捐復有菩薩用四等心深究生死無底之源救之以財恤之勸導大慈菩薩舉目成寶山河石壁樹木莖節悉爲七寶便用廣施令得道證菩薩于時觀察衆生有著苦者爲說五陰爲苦爲老爲無眞實

集色著苦滅集成道苦義衆多集爲源本斯二事盡乃謂爲道

十住斷結經卷第七

音釋

蜎呼緣切小飛也　㥄正作側初力切遍過也　唐捐捐以專切唐捐徒棄　恤辛聿切

十住斷結經卷第八

姚秦沙門竺佛念譯

勇猛品第十四

爾時最勝菩薩前白佛言云何菩薩初發心行無能斷者云何菩薩意識安隱不可捨離是時世尊告最勝曰初發意菩薩當學所學不滯生死不畏吾我雖處過去當來現在亦不畏懼便能勇猛毀壞邪見初聞法味信根成就意常係在滅盡之處常離世業唯慕無上正真之道咨歎經典聽之無厭設遭苦樂不以為倦所以然者其心牢固不可移動或經一身二身三身應時逮得如來正受三昧定意復得信受不妄三昧復得總持受決三昧漸漸便至無所從生不起法忍以是名曰發意菩薩內心所行無能斷者菩薩專意不著色相不念是常非常有苦有樂若好若醜若遠若近亦復不念過去當來現在之法亦復不念吾當成佛典領三千大千剎土不念有想不念生想著想深想結想心想無量門受其妙法不還亦不見還不厭亦不見厭不足亦不見足不廢亦不見廢無捨無壞無見亦不有見不增亦不有減不異亦不有變不自然行非不有行所以然者言自然者虛空法界之所攝也如是菩薩無限無量弘誓之心而自成就不厭不患亦不退轉賜欲度脫一切衆生所以然者菩薩欲度一切衆生使般泥洹住十七劫不捨不離分別三世諸法虛寂諸法性空諸法無我何以故欲從此至彼故菩薩大士至虛空界以天眼觀依地大住衆生多耶虛空界衆生多耶然觀虛空衆

生不可稱計無有邊幅天眼菩薩復更思惟吾今所觀極爲玄遠寧從四天下遠須彌山其中所有虛空無形衆生多耶爲有形衆生多耶佛告最勝天眼菩薩猶不能知無形衆生之多少所以然者非彼境界今吾引喻重解斯義有明目者當了此譬猶如辟方八肘虛空上下俱等無空缺處筭計其中無形衆生與四天下衆生共等欲知數者從一數至億以億爲一復從一至億還數億爲一如是數至七欲知無形虛空衆生限者其數如是復告最勝天眼菩薩觀虛空無形衆生之時猶如人觀辟方大石上下俱等實而無缺故不知數發意菩薩從初起學上菩薩位當度爾許衆生心不移動者當知不爲魔所擾固遊於三界憑善知識恐畏之難亦不復生其

有菩薩住於是者至誠受莂亦不復久行權方便與發勸助指授泥洹說滅度決加說四諦如來印章一一分別而示其路若有衆生不肯覺悟無數方便以爲唱導習癡所惑而致諸苦能斷愛欲乃應無著便得越度正覺所有賢聖默然則爲解脫所名解脫解脫生老病死彼亦不死亦不爲死彼亦不脫亦不爲脫何所解脫無著無縛無滅無生無所成無所辦無所逮乃應正道衆生迷塞不時開解如來哀愍現出于世在所遊處便現導師聞法衆生至不退轉若有歡喜奉持正法便逮無生不起法忍發意菩薩常念思惟眼耳鼻口身意分別六衰爲從何生復從何滅法自生法法自滅法不見邪不見正不造不作不見是我所非我所不依內性自觀不依外

當分别復當思惟色痛想行識不過去色過去色不在内不在外不兩中間得不過去痛想行識過去痛想行識不在内不在外不兩中間得不過去色住不過去色不住不在邊不在此不過去眼耳鼻舌身意法過去眼耳鼻口身意法不在内不在外不兩中間得不過去意想知滅不在内不在外不兩中間得當來現在色痛想行識眼耳鼻口身意想知滅亦復如是復次最勝菩薩大士以神通慧修無礙道一切諸佛功德慧業盡共計之十倍百倍千倍萬倍不如發意菩薩安一衆生發無上道心成一切智具足一切諸佛之法妄想已斷無復狐疑諸天世人無不恭敬而禮拜者達知諸法幻化非眞一切有形進趣於道便獲如來神足之力是時座上十四億

衆渴仰如來神足之德遲見如來現其威變佛知衆會心中所念即於座上放大光明身諸毛孔亦放光明一一毛孔放百千億光明一一光明有百千億夜光神寶雕文刻鏤衆寶雜廁衆華雜香而覆其上寶四角頭懸四瓔珞一一寶上有百千億帳一一寶帳有百千億自然蓮華師子之座一一座上有百千億殊異之色一一色中有百千億摩尼珠寶在蓮華上一一華上復有百千億種種殊異寶交露蓋一一蓋下有百千億如來說法一一如來有百千億諸佛刹土一一刹土有百千億自然浴池一一浴池有百千億鳧鴈鴛鴦自然遊戲爾時寶交露臺諸如來無所著等正覺復放百千億光明一一光中復有化佛一一化佛各說發意菩薩所行功德十二

因緣無常苦空非身之法趣泥洹門一一門中轉百千億不退轉法古昔未轉今日如來而爲轉之現佛威儀神足變化未曾所見未曾所聞不可思議不可稱計是時諸來會者歎未曾有甚奇甚特是我等福乃能見此神足變化然法熾法無盡之化如來如如來藏不住於住無形像無根本不得得不獲獲甚深玄遠實而不虛智慧廣博除去愚惑亦不破壞成就法界當來過去現在諸佛之法皆現在前出如來力增益諸佛國爲佛章印出生菩薩道於現法中爲淨眼法王慧眼清淨種性純熟佛眼無礙由慧眼知分别句義而開法門與善知識成就道心不毁境界不敗種性爲一切衆生而作覆護居家成就若處在衆無所畏難所與巧便無適不化名德清淨無復希望胞胎均正增上智業興無蓋雲智熾猛火燒疑結聚闡揚正教振於道場慈悲四等總持審諦九觀六業勇力無畏信念慧定行訓無盡入三昧定由觀十方禮拜恭敬供養諸佛是謂最勝菩薩大士心難沮壞猶如菩薩性空自然有目之士知是爲空空不自知言我自空菩薩行本亦復如是度人恒沙復過恒沙及至諸佛所遊刹土而度衆生非筭數所籌菩薩不自念我今乃度爾所衆生使至涅槃寂然無爲亦不言我緣斯果報當成無上正眞之道發意菩薩執心牢固從初發迹乃至道場坐樹王下降伏魔衆其中所作功祚福業盡爲衆生不自爲已猶如虛空普覆無外然不自知言我是空如來神德智慧光明周接黎庶使成法眼無離無著

一切諸法不可沮壞無人無我以智慧明善權利劒一切諸佛所用正教無量功德除去疑網菩薩大士之所修行菩薩所行淨三梵堂無空不空空亦不生亦無所有無人無我無壽無命亦不見生亦不見死獨步無侶無可思議不毁境界無想亦空不生亦不見生亦不見出無去無來無作無造法界無量成道場業空界無邊無所縛著爲衆生故作處所是我所非我所起吾我想菩薩執意依善根本無量智慧而淨其道去心垢意以智慧除如是最勝菩薩入淨觀三昧觀察十方恒沙衆生誰應法行誰應智行誰應淨行相應若有衆生應受法者便當與説二十五法云何爲二十五諸法無相諸法無形諸法忍諸法相諸法無根諸法境界不可得諸法無所取諸法不二入門諸法無度諸法不可斷諸法甚深不可追尋諸法覺不覺者諸法力不可壞諸法成不成者諸法無毁而毁諸法無常去常諸法無染汙諸法行淨諸法性觀諸法無漏諸法過去已捨諸法拔疑去網諸法無從生慧授決諸法本無無苦名是謂菩薩清淨修行二十五法復次菩薩行三忍智過智無過智亦不過智亦不不過智云何菩薩修行過智不壞法界身是本無如來之所修行非緣覺羅漢之所修習無過智者增上慧明賢聖緣覺之所修行非佛羅漢之所行也亦不過智亦不不過智阿羅漢之所修行非佛緣覺之所修行云何過智是佛所行非羅漢辟支於是菩薩彈指之頃以智慧念我當弘濟無底衆生無邊無涯緣想智業金剛

正受亦無轉還弘誓之心過出羅漢辟支佛上是爲過智非是羅漢辟支佛之所修行云何亦不過智賢聖辟支佛之所修行於是菩薩發心起學欲淨法界導引衆生宣暢佛法演甘露慧爲無上道求詣道場若有衆生直從一徑至菩薩所頭目髓腦國城妻子意所愛物盡用惠施給與乞者除父母師長施果不求報如是一世至百世一劫至百劫財物惠施亦不見物物是誰許爲從何生本從何來滅至何處解物無本不見住止屋舍時此菩薩以空慧觀亦不見身亦不見物亦不見人亦復不見何處惠施然此菩薩積行殊久心意捷速欲成無上正眞之道慕度衆生淨佛國土然此菩薩心樂閑靜常處山巖意想寂靜繫念在前內自思惟前後所施衆德具足應成無上正眞之道爲最正覺然佛出世衆相嚴身廣濟衆生至無爲岸要須大聖於無餘界而取滅度然後我當進成佛道佛告最勝彼菩薩心所念所行願不違錯如來在世教化周訖於無餘泥洹而般泥洹正法滅盡世無復佛一劫二劫或至百劫山澤菩薩方自尅責咄哉所爲唐勞其功佛去世久像法滅盡宿緣衆生盡爲所在心懷煩惱周章經行詣一樹下以右手指爪刮乾樹皮正值空處驍然有聲心霍然悟便成無上正眞之道左右顧視不見翼從隱形匿相不轉法輪如凡常人人間分越是謂亦不過智賢聖辟支之所修行非佛羅漢也云何亦不過智亦不不過智羅漢所修非佛辟支佛耶於是菩薩從久遠以來積行勤苦欲得無上正眞之

道爲最正覺行施行忍行精進行禪行智或施頭目國財妻子僕從給使有所求索不逆人意但刺身出血多於四海體骨布施遍四天下然於其中不獲其證漸漸却退在凡夫行猒患生死心不猛進憶本所作内心竊悔趣欲脱身捐捨衆生父父方便求師諮受承聲聞法乃得覺悟追前功勞想責無逮是謂亦不過智亦不不過智羅漢所修非佛辟支佛也云何菩薩淨行相應是佛羅漢辟支佛之所修行所謂淨行者淨三場淨三眼淨三聚戒淨定淨慧淨解脱淨解脱見慧淨從三善法至十八無漏之法道俗善法皆悉清淨佛辟支佛阿羅漢修此淨行至成得道不有中還衆想不興亦不可見不起不滅亦無識止有終有始便有窠窟達無終始豈有處所

時最勝菩薩復白佛言世尊云何離欲菩薩心無增減亦復不念是苦是樂是好是醜亦復不念前後中間去來現在禪上三昧復不自念吾於欲無欲爾時世尊告最勝曰無欲菩薩遊處欲界周遊往來說法教戒心雖無染如處熖爆無底火坑愍彼衆生繫著四流没十二海欲求出路不知當趣内心堪忍不以爲難分別五陰興衰之法色痛想行識思惟四大諸所生滅水泡野馬芭蕉幻化虚而不眞亦不牢固何以故甚深之法難可究竟色法甚深道亦如是五陰甚深俗法亦爾俗法甚深虚空界亦爾善察虚空界及與法界亦無識想我人壽命校計斯者實如幻化思惟世俗八無閑法穢濁染汙妨人趣道淨觀思惟悉無處所何以故爾非常苦空非身之

法有目之士能達此者是謂菩薩心無增減不見苦樂善惡好醜都無三世緣起之著地種爲剛境界自然水性爲濕性自柔輭火性隆熾性自然熱風性飄揺動轉不住法性觀察寂無四大地水火風爲從何生復從何滅若菩薩分别法界設地增者水火風性各各不知神識自溺漸不相應地重神輕各欲相離若水增者地火風界轉轉衰微神輒欲移不安其宅猶如有人處在靜室意欲出行造餘村落先出右脚在門閾外是謂地大增也次出右手復在門外所謂水性增也轉出左脚在門閾外是謂火性增也復出左手在於門外可謂風性增也進前趣路是謂神以逝矣詣村落者趣五道也其知是者乃了法界不堅不柔不熱不輕剛爲所在柔爲所至熱爲所趣輕爲所向如是菩薩分别法界一一觀了亦無處所思惟法界性自不同養神長體各自殊異四大之中火爲盛毒餘三大者性自相應所以然者菩薩當觀内外四大亦復如是三界衆生四大不同欲尋其源莫知處所當復思惟六情所趣其眼亦空眼識亦空解於空者乃爲法界菩薩大士復當思惟解於六衰眼之視色色亦無有前物入色亦復無有耳鼻口身意亦復如是菩薩復當學諦相非諦相道相非道相空相非空相云何菩薩學諦相非諦相於是菩薩審解本無本無爲一切無有二亦知道證而無有證不見受證不見不受證亦不見應亦不見不應了應不應是謂諦相菩薩諦相在空亦諦遠空亦諦亦不在亦不不在是謂諦相金剛正受

倚空習本取護得盡解此三事者亦是諦相
菩薩諦相達内無實知外無入不見愛樂不
見不愛樂不見是處非處亦是諦相於内不
斷正見於外示現若如閑居心常寂靜外若
憒亂知苦等住所適亦等其諦相者道證明
驗五陰空五陰無主所從緣起亦復是空不
住不見住慧盡相不住在疑結亦無住不在
五事不隨十善十惡世間本末是曰諦相如
是菩薩行諦相者則不退轉非諦相者虚空
界最第一義知之爲寂緣解無縛是謂菩薩
非諦相也云何菩薩學道相非道相猶豫結
疑世間不可愛染自用横害中暴墮苦是謂
道相現在身作來世受報不倚師不向善知
識亦是道相云何菩薩亦非道相非道相者
三十七品有爲無爲法所趣入不在二亦不
遠二不從緣不離緣不住緣不隨緣不度非
不度不果非不果不一二三四乃至十非不
十非所生非不生非滅盡非不滅盡非起滅
非不起滅非言教非不言教非解空非不解
空非思止非不思止若菩薩察二十四事觀
了本末分别在心不處生死離於縛著無勝
負心亦不强梁不自舉不下人便應碎身遊
散三昧於百億定爲最上首爲尊爲貴無過
是者非是羅漢辟支境界爾時世尊即於座
上三昧正受其三昧名一意無畏使四部之
界上下齊同各無他念亦無亂想是時世尊
告最勝曰諦聽諦聽善思念之吾今爲汝分
别三昧使来會者各無狐疑最勝對曰如是
世尊願樂欲聞樂者令得安隱佛告最勝有
三昧名散諸結令無限無量刹土有形衆生

除法苦痛無復衆惱復有三昧名勇慈明使諸衆生各無怨讎復有三昧名德充如來入此三昧使衆生類無飢渴想復有三昧名清淨如來入此三昧使諸衆生得法眼淨復有三昧名耳根清淨如來入此三昧使衆生類得天耳聰復有意寂三昧如來入此三昧使衆生類廻邪就正復有除惡三昧如來入此三昧使衆生類修十善行跡復有三昧名獨步如來入此三昧使衆生類不懷邪見而受正道復有趣路徑三昧如來入此三昧使衆生類趣道不迷復有三昧名成辦如來入此三昧使衆生類捨于惡戒就清淨戒復有三昧名慚愧樂如來入此三昧使衆生類奉持忍辱復有三昧名進德如來入此三昧使衆生類懈慢憒者興勇猛意復有三昧名一已無侶如來入此三昧使喜忘衆生速入禪定復有三昧名曰降伏如來入此三昧使執愚衆生智慧自悟復有三昧名無穿漏如來入此三昧使無信衆生安處信根復有三昧名總持德如來入此三昧使少聞衆生而獲多聞復有三昧名威儀則如來入此三昧使衆生類儀容整頓不失禮節復有三昧名施恩如來入此三昧使著欲衆生永無愛欲復有三昧名以度如來入此三昧使瞋怒衆生斷除恚恨復有三昧名無惑如來入此三昧使愚癡衆生親習智業復有遍至三昧如來入此三昧使衆生類不著三有復有三昧名一切身體形色三昧如來入此三昧使十方國土一切衆生化作百千億形色然彼衆生各各不相知我今最勝略說其要設當如來從

劫至劫乃至百劫說如來所入三昧者不可究竟唯佛世尊乃能暢耳是時最勝前白佛言甚奇甚特如來身相所造變化不可思議無能測量以無形善權而自嚴飾如來所說所入三昧昔所不見昔所不聞若有菩薩聞此三昧名號定意持諷誦者在所遊處常得自在若復勸助代其歡喜為以供養諸佛法已諸聲聞等非其境界緣覺之乘復不能及若有毀謗斯定三昧常處闇瞑未曾決了設復人身入無救獄罪猶尠微蓋不足言若有憎嫉定意三昧其罪難量動有劫數聾盲瘖瘂終不聞法雖得為人恒多苦痛兩舌詐欺口不能言自非菩薩廣愽多聞乃能信此正定三昧若有勸發誦習此定尋時得見諸十方佛又我今日講解定意志不改易乃應正定爾時最勝承佛威神復白佛言今日此衆諸來會者菩薩四部天龍鬼神備欲得見如來定意所可感動或能蒙斯多所潤澤多所成就唯願世尊垂愍見憐放大光明照諸十方佛佛剎土其中純淑衆生之徒蒙光得化普得度脫爾時世尊可其所說尋於座上即如其像三昧正受其三昧名右足指輪定意放大光明其光明照此忍世界已復照十方諸佛恒沙剎土十方國土諸菩薩等百千億衆尋其光明來至忍界東方去此九十六江河沙等諸佛剎土過此數已國名海寶有佛名寶淨如來至真等正覺明行成為善逝世間解無上士道法御天人師號佛世尊現在說法彼有菩薩名曰辯聰不退轉大士見此光明便往至寶淨如來所頭面禮足在一面

立爾時寶淨如來告辯聰菩薩曰汝到彼土攝持威儀無失儀則所以然者彼土志性剛强所行卒暴匆見苦樂彼土衆生多懷憍慢不順正法若見有短慎莫驚懼能如是者宜知是時彼佛刹土衆多菩薩自白其佛我等快得善利宿福自賀不生忍土是時辯聰菩薩將十千菩薩前後圍遶猶如力士屈伸臂頃來至忍界往至釋迦文佛所立爾時世尊知而告最勝曰汝頗見辯聰菩薩及餘菩薩不乎對曰唯然已見佛告最勝此菩薩者義辯第一慈悲喜護言語柔和志行高遠先笑後言和顏悅色問不復重所說約少接度衆生如佛之度成不退轉立菩薩道是時辯聰菩薩及十千菩薩禮世尊足右遶三帀叉手向佛而歎頌曰

聲振徹十方　功德名訓稱　人尊所適方
靡不蒙其度　佛土界清淨　不聞五道名
捨彼而就此　慈悲難喻等　世尊今所現
人中實難有　德積如須彌　自投于足下
正使行精進　一劫至百劫　不如須臾間
忍界行哀心　諸佛興出世　先選清淨土
仁尊獨能忍　於此五濁世　善哉甚難有
將護平等度　流教及三乘　令淨身口意
旣成菩薩道　亦無退轉心　意趣倍精進
今故稽首禮　斷諸狐疑結　快修十善行
諸佛法具足　所說智海淵　若在本刹土
億百劫導師　不如在此土　住劫度一人
亦遊無量刹　恒沙不可計　不聞有苦惱
及入無間處　此人多剛强　衆垢以成身
四諦眞如水　洗浴內外淨　我等信心至

故遠來歸命　欲聞定意法　願時敷演之
爾時辯聰菩薩以偈讚佛已前白佛言何謂菩薩志意堅牢堪受定意所聞教戒亦無厭足云何菩薩言行相應內性柔輭爾時世尊告辯聰曰諦聽諦聽善思念之吾當爲汝分別其義對曰如是世尊佛告辯聰菩薩修定心成就四法使菩薩志意堅固堪任受定所聞教戒亦無厭足何謂四法所謂慈悲四等心不懈怠所度人民如幻如化諸佛智慧無與等者是謂辯聰菩薩成就四法志意堅牢堪任受定云何菩薩一意趣向言無錯亂佛告辯聰於是菩薩復當成就四法何謂四法菩薩一向說衆生空說諸法空於諸受入都無所著歎譽菩薩所作功德分別善惡有爲無爲之法念行善權是謂四法云何菩薩增益善根轉多不減佛告辯聰復有四法增益善根云何爲四一曰信二曰聞三曰施四曰出要是謂四法令菩薩增益善根云何菩薩心不亂錯亦不狐疑佛告辯聰復當思惟四法意專不亂云何爲四法所謂心常專定禁持禮節不望利養不求名稱是謂四法意不有亂復有四法增益善根云何爲四所謂四法教他立信旣施之後不望其報及護法之主菩薩言教教授不違是謂四法之所修行復有四法菩薩當念思惟從一地復至一地或退或進云何爲四法教衆生類習其善根遠離諸惡不行愚惑無捨弘誓意不怯弱是謂四法菩薩之所修行復有四法菩薩之所奉持云何爲四所謂化衆生以權方便立凡夫人在於信地所度無虛妄現佛威相而接

衆生是謂四法菩薩之所奉持復有四法菩薩當念思惟云何爲四所謂隨宜進止不著服飾隨彼時宜恒忍苦樂是謂四法之所修行復有四法云何爲四法所謂自伏意性常發道心不離善權專意念佛是謂四法復有四法菩薩當念思惟云何爲四於是菩薩當念獨處遠聲聞心及辟支佛意求法無厭足所聞正法廣與人説是謂四法復有四法菩薩當念思惟云何爲四求寶給窮乏醫藥療治病求義無厭忍一切苦是謂四法復有四法菩薩當念思惟云何爲四行不起忍超滅盡忍思惟根本十二因緣於忍不著忍各各自離是謂四法復有四法菩薩當念思惟云何爲四思惟惡露不淨之觀數出入息行清白法當自謙卑是謂四法復有四法菩薩當念思惟云何爲四當觀應法衆生然後投藥常念恭敬無得自高若在大衆不著利養行權方便所適無礙是謂四法復有五法菩薩當念思惟云何五受平等法而不遺漏觀已彼身等無有異與善知識從事永斷結使令無有餘是謂五復有五法菩薩當念思惟云何爲五自省已過不見彼短若在惡部使行慈心然熾諸法去其緣著道心牢固終不忘失亦使前人行其道意是謂五復有五事菩薩當念思惟云何爲五施恒在前次復教人使行惠施執心施時亦不選擇觀衆生是非諸法甚深皆得解脱至成作佛莊嚴道樹是謂五法復有五法菩薩當念思惟云何爲五知行起滅於力無畏不捨衆生分别衆智亦知增上智不相違背是謂五法復有五法菩

薩當念思惟云何爲五在五道中永度無極供養諸佛禮事恭敬入慈三昧以自娛樂佛智無量現在目前無量三昧亦不疑難是謂五復有五法菩薩當念思惟云何爲五發弘誓心終不中悔言從語用言不妄發依禪不著禪念持不著遊處亦不樂是謂辯聰菩薩摩訶薩修此定意本行便得如來正受爾時世尊說此法時二億諸天世人發無上正眞道意復有五千天子得不起法忍是時諸佛刹土諸菩薩等各齎華香而與供養華至于膝

十住斷結經卷第八

音釋

騞 呼麥切皮骨相離聲也 煻煨 煻音唐煨烏恢切煻煨灰火也 閾 影逼切門限也 尠 息淺切少也 齎 祖稽切持也

十住斷結經卷第九

姚秦沙門竺佛念譯

碎身品第十五

佛告最勝菩薩摩訶薩入碎身定使菩薩入此定具足十種如住何謂爲十一切世界如如住一切諸方如如住一切劫數如如住一切衆生如如住一切諸法如如住一切諸菩薩行如如住一切菩薩願中如如住一切衆定中如如住一切諸佛世尊如如住一切地界如如住若有菩薩得此碎身定者便獲此十如如住云何菩薩入衆生碎身定於是最勝菩薩摩訶薩入碎身時先入身内定從身外起入身外定從身内起入一身定從異身起入異身定從一身起入人身定從閱叉身起入閱叉身定從龍身起入龍身定從阿須倫身起入阿須倫身定從天身起入天身定從梵天身起入梵天身定從欲界身定起入天道身定從地獄身定起入地獄身定從人道身定起入人道身定從餘道定起入千身定從一身定起入一身定從千身定起入億身定從一身定起入一身定從億身定起入閻浮里地有形衆生定從瞿耶尼有形衆生定起入瞿耶尼有形衆生定從鬱旦越有形衆生定起入鬱旦越有形衆生定從弗于逮有形衆生定起入東方有形衆生定從三方有形衆生定起入三方有形衆生定從四方有形衆生定起入四方有形衆生定從一切諸海有命形定起入一切諸海有命形定從海神身定起入海神身定從海水種定起入海水種定從海地種定起入海地種定從海

火種定起入海火種定從海風種定起入海風種定從四大定起入四大定從無有法定起入無有法定從須彌山定起入須彌山定從七寶山定起入七寶山定從百草樹木山川石壁定起入百草樹木山川石壁定從淨潔香華一切寶器定起入淨潔香華一切寶器定從一切四方上方下方一切衆生所乘服食具定起入一切四方上方下方一切衆生所乘服食具定從三千刹土有形衆生身定起入三千刹土有形衆生定從三千大千刹土有形衆生定起入三千大千有形衆生定從億百千及三千大千刹土有形衆生定起入億百千及三千大千刹土有形衆生定從無限刹土有形衆生定起入無限刹土有形衆生定從無數刹土有形衆生定起入無數刹土有形衆生定從無量佛刹土有形衆生定起入無量佛刹土有形衆生定從無邊佛刹土有形衆生定起入無邊佛刹土有形衆生定從無稱佛土有形衆生定起入無稱佛土有形衆生定從不可思議佛土有形衆生定起入不可思議佛土有形衆生定從無限無量不可思議佛土有形衆生定起入極遠有形衆生定從極遠衆生定起入極近衆生定從極近衆生定起入眼入定從眼入定起入耳入定從耳入定起入鼻入定從鼻入定起入舌入定從舌入定起入身入定從身入定起入意入定從意入定起入自入定從自入定起入他入定從他入定起入一切有形衆生定從阿僧祇刹土復及無限無量不可稱計刹土定起入阿僧祇刹土復及無限

無量不可稱計刹土定從一切有形衆生定起入聲聞定從辟支佛定起入辟支佛定從聲聞定起入自身定從佛身定起入佛身定從自身定起入一念定從百億劫定起入百億劫定從一念定起入現在定從現在定起入過去定從過去定起入未来定復入三世定如是菩薩隨所入定隨所從起入虛空界定從虛空界起最勝當知猶如有人爲鬼所著隨彼鬼神持身所詣不自覺知然彼鬼神託彼人身不自現形菩薩摩訶薩亦復如是意入内定從外定起入外定從内定起猶如有人身死神去無所依倚更不動揺身亦不知神之所在神自受形不知故身今爲所在最勝當知菩薩摩訶薩亦復如是初入有定分別等觀復入空定永不見有前生後滅各不相知菩薩復當觀猶如心自在度無極人一身能化作衆多身衆多身還合爲一識不從一身没即時生衆多身亦復不得識從衆多身没生一身中不從一至衆多不從衆多至一菩薩摩訶薩亦如是入一身定衆多定起入衆多定一身定起譬如地界所潤以水爲本所生萬物各各不同人界鬼界悉同其潤萬物亦不自知我爲所生水亦不知我爲能潤菩薩摩訶薩亦復如是得是三昧一爲無數無數爲一無數不知所以爲一一亦不知所以爲無數是謂最勝菩薩摩訶薩一切衆生碎身三昧第八菩薩之所修行住是三昧者菩薩便獲佛十號加十功德而見歎譽云何爲十所謂號如來如如修如號名爲佛佛者於諸法悉覺知從此岸至彼岸號名最

勝衆生尊貴與供養故號名一切智於一切智德悉具足故號名無盡爲一切衆生作覆護故號名導師令衆生類示其正路故號無等倫於一切衆生法界及諸衆智皆具足故號曰妙光一切衆生被蒙照故號曰十力所願成辦分別法智無著不可計故號一切現使一切法同一自在度無極故是謂最勝菩薩摩訶薩獲佛十號及十稱歎功德皆是三昧威神恩力也菩薩摩訶薩住是三昧者獲十光明而自照曜何謂爲十謂一切諸佛光明而自照曜一切世界乘無不乘道場光明以自纏絡一切衆生及教戒光以爲香熏四無所畏無量光明法界處所法界光明出要之明一切無欲除愛之光化一切衆生感動光明諸佛無倚無染著光善思光明等正覺度無極光一切法性如爾眞際光說除結患無上之光若菩薩摩訶薩住是三昧者得此十光明而自照曜菩薩復當善學十無跡行云何爲十意之所念身無行跡口無行跡意無行跡空欲立處所無行欲成行不爲有爲法不壞敗法不毁智業習無生智覺不覺法應智辯智無形之智義味清淨是謂菩薩摩訶薩住是三昧有若干差特能斷緣著從一入若干種定或起或思惟等分於等分亦不等分從小至大從大至小從狹至廣從廣至狹屈而使舒舒而使屈無身使有身有身使無身或起或定或定或起有垢使無垢無垢使有垢覺此三昧者能壞一切境界如人壞坏瓶猶如大呪之術防護爲驗若干種色若干種聲或爲呪所禁或爲幻聲所使呪者使

役於神幻者役於外形見幻色者眼識所攝聞幻聲者耳識所攝嗅幻香者鼻識所攝幻所作味舌識所攝若幻幻所作諸形質身識所攝有幻大幻迴上爲下迴下爲上所作追尋不可思量意識所攝如是菩薩摩訶薩住是三昧者或散或聚現若干變最勝當知令當引喻有目之士乃達此耳猶如諸天與阿須倫共鬪諸天得勝阿須倫不如是時阿須倫自知不如便設權計化作浴池生種種蓮華阿須倫身長七千由旬還隱其形及諸兵衆却退入蓮華莖節絲孔中藏諸天求而不見所謂阿須倫善解幻法菩薩摩訶薩亦復如是成就一切智慧之幻從一地至一地智無耗減彼彼菩薩自相招致號菩薩者皆以智慧幻法而攝取之如是菩薩入金身定現散法定譬如有人若在人界若在鬼界以種子著地隨時溉灌令得長大子入於地果生於上前子非後子後子非前子前子不離後子後子不離前子菩薩大士亦復如是獨受有形住此三昧便能離有不處於有亦如男女交會男清女濁識處其中在母胎中漸經十月宿行清淨福願追隨形體支節轉轉充足六根成就種性均正識與六根源本各異六根者受有之相隨行善惡而來受形尋本來生如幻如化菩薩大士亦復如是以增上解脫心以爲父母智慧之識而住受生入無有定從有定起或入有定從無有定起住此三昧者其德如是譬如龍宫依地而住便能乘雲虛空雷電隨時降雨多所潤澤然彼龍宫不在虛空非龍住處於虛空中現若干變

化或𠌯或隨使衆生類仰而觀之宫舍依地降雨於上變易之法何其奇哉菩薩大士亦復如是住此三昧及幻化之法入無相定從有相起入有相定從無相起如是最勝菩薩住此三昧使空爲地使地爲空亦無有難猶如天上水精光殿舍衆寶所成若彼大自在梵天昇此殿時舉目觀見千世界十千世界百千世界三千大千世界其中所有天宫龍宫閲叉揵沓惒阿須倫迦留羅旃陀羅摩休勒人及非人至三惡趣須彌山鐵圍山大鐵圍山黑山大黑山及七寶山江河海源城郭村聚山川樹木藥草華實好醜清濁三千大千所有形質至虚空界微細之形梵天於彼宫殿悉遥見之光光相照亦無微翳猶如在此人間服飾懸在架上亦如明鏡見其面像彼天宫者亦復如是坐起往來飲食睡眠悉在目前如掌觀珠菩薩摩訶薩亦復如是住一切衆生碎身定者於諸三昧而得自在獲佛自在定化衆生自在定遊諸法自在定成就行自在定具足增上解脱自在定於諸正受自在定出入坐起自在定得諸智慧自在定彈指之頃以爲一劫自在定是謂菩薩摩訶薩住此三昧者等正覺十自在定而自娱樂菩薩摩訶薩顯威無畏有十事云何爲十謂顯佛威曜過虚空界不壞精進於諸壞法得度無極顯菩薩行弘誓無畏遊如來戲口度無極顯世界淨顯淨塵垢照曜世界顯在衆生示不思議顯諸菩薩不斷經法顯至佛國供養禮事顯智慧業行本不可思議故顯分别三昧而無所畏顯入微妙定知所進趣

以菩薩度而度脱之顯淨佛國不斷菩薩誓願之法而自顯照亦無所畏菩薩摩訶薩處在俗中現佛形像復無所畏現轉法輪爲受化故顯諸如來善根之本立在佛乘皆使成就願意威足致度無極復次菩薩摩訶薩思惟不起法忍一一了達無數無限億百千劫所修行法皆悉在前顯法威曜然熾道教復次菩薩摩訶薩晝夜日月時節年歲悉能筭知菩薩用心彈指之頃所用等智知三世事了無差違現其無畏是謂最勝菩薩摩訶薩住此三昧者便能顯曜諸度無極得十無畏在大衆中入定正受碎身如塵善權方便第八菩薩之所修行

身入品第十六

是時世尊告最勝曰復次菩薩摩訶薩還自觀身身持身入悉能分別了無處所是時菩薩入身入持法界定意於諸定中最得自在身諸毛孔一一毛孔入法界定意三昧而得自在於諸法界示現幻法知有前世後世分別世法了知世界億百千事無數無限阿僧祇劫諸佛世界其中好惡悉能達了觀等正覺眷屬成就於淨不淨亦悉平等不斷善法大乘不損心意牢固復不移動於彼一劫百劫百千劫億劫百千億劫無限無量阿僧祇不可稱計非籌所筭非意所度如是劫數諸佛世界入王受三昧復從中起入此間定從彼間起遊彼世界便能成熟彼衆生行不失法界體之正法三世往來無所罣礙說法教化有限礙者令知歸趣壞眼碎入法於諸法界而得自在具足壞耳定度無極亦無罣礙

入鼻入定意不損善權善入舌根定意解味所著成就碎身定往來無礙入碎意定而順智識彼菩薩摩訶薩作如是觀作如是知住此身入定者便獲菩薩十千億總持於世轉法輪隨俗而入復得十千億篋藏之行清淨無汙復得十千億根門越一切智復得十千億神通周遊無礙復得十千億定超過衆定復得十千億神足遊至虛空無邊際界復得十千億力於諸衆行漸漸增多復得十千億求望永斷衆想復得十千億止處現無所有復得十千億顯威神變而現在前是謂最勝菩薩摩訶薩獲此十千億行而不虧損復次菩薩當念修行十千億支節瓔珞而自纓裹復當修行十千億具度衆生者復當修行十千億乘使衆生類乘此乘得至彼岸復當修行十千億談定三昧照曜世界無闇冥處復得十千億義辯無應不應復得十千億弘誓有來觀者心不移轉復得十千億信願無邪倒見復得十千億正路菩薩所可往來周遊之處而淨其跡復得十千億光明從面門出復得十千億典訓顯菩薩德復得十千億清淨之本而淨道場是謂最勝菩薩摩訶薩無量功德而自纓絡莊嚴道樹不失本際皆是菩薩趣道之具若菩薩成就此衆具者便上菩薩位而得稱譽熏以德香爲人所敬所行衆中輒得利養現世德業不可窮盡若有菩薩住此法界定意自在三昧者生豪族家不處卑賤衆菩薩等以爲眷屬住此三昧已遥見東方十億阿僧祇等如來至眞等正覺名字姓號國土大小皆悉分明南西北方四維

上下十億阿僧祇諸佛刹土及諸如來皆能識知一一姓號立菩薩行指示道門使彼菩薩而淨佛土放如來身無量光明現如來眼不可思議如來耳通無能限量如來鼻通倍不可計如來舌通廣無邊際如來心通非無形觀如來神足無上之法所度無限如來之道無上中下具成就故如來名稱遠流布故如來法輪常轉不轉現世轉故如來翼從現諮受故如來正法無量無能中絕故如來善根現稱歎故如來行普遍論無堪當故如來種成就於三世無不降伏故如來生一切諸法宣示愚人故如來法處所顯現智明故如是最勝菩薩摩訶薩現界清淨爲立處所以佛重陰雨法甘露一切諸佛境界示有言教現諸佛法幻形不眞了諸法性興起自然不動轉故諸法形像分別義理如來無量功德具足不可窮盡是謂菩薩摩訶薩住此三昧所遊之方無所罣礙復次菩薩住此三昧遊陰持入亦無障蔽心爲幻法知無量無限無邊之法安處諸菩薩入此定意自在三昧便能知諸佛如來等正覺名號姓字一一名號至十千億阿僧祇等諸佛如來一一名號至百千億佛刹安處菩薩身皆在中住無量無限心想意想復以無爲巧便爲立處所一切諸法亦不忘失得度知見故常親近智海布現智故住亦有處示現諸法無處所故爲立佛處示現廣普諸法無前後故示現根門無礙智慧利法善用智分別故不毀威儀爲立諸界無往還故爲示現慧處所淨無礙智故示現成等正覺故顯曜法界無增減故是謂

菩薩摩訶薩住此三昧中便能發趣於大乘跡菩薩摩訶薩復當修習十趣海門而無厭足云何爲十所謂佛海現無厭足人海動轉不動轉化無厭足法海增益智無厭足善田海生無厭足住無有法亦無觀行神足功德海無處所亦無厭足顯智明海執慧無分散故住根門海從一地至一地慧無亂錯故住心意海盡能覺知一切衆生若干種心若干種意知無量心有增有減住修行海具足衆願故住弘誓海要成就究竟清淨出要故是謂菩薩摩訶薩住此三昧便能獲此十趣海門而無厭足菩薩大士之所修行菩薩摩訶薩復當思惟十第一無生云何爲十所謂觀衆生類第一一無生觀天豪尊第一二無生觀最上梵天第一三無生觀世護心不壞第一四無生觀在衆生獨步無侶第一五無生觀降魔衆心定不亂第一六無生觀五趣無形第一七無生觀諸衆生亦無染汙第一八無生觀尊貴諸佛法第一九無生觀自在出要顯曜第一十無生是謂菩薩摩訶薩當念思惟此十第一無生菩薩復當思惟衆生界所趣生有十事云何爲十所謂出家堅固化諸衆生立不退轉行精進力清淨無著力無染汙一切法空故休息力成就諸法自在故成就心轉不轉力分別議故具足自然法力成大智慧故成辦無礙力以說法故無畏力成就爲法立處故成就意斷力未知已知故智成就無二力無生滅故是謂最勝菩薩摩訶薩思惟此十力最大力無比力不上不下力無量力育養力不動力善趣生力不怒力

智熾盛力勤苦積行力是謂十力當念修行復次菩薩當善思惟十力云何爲十所謂善入定力善清淨力善微妙力善法身力善世法力善然法力善根寂力善未曾有力善覺悟力善超度力是謂菩薩摩訶薩住此十力便能攝持定意菩薩摩訶薩復當思惟二十力得至定門云何爲二十所謂大人之力親近善知識力等正覺究竟力本修善根得親近力無量善根被熏香力得如來度不度力降心穢垢無生滅力增益菩薩念不斷力莊嚴菩薩得歡喜力助菩薩善不斷法力除菩薩心無緣著力充菩薩願無所求力成菩薩意思惟定力獲菩薩根無錯亂力立法王力無著無量身力得善權方便智慧之力於一切法無畏難力立衆生本不漏失力於諸衆生獨步不嬈彼力是謂菩薩摩訶薩住此定者乃應無所有力過諸羅漢辟支佛上乃能入於菩薩定力

辯才品第十七

爾時最勝菩薩前白佛言云何菩薩具足衆德斷衆生望充飽一切令無嫌恨佛告最勝諦聽諦聽善思念之今當與汝善分別之菩薩從初發心以來至于成佛要當莊嚴清淨道場放大光明照彼境界幽冥之處皆蒙其光其見光者心不懷懼無所畏難心遂熾盛倍加歡喜增益功德不離淨行自淨其行修無上道使功德業不可窮盡智無邊崖菩薩行法亦無有邊行菩薩乘亦無有底菩薩境界不可思議非是羅漢辟支佛所能籌量菩薩所度復無邊幅成就衆德復無崖畔菩薩

所淨不捨弘誓菩薩出要指示道門欲論菩薩諸法端緒而不可得菩薩摩訶薩從無數劫方得爲菩薩然後乃成菩薩之道有來親近奉菩薩者增益勸發成菩薩德名稱遠聞其聞名者皆來承事宿衛供養欲爲後世良祐福田若有衆生見菩薩者輒爲說法無上之智前聞法者而無厭足廣布慧明不毀法性所以然者聞法衆生承受正教倍增智業頒宣正訓無有耗盡菩薩摩訶薩住此三昧中便能廣布諸善功德菩薩以無限無量不可稱計曠大之意一一施意隨其前緣入三昧定復從定起自省法性之觀因此三昧而知三昧境界分別無數三昧定意觀三昧廣普觀三昧無欲觀三昧相觀三昧所現觀三昧威儀觀三昧猗觀三昧念觀三昧待觀三昧喜觀三昧安隱觀三昧護觀三昧出要觀三昧棄捨以生未生皆捨應禪悅定意雖遊於定亦不染定最勝當知猶如阿耨達大龍王宮殿皆七寶成阿耨達泉出四大河四門流盈不傷生苗泉水清徹亦如虛空之色是時四河從四門出而趣四方皆歸于海其四河者一名恒伽從象口出二名私頭從師子口出三名私陀從牛口出四名婆叉從馬口出此四大河從四口出趣於四方歸于四海恒伽大河者硨磲珍寶以爲象身流出其水私頭大河者眞金剛寶以爲師子身流出其水私陀大河者以碼碯寶以爲牛身流出其水婆叉大河者青瑠璃寶以爲馬身流出其水此四寶者皆天上寶非人間寶此四大河當初出處各各廣一由旬流時庠序寂無聲

響一大河各各右遶神泉七帀皆投于海七帀中間相去一由旬間生若干雜種蓮華優鉢蓮華鉢頭牟華須揵提華滿願揵提華衆寶雜珍皆生其中復有種種微妙蓮華色甚香美若干種寶自相照明其有覩者觀無猒足珍奇異寶視表見裏一由旬内寶寶相照如摩尼珠靡所不矅其七重内異類衆鳥悲哀和鳴共相娛樂復有百種神樹藥草香風遠布徹彼隨河門境界然彼阿耨達龍宫殿舍東西南北各五十由旬純以七寶以爲校飾復以若干種異色摩尼寶雜廁其間復以摩尼寶珠懸在虛空以爲日月星辰羅列虛空牛頭栴檀薪以用供廚於宫殿中一日三時雨衆香華優鉢蓮華拘牟頭華分陀利華須揵提華滿願揵提華若干種寶以成宫殿光光相照明明相續如彼阿耨達泉出四大河從四口流趣于四海菩薩摩訶薩亦復如是得四辯才無滯之河分別四道歸於智海如彼恒伽河者硨磲珍寶所成從象口出水流至於海菩薩摩訶薩亦復如是從青白法口出無量義盡是如來秘藏之篋解暢深義皆令諸法各得名字布現法味然智光明皆使投于無邊智海譬猶如彼私頭大河眞金剛寶以成其體從師子口流至於海菩薩大士亦復如是演出法辯御佛金剛護諸生類使得照明執智金剛投無礙海如彼私陀大河碼碯寶所成從牛口出流至于海菩薩摩訶薩亦復如是演出應辯有疑滯者水無猶豫亦使衆生無諍訟者隨機報應分別義趣使衆生類純熟其行皆令歸趣無緣著海

猶如婆叉大河青瑠璃所成從馬口出悉投
於海菩薩摩訶薩亦復如是得無盡辯思惟
諸法億百千劫於中示現而無窮盡善法營
護將至善道令諸守禁之人悉歸佛海而同
一味如彼四大江河右遶阿耨達泉七帀趣
於四方而歸四海菩薩大士亦復如是身行
成就亦不有左口行成就亦不有左意行成
就亦不有左意志所修智慧爲首如彼四河
趣於四方而歸于海菩薩大士亦復如是乘
四智慧之辯趣于四方於是菩薩當觀一切
諸佛所住之方承事禮敬不失威儀復次當
現一切諸佛之法光曜執總持法使不忘失
復次現諸智度具足菩薩衆行之本復次現
大慈悲處在衆生現轉法輪如彼四河遶阿
耨達七帀於其中間有諸雜種優鉢蓮華拘
牟頭華分陀利華須揵提華滿願揵提華及
諸香華香熏四方菩薩摩訶薩亦復如是從
初發意至成作佛於其中間化導未被訓誨
衆生觀進說法至不退轉爲演正受從億百
千劫亦無疲極一人不度終不捨之淨佛國
土嚴治住地入師子步定意三昧進向道樹
意如金剛而無留難如彼阿耨達泉七重之
內生七寶樹以自莊飾衆果香華不可稱量
菩薩摩訶薩亦復如是莊嚴佛土清淨之國
生三十七道樹之華覺觀道心思惟正法如
彼阿耨達宮殿縱廣五十由旬清淨無瑕穢
亦無風塵雜垢菩薩摩訶薩亦復如是道心
清淨而無瑕穢內懷種種善本功德具足無
量定意法門猶如阿耨達泉以牛頭栴檀及
衆雜寶以爲垣牆菩薩摩訶薩亦復如是道

心所念十億百千智所見圍遶不缺所誓本無心通成心通行智業成就衆善根本悉爲清淨猶如阿耨達宮内純以眞珠琥珀以廁其地出若干種光靡不照曜菩薩摩訶薩亦復如是入極微智意所規度不可思議將護衆生出無憂澤以若干種珍寶瓔珞而自莊嚴亦不毀壞法界體性住諸如來無爲定室意之所趣終不退轉如彼阿耨達龍王與諸小龍而作覆護有恐懼者使無所畏左右神龍皆有威德及海中諸小龍王皆來朝賀菩薩摩訶薩亦復如是爲一切有形衆生懷恐怖者而作覆護隨時將育令無怨恨界内越界心等如空雖處於世布慧光明將護萌類如身無異如彼阿耨達泉出四江河遍閻浮地詰屈周障而歸于海所經過處多所潤澤

菩薩摩訶薩亦復如是乘四智之海載諸天及人魔若魔天釋梵諸天人及非人皆使趣於大智之海發於無上正眞之道十力無畏十八事不共至道樹下終不退轉所謂四智何者一曰願智之河恒常誓願度衆生故亦不倚内身無所著二曰具足智度無邊之河淨菩薩道攝一切界來往周旋亦無所著所閡無盡亦不有盡出三世智演非常苦空非身之義三曰菩薩定意智河以無央數定而自莊嚴遊至十方諸佛剎土禮事供養諸佛世尊演出諸佛無源之海第四名曰大慈悲河使衆生類安處慈悲立不退轉拔一切苦使無熱惱復以無數善權方便導彼前進無所顧戀十力之海多積珍寶有緣著者知趣所歸如彼阿耨達泉出四大河悉歸于海無

盡無窮不可思議菩薩摩訶薩亦復如是得增上弘誓成就願智修菩薩行智慧觀法亦不可盡成無上道而無疑滯亦知諸佛普集定意以佛所樂而娛樂之如彼阿耨達泉出四大河夫一河者分為五百支一一五百悉歸于海不嬈衆生無所傷害菩薩摩訶薩亦復如是依倚弘誓之慧志不移動修普濟之行慈及一切現有相無相覺一切法行無礙智不斷法本教令出要住無礙地猶如阿耨達泉七重中間生若干種珍奇寶物光光相照與日光同明所照之處百倍千倍悉蒙其明有目之士觀阿耨達宮五色玄黃如日在空靡不蒙賴各各形質自有光明不相逼迮寶寶相棖出若干聲聲甚柔軟聽無厭足菩薩摩訶薩亦復如是住此法界自在定意觀一一毛孔無數無量億百千如來及佛剎土菩薩弟子衆會多少聽聞法味執持不忘晝夜諷誦如救彼人溺于深淵現如來身遍諸世界不可思議不可度量復往親近諸佛世界禮事供養現聞法味於百千劫所入定意亦不見長亦不見短亦不見大復不見小菩薩觀見一一毛孔諸佛如來國土城郭弟子翼從衆生多少若干種形言辭不同周旋往來隨意所造各隨志願共相娛樂亦不見迮復不見寬所以者何其有菩薩入法界定意者心微難見亦無形質行跡極細無以為喻生生自壞亦不自知三昧境界不可思議思惟禪行所遊境界無能思議諸佛住處亦無處所顯佛威儀不可窮極難為難行終不中捨失菩薩行越諸魔界不牢固者安處無為

獲清淨德具足如來十力大要欲求無上無限之業修行正法深妙之義不以爲難菩薩摩訶薩亦復如是隨其心意一念之頃從三昧起知三世事尋能分別善惡所趣於諸法界而得自在亦不倚内復不倚外推尋本末不見端緒都無處所亦不見相以度衆相辯諸義辯遊佛國界禮事供養亦無厭足入諸法界思惟分別盡其源本不處無爲不墮邊際修一切智不著於智雖有往來不見周旋觀智如化實無有化衆生等分亦復如是尋其根本無能齊限淨諸世界不見有淨宣示衆生苦爲何生爲從何起苦空非身無我人壽悉無所有爲現若干無常之變不處生死不著泥洹越一切劫度諸死地觀諸相貌意不迷惑然彼菩薩以善權方便諦滿衆智至竟清淨志不移易觀諸世界及諸衆生有往還者無往還者悉令度脱使諸衆生智無減少一切世間法界威儀次法得法不失次第觀佛積行亦無厭足依諸佛藏致大珍寶於諸三昧權現無礙如爾自然守護無滯深法句義所暢道教不可窮盡辯才大智分別字體演出總持暢若干種諸佛祕藏已已離淫亦使衆生無淫怒癡菩薩大士無數劫中行權方便現顯若干種種之道隨類化之令得度脱一切諸法自然度脱不見自然度不度故立大慈悲於諸衆生亦不見有衆生之想數出入息有息出時有息入時了諸世界性本自然法自常住前人行者自起識著謂爲不定不見動轉言法流馳雖化衆生不見有化淨三戒場入如來室與諸法想心獲無畏

說法清淨而轉法輪不可毀壞道心隆盛終無羅漢辟支定意是謂最勝菩薩摩訶薩得此法界自在定意三昧大事增益上菩薩位終不虛勞

十住斷結經卷第九

音釋

奣（烏猛切）　猗（於宜切輕安也）　逼迮（逼彼力切迮側伯切）

十住斷結經卷第十

姚秦沙門竺佛念譯

權智品第十八

復次最勝菩薩摩訶薩復當思惟第十權智定慧三昧當念修行云何菩薩修行第十權智定慧三昧於是最勝菩薩摩訶薩有三昧名無量定意菩薩住此三昧者觀知無量身行觀知無量口行觀知無量意行觀知無量佛刹而往莊嚴觀知無量衆生以智往降觀知無量受化衆生智業成就觀知無量放大光明接未度者觀知無量放大人威相之光靡所不照觀知無量轉正法輪諸天世人魔若魔天梵釋四王所不能轉而獨能轉觀知無量菩薩遊諸佛刹與諸衆生而作導首雖得佛力不依於力自放身意如無所放獲佛智慧亦不倚慧以佛興起而發起之執佛神足度無量境以佛清淨而清衆行以佛所行而過其行以佛之量過諸所量以佛奮迅之定不懷怯弱得佛清淨而行佛事菩薩摩訶薩住此三昧已普觀一切智以觀一切智復觀一切智業已觀智業尋能修智以能修智便受智教已受智教思惟妙智已思妙智便求智緣已興智緣便得解脱之智以得解脱便得解脱無餘以得無餘便應法律無上正要長菩薩行成菩薩業進菩薩意忍菩薩苦退菩薩惡入菩薩藏執菩薩明除菩薩㝠住菩薩地現菩薩相擿菩薩聾淨菩薩聲菩薩聞是亦不動還復不懷懼亦不退轉心不恚厭不念有益亦不捨離復不有疑亦不中斷亦不依倚菩薩聞見所以然者菩薩摩訶薩

在諸衆生隨類而入觀察法則成弘誓心與彼衆生而作模範御大乘法入佛江海直至所趣不失于轍菩薩摩訶薩常當思惟三大弘誓執弘誓心導引衆生而從此岸將至彼岸何謂名爲三大弘誓一名增上弘誓二名增中弘誓三名增下弘誓復次菩薩復有三弘誓何謂爲三所謂一名中上二名中中三名中下是謂三弘誓復次菩薩復有三弘誓何謂爲三所謂一名下上二名下中三名下下是謂三弘誓最勝當知菩薩摩訶薩獲此第十權智定慧三昧者乃能建此第一增上大弘誓心育養衆生淨佛國土執權行智離愛欲縛善學深入菩薩一相解知諸相亦無有相善了菩薩幻化之法立衆生意在於堅固施心係意盡爲萌類當來過去現在諸佛如來無所著等正覺行大慈悲普覆一切其無智者爲現慧明盲無目者爲作眼目無救護者爲作覆護充足一切諸佛之法使有希望衆生除法之想所以然者猶如長者積財千億金銀珍寶硨磲碼碯眞珠琥珀庫藏之中加有如意明月珠寶所至著處靡不照曜色像第一彼珠性分體自明故菩薩摩訶薩亦復如是得心意珠出智慧門以智光明普有所照通達往來無所罣礙入此定意亦無留難如彼明珠光明所照自現志能本性自爾無能制使令不爾者何以故體性自然無能使不然然亦不然不然亦不然不見衆生然不見衆生不然最勝當知衆生亦出於然亦出於不然云何衆生亦出於然亦出於不然所言衆生出於然者五道科限流轉不斷

一身百身或千萬身一劫百劫或千萬劫捨身受身成就四大長育五陰是謂衆生出於然也云何衆生出於不然於是衆生體性本空空亦無識復無想念時彼四方有四風起一爲地氣風吹至空二爲水氣風吹至空三爲火氣風吹至空四爲風氣即空風是也神交識礙忽然相值五法交集乃成形體遇天爲天遇人爲人隨形所染即成其身設有地氣無水火風亦不得成設有水氣無地火風亦不得成設有火氣無地水風亦不得成設有風氣無地水火亦不得成設有神識倚空自營無地水火風亦不得成菩薩當觀識爲空性法界所攝有識四大五法相應成五陰身揵利速疾即於空界識自覺冷麤澀堅鞕尋知離空專意思惟心念空想寂然無爲即自開悟於虛空中不來此世入於無爲無餘泥洹界而取滅度若彼識神遲鈍不利瞢憒恍惚不信離空謂爲己身即是虛空因形受對當趣生門遇善則善遇惡則惡遇善衆生信有善惡知今世後世尊卑長幼厭患世苦習善不倦久乃得道遇惡知識永離於善友甘心行惡流轉生死涉地獄苦識神受惱暫無停息方自覺悟念本所行不應禁律漸自改責捨惡就善從初發心涉歷劫數積功累德具一切行乃得成道是謂衆生亦出於不然菩薩摩訶薩常當思惟一心觀察然與不然云何菩薩觀然不然然者世法不然是道然者是累不然無著然者是有不然是空然者有識不然已離然者有名有生有老有病有死不然無生無起滅法亦不流轉馳趣五

道菩薩當念捨然有法修無然行衆智光明無所罣礙捨滅已法自然不起亦不見滅淨於十方一切世界未度者度雖有親近亦不見近爲人執勞不計有苦荷負重擔當爲元首引入法海求無亂定採致無限無量珍寶五分法性空無相願禪定解脫相好神足以此爲寶心不懷懼亦不恐怖復有三昧名無爲定菩薩摩訶薩住此三昧者以顯曜正受淨衆生跡不以爲厭於諸衆生演法性空解空衆主乃得時悟迴心就道終不退還爾時世尊告最勝曰如我今日住此法界自在定意以天眼觀上虛空際不然衆生所處之界彈指之頃億百千衆生不可稱計始欲受形來趣生門爾時十方無數恒沙諸佛世尊皆以化身住虛空界與彼四氣神識說虛無之法適空復離空造離識亦然我空計我有永以離空矣若彼倚空受識之形思惟空觀者即於空界捨識形質入無餘境而取滅度不來此世受五陰形涉諸苦惱如來權智無形度識入虛空界現其奇特神變德化或現諸佛清淨國土或時住立賢聖默然或時經行諷誦不倦識雖不覩但諸佛世尊威儀禮節初不有廢菩薩當觀虛空所覆無邊刹土虛空亦無是念我今乃覆爾許刹土空亦不自念極有功勞何以故空之所覆本性自爾法不變易自然常住法不動轉亦不若干不生不滅復不變異所以然者虛空法界性自然故菩薩復當思惟虛空神識識有三相云何爲三一趣二悔三亦不趣亦不悔云何虛空神識一趣所謂一趣者趣向生門長育陰種

隨類染神便受其形菩薩當知虛空神識亦有中止識合四氣來趣中止中止受形或經半月或經滿月或經二三四五六七八九十十一十二月便從虛空中止來趣五道五道中止便現在前入五道中止已或經一二三四至十二月天化中止亦無日月年歲之期地獄餓鬼畜生亦有中止各各不同空識中止澹然無形而不可見至阿惟顔諸佛世尊乃能見耳是謂菩薩摩訶薩虛空中止趣向生門云何虛空神識識有二悔所謂二悔者四氣以合識處其中悔受其形心念空想怕然無爲不計想著又諸佛世尊以化佛性住數尋時得悟於無餘泥洹界而般泥洹最勝當知諸佛世尊於三世中教戒衆生令得至彼無爲岸者不可稱數爲一衆生周旋三世執勞勤苦無數方便化令得度雖處苦惱不以爲勞亦復無有疲猒之心如來出世化諸佛身在虛空界神識中止爲說極微無上道教中止父母神識覺悟受化法言即於彼處入無餘泥洹界而般泥洹不可稱計多於十方諸佛世尊所度衆生無以爲喻是謂菩薩摩訶薩住此法界定意自在三昧者便能執權行智修無量法乃上菩薩住云何第三虛空神識亦不有趣亦不有悔所謂亦不有趣亦不有悔者空界法性識處其中中止形質如影如光極微極細念空意識不逮無爲之境退不及人間之有是謂菩薩摩訶薩亦不有趣亦不有悔爾時最勝菩薩前白佛言世尊如是世尊所說虛空神識虛空中止形如光影阿惟顔菩薩諸佛世尊乃得見耳若使

四氣神識及空中止有往來者彼泥洹界及第一義亦當有神識亦當有中止設有識有中止者彼泥洹界與空虛識及空中止有何差別設無差別則無泥洹以無泥洹則無道果及三乘法生死法界及泥洹界則無有異泥洹則是生死生死則是泥洹世尊如我從佛所聞虛空神識及虛空中止倍增疑惑爾時世尊告最勝曰彼泥洹界及第一義亦有神識亦有中止泥洹神識及彼中止與空神識中止法性各別泥洹神識怕然不動亦不移易亦無生門當所趣向亦復無有生老病死愁憂苦惱言識永滅亦不永滅言識更生亦復不生彼中止者以永寂爲中止佛告最勝如來出現於世過去當來現在恒沙諸如來等正覺不取泥洹亦不永滅若佛世尊入泥洹者則非正覺非具弘誓佛告最勝三世諸佛世尊有名號以來吾未見有入泥洹者正使將來諸佛出現法界周旋止住有餘泥洹不入無餘泥洹之境最勝當知如來神識泥洹神識則無有異但爲泥洹神識無形無影亦無光相不動而不可移如來識者有動有移彼識此識一而不異唯有動不動而有異耳菩薩當觀虛空有識有止泥洹有識有止若復有法在泥洹外者有識有止是謂最勝虛空神識虛空中止泥洹神識泥洹中止是謂各各差別

化衆生品第十九

爾時最勝菩薩白佛言世尊云何菩薩摩訶薩涉歷生死執勤苦行從一佛國至一佛國育養衆生莊嚴道場雖化衆生亦不見化亦

不見衆生亦不自見我有所化所以然者以法性觀虛無寂寞無所有故佛告最勝如是如是如汝所言菩薩摩訶薩執大弘誓無邊幅意育養衆生淨佛國土雖化衆生亦不見化亦不見衆生所以然者以法性觀虛無寂寞悉無所有皆空皆寂無形無相不可見故一切諸法法亦自空衆生衆生自空國土國土自空泥洹泥洹自空菩薩菩薩自空如是最勝菩薩當作是觀深入法要解知諸法一相如如爾諸法衆智慧虛寂無爲無所染著菩薩摩訶薩亦復如是御意趣道心難沮壞必至無上正眞之道爲最正覺志如金剛亦不轉還瓔珞道樹以無爲法從初發意至于道場坐樹王下以降當降未降之徒於其中間不興慢意我勝彼不如慢我與彼等慢彼勝我不如慢增上慢增中慢增下慢中上慢中中慢中下慢下上慢下中慢下下慢如是菩薩摩訶薩當念思惟除此諸慢亦不嫉妬隱貢高心菩薩入定觀察衆生應度不度以善權方便入於五道八無閑處若有衆生應受化者便與彼人作朋友知識或爲父母兄弟眷屬或爲大富豪尊長者隨前衆生給施窮乏出無量藏金銀珍寶硨磲碼碯眞珠琥珀好明月珠及如意寶珠或以飯食床褥臥具病瘦醫藥悉以給施無所悋惜或復有人至菩薩所慇懃求索頭目手足國財妻子七珍之具悉能惠施亦無施想是時菩薩便入法界自在定意三昧正受以權方便與彼衆生說虛無法汝等當知法者無爲亦無所爲分別六情都無有主若眼見色色亦無對衆

生愚惑於中起識分別思惟眼識無主若耳聞聲鼻嗅香舌知味身知細滑意分別法菩薩觀察都無所有法起隨所處起法滅隨所處滅起不知起滅不知滅十二因緣十八本持亦復如是或時菩薩入師子奮迅三昧復能示現若干種變於中演暢清淨音聲現已國土衆寶莊飾香華芬熏五色玄黃威儀清白志如安明不可移轉復現無量定意法門如來恒常所娛樂者一切諸法衆生根本皆現在前是時菩薩復以神足入無量定而自示現處一蓮華結跏趺坐現其色身無限無量阿僧祇劫諸法功德淨除衆生想著之迹導引菩薩出要之路依一切智演甘露法暢慧光明示現佛慧無所染著或以珍寶起七寶塔滿一天下或二天下或三或四或至梵

天至一究竟天住壽經劫不取滅度或時菩薩以權方便入無爲靜定具諸善根不捨如來具一切智以三昧力訓誨衆生或有衆生應聞聲教而得度者或有衆生應聞香教而得度者或有衆生知其味義而得度者或有衆生身獲柔輭而得度者或有衆生體法意悟而得度者是時菩薩復作是念聞聲衆生必欲聞我清淨之義我今當演如來八音音演八句苦音集音盡音道音見苦向苦見集向集見盡向盡見道向道是時衆生聞如此聲意不開悟欲覩光明及其身體菩薩入定以平等觀便化地種山河石壁樹木華果盡爲七寶硨磲碼碯水精瑠璃珊瑚琥珀皆放光明明明相照翳日月光是時衆生意不開悟復欲得見日月光明菩薩觀察知彼心念

即入無礙心念三昧放千億無數毛孔光明一一光明有七寶蓮華一一蓮華有七寶臺一一臺上有七寶蓋一一蓋下有七寶座一一座上皆有如來與彼衆生說苦源本生苦無苦是無苦諦生集無集是無集諦生盡無盡是無盡諦生道無道是無道諦彼聞聲衆生及見光者聞苦音響心懷厭患各興苦空無我之想無生滅想便於座上盡苦源底應清淨響是時座上聞香衆生意不開悟復生斯念我等意樂極妙之香然今大聖乃說聲教菩薩知彼衆生心念便入極微衆香定意正受三昧便化地種山河石壁樹木華果盡爲香熏牛頭栴檀雞舌艾納跋香夢經木櫁蘇合分陀利華須乾提華滿願乾提華青蓮芳華如是衆華數千百種普遍四方靡不聞香是時衆生雖聞此香意不開悟欲使香中出於道教爾時菩薩知彼衆生心中所念便於香中說六重之法是時聞香衆生心開意悟畢此世患更不來生盡於苦際即成道果是時座上貪味衆生意不開悟便作是念我意在于樂著妙味然今大聖乃說香教實非本心之所貪慕菩薩知彼衆生所念便入極微淨味定意正受三昧便化地種山河石壁樹木華果盡爲甘露自然飲食香氣芬熏甘美無量爾時衆生雖獲此味意不開悟意欲貪前自然奉送及見其形乃果我願菩薩知彼衆生心念便入速疾無礙三昧便化地種山河石壁樹木華果盡爲衆生一一衆生孳若干種自然甘露甘露食中出斯葦聲甘味在外舌識而嘗二法交會乃興塵勞我今自

節知足爲上趣欲支形使痛不生如車須膏
以致重載瘡痍得藥免濟其痛如此法教皆
出于味衆生聞之心意開悟畢此世患更不
來生盡於苦際即成道果是時座上衆生之
類貪細滑者意不開悟便作是念我今意在
貪著細滑然今大聖乃說妙味實非本心之
所貪慕菩薩知彼衆生心念便入極欲微細
柔順定意正受三昧便化地種山河石壁樹
木華果盡爲衆生一一衆生皆被自然劫波
育衣天繒天綵以自纏絡衆生見之以手親
近自覺柔輭不可獲持意念一衣百副自至
衆生心悟方自剋責咄哉何爲貪著此衣將
非自墜增于塵勞形爲枯骨纏以血肉便聞
空中出斯輩聲善男子當知人間五樂非眞
非有心著細滑漸與牽纏念自剋責捨此貪
愛爾時衆生聞空中聲方乃得悟畢此世苦
更不來生盡於苦際即成道果是時座上衆
生之類貪於法者意不開悟便作是念我今
意在微妙之法今日大聖乃說細滑實非本
心之所貪慕菩薩知彼衆生所念便入無量
法界定意三昧正受便化地種山河石壁樹
木華果盡爲衆生一一衆生皆說六度無極
空無相願禪定解脫有爲無爲有漏無漏生
滅著斷斯無所有或時菩薩觀衆生心意之
所趣便設權計現身色相隱沒自由騰在虛
空作十八變從空往來無所罣礙或復示現
國土城郭演說佛法使衆生類逮不思議諸
佛要定是時菩薩所化城郭人民周旋各各
無恨共相敬待如父如母如兄如弟謙恭卑
下常先與敬菩薩爾時復入無喻光明令諸

菩薩入此光明結跏趺坐或坐高座或坐蓮華遍滿世界無空缺處或現佛身坐寶蓮華皆演諸佛六度無極空無相願禪定解脫復以如來十八不共四無所畏加被衆生各蒙得濟爾時菩薩復以神足之力放大光明現佛世界億百千國一一光明各各引致億百千衆生乘光至此聞法得度一一毛孔有十億光明一一光明有十億國土時化國土有自然自悟摩尼寶以種種珍寶雜廁其間其摩尼寶懸在虛空去地十仞珠光明徹靡不照曜復有奇異摩尼之寶以爲莊飾一一寶上十億江河沙刹諸佛國土十億百千樓觀臺閣一一樓觀有十億百千佛土寶蓮華師子之座一一寶師子座有十億百千國土神寶蓮華一一華上有十億百千如來坐師子座一一如來放大光明覆十億百千佛土一一佛刹土有十億百千如來師子無畏之德一一無畏之德有十億百千衆生居處一一衆生有十億百千現諸佛國一一佛國有十億百千法句義味及諸佛法一一法句義味之法有十億百千生諸經法熾然塵勞乃至諸法定門亦復如是一一諸法門中演出無量衆智相貌不退轉法若干種智義味不同一一所轉法輪之中度十億百千衆生得純熟行一一衆生刹土復有十億百千佛國各化巳界使趣善處令衆生類咸至佛道菩薩大士入此三昧自現無量威神之變三昧境界未曾所有未曾所見所化窮異非心所度非意所圖内外中間都無處所亦不見來時亦不見去時所以者何斯由諸法體自然故

百劫修行欲盡其垢行如來誓加于衆生復於無量無限數劫無著無住亦無所染亦復無能爲立名字尋具根本永無處所若使有人欲設權詐尋究此定造化形相義極甚深不可思議乃是諸滞所應行法非是羅漢辟支所修最勝復當思惟此理菩薩謙苦遊於八難觀衆生意有愛欲心無愛欲心有多有少亦悉知之有瞋恚心無瞋恚心有多有少亦悉知之有愚癡心無愚癡心有多有少亦悉知之若彼衆生有愛欲心偏著女色計好肥白心玩不能去離是時菩薩復現權詐廣設方謀輒爲示現覺觀惡露不淨之想於衆生前現身無常四大散落落在異處一日二日乃至七日形體胮脹臭處不淨或時死尸血肉消盡筋骨相連復現異變若干種形或現髑髏髀骨臂肘各在一處久久轉變似白鴿色歳月轉久與糞土同如是菩薩衆生觀已便自開悟乃知妄欲是凡夫行墮入惡趣非歸正道心自改悔追昔不及乃投大聖遵修梵行入清淨淵洗婬欲垢練神棄縛逮成無上至眞正覺淨巳國土育養衆生是謂菩薩觀愛欲心便爲說法得成道果菩薩當知或有衆生無愛欲心意局在小不至大道菩薩勸勉成就平等正覺道也以智慧藏無二之法導引指示令知正路安立大乘不取小道從無數劫積功立德行善不倦意迷心惑不别眞僞今乃自覺不到究竟云何菩薩無二之道菩薩修行不二道者菩薩常淨不處於淨於淨遊樂外化衆生是不二道菩薩常寂外現如亂於寂遊樂而化衆生是不二道

菩薩入定未始有錯從定意起外化衆生是不二道菩薩施心初不懷悔持無想報牢固之意外化衆生使除三想是不二道菩薩戒具未始有缺復以禁律外化衆生是不二道菩薩甚深智慧廣遠不自歎說有所成辦内常一心無所玷汙是不二道執智造化實無邊涯於中檢意使不分散亦以此法誨化衆生令過曠野無憂之澤是不二道菩薩修忍正定三昧現身勤苦處在山澤無人之處或近村聚現行乞食或經一歲至百千歲或經一劫至百千劫於中現身受無量苦爾時山中人及非人或羅剎鬼二足四足及無數足各齎刀杖來觸菩薩或以利刀而截其鼻鼻尋還生如閻浮果最勝當知閻浮果者取一生兩取兩生四取四生八取八生十六取十六生三十二如是展轉樹盡爲果無復樹形亦復不見枝葉莖節菩薩入定行忍如是若有人來截菩薩鼻取一生兩取兩生四取四生八取八生十六取十六生三十二如是展轉身盡爲鼻無復身形亦復不見手足頭目衆生但見鼻無央數尋時生念悔取其鼻願樂欲見菩薩本體是時菩薩捨三昧已心意安詳而從定起還現其形如本無異漸漸動摇現出入息轉復開目如有所說衆生見已皆投于地五體自歸願爲給使在菩薩側是時菩薩觀察衆生内心所念隨時應適而度脱之菩薩復還入定三昧内心寂靜無他餘念復有衆生至菩薩所盡共圍遶而挑其目目尋還生如散成融瑠璃設當有人取成融瑠璃如毗羅果許而灑地者散如芥子不可

抆拾然明明相照各有精光衆生但見菩薩形體盡爲眼目不復見本形體相貌尋時生念悔本所作即自剋責願樂欲見菩薩本體是時菩薩尋捨三昧心意安詳而從定起還現其形如本無異漸漸動揺示出入息如有所說衆生見已皆投于地五體自歸願爲給使在菩薩側是時菩薩觀察衆生内心所念隨時應適而度脱之是時菩薩復還入定内心靜寂無他異念復有衆生至菩薩所手執利刀杌其手足手足還生如瞿多羅樹瞿多羅樹者若有人來所伐其樹枝葉莖節諸觚段段各在異處彈指之頃尋因地氣還生如舊枝葉莖節各各成樹爾時菩薩亦復如是形體支節盡爲手足無復本形衆生但見菩薩形體盡爲手足不復見本相貌之像尋時生念悔本所作即自剋責願樂欲見菩薩本體尋捨三昧心意安詳而從定起還現其形如本無異漸漸動揺示出入息轉復開目如有所說衆生見已皆投于地五體自歸願爲給使在菩薩側是時菩薩觀察衆生内心所念隨時應適而度脱之是謂菩薩有愛欲心無愛欲心有多有少皆悉知之亦不自念吾在塵勞唐捐其功亦復不念斯衆生等而易誘進菩薩所行行不見行亦復不見有受教者行教二業都自虚寂亦不見一亦不見無一一自無一況言有一言一法者亦自假號言眼眼自假號耳鼻舌身意法及以色聲香味細滑法亦復如是菩薩所以言一法者欲開法門現無量門引至無法訓于衆生是時最勝復白佛言云何衆生有瞋恚心無瞋恚

心有多有少皆悉知之佛告最勝菩薩大士遊入世界無量佛土一一觀察有形之類蜎飛蠕動蚑行喘息下至蟻子有瞋恚心無瞋恚心有多有少皆悉分別一一料簡而投其藥設有衆生瞋恚多者便見苦空非常之變或有蟲獸所見噉食或有盜賊兵刃所害或爲水火横見燒煮如是衆變不可稱計設彼衆生心得悟者隨彼教戒而受其化尋於彼處即得度脱若有衆生見無常變心不覺悟菩薩爾時復以權慧入忍三昧其三昧名無常觀復有三昧名慈降伏去恚三昧若菩薩摩訶薩入此三昧正受者便能降伏除瞋恚心若有極惡羅刹鬼神虎狼盜賊弊惡之部來趣菩薩欲取傷害未到之間中道便還所以然者慈定之力覆護方界億姟刹土莫不蒙濟以得入慈三昧者法度有十事云何爲十所謂修甚深智行無量業總持强記意難沮壞自無有量以法界爲量入於無量當來過去現在諸佛之所修習無上法印而封印之依如來力增益佛土恒自立志淨修道場建菩薩業如是行者爲應法律應無所生得開眼目燿然大悟慧眼清淨永無塵曀獲種性眼得佛淨眼慧眼無外議眼深遠法眼常定善知識眼以爲營護道眼甚深獲辯才眼言無滯礙致無疑眼心無彼此亦無猶豫入法門眼導示萌類分別義味開甘露法門親眞知識成就道心所建境界無能障蔽亦復無能有求毀呰是謂菩薩分別諸眼成辦道業爲諸世間作良祐善友豫了未生顯示威相立於善根所化無礙功德清淨所願必果

胞胎眞正過諸解脫斷諸疑網布慧重雲遍滿空界以賢聖法解暢心垢所建志願恒現在前心所作爲終不疑難信根堅固功業無盡親奉諸佛除憂樂想道心轉深採慧珍寶供奉智士猶妙香華爲風所吹靡不聞者其有穢惡悉爲清淨最勝當知吾今居此閻浮刹內所居之國名毗舍離以肉眼觀諸方刹土諸苦憂惱不過此處然復出於如來種性今此衆生不馨之臭上徹虛空十千由延然天於人人爲天種天亦自知觀於宿命吾所積德皆由人身設不從人植衆德本者不蒙福慶最勝當知爾時諸天各將營從欲來世間咸來到空人間臭氣重雲之際便聞人間腥臊不淨即還彼去不至人間所以然者以其香潔不堪任故菩薩大士行大慈悲所化

國土亦不選擇是好是醜是淨是不淨亦不心念我今願樂堪教化此不堪彼處如我今日處此忍界教化衆生緣畢無餘十方諸如來等正覺皆遥讚歎各各自於彼刹告四部衆某方某甲稱佛姓字名號能仁如來於彼忍界五鼎沸中五刺鐵戟中五刀劒中五盛餤中五荒亂中五無救中五難情中能處其中訓誨衆生甚奇甚特分別賢聖諸度無極諸天清淨身無垢穢至臭雲際輒還天上至宮殿中出到後園入無憂池七日七夜而自洗浴猶恐人間臭氣著身心不願樂人間周旋是時諸天香風遠布下至空界萬八千由旬復過此數有隨嵐風香氣下過至空風香界二千由旬諸天雖有衆德之香猶不如此無欲之人持戒香也菩薩當觀諸天食福謂

爲永久天使在前乃悔不及願貪人中與功福業是時意豈在香臭間乎菩薩大士亦復如是雖處苦惱五盛熖中心不疲厭亦不悔還意常念在度脫衆生若有賢聖神通之人以其神力接一凡夫至上虚空香熏之界還復來下在此世間身體香熏經三七時香氣乃歇無欲之人戒完具者經刼至刼戒德之香終不斷絶然菩薩大士同處世間於世間長復於世間作大炬明雖有勤勞不以爲苦道意興盛心不缺減是謂菩薩觀察衆生有瞋恚心無瞋恚心有多有少皆悉知之爾時最勝復白佛言世尊云何菩薩一心思惟觀察衆生有愚癡心無愚癡心有多有少皆悉知之於是菩薩便入明慧正受三昧普觀世界至虚空際其中所有衆生之類一足二足至無數足天龍鬼神阿須倫迦留羅栴陀羅摩休勒人若非人知其源本一一分别尋究審實若有衆生愚癡多者便爲校計演説因緣十二根本無明緣行行緣識識緣名色名色緣六入六入緣更樂更樂緣痛痛緣愛愛緣受受緣有有緣生生緣老死愁憂苦惱有諸不淨亂想之心逆順暢演無盡之智無明滅則行滅行滅則識滅識滅則名色滅名色滅則六入滅六入滅則更樂滅更樂滅則痛滅痛滅則愛滅愛滅則受滅受滅則有滅有滅則生滅生滅則死滅死滅則無復有愁憂苦惱諸不淨行漏爲大患泥洹爲妙如是菩薩觀諸相貌而爲演説究盡源本若有衆生癡心彌固識不了朗漸進導引將至静處復與解暢本無之法無生滅法無著斷法分别

三世興衰之相凝行過去識不可滅廣曜法門出現妙智與起佛道衆德具足不捨菩薩善知識行常遊菩薩閑靜之堂入諸如來深要之觀復當思惟十牢要法云何思惟十牢要法親近佛藏法身之相念不思議還攝爲一解空無念亦無若干自起自滅亦無主質過行無緒不可護持出生諸道法界虛空境界亦無窮盡縛解自解去衆生著依於善根成一切智越於無量智慧之境捷疾之智皆悉成就充足菩薩希望之心淨諸菩薩言迹之行如來道義未曾漏失不捨一切法性之相所入極微意不謬誤心若金剛力不可壞諸佛之所授其號莂悉無衆生應可度者所說無二不可轉還是謂菩薩十牢要法進成道果取道不難是謂最勝菩薩上妙無盡之法當念修行

十住斷結經卷第十

音釋

擿（他歷切挑也）鞕（魚孟切與硬同）鼟懵（鼟澄應切鼟懵不分明也）櫁（音蜜木櫁香樹）縺（音連攣縺連屬不絕也）胮脹（胮匹降切胮脹知亮切）髀（步米切股也）肘（陟柳切臂節也）杌（五忽切）觚（音孤與柧同）蚑（去智切虫行也）喘息（喘昌兖切喘息氣息也）㸌（虛郭切正作霩雲消皃）

十住斷結經卷第十一

姚秦沙門竺佛念譯

三道滅度品第二十

爾時最勝菩薩即從座起長跪叉手前白佛言唯然世尊如來至眞道德無涯不倚道門求出解脫於清淨學勤修慕及金剛三昧不可稱量今聞如來説滅度淨三道歸一更無二名亦不著二若審然者何求無上至眞道乎唯然世尊願爲敷演令渴道家永亡識惑是時世尊迴金體身四面顧眄諸來會者寂靜無名各無衆念微視最勝而告之曰快哉問矣誠難得聞如來爲汝一一暢演令將來學永無猶豫最勝白佛願樂欲聞佛告最勝清淨道根不生穢枝體性淨故則諸法淨復於法性亦悉清淨漸當分別有數無數無數淨者得三世淨以了三世空觀三界是謂名曰微淨三昧最勝當知三道滅度其品不同志趣各異身爲垢本念爲垢池想爲遊塵識爲結首一滅三存不致清淨二滅二存亦不至淨三滅一存亦不至淨四滅空存乃至於淨至一切智清淨亦爾從初道迹上至無著復從一住乃至十住皆滅四還四歸四礙云何爲四所謂四者身爲垢本凡夫滿足念爲垢池縱逸四流想爲遊塵興八萬愛識爲結首繫于三有是以大聖現有三道像如優劣其實滅度無若干差別道在泥洹不離虚寂菩薩泥洹以度人爲名辟支佛泥洹現神足爲名聲聞泥洹現狹劣爲名復次最勝菩薩泥洹慈悲喜護育養衆生設導一人入道檢者諸根容悦欣怡無量當時意識澄靜無爲

無道俗念諸情悉淨淨若泥洹於彼永盡而無所有是謂無念應無所念亦不見念念亦無念無念學者學亦無學色亦無色亦不見色心意識念亦無識念從五陰身乃至無形法體清淨不見有念而無所念最勝當知夫言泥洹泥洹爾者豈爲遠乎莫作斯觀所以然者無念法體無形觀體則是泥洹泥洹性體則是法觀一而不二亦無差別泥洹無名而不可見亦無能立泥洹名號是謂最勝菩薩大士學是泥洹清淨道者而應於道應念無念最勝復當分別菩薩大士欲行了達斯清淨道泥洹體性者當修淨行云何菩薩修其淨行恒使身口意清淨無瑕穢何謂身淨而無瑕穢於是菩薩已身已淨解諸外身亦復清淨已身虛寂解諸身空身之寂靜知諸身寂已身解脱諸身亦然菩薩復當思惟法觀了知懈慢亦無懈慢已身無慢道豈有慢是故菩薩解身無慢菩薩興念世惡露觀身如影響不見淨想達淨無想方應泥洹是謂菩薩摩訶薩清淨泥洹道無差別最勝菩薩復白佛言云何菩薩體淨無欲欲而無欲佛告最勝菩薩大士周旋五趣流轉生死方便權現適化應時有說身淨則論無生其覩生死則無生死解知無生生死一而不異亦無若干差別之名菩薩復當了別身行彼達無生此等生死則知身行達内外法何謂身行去來現在三世興衰過去無迹現在無記當來無號復次最勝去者永盡來者無窮現在遷轉亦當思惟盡不盡法云何思惟盡不盡法於是菩薩分別了達虛空淨想其無盡者

惔然無爲無有想念有想念者於賢戒律乃有大缺佛告最勝吾昔成佛坐道樹下七日七夜觀樹不眴心念過去恒沙諸佛由何自覺先達何法時我最勝復作是念過佛恒沙先達身法逮最正覺因緣合會有識有想其知緣者則空無想無所染著亦復不見生滅著斷若此最勝如斯觀者是謂身淨夫身淨者悉歸智海最勝當知歸海之義其事有十云何爲十一者歸佛之海法無形觀歸衆生海超越有難歸法之海集衆智故歸福田海立本無根歸五陰海示現識法歸智慧海分別若干教戒所趣歸根義海增善根故歸住心海了知衆生若干心意所念無量解知無礙歸于行海不違願故歸弘誓海究生死源是謂最勝菩薩摩訶薩歸海十門之義當念修行悉歸如來無漏法身又觀如來無漏身者不住本無不墮三界達知本無爲一法身觀身無漏如本無住住不見住亦無所住以無漏身入生死海示現色身如無色身無邊無際無形不可覩現色身滅已亦不見滅亦不見生身之本無如本無如來身淨亦無瑕穢入衆生聚隨前形質隨像而現了達衆生身之清淨已身清淨衆生身淨一而不二亦不若干平等本無本無無道不見有道亦無俗法有漏無漏亦復不見三乘教戒斯是羅漢辟支佛菩薩佛道亦復不見十力四無所畏十八不共於諸賢聖道法都無所著是謂菩薩行應清淨應無所應復次最勝菩薩摩訶薩當念思惟口言清淨何謂口言而應清淨於是菩薩入虛空界清淨三昧普觀三千

世界其中衆生有形之類一切賢愚清白好醜悉歸于空皆悉清淨菩薩復當思惟等觀於第一義亦不見等亦不見不等何以故以等相觀故亦不見等與不等相與無相復以等相觀察諸法不見道法無限無際不見俗法有限有際不見賢聖超過三有不見凡夫力有優劣最勝當了菩薩分别清淨音聲無有衆生想著意者善察音響觀了無響不見憂喜是常非常樂於顛倒非顛倒者達知衆生一切皆淨無欲無染亦無生滅著斷無婬怒癡三毒根本復當觀察十二因緣十八本持從癡至死皆悉清淨癡亦不知我所造行行亦不知從癡而有法法自生法法自滅法不見法何有癡行如是最勝法不相知法生則生法滅則滅法不自知生與不生滅與不滅故言無生滅著斷也爾時最勝菩薩白佛言世尊三世癡行隨身迴轉有身則行隨無身則行滅乃至老死亦復如是唯願世尊敷演狐疑令將來衆生永無疑滯爾時世尊告最勝曰癡不染身身不染癡癡亦不見我有身身亦不見我有癡各各清淨亦無吾我言吾我者悉自虚寂是謂菩薩一切清淨言清淨者何者是言何者非言言不在内亦不在外不見言有出有入便當具足十堅固義分别衆生陰種所趣云何爲十於是菩薩求出要化一切衆生故現無數化精進無著故現無礙力以一切法空故現息意力於一切法得自在故現迴心意識轉不轉故分别義味故現自性法力智慧顯故現自在力爲諸衆生而說法故現無畏力安處正法故現辯才

力現無量智一一布現故現無二力無儔匹故如是最勝菩薩摩訶薩分別衆生種性所趣亦不內亦不外亦不在兩中間欲以言是菩薩耶對曰非也世尊云何欲婬怒癡是菩薩耶對曰非也世尊若不以欲怒癡是菩薩者復以諸垢縛著是菩薩乎對曰非也世尊佛告最勝菩薩摩訶薩亦不著言亦不著不言一切諸法皆無著不著眼耳鼻口身心亦不見著不著所演音響風動聲出因緣合會乃有聲響賢愚好醜聲無若干亦不住內復不在外尋其中間而不可得佛告最勝菩薩摩訶薩住本無不動三昧者思惟動念及其所行皆如空等無住不住亦無衆想是謂最勝衆生言聲一切音響悉空非眞權詐之法不可恃怙爾時最勝白佛言世尊如來聖諦成賢聖道果權詐非眞云何成最正覺乎佛告最勝如來等正覺道法審諦眞實以獲眞實之法故解知諸法非眞非有也又復最勝菩薩摩訶薩周旋五道教授衆生隨前所應而度脫之觀察衆生名字音聲轉于無上法輪隨法句義令達報應樂苦衆生說苦源本解了諸法言皆無言何者爲言言從何出了知言者無有出生是時菩薩復與樂集衆生說集根本是習是生是因是緣分別因緣本無集緒不見有集亦不見有字是謂最勝樂習衆生一切音聲皆空非眞又復菩薩隨前衆生報以道教使聞法者順法而行亦不知行之所趣報應之果是謂菩薩行無所行證不見證知爾一相等滅衆苦復次菩薩復當思惟樂盡衆生了達諸法不見出生言音聲

者無所住止若坐若行常若一心雖遊憒亂常若閑靜設在大衆賢聖默然意欲現言言便自止追尋所言於著無著不見盡與不盡一切諸法亦不見盡生滅著斷聲出於言永無蹤迹復次菩薩樂道衆生思惟八行衆生修習進趣泥洹正言正業乃至正定其如法者不如法者平等一虛空觀無二不有違錯是謂菩薩摩訶薩口言清淨而無瑕穢復次菩薩摩訶薩當念思惟意識清淨云何菩薩意識清淨於是菩薩心爲清淨亦無瑕穢本無清淨不見有本其心本者不可染汙無能爲心作留難者何以故菩薩摩訶薩了心本淨不見有淨世多愚惑於斯染著達空思惟不有所著分別究竟行權方便於本自淨菩薩當知又其心本無往來不擇高下尊卑貴賤不見本有今無不見今有本無不念德本念德本者是謂空是謂無生是謂泥洹問曰彼德本者了識心本乎曰非也內本空解外乎曰非也最勝白佛言若爾者云何空耶佛言心本空亦非本非不本亦非心非不心空心定菩薩者不自見心已心本無外亦本無一而不二而無若干差別之名心非我心無心於心我心非心無我於我色非我色無色於色我非色我無我於我我心我色非我心我色色我心我非色我心我乃至聲香味細滑意法非我意我法亦非意我法我也何以故心本空外亦空以知外空達了諸法亦復如空一而不二無若干相像一切諸法亦復如是不見本有今無亦復不見今有本無無亦不無有亦不有有不知所以有無不知所

以無無無恒自無有有恒自有有不出於有無不出於無無無不自無有有不自有有不知無無不知有一切音聲皆空非眞是謂菩薩心爲清淨其心淨者不可染汙三十六湮心本塵垢永無所著復以善權方便達本自淨亦不於淨起于想著菩薩摩訶薩以了本末淨空定意自在三昧者便能屈還周旋生死往來五道植衆德本彼德本者知心意識無心意識復以本心愍及一切識了衆生空無所有我人壽命本末清淨復以德本普及一切令衆生類進修於道衆生及道平等無二觀如是者斯謂本末清淨復以此淨等婬怒癡癡等道等道則是欲婬怒癡則是道道淨癡淨一無有二亦不若干菩薩觀察本末自淨不著諸穢爾時世尊告最勝曰身行清淨而不作惡口言清淨恒歸至誠意念清淨慈悲一切衆行具足乃稱菩薩爾時世尊說此本無清淨品時五千菩薩皆得一生補處無數千人皆發無上平等道意

乘無相品第二十一

最勝白佛言菩薩摩訶薩從初發意至成佛云何了達一相無相復以無相分別一相云何菩薩以清淨心遊處愛欲從愛欲中復至清淨佛告最勝行權菩薩乘無相淨心周旋五道十方世界或生欲界形無形界雖處於界不染於界與善男子善女人以法之樂而娛樂之復遊形界與諸天人同處宮殿或在梵天與梵天王說於微妙乘無相法處衆梵中或時經行或時賢聖默然在中獨尊無能及者又復最勝菩薩在彼微現道教漸降

諸天使行眞諦除去諸梵計淨之心住彼形界或經百劫至百千劫復從形界下生欲界內常樂靜獨處山林雖處人中意常禪定或時菩薩現有居家妻子自隨復與衆生同世居業處高現卑在卑現尊觀衆生心周旋坐起言語行來進止不與憍慢亦不自毀所以然者以其達了本末淨故又復菩薩復遊於百千定正受三昧以三昧威神復觀三千大千世界現身相好光明神足權慧方便遊化自在心應清淨乃謂無相菩薩摩訶薩應此定者乃得求於乘無相道不相見生不相見無生以無習道亦不相於聖無道之相亦不求相亦不求無相了達道相無相起時即起滅時即滅有趣道相不相行滅有相行滅是謂菩薩而爲道相菩薩摩訶薩亦不求相以爲道相何以故道自無相不求無相爲道之相不見合散以爲道相不見十二因緣本我人壽命從癡有行而有道相亦復不見無我人壽命從癡有行有道相也何以故道自無相亦不見相不望所生冀于道相了知四大是身非身是常非常是空非空是我非我取捨合散皆非眞實是謂菩薩摩訶薩應如應爾亦不異非不異亦不見異亦不見不異乃應道相無相善身不善身記身無記身漏身無漏身有爲身無爲身成身敗身合散取捨以相道相分別悉空而無所有如夢如影如響如熱時燄亦不身空亦不身無空亦不身相亦不身無相亦不身願亦不身無願不身亦不與無欲相應非不相應不身亦不與十二因緣相應非不相應十二因緣亦不相應

非不相應至十八界亦復如是法性如爾亦不與道相相應非不相應從癡生愛亦復如是不與道相相應亦非不相應一切諸法名色六入不與道相相應亦不不相應菩薩摩訶薩復當入于滅盡定意不動三昧次觀道相不與十八本持相應非不相應法性不與十二因緣相應非不相應無限無量不可思議塵勞之垢不與道相相應亦不不相應乃至法性諸情不與十二因緣相應非不相應乃至老死無婬怒癡法不與道相相應亦不相應非不相應有數無數不與道相相應亦不不相應道相無二不與有數無數相應亦不不相應於第一義有俗無俗有漏無漏有爲無爲有記無記善法惡法若好若醜以不二行非不二行無壞敗意求于道相求道相者不與第一義有俗無俗有漏無漏有爲無爲有記無記善法惡法若好若醜而共相應亦不不相應復次菩薩摩訶薩復於諸法無相之相亦不見相非不無相是道無相亦不見相斯謂道相應於無相無相之相法自虛寂如空無相非不有相當應此相應無所應如是菩薩摩訶薩得此道相定意者於諸法界悉得自在入此定已分別已身一一毛孔無限無量不可思議諸佛世界悉現在前已現世界復現翼從弟子菩薩渴仰聞法聽無厭足使彼大衆普見三千大千刹土如來金體出無量光一一光明無數無量佛土於彼佛刹現身色相在彼大衆闡揚大法聞者牢固不捨金剛定意三昧復於彼界百千億劫周旋教化示現權智如無權智不見權智所

可化者雖處彼界心如影像猛燄鏡形心無是念劫數長遠尋之無源於其中間生懈慢意亦復不念衆生易化吾於一日一夜教化周旋普遍恒沙諸佛世界億千萬劫諸佛所化吾爲特勝如是菩薩摩訶薩入道性無相定者一一分別身體毛孔周旋教化亦不疲猒無受化者於婬怒癡不大慇懃淨彼世界諸彼如來大會之處不見長短起不淨念何以故菩薩摩訶薩遊無量法界降伏心意忍諸塵勞未曾有行無方喻行建精進行悉分別故不思議定無道相定眞際相定一而不二亦無差別令彼衆生分別道相有俗無俗有漏無漏有爲無爲有記無記有欲無欲不見與道相相應亦不不相應道相不與有俗無俗有漏無漏有記無記有欲無欲相應亦不不相應道相不與十二因緣相應亦不不相應緣癡有愛生老病死亦不相應十二因緣不與道相應亦不不相應緣癡有愛生老病死不與道相應亦不不相應如是最勝菩薩摩訶薩得此道相定意者不見相應不見不相應是謂菩薩摩訶薩於道相定意應無所應於無相定亦不見應亦不見不應是謂應無所應非羅漢辟支佛所能及知何以故非彼境界故諸佛世尊不可思議普入一切十方世界現諸相好威儀禮節十八變化師子奮迅無畏三昧是時最勝菩薩摩訶薩具足如來道相定意不捨金剛誓願定意過諸佛度無所度亦不見度亦不見不度菩薩摩訶薩心一念頃從三昧起不捨十方苦厄衆生尋復往至四事供養衣被飯食象馬士珍

牀褥臥具病瘦醫藥權慧調御一切盡爲衆生不自爲已從一佛國至一佛國教化周旋闡揚正法亦無厭足入諸佛土令彼衆生悉令受化無覺知者與隆佛事現一切智心所周接尋念即至菩薩摩訶薩入此道相定意普入十方恒沙無央數剎諸佛世界衆生之類心意識中觀察所念分別宿行是趣泥犁是趣餓鬼是趣畜生是趣天道是趣人道如是菩薩摩訶薩彈指之頃盡能分別衆生所趣或有衆生修行善道應道相定亦知彼衆生有小乘心辟支佛心菩薩心如是菩薩摩訶薩普遊諸佛世界禮拜承事諸佛世尊淨諸佛土具滿一切衆生所念或在諸佛剎土見彼慳貪諸衆生類輒自示現行於大施於彼剎土竪大施幢以清淨梵音告一切曰諸賢當知我名一切施無求報者若有乏短衣被飲食病瘦醫藥牀褥臥具國財妻子象馬七珍菩薩布施從初發意至乎成佛除三不施餘者盡施云何爲三一者父二者母三者師長是謂立根菩薩在諸佛土行於布施復次菩薩摩訶薩以善權方便復遊十方恒沙剎土見彼衆生有懈慢者現身持戒行十八法或在樹下曠野塚間高山深崖隱處林窟慇懃奉戒不犯衆法遊在人間執持威儀禮節出入進止若行若坐心常懇惻初不離戒達了禁戒本無所有生者皆盡一切無常我身與彼一而不異至竟清淨從地至地乃至十地不見十地是礙度十地是無礙猶如鳥飛虛空亦無足跡解知萬物皆悉如空物亦非物非物亦非物菩薩摩訶薩亦復如是遊

於無量諸佛世界不捨弘誓牢固之心攝彼懈怠衆生安處入于道相正受復次菩薩摩訶薩執權智慧復遊十方恒沙刹土見彼衆生有懈怠者常懷瞋恚未始有悅菩薩於彼現身忍辱若人罵者默而不報設復有人截其手足毀辱其形心不變易不興恚怒持心如地觀達此身四大合成神離則散有何可貴智者分別無一可貪亦如屠牛之家分牛爲四分了知本末悉無所有菩薩大士亦復如是解身無主亦無所有何者是身身爲誰有名相號字悉不眞實或有菩薩因禪行忍在于曠野無人之處樹下端坐一心思惟行路之人及牧牛人擔薪負草經過其邊或以草枝而刺其鼻或刺耳門菩薩尋覺熟觀彼已還閉其目寂然心意意無亂念亦無他想或值行人以瓦石打擲破傷頭目毀壞形體菩薩心識亦不移變不興亂想是謂菩薩摩訶薩因禪行忍接度衆生不可稱記復次菩薩摩訶薩以不思議力遊至十方恒沙刹土見有衆生常懷懈慢菩薩於彼現身精進攝取衆生安處無爲是時菩薩爲一衆生經百千劫心不懈倦亦不疲厭何以故達了法界空無所有以如來之道而度脫之雖度衆生亦不見度亦不見不度是謂菩薩摩訶薩慇懃精進心不變移亦不他想於其中間受諸苦惱或值刹土劫燒火起燄至梵天或值水出亦至梵天或值風動吹諸刹土碎如塵霧菩薩處彼盡取生類安處無爲令不擾亂是謂菩薩摩訶薩遊恒沙刹土精進不闕復次菩薩摩訶薩復以善權方便遊至十方恒沙

剎土見彼衆生心亂不定菩薩於彼現乎坐禪或坐村落或坐樹間或坐山林深窟之中或經百千劫心無他想引取衆生令心不亂是時菩薩在於路側入定其三昧名無形想定入此定者或經一劫至百千劫天地融爛山河樹木悉皆散落海水泉源江河駛流悉皆涸竭入定菩薩處中坐禪心不變移亦不腐壞或放牛人擔薪負草經過其邊或以木枝而刺鼻者或刺耳孔或直擘眼而視者或開口而看齒者或前取髮頂拔而不能得者或以利刀剪菩薩爪而不能得者何以故皆是菩薩定力威神不可沮故十方諸佛復加威神令此菩薩不遭苦惱是謂菩薩摩訶薩遊乎十方恒沙剎土見彼亂意便自入定從劫至劫不以疲倦復次菩薩摩訶薩復以善權方便遊至恒沙剎土觀見衆生有愚惑者菩薩於彼示現智慧爲彼衆生分别義趣思惟三世現在之事趣次諸地從地至無地從無地至地猶如飛鳥無所觸礙菩薩亦復如是非像爲像像爲非像非物爲物物爲非物云何非像爲像像爲非像於是菩薩入虚空際定意正受觀他方世界藥果樹木山河石壁悉空如空空空無菩薩摩訶薩亦復如是一切世界皆如空等是謂菩薩摩訶薩非像爲像像爲非像非物爲物亦復如是復入衆智自在定意示現衆生除愚闇想皆悉安處令至彼岸是謂菩薩摩訶薩遊乎十方無量世界觀彼衆生愚惑想者爲現慧明永無闇昧

十住斷結經卷第十一

音釋

眄彌殄切斜視也　眴音舜目動也　湮音因塞也沒也　駛踈士切疾也

涸乎各切水竭也

十住斷結經卷第十二

姚秦沙門竺佛念譯

等慈品第二十二

爾時最勝菩薩前白佛言云何菩薩入等慈三昧遍觀三千大千世界人陰神陰諸龍鬼界一身二身至百千身云何菩薩以神足力從一佛國至一佛國如人遊虛亦無罣礙爾時世尊告最勝曰快哉斯問甚奇甚特吾今與汝敷演其義諦聽諦聽善思念之一切諸法虛寂無本成道衆智尋亦無迹菩薩入定正受三昧遍觀三千大千世界其中衆生有形之類觀五陰身生者滅者爲所從生爲所從滅復入空界地水火風一一分別了無所有法起則起法滅則滅最勝當知昔我久遠修菩薩道禪定一意執心不亂入不動三昧觀虛空衆生無限無量不可稱記隨其形類而教化之其中衆生有婬怒癡無婬怒癡有愛欲意無愛欲意有瞋恚心無瞋恚心菩薩權慧隨類而入形與彼俱稱適一切心入定意終無亂錯彈指之頃入於百千諸佛剎土或以法性慧觀教化或以空法苦空非常導以正法菩薩所化亦無邊涯以十善之行而教授之云何爲十先淨國土不計其功敷演其慧明知無礙坐道樹下心無怯弱降伏魔怨令知邪趣遊處境界度人無量心如地界忍而不動分別根門難易之相純淑之行靡不斟酌一一分別陰持入行色痛想行識觀內六情去外六塵若眼見色不與眼識外色內識悉了虛無色爲是誰眼識所在若耳聞聲不與耳識外聲內識悉了虛無聲爲是誰

耳識所在若鼻嗅香不與鼻識外香内識悉了虛無香爲是誰鼻識所在若舌知味不與舌識外味内識悉了虛無味爲是誰舌識所在若身知細滑不與識想外更内識悉了虛無細滑爲誰身識所在最勝當知菩薩入定一一分别隨類教化或以言教或以神足或以權慧隨類而入無所罣礙是時菩薩復以十法訓化衆生云何爲十一者慧根具足定意不亂二者覺意牢固演慧無礙三者敷暢道品具足義趣四者解相玄寂衆好不闕五者解道非道了知虛無六者意崇法輪誨而不倦七者行菩薩道不見已身八者雖度衆生不見有度九者解内外空一而無二十者分别身體不見有化是謂菩薩摩訶薩具足十法便能周旋諸佛剎土從一佛國至一佛國亦未曾離諸佛世尊菩薩當念修諸總持門云何爲總持諸法印可總持菩薩得此總持者於一切法去諸妄想復有普光總持菩薩得此總持者等慈一切不懷顛倒復有慧明總持菩薩得此總持者不淨國土令得清淨復有照曜總持菩薩得此總持者於諸亂意悉無塵翳復有義辯總持菩薩得此總持者習觀衆行入定不動復有法辯總持菩薩得此總持者分别句義不失次敘復有響辯總持菩薩得此總持者觀察音響隨類而度復有應辯總持菩薩得此總持者應適一切具足衆行復有意止總持菩薩得此總持者塵勞結縛永息不起復有意斷總持菩薩得此總持者微察諸法亦無猶豫復有神足總持菩薩得此總持者住壽在世經百千劫復

有根本總持菩薩得此總持者分別根門與衰不變復有力勢總持菩薩得此總持者修金剛體無能沮壞復有覺意總持菩薩得此總持者敷演諸法開悟一切復有道品總持菩薩得此總持者觀了三世因緣法本復有定意總持菩薩得此總持者於諸亂想懷來道故復有權慧總持菩薩得此總持者應適無方亦無覺者復有布施總持菩薩得此總持者解知三事悉無所有復有持戒總持菩薩得此總持者不見修戒及以毀者復有忍辱總持菩薩得此總持者不見恚忍及以亂想復有精進總持菩薩得此總持者不見進業及以懈怠復有正受總持菩薩得此總持者萬響雷震衣毛不竪復有慧空總持菩薩得此總持者包識萬智暢演無礙復有無礙總持菩薩得此總持者於諸通慧無所罣礙復有曠遠總持菩薩得此總持者雖百千身還合爲一復有教授總持菩薩得此總持者訓以正法言不煩重復有不思議總持菩薩得此總持者非是羅漢辟支所及復有道樹總持菩薩得此總持者莊嚴剎土不離諸佛復有降魔總持菩薩得此總持者執意牢固心不傾邪復有容相總持菩薩得此總持者一一諸相致百千福復有衆好總持菩薩得此總持者不見相好瓔珞隨身復有光曜總持菩薩得此總持者於百千光見化無量復有度人總持菩薩得此總持者雖度衆生亦無度者復有廣慧總持菩薩得此總持者意如虛空無有福狹復有道意總持菩薩得此總持者不想泥洹亦不著有復有滅度總持

菩薩得此總持者不見有滅及以生者復有清淨總持菩薩得此總持者塵埃以淨無盡不盡復有無苦總持菩薩得此總持者解苦無苦名曰苦諦復有生習總持菩薩得此總持者習本意緣悉了虛無復有滅盡總持菩薩得此總持者滅習塵勞更亦不造復有聖道總持菩薩得此總持者安處無爲永寂泥洹復有止觀總持菩薩得此總持者觀了妙法興衰所趣復有空藏總持菩薩得此總持者於深法要無所罣礙復有法觀總持菩薩得此總持者觀了諸法悉知無主復有淨聲總持菩薩得此總持者口言柔輭如梵天音復有稱可總持菩薩得此總持者爲人所說可其心意復有等意總持菩薩得此總持者溫潤流利言不滯礙復有遊處總持菩薩得此總持者所可教誡無所傷損復有威曜總持菩薩得此總持者在於大衆亦無怯弱復有奮迅總持菩薩得此總持者爲師子吼飛落走伏復有戒律總持菩薩得此總持者降伏一切難悟衆生復有趣道總持菩薩得此總持者解知泥洹無起滅想復有法性總持菩薩得此總持者諸諛諂人令見眞道復有息意總持菩薩得此總持者不興驕慠生人自大復有通達總持菩薩得此總持者聞彼聖慧不失法教復有興敬總持菩薩得此總持者即棄貢高承事諸佛復有空界總持菩薩得此總持者漸入本淨寂然法界復有無礙總持菩薩得此總持者以達儀軌解諸法本復有無量總持菩薩得此總持者古昔所說亦無窮盡復有強記總持菩薩得此總持

者分別文字知法趣向復有究竟總持菩薩得此總持者解人本性法界亦淨復有難滅總持菩薩得此總持者曉衆生淨內外虚寂復有無際總持菩薩得此總持者解知本無本無亦無復有瓔珞總持菩薩得此總持者所說經法無所罣礙復有妙要總持菩薩得此總持者於盡無盡亦不見盡復有分別總持菩薩得此總持者非是二乘之所籌量復有如來總持菩薩得此總持者覺悟衆生趣寂寞道復有十地總持菩薩得此總持者恒說無住亦不見住復有陰種總持菩薩得此總持者分別身本不與淶著復有寂寞總持菩薩得此總持者譬如呼聲亦無音響復有識性總持菩薩得此總持者悉能思惟不著文字復有了本總持菩薩得此總持者無言無說亦無教誡復有文字總持菩薩得此總持者自識宿命知所從來復有法輪總持菩薩得此總持者無意無想亦無神識復有甘露總持菩薩得此總持者講誦說法亦無罣礙復有深入總持菩薩得此總持者一一分別四句合義復有法幢總持菩薩得此總持者曉了義理明識法本復有無盡總持菩薩得此總持者究暢本際不離眷屬復有等覺總持菩薩得此總持者常講無量無著正法復有諸法總持菩薩得此總持者翫習諸法不失次緒復有弘誓總持菩薩得此總持者解了智慧悉無逆順復有善權總持菩薩得此總持者隨類適化不懷怯弱復有道慧總持菩薩得此總持者分別頂法修度無極復有幻化總持菩薩得此總持者分別法界無

内外性復有中陰總持菩薩得此總持者諸佛世尊所居窠窟復有道場總持菩薩得此總持者十方刹土晃然金色復有降魔總持菩薩得此總持者一切外道靡不降伏復有自守總持菩薩得此總持者護身口意不見有護復有説法總持菩薩得此總持者具足法本無所缺漏復有自用總持菩薩得此總持者觀察無量衆生心意復有慇懃總持菩薩得此總持者方便所説使入道檢復有流化總持菩薩得此總持者分別諸慧不著古今復有柔順總持菩薩得此總持者受法無猒亦無恚惑復有進德總持菩薩得此總持者於諸法本悉無所有復有色像總持菩薩得此總持者其有覩形未曾妄捨復有聲聞總持菩薩得此總持者校計諸法無量無著復有善順總持菩薩得此總持者聽採法味平等無二爾時世尊説此總持法門時十二億那術人皆得盡信不起法忍復有無央數衆生悉發無上正眞道意是時世尊告最勝曰菩薩所行不可思議非是羅漢辟支佛所知等慈三昧定意正受之所感動威神能爾以是之故説大乘律導以正化被以法服是時最勝前白佛言善哉善哉快説斯言一切諸法習無本末解了法性虚無寂寞一一分別皆虚皆寂大乘所演廣及一切聞菩薩行壽終之後皆得生於曠忍世界爾時衆會盡皆猶豫欲得覩見彼佛刹土如來神鑒尋知衆生心之所念即以神足出頂光明普照三千大千世界及彼曠忍無量刹土曠忍佛名號曰無盡順執總持强記不忘殊特之法恒

以在前從恒沙劫供養諸佛積累道法自致得是無上等正覺佛告最勝菩薩當念修行十法云何爲十一者分别法界了知虚無二者解身虚寂内外無主三者四大覺意不倚有餘四者於一切法不見滅度五者身口意行寂寞不住六者護戒無戒亦不毁戒七者無放逸行檢心爲本八者誓願成道不捨本志九者不思議法度難悟者十者衆行清淨所行不重是謂菩薩摩訶薩之所修行十法之本復次菩薩次當習於十法之號云何爲十一者戒具清淨無放逸行二者聞以施惠不毁法界三者分别陰入了知虚寂四者知四非常悉歸磨滅五者十八難解陰持入病六者具足誓願諸佛加歎七者未立根衆生安處無爲八者菩薩入定無能亂者九者遍觀一切内外諸行十者自觀身本生滅之相是謂菩薩摩訶薩當念修行十法之本便得自致成最正覺復次菩薩復當習定正受三昧所謂三昧者等觀三昧菩薩得此三昧者建立慧觀不爲放逸復有三昧名曰攝意菩薩得此三昧者能攝衆結不令縛著復有護戒三昧菩薩得此三昧者守身口意不生塵勞復有平等三昧菩薩得此三昧者意如虚空不與二想復有大寶三昧菩薩得此三昧者演七覺意無盡之寶復有道樹三昧菩薩得此三昧者道華敷榮見莫不歡復有海量三昧菩薩得此三昧者非是二乘所可斟量復有入室三昧菩薩得此三昧者深要法藏靡不斟酌復有月光三昧菩薩得此三昧者普遊諸佛往來周旋復有月明三昧菩薩得

此三昧者普躍一切靡不蒙光復有玄鑒三昧菩薩得此三昧者解了三世無起滅法復有無憎愛三昧菩薩得此三昧者怨讎平等視如赤子復有大哀三昧菩薩得此三昧者視一切衆如父如母復有慈悲三昧菩薩得此三昧者爲一切衆爲其雨淚復有愍哀三昧菩薩得此三昧者亦無吾我及人壽命復有無想三昧菩薩得此三昧者便能轉於無上法輪復有行苦三昧菩薩得此三昧者於阿僧祇劫不唐其功復有建力慧戒三昧菩薩得此三昧者不見吾我清淨之行復有離身三昧菩薩得此三昧者去離繫縛亦不毀戒復有吾我三昧菩薩得此二昧者於彼此岸亦無染著復有玄通三昧菩薩得此三昧者悟法忍辱無寂不寂復有清白三昧菩薩得此三昧者於清白行思惟分別復有相應三昧菩薩得此三昧者與相應法不起不滅是謂菩薩摩訶薩正受三昧遊至他方諸佛刹土事事供養諸佛世尊亦不恐懼無所畏難正使身壞於中命終節節離解自觀其身如草木牆壁不興染著而行忍辱彼聞惡言不以爲慼雖遇歡樂亦不爲慶尋其言教亦無處所曉了所言亦無本末本無之心各各無實是謂菩薩摩訶薩清淨定意彼雖亂心心無所結亦不在此復不在彼於內外法皆悉清淨以觀如此則爲忍辱是謂菩薩摩訶薩身口意淨建立慧忍復次最勝菩薩摩訶薩當復修行精進定意長諸善法無所漏失觀其法界不增不減無漏慧觀以爲法御復當思惟觀倚世法不見諸法有成就者不成

就者不見正諦及與顛倒不隨不捨亦無去就是謂菩薩摩訶薩珍寶積聚無盡之藏不見去來現在之法何所從來何所從去來亦無處去亦無跡賢聖八道諸法之首一一分別賢聖四諦去離顛倒妄想之行爲人説法無所滯礙解了衆生虚而無實推尋諸法亦不可得所以然者法法相生法法相滅人不離法法不離人人自虚寂法亦虚寂如人自然法亦自然解自然者乃應無上正眞之行便逮佛法無盡之行其有求法若以求者方當求者三世無著無所染汙彼以求此彼求此已亦無所得亦無所失是謂最勝菩薩摩訶薩建立妙慧精進之行最勝當知菩薩摩訶薩復當思惟禪定之行正受三昧不毀法戒平等無二亦不見二亦不成就非不成就

彼於禪定而以正受一切諸定不起亂想諸法無想亦無放捨解了内外悉無有主是謂菩薩摩訶薩一意正受不毀禪定亦復不見有合有會捨諸境界無有去離行無著禪意趣無難是謂菩薩摩訶薩不立於法亦不離法恒以一意諸法自然解了諸法無生滅想非身非心所能忖量思惟定意平等無二志性所趣無應不應亦不見應分别十二因緣之本緣癡有行緣行有識緣識有名色緣名色有六入緣六入有更樂緣更樂有痛緣痛有愛緣愛有受緣受有生緣生有老死愁憂苦惱不可稱計取要言之五盛陰身危脆之形不可久保菩薩是時等行本無分别色痛想行識悉了虚寂復以正受於本淨法亦無染著亦不見色解色無色度於一切顛倒之

行是謂菩薩摩訶薩禪定一意非是羅漢辟支佛所及外道五通雖壽無量由失神足不至究竟禪定之人正受三昧住壽一劫復過一劫不以爲難以得禪定出智慧上除棄塵勞不與妄見是謂菩薩摩訶薩志願于道開化衆生隨形應適隨病投藥復以空性慧觀之法入等慈三昧遍觀三千大千世界轉至恒沙諸佛剎土應度衆生悉令解脫是則如來禪定正受皆使黎庶至于滅度是謂菩薩摩訶薩建立等慈定意所濟無量不可稱限是謂最勝如來神德巍巍如是夫欲觀法當以慧眼亦非肉眼亦非天眼亦非羅漢辟支所觀以觀諸法解諸法寂解諸法淨解諸法虛解諸法定是謂菩薩摩訶薩無限無量弘誓之心無行無處亦無所入諸法寂然定者所習非亂者所行普觀諸法悉皆如是如是觀者是爲法觀法觀菩薩不見諸法之所歸趣其有觀法而不分別斯等之類闕於道場不至究竟不以正法而成定意菩薩當念除去妄見無求無取亦不橫貿求受重福知內外法悉皆虛寂是謂菩薩摩訶薩入等慈三昧觀了諸法悉無所有以無所有乃名見法夫見法者無我無人無壽無命斯皆假號非眞實法有爲之法非無爲境界無爲之界非有爲之法菩薩解知有爲無爲有漏無漏是常非常我人壽命悉無所有是爲菩薩摩訶薩分別定意無生滅法假使菩薩觀諸法相解知衆相虛寂無二亦不見二解二無二乃應定意於顛倒法解無所有不見有正趣於道者不見有邪當趣諸見蓋於衆生無量之

慧皆發大哀淨佛境界淨佛刹土從一佛國至一佛國承事供養諸佛世尊復以神通明慧之觀普察三千大千世界頗有衆生諸根純淑不遇賢聖墜于三途是時菩薩要住拔濟使不彫落或復是時菩薩達士因度衆生兼復造緣周旋往來不唐其功彈指之頃遊于百千正受定意建立慧觀修諸功德若行施時計天人本亦無施者解知三事悉無所有是謂菩薩乃應於施若復菩薩以律訓誨解知犯戒及以禁律亦無所有無戒不戒乃應戒也或復菩薩恒行忍辱見行忍者代其歡喜設遭恚怒不懷憂慼懈怠忍辱悉無所有亦非一二至乎百千解忍無忍乃應忍辱復次菩薩常行精進見精進者代其歡喜設遭懈怠不以爲恨解知懈怠及以精進一而不一亦不有二亦不有進亦不有怠解進怠虛寂乃應精進復次菩薩若行若坐常若一心禪定正受未曾虧損天雷地震萬響俱作專心一意無能移轉動菩薩心解知定亂悉無所有解定無定乃應定意復次菩薩智慧所潤澤及黎庶包識萬機應適無方暢達演說不毀佛教平等慧觀不見賢愚解慧無慧及與愚惑悉無所有亦不見有亦不見無有無悉虛空寂無二是謂菩薩應於智慧如是清淨諸法之相亦不見相非不有相解相無相乃成相好拔濟衆生至無爲岸復次菩薩復入空定遊虛空界一一分別空界衆生或以言教或以神足或以光相或以苦行而教化之普使衆生得入道檢復次菩薩行無相法除去想著顛倒之行復遊他方諸佛刹土

恒以無相不變易法訓化衆生普至無爲復次菩薩行於無願不求三界受有之報不倚著人不著相好分别内外五陰成敗色痛想行識外塵内入一一分别虚而不眞如是最勝菩薩大士發大弘誓度衆生類不見有度尚無衆生况有度者是謂菩薩摩訶薩建立等慈定意普使衆生逮得慧根爾時世尊説此等慈品時十四那術人皆發無上正眞道意八千菩薩尋於座上逮得等慈三昧

法界品第二十三

爾時世尊放舌相光明普照三千大千世界復照十方諸佛國土四維上下靡不蒙照復照東方八十四億江河沙數寂寞世界諸佛普集無有二乘恒講菩薩殊特之行分别世界各有次第吾亦從彼來至忍界所以然者發願探籌無錯亂故佛告最勝今我自憶在彼佛衆一億諸佛同時取籌我爲元首當此世界慈氏元吉師子勇慧德普廣聞金顔玄寂寶雄常悲鮮潔弘誓如斯等佛一億如來同時受籌適此忍界佛告最勝及來會者諸佛世界不可思議改形變化權現無方汝等焉知慈氏菩薩方習菩薩行乎莫造斯觀所以然者慈氏積行恒沙數劫先以誓願成等正覺吾方習行而在其後或現苦行或現光相或現菩薩儒童弟子隨人本行而爲説法慈氏菩薩在彼座上佛告彌勒現佛光相翼從多少爾時彌勒隱菩薩身還現佛形刹土國界弟子菩薩不可思議衆會見之歎未曾有無形自然色相自然諸法自然一切諸佛亦復自然時彼大衆復見東方八十四億江

河沙數寂寞世界諸佛世尊論講菩薩殊特之行千八百微妙法門何謂千八百微妙法門菩薩習於本淨法門獲此法門者不於本際而受其證復有無言說法門菩薩得此法門者遊虛空界無能覺知復有無所得法門菩薩得此法門者雖度衆生亦不見度復有無所持法門菩薩得此法門者解知本淨内外無主復有名號法門菩薩得此法門者一切諸法虛而無實復有成就法門菩薩得此法門者雖處有爲不著有想復有化識法門菩薩得此法門者入無形界無形教化復有現形法門菩薩得此法門者現形無數而教化之復有因緣法門菩薩得此法門者爲彼衆生而造因緣復有法聲法門菩薩得此法門者但聞音響不見其形復有離有法門菩薩得此法門者不見生滅著斷之法復有解脱法門菩薩得此法門者不見泥洹有趣滅度復有深奥法門菩薩得此法門者分別如來祕要之典復有無色像法門菩薩得此法門者入無色定而教化之復有無觀行法門菩薩得此法門者佛法無教亦無處所復有數息法門菩薩得此法門者諸法無數解息無息如是最勝菩薩摩訶薩獲如此等千八百微妙法門時諸衆會聞彼諸佛說此微妙法門盡於座上得盡信法忍無數衆生趣小乘者皆發無上平等道意爾時世尊及以彌勒還攝光明從面門入如來大哀巍巍若兹開化衆生不可稱量各使至趣令立堅固爾時衆會復作是念向者我等皆共普見寂寞世界如今忽然悉無所有將非幻化野馬水

影乎復非夢鏡恍惚耶爾時世尊即知衆會心中所念便告舍利弗曰云何舍利弗汝頗曾聞如來與汝說聲聞行是有爲法是無爲法是有漏法是無漏法是眞實法是非眞實法是現法是非現法是塵勞法是非塵勞法是有數法是無數法是有著法是無著法是有習法是無習法是瞋恨法是非瞋恨法是可捨法是非捨法是凡夫法是非凡夫法是賢聖法是非賢聖法此意止神足法此非意止神足法此根力覺道法此非根力覺道法此學法此非學法此聲聞法此非聲聞法此緣覺法此非緣覺法此菩薩法此非菩薩法此佛法此非佛法云何舍利弗汝曾聞如來說此言教乎舍利弗對曰非也世尊佛告舍利弗我今猶尚在聲聞衆不說斷漏有緣著想況當演教有窠窟乎此事不然說法論講悉無處所無言無教亦無法相法出響應豈有法也云何舍利弗今當引譬智者以譬喻自解猶如士夫勇猛之人觀虛空界悉了無形然復彼人意欲規郭以衆彩色欲畫虛空或作天像或作人像或作龍鬼神揵陀羅像或作蜎飛蠕動畜生之像云何舍利弗彼人施意寧能不乎舍利弗對曰非也世尊甚難甚難至未曾有佛告舍利弗如來權化不可思議施設言教甚難於彼所以者何一切衆行有爲法無爲法有漏法無漏法道法俗法十二因緣及六識身四意止四意斷四神足五根五力七覺意八直行過去當來現在諸佛無形無像不可覩見亦無取捨亦無聚散不可攜持而不可得虛空境界虛寂無二諸

佛世尊遊諸方界為一切衆生講說言教實無名號强為假號實無文字强為文字實無法性而說法性復次舍利弗菩薩摩訶薩以權方便應適衆生隨彼根本此乃甚難設有比丘僧比丘尼優婆塞優婆夷篤信如是虚無寂法具足衆行便能成就如來相好從一佛國至一佛國承事供養諸佛世尊復於彼佛得强記總持亦復受此深妙之義轉復演布咸使聞知菩薩摩訶薩當念具足七無著法云何為七解一切有悉無所有不染於有亦不見有現其形像亦無色相猶無有佛况色相乎一切世界亦無端緒况當有本而可推耶衆生根本無窮無底誰能發意斟量其行法自然生法自然滅亦復不見有生有滅諸法如化諸法如幻亦復不見幻化野馬諸法自然諸法無生亦復不見生滅著斷是謂舍利弗菩薩摩訶薩成就此七無著法者便能具足一切衆行漸漸得至成菩薩位坐佛樹下降伏魔怨衆德著積光相具足從第一住乃至十住於其中間未曾退轉恒為諸佛所見擁護天龍鬼神乾沓惒阿須倫迦留羅旃陀羅摩休勒供養華香作倡妓樂被服幢旛轉加功德威神扶接自上無上至眞之道佛復告舍利弗自念我昔修菩薩道或為儒童或為梵身或時出家修沙門律供養江河沙數諸佛世尊或以頭目國財妻子或以醫藥四事供養但聞諸佛論講苦義空義非身之義或說六度空無相願或說禁戒學道之法或說忍辱仁和之教或時隱處經劫不起或入禪定形神不動皆由內法未成就故佛

復告舍利弗吾始從寂寞世界諸佛世尊即得聞此深妙之法諸來菩薩大士集者應時逮成柔順法忍爾時衆會諸在座者二萬四千衆生應時逮得不起法忍去來諸佛及現在者皆共宣傳頌暢深法悉無處所亦復不見我人壽命觀察衆生根本純淑衆生有想以無想教授衆生有念以無念教誡衆生有礙示以無礙若有善男子善女人諷誦善持此深奧法若復演布爲他人說其福功德不可稱限若有學人修菩薩道慈悲喜護愍傷一切欲令成就登菩薩位常當修持深奧法藏若善男子善女人遍滿三千世界受持五戒遍行十善四禪四等四空定智不如一聞斯深奧法若不能多思惟亦可七日若不能七日六五四三乃至一日若不能一日彈指頃可云何舍利弗如汝聲聞其數彌滿十方世界四事供養衣被飯食牀褥卧具病瘦醫藥從億億劫復過億億劫不如一聞深要之法所以者何菩薩法藏珍寶之聚若復演說一句之義無常苦空非身之義三脫法門及四明慧空無相願虚寂之行不生不起無滅盡行如是菩薩摩訶薩是則安隱無量德行福不可限無以爲喻若有菩薩以限礙身修有爲法教化衆生使充所願然彼之類未曾更聞無爲之道欲履菩薩深奧法者此事不然若有菩薩定意正受從無量法宣暢演布深奧法與聞無爲法諸法虚空悉無所有是則深義無能及者是故菩薩若欲具足衆生願者欲與他人說其義者復欲宣暢如來菩薩祕要法者欲使衆生成四果證者常當念

學此深法要佛復告舍利弗昔吾遊學爲菩薩行常習六度四等大慈加被衆生演甘露味或演言教或賢聖默然或現神足或以善權巧便或以神通五道或以一道周旋或以辟支飛鉢虛空或以聲聞稟受言教或現儒童狀如無知舍利弗當知菩薩教化權現無方不可窮盡隨世習俗隨類而入亦入於地亦入於水亦入於火亦入於風菩薩分別四大本源皆無有主分別地界内外虛寂水火風界亦復如是復觀衆生有婬怒癡無婬怒癡有愛欲心無愛欲心有憍慢意無憍慢意有定意無定意有亂心者無亂心者菩薩悉皆分別或以安般守意或以惡露不淨觀或以泥洹滅盡之法或以有爲無爲法或以有漏無漏法或以俗法或以道法或以神通漏盡之道而教化之吾曾遊處通慧世界爲一衆生十二中劫入禪定意形神不動不辝劬勞待而教化此衆生者豈異人乎莫造斯觀御欲知者今最勝菩薩是也最勝菩薩在通慧世界生豪族家由宿積德不生貧匱窮困之家一生二生至百千生乃至十二中劫受形常在豪貴不處卑賤吾亦入定去彼不遠觀其心意於百千劫不解一句深奥之法後能自悟豁然心開自歸我身欲聞深妙無量法典而爲説法無盡之藏所謂無盡藏者分別音響或以一音遍滿三千大千世界或以一句應適一切衆生心意所吐言教過於梵音復有六通無盡藏徃詣十方諸佛世界承事供養如來世尊稟受深妙難有之法於諸苦行過於精進持戒忍辱精進一心智慧善

權復有無盡藏使有四意止四意止者無漏法行法意止者泥洹徑路餘者凡夫之所修四意斷四神足五根五力七覺意八賢聖道報應果證悉無所有亦不見有是謂菩薩無盡之藏何者可盡平等光曜善講本性是可盡也法性相修爲可盡也心所思惟爲可盡也思惟五陰爲可盡也曉了十二因緣爲可盡也知內外四大爲可盡也舍利弗對曰非也世尊非是如來所能究盡佛復告舍利弗復有四事法無盡之教爲辯才門云何爲四一者分別無盡慧二者分別無盡慧明三者思惟强記總持四者分別辯才無外是謂舍利弗四無盡之藏菩薩所可修行復有四無盡之藏不可攜持云何爲四一者其性難攜放逸不住二者道心難攜本性甚深三者入諸本際習無本末四者入衆生意了知無法是謂菩薩摩訶薩無盡之藏佛復告舍利弗菩薩復有四牢固無盡之藏爲辯才法門云何爲四一者志願牢固不著邪部二者本行清淨不興塵勞三者古佛言教立忍無恚四者隨緣造行不失本誓是謂菩薩摩訶薩無盡之藏辯才法門在道樹下降伏魔怨意無怯弱復有四轉輪法門無盡之藏云何爲四一者所言至誠不毀他人二者究盡緣起知所從生三者訓誨衆生初無懈倦四者分別明慧上菩薩位是謂菩薩摩訶薩不毀法戒無盡之藏菩薩摩訶薩常所修行佛復告舍利弗菩薩摩訶薩復有四無盡之藏成就法界云何爲四一者照曜法界通達往來二者照曜法性解無所有三者分別肉眼天眼慧

眼法眼佛眼云何爲肉眼觀覩色像不與眼識云何爲天眼所謂天眼者覩天光像不見報應慧眼分别不見塵垢法眼清淨具足六度佛眼了朗觀相無相四者照曜報應不著三界是謂菩薩摩訶薩無盡之藏成就法界佛復告舍利弗菩薩摩訶薩復有四無盡之藏云何爲四一者精進不定意有求慧意無求慧意有盡意無盡意有得意無得意内外分别悉無所有是故舍利弗行權菩薩在在處處周旋教化精進爲上修行禁戒勤力爲本從諸世尊求積功德聞法歡喜合集明慧布演道教亦無言教當來過去現在諸法慧觀堅固乃爲真教如來所説不以文字聞者清淨説法亦淨是爲積慧功德立忍堅固立不退轉是謂舍利弗不以貪色亦不倚色非不有色解色無色故曰法性正使三千大千刹土香熏細滑繒綵幢蓋來供養者不孚用喜遠離懈怠不懷怯弱避貪亂意除瞋恚心成等正覺演布祕要乃得成佛捨身所安立弘誓心代彼衆生受其苦惱精進樂法乃使衆生進入法室至修道者諸天證明天龍鬼神揵沓惒阿須倫迦留羅旃陀羅摩休勒人與非人悉來供養善男子善女人扶佐勸助使成佛道發願堅固要使成慧中無有退度諸因緣墮三塗者無識無覺亦無究竟是謂舍利弗菩薩摩訶薩修無想念法無言教法乃能得成如來聖教爾時座上諸來會者聞斯深法皆發無上不退轉地爾時舍利弗前白佛言向所聞者斯等諸人久如成佛乎佛告舍利弗斯等諸人二百無央數劫當成爲

佛皆同一號無垢超德如來至眞等正覺明行成爲善逝世間解無上士道法御天人師號佛世尊世界曰清淨劫名難度彼佛世界純以一乘無有聲聞辟支佛名常論菩薩無量德行土地平正無有山河塠阜河澗谿谷若干種色如天綩綖無有日月光明所照自體衆相光光相照衆德廣普衆生所念萬若干想所以然者以其法界無差違故彼佛世界食自然甘露著劫波育衣猶如第六天樂所居土地豐熟五穀平賤七寶具足金銀珍寶硨磲碼碯眞珠琥珀有轉輪聖王名曰雨華七寶導從所謂七寶者一名輪寶所謂輪寶者縱廣十四肘純以七寶輪有千輻輻輻有相王意欲東輪即前導二者象寶所謂象寶者色如白雪口有六牙牙牙有相王欲乘象遊觀世界彈指之頃遊于世界亦無有難三者馬寶所謂馬寶者身紺青色及朱髦尾乘虛而行脚不躡地馬一鳴吼震于世界靡不聞者王意欲乘東西南北彈指之頃皆悉周遍四者玉女寶所謂玉女寶者身作優鉢蓮華香口作牛頭栴檀香純肉無骨爲人端正不肥不瘦不長不短不白不黑備具女姿六十四變王意欲納輒便在前五者珠寶所謂珠寶者方一仞高七仞王意欲試彼珠寶者夜非人時即召軍馬集四種兵夜出珠寶著萬丈臺頭普照世界靡不蒙光珠自往來隨王所念六者典藏寶所謂典藏寶者是時轉輪聖王意欲遊行方域世界路由大海無底之源王意欲試典藏證驗即勑御者且止此海吾欲停息便勑典藏寶吾今須金銀珍

寶硨磲碼碯珊瑚琥珀水精瑠璃𨜶能得乎時典藏寶尋跪水中以器斟水隨意所念七寶自至七者典兵寶所謂典兵寶者王意欲集四種兵衆即告典兵寶曰吾欲撿校四種兵衆使時不移能得辦乎彼典兵寶復白王言不審聖王須兵多少王告之曰吾須前後左右各各萬𢈔時彼典兵寶隨王教令即如其言四種兵集所謂四種兵者象兵馬兵車兵步兵一一兵者將從有十四種兵各各亦然爾時佛告最勝諸來會者爾時轉輪聖王豈異人乎莫造斯觀所以然者今最勝菩薩身是也所在變化言聲柔軟人民之類皆承法音寂然恬怕講度無極四恩四等六重之法善權方便入滅盡定離欲無垢空無相願無爲之法無生滅法無端緒法其有萠類諸天世人在彼境界者分別聖慧無漏道根或示音響指授明法或以苦切之教將入法律或以神足變化光明教授欲使衆生漸入究竟佛告舍利弗一切衆生無我人相諸法本淨諸法無形無著斷法諸法無壞觀了佛土悉無所有又復舍利弗十二因緣五陰六衰都無形像如來八種音聲不男音不女音不强音不軟音不清音不濁音不雄音不雌音此由檀度受實果證解知清淨照于法界或以一音遍滿三千十方世界吾曾遊處野馬世界去此七十二億江河沙數諸佛刹土在彼周旋放大音聲遍滿彼佛刹土其聞音者百億衆生立不退轉皆發無上正眞道意時我弟子名曰目連神足第一登一須彌山復登一須彌山如是經劫從劫足下躡地時目

犍連在野馬世界放大音聲遍滿三千十方世界於彼音聲而演斯教如來說法未曾有行亦不見行非不有行解行無行故曰清淨諸法無像亦無音響復說四諦如爾法性解苦無苦不住於苦入如此慧故曰苦智因集暢本解集無集不見有集故曰集智知盡處所由盡而生由盡而滅亦不見盡是謂盡智無爲道者不見窠窟去來今佛之所稱譽今佛說者亦無有道去來所說亦復如是道無形像不可覩見解道無道故曰道智是謂菩薩摩訶薩分別道義時彼野馬世界一切衆生之類但聞其聲不見其形時彼大衆愕然有怪斯是何人布大音聲震動世界兼復演說深奥之義時彼如來知衆生心中所念便告目連曰捨汝神足可在此衆現其形像時

目揵連即如其像忽然以至處大衆中彼菩薩等身長八萬四千由旬佛身長十六萬八千由旬衆會見目連形體著衣持鉢狀如沙門皆共愕然怪未曾有此是何像爲是畜獸爲是人耶是時彼佛知衆會心中所念即告之曰汝等勿生此心所以然者去此七十二億江河沙數諸佛世界有佛世界名曰忍土彼有佛名曰釋迦文如來至眞等正覺十號具足於五濁世出現於世恒以文字教授衆生人壽百歲過者無幾以四諦至眞分別義趣其說慧無處無著此目連比丘是彼神足第一弟子彼佛即告目連曰現汝神足比會大衆虛想欲見時目揵連承佛教誡即從座起頭面禮足忽然不現入無礙三昧定意盡接十方諸佛刹土安著右掌左手接彼佛土

懸處虛空各各共見目連神足欲覩其形不能得見時彼菩薩尋自歸命彼佛世尊伏惟天師當見拯濟佛告無苦終不有損爾時彼佛告目連曰止止目連捨爾神足令此菩薩麤識軌迹爾時目連承佛教旨即捨神足復坐如故時彼菩薩前白佛言彼忍剎土釋迦文佛以何教化云何說法復以何道訓誨衆生以何權智周旋往來佛告諸菩薩彼剎衆生剛强難化互相是非各自謂尊是以如來以苦切之教引入道門猶如龍象及諸惡獸㦕悷不調加之捶杖令知苦痛然後調良任王所乘彼土衆生亦復如是以若干言教而度脫之或以苦音說苦音響集盡道者亦復如是時彼菩薩歎未曾有善哉善哉世尊彼佛如來執勤勞行甚爲難有能於五鼎沸世教化衆生演布大道寂然滅盡歸於無爲也

十住斷結經卷第十二

音釋

編（俾緜切急也）綩綖（綩於阮切綖夷然切綩綖坐褥也）輻（音福輻輪轃也）髦（音毛鬣也）躡（尼輒切蹈也）斟（音拘酌也）㦕悷（㦕力董切悷即計切㦕悷多惡不調也）

十住斷結經卷第十三

姚秦涼州沙門竺佛念譯

道智品第二十四

爾時座上百億衆生及諸大會菩薩之人及天帝釋梵天王兜術天燄天化自在天他化自在天乃至一究竟天各各狐疑欲得聞說至道之要道者無相而不可見云何如來言有道乎爾時世尊知來會心中所念尋告最勝菩薩曰卿等欲得宣暢微妙至道之要乎對曰如是世尊願樂欲聞佛告最勝及菩薩摩訶薩天龍鬼神阿須倫旃陀羅摩休勒人與非人解道無迹寂然無名假使最勝道有處者菩薩摩訶薩不於平等法中成最正覺以其道果無處所故菩薩摩訶薩成等正覺佛復告最勝菩薩道智定意有十云何為十不造身行亦無所著不造口行亦無所著不造意行亦無所著遊佛境界不與佛想教化衆生逮無礙智皆使萌類解道無道復使衆生成最正覺放大光明靡所不照一一光明無量化佛一一化佛演說極深六度無極恒轉法輪發菩薩心解我無我亦無壽命身心自然乃謂為道其自然者覺道無智亦不有智覺無所覺都不見覺言吾是道亦不見吾言我是道亦不見我我人壽命亦復如是一切衆智亦無形像爾時最勝菩薩前白佛言設道無形而不可見如今轉法輪演說四道果證言須陀洹斯陀含阿那含阿羅漢辟支佛菩薩及佛何以故說五陰薩云然四意止四意斷四神足五根五力七覺意八賢聖道何以故說淨佛國土教化衆生從一佛國至

一佛國分別明慧六識更樂云何復說四等六度眞如法性有道之名是時世尊告最勝曰如汝所問菩薩摩訶薩解了佛慧五分法身善權所有不見動轉見動轉者則非道義遠離一切之所倚住推其法界亦無法界所以然者俱本無故無著道智如本淨故設轉法輪解了一切諸法無著是故最勝菩薩摩訶薩等於一切悉無所著亦不見生亦不見滅佛土清淨衆生亦淨又見無量智慧光明是故菩薩摩訶薩應總持行立不退轉登菩薩位或入定意正受三昧教化衆生淨佛國土無若干道忍一行故無言法智强爲設智菩薩大士當念修行化諸未悟皆無識想是謂最勝入一定意清淨道智一切無塵調未調者不計苦樂是常非常若好若醜悉無想著無亂智者求索佛藏十力具足四無所畏四分別慧大慈大悲眞如法性悉無所有皆虛皆寂分別報應至誠道智無起滅故謂空無想無願亦無所生是故最勝菩薩大士至道之要所論道者即虛空界也所以然者道則是空空則是道一而不二亦無若干是時最勝菩薩前白佛言善哉善哉快說斯法爾時衆會之中天龍鬼神乾沓惒阿須倫迦留羅旃陀羅摩休勒人與非人心自念言如來今日爲諸大會演布道智無比之法滿衆生願隨其所趣此最勝菩薩何時當成最正覺無上道乎佛知諸天龍神心之所念即告四部之衆此最勝菩薩却後無數三百三十阿僧祇劫當成爲佛號曰明慧至眞如來等正覺世界曰無量劫名清淨其佛如來翼從弟

子九千九百九十二億壽百二十小劫爾時衆會聞佛授莂各自發願樂欲生彼佛世界佛即告曰如汝所願必生不疑佛復告最勝曰今此大衆多有忉利天常與阿須倫共鬪或時諸天得勝阿須倫不如或時阿須倫得勝諸天不如各各共鬪懷其怨結各有恚毒不能捨離最勝曰伏惟天尊以權方便與說道智虛無之法令諸天人及阿須倫各各和合與慈悲心爾時世尊告諸會者道者無形亦不可見三毒根本永無本末在世修道唯信爲强人之行慈善神衛護十方諸佛皆共稱歎今世後世積德無量此閻浮利内蜎飛蠕動有形之類皆當歸於滅盡之法命如電欻亦如野馬鏡中之像水上浮泡合會有離生者必死汝等受形不免此患雖受天壽故在三塗當自謹愼求離此道汝等諦聽受吾教誡爾時四部之衆僉然喜慶各自興敬欲聽如來道法之教爾時世尊告四部衆汝等諦聽善思念之菩薩摩訶薩當念修行八解脫法門云何爲八若善男子善女人奉律無缺護身口意行四等心慈悲喜護常念親近隨善知識然熾三寶常念志求無上佛道所聞正法爲人講說所演道教不說小乘勸進衆生修行大道或時菩薩講演大乘平等無二不見受教猶如虛空無形無像佛所建立不可思議包容萬行無法不周或說空無虛空寂然之行或說五分法身譬如有人得隨意摩尼珠在大衆中欲使珠之威德青黄白黒亦使衆人同其色像菩薩摩訶薩亦復如是隨衆人心意所思念輙演道智無窮之法

各令歡喜志崇佛道盡導將示智慧法門益於衆生而發大道如是菩薩發弘誓心濟度衆生亦不見度猶如虛空往來無礙菩薩發意度人如是亦不見衆生有得度者佛告最勝汝般泥洹供養舍利當經十二中劫一切衆生皆悉奉事無因緣者爲造因緣無救護者爲設救護無覆蓋者爲作覆蓋爾時人民之類皆當供養華香妓樂稽首自歸一一舍利皆放光明神德變化見者歡喜皆由弘誓發願所致知佛威神殊特之變巍巍堂堂靡不照曜布現無量智慧光明緣是興發無上道意其中衆生發意錯者或成緣覺聲聞之法或生天上逮得人身舍利分布八方上下天龍鬼神乾沓惒阿須倫迦留羅栴陀羅摩休勒人與非人蚑行喘息有形之類皆當供養五樂自娱佛復告最勝汝作佛時地黃金色七寶具足金銀珍寶硨磲瑪瑙珊瑚琥珀水精瑠璃或有衆生欲得供養全身舍利輙如其願皆悉從意數千萬億全身舍利布現於世經法流布十七中劫爾時座上有菩薩名曰無量覺慧心自念言最勝大士遺身舍利分布在世興發道心度人多少爲有幾許佛知其意心中所念便告之曰止止賢士勿宣斯言莫以已身限礙之智度量如來無礙之慧三昧定意光明舍利接度衆生非心所度非意所察如來神德道智自在又諸佛所化權現變異非是辟支聲聞所逮菩薩摩訶薩得寂定三昧都無近遠想著定念普遊十方郡國縣邑天宫龍宫諸尊神宫丘聚人中曠野天上五道所趣各各示現全身舍利一

一舍利放光明者解說六度無比之法空無相願大慈大悲四恩明慧分別虛寂暢達定意供養舍利平等無二施心牢固無增無減是謂菩薩摩訶薩入寂意定心三昧便能分別內外六情何以故名爲六情所謂六情者若眼見色不與色想解色外物而與眼識便起七十四塵勞之患何謂七十四欲識十五色識十五有想無想識十五生陰十五中陰十四佛告菩薩摩訶薩於眼識中與此塵勞便起眼識復次菩薩摩訶薩設族姓子族姓女若耳聞聲不與耳患解聲外物而與耳識便起七十四塵勞之患欲耳識十五色耳識十有想無想耳識十中陰及受形陰三十九佛告菩薩摩訶薩於耳識中與此塵勞便起耳識復次菩薩摩訶薩若鼻齅香不與鼻識解香外物而與鼻識便起七十四塵勞之患欲界鼻識十五色界十五有想無想四空定四十四佛復告菩薩摩訶薩設族姓子族姓女舌識知味而與舌患於中分別悉了無主欲中識中便能與起七十四塵勞之患何謂七十四欲十五色十五有想無想及至中陰四十四菩薩摩訶薩復當思惟起滅之法外更內樂麤細塵勞一一分別悉無所有便於更樂以與身識乃與七十四塵勞之患何謂七十四所謂七十四者欲十五色十五有想無想及至中陰四十四菩薩摩訶薩復當思惟意法之行法生則生法滅則滅亦不見生亦不見滅愚惑之人於中興起意識之想便起七十四塵勞之患云何七十四塵勞之患欲十五色十五有想無想及中陰四十四佛

復告菩薩摩訶薩云何道智菩薩於欲界道智十五所謂十五者觀世有七何謂爲七一者誹道二者信言三者受教四者在諦或便退轉五者得報猶豫六者意進身礙七者目覩不獲倚佛深藏有八事何謂爲八一者佛法無像設爲窠窟二者現在不住念計常存三者過去永滅誓言不覩四者當來未至言無生滅五者緣苦致患自招緣對六者未盡言盡方便習行七者見道捨道始從一進八者佛法無二意在參差是謂菩薩摩訶薩於欲界道智十五塵勞之行云何色十五塵勞之行所謂十五者一爲恩潤二心不移三著天樂四忘罪福五謂永久六無痛痒七在正地八行平均九忍不起十道無變十一想具十二著色十三自在十四遠照十五羯磨是謂菩薩摩訶薩往適色天當念遠離十五塵勞之行云何菩薩摩訶薩有想無想及中陰遠離四十四塵勞之行於是菩薩入神通定意無形三昧往至彼間說四十四識著之行云何四十四於是菩薩與識說行一者識我無本二者捨色無形三者有痛受報四者想不牢固五者行本末斷六者倚空無慧七者寂然息定八者無想知滅九者在識不亂十者忘意非意十一者亦不在意十二者識不在道十三者亦不在俗十四者如爾性空十五者聞響無形十六者念道無盡十七者謂空無餘十八者泥洹清淨十九者覺了趣寂二十者癡心恩潤二十一者還現中陰二十二者見中陰受形二十三者與中陰形交往二十四者知所從來二十五者見彼中陰衆

生往來二十六者見中陰形生者滅者二十七者自見受形受地獄陰二十八者有受罪形不受罪形二十九者見受天陰有受福者不受福者三十者見受人陰有受福者不受福者三十一者見受餓鬼中陰有高有卑者三十二者見受畜生陰重者輕者三十三者或從天陰還入天陰斯由死時識不亂故三十四者或從天陰而生人陰斯由本識雖猛無慧三十五者或從天陰受畜生陰斯由識淺意興亂想三十六者或從天身受餓鬼陰斯由死時意貪無厭三十七者或從天身受地獄陰斯由神誓誹謗賢聖三十八者或從人陰復受天陰斯由禁戒法清淨三十九者或從人身受畜生陰斯由行本意不專一四十者或從人陰受餓鬼陰獨善其美不廣普

故四十一者或從人陰受地獄陰先受其福後受其禍四十二者或從畜生陰受天人陰斯由造福畢故不造新四十三者或從畜生陰受餓鬼地獄陰斯由無救八無閒罪四十四者陰受陰形神識不錯是謂菩薩摩訶薩有想無想及中陰形四十四塵勞之患佛復告最勝菩薩摩訶薩復當思惟虛空神識中陰或從空識生識陰或從識陰受不用處陰或從不用處陰受無色天陰從無色天陰受六天陰乃至一究竟天從一究竟天復受色無色天陰人受天陰形如一仞半尋往不中留人受人陰形如三肘半極遲經七日或六日五四三二一日人受畜生陰極遲三日半或二一半日人受餓鬼陰極遲半食頃或彈指之間人受地獄陰形如三仞半或有出者

不經旬日死輙至彼菩薩摩訶薩皆逐人教化爲說妙道心速悟者不受衆形中間得道畜生受人陰形如三肘半極遲經四日三二一日畜生受天陰形如三仭半極遲一日半或一日半日彈指之頃畜生受餓鬼陰形如七仭或有出者極遲經五日或四三二一日畜生受地獄陰形如一仭半極遲半食頃或彈指之間餓鬼受天陰形如半仭極遲經一日或半日食時或彈指之間餓鬼受人陰形如二肘半極遲四日半或三二一日餓鬼受畜生陰形如四仭半極遲十五日十四三二一日十日九八七六五四三二一日餓鬼受地獄陰形如五仭半極遲九十日或有出者八七六五四三二一亦復如是復次菩薩摩訶薩當復如是觀察地獄衆生受彼天陰形如四仭半極遲經五月四三二一月若地獄陰受人中陰者形如二肘半極遲經三月二一月地獄受畜生陰形如八肘半極遲三月半二一月亦如是地獄受餓鬼陰形如九仭極遲經三日或時天陰應受人陰中間未至還受天陰斯等利根經不涉苦或時天陰應受人陰忽然便在生畜生陰斯等之類福盡行至或時天陰應受畜生陰忽然便在生人中陰斯等之類不毀戒度或時天陰應受餓鬼陰忽然便在生畜生陰斯等之類奉修頂忍或時天陰應受地獄陰忽然便在餓鬼陰中斯等之類報果以熟生人道中或有人陰受餓鬼中陰衆生忽然便在天中陰斯等之類定意不亂故或有應受三惡道中陰忽然便受人天中陰斯等之類有智通慧意廣博

故或有應受一究竟中陰忽然便在光音中陰斯等之類心專一故或有應受徧淨中陰忽然乃在有想無想中陰斯等之類有智意不達故佛告最勝菩薩摩訶薩坐道樹下以一切智無礙等智執六通智辯才慧智了音響智無退轉智徧觀三千大千世界誰受形者不受形者誰受中陰不受中陰有幾衆生在於人道有幾衆生在人中陰菩薩復觀人陰衆生受四陰形皆知多少佛告最勝菩薩摩訶薩觀天道衆生在天中陰復觀天道衆生趣於四道皆知多少或時菩薩摩訶薩以六神通不退轉智觀畜生受形衆生有幾衆生受畜生中陰轉受四道中陰皆知多少菩薩復觀受餓鬼衆生有幾衆生在餓鬼中陰應受四道皆知多少或時菩薩摩訶薩觀受地獄衆生有幾衆生受地獄中陰趣於四道皆知多少佛告最勝菩薩摩訶薩以無退轉智徧觀五道中陰有受形不受形者或有處在人陰忽然便在天陰形於天陰形即取滅度竟不受天身人身或有處在天中陰忽然便在人中陰形便取滅度不受天身人身或有處在畜生中陰於畜生中陰忽然便在人中陰於人中陰便取滅度不受畜生人形或有處在畜生中陰於畜生中陰忽然便在天中陰於天中陰便取滅度不受畜生天身或有處在餓鬼中陰於餓鬼中陰忽然便在人中陰於人道中陰便取滅度不受餓鬼身人身或有處在餓鬼中陰於餓鬼中陰忽然便在天中陰於天中陰便取滅度不受餓鬼天身或有處在地獄中陰於地獄中陰忽然便

在人中陰於人中陰便取滅度不受地獄人形或有處在地獄中陰忽然便在天中陰於天中陰便取滅度不受地獄天形是謂菩薩摩訶薩以不退轉智徧觀三千大千世界有受形者不受形者有罪有福皆悉知之爾時最勝菩薩及萬八千人十萬天人天龍鬼神揵沓惒阿須倫迦留羅甄陀羅摩休勒即從座起叉手長跪白佛言異響同音歎未曾有善哉善哉世尊快説中陰無形之法無限無量不可思議非是羅漢辟支所度我等願樂欲見中陰形質唯願世尊顧愍下劣衆生得蒙洗除永去心垢爾時世尊告諸會者善哉善哉快問斯義吾今與汝現其神足使八部之衆得覩中陰形質爾時世尊即入無形觀三昧普見五道中陰衆生有受形者不受形

者有罪有福皆悉知之爾時座上衆生亦復見彼五道中陰形質又聞如來與説道教即於彼形諸塵垢盡得法眼淨或有發于大乘之心或有説于志容之行隨類教化無所染著亦復見彼中陰形質從一住地至于十住地見彼有得一生補處坐樹王下降伏無數億百千魔身黄金色衆相具足亦有諸天帝釋梵四王來請菩薩演説法響普聞三千大千世界復見異方諸佛世尊遣化菩薩陳説名號國界遠近清淨之行或見在前歎説如來十號之法或有興教致供養者或以雜偈歎如來之德此國衆生在彼中陰種種觀見神足變化不可思議復見如來出舌相光明一一光明皆有化佛及八部衆前後圍遶説無畏法智不退轉諸法深藏皆悉具足或授

弟子縁覺記莂於當來世汝當成佛號字如是爾時萬八千人及百千天子即於座上皆發無上正眞道意爾時世尊還捨神足復坐如故告四部衆如來神德不可究盡又有四法不可思議云何爲四一者如來志密不可思議二者衆生根本不可思議三者如來道慧不可思議四者如來音響不可思議復次最勝復有四事不可思議云何爲四一者如來儀則不可思議二者如來法座不可思議三者如來教誡不可思議四者金剛定意不可思議復有四事不可思議云何爲四在道樹下意如虛空不可思議亦不見是亦不見非不可思議以小爲大以大爲小不可思議言必有濟亦不見濟不可思議復有四事所應行法不可染著言有吾我亦不見生復無有滅無造無作亦無著斷一切衆生根本清淨是謂最勝菩薩摩訶薩所應行法無所染著云何最勝世尊有邊際乎對曰無也世尊復告最勝諸有正法從法界生本無邊際爲有有耶爲無無耶對曰世尊不從有有不從無無云何最勝諸無際法不從有有不從無無云何成等正覺乎對曰世尊無有成正覺者佛告最勝如來坐道樹下以無際之法無起滅教皆虛皆寂自然無智亦不有智以無有智誰有知乎是故最勝吾我之法權詐不實亦不見道道不見道無見無聞無慧無著解法界亦復如是不見起滅爲作窠窟有受教者亦不見文字章句如是最勝解知諸法虛空無形設有愚夫無智之士安處虛空者不乎對曰非也世尊一切諸法如爾法性眞

際本無斯無所有今言有道大慈大悲四意止四意斷四神足五根五力七覺意八賢聖行空無相願六增上法十八不共不由斯法而得成道道者無形亦不可見以無形法乃謂爲道道亦無來亦不見去是謂最勝乃謂爲道若使如來從法界生從法界滅乃是生死穢濁之行以無生滅故謂爲道佛告最勝菩薩摩訶薩入虛空觀三昧於諸境界行無涂禪以此禪法遊至無礙亦無錯亂非身非心無等不等思惟空定不見剛柔志唯憺怕無應無所應亦不見應亦不見不應是謂最勝菩薩空定無限無量不可思議非是羅漢辟支所及譬如最勝焚燒山野叢林草木火非叢林叢林非火亦不是火火不離火當知菩薩結使亦然結非是道道非是結亦不離

道解知空定無形三昧亦復如是諸法清淨平等本無或以正受觀察法際而致平等無涂無汙心不在內亦不遊外色無所住亦不見住度於一切在顛倒者設法無形是謂爲道或以五通三達妙智周流四域欲化衆生化自有化亦不見化是謂爲道超外五通或離聲聞緣覺定意不見五通緣覺定意是謂爲道復以定意正受三昧觀察法本法從何生爲從何滅亦不見生亦不有滅乃謂爲道有爲俗法無爲道法亦不見俗復不見道乃謂爲道有漏是塵無漏清淨亦不見漏亦不有漏十善行迹十惡法本亦不見善復不有惡利衰毀譽稱譏苦樂亦不見苦復不見樂不見成道亦不在俗不見說法賢聖默然是謂最勝菩薩摩訶薩入空正受乃謂爲道復

次最勝菩薩摩訶薩復當思惟虛空藏三昧不見有餘無爲住壽經劫不見無餘無爲無有變易乃謂爲道是謂菩薩摩訶薩建立空慧善權方便從一佛國至一佛國供養諸佛承事諸佛世尊教化衆生淨佛國土不見色相爲現色像聲香味細滑識亦復如是不見有度至於泥洹不見流轉處在生死若善男子善女人諷誦執持懷抱不忘便得現在八功德福云何爲八觀諸空法信不猶豫得佛深藏意不怯弱意淨無垢無所染汙心如金剛不可沮壞所行眞正不著魔界淨佛國土度未度者心廣大乘不樂小智親善知識不著外部所求眞觀無我人想是謂菩薩摩訶薩獲八功德解知世法無我無人無壽無命於本無法乃應正受常以禪定至于滅度開化衆生不以爲倦是爲見法乃應爲道以見諸法寂寞無形無行無處是謂最勝菩薩摩訶薩空非有空亦非有空空非空者寂寞無名名亦不有不無是謂爲道或時菩薩遊諸法觀不倚三處不著三有如是菩薩在人天世發弘誓心廣度羣萌不見衆生有得度者是謂菩薩摩訶薩建立空慧永無所著最勝當知如來周旋入無形定意非是二道所能曉了唯佛明佛智慧無礙無著無染無所黠汙於諸境界無所染著設得深法不以爲歡不著世俗入無間業四辯無礙不滅不然非不有然不起不生非不有生過去永滅非有過去現在不住亦不有住當來未起不見生者是謂菩薩摩訶薩無著無礙不著三處不染三有爾時座上九萬衆生十一那術天人

及諸天龍鬼神即從座起偏露右臂長跪叉手白佛言我等鄙賤得厠淨法乃能宣暢無形之法無慓幟法唯願世尊使將來世生人天中陰佛土境界即於彼處受無爲證同日同時共一國土爾時世尊哂然而笑口出五色光徧照三千大千世界繞身三帀還從口入阿難長跪叉手白佛言自惟侍佛三十年餘未曾見光有踰此者唯願世尊當爲敷演爲將來會者永無塵曀爾時世尊告阿難曰汝今見此九萬衆生十一那術天人於此命終皆當往生微塵空界中陰已生中陰各各以次成佛皆同一號號無色如來至眞等正覺明行成爲善逝世間解無上士道法御天人師號佛世尊純以菩薩以爲翼從於彼中陰住壽一劫般泥洹後遺法一劫以次成佛中間不絶爾時世尊説此法時徧淨菩薩及無數衆生悔受人形及彼天身在座號泣不能自勝佛知而問曰善男子何爲悲泣未曾所見徧淨白言我等亦欲樂生彼土不在厠豫故悲泣耳佛告徧淨止止勿説斯言汝昔發願弘誓心異何爲中欲生於異國賢劫名滅汝當次繼號爲徧淨如來至眞等正覺十號具足

身口意品第二十五

爾時最勝菩薩前白佛言一切諸法皆如幻化云何幻化法中教化衆生淨佛國土云何淨除三想我人壽命云何從一佛國至一佛國承事供養諸佛世尊佛告最勝善哉善哉乃能於如來前作師子吼諦聽諦聽善思念之吾當與汝敷演其義最勝當知菩薩摩訶

薩常念修身口意行法觀了諸法如幻如化去來現在悉無倚著爾時座上有菩薩名曰歡樂前白佛言世尊諸有眾生樂深法本兼復供養淨身口意諸根純淑是謂菩薩慧增上菩薩曰解知諸法無離無染於無染法淨身口意是謂菩薩慧等慈菩薩曰諸有行慈普慜一切解知文字盡無所著不見身口之所行法於中便得清淨法者是謂菩薩慧輭首童眞曰一切諸法本說不見說不見法想於中淨身口意是謂菩薩慧談光菩薩曰佛法無二亦不見二息諸結使盡無起滅於中淨身口意是謂菩薩慧蓮華結菩薩曰徧能遊至十方世界見淨世界不起淨想於中淨身口意是謂菩薩慧光明菩薩曰一切諸法歸無所歸於身口意亦無起滅於中淨身口意是謂菩薩慧法淨菩薩曰一切諸法悉歸於空於正受定攝意不亂於中淨身口意是謂菩薩慧蓮華行菩薩曰於本無法無盡之行於無盡法淨身口意是謂菩薩慧正等菩薩曰知苦知樂亦無苦樂於中淨身口意是謂菩薩慧除怒藏菩薩曰一切諸法解無起怒於無起怒法淨身口意是謂菩薩慧師子童眞菩薩曰於三法本無恚婬癡亦不見色有起有滅於中淨身口意是謂菩薩慧施實菩薩曰我人壽命有起有滅解了諸法悉無起滅於中淨身口意是謂菩薩慧勇慧菩薩曰總持法門不見歸趣於無歸趣法是謂菩薩慧賢護菩薩曰名號虛詐不可護持愚戇凡夫謂爲眞實於中淨身口意是謂菩薩慧月光菩薩曰如如如爾性本際淨修梵行不

見如如如爾性於中淨身口意是謂菩薩慧善來菩薩曰以戒德香普熏三千大千世界香如風等亦不見香亦不見風於中淨身口意是謂菩薩慧不思議菩薩曰無爲不離有爲有爲不離無爲解知有爲無爲悉無所有於中淨身口意是謂菩薩慧潔淨菩薩曰諸生淨居天不見天福清淨之行於中淨身口意是謂菩薩慧至誠菩薩曰不見至誠當犯四法不見欺詐當受後報於中淨身口意是謂菩薩慧善觀菩薩曰一切色想覺無色想於中淨身口意是謂菩薩慧寶瓔菩薩曰處在生死觀見衆生有苦有樂復自觀身苦樂如彼於中淨身口意是謂菩薩慧無毀根菩薩曰於諸結使知本清淨於中淨身口意是謂菩薩慧常笑菩薩曰於諸根法不見吾我亦復不見造吾我者於中淨身口意是謂菩薩慧常悲菩薩曰行四等心慈悲喜護徧滿佛國不見四等有救衆生於中淨身口意是謂菩薩慧梵意菩薩曰邪見衆生安處正見於止見中不見邪正於中淨身口意是謂菩薩慧布演菩薩曰弘誓心固不爲小道所屈於中淨身口意是謂菩薩慧勇士菩薩曰拔濟衆生不染三有於中淨身口意是謂菩薩慧心勝菩薩曰建立慧忍恒修精進於中淨身口意是謂菩薩慧雷音菩薩曰於諸善本觀其法界不增不減不見諸法有窠窟者於中淨身口意是謂菩薩慧無厭患菩薩曰以恒沙劫以爲一日十五日爲半月三十日爲一月十二月爲一歲於中經歷億百千劫乃一佛出照曜世間復以方便供養恒沙如來

淨修梵行後方便決修菩薩道未曾厭患生死之苦於中淨身口意是謂菩薩慧住壽菩薩曰恒以神足化六十二見於六十二見淨身口意是謂菩薩慧盡意菩薩曰觀諸法本空無所有生者自生滅者自滅法法相生法法相滅生不知生滅不知滅於中淨身口意是謂菩薩慧心廣菩薩曰心所思念出息入息一一分別不失次第亦不見出亦不見入於中淨身口意是謂菩薩慧善勝菩薩曰分別三世爲從何起爲從何滅亦不見起亦不見滅於中淨身口意是謂菩薩慧持禁菩薩曰不見持戒及以毀戒不見毀戒當入地獄不見持戒受天福報於中淨身口意是謂菩薩慧無畏菩薩曰修四神足於四意止不懷怯弱心本無本不見心本於中淨身口意是謂菩薩慧無量悲菩薩曰諸有發心慈愍一切遊至他方無量佛界要度衆生不以爲倦亦不見度亦不見不度者於中淨身口意是謂菩薩慧寶施菩薩曰興隆四恩親近三寶惠施仁愛利人等利不見受報四恩之德於中淨身口意是謂菩薩慧毀根菩薩曰一切衆生視如赤子欲自護身當護他人安隱衆生至無爲岸不見滅度至彼岸者於中淨身口意是謂菩薩慧寂志菩薩曰佛不思議受報難量諸根寂定信無貪嫉於中淨身口意是謂菩薩慧護身菩薩曰成其佛道身獲相好及泥洹後舍利分布四維八方上下充滿天龍鬼神無不宗奉亦不見舍利有教化者於中淨身口意是謂菩薩慧香首菩薩曰一一毛孔出無量香一一香者出無量教濟度

衆生無有窮極神足威神巍巍無量皆使衆生發無量道意其中錯誤衆生不應正真道者或成緣覺聲聞之道或生天上還復人身心不懷恨大道可貴亦不挾恥度於小者於中淨身口意是謂菩薩慧弘誓菩薩曰於染無所染於世八法不興想著於中淨身口意是謂菩薩慧慇勑菩薩曰道者爲二無道爲一亦不見一亦不見二於中淨身口意是謂菩薩慧無上菩薩曰有佛有法不成覺道無佛無法乃成覺道亦不見成亦不見不成於中淨身口意是謂菩薩慧奉德菩薩曰諸有衆生自立名號是男是女我人壽命解知本性悉無男女亦復不見從彼生此從此生彼當知權詐合數之法非真非實於中淨身口意是謂菩薩慧目見菩薩曰諸有色像解無色像彼色我識內外無形解色性空悉無起滅於中淨身口意是謂菩薩慧妙錦菩薩曰吾我壽命本自無主如人外聲耳識耳聞校計聲者本無形質於中淨身口意是謂菩薩慧常住菩薩曰若於七法一一分別不鬬三處不求五果於中淨身口意是謂菩薩慧玄通菩薩曰寂不寂爲垢戒不戒爲垢忍不忍爲垢亦不見忍亦不見不忍解知忍辱無寂不寂於中淨身口意是謂菩薩慧香熏菩薩曰不見陰蓋睡掉之病慳貪諛諂憒亂犯戒於中淨身口意是謂菩薩慧爾時最勝菩薩即從座起長跪叉手前白佛言善哉善哉世尊我亦願樂說淨身口意菩薩之慧普現一切無去來今如爾清淨住無所住諸法幻化不可捉持譬如日月光現水中諸佛世尊亦

復如是亦無生滅不取泥洹於中淨身口意是謂菩薩慧佛告最勝云何族姓子汝觀何義於如來前而說此義住無所住乎答曰如來所住如如所住如衆生住云何如來所住如如所住如衆生住乎答曰如衆生住如有爲住如無所住云何如衆生住如有爲住如無所住乎答曰如來所住住無所住云何從第一空義住乎答曰非也世尊云何族姓子如來所住如凡夫住乎對曰非也世尊曰非如來住非凡夫住云何從中成正覺耶答曰不從如來及凡夫法成正覺也云何族姓子如如至眞於凡夫地有何差別對曰世尊欲使虛空有差別乎佛告最勝一切諸法皆空皆寂無有差別最勝白佛以其諸法不可護持相無有相如如所住如無所住爾時最勝菩薩問輭首童眞言住云何爲住乎言無住云何無住耶輭首答曰所謂住者如如所住住無所住又曰解四梵堂住無所住故謂爲住住無所住最勝問曰吾所問住非四梵堂亦非一類或在閑靜或在聚落或在塚間或在樹下可謂此爲住乎輭首答曰吾所謂四梵堂住心爲止止檢惡不起故謂爲住最勝問曰云何心爲止止輭首答曰慧義爲本故曰止止最勝復問慧者無本亦無究竟可從知見成止止乎輭首答曰如是如是如汝所言先自觀我然後淨慧最勝復問云何輭首先自觀我耶輭首報曰諸無我法至竟如如我自無我無起無不起是謂我自觀我也最勝復問正使輭首爲從義得不從義得自觀我者爲觀佛像若使有我則有佛耶我自無

我云何有佛亦不見言言亦無我云何觀佛像乎輭首答曰諸言觀我我即無我是謂觀我所以者何夫觀我者則觀諸法觀諸法者則觀佛也佛者無形亦不可見最勝問曰頗有方便諸不成就可使至正見耶輭首答曰有此方便諸不成就有爲境者安處正見又問云何輭首正爾便是正見耶輭首答曰不以盡證亦不果報亦不取果報故謂正見又問云何爲見答曰不以慧眼見諸法非不慧眼見諸法不有爲見不無爲見諸法何以故夫慧眼者亦見有爲境亦見無爲境無有有爲眼見有爲境無爲境又問云何輭首頗有方便從其等見成比丘果證耶輭首答曰不從等見成其果證亦不離等見成其果證最勝當知皆由希望五垢所成解此義者乃成果證最勝復問云何希望五垢所成輭首答曰垢爲心本心是道根道者無形不可見故成果證最勝又問道者無形不可見云何成果證輭首答曰吾所證道由其果證成果證者即非道耶凡夫愚人謂果證爲道乎莫作斯觀何以故道非果證果證非道亦不離道亦不離果證最勝又問道以果證無差别耶輭首答曰道者無爲而不可見果證有爲亦不可見是謂差别又問輭首如仁所言從有際至無際耶輭首答曰諸法未生亦不見生非不有生生亦無生亦不見巳生非不有巳生夫巳生者亦無巳生諸法無當生非不有當生解知當生悉無所有是謂從有際至無際最勝又問不從有生至無際乎輭首答曰從有生得至無際又問從無生得至無際乎

答曰如是從無生得至無際云何輭首從有生得至無際從無生得至無際有何差別輭首答曰生亦無生無生亦無生是謂差別最勝又問生旣有形無生無名云何差別爾時輭首報最勝曰吾與汝引喻有目之士以喻自解云何最勝虛空有形乎對曰無也又問空有正見耶對曰無也又問何謂爲空對曰空空也輭首復問云何空空最勝報曰諸法空空又問云何諸法空空最勝答曰諸法無言無說空如空輭首問曰諸法無言無說云何空如空爾時最勝寂默不對是時世尊告最勝曰善哉善哉族姓子眞解無無泥洹之道道者無形亦不可見無言無教亦無受者說此無形法時一切衆生歎未曾有九千比丘有漏心解脫二萬七千天子諸塵垢盡得法眼淨復有千二百天與世人發於無上正眞道意五千菩薩即於座上得不起法忍爾時座上有無畏魔王自將其衆前白佛言我等愚惑永在盲冥今日始聞無形教法若有善男子善女人執持諷誦此經典者常當擁護至竟成佛不使留難於是呪曰

那羅伽羅阿毗呵呵

持是擁護善男子善女人諷誦經典戢在心懷者爾時梵王復從座起即將營從前白佛言我當擁護善男子善女人執持諷誦此經典者若百由延千由延內不使外邪得善男子善女人便即於佛前而說呪曰

伊摩鼻周那毗伽奢黎羅

當擁護是善男子善女人至竟成佛不使留難是時釋提桓因復將翼從前白佛言若有

善男子善女人執持諷誦此經典者我等當擁護至竟成佛不使留難於是呪曰
單遮耶摩那那僧求時那寫
持是擁護善男子善女人至竟成佛不使留難是時東方天王提頭賴吒將其翼從即從座起前白佛言我等當擁護是善男子善女人諷誦讀說此經典者常當擁護至竟成佛
於是呪曰
諦那賜那諦那賜
持是擁護善男子善女人至竟成佛不使留難是時南方天王毗樓勒伽即將翼從前白佛言若有善男子善女人執持諷誦此經典者至竟成佛不使留難於是呪曰
摩訶賜陀那賜
持是擁護善男子善女人至竟成佛不使留難西方天王毗樓博叉將其翼從前白佛言若有善男子善女人執持諷誦此經典者我當擁護至竟成佛不使留難於是呪曰
伊呢彌呢奢奢彌
持是擁護是善男子善女人至竟成佛不使留難是時北方天王拘毗羅將其翼從前白佛言若有善男子善女人執持諷誦此經典者我當擁護至竟成佛不使留難於是呪曰
陀譬陀羅譬
持是擁護是善男子善女人至竟成佛不使留難是時無畏魔王梵天王釋提桓因及四天王各說神呪已遶佛三帀頭面禮足各還復坐

十住斷結經卷第十三

音釋

乾沓愻 梵語也亦名乾闥婆此云香陰沓達合切愻音和

授莂 莂必列切授莂謂授將來成佛之記劫國名號之莂也

僉 七廉切咸也

蚑 訖利切蟲行貌

喘 昌充切疾息也

猶豫 猶以周切豫羊茹切猶豫遲疑不決也

痒 以兩切膚欲搔也

羯磨 梵語也此云辦事羯居謁切

憺怕 憺徒覽切怕傍各切憯怕恬靜也

慓幟 慓卑遥切表也幟職吏切旗也

號泣 號胡刀切大哭也泣去急切出涕也

捄 巨鳩切

曀 於計切陰暗也

憒 古對切心亂也

十住斷結經卷第十四

姚秦凉州沙門竺佛念譯

夢中成道品第二十六

爾時治地菩薩即從座起右膝著地叉手白佛言世尊甚奇甚特今聞輭首菩薩得與最勝論無形法道無言教未曾所聞未曾所見使爲絡繼佛種不斷又行佛事不思議法佛告治地如是如是如汝所言從億百千劫積功累德興顯佛事未曾耗減有佛出世法乃流布是時輭首前白佛言諸佛出世法乃流布諸法有相貌耶言流布乎對四無也又白佛言如來出現使無量衆生皆取滅度今聞如來欲齊限衆生齊限衆生者則無滅度佛告輭首頗聞吾說無衆生言有衆生耶對曰不也欲使有衆生無衆生耶對曰不也欲使如來起滅有窠窟耶對曰不也若使如來無窠窟者云何如來度衆生皆使滅度輭首白佛今我所說分别四句解知諸法皆得總持尋其本性無生無滅不見生死又無泥洹以是之故不限衆生當取滅度佛告輭首於盡無盡法界本淨曉了義理故稱無著以知文字無意無想亦無識著豈由識想分别諸慧乎曉衆生淨人之本性不可究盡吾今與汝分别義趣諦聽諦聽善思念之菩薩大乘不可思議非是羅漢辟支所及輭首受教願樂欲聞佛告輭首無形之識無覺知識無想念識夢幻化識以用救攝無量衆生或有佛土文字教化解知文字性空寂寞上方去此七萬六億阿僧祇刹土彼有佛土名曰安寂佛名妙識如來至眞等正覺明行成爲善逝十

號具足彼土衆生諸根具足翫習本願無所漏失衆生受化睡乃得悟唯有如來入寂定意隨衆生根權現如睡設欲說法便自右脅著地脚脚相累衆生見之皆效如來右脅著地脚脚相累悉各睡眠是時彼佛於睡眠中與諸衆生神識說法或說布施蠲除三想或說持戒德香遠布或說忍辱降意不起或說精進除去懈怠演說禪定識不流馳宣暢智慧閑塞愚闇修行善權隨類無著於四法門究暢無礙隨識高下而演其教隨說大小以授正法時彼如來復以演說四非常慧苦空非身無我之法已漸漸與說三十七道品之教四意止四意斷四神足五根五力七覺意八賢聖道究暢定意空無相願爾時夢中受化之識應成道迹便於夢中識受成道頻來不還至無著道亦復如是今佛取證亦復於夢識在曠野無師自悟於睡眠中身黃金色衆相自嚴飛鉢虛空作十八變又於夢中身上出火身下出水坐卧虛空無所罣礙欲入無為泥洹之境亦於夢中結加趺坐於無餘泥洹而般泥洹故身如石無所覺知衆生之類還覺悟已各無言說尋夢識著便取舍利而耶維之菩薩受決乃至成佛皆於夢中坐樹王下地黃金色降伏魔怨無量福具身有三十二相八十種好紫磨金色光明遠照夢中如是悟即身黃金色衆相具足神足變化無所觸礙無有言教音響往來欲有所度悉於夢中不假外形而有所濟輭首當知衆生根源受悟不同諸佛權化其慧無方或有佛土地大成者地界衆生不可稱計如來入彼

而教化之皆使衆生於無餘泥洹界而般泥洹或有佛土水大成者水界衆生不可稱計如來入彼而教化之皆使衆生無餘泥洹界而般泥洹或有佛土火大成者火界衆生不可稱計如來入彼而教化之皆使衆生於無餘泥洹而般泥洹或有佛土風大成者風界衆生不可稱計如來入彼而教化之皆使衆生於無餘泥洹而般泥洹或有佛土空大成者空界衆生不可稱計如來入彼而教化之皆使衆生於無餘泥洹界而般泥洹或有佛土識大成者所謂安寂佛土妙識如來識神通達夢中受教而取滅度佛復告輭首北方去此七十億恒沙佛土彼有佛土名曰深要佛名梵慧如來至眞等正覺十號具足彼國衆生皆發誓願乃生彼土盡同一號名曰接識輭首當知彼土衆生悉皆神通心念形隨無所罣礙所謂接識者發弘誓心諸有神識應趣生門受胞胎形要以神足遊空往來接識留住化而滅度不受四大今此座上颰陀和等八菩薩是東南去此百四十恒沙國土有佛土名曰梵音佛名胎眞如來至眞等正覺十號具足彼土衆生六通清徹同一色相斯由誓願乃生彼土所謂胎眞者發弘誓心諸有識神以處毋胎願以神足入胎教化令彼毋人不知我之所在即於胎中拔濟無爲得至泥洹今此座上寶迹童眞治地菩薩是如來權化神變無方以億百千佛土安處掌中復還如故無覺知者虛空法界不可思議是謂輭首菩薩摩訶薩所應行迹非是羅漢辟支所能及也分別微識化諸衆生各使得

度或說虛無空無之法無我無人無壽無命不起滅法云何輭首若有善男子善女人發弘誓心令十方世界辟支羅漢充滿其中各使成道心不退轉其福寧多不乎輭首答曰甚多甚多天中天佛言其有菩薩以無形法與識演說或說無常苦空非身空無相無願一一分別無形無相不可携持是則化識其福無量所以者何有爲四大遮迦越羅之所經歷無爲四大永寂不起是爲諸佛之所演法以是方便微識寂寞法性無教而不可量有爲有相無爲無相所以者何不離有爲不離無爲亦復不言習是捨是無形之教無有此教是凡夫法是賢聖法斯爲學法斯無學法是聲聞法是緣覺法是菩薩法是佛法佛復告輭首如來所講與識說法不見諸法亦無法想虛空無形亦不可見愚惑凡夫以諸綵色畫於虛空欲作天龍鬼神八部之形是人所施寧能不乎輭首答曰甚難甚難天中天未曾有也佛言如是如是如仁所言諸法無數如來所化亦復無數諸法無形則無有二於輭首意云何無形之法有處所乎對曰不也世尊佛告輭首以故當知佛法無數無言無教悉無所有爾時輭首前白佛言向聞世尊諸法無相亦無形質如來大哀物無不察云何復說開化衆生淨佛國土是法有漏是法無漏是法現在是法過去未來又佛說言是度世法是非度世有著無著有稱無稱有數無數此生死法此爲泥洹云何世尊說諸法無相亦無形質乎佛告輭首如是如是如汝所問三乘諸法三世六度度世生死有

爲無爲無有爲無無爲有著無著有稱無稱有數無數有漏無漏三十七品空無相願從有爲法乃至無爲皆是俗數非是第一之義無形法者無形無響而不可見布施持戒忍辱精進一心智慧善權皆是俗事非第一義滅盡泥洹永寂快樂佛告輭首菩薩應尋其本性而復演說有報應耶說除八難音聲無響有報應耶究盡衆生推尋根源有報應耶順從經典蠲除結使有報應耶正使如來不染三世正法開化未曾唐捐有報應耶正使諸法有報應果復可盡乎心識周旋入出無礙復可盡乎或履權慧順從愛欲復可盡耶威儀禮節順而不犯復可盡耶三乘教化皆令充滿復可盡耶思惟法本不捨總持復可盡耶解了諸法章句清淨深了妙法章句分明觀四意止諸佛定意復可盡耶分別意斷未曾捨離演法無窮不以爲難復可盡耶神足無礙山河石壁通達無礙復可盡耶一一分別五根聖典非是外邪所能沮壞復可盡耶如來神力審言正法不起狐疑是非之想七覺意華以自瓔珞處在大衆不懷怯弱論說三十七賢聖之道永離外邪復可盡耶講說逆順正受三昧或復分別名身句義復可盡耶苦集盡道至道印封三十二相相受報復可盡耶輭首白佛言世尊無形法教而不可盡諸有爲法皆是耗滅無爲泥洹而不可盡爾時最勝復白佛言泥洹者云何爲泥洹佛告最勝所謂泥洹者息也復問云何爲息答曰無爲閑靜又問云何無爲云何閑靜答曰想滅者爲閑靜識停者無爲又問非空

乎答曰非空空又問非空空云何識停耶答曰非空空爾時最勝菩薩倍生狐疑即白佛言世尊向問二事然同答乎佛告最勝止止族姓子勿謂如來答性空同但族姓子意未解耳吾今問汝非空空義及識澄靜隨汝辯才一一酬吾云何族姓子非空義乎對曰諸法無數非不有數佛言非也族姓子佛復問云何識停澄靜最勝白佛言悉歸不起非不有起佛言非也族姓子爾時最勝即從座起五體投地接足而禮須臾退却復白佛言自審有過於如來所唯願世尊愍恕不及願垂敷演永除愚惑佛告最勝法無若干唯解爲本香山有樹一枝萬尋倒屈入地果實乃熟果應在上反更入地汝今所見亦復如是吾問汝空乃以有報與彼果樹有何異哉吾當與汝一一分別善思念之對曰如是世尊佛告最勝非者非空一切諸法皆號爲非非者諸法之名有名者則非空也解非歸空故曰非空也所謂識者非有非無云何識非有非無不染於世是謂非有在空澄靜是謂非無識者捨此適彼是謂非有踞生死岸顧愍衆生是謂非無能以化身滿十方世界化化空寂是謂非有一識感化化皆說法是謂非無如來入定身心寂靜經億千那術恒沙劫數無起滅想是謂非有復從定起接度衆生令至無爲是謂非無云何最勝吾今與汝一一分別非有非無爲是眞空泥洹義乎最勝白佛空實空泥洹實泥洹佛告最勝止止族姓子此非空亦非泥洹所以者何皆由世俗假號權詐文字相傳故謂非有非無法性境界

盡無端緒無名字法豈當有非有非無耶𧄼除高下無是非心知欲怒無欲怒心解知無明無無明心五蓋諸縛了之爲一亦不見一是謂爲空是謂爲泥洹爾時最勝前白佛言善哉善哉世尊說空性法及泥洹界非有非無實無等倫爾時說此法時六萬比丘本願聲聞迴意大乘皆得不退轉十一那術諸天世人皆得盡信之行復有異方八十千菩薩悉獲不起法忍佛復告族姓子菩薩摩訶薩解空性法有十事行得至滅度云何爲十一者諸佛世尊恒住法界不捨道智二者諸佛世尊慈愍一切不捨大悲三者所行如願中無差違四者度諸衆生諸根純淑五者諸佛世尊觀了諸法空無所有六者諸佛世尊分別智慧三毒等分亦無所有七者諸佛世尊於諸法界不起增減八者發心起學平等無二九者解如法性不捨本際十者諸佛世尊行諸道法一相無相是謂族姓子菩薩摩訶薩解空法性修此十法得至泥洹復次菩薩摩訶薩行六神通至空法界有十事行云何爲十一者盡觀過去不失慧明二者盡觀未來不失慧明三者盡觀現在不失慧明四者觀五趣衆生盡知根源不失慧明五者觀一切世間生者滅者不失慧明六者觀一切衆生從有而生從有而滅不失慧明七者觀一切衆生從無而生從無而滅不失慧明八者道心堅固不捨衆生不失慧明九者無選擇心是可度是不可度不失慧明十者解知法界根門不缺不失慧明是謂族姓子菩薩摩訶薩修六神通至空法界佛復告族姓子菩

薩摩訶薩至空法界當修十慧云何爲十一者觀諸衆生若干種心若干種行悉知此是謂菩薩慧二者觀一切衆生若干種心若干種報悉知三者寂寞無言如墓魄太子盡知衆生心意所念四者知諸衆生異心異行以佛聖慧而教授之五者從久遠已來修於法性不捨衍心六者安處衆生住佛所住七者以佛聖慧盡知五趣心意識念八者言有所說不捨大乘九者得佛心識定意不亂十者度心無量不處解脫亦復不見衆生度者是謂族姓子菩薩摩訶薩至空法界修若干十慧

菩薩證品第二十七

佛復告族姓子菩薩摩訶薩秉六神通遊至十方無數佛土承事供養諸佛世尊從一佛國至一佛國教化衆生不懷怯弱歎佛功勳德行之業普使十方聞佛音響最勝所行無不濟度或以神足或以教誡福田清淨無三惡趣永捨邪部悲念未度已過諸量住於佛量爲人福祐安處無爲於百千劫淨修梵行不如五濁一行慈心夫慈心者福難稱量世多有人行三惡業身三口四意三法本應向三惡當受其報設能專意諷誦此典於現法中盡其苦源或有菩薩疲猒生死遭遇此典終不退還更不受生在毋胞胎神識了朗未嘗錯謬夫欲解縛淨諸結使當護佛法興顯慧明若於他方百千萬劫奉行正法演暢其義不如此土彈指之頃諷念一偈分别義趣此最爲勝吾見妙樂安明佛土亦見永寂無量佛國彼無憂苦煩惱之難亦復不得行福

業事若能於此盡諸結縛此則爲奇勝生彼國所以者何於五濁世衆惱萬端億千萬劫時乃有佛衆生行惡希覩賢聖或生邊地八不閑處或在佛後不聞正法正使有佛不聞不見能於其中興顯佛法是爲奇特無與等倫吾今雖爲三界至尊猶願行福不以爲厭慈悲喜護拔其苦源難華衆生深邪來久卒聞正教倍懷狐疑會值今日如來要集菩薩大士不可稱數聞法無厭如海吞流應與演説正眞佛道釋梵四王天龍鬼神阿須倫旃陀羅摩休勒人與非人魔若魔天十方雲集令得聞法霍然大悟皆由前世福業所致正使吾於百千萬劫演暢一句深妙之義不能究盡此慧法本是故最勝菩薩大士苦行無數不以爲難若使三千大千剎土同時劫燒火至梵天凡夫衆生未履道迹聞此正典在他佛國沒身自歸入彼火災安隱得度無所傷損有時三千大千世界火滅水盛乃至梵天復自投身入彼水災安隱得度終不沒溺最勝當知有時三千大千世界水涸風盛乃至梵天復自投身入彼風災安隱得度不被飄浪所以者何諸佛威神之所擁護若比丘比丘尼優婆塞優婆夷執持諷誦此經典者現世獲祐不逢苦惱若能進業淨修梵行即於現世受無爲證今此座上神通大士億百千姟那術衆生普修此典乃受果證吾今殷勤敷演經典聞者得度不至惡趣隨前志操應徧解慧向佛乘者意廣無崖恒愍衆生不自爲已乃至成佛終不耗減趣緣覺者畢其所願因緣成道飛鉢虛空變化自由願聲聞

者求師諮受無所罣礙斷諸結縛盡漏成道復觀衆生心意所趣或有發意應成道迹菩薩權慧誘進異道漸漸將導即成羅漢或有衆生應頻來道復以權慧以次指導便得羅漢或有衆生應成不還復以權慧開化進趣使成羅漢或有衆生不越次第以成三道菩薩權慧欲令學者小節不眞即便誘進成須陀洹或有衆生已成二道復以權慧接引前人成斯陀含或有衆生越次取證受應眞者菩薩權慧觀察前人已得須陀洹斯陀含阿那含阿羅漢復以誘進成緣覺道爾時如來告四部衆諸來會者衆生若干佛土不同謂爲緣覺如來無刹土乎莫造斯觀所以者何轉輪聖王十善已具展轉紹繼王名不滅緣覺自悟亦復如是佛去世後佛法滅盡或經一劫至百千劫緣覺應眞爲行佛事佛佛相繼於諸佛事終不耗減是故菩薩摩訶薩恒以權慧開導衆生福應相次將導衆生離三世患安處永寂爾時最勝菩薩即從座起前白佛言甚奇甚特非是二乘之所及也願樂欲聞成道證驗乎佛告最勝若樂聞者今當與汝說之諦聽諦聽善思念之吾昔求道不可稱計從初發意施作功德至今成佛於其中間遺形流布有可計哉吾昔證驗發弘誓心其有衆生趣向道根或復投身歸命三尊要以神通現證告人不但我身宿有此願諸佛世尊誓願皆同若有衆生四向四果吾亦覩見明其所實正使前人成緣覺者吾亦證驗因緣自悟若有衆生坐樹王下開方五十由旬里内於其中間魔若魔天不覩其際此

者我之所證佛復告族姓子菩薩摩訶薩如我今日現身受驗曠濟衆生不見吾我心識了朗分別所趣施行佛事尋億百千無數佛土周旋往反究盡道者恒在前立證明界實吾昔遊於無畏佛刹時彼大士不可稱計或有志趣小乘羅漢或有中止在緣覺地或有超越志存佛道時吾專心入定三昧普爲衆生敢以爲證復次菩薩摩訶薩若有已向須陀洹得須陀洹向斯陀含得斯陀含向阿那含得阿那含向阿羅漢得阿羅漢吾常於中證成果報未常失於法性之本佛復告族姓子菩薩摩訶薩遊至三千大千世界有信無信有受無受或有衆生住盡信之地復有衆生住奉法地者或有衆生修於八解童眞行者我恒往現證使彼得道佛復告族姓子菩薩摩訶薩身識清淨無能染汙諸有衆生懷邪業者吾亦往證此爲邪術不得久立或復祭祀地水火風吾亦往說知不眞實復見羣邪唱生梵天復往勸進福盡還本或有欲生無色天上住壽一劫心常專一中無斷絶吾時入定正識定意復與彼說色不有色色不自有我色彼色彼我無形色則無色豈有我也識非我識豈有我也痛想行法亦復如是爾時最勝菩薩前白佛言善哉善哉世尊如來所說現證法教不可思議非是羅漢辟支所及是時最勝重白佛言向承佛言云何無色云何爲無色乎唯願世尊垂愍敷演永使黎庶不懷狐疑佛告最勝善哉族姓子諦聽善思念之吾當與汝說無色定所謂無色者非有色也四大造色乃謂爲色彼無此色乃

謂無色夫色有五乃成四大唯無形色故謂無色痛色想色行色識色非是凡夫五通所覩唯有如來阿唯顏菩薩乃見彼色佛復告族姓子不退轉菩薩執權方便入寂靜定意三昧正受往遊有想無想天上與彼微識說微妙法空無相願六身受法無起滅行漸漸與說生法老法病法死法所謂生者在母胞胎生藏下熟藏上四大已具便當別離宿有善行如遊浴池後園觀看宿積惡者如登險谷荊棘上卧復與演說識神所趣我人壽命不可久保於中拔濟識神得悟唯有阿蘭迦蘭如此之比不可稱數億千那術諸佛在前各現殊特甚深法本彼識愚惑如器穿漏不受正法道品之教一劫若滅一劫乾燒如是經歷億百千那術之數劫數乾燒或有一劫一佛出世或有一劫二佛出世或於一劫百佛千佛億百千佛如是之比然後乃受正教復與演說老耄之法所謂老者諸根純熟皮緩面皺悲愁呻吟歔欷四大無復少壯榮華之心此法衰耗不可久保次復與說四大參差地水火風地勝水性水勝火性火勝風性互有增減便成其疾或生瘡痍萬病所逼膿血流溢不可瞻覩以次與說無常變易如水上泡一生一滅生者自生滅者自滅生不自生滅不自滅無想神識即於彼處隨其所趣各獲果證於無餘泥洹界而般泥洹最勝菩薩白佛言世尊向聞如來四大參差神識所居地增水減則生其疾水增火減則生其疾火增風減則生其疾又復聞佛說風增火減火增水減水增地減識非四大四大非識今

聞佛說一大增三大病三大增一大病四大具足神識得寧衰由四大非識所生云何世尊病由四大爲識所生佛告最勝識非四大四大非識識不離四大四大不離識是故一大增諸大病諸大增一大病識隨衰耗又問爲四大病爲識神病耶答曰識由大病大由識病又問識由四大乃自役用捨身受形四大各歸其本識神何不滅乎佛告族姓子善哉善哉於如來前乃發斯問吾當與汝一一分別識者無形而不可見識非有識因大爲識四大盡增則識有病病非四大由識而生萬病增減皆由識生從初發意乃至成佛神識無垢不由四大

解慧品第二十八

爾時最勝菩薩白佛言世尊云何菩薩摩訶薩執意堅固不可沮壞云何菩薩執意眞誠終不虛妄云何菩薩一向佛道不趣二乘云何菩薩執持威儀不失禮節云何菩薩守意禪定不捨正受云何菩薩住諸佛法而不退轉云何菩薩留化教授不斷佛種爾時世尊告最勝曰善哉善哉於如來前而問此義吾今與汝敷演分別善思念之唯然世尊願樂欲聞佛告最勝菩薩摩訶薩修行四法意志堅固不可沮壞云何爲四法一者慈愍衆生如毋愛子二者勤加精進而不懈怠三者度諸衆生如幻如化四者諸佛篋藏無不究練是謂菩薩摩訶薩行此四法進成佛道未曾退轉菩薩復當修行四法便得入定賢聖默然云何爲四一者解知衆生無衆生想二者觀諸世間不可樂想三者歎譽大乘永離二

道四者於諸苦樂無所榮冀復有四法云何爲四一者戒二者聞三者施四者出要復有四法至成佛道無有狐疑不失威儀云何爲四一者無利二者無衰三者無毀四者無譽復有四法增益善根云何爲四一者教訓衆生住於信地二者惠施於人不望其報三者說法無法想四者菩薩名號不可稱計復有四法菩薩所行從一地乃至十地云何爲四一者興顯善根二者除去愚暗不處邪部三者善權適化導以無方四者執心勇猛精進日增復有四法善權方便得至佛道云何爲四一者勸進邪部安處正道二者化諸未悟令向善趣三者說法無二受有高下四者以佛聖慧度未度者復有四法威儀成就云何爲四一者不染三有知之爲苦二者我與彼人苦樂俱然三者恒行忍辱不興惡心四者在上無慢居下不恥復有四法不捨道心云何爲四一者念佛功德之本二者安處衆生道心堅固三者親善知識不染邪見四者上及大乘不修妄見復有四法樂在閑靜不處憒閙云何爲四一者向小乘者令至大乘二者應成緣覺進成佛道三者聞法不厭道心不斷四者如所聞法不有吝惜復有四法菩薩所行云何爲四一者不起法忍悉知無生二者無盡法忍亦無過量三者因緣法忍除緣覺心四者無住法忍悉知衆生心無倚著復有四法除去結使云何爲四一者專精一意思惟惡露二者去者永滅更不造新三者諸法明白不處闇冥四者心常遊戲百千三昧復有四法遊行四部衆云何爲四一者恒

自爲法不計吾我二者興致重敬心無放誕三者於諸善本轉增其德四者去離小乘導以大道復有四法法施財施得至無爲云何爲四一者受法不誤二者不從他心三者不惜身命四者意無退轉復有四法施無想報云何爲四一者彼我無形了之悉空二者行應正眞修無上道三者解見無我由癡愛生四者道性無際行合眞際復有四法度人無量云何爲四一者解婬怒癡無有起滅二者行慈廣濟不見恚怒三者然熾諸法四者雖在五濁不捨道心復有四法得成道根云何爲四一者恒以惠施以爲元首二者勸進他人除去慳貪三者行輒合空法無吾我四者於其深法不起狐疑復有四法禪定不虧云何爲四一者不計衆生有數無數二者不見佛土有淨無淨三者慈悲喜護徧滿世界四者佛慧具足不捨本誓復有四法遊佛道場云何爲四一者先言後笑不傷人意二者如所說法行應正眞三者解道無道亦無窠窟四者有望無望悉知歸空是謂菩薩摩訶薩行應合空於諸佛法修無上道說此四法時二萬二千天及世人皆發無上正眞道意復有萬二千人即於座上逮不起法忍復有無數十方天子散華供養乃至于膝

三毒品第二十九

爾時輭首童眞白佛言世尊今聞如來說四法門慧甚深微妙立根得力菩薩所行非是羅漢辟支所及今問如來未來中間初禪思惟惡露不淨之觀爲觀自身不淨觀他身不淨耶佛告輭首童眞或有菩薩未上菩薩位

便自觀身惡露不淨立根得力或自觀身觀他人身復以權慧現身臭穢膿血流溢於中開悟無數衆生去離淨心皆知不眞復次輙首或有菩薩在未來地上修中間未明初禪復有菩薩巳離未來住在中間復以權慧上修初禪或有菩薩巳過未來中間淨地次復修習初禪念持五行之本遂復上及二禪之法或有菩薩捨上四禪未來中間初禪第二以次仰修三禪根本喜安自守復有菩薩巳離三禪復捨四行修第四禪復於四禪思惟惡露不淨之觀復有菩薩不由七定逕逮滅盡定意或有菩薩巳入永寂三昧普觀世界無有衆生我人壽命生者滅者悉無所有或有菩薩在一地住受菩薩位分別三毒婬怒癡法權慧適化觀衆生心有無明心無無明心有愛欲心無愛欲心有瞋恚心無瞋恚心菩薩悉知最勝當知菩薩摩訶薩徧觀諸法不見生者不見滅者復於諸法不見畢竟不見不畢竟是諸問爲清淨復次最勝菩薩摩訶薩觀諸縛著於中求淨應問當問此法永寂安隱無變易法生死清淨不見穢濁是謂菩薩摩訶薩無生之論越度生死不見有度是謂無生之論泥洹無形寂然無爲是謂乃應無生之論若使最勝於諸縛著悉知歸空不見生死有取證者不見出生起滅之處亦不見出亦不見泥洹是謂菩薩無生之論復次最勝因緣聚散惡露不淨是謂菩薩無生之論親近成證不退轉果斷智無礙知盡不生是謂菩薩無生之論復次最勝菩薩摩訶薩因緣合散證不退還斷知無礙永離三有

是謂菩薩無生之論乃名諸法善根不斷知善不善此是世法是度世法此是礙法此不礙法此有爲法此無爲法此有漏法此無漏法是謂菩薩摩訶薩無生之論復次最勝思惟分别佛像無形亦復分别法性若干思惟聖衆功德難量以次思惟衆生非一復當分别刹土不同心所趣向難可究盡是謂菩薩摩訶薩無生之論復次最勝一切諸法皆悉清淨一切諸法皆不清淨是謂菩薩無生之論最勝白佛言云何一切諸法清淨是無生之論一切諸法皆不清淨是無生之論佛告最勝諸法無識亦無行報諸有識想與法相應是謂淨無淨也一切諸法若干種相或有諸法未離念時便求方便增益其德已益其德諸善普備諸善已備則數出入息數息已定是謂淨不淨最勝又問云何觀察諸法定不定耶答曰自於境界永離無欲於億萬法悉知定不定義又問定者非淨非不淨不定非淨可謂定不定乎報曰少有明者能解定不定義云何世尊永離無欲於億萬法知定不定定者是道不定非道佛言如是如是如汝所言若有族姓子族姓女於諸法界不知已定當定未定則於諸法未解已解當解何以故如香樂經所說諸法已定聞不狐疑則能進上而不退轉如所聞法翫習不捨是謂定不定義若有衆生於定不定生狐疑者則不能從一地復至一地以不超次踔地則不離生死住泥洹法何以故諸佛世尊不究生死根本不至泥洹佛告最勝諸佛世尊恒不演說越度生死安處泥洹耶答曰如是又問

頗聞世尊演說諸法斯是生死斯是泥洹答曰非也佛言是故族姓子諸佛世尊不說生死已爲下劣不說泥洹以爲增上但爲族姓子言生死泥洹者便有二識則不能離生死至泥洹之岸佛復告最勝菩薩摩訶薩從空往來不見衆生有衆生想不見泥洹有泥洹想何以故不見周旋處在生死不見泥洹有得滅度爾時最勝菩薩即從座起偏露右臂長跪叉手白佛言世尊善哉善哉如來所說說無衆生泥洹之相法說義說正應寂然不見生死及與泥洹爾時座上二千七百比丘有漏心解脫得不起法忍何以故解了生死則無生死解了泥洹則無泥洹亦復不言有度衆生亦不說泥洹永寂解空性法非有生死非有泥洹爾時座上七百比丘窋從座起收攝衣鉢無何而去各各低頭自相謂言我等何爲涉此艱苦日夜精勤修於梵行或言有泥洹無取滅度者亦無有道況當有成道者

問泥洹品第三十

爾時最勝菩薩白佛言世尊若有衆生欲使諸法出生則無有道成等正覺何況於泥洹欲成道乎此則不然泥洹無性亦無名號云何欲於空中求空泥洹無一況當欲求諸法之數世尊此七百比丘於如來所剃除鬚髮服三法衣手執應器淨修梵行方更退轉在凡夫地欲求泥洹窠窟處所猶如麻油醍醐酪酥油則徧周酥則凝住生死泥洹亦復如是至竟泥洹無諸法相泥洹大道亦無崖底羣惑之人執迷來久各謂泥洹有生滅著斷

唯有修行之人執行正見不見諸法有起有滅不見諸法有受有捨爾時最勝菩薩前白佛言世尊此七百比丘即聞法教各捨馳散當復經歷幾時乃得度脫永離生死不在邪見佛告最勝汝欲知者諦聽諦聽善思念之吾當與汝蠲除狐疑對曰如是世尊佛言恒沙劫過乃一佛出如是經歷七十二億恒沙劫數猶不得度何以故億千萬劫佛乃出世值佛甚難經難得聞今日如來至眞等正覺在大衆中敷演道教說無生滅泥洹之法於正法中生邪見心所生之處恒在邪見不在正道猶如士夫勇猛多力無方技術無不貫練六藝備具天文地理星宿災怪皆悉開通然此力士恒畏虛空竊自設計馳趣四方投無空界在在處處恒見虛空此諸比丘亦復如是正使經歷百千萬劫欲於空中立泥洹名此事不然所至到處不了空性願求於道終不可果如復有人欲求於空在在處處空恒在前亦不演說此空彼空有若干相不見從空往來有所成辦斯乃解知泥洹之要彼諸比丘前世習邪至今不悟欲求泥洹無爲大道猶尚不識名號姓字豈能分別泥洹道乎終日周旋求於滅度唐勞其功而不可獲何以故泥洹假號如幻如化空無所有假名爲空假號虛詐愚人所傳非賢聖法律之所讃歎爾時復有立行比丘七百餘人即於座上諸塵垢盡得法眼淨三達六通無所罣礙了佛無生亦不起滅不於過去諸法求於泥洹無數恒沙諸佛過去所說教誡智慧辯才悉無若干從凡夫起乃至無學演說道教無

有差違不見衆生流浪生死不見泥洹當有起滅何以故一切諸法悉空如空不見諸佛所出窠窟爾時座上六百優婆塞三百優婆夷皆得盡信之行無數天與世人皆發無上正眞道意爾時長老舍利弗告五百比丘曰汝等諸人各獲通慧必本願耶諸比丘言尊者舍利弗曩昔所願今日已獲所作已辦更不受有舍利弗言善所問者知所趣乎諸比丘言盡諸結縛更不染有不愛生死不著泥洹泥洹無爲行合空性無結結盡亦不見盡是謂泥洹爾時舍利弗讚彼比丘曰善哉善哉族姓子眞解空性甚深之義今有幾賢住於福地諸比丘曰尊者舍利弗即是福田如來所稱施行佛事未曾唐捐我等諸人於十六分未獲其一舍利弗言汝五百人悉見彼此解脫之士亦是福田諸比丘曰如來聖慧性自清淨於諸法界無所染著是時最勝菩薩前白佛言世有幾賢必報施恩佛告最勝不著世法能報施恩又問復有幾賢於施清淨答曰不受諸法乃謂清淨又問何者是施福田答曰忘佛道法乃謂福田又問復有幾賢於衆生種爲善知識指授善惡答曰不捨一切衆生之類是謂善知識又問世有幾賢能報佛恩答曰獲四無畏不斷佛種又問世有幾賢能供養如來答曰億萬劫行於中不惑是爲供養又問世有幾賢能護佛藏答曰盡其形壽不毁佛戒又問復有幾賢能與恭敬答曰守護諸根能閉六情又問何者世間名大珍寶答曰成就七寶者又問云何解知足行答曰修於第一無上慧義又問云何於

世少欲答曰不願求於世又問云何解世無著答曰斷諸結縛無復五蓋又問世誰快樂無復衆苦答曰無所係屬故謂爲樂又問云何無所係屬答曰解知五陰十八本持空寂無爲又問誰有世難答曰外捨六塵内捨六情又問誰度此岸得至彼岸答曰立根得力成道者也又問云何菩薩施心不斷答曰削除三想不興塵勞又問云何持戒而不缺漏答曰道心堅固不捨弘誓云何行忍遭對不懼答曰解心空寂不起恚本云何菩薩修於精進答曰心之所念無有端緒又問云何禪定意不虧損答曰心定永寂不受外塵云何慧業演暢諸法答曰分別義趣不捨道心又問云何菩薩修行慈心不捨道根答曰不捨衆生見有度者又問云何菩薩行於慈心答曰思惟諸法而不退轉又問云何菩薩喜意不斷得至滅度答曰不興我想計有吾我又問云何菩薩護心不斷答曰守護道根畢至成佛於其中間不興餘想又問云何菩薩立於信根答曰超越外法不與邪俱又問云何解空而無猶豫答曰解道非道道無根源是謂菩薩摩訶薩所應行業

四梵堂品第三十一

爾時輭首童眞内心自念云何菩薩摩訶薩於身口意淨修梵行周徧四荒往度衆生從一佛國至一佛國未曾捨離衆生云何菩薩進成佛業不失菩薩所行之定佛知其意即告之曰如是如是如汝所言菩薩行本其類不同吾今與汝敷演其義諦聽諦聽善思念之對曰如是世尊佛告輭首身行清淨不爲

衆惡口行至誠不失法性心念定意恐畏不動是謂菩薩通慧之本慈念衆生不著愛欲恒修不淨惡露之觀守固其心不處愚闇是謂菩薩通慧之本在衆如野不失威儀進止行來儀容齊整未曾違失如來禁戒是謂菩薩通慧之本於諸佛法悉皆解脫無欲無爲不可思議聖衆修習永無三乘是謂菩薩通慧之本於欲解脫曉了無形瞋恚解脫癡性亦然修九次第不動禪覺是謂菩薩通慧之本不著欲界求轉輪位不處色界悕望成福復不思惟無色界道是謂菩薩通慧之本復於空無無願無相亦無不盡有漏之行解了諸法如幻如化是謂菩薩通慧之本或有衆生終不失意從住至住愛憎意等是謂菩薩通慧之本不違過去諸法之本未來現在亦復如是於染無染不見染著是謂菩薩通慧之本

梵天請品第三十二

爾時最勝菩薩摩訶薩白佛言世尊身行清淨不行惡業演說言教終不虛妄心念清淨超越道根尊今所論四等梵堂慈悲喜護濟度衆生一人不度終不忘捨以慈去婬以不淨去淨觀相無形是謂菩薩通慧之本於諸法本悉得解脫於三法寶悉得解脫有爲無爲有漏無漏是謂菩薩通慧之本已知無欲知之不生瞋恚無本皆知爲空是謂菩薩通慧之本行慈不斷不著欲界色無色界於諸四禪盡不起想是謂菩薩通慧之本菩薩摩訶薩恒入空無相願亦不求索諸法之相或有菩薩發弘誓心設我成佛國界衆生無三

乘道名然我今日至誠作佛成等正覺廣化衆生不以爲厭爾時八千天人立於信地魔王營從即還本所

梵天囑累品第三十三

佛告無畏梵天及諸大衆諸菩薩等吾從無數阿僧祇劫積功累德自致成佛不染於世八法之累一切衆生蜎飛蠕動有形之類染著五陰玩而不捨是以賢聖不染八法解知五陰十八本持空無所有離世八事利衰毀譽稱譏苦樂佛復告梵天若有善男子善女人諷誦受持此經典者魔若魔天不能沮壞何以故諸佛世尊威神所護若有善男子善女人求於無上正眞等正覺皆由此典而取果證佛復告梵天吾今從劫至百千劫滿中衆生皆共稱歎此經典者不能究盡何以故此經名曰無盡之藏非是羅漢辟支所及一名最勝菩薩所問吾今囑累此經無令缺漏一字味身句身皆令具足如我今日成於佛道相有三十二好有八十種身黄金色圓光七尺徧滿三千大千世界有一善男子善女人至誠求佛道供養如來至眞等正覺不如彈指之頃誦此經典何以故如來至眞等正覺皆由此經而成佛道須陀洹斯陀含阿那含阿羅漢辟支佛皆由此典而得成就爾時無畏梵天前白佛言世尊若有善男子善女人至誠求佛諷誦此經典戢念不忘我等當擁護此善男子善女人百由旬内魔若魔天不得其便佛告梵天如是如是如汝所言過去當來現在諸佛皆誦此典必至堅固終不退轉若有善男子善女人修習四意止四意

斷四神足五根五力七覺意八賢聖道空無相無願皆由此典成就世間便有四性比丘比丘尼優婆塞優婆夷爾時輭首童眞最勝菩薩尊者舍利弗天龍鬼神乾沓和阿須倫迦留羅旃陀羅摩休勒聞佛所說作禮而去

十住斷結經卷第十四

音釋

謙（苦兼切音謙）脅（虛業切脥下也）颰（蒲末切）霍（虛郭切忽也）燒（失照切劫火也）涸（下各切水竭也）耄（莫報切八十九十曰耄）皺（側救切蹙也）呻吟（呻失人切吟魚金切呻吟歎聲也）瘡痍（瘡初良切痍弋支切）踔（敕教切超越也）

菩薩道樹經

吳月支三藏優婆塞支謙譯

菩薩生地經

吳月支優婆塞支謙譯

清刻龍藏佛說法變相圖

二經合卷

菩薩道樹經

菩薩生地經

菩薩道樹經 或云私呵經亦名道樹三昧亦名私呵三昧經

吳月支三藏優婆塞支謙譯

聞如是一時佛在王舍國竹園中與大比丘衆千二百五十人俱爾時有逝心長者子名私呵昧與五百弟子俱出王舍大國欲到竹園中未至遥見佛經行身色光明無央數變非世俗所可聞見五百弟子自相與語讚歎言佛端正無比威神乃爾以何因緣於世有是作何等行積何功德能得是身當往問之五百弟子皆以恭敬意戰慄肅然衣毛起竪

前爲佛作禮却住一面私呵昧便前白佛言
佛身乃爾非世所見何因致是本行何等積
何功德佛問私呵昧言若見何等言佛身乃
爾非世所見私呵昧便於佛前而說偈言
持想視不可見　人中尊經行時
足上下蓮華現　形端正無不可
空身慧能現法　一切地皆震動
丘墟者悉爲平　地高者則爲卑
若舉足經行時　已經行於地時
其身住地右轉　其地轉無能知
若下足蹈地時　於經行便不見
其跡處若如畫　一切相皆悉現
其相輪無有色　然於地悉爲現
今所見非世有　以是故知甚尊
無有能見其頂　亦不左亦不右
亦不前亦不後　一切處不可得
當何因知其意　當何緣了其智
用是故心所怪　願爲我分別說
是慧身何從得　其根本云何致
所施行何等法　當何作成其實
願爲我斷所疑　解吾等所可疑
其佛慧云可得　令吾等初發意
願次第分別說　菩薩等所當行
可自致成行事　得神足到十方
佛言善哉善哉私呵昧所問甚深甚深多所
憂念多所安隱諸天及人愍傷十方欲使度
脫起諸菩薩大士意皆令精進佛告私呵昧
言我爲汝說之諦聽諦受私呵昧即言受教
佛言若有善男子善女人當行六事未起菩
薩意便起求何等爲六一者依佛住二者入

正道不復還三者内意自曉了四者得善知識因自依五者常有大願六者無怯弱心不猒智慧是爲六佛爾時説偈言

若有人依佛住　入正道諦不還
常依附善知識　便從是得大願
其内意已曉了　如是人不怯弱
於智慧悉備足　如是者能受法

私呵昧白佛言已起意者爲有幾意喜佛言已起菩薩意者有六意喜何等爲六一者已得喜意不離佛二者受決語入正道三者作醫王主治人生老病死四者我作將從生死脱人於五道五者我作海中大船師主度脱海流人六者我在冥中作大明主破壞愚癡是爲六意喜佛爾時説偈言

已得意不離佛　受決語入正道
作醫王愈一切　如是行得可意
我於世爲尊將　欲度脱衆危難
諸生死及老病　一切人諸所著
我所見勤苦人　展轉墮五道中
吾當作大船師　至度脱海流人
於冥中作大明　有盲者悉與眼
諸諛諂及愚癡　一切人與智慧

私呵昧白佛言已得喜意爲有幾功德休息佛言已起菩薩意者有六事身意得休息何等爲六一者已得從地獄禽獸餓鬼勤苦脱出身意得休息二者已得脱於八難處三者已得脱諦不復入九十六種道四者已得度應儀各佛法五者已得在第一法器不復轉六者已住佛嚴教不斷佛道是爲六功德休息佛爾時便説偈言

已度脱諸惡道　身遠離八難處
諸外道不受名　如是輩悉遠離
於應儀及各佛　一切人諸著者
悉過度起尊意　一切法過其上
我今爲諸法器　一切佛及與法
亦不斷佛嚴教　以是故得可意
虚空體尚可盡　於影響亦可見
不如是勇猛者　行無邊不可盡

私呵昧白佛言已起菩薩意當復行何等法所可作者佛言起菩薩意者當向行六事何等爲六一者當行布施二者當持戒三者當忍辱四者當精進五者當一心六者當行智慧是爲六事行佛爾時便説偈言

布施者大施與　若作行當護戒
忍辱者及精進　已過禪智慧上
即於前受決語　於人中當爲雄
是功德甚獨尊　諸菩薩所當行
如是者於一切　行特異無有雙
所在處爲尊雄　見特過無數供

私呵昧白佛言菩薩欲得無所從生法忍當何以致之佛言菩薩有六事行疾得無所從生法忍何等爲六一者不計有身二者不計有人三者不計有壽四者不計有形五者不計無有六者不計常有是爲六事行菩薩從是疾得無所從生法忍佛爾時便説偈言

吾我人及與壽　亦不計有是形
心不念有與無　智慧者當遠離
口所説因縁法　其因縁無所有
一切法無所起　以是故得法忍

私呵昧白佛言菩薩大士已得無所從生法

忍用幾事得一切智佛言菩薩大士已得無所從生法忍有六事得一切智何等爲六一者得身力二者得口力三者得意力四者得神足力五者得道力六者得慧力私呵昧白佛言何等爲身力佛言身力者牢强如金剛無瑕穢火不能燒刀不能斷一切人無能動揺者是爲身力何等爲口力佛言口力者有六種聲如來口所說聲能徧三千大千日月是爲口力何等爲意力者悉使百千億魔來不能動揺佛一毛是爲意力何等爲神足力佛言神足力者持足一指能震動三千大千日月其中人民無有驚怖者是爲神足力何等爲道力佛言道力者十方諸佛爲一切人說經法中無空缺各得其所是爲道力何等爲慧力佛言慧力者一切人意所知行所知念可知念胱知以一時悉合會彈指頃持智慧所可知所可見所可覺皆悉知見覺是爲慧力已得無所從生法忍菩薩大士以是六事得一切智佛爾時便說偈言

身勇猛不可計　無有能破壞者
若以火及與刀　終不能害是身
一切人及與力　若以杖亦罵詈
欲危身不能傾　亦不能動其毛
大音聲聞梵天　常住止無所畏
所說法聞三千　無有能過是言
意尊貴難可當　諸菩薩性自然
魔一億欲嬈亂　終不能動其意
其神足悉已備　便能動是大地
已成是神足者　便能覺得爲尊
若已得成道覺　即能覺致尊雄

佛與法悉具足　便從是轉法輪

私呵昧白佛言已成一切智如來無所著正眞覺用幾法住佛言已成一切智童孺如來用六法住何等爲六一者佛十種力二者四無所畏三者佛十八法不共四者有大哀五者一切無能見佛頂者六者有三十二大人之相是爲六法住佛爾時即說偈言

十種力是佛力　四無畏悉已過
一切度諸法上　以是故人中將
已得成無蓋哀　無有能見佛頂
亦非天及與龍　一切人不能見
如是者勇猛相　已徧布三十二
是一切皆已成　便得爲人中上

私呵昧白佛言已得一切智如來無所著正眞覺用幾法滅度佛言已得一切智童孺如來用六法滅度何等爲六滅度時童孺如來便留五分滅度何等爲五一者戒身二者定身三者智慧身四者度脫身五者度脫知見身是爲留五分不滅愍傷一切人故滅度時童孺如來以無央數事讃歎稱譽比丘僧功德令人布施哀愍一切人故滅度時童孺如來因散身骨令如芥子哀傷一切人故滅度時童孺如來爲諸菩薩說我所以索無上正眞道者但愍傷一切人故滅度時童孺如來用十方人故因說十二部經令一切人各得其所何等爲十二一者聞經二者說經三者聽經四者分別經五者現經六者譬喻經七者所說經八者生經九者方等經十者無比法經十一者章句經十二者行經是爲十二部經哀護一切人故滅度時如來因廣說四

自歸何等爲四一者但取要不取識二者但取法不取識三者但取慧不取形四者但取正不取說是爲四自歸已得一切智童孺如來以是六法滅度佛爾時便說偈言

佛爾時將滅度　爲一切現安隱
爲十方留五分　悉愍傷人非人
住舍利於世間　爲一切破碎骨
如芥子深粟分　其得者莫不尊
其於是供養者　人非人快無極
於天上及人中　所生處無勤苦
面見我供養時　滅度後及舍利
其有意清淨者　是二事無差特
佛囑累比丘僧　於尊貴無有上
在其中大施與　受福德天與人
留經戒十二部　佛住此於十方
諸菩薩所當行　令數習起好心
十道地三篋經　及普明度無極
哀一切人非人　於後世作示現
便廣說四自歸　一切無持諸法
哀世俗說是經　佛爾時便滅訖

爾時私呵昧童孺便於佛前說偈言

我亦當復取佛　善哉快無上慧
何所人聞是法　不起生菩薩意
令五百諸弟子　皆已來在是間
吾當令悉起意　故勸勉菩薩行
譬若如種樹者　從潤澤得生芽
已潤澤得長大　便有莖及與節
次得枝及與葉　從枝葉數得華
已有華便成實　然其後便復生
菩薩意亦如是　從六法便得生

因是意便能作　已能作從法生
是義諦現是經　一切佛所可說
次得枝及與葉　然其後便復生
如是樹得長大　菩薩樹無有上
若欲得倚是樹　爲一切作安隱
如是法爲大樹　以是故爲是佛
悉愍傷一切人　所當行菩薩行

私呵昧白佛言如來滅度後有幾功德非應儀各佛所能及佛言童孺如來滅度後有六功德非應儀各佛所能及何等爲六一者如來滅訖彼舍利得供養諸天龍鬼神質諒神執樂神金鳥神似人形神胷臆行神人非人皆來供養舍利爲作禮無有極二者如來滅訖後人皆從三界得出欲界色界無色界三者如來滅訖後四輩弟子得福供養比丘僧四者如來滅訖後十二部經悉徧布閻浮提內五者如來滅訖後若邊地及諸大國不解經法無義理處及諸外道法於其中當興盛六者如來滅訖後若有人聞佛所行佛神足佛變化佛智慧多起愛清淨恭敬起意從是因緣得生天上人中常受福是爲六功德非應儀各佛所能及佛爾時便說偈言

已供養舍利者　得爲天及與人
若供養比丘僧　常擁護諸四輩
住於法行法者　已過度於三界
若聞是法要者　如其時便當作
若邊地及諸國　人聞是無上法
若人聞佛功德　便即起菩薩意

私呵昧白佛言云何無上正真道爲諦佛言有六法爲諦何等爲六一者眼離色是爲諦

耳鼻口身意離色是爲諦佛爾時說偈言
亦非耳聲與眼　於其中了無色
不想視是爲諦　其欲學當如是
耳與鼻不相連　是身口及與意
莫令心起是事　無所念是爲諦
無所想是爲諦　諸色著當遠離
諸所有不相追　是所謂爲正諦
爾時私呵昧便於佛前說偈言
快善哉無念法　何人聞不願樂
諸恐懼皆度脫　於愛欲無所著
佛爾時便爲私呵昧童儒說偈言
若無禮於諸佛　亦無敬於正法
不親近於衆僧　聞是教便不喜
若有人無有信　亦於戒甚狹劣
巳怯弱無精進　於是法便不可

多瞋怒弊卒暴　志迷亂無感分
性輕易無智慮　是曹輩便不樂
若魔子與魔使　及邪見外道人
堅住疑在羅網　聞是言不信受
私呵昧白佛言是曹輩非法器人我當爲作法器唯願佛授吾決便於佛前說偈言
譬如壞器之人　於大法不能持
當用是愚人故　我爲其作法器
唯願佛授我決　令至意從內發
當親近善知識　求菩薩與同志
其貧者我令富　不信者教令信
弊惡者令持戒　爲人故皆擁護
常爲說忍精進　開導之使悔過
及普明度無極　蠕動類皆度脫
以空法教導人　令一切脫生死

授菩薩發快心　於法中所當行
分舍利皆悉徧　令衆生得安隱
留經戒於十方　令一切常習行
佛告私呵昧童孺言過去諸佛皆受若決已今我亦當復授若決今現在無央數國土諸佛轉法輪者是諸佛皆復授若決已私呵昧童孺從佛聞所受決便大歡喜即住虛空去地百四十丈從上來下以頭面著佛足爲佛作禮時五百弟子見大變化便於佛前說偈言
當加教哀吾等　唯願佛授我決
後五濁弊惡世　吾等輩當持法
若數諍及罵詈　弊惡人加捶杖
爾時世有是人　我當教自悔責
爾時世我曹等　諸苦惱皆當忍
爲一切人非人　授吾等以要決
吾等輩悉朽身　不貪惜於壽命
但願樂在空閑　於供養無所慕
佛爾時便爲五百弟子說偈言
是五百諸弟子　今悉來在此聞
當爾時於後世　皆當發菩薩心
猶當更小勤苦　於壽命當短少
當是時所在處　見供養無央數
我初發菩薩時　亦世世忍勤苦
若曹學當如我　便自致人中王
法本空無吾我　哀一切數說是
我爾時於彼世　爲若等現形像
諸菩薩皆歡喜　讚歎言佛常在
爲一切作安樂　示現人佛形像
一切剎與十方　今現在諸法王

佛爲諸菩薩故　皆悉放大光明
無勝慈弘大士　今現在第四天
數勸樂諸菩薩　亦勸勉示深法
爾時世作行者　多有人皆發意
如宿命有餘殃　若意亂應畢罪
志所索無厭極　亦不能自飽滿
他餘事不樂作　常求佛菩薩行
諸弟子莫愁憂　雖勤苦不能久
於是世壽終後　便上生兜術天
當願生安隱國　壽無極法王前
妙藥王國土中　無恕佛教授處
當常願到彼生　於是世壽終後
便於彼得神足　悉供養諸佛前
行六法得自成　佛爾時悉授決
皆度脱三惡道　已遠離八難處

諸邪道及大網　已裂壞得脱去
無所著緣一覺　於其中悉過上
爾時五百弟子聞佛授與決皆大歡喜即住虛空中去地二十丈從上來下爲佛作禮白佛言我等師私呵昧云何得封拜佛爾時便笑無央數色色各異從佛口出光照無央數佛國還繞身三帀於頂上便不現爾時阿難從座起整衣服右膝著地叉手頭面著佛足白佛言佛何因緣笑既笑當有意佛爾時便爲阿難說偈言
私呵昧在上頭　弟子中師第一
皆當共同一劫　於人中爲尊雄
當於是賢善劫　後五濁弊惡世
悉於中畢其罪　便從是得神足
然其後神足具　便飛到億刹土

供養已便得佛　其佛號蓮華上
爾時五百弟子於佛前讚歎佛說偈言
今佛語吾等輩　得封拜當爲佛
教一切作功德　無央數不起念
我爾時明法王　當住於閻浮利
菩薩者道樹經　爲一切廣說法
若有人聞經聲　便即起菩薩意
吾等輩皆勸佛　願尊雄授與決
今佛者一切父　常愍傷人非人
用子故加慈哀　大尊將分別說
當爾時於是經　然於後起恭敬
便即起菩薩意　爲人故問其義
大尊雄爲其說　菩薩意有何德
若黠人聞是法　便發起菩薩意
佛爾時爲五百弟子說偈言
若有聞便信者　菩提樹無上尊
我一切授與決　皆當得人中王
意所願勇猛大　發菩薩便直前
其志意甚清淨　便得生清淨實
於色欲出三界　便即起菩薩意
持是意作功德　疾得離三界去
一切人所作行　皆著於三界中
若其意無所著　菩薩者無有上
若菩薩起經意　爲一切說道樹
有功德便教導　持是經能示現
菩薩事已具說　所當教悉已徧
其餘法不可數　其法微不可說
無量慧悉具足　用是故得爲佛
哀愍傷一切人　常修行菩薩行
爾時阿難白佛言是經名爲何等當云何奉

行之佛語阿難是經名菩薩道樹經若當諷誦持之阿難白佛言何因名爲菩薩道樹經佛語阿難譬如種樹稍稍生芽後生莖節枝葉華實如是阿難於是經從初發意菩薩便得喜從喜身意得休息具足六度無極行變諜明德便得無所從生法忍具足一切智慧轉於法輪乃至滅度便分布舍利住於後法用是故阿難是名爲菩薩道樹經佛說已私呵昧童孺及五百弟子諸比丘僧及天人龍鬼質諒神聞經皆大歡喜以頭面著地爲佛作禮而去

菩薩道樹經

菩薩生地經

吳月支優婆塞支謙譯

聞如是一時佛遊於迦維羅衛國釋氏精廬尼拘類樹下與五百比丘衆俱是時城中有釋種長者子名差摩竭行詣佛所稽首畢一面坐叉手白佛言菩薩何行疾得無上正眞之道普具三十二相從一佛國到一佛國臨壽終時其心不亂所生不墮八難之處常知去來之事悉成諸法周滿達事知一切法無所罣礙信解空行得不起法忍恒以至心欲作沙門未曾犯戒不樂居處佛言大哉差摩竭乃問菩薩之行忍辱為本以立忍力乃疾得佛忍有四事何等四一曰若罵詈者黙而不報二曰若撾捶者受而不恨三曰若瞋恚者慈心向之四曰若輕毀者不念其惡佛時頌曰

撾罵不以恚　輕毀亦不恨　菩薩忍如是
所問悉可得　愼言不欺慢　未曾起亂意
不犯不有惡　是行得佛疾　開士常以忍
敦誠行大慈　是用得成佛　三十二相明
從事於惡者　常喜加捶杖　害心施於人
是不離惡道　邪見自貢高　急懲好瞋恚
彼為自投冥　終不近菩薩　愚以貪强梁
日用無敬禮　不知孝父母　是以有獄苦
夫欲疾得佛　當修戒德本　依受善師教
等心施於人

又有四事行疾得佛何等四一曰愛樂明經好菩薩道盡心護法教誨於人二曰遠離女人不與從事三曰常好布施沙門梵志四曰以不睡卧係心空行佛時頌曰

若以樂沙門　常勤護經道　愛法不遠師
如是人難得　深學求佛意　多聞廣開人
好施無慳心　是行得佛疾　女人不可親
敗德亂世間　從事於欲者　未嘗近菩薩
是以清高士　常防遠女色　淨修菩薩道
大悲濟天下
於是差摩竭即解身珠寶瓔珞用散佛上佛之威神令其所散止於虛空化成寶蓋中有五百化人出亦解身珠寶以散佛上俱發聲言願發無上正眞道意差摩竭見諸化人踊躍歡喜問佛言此化所出從天來耶四方四隅地中來乎佛報言是化不從十方來亦非天亦非龍亦非神亦非人亦非地水火風空非色痛想行識亦非意非心非作非往非來亦非今世亦非後世亦非生死是人名化字無從生號爲空如影現於鏡中無執無捨無由來無所得無我無人無命無識若男子女人見知諸法如化無識聞此好信而行信者是即佛子爲已去冥與世間明爲能降魔成極大德是爲沙門梵志爲清淨菩薩大人爲無從生已得受決爲不退轉無上之人信樂此法爲如是也佛告差摩竭若聞此經而心驚怪誹謗形笑當知是輩非沙門梵志是爲外道放逸之人爲無返復惡師之人爲闇蔽無眼詐稱菩薩是爲誣罔觝突之人也於是弊魔來問佛言信此法者能有幾人佛報魔言有四百億欲天及人皆得無所從生法樂於中立是時差摩竭得不起法忍五百比丘及五百清信士二十五清信女皆得住不退轉地壽終悉當生於西方無量佛清淨國常

護持無數佛法教化成就一切人民使不退轉如是無極恒沙邊劫當於此土以次作佛魔聞佛言稍稍却行而謂佛言後可不須復說此法也賢者阿難白佛言當何名此經以何奉持之佛語阿難是經名爲菩薩生地經差摩竭所問當奉持之百劫行五度無極而無大智無菩薩者不如諷誦此經義以分布爲人說佛時頌曰

若信學生地經　其功德無有量

斯已度三惡道　後受者福皆然

佛說此已差摩竭及四輩弟子諸天龍神皆歡喜受持

菩薩生地經

音釋

慄力質切懼也　墟去魚切大丘也　諛諂諛羊朱切面從也諂丑琰切言也　胷臆臆於力切　蠕而宂切蟲動也　撾陟瓜切擊也

佛說孛經

吳月支優婆塞支謙譯

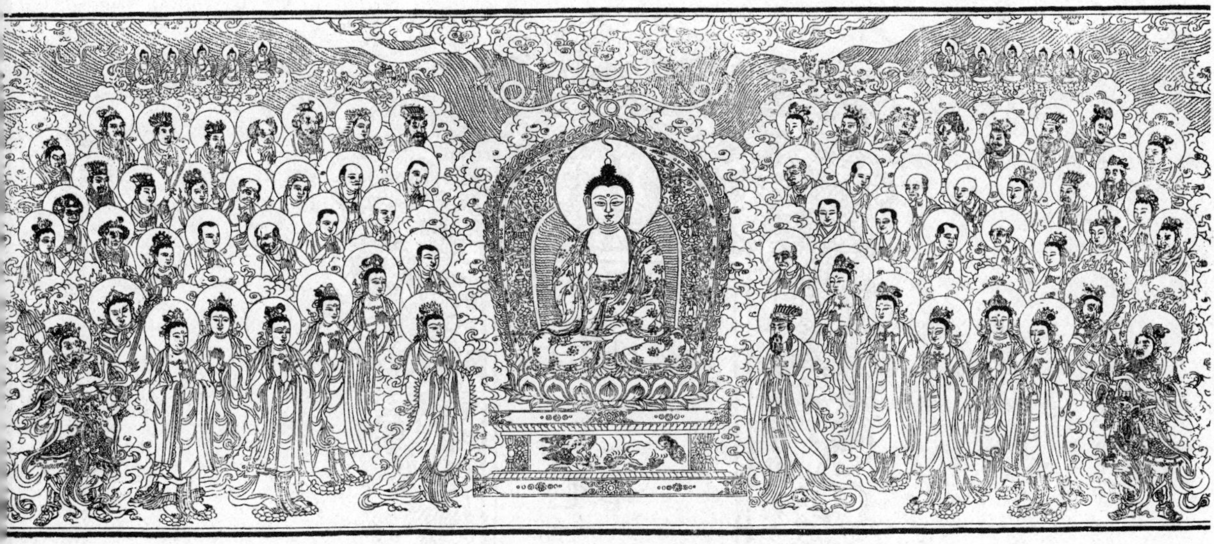

清刻龍藏佛說法變相圖

佛說孛經（亦云孛經抄）

吳月支優婆塞支謙譯

聞如是一時佛在舍衛國太子名祇有園田八十頃去城不遠其地平正多衆果樹處處有流泉浴池其中潔淨無有蚑蜂蚊虻蠅蚤居士須達身奉事佛持五戒不殺不盜不婬不欺不飲酒見諦溝港常好布施賑救貧窮人呼爲給孤獨氏須達欲爲佛起精舍周徧行地唯祇園好因從請買太子祇言能以黃金布地令間無空者便持相與須達曰諾聽隨價數祇曰我戲言耳訟之紛紛國老諫曰已許價決不宜復悔遂聽與之須達默念何藏金足祇謂其悔嫌貴自止曰不貴也自念當出何藏金耳即時使人象負金出隨集布地須臾滿四十頃祇感念佛必有大道故使

斯人輕寶乃爾祇曰教齊是止勿復出金園地屬卿我自欲以樹木獻佛因相可適便立精舍已各上佛佛與千二百五十沙門俱止其中是故名曰祇樹給孤獨園也其王名卑先匿舉宫中及人民皆共事佛奉諸沙門衣食牀卧疾藥所宜世無佛時諸異道皆興譬如昏夜炬燭爲明天下有佛衆邪皆歇俞若日出火無復光國中本共事五百異道人異道衆邪是時皆廢諸異道人乃共嫉妬謀欲毁佛以望敬事其女弟子名孫陀利曰師莫愁也我能令人不復敬佛事師如故便從今始欲日日粧梳衣服往詣佛諸沙門所至一月後可黙殺我埋祇樹間佯行求索衆人當言數見此女往來精舍即詣王告乞吏搜索啼哭出屍道其婬亂無戒行意國人聞是必當捨佛來事諸師諸師曰善女如其言往來一月師使四人共殺埋之分布求已詣闕告言生亡一女衆人悉見日日往來諸沙門所乞吏搜求王即勑外部吏與共按行諸師乃佯徘徊再三過出屍與載徧行啼哭曰沙門之法戒當清淨反婬人婦恐事發覺殺而藏之有何道哉國人聞此多有信者唯得道人知詐僞耳佛於是乃勑諸沙門且勿入城七日之後事情當露至八日旦佛使阿難至巷說曰妄語讒人天令口臭詐誣清白死入地獄癡虐自恣長夜受苦國人聞是語皆相謂曰沙門必清淨故佛說此耳王使人微密伺之見異道家竊相勞賀共賜四人異道人法知經多者得分多一人頑闇得分獨少怒曰當反汝事自共殺人而詐誣佛反與我少伺

人得之牽將上問到以實對即收謀者王與羣臣俱出詣佛給孤獨氏諸清信士及國人民無數皆行詣佛到作禮畢各一面坐王叉手曰間聞此謗莫不惘然唯佛至眞清淨無量不識其故何緣有此佛告王曰誹謗之生皆由貪嫉而此久矣非適今也王曰願欲聞之佛言宿命無數世時我爲菩薩道常行慈心欲度脫萬姓時有蒲隣柰國廣博嚴好人民熾盛中有梵志姓瞿曇氏才明高遠國中第一有三子其小子者端正無比父甚奇之爲設大會請諸道人中外親戚抱兒示之衆師相視曰是兒好道有聖人相必爲國師因名爲孛孛幼好學才藝過人悉通衆經及天下道術九十六種死生所趣山崩地動災異禍福醫方鎭厭無所不知能却婬心消伏蠱道武略備有而性慈仁瞿曇歿後二兄嫉之數求分異曰孛幼好學事師消費與分當少母憐念之數曉二子二子不止孛見兄意盛自念人生皆爲貪苦所過我不去者兄終不息因自報母求行學道母便聽之孛即去追就明師作沙門便於山中自得四意一慈衆生如母愛子二悲世間欲令解脫三解道意心常歡喜四爲能護一切不犯復得四意諸佛所譽一制貪婬二除恚怒三去癡念四得樂不喜逢苦不憂又絶五欲目不貪色耳不貪聲鼻不貪香舌不貪味身不貪細滑能以智慧方便之道順化天下使行十善孝順父母敬事師長諸疑惑者令信道德知死有生作善獲福爲惡受殃行道得道見憂厄者爲解免之疾病者爲施醫藥用孛教者死皆上

天其有郡國縣邑水旱災異孛至即平毒害悉除時有大國安樂饒人王名藍達所任四臣專行邪諂婬盜奸欺侵奪無厭民被其毒王不覺知孛愍傷之往到城外從道人沙陀寄止七日乃入城欲乞食王於觀上見孛年少儀容端正行步有異心甚愛敬即出問訊王曰願道人留意我有精舍近在城外可於中止當給所須孛曰諾王喜曰意欲相屈明日已去日於宮食孛曰善王還向夫人說孛非恒人汝明日當見之夫人心喜牀下有犬犬名賔祇聞之亦喜明旦孛來入宮王與夫人迎為作禮與施金牀氍毹毾㲪孛欲就座犬前舐足王自行澡水敬意奉食食已而俱出到外精舍孛為王說治國正法王大歡喜因請孛令與四臣共治國事四臣愚怯不習戰陣自知貪濁常恐王聞一臣曰人死神滅不復更生一臣曰貧富苦樂皆天所為一臣曰作善無福為惡無殃一臣自恃知占星宿然皆佞諂不為忠正孛性聰明高才勇健仁義恭敬信順寡言言常含笑不傷人意清淨無欲節色少事其政不煩預知災異能役鬼神却起死人愛民如子教之以道不得酗酥遊獵畋漁彈射鳥獸殺盜婬欺讒罵佞嫉諍怒妖疑皆化使善其為政後國界安寧風雨時節五穀豐熟衆官承法不復擾民孛體無為獨貴奉佛沙門四道朝暮誦習及其姊子亦賢有志常師仰孛國好學者多依附之王無復憂一以委孛四臣畏忌不得縱橫興嫉妬意謀欲治孛共合財寶人一億所伺王出時以上夫人而自陳曰臣等至意奉家所有

及身妻子當爲奴婢欲白一事願蒙聽省夫人貪得受其好寶答謝四臣曰便可説之四臣對曰王所幸孛被服麤陋似乞人耳見任過重不念國恩日日道夫人惡教王遠房室竊念夫人宜及少壯當有立子今若失時則絕國嗣願孰思惟不除孛者恐後有悔夫人恚曰王信此人不知其惡各且還歸今自憂之比令明日不見孛也夫人遣四臣出即以梔子黄面亂頭却卧須臾王還内妓白王夫人不樂王素重之入問再三夫人不應王即怒曰何人有罪應誅戮者汝欲使我取誰那爾夫人垂泣曰王會不用我言耳王曰便説之不違汝也夫人即曰王旦適出孛來謂我言今王老耄不能聽政國中吏民皆伏從我以可圖之共此樂也今反爲此乞兒所謀我故愁耳王聞是語譬若人噎既不能咽亦不得吐不用恐悔用之恐亂念孛助我已十二年常以忠正憂國除患遠近賴之此國之寶不可治也王曰若治孛者後必大亂爲萬民故且共忍之夫人便自擲牀下舉聲哭曰不治孛者我當自刺自投樓下不能見也王復曉曰汝亦知法此非小事起共議之夫人還坐王曰道人不可刀杖加之當以漸遣之稍减其養明日來者勿復作禮擎拳而已與施木牀於殿下坐炊惡厮米盛以瓦器如是慚愧極自當去王説此時賔祇不悦夫人明旦即以王教具勑内厨孛來入宫賔祇於牀下嚾喍吠之孛見狗吠夫人擎拳及所施設即知有謀自念我欲無害於人人反害我如是當避入深山耳小怨成大不可輕也彼以陰

謀我宜慎之凡人身羸行正爲强今我自有食鉢水瓶革屣繖蓋鹿皮之囊斯足用矣孛食已攝物欲去王驚起曰是何疾也顧謂夫人乃使我失聖人之意即前牽孛問欲何之孛答曰爲王治國十二年矣未曾見賓秖嗤哶如今日也是必有謀故欲去耳王曰實有今見孛意覺微甚明願自勑勵當誅惡人不須去也孛曰王前意厚而今已薄及我無過宜以時去夫盛有衰合會有離善惡無常禍福自追結友不固不可與親親而不節久必媟嬻如取泉水掘深則濁近賢成智習愚益惑數見生慢疎則成怨善交接者往來以時親而有敬久而益厚不善交者假求不副巧言利辭苟合無信接我以禮當以敬報待我以慢當即遠避有相親愛迴相憎者愛時可附憎不可近敬以親善戒以遠惡善惡無别非安身之道人無過失不可妄侵惡人事已不可納前人欲疎已不可强親恩愛已離不可追思鳥宿枝折知更求栖去就有宜何必守常朽枝不可攀亂意不可犯人欲相偬相見不懽唱而不和可知爲薄人欲相善緩急則赴言以忠告可知爲厚善者不親惡者不疎先敬後慢賢愚不别不去何待夫人初拜今但擎拳若我不去將見罵逐初施金座今設木牀初盛寶器今用瓦瓶初飯秔粮今惡厮米我不去者且飯委地知識相過主人視之一宿如金再宿如銀三宿如銅證現如此不去何待王曰國豐民寧孛之力也今棄去者後將荒壞孛曰天下有四自壞樹繁華果還折其枝虺蛇含毒反賊其體輔相不賢害

及國家人爲不善死入地獄是爲四自壞經
曰
惡從心生　反以自賊　如鐵生垢　消毀其形
王曰國無良輔實須恃孛若欲相委是必危
殆孛曰凡人有四自危保任他家爲人證佐
媒嫁人妻聽用邪言是爲四自危經曰
愚人作行　爲身招患　快心放意　後致重殃
王曰我師友孛常在不輕當原不及莫相捐
去孛曰友有四品不可不知有友如華有友
如秤有友如山有友如地何謂如華好時揷
頭萎時捐之見富貴則附貧賤則棄是華友
也何謂如秤物重頭低物輕則仰有與則敬
無與則慢是秤友也何謂如山譬如金山鳥
獸集之毛羽蒙光貴能榮人富樂同歡是山
友也何謂如地百穀財寶一切仰之施給養
護恩厚不薄是地友也王曰今我自知志思
淺薄聽用邪言使孛去也孛曰明者有四不
用邪僞之友佞諂之臣妖孽之妻不孝之子
是爲四不用經曰
邪友壞人　佞臣亂朝　孽婦破家　惡子危親
王曰相與愛厚宜念舊好不可孤棄也孛曰
有十事知愛厚遠别不忘相見喜歡美味相
呼過言忍之聞善加歡見惡忠諫難爲能爲
不相傳私急事爲解貧賤不棄是爲十愛厚
經曰
化惡從善　切磋以法　忠正誨勵　義合有道
王曰四臣之惡乃使孛恚不復喜我孛曰有
八事知不相喜相見色變眄睞斜視與語不
應説是言非聞衰快之聞盛不喜毀人之善
成人之惡是爲八事經曰

卒鬬殺人　尚有可原　懷毒陰謀　是意難親
王曰是我頑弊不別明闇惡人所誤遂失聖
意孛曰有十事知人爲明別賢愚異貴賤知
貧富適難易明廢立審所任入國知俗窮知
所歸博聞多識達於宿命是爲十事經曰
緩急別友　戰鬬見勇　論議知明　穀貴識仁
王曰自我得孛中外恬安今日相捨永無所
恃孛曰有八事可以恬安得父財有善業所
學成友賢善婦貞良子孝慈奴婢順能遠惡
是爲八事經曰
生而有財　得友賢快　諸惡無犯　有福尤快
王曰聖人之言誠無不快孛曰有八事快與
賢從事得諮聖人性體仁和事業曰新忿能
自禁慮能防患道法相親友不相欺是爲八
事經曰
有佛興快　演經道快　衆聚和快　和則常安
王曰孛常易諫今何難留孛曰有十不諫慳
貪好色蒙籠急暴抵突疲極憍恣喜鬬專愚
小人是爲十經曰
法語專愚　如與聾談　難化之人　不可諫曉
王曰如我憍恣不能遠色孛得無爲不復與
我語乎孛曰人不與語有十事憿慢懵鈍憂
怖喜豫羞慚吃朋仇恨凍餓事務禪思是爲
十經曰
能行說之可　不能勿空語　虛僞無誠信
明哲所不顧
王曰惡婦美姿巧於詞令如有外婬卒何用
知孛曰有十事可卒知頭亂髻傾色變流汗
高聲言笑視瞻不端受彼寶飾闚看垣墻坐
不安所數至隣里好出野遊喜通婬女是爲

十經曰

婦女難信　利口惑人　是以高士　遠而不親

王曰人情所近親信婦人不知其惡孛曰人有十事不可親信主君所厚婦人所親怙身强健恃有財産大水潰處故屋危牆蛟龍所居辜較縣官宿惡之人毒害之蟲是爲十經曰

謂酒不醉　謂醉不亂　君厚婦愛　皆難保信

王曰如孛所語愛習生惡是可嫉也孛曰可嫉有五麤口傷人讒賊喜鬬譙譊不媚嫉妬呪詛兩舌面欺是爲五經曰

施勞於人　而欲蒙祐　殃及其軀　自搆廣怨

王曰何等施行人所愛敬孛曰愛敬有五柔和能忍謹而有信斂如少口言行相副交久益厚是爲五經曰

知愛身者　愼護所守　志尚高遠　學正不昧

王曰何者爲人所慢孛曰見慢有五鬚長而慢衣服不淨空無志思婬態無禮調戲不節是爲五經曰

攝意從正　如馬調御　無憍慢習　天人所敬

王曰願孛留意共還精舍孛曰有十事不延於堂惡師邪友蔑聖反論婬泆嗜酒隱弊長者無反復子婦女不節婢妾莊飾是爲十經曰

遠避惡人　婬荒勿友　從事賢者　以成明德

王曰孛在我樂四方無事今日去者國中必嗟孛曰有八事可以安樂順事師長率民以孝謙虛上下仁和其性救危赴急恕己愛人薄賦節用赦恨念舊是爲八經曰

修諸德本　慮而後行　唯濟人命　終身安樂

王曰吾常念孛豈有忘時孛曰智者有十二念鷄鳴念悔過作福早起念拜親禮尊臨事念當備豫所止念避危害言語念當至誠見過念以忠告貧者念當哀給護有財念行布施飲食念以時節分物念以平均御衆念用恩賜軍具念時繕治是爲十二念經曰

修治所務　慮其備豫　事業日新　終不失時

王曰安得大賢使留孛乎孛曰大賢有十行學問高遠不犯經戒敬佛三寶受善不忘制欲怒癡習四等心好行恩德不擾衆生能化不義善惡不亂是爲十行經曰

明人難值　如不比有　其所生處　族姓蒙慶

王曰我過重矣畜養惡人使孛恚去孛曰大惡有十五好殺劫盜婬泆詐欺諂諛虛飾佞讒誣善貪濁放恣酗酥妬賢毀道害聖不計殃罪是爲十五經曰

奸虐饕餮　怨譖良人　己行不正　死墮惡道

王曰曉孛不止使我慚愧孛曰人有十事可愧君不曉正臣子無禮受恩不報過不能改兩夫一妻未嫁懷妊習不成就人有兵仗不能戰鬬慳人觀布施奴婢不能使是爲十經曰

世儻有人　能知慚愧　是易誘進　如策良馬

王曰吾始今日知有道者爲難屈也孛曰有十二難任使專愚難怯弱御勇難仇恨共會難寡聞論議難貧窮償債難軍無師將難事君終身難學道不信難惡望生天難生值佛時難得聞佛法難受行成就難是爲十二經曰

人命難得　值佛時難　法難得聞　能受行難

王曰今與孛談益我有智孛曰略說其要人所當知四十五事修其室宅和其家内親於九族信於朋友學從明師事必成好才高智遠宜守以善富當行恩治産宜愼有財當廣方業手幼勿付財相善與交苟合莫信財在縣官當早憂出賣買交易以誠勿欺凡所投止必先行視所往當知貴賤入國當親善人客宜依勢無與强諍故富可求復素貧勿大望寶物莫示人匿事莫語婦爲君當敬賢厚勇取忠信清者可治國趣事能立功教化之紀孝順爲本師徒之宜貴和以敬師多弟子當務義誨爲醫當有效驗術淺不宜施用病瘦當隨醫教飲食取節便身知識美食當共博戲莫吝財命抵所施假貸當手自付證佐從正勿枉無過諫怒以順避惡以忍人無貴賤性和爲好道以守戒清淨爲上天下大道無過泥洹泥洹道者無老病死飢渴寒熱不畏水火怨家盜賊亦無恩愛貪欲衆惡憂患悉滅故曰滅度王當自愛我今欲退王曰孛欲去者寧復有異戒乎孛曰譬如大水所盪突處雖百歲後不當於中立城郭也其水必復順故而來宿惡之人雖欲行善故不當信本心未滅或復爲非不可不戒人所欲爲譬如穿地鑿之不止必得泉水事皆有漸智者見微能濟其命如人健泅截流度也王曰前後所說我皆貫心舉國士女靡不歡喜舊惡低伏無敢言者王曰願聞其言儻遭異人何知其明孛曰明者問對種種別異言無不善師法本正以此知之明人之性仁柔謹慤溫雅智博衆善所仰無有疑也觀其言行心口

相應省其坐起動靜不妄察其出處被服施爲可足知之與明智談宜得其意得其意難如把刃持毒不可不慎也王曰欲事明者不失其意爲之柰何孛曰敬而勿輕聞受必行明者識眞體道無求知來今往古一歸空無人物爲化少壯有老强健則衰生者必死富貴無常是故安當念危盛存無常善者加愛不善黜遠雖有仇恨不爲施惡柔如難犯弱而難勝明人如是不可慢也王曰盡心愛敬以事明智寧有福乎孛曰智者法聖以行其仁樂開愚蒙成人之智治國則以惠施爲善修道則以導人爲正國家急難則能分解進退知時無所怨尤恩廣德大不望其報事之得福終身無患王其勿疑治正之法不可失道勸民學善益國最厚王曰誰能留孛我心

愁慘恍惚如狂垂泣向孛懺悔解過孛曰如人不能泅不當入深水知報仇者不當豫嬈親厚中諍後更相謝雖知和解善不如本無諍也善不能賞反聽讒言我如飛鳥止無常處道貴清虛不宜人間如野火行傍樹爲焦激水破船毒蟲害人與智從事不當擾也草木殊性鳥獸類分白鶴自白鷁鶂自黒我與彼異無欲於世如田家翁生習山藪與之好衣爲無益也天下有樹其名反戾主自種之不得食實他人竊取果則爲出今王如是善安國者而見驅逐佞僞敗正反留食祿賓客久留主人厭之我宜退矣王曰人命至重願垂憶念今欲自力事孛勝前孛曰王雖言之猶不得施夫人意惡我不宜留天下家家皆有炊食沙門所以持鉢乞者自樂除貪全戒

無爲遠罪咎也王曰今孛既去莫便斷絕願
時一來使我不恨孛曰如俱健者猶復相見
且欲入山以修其志夫近而相念惡不如遠
而相念善智者以譬喻自解請說一事譬喻
如人以蜜塗刀苟得舐之以傷其舌坐貪小
甜不知瘡痛四臣如是但美其口心如利刀
王其戒之自今已後若有驚恐常念孛者衆
畏必除孛復曰鵄鵂樂冢羣鼠冀居百鳥栖
樹鶴處汙池物各有性志欲不同我好無爲
如王樂國器雖麤弊不可便棄各有所貯愚
賤不肖亦不可棄各有所用王當識此我猶
知人言意所趣如鳥集樹先從下枝間關趣
上見賓祇伏以知中外有謀意欲厭故更受
新也孛曰請退即起出城王與夫人啼泣送
之人民大小莫不號怨王行且問誰可信者

孛曰我姊子賢善可與諮議時時共出巡行
國中觀民謠俗可知消息王曰受教即與傍
臣人民爲孛作禮於是別去孛去之後四臣
縱横於外以佞辯爲正夫人於内以妖蠱事
王王意迷惑不復憂國奢婬好樂晝夜躭荒
衆官羣僚發調受取無有道理征卒市買不
復顧直强者麩弱轉相抄奪互相殺傷不畏
法禁良民之子掠爲奴婢六親相失迸竄苟
活災異相屬王不能知風雨不時所種不收
國虛民窮飢餓滿道歌謠怨聲感動鬼神人
民愁怖亡去略盡號泣而行莫不思孛孛如
鶻鷹臨衆鳥上厭伏奸人慈育民物如天帝
釋孛姊子道人後適他郡見國荒亂聚落毀
壞人民卑索還爲王說大臣不正放縱劫盜
掠殺無辜殘害無道人怨神怒天屢降災遠

近皆知而王不覺令不早圖且無復民王乃
驚曰果如孛戒我所任者如狼在羊中知民
當散如奔車逸馬道人既告何以教之道人
曰孛去國亂皆由奸臣王宜更計國尚可復
願一循行目見耳聞當知其實王即與道人
私出案行國界見數十童女年皆五六十衣
服弊壞呼嗟而行道人問曰諸女年大何以
不嫁答曰當使王家窮困如我快也道人曰
汝言非也王者位尊憂重何能憂汝女曰不
然王治不正使國飢荒夜則困於盜晝則窮
於吏衣食不供誰當嫁娶我也王復前行見
諸老母衣不蓋形身羸目瞑啼哭而行道人
問曰皆有何憂答曰當使國王窮盲如我快
也道人曰是言非也老自目瞑王有何過諸
母曰我夜爲盜所劫晝爲吏所奪窮行採薪

觸犯毒螫使我如此非王惡耶王復前行見
一女人跪擊牛湩爲牛所蹹躃地罵曰當蹹
王婦如我快也道人問曰牛自蹹汝王家何
過答曰不然王治不政使國荒亂盜賊不禁
今我善牛見奪今爲弊牛所蹹非王惡耶道
人言汝自不能擊牛女曰不然若王家善孛
自當留國不亂也王復前行見烏啄蝦蟇蝦
蟇罵曰當使惡王見啄如我快也道人曰汝
自爲烏所啄王當護汝耶答曰不望護也王
無恩潤政治不平祭祀廢絶天旱水竭故使
我身烏見啄耳蝦蟇歎曰知爲政者棄一惡
人以成一家棄一惡家以成一鄉不知政者
民物失所天下怨訟道人曰百姓無罪呼嗟
感天神使蝦蟇降語如此王所具見宜退惡
人改往修來與民更始如種善地雨澤以時

何憂不熟王曰今當任誰道人言宜急呼孛孛仁聖知時反國必安王還即遣使者入山請孛言若孛不還當向叩頭道我自知怨負萬民憂不能食須待孛到孛素慈仁憂念十方知我國荒想必來也使者受命往到孛所稽首白言大王慇懃致敬無量自知罪過深重違失聖意使國荒亂百姓窮困涕泣思孛不能飲食願垂愍念復一相見也孛哀人民故隨使者還道見死獼猴故剥取其皮欲以坐諸國人聞孛來皆出界迎孛到城外止故精舍王出相見作禮問訊畢一面坐叉手謝孛曰空頑不及害負天民請自悔勵幸遂原之孛曰甚善四臣過耳語孛曰卿等無過何不公談四臣恚曰子爲沙門欲望天福人皆稱善不當殺獼猴取其皮也孛曰卿等自迷

惑不別眞僞耳是輩好惡天悉知之苦樂有本不可强力爲惡罪追雖久不解作善福隨終不敗亡禍福在已愚謂之遠以我剥皮而殺獼猴難此似是卿曹默默爲奸不止相殺事耶言命在天謂善無益爲惡無殃禍福之報自然如響響應隨聲非從天墮卿所作惡豈不自識雖欲誣之自然不聽此非謗我爲自中耳卿一人言人死神滅不復生者是聖語耶從意出乎自欲爲惡反言作善無福爲惡無殃夫天之明象日月星辰列現於上誰爲之者四臣默然孛復曰天地之間一由罪福人作善惡如影隨形死者棄身不亡其行譬如種穀種敗於下根生莖葉實出於上作惡不斷譬如燈燭展轉然之故炷雖消火續不滅行有罪福如人夜書火滅字存魂神隨

行轉生不斷卿曹意志自以爲高如人殺親可無罪乎四臣答言夫蔭其枝者不摘其葉何況殺親而當無罪孛曰然卿難我是吾取死皮汝尚誣之卿等所爲當復云何卿一人言人死神滅不復生一人言苦樂在天一人言作善無益一人言自怙知占星宿外陽爲善內陰爲奸譬如僞金其中純銅貌飾善辭心行讒賊如狼在羊中主不能覺天下惡人亦稱爲道被髮卧地道說經戒專行諂欺貪利欲得愚人信伏如雨淹塵羣妖相厭如水流溢不時入海多所傷敗唯有聖人能濟天下化惡授善莫不蒙祐若善無福惡無殃者古聖何故造制經典授王利劍夫行有報其法自然善者受福惡者受殃天之所疾禍無久遲陰德雖隱後無不彰故國立王王政法天任賢使能賞善罰奸各隨其行如響應聲人死神去隨行往生如車輪轉不得離地信哉罪福不可誣也人行至誠鬼神助之惡雖不覺終必受殃故當戒慎遠惡知懃若皆爲善稟氣當同不善者多或有不平或壽不壽多病少病醜陋端正貧富貴賤賢愚不均至有盲聾瘖瘂跛蹇癃殘百病皆由宿命行惡所致其受百福人所樂者則是故世善行使然積德忠正故有日月星辰有天有人帝王豪富是其明證也何可言無宜熟思之勿謂不然孛說是時王與臣民無不解悅孛曰古昔有王名爲狗獵池中生甜魚甘而少骨王使一人監護令日獻八魚其監亦日竊食八枚王覺魚減更立八監共守護之八監又各日竊八魚守之者多魚爲之盡令王如是所

任不少爲亂益甚譬如人摘生果既亡其種食之無味王欲爲治不用賢人既失其民後又無福治國不正則使天下有諍奪之心如人治產不勤用心則財日耗國有勇武習戰陣者不足其意則弱其國爲王不敬道德不事高明生則賢者不歸死則神不生天掠殺無辜使天下怨訟則天降災身失令名治國以法爲政得忠敬長愛少孝順奉善現世安吉死得上天譬如牛行其道直正餘牛皆從貴賤有道率下以正遠人伏化則致太平爲君當明探古達今動靜知時剛柔得理惠下利民布施平均如是則世世豪貴後可得泥洹之道衆坐皆喜稱善無量王即避座稽首言今孛所語譬如疾風吹却雲雨幸本慈念垂化如前孛即起行隨王入宮四臣愚癡於是見廢孛復治國恩潤滂流風雨時節五穀豐熟人民歡喜四方雲集上下和樂遂致太平佛言是時孛者今我身是也姊子道人者則阿難是時王藍達者今卑先匿是時夫人者則好首是犬賓祇者車匿是時四大臣者則今四道人殺好首者是時語蝦蟇者今羅漢漚陀耶是我爲菩薩世世行善勤苦積德無央數劫爲萬民故今自致得佛所願皆得諸值我時聞經者宜各精進爲善勿懈佛說是已有三億人得踐道迹皆受五戒歡喜受行

佛說孛經

音釋

賑 章刃切賙濟也　氍毹 氍强魚切毹力朱切毛布也　毾㲪 毾吐盍切㲪都滕切毾㲪毛席也　舐 神帋切舌舐也　酗酥 酗許具切酗酥怒也酥爲

命切洒失也
梔章移切
噎烏結切氣窒不通也
媟嬻媟先結切嬻徒谷切媟嬻狎慢也
僫烏故切憎也
⿰扁毛補玄切小⿱穴毛也
⿱薛女魚傑切
眄睞眄莫向切睞力代切眄睞邪視也
懵莫孔切心亂也
吃肕乞居一切言蹇也肕如振切柔忍也
譙譊譙才笑切責也譊尼交切恚呼也
泅息流切泳也
鵶鵂鵶赤脂切鵂許尤切鵶鵂恠鳥也
蹹徒合切踐也

無垢淨光大陀羅尼經

唐天竺沙門彌陀山等譯

清刻龍藏佛說法變相圖

無垢淨光大陀羅尼經

唐天竺沙門彌陀山等譯

如是我聞一時佛在迦毗羅城大精舍中與大比丘衆無量人俱復有無量百千億那由他菩薩摩訶薩其名曰除一切蓋障菩薩執金剛王菩薩觀世音菩薩文殊師利菩薩普賢菩薩無盡慧菩薩彌勒菩薩如是等而爲上首復有無量天龍夜叉乾闥婆阿脩羅迦樓羅緊那羅摩睺羅伽人非人等無量大衆恭敬圍遶而爲説法時彼城中有大婆羅門名劫比羅戰荼歸敬外道不信佛法有善相師而告之言大婆羅門汝却後七日必當命終時婆羅門聞是語已心懷愁惱驚懼怖畏作是思惟誰能救我我當依誰復作是念沙門瞿曇稱一切智證一切智我當詣彼彼若

實是一切智者必當說我憂惱之事作是念已即往佛所於衆會前遥觀如來意欲請問而懷猶豫時釋迦如來於三世法無不明見知婆羅門心之所念以慈輭音而告之言大婆羅門汝却後七日定當命終墮可畏處阿鼻地獄從此復入十六地獄出已復受旃陀羅身命終之後復生豬中恒居臭泥常食糞穢壽命長時多受衆苦後得爲人貧窮下賤不淨臭穢醜形黑瘦乾枯癩疾人不喜見其咽如針恒乏飲食爲人捶打受大苦惱時婆羅門聞是語已生大恐怖悲泣憂愁疾至佛所頂禮雙足而白佛言如來即是救濟一切諸衆生者我今悔過歸命世尊唯願救我大地獄苦佛言大婆羅門此迦毗羅城三岐道處有古佛塔於中現有如來舍利其塔崩壞汝應往彼重更修理及造相輪樸寫陀羅尼以置其中興大供養依法七遍念誦神呪令汝命根還復增長久後壽終生極樂界於百千劫受大勝樂次後復於妙喜世界亦百千劫如前受樂後復於諸兜率天宫亦百千劫相續受樂一切生處常憶宿命除一切障滅一切罪永離一切地獄等苦常見諸佛恒爲如來之所攝護婆羅門若有比丘比丘尼優婆塞優婆夷善男女等或有短命或多病者應修故塔或造小塔依法書寫陀羅尼呪呪索作壇由此福故將盡之命復更增壽諸病苦者皆得除愈永離地獄畜生餓鬼耳尚不聞地獄之聲何況身受時婆羅門聞此語已心懷歡喜即欲往彼故壞塔所依教修營時衆會中除蓋障菩薩從座而起合掌向佛白

言世尊何者是彼陀羅尼法而能生長福德善根佛言有大陀羅尼名最勝無垢清淨光明大壇場法諸佛以此安慰衆生若有聞此陀羅尼者滅五逆罪閉地獄門除滅慳貪嫉妬罪垢命短促者皆得延壽諸吉祥事無不成辦時除蓋障菩薩復白佛言世尊願佛說此陀羅尼法令一切衆生得長壽故淨除一切諸罪障故為一切衆生作大明故爾時世尊聞是請已即於頂上放大光明普照三千大千世界遍覺一切諸如來已還歸本處從佛頂入時佛即以美妙悅意迦陵頻伽和雅之音而說呪曰

南謨颯哆颯怛底（顛以切下同）弊（毗也切脣聲）一三藐三佛二陀俱胝喃（奴暗切下同）鉢唎戍（輸聿切下同）陀摩捺溲三簿（去聲引）底質多鉢唎底瑟恥哆喃四南謨簿伽跋帝阿彌多榆煞寫怛他揭怛寫五唵（引聲）六怛他揭多戍第七阿瑜毗輸達你八僧𠿒（訶葛切下同）囉僧𠿒囉九薩婆怛他揭多毗唎耶跋麗娜十鉢唎底僧𠿒囉阿瑜十一薩麽囉薩麽囉十二薩婆怛他揭多三昧𪘏十三菩提菩提十四敎地（亭也切下同）毗勃地十五菩馱也菩馱也十六薩婆播波（引）阿伐喇拏（上）毗戍第十七毗揭多末羅珮𪘏十八蘇勃馱勃第十九虎嚕虎嚕莎（引聲）訶（引聲）二十

佛言除蓋障此是根本陀羅尼呪若欲作此法者當於月八日或十三日或十四日或十五日右遶舍利塔滿七十七帀誦此陀羅尼亦七十七遍應當作壇於上護淨書寫此呪滿七十七本尊重法故於書寫人以香華飲食淨衣洗浴塗香熏香而為供養或施七寶

或隨力施當持呪本置於塔中供養此塔或作小泥塔滿足七十七各以一本置於塔中而興供養如法作已命欲盡者而更延壽一切宿障諸惡趣業悉皆滅盡永離地獄餓鬼畜生所生之處常憶宿命一切所願皆得滿足則爲已得七十七億諸如來所而種善根一切衆病及諸煩惱咸得消除若人病重命將欲盡當爲作万壇於上畫作種種形狀所謂輪形金剛杵形蠡形戟形卐字形蓮華形四角畫蓮華華上安瓶瓶滿香水置於四角布列香爐燒衆名香以五色鉢盛種種食及三白食謂乳酪秔米飯復以五鉢各盛香華水及秔米壇上供養種種飲食盛滿一器及水一瓶置壇中心於壇近邊畫作毗那夜迦像頂上安燈將彼病人在於壇西面向此壇盛一器食對病人前置於壇上呪師要須清淨如法呪此病人七十七徧令將死之人惛冥七日命續識還如從夢覺若有護淨日别一徧誦念此呪滿足百年是人命終生極樂界若一切時常念誦者乃至菩提恒憶宿命永離夭壽及諸惡趣若復有人爲於亡者稱其名字至心誦呪滿七十七徧若彼亡人墮惡趣者應時即得離惡道苦生天受樂或稱彼名依法書寫此陀羅尼置佛塔中如法供養亦令亡者得離惡趣生於天上或復得生兜率天宫乃至菩提不墮惡道若有善男子善女人於此佛塔或右繞或禮拜或供養者當得授記於阿耨多羅三藐三菩提而不退轉一切宿障一切罪業悉皆消滅下至飛鳥畜生之類至此塔影當得永離畜生惡趣若有五無間罪或在

塔影或觸彼塔皆得除滅置塔之處無諸邪魅夜叉羅刹富單那毗舍闍等惡獸惡龍毒蟲毒草亦無魍魎諸惡鬼神奪精氣者亦無刀兵水火霜雹饑饉横死惡夢不祥苦惱之事於彼國土若有諸惡先相現時其塔即便現於神變出大光燄令彼諸惡不祥之事無不殄滅若復於彼有惡心衆生或是怨讎及怨伴侶并諸劫盜寇賊等類欲壞此國其塔亦便出大火光即於其處現諸兵仗惡賊見已自然退散常有一切諸天善神守護其國於國四周各百由旬結成大界其中男女乃至畜生無諸疫癘疾苦鬭諍不作一切非法之事其餘呪術所不能壞是名根本陀羅尼法善男子今爲汝說相輪橖中陀羅尼法即說呪曰

唵一引薩婆怛他揭多毗補羅曳移熱切下同瑟撥竹几切下同二末尼羯諾迦舉佉切曷喇折哆三毗菩瑟哆曳瑟撥四杜嚕杜嚕五三曼哆毗嚕吉帝六薩囉薩囉引播跛輸達尼七菩達尼三菩達尼八鉢囉上聲伐囉上聲曳瑟撥伐囇九末尼脫誓十鶻嚕止囉上聲末羅毗戍第十一吽引吽牛鳴音合口莎引訶十二

善男子應當如法書寫此呪九十九本於相輪橖四周安置又寫此呪及功能法於橖中心窣覆安處如是作已則爲建立九萬九千相輪橖已亦爲安置九萬九千佛舍利已亦爲已造九萬九千佛舍利塔亦爲已造九萬九千八大寶塔亦爲已造九萬九千菩提場塔若造一小泥塔於中安置此陀羅尼者則爲已造九萬九千諸小寶塔若有衆生右遶

此塔或禮一拜或一合掌或以一華或以一香燒香塗香鈴鐸旛蓋而供養者則爲供養九萬九千諸佛塔已是則成就廣大善根福德之聚若有飛鳥蚊虻蠅等至塔影中當得授記於阿耨多羅三藐三菩提而不退轉若遥見此塔或聞鈴聲或聞其名彼人所有五無間業一切罪障皆得消滅常爲一切諸佛護念得於如來清淨之道是名相輪陀羅尼法善男子今爲汝說修造佛塔陀羅尼法即說呪曰

唵一引薩婆怛他揭多二末羅毗輸達尼上音三健陀鞞梨鉢娜伐囉四鉢喇底僧塞迦囉五怛他揭多馱都達囇六達囉達囉七珊達羅珊達羅八薩婆怛他揭多九阿地瑟恥帝莎引訶十

若有比丘比丘尼優婆塞優婆夷若自造塔若教人造若修故塔若作小塔或以泥作或用甎石應先呪滿一千八徧然後造作其塔分量或如爪甲或長一肘乃至由旬以其呪力及至心故於泥等塔中出妙香氣所謂牛頭栴檀赤白栴檀龍腦麝香鬱金香等及天香氣自作教人皆得成就廣大善根福德之聚命若短促便得延壽後臨終時得見九十九億百千那由他佛常爲一切諸佛憶念而與授記生極樂界壽命九十九億百千那由他歲常得宿命天眼天身天耳天鼻天栴檀香從其身出口中常出優鉢羅華香得五神通於阿耨多羅三藐三菩提得不退轉若呪香泥下至極少如芥子許塗此塔上彼人亦得如上所說大福德聚若比丘比丘尼優婆

塞優婆夷如法書寫陀羅尼法以清淨心尊重供養如佛無異於書寫人亦增上供養如前所説書呪印已置於塔中及所修塔内并相輪橖中如法成就是人當得廣大善根福德之聚佛説此陀羅尼印法時十方一切諸佛如來同聲讚言善哉善哉釋迦牟尼如來應正等覺乃能善説此大陀羅尼印法令一切衆生皆無空過獲大利益攝大福聚乃至於阿耨多羅三藐三菩提得不退轉爾時衆中天龍八部及諸菩薩執金剛主四王帝釋梵天王那羅延摩醯首羅摩尼跋陀補那跋陀及跋羅神夜摩神婆樓摩神俱薜羅神婆颰婆神諸仙衆等聞此法已起厭離心調伏柔輭生大歡喜以大音聲互相謂言希有希有諸佛如來希有希有眞正妙法希有希有此陀羅尼印法如來所説甚難值遇是時劫比羅戰荼大婆羅門聞此大功德殊勝利益大陀羅尼法印即得明達法性遠塵離垢斷諸煩惱滅諸罪障壽命延長生大歡喜踊躍無量令一切衆生亦皆當得心意清淨爾時除蓋障菩薩摩訶薩持一寶臺種種衆寶間錯莊嚴以佛莊嚴而莊嚴之愛樂法故供養如來右遶三帀頂禮佛足而白佛言世尊此大陀羅尼壇場法印甚難值遇世尊説此一切衆生妙法庫藏鎮閻浮提令諸衆生種大善根施其壽命消滅煩惱我今亦當爲令衆生種善根故供養一切諸如來故今於佛前説自心印陀羅尼法即説呪曰

南謨薄伽伐帝納婆納伐底喃一三藐三佛陀俱胝那庾多設多索訶薩羅引喃二南謨

薩婆你伐囉拏上聲毗瑟剱鼻泥引菩提薩埵也三唵四引聲覩嚕覩嚕五薩婆阿伐囉拏毗戍達尼六薩婆怛他揭多摩𢈔播刺尼七毗布麗昵末麗八薩婆悉陀南摩塞訖栗帝九跛囉跛囉十薩婆薩埵婆盧羯尼十一吽引聲薩婆尼伐囉拏上聲毗瑟剱毗呢十二薩婆播波毗燒達尼莎引訶引十三句

世尊此陀羅尼是九十九億諸佛所說若有至心暫念誦者一切罪業悉皆消滅若有依法書寫此呪滿九十九本置於塔中或塔四周有人禮拜及以讚歎或以香華塗香燈燭供養此塔彼善男女於現生中滅一切罪除一切障滿一切願則爲供養九十九億百千那由他恒河沙等諸如來已亦爲供養九十九億百千那由他恒河沙等舍利塔已是則成就廣大善根福德之聚若有比丘於月八日十三日十四日十五日洗浴護淨著鮮潔衣於一日一夜而不飲食或時唯食三種白食右遶佛塔誦此陀羅尼滿一百八徧百千劫罪及五無間皆得除滅我除蓋障即爲現身令其所願皆悉滿足得見一切諸佛如來若有誦滿二百八徧得諸禪定若有誦滿三百八徧得淨一切障三昧若有誦滿四百八徧得四大天王常來親近現身衛護加其身心增大威德若有誦滿五百八徧攝得無量阿僧祇不可量諸大善根若有誦滿六百八徧便得此呪根本法成爲持呪天仙若有誦滿七百八徧得大威德具足光明若有誦滿八百八徧得心清淨若有誦滿九百八徧得五根清淨若有誦滿一千八徧當得須陀洹

果若誦滿二千徧當得斯陀含果若誦滿三千徧當得阿那含果若誦滿四千徧當得阿羅漢果若誦滿五千徧當得辟支佛果若滿六千徧當得普賢地若滿七千徧當得初地若滿八千徧當得第五地若滿九千徧當得普門陀羅尼若滿十千徧當得不動地若復滿十一千徧當得如來地成大人相大師子吼若復有人欲於現生成就功德大利益者應修故塔誦呪右遶滿百八遍心中所願無不成滿時釋迦牟尼佛讃除蓋障言善哉善哉善男子汝能如是隨順如來所演呪法而助宣說時執金剛大夜叉主白佛言世尊此大呪王陀羅尼法同如來藏亦如佛塔世尊以此勝法鎮閻浮提令一切衆生皆得解脫能於後時作大佛事佛言執金剛主此大呪法若在世時同如來在以其能作佛所作事少有所作成大福聚況多功用所獲善根假使百千億那由他恒沙諸佛說不能盡佛眼所見不可爲喻不可量不可說執金剛主言以何因緣少用功力成大福聚佛言諦聽當爲汝說若比丘比丘尼優婆塞優婆夷欲得滿足大功德聚當依前法書寫此四大陀羅尼呪法之王各九十九本然後於佛塔前造一方壇牛糞塗地於壇四角置香水滿瓶香爐布列以供養鉢盛香華水秔米置於壇上及三味食（烏麻綠豆秔米和煑）并三白食各置瓶中布於壇上種種果子數滿九十九并四種食一切所須及諸香華皆置其上以陀羅尼呪置相輪橖中及塔四周以呪王法置於塔内想十方佛至心誦念此陀羅尼即說呪曰

南謨納婆納伐底喃怛他揭多俱胝喃一弶伽捺地婆盧迦三摩喃二唵引三毗補麗毗末麗四鉢囉伐麗五市那上聲伐麗六薩囉薩囉七薩婆怛他揭多馱都揭鞞八薩底丁耶切地瑟恥帝莎引訶九阿引耶夷我切下同咄都飯尼莎引訶十薩婆提婆那婆訶引耶弭十一勃陀阿地瑟侘那上聲十二三摩也莎引訶十三

應燒香相續誦此陀羅尼呪二十八徧即時八大菩薩八大夜叉王執金剛夜叉主四王帝釋梵天王那羅延摩醯首羅各以自手共持彼塔及相輪橖亦有九十九億百千那由他恒河沙諸佛皆至其處加持彼塔安佛舍利由加持故令塔猶如大摩尼寶是人由此則爲已造九十九億百千那由他諸大寶塔由此當得廣大善根壽命延長身淨無垢衆病悉除災障殄滅若見此塔者滅五逆罪聞塔鈴聲消諸惡業捨身當生極樂世界若有傳聞此塔名者當得阿鞞跋致下至鳥獸得聞其聲離畜生趣永不復受當得廣大福德之聚若復有人欲得滿足六波羅蜜者當作方壇先以牛糞塗後以淨土而覆其上灑以香湯滑淨塗拭五供養鉢置於壇上寫前四種陀羅尼呪各九十九本手作小塔滿九十九於此塔中各置一本其相輪呪還置小塔相輪橖中行列壇上以諸香華供養旋遶七徧誦此陀羅尼曰

南謨納婆納伐底喃怛他揭多一弶伽捺地婆盧迦二俱胝那庾多設多索訶薩囉喃三唵引四普怖哩五折里尼六折哩慕上哩忽哩七社攞跋哩莎引訶八

若依此法而受持者六波羅蜜俱時成滿是則同造九十九億百千那由他恒河沙等七寶塔已是則供養九十九億百千那由他如來應正等覺皆以諸天大供養雲種種莊嚴諸天宮殿諸天供具而爲供養彼諸如來皆悉憶念此善男女令其當得廣大善根福德之聚若有於此呪王如法書寫受持讀誦供養恭敬佩於身上以呪威力擁護是人令諸怨家及怨朋黨一切夜叉羅刹富單那等皆於此人不能爲惡各懷恐怖逃散諸方若有得共彼人語者亦得除滅五無間業若有得聞此人語聲或在其影或觸其身令彼一切宿障重罪皆得消除而於彼人毒不能害火不能燒水不能漂厭禱邪魅不得其便雷電霹靂無能驚嬈常爲諸佛而共加持一切如來安慰護念諸天善神增其勢力非餘呪術之所能制是故應當於一切處求此呪法寫已置於當路塔中令往來衆下至鳥獸蛾蝇蟻子皆得永離一切地獄及諸惡趣生諸天宫常憶宿命至不退轉爾時佛告除蓋障菩薩摩訶薩執金剛主四王帝釋梵天王等及其眷屬那羅延天摩醯首羅等言善男子我以此呪法之王付囑汝等應當守護住持擁衛以肩荷擔寶篋盛之於後時中莫令斷絕應善執持應善覆護授與後世一切衆生令得見聞離五無間是時除蓋障菩薩執金剛主四王帝釋梵天王那羅延摩醯首羅及天龍八部等咸禮佛足同聲白言我等已蒙世尊加護授此呪法及造塔法咸皆守衛住持讀誦書寫供養爲護一切諸衆生故於後時

分令彼衆生悉得聞知不墮地獄及諸惡趣
我等爲報如來大恩咸共守護令廣流通尊
重恭敬如佛無異不令此法而有壞滅佛言
善哉善哉汝等乃能堅固守護住持如是陀
羅尼法時諸大衆聞佛說已歡喜奉行

無垢淨光大陀羅尼經

音釋

捶打捶之累切打音頂捶打杖擊也 㯿抽庚切斜柱也 蠡落戈切蠡貝也
戟紀逆切戈也 殄徒典切殲也 癘力制切疾疫也 肘陟柳切二卩為肘

成具光明定意經

後漢西域三藏沙門支曜譯

清刻龍藏佛說法變相圖

成具光明定意經

後漢西域三藏沙門支曜譯

聞如是一時佛在迦維羅衛國精舍中止晨朝整服呼語阿難汝請諸明士除惡衆及無著履跡等來今日當有上問異要於是阿難受勑應時徧宣如來教於四輩人時有除惡無著履跡衆凡五千萬人詣如來所稽首于地畢而避住

復有賢女棄惡衆及國中凡女人隨諸賢女人十四萬衆詣如來所稽首于地畢各即座而坐

復有明士八十億萬二千人詣如來所稽首于地儼然恭住

復有文士居家修戒者四萬人相隨來至稽首于地畢各却住

佛以威神感動十方諸佛國明士及上諸天應當成者及當發者凡八百億萬人皆飛來至佛所稽首于地列住空中

復有十二天神將軍將諸官屬四十萬人來詣佛所稽首于地畢各分部住佛左右立侍所當是日會時如一時頃悉至佛所佛即令坐其有肉體未得四神足者應皆就榻十方諸來明士及諸天神身輕或已得神足者皆踊在空中坐自然座各各有化華蓋行列竒好皆佛威變之所興化也諸來明士在會坐者率皆妙行心清口淨身服衆戒三穢六患五蔽已索衆煩熱惱雜垢濩渃疑網閉結倒見之謬不智之本十二牽連皆已絶棄淨如月華各隨世習俗依行立字有明士名無穢王　次復名光景尊　次復名智如山弘　次復名大華淨　次復名轉根香　次復名月精曜　次復名光之英　次復名整不法　次復名善中善　次復名崑崙光　次復名日光精　次復名師子威　次復名意如雜寶　次復名炎熾妙　次復名德普洽　次復名音調敏　次復名敬端行　次復名慈仁署　次復名慧作　次復名散結　次復名嚴儀具足　次復名高遠行　次復名光德王　次復名護世　次復名導世　次復名大力　次復名正淨　次復名天師　次復名善觀　次復名觀音如是衆名各各別異於時有貴姓子名曰善明從同輩五百人人各有侍者執蓋相隨來詣佛所稽首如來足下起住觀衆四面甚盛仰視空中率皆上人天尊在坐端嚴直立與心念言今日大

福遇此衆會欲設飯食以供一日計身所有不能供辦施不等接則非施也我將如何於是佛知善明所念則勞之曰少年善來寧聞法勸之說乎曰未達也起時則起可謂智矣不計少多有所希望可謂施矣向所念者如來在此何患不辦如來能使不辦者辦不足者足一切常足所作常辦是謂如來如來辦者不用衣食欲樂之物乃以具戒不聽六患五蔽之惑不唯家樂不有四食之想亦無衣容冠幘之飾處計常之中而知無常之諦居或樂之地則覺必苦之對在貪有之室照空無之本於受有之體計命非身之眞無我無作無緣無著斯如來之辦也於是善明聞天尊說心悅結解身輕踊躍曰我本無黠連縛十二心起就冥隨俗三流今日所聞未嘗有法願身受持如天尊教咸樂妙法因而歎曰

天人之尊　如來爲上　慈哀勸救　等施三界
劣漏貪行　攝以法財　令一切惑　解釋無疑
身尊具貴　相好無雙　屈意爲人　演法無窮
叡慧衆流　注如山澤　法澤三界　流演十方
大人相滿　寶慧具足　在在現法　將導不逮
慧照愚冥　牽致淨處　願身自歸　得到彼安

於是善明歎畢更前長跪啓天尊曰願卒本意今日設饌唯乞加哀枉屈臨顧天尊默然自如常法善明恭立謂未見聽於是阿難開語之曰天尊默然爲已相許善明聞之心則逸豫稽首而出住於門外遣人入白阿難言今自計所有可供二千人飯願啓天尊今知如此阿難即白佛具宣善明所言佛告阿難汝語善明便還供設盡汝所有佛當與大衆

一切皆往勿嫌不辦阿難即出具語善明如佛教言阿難又曰賢者便還莫起二意畏有不足佛神所致無有不具善明即前禮阿難而還還舍勑其妻子室内大小言今所請者號曰天尊神妙通達爲一切智其以一物施是人者世世受福而無窮極又能度人解於索結汝等恭肅淨施飯食具設衆味當令絶美眷屬徒使各盡心極意天尊難遇億劫時有其所當爲善令清淨於時坐中有明士名力辦衆有佛告令行共佐善明供此大衆於時十二天神王及四天王大勢龍王承佛告教皆從力辦衆有明士往而佐之到則勞來謂善明曰賢者勤心佛使我等來相營助善明則前禮明士及諸天王敬意辭謝言勞屈上人今已辦二千人飯具大衆當來懼是小舍其將奈何於是力辦衆有明士及諸天神王答言莫憂因各左右顧視屋室自然長廣高大像天之殿於時屋下便有千億萬座皆是衆寶變地之形紺瑠璃色室中大座亦復如是如彈指頃即有百千億萬人飯具而皆足畢燒衆名香懸諸繒旛其所行道即更廣平色如水精樹木行伍自然音樂雅聲相和甚悲說法之音釋梵八種於時力辦衆有明士及諸天神王即還佛所善明見此大變驚喜踊躍來詣天尊白言受佛大慈所設已具唯願舉衆枉屈尊神佛即令無穢王明士等六百萬人在於前導或行虛空佛處中央其餘從後如來出門地則肅振諸天散華燒衆名香乃作上樂歌頌而從到皆就座諸天神王即助施飯佛口呪願食已飽足飯不消澌

衆器飯具滿則如故善明心獨而言天尊威
變弘廣乃爾食訖行澡水當問此意行澡水
畢如伸臂頃佛與大衆怳忽而還在精舍坐
於是善明因復歎曰
天尊實神妙　世所希見聞　變改卓犖異
覩者莫不欣　諦觀甚奇雅　現變難等雙
不作而自具　不勞飽滿衆　不語自然使
不教令自行　不爲而過爲　是德以何將
本行何術法　生而有此榮　積何德之本
致此巍巍尊　願哀貧道者　開饒以法財
決心之結網　施令無餘疑
善明歎已更避坐叉手啓言我所居止去是
不遠聚名福安佛向所哀顧處是也我在其
聚常好學問學世威儀古王之制及學神仙
聖人之法始聞天尊近在此國興意想像夢
輙髣髴天尊弟子名舍利弗常到我舍爲我
說法法甚深妙我所希聞心雖欣歡猶懷瞢
瞢今日暫來禮拜天尊并觀道法所當則行
至見心悅如冥覩光意欲設飯因獲異問所
有劣少未敢發言天尊神逹迎知我心道力
助我牀坐食饌忽然而辦食異器具滿則如
故此何變化神妙乃爾又觀天尊三十二相
相相有好視之無厭行則庠序不遲不疾坐
則中坐不前不却語聲八種不緩不急言成
法律明誠如日令一切衆咸受恩福本作何
行生而有此又見天尊足不履地相輪炳烈
端嚴如畫身空體輕在所變現此皆何行於
世有是願垂解了令知本末於是佛言善哉
善哉如爾所問如來當具演之整心整意咸
受莫忘善明則曰受教佛言我本先行六德

之行世世不廢是以至於得佛恣意變化在所作爲爲一切智無物不達也善明曰何謂六德之行曰廣施廣戒廣忍廣精進廣一心廣智慧善明曰何謂廣施佛言爲道者先當知身非常眞物四大所成骨肉不淨皆當捐棄還歸其本不得常住身不我有財物非我許心無有形了無常名爲緣緣行縛所以有身行身無有常亦當空朽已計如此則立四信內身外身天地萬物皆無常住當歸壞敗棄散消融此信已立則觀體非體觀物非物便能恣施飽滿於人又而法施幸化愚蒙故曰廣施何謂廣戒曰廣戒者謂能攝身之三殃守口之四過檢意之三惡身行者若見一切衆生蚑行蠕動愍而哀傷縱而活之隨其水陸還而安之若見衆寶珍琦柔輭細滑可

意之物雖身貧苦內伏其心不令貪取及見細色脂粉之飾則內觀朽爛膿血之臭斯身之三戒口行者謂彼若以四過加已則而覺知口之失也報以善言和語至誠不飾答而化之使反從已斯口之四戒矣意行者則心習智慧思惟生死常在慧處不惑流淵又能深入道品空無之要別了眞諦而無疑難見善則勸成則代喜斯意之三戒故行道之始先於十戒既能自爲又化他人勤而不懈行而不休都無懈倦之想故曰廣戒也何謂廣忍曰廣忍者若人罵我計從聲出音來到此觀了無形本音所來出於心意觀于心意亦復無形察心所倚於四大四大還本則亦無名亦非彼我亦非男女亦非老少計了無主慙辱所在慙辱無形立字於兩無之中又亦

無形計此三者空無所有智者散意觀慮如此則瞋恚不生以空忍空又於衆惡忍而不爲對來不起檢心伏意身自能爾又誨他人此謂廣忍也何謂廣精進曰滅於多食不味於味除於睡卧驚意晨夜遠俗近道行於衆誠坐起之法不失其儀無犯之行當習於此心道品之要汲汲樂誦晝則勤受夜則經行語則應律身口意并徙倚憶法不離經文坐而廣説意不以煩開教愚頑不以懈勞違心反意自建專精身既自能又誨他人斯謂廣精進何謂廣一心曰孝事父母則一其心尊敬師友而一其心斷愛遠俗而一其心入三十七品而一其心空閑寂寞而一其心在衆煩亂而一其心多欲多諍多作多惱於是之處而一其心褒訕利失善惡之事於是不摇而一其心數息入禪捨六就淨而一其心身自能行復教他人此謂廣一心也何謂廣智慧曰明士墮於受身則有三痛六患五蔽之垢六十一沉吟之想八十八難解之縛千八百鋒瘡之痛若此之事則以智慧一一開了觀其所起察其所滅視其所病選以何藥既總其要令身不毁戒意不入俗處衆愛之中心在道品之藏寄六患之舍心在六淨之堂住五蔽之室心在斷滅之户倚不固之屋心思方便之護坐蛇蚖之地心念捨遠之徑乘坏船之險心圖自濟之路近盛火之林心推灌滅之安是以明士行智慧之便拔出生死之難絶三界之想就滅度之地既自身行又教他人此謂廣智慧六德之行義也向所問如來神變相好無量之德所以致之行此六

法及諸慧定三十七品總持無邊底之行故得佛號天尊無所不能爲也於是善明及衆會聞天尊說則皆舉言願發無上獨尊平等之意皆言今日咸得大福令一切人疾逮此行善明時則得四淨一爲眼淨二爲身淨三爲口淨四爲意淨欣然低頭默思法義於是善明避坐長跪啓如來曰天尊所說廣度無極法禁微妙檢攝意態伏心就淨殃垢消滅其聞此者功德已大況乃履行德難稱量天尊又說前世非但行此六事而已又行定意之法及總持無底邊三十七品乃成具佛事四無所畏十種力十八神妙特異之法變化自在所說無難而面見諸佛飛到十方而授一切諸未度者率化度之而懷邪惑將導曲亂而生受苦之中不著不斷以不著不斷作因緣行教諸惑者如此之妙德無央數事行何等定意致得之乎唯願天尊爲今現在及未來者演其深義令獲解脫佛言善哉善哉所欲問者今爲分別具敷大要整意善聽則曰受教佛言有定意法名成具光明其有人聞之者若能履行一日至七日其功德福不可譬喻其聞是法者先世已供養百千億佛已於其座具聞不疑今生乃復值遇是成具光明定意法令得修行行之如彈指頃長離三惡道功德漸滿疾逮至佛向所問諸事悉能成具善明曰當行幾事而得此尊定意佛言當淨行百三十五事乃得入此定耳遠身行離口過除意念盡三穢却六患遏五蔽十二因緣已捐盡解結束明六十二沉吟想愈衆瘡恍畢惱捨諸大棄骨血避親屬絕諸習

斷於愛無諸可無不可刻貪跡刈欲根不惑
流而制疾不我計無不我立四信住四止就
四斷揮五根習五力曉七智履八正入八念
入瞢瞢爲已無勤可行離不可行學上智自
尊意不貢高而柔輭能如法如一法不兩計
不三想不爲無益想無有際想不空想不想
想想無處不住無處想心善唯佛知佛淨已知
淨而善學心正住不邪還等善惡如明冥於
明冥知俱空不疑法不以有淨無觀有無本
爲一已知一而除一不於一而起想勤受教
善習行因習行入無際習勝意不聽心善防
識不亂轉往來三而不著察諸性了無根知
無根不可滿以不滿而自整纏觀法爲同無
常住無絶無想常無常已過上不念人不宥
世不著物罷捨求法合離了無見身生没皆
由化上中下如法等於是世住後世觀二因
如虛空心無欲而常仁行清白善誘人知人
向爲反濁於反濁而澄清心遠愛筋入火以
淨火燒衆垢已盡垢寂而淨不念善不念惡
不惟好不惟醜不念苦不念樂於毀譽無歡
怒心調淨所在入開大藏入大法以道律護
漏法苦習審勤承行以盡道爲光曜視一切
性識起流結冥意思止勤求止以入道翦三
愛除四失增四城離五覆絶六慢修六敬具
六法證行七慧強八力拔九結習九滅十弘
淨法爲已能十力慧已備足十直法不復學
慧法種而常存於三寶已能備以法施無極
盡於諸事能備行入有無所著入空無懈却
無吾念無我想無人計無籌算寂如滅度是
爲百三十五事成具光明定意戒法之行佛

說是成具光明定意戒法品時三十萬明士得是定意功德成具立於第十之地善明則得無所從生法忍五百同輩人心欣意悅皆發無上獨尊平等覺意四十萬明士皆立不迴還行除惡衆五萬人皆得無所著道持五戒賢士賢女二千人皆得履跡之行諸天在虛空中而作音樂歎曰快哉世人乃獲上聞之要其在愚蒙埃濁者今日霍然除盡譬如淨水洗浴垢穢今聞大法心垢爲消願令法輪常轉使一切人疾逮妙慧我等常遇天尊所生不離疾得是成具光明定意當廣宣法恩還照流冥如今日大會興立無數道本善明白佛言今聞天尊說是定意靜心自思觀我無黠慧心了不知處於外於內俱亦如是佛告善明譬猶冥室執炬而入則莫知冥之所在是定意法其能履行道品成具則不知無黠十二牽連之所失也善明非但是而已則不見十方生死起滅之處也至履跡無著因緣覺佛乃至如來皆無見有所想見非見也無所想一切清淨想止清淨想亦不止清淨想是爲空見無所見善明白天尊云何不止清淨想是爲空見當是時心在何許所見何等佛言善明於是時心不在內不處外不於道不於俗不於有不於無不於起不於滅不於動搖處也是心無根際無音響本末了索當如是見是見爲見爲空爲滅爲都無所有定意之法以此爲見明士當作是計念除念就淨作是計念者爲應成具光明定意之教法也是法無所有法無故強爲其名明士聞是莫怪莫疑諦而思惟其法不退不懈斯

爲已得定意威神之護力也善明其欲學此者當先行四事稍入無見處曰何謂四也一不有身二不有居三不有世四不有物已能如此者則得入四要曰何謂四要曰一爲佛要二爲法要三爲空要四爲滅要此謂四要也佛時而歎曰

無彼無我想　亦不無黠計　十二因不著
是應成具定　是定法本無　非有住立處
哀世現其名　空行亦合義　人心并意識
此三爲起法　行是成具定　無起無所滅
空爲成具地　生死苦斷離　一切無餘跡
是合定意行　世人轉相倚　邪見著名姓
貪有利常想　纏縛無數行　積行常躓礙
憂惱者意感　四變如隨影　往來無休息
行定無所倚　正觀不著名　貪盡想得滅
解結清淨安　淨行不罣感　感惱意了無
生老病已絶　無復往來憂　慧眼明已大
智本無邊底　黠使度無極　行定乃致此
世火星月明　日曜崑崙光　釋梵殿所照
是定明過上

佛告善明乃往昔無數劫時有佛名尊伏欲王時佛住世壽十萬歲不在是南天竺止自於今北方淨耀天師佛所住處是也彼國去是三億萬佛土乃得之尊伏欲王佛時人壽二萬歲常可自從弟子六十萬人明士衆不可計國民熾盛豐饒寧靜率皆賢行戒德相差欲貪三垢薄而尠也時佛大會十方明士普受持説是成具光明定意我時在座悅心喜樂宿行成滿即得是定意便而成具佛事在於四曙之一數是時有長者子名曰敏見

年五百歲時國人以爲少年敏見聞佛大會則啓二親乞行詣佛觀其所作父母聽行即往見佛稽首于地禮敬正住喜心興盛便脱身珍琦雜寶瓔珞散于佛上以佛神威應時所散化成華蓋列覆大衆人人各别佛令就坐爲説是成具光明定意法心又增欣則時願言令我所生常遇是成具光明定意疾盡履行無虧減於戒德是時少年以一切寶施與發一言之至願以是故所生世世輙得聞受善明寧知彼時少年不乎則爾身是也今我出世汝復值遇聞是定意於今已後必得不久得慧定後三百劫當具成佛號導世王天上天下之獨尊當化導愚冥如我今也善明聞佛授其封拜之名則心淨體輕譬如瑠璃水精中外潔淨一切無穢以所置處處并後淨其心若斯則時得十潭然法一者潭然不以所見爲動二者於諸煩勞之事潭然常足三者於衆想潭然不想四者流俗所樂汲汲之事潭然而飽捨五者於德不德潭然不念求不念否六者善法惡法潭然不著七者謙者賢者潭然不望榮八者敬養捨棄潭然無歡怒九者一切如法失法潭然同其原十者以入淨寂若處不淨能以法化潭然無差别無厭捨之念心以如此因白言天尊今授封拜之要於我我當報恩宣開一切令未聞者聞未知者知未度者度之我生死常多雖多雖久不以爲勞已不著已覺已能整已爲不惑已能入其被服隨因緣而示見之我不以生死爲生死也我受佛威神已悉俱了我有等率五百人願天尊加四等之大慈勉引

入法令疾解是成具光明定意於是佛笑皆見光從口出五色煒曄明接十方其在痛者一時得安還從頂入自如常輝侍者阿難整服避坐叉手啓曰佛未嘗虛欣笑笑必有故唯願彰演散告天聞於是阿難則如歎曰

面部人雄顏　眼鼻口正端　金體極輭細
今笑何盛欣　方口含白齒　唇像朱火明
姿美八十種　今笑必有因　鏡齒牙四十
廣舌頰車方　語則香氣發　今笑爲誰成
眉髭紺青色　眼瞼雙部當　白毫天中立
今笑唯願聞　天眼已了朗　道眼已備逮
法眼與慧眼　此四已具成　笑必有感應
啓化於未成　或當受拜決　故笑發金顏

佛語阿難佛眞不妄笑也今善明所從五百賢士前世已供養二百億佛已於其坐聞是成具光明慧中百三十五行自從初聞歷世踰多然常剛猛適在小善之數未能伏心受於清淨最妙定行雖爾以聞之功德所生不在三惡處常遇值是尊定之法今日來會淨心聽受稍稍解釋開入正諦後慈仁佛立當於彼時得是成具光明定意法却後三十六萬億劫皆成爲佛當復以是法教化所領國土各各有號有名幢節布曜王次名大光徧顯次名大勢伏惡次名猛盛威德次名流水淨音次名高德普接王次名景現除結次名化幻自在名各各如此於是五百賢士聞所受決欣悅踊躍則得五無轉心一者祠祀求福心不轉爲二者一切五味可舌皆是衆生之身命終不轉爲害生可口三者正立於無上獨尊之行終不轉動捨就小道四者知見

是法尊無有與等者勤心修行雖有他法雜異之虚而已法心觀别終不轉爲五者正使世有佛無佛法興法衰有終有始心在定意不以無此三寶故不轉爲邪業是爲五無轉心已得是心法義皆前長跪白天尊曰佛哀我等告其封拜成佛之名我等當報恩後若所生弊惡之世當勤修正行奉宣尊法開化未知亂者正之解者勸之却者勉之傾者扶之缺慢者補完之冥者照之結者解之殺者爲説夭逝之殃盜者爲説貧乞之苦婬者爲説燒身之禍讒佞欺者爲説滅性之患醉亂者爲説危身之變我等今日并於佛前誓立五願作明士行及成至佛行之無休已願佛哀於我等聽我等所言第一之願者我作明士行疾令身而變化周流十方若世無佛洪通正化改邪從正其心四等不生憂劣弟子或有知法者言信實有佛但滅度耳凡俗之人邪見疑網生不見佛又不知法便言無佛但虚妄耳若審有佛何不現其威神乎兩諍如此當諍時我便當往化現佛身相好照明又化威神於是兩諍人前令見知諦有佛并謂之曰汝莫疑也是疑人即當驚喜因爲説法教度脱之已便化去如是無極第二之願者佛有大妙極深無量法文十二部要佛滅度後弟子各學一經偏見一卷不能徧洽未解四説方便之等便轉相難或言虚或言有言是義當爾是不當爾真知法義者言辭相貌不曉義者貪於名字飾貌貌狀如解達便於衆會兩諍興恚捨善就惡當是諍時我當往現身變化有踰於衆令衆肅然便爲斷説

是别正者牽經開語令俱歡喜已便化去如是無極第三之願者佛滅度後俗人外智之士入佛弟子大衆中弟子論説法義言及衆道分邪别正差品高下便言是道九十六種之中佛爲尊耶有四神足飛行變化天上天下無如佛智者俗智之士生不覩佛習於邪見信小毁大便語佛弟子言汝莫妄説云佛神足飛行變化先古已來人之品類無有此也誠不實言但虚妄耳當此之時我便化作佛身相示諸種好現于神足經行空中身出火水令諸俗人外智之士肅然而驚乃知威神之化以爲説法授以正戒畢乃化去如是無極第四之願者若人讀誦佛經獨在野室若在山間或於大國尊姓長者及與人民無有師法或師不明顧無所問心用疑網我化作道人被服往到其前句句爲解本末分了疑意燿開令入微妙而無疑意已便化去如是無極第五之願者所生國處常遇見佛佛滅度後弟子立廟圖像佛形并設講堂論義經法若俗之人開學小慧縛在四倒聞佛弟子説度世法生死之要便往難却不諒眞正謗訕誹訕貪名求勝或加悁恚欲往壞敗陵詘毁懱卑易弱之蔽於正道令不得行當爾之時我便當化現佛身更爲説絶妙之法現其生死殃福之應將詣天上令觀福舍牽致泥犁使視罪報法威以震之智力以伏之令即降伏信就大道已便化去如是無極我作明士乃至成佛常當行此五願無有休息願天尊以天恩之福覆祐我等令得所志於是佛言善哉願也斯成明士所當志念從令已

往必得不失但當常護其行莫令毀漏勤率
一切疾獲爾志佛時歎曰

意大與願普　化慼以此五　當成無央數
疑者得入道　此德無有量　爲衆行之英
若人聞是願　疑網永除亡　五願爲佛地
所伏合道化　大慧無過是　此願人中上
五百諸賢士　啓願少等雙　後生得不失
一切受福慶

佛謂諸賢士一切在坐者是法眞諦宜善奉行當以戒具爲本不以虛言綺語爲應法也當忍而不爲惡若在空閑及於大衆尊卑之處內制其心令如誡法不以閑宴而犯漏行不於衆會而自大不用尊顯而驕貴不以卑弱而轉隨不暫善不暫惡不種無益之事心如正法無有搖却不作增減之念也如此明士善根五願必獲爾志疾成至佛是時無穢王百明士避坐長跪啓天尊曰願佛今日現是成具光明定意威神令此衆會見之悅心喜樂皆當發意立其德本未成者成未度者度於時坐中有明士名大力普平佛語大力普平現是成具光明定意威神即時受教便於其坐而不起動因入慧定神靜之意如彈指頃三千大千之國諸小山大山大障山小障山悉滅不現一切皆平紺瑠璃色復令十方他佛國土皆通相見相去如一尋所也觀十方諸佛坐處譬如仰觀星宿不可計筭復以右手舉十方諸佛三千大千國土以著一指上上之下之如舉一塵其中人民蠕動之類無有知之者而有驚怖之念也於是復以一切十方諸佛之國以內方圓一尺之器中

而不逼迮現變畢竟霍如常故其在坐者皆見如斯悉而驚欣踊喜發於大願其心皆在無上獨尊之地八百萬明士及諸尊天得安樂慧定復六十萬人悉入通解法門復六萬八千人得是成具光明定意十方諸來明士莫不歡喜佛告善明一切人所以不學是成具光明定意者爲住於惑故也計有以在有便著染黒冥以在著染譬猶冥夜復閉目行便無所見無所見者謂今所受身善惡因前之所造也以不覺見故便吁嗟啼泣謂今爲善反受惡罪或先爲惡反受善福不曉思惟比本便結在疑網已在疑網於可學便不欲學可進不欲進可入不欲入是故忘失是定在於哭悲變惶累劫無終已來往無休息名曰勞苦行也哀哉善明此輩可傷故佛出世正爲愚迷人故其有人學是正定者彼所感念生死之煩皆疾得除復能訓導一切諸著有者善明常當思惟空法莫住惑誤處也善明白佛言若有賢士生於種姓之家統領縣官位率國正心多煩亂不得專一欲學是定當柰何乎佛言善明賢士生有縣官之因緣或在不安隱處欲學是定不得巡心者但當書是經卷供設坐閣燒香敬禮朝中人定不失三時頭面爲禮懇惻至心又當加行十五事一者不殺二者活生三者不妄取四者而恩施五者不婬六者遠色聲七者不欺不調八者而忠言善諫九者不醉十者不以酒爲惠施十一者擁護羸劣不令枉横十二者其所臨主加以仁心各使得所十三者寛弘大受包化不肖示以正教十四者其來歸於己

有所陳訴必而正平應於法律令無枉愠十五者以善勸上悉施於民終始無懈行是十五誡莫得休廢此亦應定意之教法必得不失後長解脱也善明白佛言若有凡人爲宿罪所牽在不安隱處拘逼制礙有志於是成具光明定法而不得從心意欲學是尊定當柰何乎佛言善明凡人至心欲學者亦如上説善書是經卷爲設坐閣燒香敬禮不失三時當復加行十事一者修奉五戒無有缺犯二者當以閑暇稍稍誦行定意法文三者雖執作事内心誦習使不忘誤四者在勤勞屈苦之地當知是宿行所爲而無愠恚五者若所居地無佛形像無離惡衆心常存憶向四方作禮如對佛無異六者謹勑柔輭調和心意下於一切七者所作盡節而無虚飾八者

饒作等侣不愛筋力九者若見老羸疾病瘦耄傷念扶護至心不飾十者常歸命三尊而不怠忘是爲十事凡人雖在勤苦拘礙之處當行此十事莫毁莫懈亦應定意教法世世不失後長解脱也善明白佛言若有賢女人姻於種姓之家或有居事之業因縁不得捨離欲學是成具光明定意當柰何乎佛言善明女人有居事因縁志欲學是正定者亦如上説善書是經設立棚閣供施旛華燒香敬禮頭腦著地雞鳴日中人定三時爲禮不失至心懇惻常願離於女人之身心絶愛欲如是無懈又當加行二十事一者持上賢士十五誡中之十誡而不毁缺二者捐於姤心三者減於鏍釧之好四者除於脂粉之飾五者無有姿態六者衣服眞純而不奢麗七者育

養室内以慈心相向八者輭教奴婢不加楚痛九者攝護孤獨衣食平等十者孝事其上仁接下小十一者下聲下意當自剋責十二者謙卑誠慎常知慙愧十三者所作爲者手執其事清淨香潔施於公姑父母供養三尊及與師友十四者親踈善惡慈而等之無此四念差别之相十五者若在私室空閑無人心不念欲十六者端愨精一心常在法十七者所欲施作報於所尊然後乃行十八者無自專之心常以卑順勑誡其身令如正法十九者終不於牆垣窺看有邪僻之念二十者坐起言語終不調戲常應法律而無輕失是爲賢女人居家行正定之法如此莫漏功德漸滿後長解脫也善明白佛言若有小姓凡女人性樂賢行者家貧困厄執事勞苦憂在衣食不得自在内厭殃罪欲疾解脫聞是成具光明尊定清淨之法至心欲行當云何乎佛言善明如此凡女人輩在於貧困欲學是定雖不能得具行誡法者但當修奉十事莫作違捨一者親就賢友從受五戒行不毀缺二者雖飢雖寒忍不殺盜以自飽暖三者雖獨居處忍不邪婬數諫心意四者雖貧忍不欺怠以求財賄五者於酒食倡妓忍不觀戲六者尊行定法者視之如佛七者常行五善心一爲念施心二爲恭敬心三爲禮節心四爲下於一切心五爲制伏衆態心八者雖在事作心誦法文而無懈怠九者六齋入塔禮拜三尊十者雖無錢財以用布施常身自掃灑塔地以淨水漿給與衆僧澡手洗浴以力爲施勤而不厭是爲凡女人在於貧困而行

是十事不有懈怠此則巍巍生則值佛常遇定法後長解脫佛言善明我所說賢女凡人貴姓賢女凡姓女人好賢行者四品之行誠法了了其身履行無毀漏者是之福祐難譬喻也善明譬人以七寶滿是十方上至二十八天以用布施百千劫不休不如彼四輩人行成具光明定意四品法功德出於彼布施福上巨億萬倍所以者何夫福者有盡有苦有往來有煩勞有食飲行是成具光明定意則無此五也寂然潔淨一切盡滅是曰最尊故喻勝也善明當布露是誡令一切聞受持行之此明士所當勤勸率也佛告善明我滅度後若有人行是成具光明定意及書持經卷供養作禮者當有十二大天神擁護之令不枉橫所在安隱不爲惡所中傷今爲汝說此諸神名字其在厄難水火盜賊兵革善誦行是經文不以恐厄故而廢致者是十二天神即當往護之終不使橫殃佛無二言也當廣宣告一切人令誦習之

有神名大護　復次神名福救

復次神名祐衆　復次神名不厄

復次神名善將　復次神名光明

復次神名道戒　復次神名拔苦

復次神名大度　復次神名度厄

復次神名安隱　復次神名普濟

佛告善明是十二神久有願於佛當防護是持法者行是成具光明定意法誡處當令有五清淨一者爲經所在高座常令清淨二者燒香掃地令清淨三者衣服常清淨四者心口意常清淨五者讀是經時先施清淨巾盥

手漱口常令清淨是爲五也於是佛告阿難以成具光明定意法囑汝善書經文愼莫增減勤教一切人疾令受解阿難是經難遇所以者何其要先從六度無極起乃入正定是百三十五行此中有孝誡有謙誡有忍誡有禮節誡有衆善法誡有空法誡乃至滅度處無不具有也佛身所有相好慧力悉從此法出爲尊上爲斷生死所謂無比之法也重囑累汝諦以授之當以了了佛之出世難常見法誡之與亦難值遇也汝莫怠遠阿難言受天尊教佛說經竟十方諸來明士及諸天神禮佛歡喜忽各還本所忍國諸明士除惡衆天龍鬼王及四輩人聞經欣悅各以頭面著地禮佛而去

成具光明定意經

音釋

瀖渃 瀖胡郭切渃音洛瀖渃汙也
崐崘 崐古渾切崘盧昆切崐崘山名也
幘 側革切巾也
瀉 斯義切泄也
卓犖 卓竹角切犖呂角切卓犖超絕也
瞢 莫鳳切不明也
諺 魚變切俗言也
褒訕 褒博毛切獎也訕所晏切謗也
坏 芳杯切土器未燒者
剗 初限切削平也
刈 倪祭切劌也
躓 知義切頻也
尠 息淺切少也
煒曄 煒于鬼切曄域輒切光盛貌
瞼 九儉切目瞼也
㸌 虛郭切與霩同雲消貌
諀訿 諀蒲支切訿玆此切諀訿惡言也
愨 苦角切謹也
賄 呼罪切財也
盥漱 盥古玩切澡手也漱蘇奏切盪口也

摩訶摩耶經

蕭齊沙門釋曇景譯

清刻龍藏佛說法變相圖

摩訶摩耶經卷上 一名佛昇忉利天爲母說法經

蕭齊沙門釋曇景譯

如是我聞一時佛在忉利天歡喜園中波利
質多羅樹下三月安居與大比丘衆一千二
百五十人俱又與無量百千天龍夜叉乾闥
婆阿脩羅迦樓羅緊那羅摩睺羅伽人及非
人并餘無數比丘比丘尼優婆塞優婆夷前
後圍遶爾時如來結加趺坐身毛孔中放千
光明普照三千大千世界一一光中有千蓮
華其一蓮華有千化佛結加趺坐如釋迦牟
尼當於爾時日月星辰所有威光隱蔽不現
皆悉來入如來光中令波利質多羅樹如眞
金色譬如虛空淨無雲翳日月威光極爲明
顯如來在於忉利天上所放光明亦復如是
倍更照曜不可譬類是時日月星辰諸天子

等見此相已其心戰怖不能自安不知何緣而有斯事爾時佛告文殊師利童子汝詣母所道我在此願母暫屈禮敬三寶并以此偈向母說之爾時世尊而說偈言

釋迦大仙師　成就一切智　在於閻浮提
猶如千眼天　慇懃情渴仰　久欲覲慈顏
本昔王宮中　生我七日已　神昇受天福
姨母長乳養　致得成正覺　應供度衆生
今故至於此　說法報往恩　願母與眷屬
屈來到此處　敬禮佛法衆　并受真淨法

爾時文殊師利童子受佛教勑即便往至摩訶摩耶所具以佛言而往白之并誦如來所說之偈時摩訶摩耶聞斯語已乳自流出而作此言若審決定是我所生悉達多者當令乳汁直至其口作此語已兩乳湩出猶白蓮華而便入於如來口中時摩訶摩耶既見此已踊躍遍身容顏怡悅如千葉蓮華日照開榮摩訶摩耶妙色亦爾時三千大千世界普皆震動諸妙華果非時敷熟即語文殊師利童子我從與佛爲母子來歡喜安樂未曾如今譬如有人極苦飢渴忽值甘饍食之豐樂今我歡悅亦復如是無復諸餘雜亂念想說此語已即與文殊師利童子俱趣佛所爾時世尊遥見母來內懷忻敬舉身動揺如須彌山王及四大海鼓動之相于時如來既見母至便以梵音而白母言身所經處與苦樂俱當修涅槃永離苦樂爾時摩訶摩耶聞佛此語合掌低頭一心思惟長跪佛前五體投地專精正念諸結消伏即於佛前以偈讚曰

汝從無數劫　恒飲我乳汁　故離生老死

得成無上道　宜應報恩養　斷我三毒本
歸命大丈夫　無貪惠施者　歸命調御士
最上無能過　歸命天人師　永離癡愛縛
日夜各三時　念想不斷絶　稽首頭面禮
無上大法王　今於汝福田　欲長功德芽
唯願施慈悲　速令成妙果　久有此大志
故生大王宮　巨身紫金色　光明照十方
面貌悉圓淨　猶如秋滿月

爾時世尊即白母言諦聽諦聽善思念之初中後善其義深遠其語巧妙純一無雜具足清白梵行之相摩訶摩耶聞此語已佛神力故即識宿命并以善根純熟時故破八十億烔然之結得須陀洹果即起合掌而白佛言生死牢獄已證解脱時會大衆聞此語已異口同音而作是言願一切衆生皆得解脱如今現在摩訶摩耶時摩訶摩耶而白佛言譬如猛火焼於熱鐵若有觸者身心焦痛世間生死亦復如是所往來處皆是苦聚凡集苦本皆由心意隨欲輕躁戲弄衆生輪轉五道疾於猛風猶如拍毱時摩訶摩耶即於佛前而自剋責其心意言汝常何故作非利益遊六塵境而不安定亂想牽挽無時暫停所有縁慮皆非吉祥何故惑我而便集彼譬如有人恒墾於地而彼大地未曾損益然其耕器日就銷毁在生死海亦復如是恒棄身命不可稱載而我神識初無增減汝能令我作轉輪聖王統四天下七寶具足須臾令我退爲蝦蟇須臾令我作貧賤人東西馳走求乞衣食須臾令我作大富長者積財巨億名稱普聞須臾令我在天宮殿飲服甘露五欲自恣

須臾令我居止地獄飲於鎔銅吞熱鐵丸我但過去曾經牛身積聚其皮高須彌山猶於生死未得解脱須臾復獲無量名字或曰大家或曰僕使或曰轉輪聖王或曰帝王或曰天龍夜叉乾闥婆阿脩羅迦樓羅緊那羅摩睺羅伽人及非人或曰畜生或曰餓鬼或曰地獄衆生有如是等種種稱號汝癡心意雖復曾經具世五欲金銀諸珍妻子奴婢象馬車乘屋舍田宅人民聚落尋皆散滅共就無常暫爲己有會歸摩滅猶逆旅舍憩無定主上至諸天五欲自在福盡臨終五相現時徘徊顧戀心懷愁苦及在人中貧窮下賤爲人所使若居王位互相討伐君臣父子競共殘滅下至地獄屠割燒煑畜生之中更相吞害皮肉筋力償其宿債爲業所逼不得自在餓鬼之中飢渴所迫東西馳走唯見火聚及熱鐵輪長隨其後五道生死有如是等種種衆苦不可稱計汝癡心意往昔已來長牽於我去來諸處恒相順從初未違異我於今日欲專聽法勿復惱亂而爲障礙亦宜自應厭離諸苦速求涅槃疾獲安樂時摩訶摩耶即於佛前而説偈言

唯願降法雨　洽潤於枯槁　普生法萌芽
開發漸滋長　今我及衆會　善根普純熟
或於諸道果　次第隨所獲　願時施甘露
消滅貪恚源　我等長夜來　縛著無明獄
惛迷無智慧　不知求道處　願示解脱路
疾至常樂城

爾時摩訶摩耶説此偈已復於佛前重偈讃歎

世尊處大衆　光顯踰須彌　我今頭頂禮
并及法與僧　四衆八部等　渴仰誠慇懃
一心諦觀佛　如天眼不瞬　唯希莊嚴師
飾我妙法髮
爾時摩訶摩耶說偈讃已而白佛言誠知如來諸弟子衆比丘比丘尼優婆塞優婆夷天龍夜叉乾闥婆阿脩羅迦樓羅緊那羅摩睺羅伽人及非人國王大臣長者居士婆羅門等其數無邊所說偈讃歌頌如來微妙功德亦不可量然我今者智慧微淺猶欲於佛功德大海少分稱讃唯願垂許即於佛前而說偈言
智慧高廣山　峯嶺極嚴峻　溪谷深且曠
清泉常流滿　療疾諸藥草　滋茂生其側
若有服之者　長樂無窮已　譬如甘蔗種
内性汁常甜　智者善壓之　便獲甘美味
世尊所演法　從本自清淨　若人信樂受
福報無窮盡　一切諸衆生　願樂無邊際
唯有牟尼尊　能令皆滿足　衆生煩惱患
無始恒熾盛　如來大醫王　應病投良藥
生死邪曲路　艱險難登履　憍陳等五人
遊涉不知反　如來大慈悲　躬趣波羅柰
爲其轉法輪　悉得道果證　八萬諸天子
於空獲法眼　自非大導師　孰能迴此等
舍利弗目連　迦葉迦旃延　此四大聲聞
昔未出家時　高才智通博　憍慢輕世間
舉國皆宗敬　名德莫能倫　一見聞甘露
降伏成羅漢　漸次助大師　隨順轉法輪
如尼俱類樹　種子甚毫微　繁茂隨時長
柯條遠垂布　世尊所化度　增進亦如是

如央掘魔羅　多殺諸衆生　世尊亦矜愍
化令入佛道　彼提婆達多　造作五逆行
使鬼舉大石　而欲害如來　世尊平等視
猶若羅睺羅　又彼鬼子母　恒噉於人兒
以佛憐愍故　藏其子不現　憧惶競求覓
莫知所在處　還來問世尊　求示子所在
如來以方便　即事反詰之　汝自念子故
馳走急求覓　云何無慈心　恒噉他人兒
恕己可爲譬　勿殺勿行杖　若能改此心
汝子今可見　其聞是語已　慙喜頭面禮
亦兼爲子故　合掌白佛言　從今盡形壽
捨離貪害心　即前受五戒　乃至得道果
如彼鬼子母　自愛其子故　廣及於他人
究竟永斷殺　唯願大悲尊　今者亦如是
以愍所生母　普及餘一切　願速開正法
悉令衆聽受

爾時摩訶摩耶說斯偈已而白佛言世尊一切衆生在於五道皆由煩惱過患所致故有結縛不得自在願我來世得成正覺當爲一切斷此患本唯是大師慈念世間生老病死憂悲苦惱無常之火恒燒衆生長夜熾然未曾休息而呼弟子令歸其所顯示生死根本之患而語之言汝等何故長眠三界火輪牀上無常殺鬼伺捕求便諸病風刀欲斷人命譬如盜賊見珍寶藏執持器仗而來攻伐百千億劫受餘雜形修行十善方得人身雖得人身長壽亦難無常惡賊復加盜迫宜應防慎猶自放逸愚癡之人虛計日月年歲多少謂爲定期不覺念念變移潛逝及至壽終隨業所生室家眷屬悲哭相對傳亙如此無有

窮已人在世間猶如電光又於其中生起憍慢或有稱言我是國王統領天下勢力自在或有稱言我是大臣助理國事枉直由己或有稱言我富長者多饒財寶所欲隨意或有稱言我婆羅門族姓高貴聰明博達先祖相承爲刹利師世尊此等諸人在世之時種種快樂恣意自在初無憂慮一旦死至方懷悔恨何所復及强壯之時親戚相隨嬉戲縱逸不造微善無常卒至各散五道千萬億劫難復相値生死無實如乾闥婆城乃至辟支佛等盡諸結漏具大神通自在無畏身上出火身下出水身上出水身下出火飛騰空中行住坐卧去來迅疾石壁無礙形貌端正諸相具足能爲衆生作大福田猶亦未免無常之患如以大水用滅小火世間之人犯於王法

罪應及死閉在囹圄猶可囑救而令得脱無常之法非可囑者賢聖之力尚不能免豈況凡夫而無憂懼五通仙人名曰逮波耶那又有仙人名鬱陀羅翅又有仙人名毗失波蜜多羅又有仙人名阿羅邏又有仙人名波羅舍邏又有仙人名應祁羅舍又有仙人名阿私陀又有仙人名曰波薩有如是等諸大仙人威力具足有大名稱能以呪術成毀國邑斯等今者爲在何許以無常火曾燒衆生仍還自焚俱就消滅大梵天王釋提桓因摩醯首羅六欲魔王及毗紐天閻羅王等羅婆奈神羅婆泥神比比沙泥神迦樓泥神波樓泥神斯等大力皆被無常之所執捉頂生聖王那羅延力士王支夜多羅帝王馬鳴王毗尼羅翅王此等諸王統攝衆國顔容端正聰明

超世身力勇健莫能當者無常所碎不知何在娑伽羅龍王脩陀利舍那鬼王毗摩質多羅阿脩羅王舍脂迷那天后阿伽藍波天后鬱波尸天后昵舍邏雞尸天后阿葛邏天后阿留波底天后藐底天后藐底梨沙天后此諸雜王具大威力及衆天后容貌絕世若有見者即失正念邪意散亂如非人持設復良醫種種療治不能迴改令還正念此等亦皆歸就無常譬如獵師圍逐諸獸無常之法亦復如是驅逼衆生至閻羅王所而使業象隨次蹈之無常羣虎恒伺衆生若得其便而共殘食如旃陀羅欲屠羊時倒懸兩足不得跳踉無常旃陀羅亦復如是執諸衆生不得動轉無常之法如阿闍迦羅蛇若見人時兩頭纏繞無常之法如風中幢聚會之時而便傾倒無常之法亦如黑月漸就缺盡轉近昏冥時摩訶摩耶說此語已復偈頌曰

譬如旃陀羅　驅牛就屠所　步步之死地
人命疾過是

時摩訶摩耶說此頌已即於佛前語時會大衆言諸法兄弟及以姊妹汝等宜應勤修戒行今者幸值無上導師又執法炬照於行者并給衣粮無所乏少若欲往至安樂城所宜速諮問能示正路若有值遇如此善導而不歸依不隨順者當知此人極爲剛强必能造作五逆重罪生死苦海甚可怖畏一劫之中所經雜身積集其皮如須彌山及在胞胎眠卧汗露出入去來不可數計并乳哺中屎尿涕唾乃至老死諸苦難量況復三塗楚毒之時是故我今普語汝等勤於長夜念求解脫

爾時摩訶摩耶即從座起頂禮佛足長跪合掌而白佛言世尊一切衆生所以沉淪在於生死而不能知出要之道爾時世尊答摩訶摩耶言衆生所以不得解脱皆由貪欲瞋恚愚癡是故致令恒在生死乃至欲求生天亦難何況希望離生死耶在世亦復失好名稱朋友親屬皆共䟽棄如視草土無復愛念臨命終時極大懼怖神識恍惚方自悔責如此皆由三毒患故若人欲求解脱妙果宜斷苦本復愚癡凡夫爲結所纒猶如惡馬被於羈絆不得動揺謂色集色滅色著不如實知受想行識不如實知不得解脱生老病死憂悲苦惱若能於色而得解脱如實究竟知者則於受想行識亦如實究竟知而得解脱生老病死憂悲苦惱此則名爲斷於苦本斷苦本已則離妄想離妄想已則無攀緣不復貪樂色聲香味觸法離我計著及以我所汝等從今可以此法互相開示長獲利益汝等今者聽我所説我於過去無數劫來爲諸衆生廣修苦行得成阿耨多羅三藐三菩提慈悲一切猶如赤子所應化度其緣垂畢三世諸佛法皆善逝無復還出世間之期我從此没足跡難尋不還作彼閻浮提主亦不作彼瞿耶尼主亦不作彼弗婆提主亦不作彼欝單越主亦不作彼轉輪聖王亦復不作釋提桓因亦復不作大梵天王如是三界悉已捨離我久安立法王自在不以刀兵杻械枷鏁用伏人民但以正法而施衆生普使一切皆得解脱會必有離諸行力爾須彌寶山劫盡消滅四大海水亦有枯固如來出世爲度衆生因

縁窮訖不得停住無常弊惡猶如鼃鼉若齧人時終不放捨時會大衆聞此語已悲號懊惱俱共同聲而說偈言

佛日出於世　光顯恒明曜　今者欲潛隱
入於無常山　導師天中天　無比最上士
如何將爲彼　諸行賊所侵　薄福諸衆生
長夜方昏暗

爾時世尊於忉利天爲諸八部及以四衆種種說法至三月盡將欲還下於閻浮提即便命彼王舍城中大臣之子名鳩摩羅聰明辯慧而語之言汝今可下至閻浮提遍語諸國普令聞知如來不久當入涅槃并以此偈廣宣示之爾時世尊而說偈言

舉世令盲瞑　失於智慧眼　三毒根轉深
無有醫王故　又將欲往彼　涅槃幽遠城
今在忉利天　說法化衆生　仁等宜速請
還下閻浮提

時鳩摩羅受佛勑已下閻浮提周遍宣示一切諸國并說如來所授之偈于時衆生聞鳩摩羅所說語已極大愁惱皆悉頭頂而禮其足作如是言我等頃來失於慈蔭世間毒火轉更增熾咸皆不知大師所在今者乃在忉利天上又復不久欲入涅槃何其苦哉世眼將滅我等罪身天人殊絶無由昇天恭敬勸請唯願仁者普愍我故還歸天上啓白佛言閻浮提中一切衆生遥共頂禮世尊足下久違聖化莫不仰戀四方推求不知所在始聞在於忉利天上廣大饒益諸衆生等又聞不久當入涅槃世間方當失於慧眼唯願愍念閻浮提人時速還下爲惠法藥時鳩摩羅聞

此語已即還昇天往至佛所具以閻浮提人所說之言向佛廣述爾時世尊聞此語已而便放於五色光明青黃赤白玻瓈紅色其光遍照閻浮提內于時人民男女大小見此光明皆悉驚喜歎未曾有各相謂言今者何忽有此異相非是日月星宿之光亦復不似五通仙人及婆羅門神力呪術所能爲者又有人言如我今者察此光相決定非是餘力所作必是大慈無上醫王愍世間故而放斯瑞我等或能蒙獲安濟時天帝釋知佛當下即使鬼神作三道寶階中央階者用閻浮檀金右面階者用純瑠璃左面階者用純碼碯欄楯彫鏤極爲嚴麗爾時世尊白摩訶摩耶言生死之法會必有離我今應下還閻浮提不久亦當入於涅槃時摩訶摩耶聞此語已即便垂淚而說偈言

世尊於曠劫　慈愍一切故　捨頭目髓腦
今得成正覺　三界諸衆生　長迷癡愛海
方應施法舟　云何而背捨

爾時世尊以偈答言

諸佛出於世　非是無緣故　緣盡豈得停
三世佛法然

爾時世尊說此偈已爲欲報於所生恩故兼愍一切諸衆生等即於摩訶摩耶前而說此呪

南無佛陀　南無達摩　南無僧伽　南無薩多那三藐三佛陀聲聞僧伽　南無彌帝利　波羅目佉那　南無須陀洹　南無斯陀含　南無阿那含　南無阿羅漢多　南無盧迦三藐迦陀那　三藐波羅底柈那奈

低沙那摩 已慄多和 波羅婆叉寐 摩
訶摩由利鞞闍羅闍 波摩鼻闍三 鼻闍
諦 收樓兜迷 移枳(先斯至切) 波羅帝毗
遮利遮羅遮邏 提婆那伽夜叉阿脩羅
迦樓羅緊那羅摩睺羅伽夜叉羅刹毗耆遮
悉健陀 嘔摩悉沒羅迦 收樓拏兜迷浮
陀迦那 移枳至 婆羅諦毗遮邏遮羅遮
邏 劫波阿河邏 樓提(徒梨切)多阿河邏曼
(無干切)蹉阿河邏迷多阿河邏薩婆阿河邏
阿突遮阿河邏耆(是梨切)毗多阿河邏出(都勿切)
吒質多波婆質多 屈(久勿切)比陀質多 犍
羅(呂耶切)那質多 佛陀婆 達摩婆 僧伽
婆 波羅先奈迦(俱安切)跱(何利切)迦蘭跱鳩槃
跱(竹利切)聲棄尼 闍摩羅刹闍摩頭諦 藍
婆 波羅藍婆 迦羅波舍阿履諦阿利枳

試 阿利諦 阿梨賔伽利藍婆 毗藍婆
迦羅波尸 阿梨諦
我今爲母報所生恩及護一切而說此呪若有善男子善女人至心樂欲受持讀誦摩訶摩耶夫人所說及此呪者先淨洗浴著新潔衣香泥塗地燒香末香散衆妙華繒蓋幢旛作倡妓樂種種供養七日七夜持八戒齋斷於五辛諸不淨味十種之肉一皆不噉叉手合掌歸依三寶并稱摩訶摩耶名而讀此呪以呪力故能除衆生熱病瘧病顛狂邪消鬼媚所著呪咀禱說卧見惡夢數魘寐語水腫短氣及以小兒驚癇啼喚魑魅魍魎四百四病皆能消愈又於世間得好名稱恒爲一切之所愛敬持此呪者亦應稱喚東方天王提頭賴吒南方天王毗樓博叉西方天王毗樓

勒迦北方天王毗沙門東方天王第一輔臣名摩尼跋陀羅二名富那跋陀羅三名金毗羅統領一切諸鬼神等南方天王第一輔臣名槃遮羅立不諦厠摩訶耆羅闍那各各將領五億鬼神護震旦界及閻浮提一切諸鬼不得亂行西方天王第一輔臣跋檀那等凡弟六人北方天王第一輔臣迦毗羅夜叉金髮大神毋指大神散脂脩摩羅神有如是等諸大鬼神統四天下若有讀誦摩訶摩耶所可演說及此神呪是諸善神又聞喚名皆來親近擁護隨侍一切諸患皆悉除滅爾時世尊說此呪已而說偈言

若有惡衆生　不隨順此呪　猶如諸商人
漂沒羅剎國　五百諸羅剎　爭取吞噉之
若人善誦持　如此神呪者　譬彼諸商人
大海安隱還　多獲衆珍寶　七世無窮盡
我於無量劫　捨頭目髓腦　骨肉及手足
國城與妻子　累積菩薩行　勤修波羅蜜
廣愍一切故　非為自己身　今得成正覺
拔濟苦衆生　說此陀羅尼　擁護於世間

爾時世尊說此偈已與毋辭別下躡寶階大梵天王執蓋隨從釋提桓因及四天王侍立左右無量天龍夜叉乾闥婆阿脩羅迦樓羅緊那羅摩睺羅伽人及非人比丘比丘尼優婆塞優婆夷并餘種種諸雜鬼神前後圍遶充塞虛空作天妓樂歌唄讚歎燒衆名香散諸妙華導從來下趣閻浮提時閻浮提諸國王等波斯匿王優陀延王頻婆娑羅王勿陀伽王弗迦羅娑羅王并餘一切諸王大臣長者居士婆羅門等各嚴四兵象兵馬兵車兵

步兵青黄赤白雜色照曜如忉利天王出遊觀時并餘比丘比丘尼優婆塞優婆夷集在寶階而來迎佛時舍衛國王波斯匿即勅諸臣令於祇洹更辦種種飲食衣服卧具湯藥凡所資須皆使供辦爾時世尊到閻浮提已諸王大臣長者居士及以四衆恭敬禮拜歌頌讚歎隨從世尊入於祇洹爾時一切諸人民等既聞如來從忉利天還在祇洹皆悉馳競盈塞道路祇洹精舍四門充隘往來者衆不可稱計爾時世尊坐師子座四衆八部前後圍遶時波斯匿王既見世尊在師子座歡喜踊躍不能自勝即於佛前而說偈言

我等今歸命　無上功德聚　巧拔諸苦本
能植衆善根　慈悲福衆生　最勝調御師
相好端嚴容　無比丈夫身　導師良福田
功德超梵釋　義論廣降伏　神力得自在
我今頭頂禮　無譬天人師

時波斯匿王說此偈已而白佛言世尊今者衆生沉於生死飲服毒藥莫能療者唯願大仙降注甘露爾時世尊告諸大衆當知一切生死源本無明緣行行緣識識緣名色名色緣六入六入緣觸觸緣受受緣愛愛緣取取緣有有緣生生緣老死憂悲苦惱若無明滅則行滅行滅則識滅識滅則名色滅名色滅則六入滅六入滅則觸滅觸滅則受滅受滅則愛滅愛滅則取滅取滅則有滅有滅則生老死滅生老死滅則憂悲苦惱滅汝等宜應長勤修習速得離於三界苦海汝等又聽生死法中恒爲八苦之所纒縛皆由積集身口意業展轉不絶若能斷於諸集根本則滅衆

苦行八正道無爲正路若能諦審如此觀者則可出於諸有之際

摩訶摩耶經卷上

音釋

湩都貢切乳汁也躁則到切不安靜也毱居六切皮毛丸也挽無遠切引也墾康很切掘也愬去制切息也償市羊切酬也瞬書閏切目動也圀圄圀郎丁切圄魚巨切獄名邏郎賀切羈絆羈居宜切馬絡也絆博慢切馬縶也齧五結切噬也鏤郎豆切離刻也魘於琰切驚夢也寱魚祭切寐言也癇胡間切風病也

摩訶摩耶經卷下

蕭齊沙門釋曇景譯

爾時世尊爲波斯匿王及諸大衆說妙法已與比丘衆前後圍遶從舍衛國漸次遊行村邑聚落所應度者皆悉周遍乃至到於尼連禪河于時世尊既至河已著於浴衣入河洗浴時無量百千天龍夜叉乾闥婆阿脩羅迦樓羅緊那羅摩睺羅伽人非人等既見如來在河澡浴各持種種塗香末香而來供養時尼連禪河側水陸虛空一切衆生見如來身猶若明鏡覩妙形像皆生歡喜悉起慈心三毒消伏不相呑食咸發阿耨多羅三藐三菩提心爾時阿難即白佛言今此水陸虛空之中諸衆生等見佛身已尚生歡喜發菩提心而提婆達多生在釋宮佛之親屬又作沙門口常讀誦深妙經典而於如來恒造逆事破和合僧出佛身血教阿闍世殺害父王日日招集豐美飲食而自憍慢謂與佛等爲小利養以火自燒設令諸佛欲救拔之不能爲益如騾懷妊會喪身命爾時世尊告阿難言如汝所說提婆達多恒於我所生怨害心自造阿鼻地獄因緣一切諸佛不能救脫我於提婆達多極生慈愍但其不久苦業所逼時提婆達多在佛左右聞此語已心大瞋恚即捨於佛與其弟子往摩竭提國投阿闍世而於中路有諸羣烏急聲鳴喚翻飛亂擾又逢惡牛欲觗踃之其諸弟子見此相已而語之言我等今者觀此諸瑞非爲吉祥若所往處必無利益提婆達多而答之言汝等愚癡何所知耶但急隨我不須多云既至摩竭提國語

守門者汝入白王道我在此時守門人即入白王阿闍世王聞提婆達多來在外已心大瞋忿而作是言乃至不欲聞其名字何況而應眼見之耶譬如雨雹摧折草木在地不久還自消散如此惡人亦復如是教人行惡壞他善根復還自敗善根種子勑守門者勿聽其前時提婆達多見阿闍世王不許前已心大苦惱舉手拍頭切齒罵詈時鬱波羅比丘尼從王宮出而於門外見提婆達多即呵之言汝令釋種不得熾盛於佛法中作大留礙時提婆達多聞此語已極大忿恚即以手拳而打其頭彼比丘尼尋便命終提婆達多又害羅漢比丘尼故地即開裂有大猛火纒繞其身牽入地獄爾時世尊澡浴訖已向諸比丘而說偈言

譬如行惡道　登涉長憂怖　若到平坦處
安隱無愁患　生死險隘路　衆生恒恐怖
唯有涅槃道　行者獲安隱　我今欲至彼
功德常樂處

爾時世尊說此偈已與阿難俱至王舍城爲衆比丘廣說諸法漸次到巴連弗邑爲諸人民長者居士及梵志等廣說諸法漸次復到毗耶離城爲衆離車及柰女等廣演諸法爾時世尊舉身疾生處處皆痛即便顧語尊者阿難我於今者身體皆痛唯欲捨此朽故之身阿難當知若比丘比丘尼得四神足則能住壽一劫在世若滅一劫況復如來所欲自在是時阿難魔所蔽故默然無答乃至再三亦皆默然爾時世尊語阿難言汝今可往別一樹下專精思惟正觀諸法時魔波旬即來

佛所稽首禮足而白佛言我於往昔勸請世尊入於涅槃于時世尊而答我言我諸弟子比丘比丘尼優婆塞優婆夷未具足故所以未應入於涅槃世尊今者諸四部衆皆悉具足所度已畢唯願善逝速入涅槃爾時世尊即答魔言善哉波旬當知如來却後三月入於涅槃時魔波旬見佛許已歡喜踊躍不能自勝頂禮佛足還歸天宮爾時如來旣許天魔却後三月當入涅槃即便捨於無量之壽以神通力故住命三月于時大地六種震動日無精光風雨違常天龍八部莫不駭怖來至佛所罽塞空中時尊者阿難見此相已心驚毛竪疾詣佛所而白佛言今者何緣忽有此相佛告阿難惡魔波旬向來我所勸請於我令入涅槃我已許之即便捨壽以神力故

住命三月阿難白佛言世尊常說四神足人則能住壽一劫住世若減一劫隨意自在云何如來不久住世同於諸行于時如來答阿難言我向爲汝說如此語魔蔽汝故不知請答我已許之云何住壽阿難當知一切諸行法皆如是不得常存爾時阿難聞佛此語迷悶懊惱不能自勝悲號啼泣深追悔責爾時世尊與阿難俱漸次遊行到諸國界村邑聚落廣說諸法所可化度不可稱計漸次復到鳩尸那竭國力士生地熈連河側娑羅雙樹間而語阿難可安繩牀而令北首我今身體極大苦痛入於中夜當取涅槃阿難受敎施繩牀已佛即就卧右脅著地爾時阿難見佛卧已隱於佛後悲泣流淚極大苦惱世尊即便問諸比丘阿難今者爲在何許諸比丘言

近在於後垂淚憂惱如來即以大慈梵音告阿難言汝今不應猶如嬰兒而自啼泣所以者何生死之中皆悉如此但當專念思惟諸法汝從往昔看侍我來身口意業極爲純善未曾見汝有毫過失今者宜應勤求解脫忍割悲心勿自煎惱爾時阿難而白佛言如來入於般涅槃後闍維之法當云何耶佛告阿難闍維之法如轉輪聖王取於千端新淨之㲲用纏佛身香油灑灌內金棺中又以金棺内銀棺中又以銀棺内銅棺中又以銅棺内鐵棺中積衆香薪而用闍維收拾舍利起立塔廟表剎旛蓋種種供養爾時世尊告阿難言汝今入城告諸力士道我在此夜入涅槃若欲來者宜自知時阿難受勑即便入城街巷道路高聲唱言三界大師如來應供今近在於雙樹之間當於中夜而取涅槃諸仁若欲禮拜供養并欲諮決宜知是時時諸力士聞此語已皆大懊惱問阿難言世尊滅度一何駛哉我等從今無所依怙涕淚沿路往詣佛所時熈連河側娑羅雙樹周帀縱廣四百八十里天龍八部充塞盈滿間無空缺莫不戀慕悲號苦惱咸言世間失於慈父各相謂言我等從今方淪生死誰拔濟者爾時城中有一梵志名須跋陀羅年百二十歲聞佛近在雙樹之間當於中夜而入涅槃即往佛所白阿難言我聞如來一切智者當於中夜而入涅槃欲少決疑唯願聽前是時阿難心自念言今此梵志久習異見必於今者與佛論義世尊身痛而作擾亂即便黙然不聽許之乃至三請亦復如是爾時世尊天耳遥聞語

阿難言汝可聽是老梵志前此則是吾最後弟子須跋陀羅既見佛已歡喜踊躍頭面作禮爾時世尊隨應爲説八正道法即於座上得羅漢果而白佛言生死苦海已蒙得過不忍當見大師涅槃我今當先而取滅度即於佛前入般涅槃爾時世尊爲諸八部一切大衆説妙法已既至中夜涅槃時到而説偈言

我於諸衆生　應度緣今畢　夜靜氣恬和

涅槃時已到

爾時世尊説此偈已則入初禪入初禪已復入二禪入二禪已次入三禪入三禪已次入四禪入四禪已次入空處入空處已次入識處入識處已次入無所有處入無所有處已次入非想非非想處入非想非非想處已次入滅盡正受時會大衆既見如來諸根不動即便問於阿那律言世尊今者入涅槃未時阿那律語諸人言世尊今入滅盡正受爾時如來出滅盡正受還入非想非非想處出非想非非想處還入無所有處出無所有處還入識處出於識處還入空處出於空處還入四禪出於四禪還入三禪出於三禪還入二禪出於二禪還入初禪即於初禪還入二禪出於二禪而入三禪出於三禪而入四禪出於四禪而入空處出於空處而入識處出於識處入無所有處出於無所有處入非想非非想處出非想非非想處入滅盡正受則於彼處而般涅槃當於爾時大地震動天龍八部悲泣騷擾時天帝釋及梵天王而説偈言

生死無眞實　虚誑諸衆生　今者牟尼尊

棄之猶涕唾

時諸衆生共相謂言如來滅度何其駛哉三界牢獄誰為解脱其中或有宛轉于地或有牽絶衣服瓔珞或拔頭髮椎胷大叫爾時阿難即便入城普告力士如來昨夜已入涅槃汝等宜應供養闍維諸力士等聞此語已心大苦痛皆悉相隨至雙樹所既見世尊已般涅槃悶絶抽慟不能自勝即問阿難我等不知云何闍維如來之身阿難答言我於昨日已諮問佛世尊遺勑令如轉輪聖王闍維之法阿難具為次第説之諸力士衆聞此語已即便嚴辦供養之具事事皆依阿難所説如轉輪聖王棺殯之法爾時摩耶即於天上見五衰相一者頭上華萎二者腋下汗出三者頂中光滅四者兩目數瞬五者不樂本座又於其夜得五大惡夢一夢須彌山崩四海水竭二夢有諸羅刹手執利刀競挑一切衆之眼時有黑風吹諸羅刹皆悉奔馳歸於雪山三夢欲色界諸天忽失寶冠自絶瓔珞不安本坐身無光明猶如聚墨四夢如意珠王在高幢上恒雨珍寶周給一切有四毒龍口中吐火吹倒彼幢吸如意珠猛疾惡風吹没深淵五夢有五師子從空來下嚙摩訶摩耶乳入於左脅身心疼痛如被刀劒時摩訶摩耶見此夢已即便驚寤而作是言我於向者眠寢之中忽然見此非吉祥事令我身心極為愁苦往昔在於白淨王宮因晝寢中得希有夢見一天子身黄金色乗白象王從諸天子作妙妓樂貫日之精入我右脅身心安樂無有痛惱即便懷妊悉達太子光顯宗族為世照明今此五夢甚可怖畏必是我子釋迦如

來入般涅槃之惡相也即便向餘諸天子等廣說夢中所見諸事爾時尊者阿那律既見棺殯如來身已即便昇於忉利天上往摩訶摩耶所而說是偈

大師最勝天中天　善導一切世間者
今已爲彼無常海　摩竭大魚之所吞
在於鳩尸那竭國　娑羅林中雙樹間
不乆當出城東門　種種供養而闍維
天人八部衆盈滿　號泣震動徹三千

時阿那律說此偈已即便還下如來棺所爾時摩訶摩耶聞阿那律說此偈已悶絕躃地諸天女等以冷水灑良乆乃甦自拔頭髮絕莊嚴具悲泣垂淚而作此言我於昨夜得五惡夢決定當知佛入涅槃今者果見阿那律來云已滅度在雙樹間不乆便應而就闍維何其苦哉世間眼滅何其疾哉人天福盡昔日在於白淨王宫始生七日我便命終竟不抱育展母子情付囑摩訶波闍婆提令其姨母而乳養之及已長大年至十九便於中夜踰城而出舉宫内外莫不悲惱既成道已開世慧眼覆護一切猶若慈父如何一旦便入涅槃無常惡賊極爲凶暴忍能害我正覺之子即於衆中而說偈言

於無量劫來　常共爲母子　汝既成正覺
此緣方永斷　而復於今者　便入般涅槃
譬如高大樹　衆鳥依共棲　晨旦各分離
到暮還歸集　與汝爲母子　共在生死樹
既得成道果　長絕此源本　又復取滅度
無有會見期

時摩訶摩耶說此偈已涕泣懊惱不能自勝

與於無量諸天女等眷屬圍遶作妙妓樂燒香散華歌頌讃歎從空來下趣雙樹所到娑羅林中已遥見佛棺即又悶絶不能自勝諸天女等以水灑面然後方甦前至棺所頭頂作禮垂淚悲惱而作此言共於過去無量劫來長爲母子未曾捨離一旦於今無相見期嗚呼苦哉衆生福盡方當昏迷誰爲開導即以天曼陀羅華摩訶曼陀羅華曼殊沙華摩訶曼殊沙華用散棺上而説偈言

令此雙樹間　天龍八部衆　唯聞啼哭音
不知何所説　譬鸚鵡亂鳴　無能解其語
充塞在於地　猶如鎩翮鳥　不能起飛趣
如來涅槃林　曠劫積恩愛　似遮迦羅鳥
今者無常風　吹散各異處　在苦諸衆生
希望法甘露　猶迦蘭提鳥　渴仰待天雨
何故便於今　而速入涅槃　潛身重棺中
知我來此不

爾時摩訶摩耶説此偈已顧見如來僧迦梨衣及鉢多羅并以錫杖右手執之左手拍頭擧身投地如太山崩悲號慟絶而作是言我子昔日執著此等廣福世間利益天人今此諸物空無有主嗚呼苦哉痛不可言時諸八部及以四衆見摩訶摩耶憂惱如是倍更悲感淚下如雨帝釋力故變成河流爾時世尊以神力故令諸棺蓋皆自開發便從棺中合掌而起如師子王初出窟時奮迅之勢身毛孔中放千光明一一光明有千化佛悉皆合掌向摩訶摩耶以梵輭音問訊母言遠屈來下此閻浮提諸行法爾願勿啼泣即便爲母而説偈言

一切福田中　佛福田爲最　一切諸女中
玉女寶爲最　今我所生母　超勝無倫比
能生於三世　佛法僧之寶　故我從棺起
合掌歡喜讚　用報所生恩　示我孝戀情
諸佛雖滅度　法僧寶常住　願母莫憂愁
諦觀無常行

爾時世尊說此偈已摩訶摩耶小自安慰顔色暫悅如蓮華敷于時阿難見佛起已又聞說偈垂淚嗚咽强自抑忍即便合掌而白佛言後世衆生必當問我世尊臨欲般涅槃時復何所說云何答之佛告阿難汝當答言世尊已入般涅槃後摩訶摩耶從天來下至金棺所爾時如來爲後不孝諸衆生故從金棺出如師子王奮迅之勢身毛孔中放千光明一一光明有千化佛悉皆合掌向摩訶摩耶并又說於如上諸偈阿難又言當何名此經云何奉持佛告阿難我於昔日忉利天上爲母說法及摩訶摩耶夫人自有所說今復在此母子相見汝可爲後諸衆生等次第演說此經名曰摩訶摩耶經亦名佛昇忉利天爲母說法經又名佛臨般涅槃母子相見經如是奉持爾時世尊說此語已與母辭別而說偈言

我生分已盡　梵行久已立　所作皆已辦
不受於後有　願母自安慰　不須苦憂惱
一切行無常　信是生滅法　生滅既滅已
寂滅爲最樂

爾時世尊說此語已即便闔棺三千大千世界普皆震動摩訶摩耶及衆八部悲泣懊惱不能自勝摩訶摩耶問阿難言我子悉達臨

滅度時有何敎勅阿難白言世尊中夜爲諸比丘略說敎誡又以所說十二部經付囑尊者摩訶迦葉末後勅我令助宣布時摩訶摩耶聞此語已又增感絕即問阿難汝於往昔侍佛以來聞世尊說如來正法幾時當滅阿難垂淚而便答言我於往昔曾聞世尊說於當來法滅之後事云佛涅槃後摩訶迦葉共阿難結集法藏悉事畢已摩訶迦葉於狼跡山中入滅盡定我亦應當而得果證次第隨後入般涅槃當以正法付優波掬多善說法要如富樓那廣度之衆又復勸化阿輸迦王令於佛法得固正信以佛舍利廣起八萬四千諸塔二百歲已尸羅難陀比丘善說法要於閻浮提度十二億人三百歲已青蓮華眼比丘善說法要度半億人四百歲已牛口比丘善說法要度十萬人五百歲已寶天比丘善說法要度二萬人八萬衆生發阿耨多羅三藐三菩提心正法於此便就滅盡六百歲已九十六種諸外道等邪見競興破滅佛法有一比丘名曰馬鳴善說法要降伏一切諸外道輩七百歲已有一比丘名曰龍樹善說法要滅邪見幢然正法炬八百歲後諸比丘等樂好衣服縱逸嬉戲百千人中或有一兩得道果者九百歲已奴爲比丘婢爲比丘尼一千歲已諸比丘等聞不淨觀阿那波那瞋恚不欲無量比丘若一若兩思惟正受千一百歲已諸比丘等如世俗人嫁娶行媒於大衆中毀謗毗尼千二百歲已是諸比丘及比丘尼作非梵行若有子息男爲比丘女爲比丘尼千三百歲已袈裟變白不受染色千四

百歲已時諸四衆猶如獵師好樂殺生賣三寶物千五百歲俱睒彌國有三藏比丘善說法要徒衆五百又一羅漢比丘善持戒行徒衆五百於十五日布薩之時羅漢比丘昇於高座說清淨法云此所應作此不應作彼三藏比丘弟子答羅漢云汝今身口自不清淨云何而反說是麤言羅漢答言我久清淨身口意業無諸過患三藏弟子聞此語已倍更恚忿即於座上殺彼羅漢時羅漢弟子而作此言我師所說合於法理云何汝等害我和尚即以利刀殺彼三藏天龍八部莫不憂惱惡魔波旬及外道衆踊躍歡喜競破塔寺殺害比丘一切經藏皆悉流移至鳩尸那竭國阿耨達龍王悉持入海於是佛法而滅盡也時摩訶摩耶聞此語已號哭懊惱即向阿難而說偈言

一切皆歸滅　無有常安者　須彌及海水
劫盡亦消竭　世間諸豪强　會必還衰朽
我子於往昔　勤苦集衆行　故得成正覺
爲衆說經藏　如何於爾時　皆悉潛没盡
嗚呼生死法　可畏可厭離

爾時摩訶摩耶說此偈已語阿難言如來遺勅既以正法付囑尊者及摩訶迦葉宜應精勤護持誦說我今不忍見於如來闍維之時即禮佛棺右遶七帀涕淚號叫還歸天上于時娑羅雙樹間天人八部比丘比丘尼優婆塞優婆夷既覩如來母子相見及聞所說有發無上道心者有得須陀洹者斯陀含者阿那含者阿羅漢者或有發於辟支佛心一切大衆受持佛語頂戴奉行

摩訶摩耶經卷下

此經末元有八國分舍利品約二紙半准
校勘大藏竹堂正法師批該此段經文自
是涅槃後分經文不當在此然此巳畢頂
戴奉行下竺藏本元無當與削去奉此巳
除各請詳悉至元二十年三月望後二日
題記

音釋

漣陸延切　妊汝鴆切孕也　畟初力切遬也　駭胡懈切驚也　嬰於盈切　灑灑所蟹切汎也　灌灌古玩切澆也　駛踈士切疾也　鎩翮鎩所拜切翮下革切鎩翮摧翼也　睒失冉切

諸德福田經

西晉沙門釋法立法炬同譯

大方等如來藏經

東晉北天竺三藏法師佛陀跋陀羅譯

清刻龍藏佛說法變相圖

二經同卷
諸德福田經
大方等如來藏經

諸德福田經

西晉沙門釋法立法炬同譯

聞如是一時佛在舍衛國祇樹給孤獨園與大比丘衆千二百五十菩薩萬人大衆無數圍遶說法爾時天帝釋與諸欲天子三萬二千各將營從不可稱數來詣佛所稽首于地皆坐一面時天帝釋察衆坐定承佛神旨從座而興整衣服作禮長跪叉手白世尊曰欲有所問唯願彰演垂世軌則佛告天帝譬如冥室不求燈火焉有所見善哉問矣吾當爲

汝分别説之天帝白佛夫人種徳欲求景福豈有良田果報無限種絲髮之德本獲無量之福乎唯願天尊敷揚慧訓令此愚蒙福報無量天尊歎曰善哉天帝開意所問法無上矣諦聽善思吾當具演令汝歡喜天帝大衆受教而聽佛告天帝衆僧有五淨德名曰福田供之得福進可成佛何謂爲五一者發心離俗懷佩道故二者毁其形好應法服故三者永割親愛無適莫故四者委棄軀命遵崇道故五者志求大乘欲度人故以此五事名曰福田爲良爲美爲無早喪供之得福難爲喻矣爾時世尊以偈頌曰

毁形守志節　割愛無所親　出家弘聖道
願度一切人　五德超世務　名曰最福田
供養獲永安　其福第一尊

佛告天帝復有七法廣施名曰福田行者得福即生梵天何謂爲七一者興立佛圖僧房堂閣二者園果浴池樹木清涼三者常施醫藥療救衆病四者作堅牢船濟度人民五者安設橋梁過度羸弱六者近道作井渴乏得飲七者造作圊厠施便利處是爲七事得梵天福爾時世尊以偈頌曰

起塔立精舍　園果施清涼　病則醫藥救
橋船度人民　曠路作好井　渴乏得安身
所生食甘露　無病常康寧　造厠施清淨
除穢致輕悦　後無便利患　莫見惡穢者
譬如五河流　晝夜無休息　此德亦如是
終得昇梵天

於時座中有一比丘名曰聽聰聞法欣悦即從座起爲佛作禮長跪叉手白世尊曰佛教

眞諦洪潤無量所以者何我念宿命無數世
時波羅柰國爲長者子於大道邊作小精舍
牀卧㮽糒供給衆僧行路頓乏亦得止息緣
此功德命終生天爲天帝釋下生世間爲轉
輪聖王各三十六返典領天人足下生毛躡
虛而遊九十一劫食福自然今值世尊顧臨
衆生躅我愚濁安以淨慧生死栽枯號曰眞
人福報誠諦其爲然矣爾時聽聰以偈頌曰
唯念過去世　供養爲輕微　蒙報歷遐劫
餘福值天師　淨慧斷生死　癡愛消無遺
佛恩流無窮　是故重自歸
於是聽聰禮已還坐復有一比丘名波拘盧
即從座而起整服作禮長跪叉手白世尊曰
我念宿命生拘夷那竭國爲長者子時世無
佛衆僧教化大會說法我往聽經聞法歡喜
持一藥果名阿梨勒奉上衆僧緣此果報命
終生天下生世間恒處尊貴端正雄傑與衆
超絕九十一劫未曾疾病餘福值佛光導癡
冥授我法藥逮得應眞力能移山慧能消惡
善哉福報爲眞諦矣爾時波拘盧以偈頌曰
慈澤潤枯槁　德勳濟苦患　一果之善本
享福迄今存　佛垂眞諦義　蒙教超出淵
聖衆祐無極　稽首上福田
於時波拘盧禮已還坐復有一比丘名曰須
陀耶即從坐起整服作禮長跪叉手白世尊
曰我自唯念先世之時生維耶離國爲小民
家作子時世無佛衆僧教化我時持酪入市
欲賣值遇衆僧大會講法過而立聽法言微
妙聞則歡悅即舉瓶酪布施衆僧衆僧呪願
益懷欣踊緣此福報終生天上下在世間財

富無限九十一劫豪貴尊榮末後餘愆生於世間母妊數月得病命終埋母冢中月滿乃生冢中七年飲死母乳用自濟活微福值佛開闡明法超度死地逮得應眞諦哉罪福誠如佛教爾時須陀耶以偈頌曰

前爲小家子　賣酪以自存　欣踊施微薄
得離三苦患　雖罪冢中生　飲乳活七年
因緣得解脫　歸命聖福田

於時須陀耶禮已還坐復有一比丘名曰阿難即從座起整服作禮長跪叉手白世尊曰我念宿命生羅閱祇國爲庶民子身生惡瘡治之不差有親友道人來語我言當浴衆僧取其浴水以用洗瘡便可得愈又可得福我即歡喜往到寺中加敬至心更作新井香油浴具洗浴衆僧以汁洗瘡尋蒙除愈從此因緣所生端正金色晃昱不受塵垢九十一劫常得淨福僧祐廣遠今得值佛心垢消滅逮得應眞阿難於佛前以偈頌曰

聖衆爲良醫　救濟苦惱患　洗浴施清淨
瘡愈蒙得安　所生常端正　殊異紫金顏
得潤無涯限　歸命良福田

於時阿難禮已還坐爾時座中有一比丘尼名曰柰女即從座起整服作禮長跪叉手白佛言我念先世生波羅柰國爲貧女人時世有佛名曰迦葉時與大衆圍遶說法我時在座聞經歡喜意欲布施顧無所有自唯貧賤心用悲感詣他園圃乞求果菜當以施佛時得一柰大而香好擎一鉢水并柰一枚奉迦葉佛及諸衆僧佛知至意呪願受之分布水柰一切周普緣此福德壽盡生天得爲天后

下生世間不由胞胎九十一劫生柰華中端
正鮮好常識宿命今值世尊開示道眼爾時
柰女以偈頌曰
三尊慈潤普　慧度無男女　水果施弘報
緣得離衆苦　在世生華中　上則爲天后
自歸聖衆祐　福田最深厚
於是比丘尼柰女禮已還坐於是天帝即從
座起爲佛作禮白世尊曰我先世時生拘留
大國爲長者子青衣抱行入城遊觀值遇衆
僧街巷分衛時見人民施者甚多即自念言
願得財寶布施衆僧不亦快乎即解珠瓔布
施衆僧同心呪願歡喜而去從此因緣壽終
即生忉利天上爲天帝釋九十一劫永離八
難於是天帝以偈頌曰
德高無過者　開福塞禍原　聖衆神足力
童幼發歡喜　效衆悅意施　遷神典二天
自歸聖衆祐　世世願奉尊
佛告天帝及諸大衆聽我自說宿命所行昔
我前世於波羅柰國在大道邊安施圊廁國
中人民得輕安者莫不感義緣此功德所生
清潔累劫修道穢染不汙功祚大備自致成
佛金色晃昱塵水不著食自消化無便利之
患於是世尊以偈頌曰
忍穢修福事　爲人所不汙　造廁施便利
煩重得輕安　此德除貢高　因解生死緣
進發成佛道　空淨巍巍尊
佛告天帝九十六種道佛道最尊九十六種
法以佛法最眞九十六種僧佛僧最正所以
者何如來從阿僧祇劫發願誠諦殞命積德
誓爲衆生國財妻子頭目血肉以用布施無

戀愛之心心若虛空無所不覆六度四等衆
善普備德慧成滿乃得爲佛身色紫金相好
無比去來現在無不照達三界尊天莫能及
者言信德重震動天地其有衆生一發敬心
於如來者勝獲大千世界之珍寶矣說三十
七品十二部經分別罪福言皆至誠開三乘
教各得奉行聞者歡喜樂作沙門信佛行法
志尚清高衆僧之中有四雙八輩十二賢者
捨世貪諍導世間福天人路通衆僧之由矣
是爲最尊無上之道也諸佛菩薩緣覺應眞
皆從中出教化一切度脫羣生佛說是時天
帝釋衆皆發無上正眞道意不可計人得法
眼淨於是阿難長跪叉手白世尊言此名何
經云何奉行佛告阿難是經名曰諸德福田
當奉持之明宣經道莫令缺減佛說經已天
帝釋衆一切衆會莫不歡喜作禮而去

諸德福田經

大方等如來藏經

東晋北天竺三藏法師佛陀跋陀羅譯

如是我聞一時佛在王舍城耆闍崛山寶月講堂栴檀重閣成佛十年與大比丘衆百千人俱菩薩摩訶薩六十恒河沙皆悉成就大精進力已曾供養百千億那由他諸佛皆悉能轉不退法輪若有衆生聞其名者於無上道終不退轉其名曰法慧菩薩師子慧菩薩金剛慧菩薩金剛藏菩薩調慧菩薩妙慧菩薩月光菩薩寶月菩薩滿月菩薩勇猛菩薩無量勇菩薩無邊勇菩薩超三界菩薩觀世音菩薩大勢至菩薩香象菩薩香上菩薩香首上菩薩首藏菩薩日藏菩薩幢相菩薩大幢相菩薩離垢幢菩薩無邊光菩薩放光菩薩離垢光菩薩喜王菩薩常喜菩薩寶手菩薩虛空藏菩薩離憍慢菩薩須彌山菩薩光德王菩薩總持自在王菩薩總持菩薩滅衆病菩薩療一切衆生病菩薩歡喜念菩薩饜意菩薩常饜菩薩普照菩薩月明菩薩寶慧菩薩轉女身菩薩大雷音菩薩導師菩薩不虛見菩薩一切法自在菩薩彌勒菩薩文殊師利菩薩如是等六十恒河沙菩薩摩訶薩從無量佛刹與無央數天龍夜叉乾闥婆阿脩羅迦樓羅緊那羅摩睺羅伽俱悉皆來集尊重供養爾時世尊於栴檀重閣正坐三昧而現神變有千葉蓮華大如車輪其數無量色香具足而未開敷一切華內皆有化佛上昇虛空彌覆世界猶如寶帳一一蓮華放無量光一切蓮華同時舒榮佛神力故須臾之間皆悉萎變其諸華內一切化佛結加趺坐

各放無數百千光明於時此刹莊嚴殊特一切大衆歡喜踊躍怪未曾有咸有疑念今何因縁無數妙華忽然毀變萎黒臭穢甚可猒惡爾時世尊知諸菩薩大衆所疑告金剛慧善男子於佛法中諸有所疑恣汝所問時金剛慧菩薩知諸大衆咸有疑念而白佛言世尊以何因縁無數蓮華中皆有化佛上昇虛空彌覆世界須臾之間皆悉萎變一切化佛各放無數百千光明衆會悉見合掌恭敬爾時金剛慧菩薩以偈頌曰

我昔未曾覩　神變若今日　見佛百千億
坐彼蓮華藏　各放無數光　彌覆一切刹
離垢諸導師　莊嚴諸世界　蓮華忽萎變
莫不生猒惡　今以何因縁　而現此神變
我覩恒沙佛　及無量神變　未曾見如今

願爲分別說

爾時世尊告金剛慧及諸菩薩言善男子有大方等經名如來藏將欲演說故現斯瑞汝等諦聽善思念之咸言善哉願樂欲聞佛言善男子如佛所化無數蓮華忽然萎變無量化佛在蓮華内相好莊嚴結加趺坐放大光明衆覩希有靡不恭敬如是善男子我以佛眼觀一切衆生貪欲恚癡諸煩惱中有如來智如來眼如來身結加趺坐儼然不動善男子一切衆生雖在諸趣煩惱身中有如來藏常無染汙德相備足如我無異又善男子譬如天眼之人觀未敷華見諸華内有如來身結加趺坐除去萎華便得顯現如是善男子佛見衆生如來藏已欲令開敷爲說經法除滅煩惱顯現佛性善男子諸佛法爾若佛出

世若不出世一切衆生如來之藏常住不變但彼衆生煩惱覆故如來出世廣爲說法除滅塵勞淨一切智善男子若有菩薩信樂此法專心修學便得解脫成等正覺普爲世間施作佛事爾時世尊以偈頌曰

譬如萎變華　其華未開敷　天眼者觀見
如來身無染　除去萎華已　見無礙導師
爲斷煩惱故　最勝出世間　佛觀衆生類
悉有如來藏　無量煩惱覆　猶如穢華纏
我爲諸衆生　除滅煩惱故　普爲說正法
令速成佛道　我以佛眼見　一切衆生身
佛藏安隱住　說法令開現

復次善男子譬如淳蜜在巖樹中無數羣蜂圍遶守護時有一人巧智方便先除彼蜂乃取其蜜隨意食用惠及遠近如是善男子一切衆生有如來藏如彼淳蜜在于巖樹爲諸煩惱之所覆蔽亦如彼蜜羣蜂守護我以佛眼如實觀之以善方便隨應說法滅除煩惱開佛知見普爲世間施作佛事爾時世尊以偈頌曰

譬如巖樹蜜　無量蜂圍遶　巧方便取者
先除彼羣蜂　衆生如來藏　猶彼巖樹蜜
結使塵勞纏　如羣蜂守護　我爲諸衆生
方便說正法　滅除煩惱蜂　開發如來藏
具足無礙辯　演說甘露法　普令成正覺
大悲濟羣生

復次善男子譬如秔粱未離皮糩貧愚輕賤謂爲可棄除蕩既精常爲御用如是善男子我以佛眼觀諸衆生煩惱糠糩覆蔽如來無量知見故以方便如應說法令除煩惱淨一

切智於諸世間爲最正覺爾時世尊以偈頌
曰
譬一切秔粱　皮穭未除蕩　貧者猶賤之
謂爲可棄物　外雖似無用　内實不毁壞
除去皮穭已　乃爲王者膳　我見衆生類
煩惱隱佛藏　爲説除滅法　令得一切智
如我如來性　衆生亦復然　開化令清淨
速成無上道
復次善男子譬如眞金墮不淨處隱没不見
經歴年載眞金不壞而莫能知有天眼者語
衆人言此不淨中有眞金寶汝等出之隨意
受用如是善男子不淨處者無量煩惱是眞
金寶者如來藏是有天眼者謂如來是是故
如來廣爲説法令諸衆生除滅煩惱悉成正
覺施作佛事爾時世尊以偈頌曰

如金在不淨　隱没莫能見　天眼者乃見
即以告衆人　汝等若出之　洗除令清淨
隨意而受用　親屬悉蒙慶　善逝眼如是
觀諸衆生類　煩惱淤泥中　如來性不壞
隨應而説法　令辦一切事　佛性煩惱覆
速除令清淨
復次善男子譬如貧家有珍寶藏寶不能言
我在於此既不自知又無語者不能開發此
珍寶藏一切衆生亦復如是如來知見力無
所畏大法寶藏在其身内不聞不知躭惑五
欲輪轉生死受苦無量是故諸佛出興于世
爲開身内如來法藏彼即信受淨一切智普
爲衆生開如來藏無礙辯才爲大施主如是
善男子我以佛眼觀諸衆生有如來藏故爲
諸菩薩而説此法爾時世尊以偈頌曰

譬如貧人家　內有珍寶藏　主既無知見
寶又不能言　窮年抱愚冥　無有示語者
有寶而不知　故常致貧苦　佛眼見衆生
雖流轉五道　大寶在身內　常存不變易
如是觀察已　而爲衆生說　令得知寶藏
大富兼廣利　若信我所說　一切有寶藏
信勤方便行　疾成無上道

復次善男子譬如菴羅果內種不壞種之於地成大樹王如是善男子我以佛眼觀諸衆生如來寶藏在無明㲉猶如果種在於核內善男子彼如來藏清涼無熱大智慧聚妙寂泥洹名爲如來應供等正覺善男子如來如是觀衆生已爲菩薩摩訶薩說開淨佛智故顯現此義爾時世尊以偈頌曰

譬如菴羅果　內實不毀壞　種之於大地
必成大樹王　如來無漏眼　觀一切衆生
身內如來藏　如華果中實　無明覆佛藏
汝等應信知　三昧智具足　一切無能壞
是故我說法　開彼如來藏　疾成無上道
如果成樹王

復次善男子譬如有人持眞金像行詣他國經由險路懼遭劫奪裹以弊物令無識者此人於道忽便命終於是金像棄捐曠野行人踐蹈咸謂不淨得天眼者見弊物中有眞金像即爲出之一切禮敬如是善男子我見衆生種種煩惱長夜流轉生死無量如來妙藏在其身內儼然清淨如我無異是故佛爲衆生說法斷除煩惱淨如來智轉復化導一切世間爾時世尊以偈頌曰

譬人持金像　行詣於他國　裹以弊穢物

棄之在曠野　天眼者見之　即以告衆人
去穢現眞像　一切大歡喜　我天眼亦然
觀彼衆生類　惡業煩惱纏　生死備衆苦
又見彼衆生　無明塵垢中　如來性不動
無能毀壞者　佛既見如是　爲諸菩薩說
煩惱衆惡業　覆蔽最勝身　當勤淨除斷
顯出如來智　天人龍鬼神　一切所歸仰

復次善男子譬如女人貧賤醜陋衆人所惡而懷貴子當爲聖王王四天下此人不知經歷時節常作下劣生賤子想如是善男子如來觀察一切衆生輪轉生死受諸苦毒其身皆有如來寳藏如彼女人而不覺知是故如來普爲說法佛言善男子莫自輕鄙汝等自身皆有佛性若勤精進滅衆過惡則受菩薩及佛尊號化導濟度無量衆生爾時世尊以偈頌曰

譬如貧女人　色貌甚庸陋　而懷貴相子
當爲轉輪王　七寳備衆德　王有四天下
而彼不能知　常作下劣想　我觀諸衆生
嬰苦亦如是　身懷如來藏　而不自覺知
是故告菩薩　愼勿自輕鄙　汝身如來藏
常有濟世明　若勤修精進　不久坐道場
成最正覺道　度脫無量衆

復次善男子譬如鑄師鑄眞金像既鑄成已則置于地外雖焦黑内像不變開模出像金色晃曜如是善男子如來觀察一切衆生佛藏在身衆相具足如是觀已廣爲顯說彼諸衆生得息清涼以金剛慧摧破煩惱開淨佛身如出金像爾時世尊以偈頌曰

譬如大冶鑄　無量眞金像　愚者自外觀

但見焦黑土　鑄師量已冷　開模令質現
衆穢既已除　相好劃然顯　我以佛眼觀
衆生類如是　煩惱淤泥中　皆有如來性
授以金剛慧　摧破煩惱模　開發如來藏
如眞金顯現　如我所觀察　示語諸菩薩
汝等受善持　轉化諸羣生

爾時世尊告金剛慧菩薩摩訶薩若出家在家善男子善女人受持讀誦書寫供養廣爲人說如來藏經所獲功德不可計量金剛慧若有菩薩爲佛道故勤行精進修習神通入諸三昧欲植諸德本供養過去恒河沙現在佛造恒河沙七寶臺閣高十由旬縱廣正等各一由旬設七寶牀敷以天繒爲一一佛日日造立過恒河沙七寶臺閣以用奉獻一一如來及諸菩薩聲聞大衆以如是事普爲一切過恒河沙現在諸佛如是次第乃至過五十恒沙衆寶臺閣以用供養過五十恒沙現在諸佛及諸菩薩聲聞大衆乃至無量百千萬劫金剛慧不如有人樂喜菩提於如來藏經受持讀誦書寫供養乃至一譬喻者金剛慧此善男子於諸佛所種諸善根福雖無量比善男子善女人所得功德百分不及一千分不及一乃至筭數譬喻所不能及爾時世尊重說偈言

若人求菩提　聞持此經者　書寫而供養
乃至於一偈　如來微妙藏　須臾發隨喜
當聽此正教　功德無有量　若人求菩提
住大神通力　資供十方佛　菩薩聲聞衆
其數過恒沙　億載不思議　爲一一諸佛
造立妙寶臺　臺高十由旬　縱廣四十里

中施七寶座　嚴飾備衆妙　敷以天繒褥
隨座各殊異　無量過恒沙　獻佛及大衆
悉以此奉獻　日夜不休息　滿百千萬劫
所設福如是　慧者聞此經　能持一譬喻
而爲人解說　其福過於彼　乃至於筭數
譬喻所不及　衆生之所依　速成無上道
菩薩諦思惟　甚深如來藏　知衆生悉有
疾成無上道

爾時世尊復告金剛慧菩薩言過去久遠無量無邊不可思議阿僧祇劫復過是數爾時有佛號常放光明王如來應供等正覺明行足善逝世間解無上士調御丈夫天人師佛世尊金剛慧何故名曰常放光明王彼佛本行菩薩道時降神毋胎常放光明徹照十方諸佛世界微塵等剎若有衆生見斯光者一切歡喜煩惱悉滅色力具足念智成就得無礙辯若地獄餓鬼畜生閻羅王阿脩羅等見光明者皆離惡道生天人中若諸天人見光明者於無上道得不退轉具五神通若不退轉者皆得無生法忍五十功德旋陀羅尼金剛慧彼光明所照國土皆悉嚴淨如天瑠璃黃金爲繩以界八道種種寶樹華果茂盛香氣芬馨微風吹動出微妙音演暢三寶菩薩功德根力覺道禪定解脫衆生聞者皆得法喜信樂堅固永離惡道金剛慧彼十方剎一切衆生蒙光明故晝夜六時合掌恭敬金剛慧彼菩薩處胎出生乃至成佛無餘泥洹常放光明般泥洹後舍利塔廟亦常放光以是因緣諸天世人號曰常放光明王金剛慧常放光明王如來應供等正覺初成佛時於其

法中有一菩薩名無邊光與三十億菩薩以為眷屬無邊光菩薩摩訶薩於彼佛所問如來藏經佛為演說在於一座經五十大劫護念一切諸菩薩故其音普告十佛世界微塵等百千佛刹為諸菩薩無數因緣百千譬喻說如來藏大乘經典諸菩薩等聞說此經受持讀誦如說修行除四菩薩皆已成佛金剛慧汝莫異觀彼無邊光菩薩豈異人乎即汝身是彼四菩薩未成佛者文殊師利觀世音大勢至汝金剛慧是金剛慧如來藏經能大饒益若有聞者皆成佛道爾時世尊重說偈言

過去無數劫　佛號光明王　常放大光明
普照無量土　無邊光菩薩　於佛初成道
而啓問此經　佛即為演說　其有遇最勝
而聞此經者　皆已得成佛　唯除四菩薩
文殊觀世音　大勢金剛慧　此四菩薩等
皆曾聞此經　金剛慧為彼　第一神通子
時號無邊光　已曾聞此經　我本求道時
師子幢佛所　亦曾受斯經　如聞說修行
我因此善根　疾得成佛道　是故諸菩薩
應持說此經　聞已如說行　得佛如我今
若持此經者　當禮如世尊　若得此經者
是名佛法王　則為世間護　諸佛之所歎
若有持是經　是人名法王　是為世間眼
應讚如世尊

爾時世尊說此經已金剛慧及諸菩薩四眾眷屬天人乾闥婆阿脩羅等聞佛所說歡喜奉行

大方等如來藏經

音釋

軌居洧切法則也　適莫適丁歷切可也莫木各切不可也　圊廁圊七情切廁初吏切圊廁溷也　糒平祕切乾飯也　晃昱晃胡廣切光明也昱余六切　饜於艷切　萎於爲切枯也蔫也　秔古行切不黏稻也　穅穭穅苦郎切穭苦會切　殼苦角切　核下革切果中實也　劃胡麥切

佛説寶網經

西晉三藏竺法護譯

清刻龍藏佛說法變相圖

佛說寶網經

西晉三藏竺法護譯

聞如是一時佛遊維耶離獼猴江水邊交露精舍與大比丘衆俱比丘六萬皆阿羅漢菩薩三十億悉一生補處慈氏菩薩等二生補處三生補處四生五生十生補處十八生二十生三十生四十生補處五十生百生補處舉要言之上至千生而補佛處有九十億諸天之衆欲行天人色行天子四天王天帝釋梵天王須深天子月光天子日光天子勝英天子作樂天子此諸天子及餘天人九十九億無勞龍王沙竭龍王和倫龍王摩柰斯龍王難頭和難祇龍王文隣龍王大悅龍王燕居阿須倫王與諸阿須倫民皆來集會稽首佛足分部而坐爾時維耶離大城中師子將

軍有子號無量力時無量力有童子仁賢號曰寶綱曾已供養不可稱計百千諸佛為無量世之大庭燎執持法教厥年八歲時適寢寐於夢中見兜率天人從天宮下宣揚其音而歎頌曰

佛身現在導衆生　其光照曜三千界
顏容殊特曠無猒　體色紫金百福會
若千月光加億數　不比精明聖智容
其殿現光巨姟數　今斯月宮徧東方
南方如是西亦然　造宮北方為若茲
如是諸殿照巨億　其數各如江河沙
無比世護諸毛孔　所演光明曜巍巍
能仁一一諸相好　所出暉曜照無量
一一導師所奮威　以用開化諸衆生
猶復越於江沙數　普能現說三十六

於是童子寶綱於夜夢覺啓白其父夜諸天人下兜術宮以偈相語而歌頌曰讚佛功德今欲求索緣見自歸如來至真童子寶綱因時以頌而讚歎曰

開悟衆生善導師　無念世父志廣大
大人當知供養佛　導師興世甚希有
如靈瑞華難可遇　其色煌煌輭微妙
香氣流布無耗損　如是尊華難得値
我身今日啓於大人　願以相施歡喜之心
其從世護　光明之教　常當奉敬　現眞諦慧
其無量力　懷歡悅心　尋時即告　梨車童子
師子將軍　供養大聖　童子我往　唯從命耳
若種六億　修精進業　供養導師　於釋師子
殷勤自歸　最上尊勢　皆隨天帝　其眼有千
又梵天王　尊位自在　其導師者　天魔之子

與諸天子　那術億數　一切皆樂　遊維耶離
牀榻具足　滿億千數　紫磨金色　像明月珠
七寶校成　亦甚巍巍　一一分部　其數億千
牀悉如是　布在右面　跱立幢旛　常爲歡樂
一一牀座　具足微妙　其幢超絶　有億殊勝
諸幢旛者　各在左右　於閣如是　衆好最勝
明月珠寶　卓然周徧　一一寶珠　其價億數
而以垂校　於諸幢旛　跱竪立之　上去甚高
其旛下尾　紫金交露　其旛如是　不離黄金
諸樹皆悉　滿億千衆　衆坐安然　羅在後面
其此諸座　堅固殊勝　所設安定　猶如門閫
其牀榻上　寶蓋光光　紫磨金色　周帀垂旛
白銀瑠璃　水精亦然　硨磲之胎　及與碼碯
阿文珍藏　并及眞珠　其赤栴檀　若干種寶
一一在前　具足百千　交露周帀　莊飾寶蓋
其於地上　亦設妙帳　以上妙金　而合成之
水精瑠璃　白銀如珍　成就硨磲　及以碼碯
在於地上　一一施設　一一寶鉼　究竟百千
燒香滿中　以爲供養　奉上導師　名稱遠聞
於維耶離　上虛空中　以紫磨金　而爲寶繩
一一寶繩　甚微妙好　連諸寶幢　其數億千
計彼寶瓔　億姟無數　一一紫金　以爲繩連
若來觀者　甚以爲好　諸國中民　維耶離城
從下上去　四丈九尺　維耶離城　皆布衣服
赤栴檀香　而用熏之　各遣其衣　珠璣瓔珞
紫金雜廁　有七萬億　其鈴千種　皆在左右
羅諸香鑪　有七萬億　以用供養　佛釋師子
其大莊嚴　所作如此　童子寶網　國中所設
以欣然心　啓於父母　我往詣佛　欲請至聖
尋即時出　於彼城門　行到最勝　大聖人所

稽首足下自歸德海童子即退却住一面
於是童子寶網出維耶離大城行詣佛所恭
肅敬意稽首足下還座一面佛知其意則隨
時宜所應當解而為說法欣然大悦童子寶
網見佛勸助開化說法益以踊躍即從座起
偏出右肩右膝著地和顏悦色前白佛言唯
世尊垂愍明日受請及與聖衆佛已受請默
然不應許可童子於時佛愍哀寶網寶網見
佛默然便從座起遶佛三帀作禮而去童子
寶網與天帝釋梵迹天王須深天子入維耶
離城施甘味饌奉若干品種種美食即於夜
時辦諸座具莊嚴校飾維耶離城懸諸幢旛
散華燒香所設已辦往詣佛所稽首足下却
住一面叉手白佛大聖見愍時至食辦從尊
所宜時佛明旦著衣持鉢與無數百千聖衆

上虛空中去地四丈九尺神足經行欲得前
入維耶離城適欲入城如來應時六返震動
三千大千諸佛世界顯現十八無數億姟百
千衆變到維耶離時無央數億百千姟諸天
悉來雨諸天華青蓮諸紅黃白衆華諸天意
華蜜香末香雜香擣香其明月珠雜紫磨金
衆珍奇異七寶天華奉散佛上同音歌頌鼓
無央數億百千姟妓樂樂佛空中雷音徹聞
十方雨天栴檀衆寶瓔珞校飾上下盲者得
目聾者得聽瘂者能言病者得愈跛者能行
狂者得正亂者得定僂者得伸其被毒者毒
皆消歇箜篌樂器不鼓自鳴婦女珠環相㲉
玲玲飛鳥禽獸相和悲鳴衆人集觀莫不喜
驚於時世尊適已入城諸天於上下諸寶蓋
執在虛空佛即往到童子寶網家前坐其舍

與四部衆比丘比丘尼清信士女悉在其中次第而坐童子寶網見佛弟子所坐已定手自斟酌百種飲食若干種味珍異餚饌供養世尊及與聖衆四部弟子等無差特飲食畢訖行澡水竟取三法衣其價無數億百千姟貢上大聖比丘比丘尼亦復俱得三品法衣其價施佛等無差特各各賜遺清信士清信女一具體衣所以者何皆是世尊聖恩所化故使其然童子寶網供養佛竟別自歇飢安身已訖更取獨座於佛前却坐一面白佛言欲有所問若見聽者乃敢自陳佛告寶網在所欲問諸有疑者如來至眞當解結網令心坦然童子問佛唯然大聖豈有諸佛往世修行所願合成現在者乎學菩薩道諸族姓子族姓女學菩薩乘得聞其名心中開解而不懷疑成不退轉當得無上正眞道也姿體端正顏色無比財富無窮戒不缺漏智慧具足心識宿命不懷貪嫉無所妄想所在之處常以和安與諸菩薩以爲眷屬離於一切諸聲聞衆便得啓受所説功勲不可稱計億百千姟諸佛正覺之所欽愛飽滿衆生乆遠飢虛驚動諸魔咸來自歸修治嚴淨諸佛國土雪除衆生心性翳垢而爲頒宣清白之法諸天神明悉共擁護菩薩大士咸俱念之如來至眞之所建立未曾違遠諸佛世尊而皆備悉諸菩薩行而皆具足八萬四千諸種事業衆究竟音其聲如梵普徹佛界莫不聞焉咸受其命於時佛告童子寶網善哉善哉所問辯才甚爲微妙多所憂念多所安隱愍傷諸天及十方人能質如來如斯義乎童子諦聽善

思念之當爲汝説分别其義童子寶綱與諸大衆受教而聽佛言童子當知東方去此有佛世界名曰解君猶族姓子江河沙等其中沙數若干佛土從下水基轉至上界三十三天有諸埃塵周徧其中時有一士夫自然出彼一一皆數諸世界塵過越若干億百千姟諸佛刹土乃著一塵佛言童子如是比類次如前數諸佛刹土復著一塵長遠久迥無限無量不可稱計虚空不容此諸塵數稍稍舉移悉令使盡於童子意所志如何寧能有人思惟計數稱量下筭於彼士夫所移塵數所著處乎遠近多少答曰無能知者天中之天假使有人欲分别識説此譬喻曉了其義尚不能達識其譬喻安知數乎佛語童子彼時士夫所移諸塵一一著處是諸佛界下至水

際上至上界三十三天滿其中塵國土若干於時復有第二人出取彼一塵過如前人所計塵數而越若干不可稱載億百千姟諸佛刹土乃著一塵佛言族姓子以是比類所過東方長遠無際復取一塵過如前數復著一塵以是比類其人所越天所不覆地不能載不可計量億百千姟諸佛刹土爾乃及至解君世界彼有佛名寶光月殿號妙尊音王如來至眞等正覺明行成爲善逝世間解無上士道法御天人師號佛世尊於今現在族姓子及族姓女學菩薩乘聞彼佛名不懷猶豫信佛道眼斯可聞名所生之處爲轉輪王若佛與世常與相見覲無央數諸佛至眞咸供養之淨修梵行獲致神通進退獨步總持自在得覲如來覲江河沙等平等正覺棄捨生

死超若干億劫亦如恒河沙心常安靜未曾忽忘恒志無上正眞之道無有塵埃不近衆塵由得自在身如鉤鎖住在一處具足四事體如紫金以三十二大人相莊嚴其身逮八部音聲踰梵天棄捐八難常得閑靜於時世尊觀此義已則說頌曰

其聞世吼名　心不懷狐疑　得信佛法明
則爲眞衆祐　常爲轉輪王　輙值見諸佛
適遇尋供養　無量不可議　恒遵修梵行
神通而獨步　執轉諸總持　致覩諸佛路
當得覲諸佛　猶如江河沙　超越諸生死
億劫亦若干　以志佛道故　心未曾忽忘
其宣世吼名　爲衆請宣傳　成轉輪聖王
立一處自由　致體紫金色　其相三十二
若有聞佛號　聲音踰梵天　棄捐八難處
五體歸禮敬　不障塞佛道　未曾懷瞋恨
其聞佛名者　不懷猶豫故　若奉最勝號
夙夜具七日　彼眼致清淨　逮見無量佛
未捨於肉眼　而普見清淨　覩無數諸佛
猶如江河沙

佛告童子若有菩薩聞彼佛名及與凡夫慇懃精思而遥自歸咸能供養悉聞十方諸佛所說目皆覩見僉信樂之前世宿命曾所供養無央數佛適能得聞諸如來名輙皆識念本所遊歷爲說往世本末名號志所誓願見他衆生根源所從來究竟佛道心懷悅豫亘如日出永無塵翳所覩極曠棄除八難鬭諍之事其心和雅常懷閑靜若有篤信於佛道者和合離别未曾怵惕正使往世犯諸罪釁應在惡趣燒炙劫數小遇頭痛衆殃消除火

不能災風不能中國主王者不能加害聞如來名未曾生盲目不痛瞎不聾不瘂聞佛名故不僂不跛諸龍鬼神及阿須倫餓鬼魔鬼人與非人不能犯觸諸魅暴鬼神龍地祇莫不愛樂假使執持諸佛名者功德如是不可稱計佛於是而作頌曰

目皆見諸佛　咸能供養之　聞所說輒受
其人僉信樂　宿命所更歷　供養無數佛
適聞彼佛名　一切悉識念　其本之名號
爲衆人說之　復覩他衆生　能究竟佛道
興發歡喜心　棄捐諸八難　刈去諸諍訟
所生常閑靜　假使信名者　世護正眞主
其心不懷結　雪棄憒閙事　設犯無擇罪
受殃若干劫　一時遇頭痛　諸釁永畢除
不爲火所災　在風不見中　彼聞如來名
王不能加害　未曾爲生盲　不聾亦不瘂
其奉最勝號　手脚不缺減　鬼神揵沓和
餓鬼厭惡神　若聞如來稱　人毒呪不行
諸魅若羅刹　諸天若干龍　奉此最勝名
皆共愛敬之

佛復告童子假使有聞彼佛名者疾逮三昧決諸狐疑不著音響志無所生勞勳億千所以然者聞佛名故若值佛名坦然無疑則能奉持越無數劫其於來世信樂此法功德如是若聞導師滅度後名善宣法訓執持講說若能傾懷於人中尊所演經典修淨致尊備諸佛行臨壽終時其心不亂尋能覩見億姟諸佛聞所說法皆能受持已自修立開化衆生聞不求短而悉化之令住佛道其人設奉諸佛名者爲應供養諸佛大聖并信吾身從

佛之教常自歸命求得解脫不趣地獄其信佛慧則歸吾身其誹謗者是魔官屬斯在五趣所遊衆生世尊悉濟令立一乘以一毛孔如來至眞則能演出江沙光明度脫衆生佛於是而作頌曰

不疑音聲句　疾逮得三昧　興暢億功勳
聞佛名所致　於後末世時　奉持此經道
聞諸世吼名　其心不猶豫　滅度諸正覺
若須宣法教　聞衆導師名　奉持能分別
則爲具奉行　諸佛所演法　能致尊嚴淨
衆聖所應宜　臨欲壽終時　尋見億姟佛
輒能皆啓受　諸佛所説法　已能建立行
并化億衆生　所聞不虛耗　普逮諸佛道
則爲悉奉持　一切諸佛教　信吾眞聖目
亦供養諸佛　歸命諸最勝　永度諸惡趣
其信佛慧者　此人從吾教　若好佛道法
爲隨大聖教　設誹謗正法　皆是魔官屬
如五趣衆生　所有體毛孔　濟危如是數
入之一乘道

佛告童子如來至眞以一毛孔用演江河沙等光明威神若有信此於一世中覩見億數諸佛世尊若復聞此法王所説不懷結網亦當成佛如我今也若復隨順講斯經典於最後世希有信者如江河沙數士夫世界如此悉徧照佛土如是無思議設能計是一切諸數滿中珍寶施於如來加聞佛名心懷欣豫當逮此慧不可思議數數思念諸導師尊其功德福不可稱計又佛光明照於十方其身巍巍如寶合成加聞佛名不懷狐疑尋時逮得無所從生口氣馥芬名香遠聞宣持佛名

其德如是不可稱量佛於是而作頌曰

從一毛孔中　世乳聖威神　演出其光明
猶如江河沙　假使有信此　諸佛無量光
一世所覺了　逮見億載佛　若聞斯經者
法王所歎詠　省之不懷疑　當逮如我今
其有如應時　聞說斯經者　然後末世時
爲人分別說　猶如江河沙　讚士夫所由
以一光明曜　照若干佛土　一切皆共計
佛土無思議　滿中紫磨金　親自奉世護
若聞諸佛名　心中懷坦然　不如歎佛名
是福最無限　常能數數念　至眞等正覺
無能歎究暢　計數其功德　其身所演光
如寶甚煌煌　設聞諸佛名　不造立沉吟
逮成於法忍　口氣香馥芬　如天栴檀香
悉由宣佛名

佛告童子寶網假使人聞佛身毛孔所演光明其暉遠照開導衆生心中悅豫在所生處得侍諸佛不離在側亦如阿難今來侍佛猶如子孫親里骨肉奉行佛道以見世明歡喜無量所致恭恪不可稱限見諸佛已具足奉事獲福如是孰聞佛名而不敬承唯魔官屬迷惑外道能不信耳童子適見佛尋自歸命是經法者末世歸之執在身手心思口誦曾見過佛說是尊經義能慇懃供養者斯經卷歸彼人自然在手法王所詠所建立誓願至誠後世必獲若以一心奉無數佛不如信此經典之要福不可量勝供諸佛容貌端正勇猛無畏功德殊異財富無數志意堅强三十二相莊嚴吉祥莫不宣暢佛於是而作頌曰

佛身諸毛孔　若有人聞者　佛名及明曜

能導化衆生　世世所生處　常爲佛侍者
如阿難侍吾　聞法輙受持　爲子若親屬
奉修菩薩道　當見世光明　歡喜無有量
得見最勝味　愛敬不可稱　具足承事之
常致妙道慧　誰聞導師名　而不敬承者
唯有魔官屬　外道不篤信　長者子寶網
覩佛尋奉養　然後末世時　經法歸彼掌
奉聞佛講説　分别此尊經　若供養自歸
自然歸彼手　法王之所説　當受斯妙卷
建立斯正願　後世自然獲　若一心供事
不可計諸佛　其有信是經　功德過於彼
顔貌常端正　功勳無所畏　財富意堅强
相好自莊嚴
佛告童子若族姓子及族姓女今聞此經於後末世得值此法持諷誦讀爲人説者見百千佛所轉法輪咸悉供養然後末世不疑道目前世所奉無數諸佛聞諸佛名篤信明目護於正法順諸佛教聞其名號造佛形像愚癡闇塞人聞世尊名懷毒誹謗億百千劫盲冥無目於無數劫鬬亂衆生誹謗此經其罪過彼以故説是後世值者無得懷疑不信佛慧香華雜香勤心供養奉上衣服從聞經者恭恪如是安隱庠序寶網童子衣食奉上如來至眞心不離之滅度之後諸天神靈住於虚空而雨天華供養聞此經好喜愛樂者一心無猶豫佛於是而作頌曰
若於後末世　得聞此經典　受持而諷誦
爲他人説者　供養百千佛　諸轉法輪者
然其後末世　不疑佛教故　往古無數劫
奉養諸護世　假使復有人　聞此諸佛名

信樂順正法　從諸佛教化　聞斯經法者
當作佛形像　愚癡懷闇塞　誹謗是佛名
盲冥無眼目　億劫獲此殃　若往無數劫
鬪亂別離人　設誹謗此經　其罪過於彼
然後將來世　以故說斯義　無得懷猶豫
疑佛無上慧　名香種種華　雜香好衣服
聞如是經卷　當慇懃供養　安和諸飲食
其童子寶網　柔輭妙供具　數奉上如來
爾時諸天人　謦揚大音聲　諸天雨衆華
遥散聞此經

佛告童子寶網此經典者多所安隱猶如困疾值得良醫療治其病風寒熱氣無不除愈菩薩如是聞彼佛名慇懃精進婬怒癡病皆得消盡時無央數諸天人衆來集空中雨旃檀香梵天億數及與童子聞此經名并如來號歡喜踊躍善心生焉口所宣說咨嗟無上我等末世當爲比丘志强無畏當以此經在於郡國城郭縣邑頒宣斯經當隨佛教假使遠在億百千里當往啓受不以迴邈而爲患難當請諸天人龍神阿須倫揵沓和加留羅眞陀羅摩睺勒人與非人等爲說經義飽滿道法諸天悅豫空中散華其墮如雨各讚歎言法王一音普告佛土爲顯無爲愍傷衆生周徧佛土如江河沙十方亦然童子寶網覆諸佛國若見大雄無有懈惓世尊顧眄爲分別說莫疑佛法如來無量佛眼無限普施安隱佛慧無際達知三世無所不通諸法中王輪世五陰無有堅要四大亦然勿著音響色痛癢陰想生死陰曉了是者知無有要也其有思惟如來所說疾得總持志不迷荒諸法

本淨空無吾我無所希望無有儔匹如來如
是於是而作頌曰
諸天無央數　億千住虛空　而雨栴檀香
億載梵亦散　聞此寶網經　讚勸助如來
心歡喜欣然　口宣無上義　我於後末世
爲勇猛比丘　詣城郭縣邑　當爲說此經
當諦順佛教　平等覺吉祥　故到億逾旬
頒宣是言教　請會諸天人　諸龍眞陀羅
諸人及非人　飽滿以法施　諸天人歡喜
其心和悅安　於彼雨衆華　同音俱咨嗟
普徧諸佛土　法王之境界　釋師子人尊
一毛光所照　導人興愍哀　世尊一出舌
蒙覆億佛土　亦如江河沙　十方亦如玆
各照億佛土　大雄即告曰　於童子寶網
緣梨車國人　及六十等侶　於彼侍世尊
顧眄而告言　無得疑佛法　如來不可量
無能限佛眼　施安一切和　佛慧無央數
普流於三世　世尊靡不達　皆解諸經典
五陰無堅固　人中導所說　四大之所變
無得著音響　當解於色陰　痛癢諸想念
生死倚衆識　無有眞要者　則五陰如是
順如如來命　速得逮總持　心未曾忽忘
諸法皆本淨　虛無無吾我　無諍無所念
此從如來教
佛告童子南方去此如前譬喻過倍此數一切諸塵更復越彼七十二億百千姟不可計會諸佛剎土計倍復有世界名雜種寶錦彼有佛名樹根華王現在說法若族姓子及族姓女聞彼佛名爲如來至眞等正覺明行足爲善逝世間解無上士道法御天人師佛世

尊所演經法初中竟善若族姓子及族姓女聞彼佛名不懷疑結信吾道眼則於現世至德具足逮受五法何謂爲五一曰盡除吾我所生之處常值佛世二曰獲極尊勢轉輪聖王三曰逮總持法執御經典誠信百千四曰成三十二大人之相至得佛道衆行備悉五曰逮得五通無所蔽礙是爲五復有五事逮得神通何謂爲五一曰徹視見於十方麤細大小學不學聲聞縁覺上至世尊與衆超越二曰耳能徹聽聞萬億地獄餓鬼燒炙飢渴畜生之惱天上世間安隱苦樂或惡或好十方諸佛所説經典皆悉聞之三曰身能飛行徧諸佛國如日現水雖現往來而無周旋四曰能知一切衆生心念善惡好醜有志無志有漏無漏有心無心慕俗樂道而悉知之五曰自知宿命并見衆生無數劫事古世所生過去當來今現在事靡所不通悉識念之佛於是頌曰

其有讃歎人中大聖　聞不懷疑常能曉了
此則疾獲逮致五通　敬是尊經佛所説者
顔容端正體如紫金　當爲尊王轉輪聖王
身如鉤鎖則爲功德　建立威儀而得自在
其福興盛具足千子　勇猛英雄遊步無勝
面貌姝妙相好飾姿　彼功德勲如天帝王
若爲國王采女滿千　身如天金心性第一
本所遊居及當來處　見此王者觀之無猒
所可造行不以爲患　諸有臣下一切尊豪
來就見者不以懈倦　如是成就第一大德
諸天來歸所願難勝　世間人民及諸龍王
咸爲衆生善立國界　悉能更立於佛道處

其國最安豐熟平等當爲世間自然之佛僉至其所奉敬第一從始至終道無放逸何所知者聞佛之名豈懷狐疑愛敬所知於法第一布其威曜諮是尊經佛之所説唯本前世從佛受法疾至寂滅導修正行但有諸佛開導衆生所行見敬衆義備足其信樂者謂是童子清淨尊豪是王財業童子謙卑承事於佛聞斯名者第一無疑佛告童子西方去此過於前喻三倍塵數復越彼刹十二阿僧祇百千億姟佛土有世界名勝月明其佛號造王神通焰華如來至眞等正覺明行成爲善逝世間解無上士道法御人天師佛世尊現在説法若族姓子及族姓女學菩薩乘聞彼佛名不懷狐疑篤信於道自所宣説所生之處致演光明三昧正定尋復隨逮十阿僧祇億百千姟諸三昧門入於六十不可計會億百千姟諸總持門如海總持寶藏總持然後不失諸定意法臨壽終時目見十方各十億姟諸佛正覺十方諸佛所説法者皆能啓受不失道教至成佛道越五百劫生死之難住於斯學如是不久尋即成無上正眞之道爲最正覺佛於是頌曰

聞人中尊名　爲世護聖明　棄捐諸生死
具足五百劫　臨其壽終時　各見百億佛
輙稽首歸命　諮受所聞法　其所聽經者
億劫未曾忘　奉修尊妙行　悉聞如來名
所生百千世　服寶三昧定　興發億功勳
用聞佛名故　逮六十億定　載數不可計
因奉導師號　奉事供養故　是故諸勇猛
遵修佛道行　化無數千人　建立尊上道

其曉了佛道　未曾習塵欲　喻衆生所行
爲造其名號　其聞此名者　爲一切廣說
未曾墮八難　易遇諸閑靜　以除諸危厄
佛今所可說　其人常自在　值微妙佛世
童子設識解　如如來所明　聞其名號者
悉照此衆生　即當以此經　爲他人宣暢
奉正覺若斯　世護多所救　其聞斯名者
調和而啓受　旋爲他人說　彼則護佛法
其護佛法者　善宣正道因　以聞此經典
爲人剖判故

佛復告童子北方去此如前譬喻復加三分越彼佛土六十無限億百千姟諸佛境土其世界名曰決了寶綱其佛號月殿清淨如來至眞等正覺明行成爲善逝世間解無上士道法御天人師佛世尊現在說法若族姓子及族姓女學菩薩乘聞彼佛名信樂不疑敬喜道眼之所須宣所生之處常當逮致寶幢三昧觀見十方各十江河沙諸佛國土亦越若干百千億姟生死之難立在初學疾逮無上正眞之道爲最正覺若有女人聞彼佛名不懷狐疑有信吾言所生之處轉女人身得男子形勸化無數百千衆生令致無上正眞之道解其音響得不退轉疾成正覺當爲一切講說經典令致三乘聲聞緣覺菩薩大道

佛於是頌曰

假使得聞兩足名　其心悅豫不沉吟
則能棄捐非法憂　正行億數如江沙
得見諸佛其亦然　奉事供養不可計
於一世中無涯底　所可供養極美具
其能奉修尊佛道　其人如是有殊特

若有咨嗟衆聖明　聞之未曾懷猶豫
若有女人得聞此　諸佛名號不躊躇
則能疾轉女人身　得爲男子光普照
其明徧曜靡不周　往詣無量諸佛土
皆見世間衆所行　然後成佛常無憂
若能得聞諸佛名　其神足力超如是
如來聖衆如大龍　何況發意求佛道
奉敬正覺離垢塵　若聞其號速宣傳
其明所照逾日光　致三昧定善宣暢
若能遵行尊佛道　其德殊異爲若此
衆生無量不可議　諸聖所勸尊佛道
猶如月殿妙巍巍　住在虛空演衆曜
其能奉持如來號　威德衆好亦如是
何所知者聞佛名　而懷狐疑猶豫者
若能至誠行此法　慇懃遵修最尊道
常能勤行無上義　其人不致諍訟事
以無極行奉聖尊　適聞其名尋歸命

佛告童子下方去此過於前喻九十九倍復越於彼如九十九不可計會億百千姟諸佛剎土有世界名尊幢君其佛號善寂月音王如來至眞等正覺明行成爲善逝世間解無上士道法御天人師佛世尊所說經典上中竟善獨步三界救濟三世令致大道無上正眞若族姓子及族姓女學菩薩乘聞彼佛名心不懷疑信我道眼之所解說所生之處得普光三昧臨壽終時具足逮見億百千姟佛親住其前十方各然十方諸佛爲說經典聞則受持抱在心懷未曾忽忘至成佛道不可計會千倍功勳億百千姟致不可計無涯底載諸三昧定不中失定至成佛道無所蔽礙

十方諸佛皆共建立在於新學越九十九億百千劫生死之難菩薩疾近無上正眞之道不以劫數生死爲礙如日光出天下大明於是世尊觀此義已即說頌曰

聞遊世間尊上號　爲大神仙億無極
得見諸佛億百千　當自奉事斯殊勝
以能供養諸如來　爲善導師廣開化
普能照曜於三世　然後成佛無憂患
於一世中所承事　如江河沙無數尊
尋致三昧光徧照　然後成佛無憂念
以致學意廣無猒　遇諸法王轉法輪
建立衆生無三惡　滅生死火如水澆
天人之尊爲福田　人中法導德殊勝
人民見之懷喜悅　棄捐於斯諸八難
明智逮值獨閑靜　逮得人身常聰聖
遊無量世乃謂佛　若有頌宣安住名
造立誓願若百千　而得聞此世明導
以安和成天覺眼　亦當獲致柔順忍
如我錠光所得決　見佛以華散其上
智者得忍亦如斯　說超異願億佛名
其演光明臨壽終　聞其名號而不宣
唯有外道虛僞術　以坐其人堅道教
假使有聞說斯經　親自所覩如來宣
斯黨後世能受持　復爲他人分別說

佛告童子上方去是過如前喻倍恒邊沙有世界名善分別其佛號無數精進願首如來至眞等正覺明行成爲善逝世間解無上士道法御天人師佛世尊現在說法頌宣道教開化十方六通六度皆使蒙恩進學菩薩不斷佛種若善男子及善女人學菩薩乘聞彼

佛名不懷結網信吾道眼世世所生未曾懈怠不曾貪欲不戀父母不著妻子兄弟姊妹不慕親屬中外種姓不貪親友交識所知世世所在身未曾離三十二相莊嚴其體少婬怒癡身無疾病不多憂慮安隱無量至成佛已常逮得不可稱計億百千姟功勳之德佛於是頌曰

未曾見憂慼　父母及親屬　其聞諸佛名
不懷疑結故　其世光明曜　今現在上方
威神照三界　爲衆說經法　若能聞名號
爲他人說者　以三十二相　而常莊嚴身
智慧無損耗　修行菩薩道　奉敬歸諸佛
用宣名所致　所在常奉敬　不可議億佛
其行佛道者　未曾有所著　所獲功勳德
稱揚不可盡　以聞是名故　能爲他人說
然後將來世　若得值此號　無得懷狐疑
佛慧無上蓋　其見平等覺　供養無央數
然後將來世　是經歸身手　寶網得見佛
菩薩無所畏　適聞此經已　未曾懷猶豫
無得疑佛道　如來不可限　前世已曾行
修無數億劫　施以身手足　耳鼻及頭目
妻子國邑城　惠與不懷恨　然後將來世
得聞此經者　能爲他人說　則成最衆祐
其欲解了義　諸佛之所行　無得懷沉吟
世護所教誨　是故聞此經　調心習止足
諷誦學斯典　數數當經行　常講具精進
滿足備三月　轉得總持決　喜執念諸法

於是童子寶網聞佛所宣眞諦之義心懷悅豫以金縷織成衣其價無數奉上如來如來應時即如其像三昧正受佛身一切諸有毛

孔悉演光明照於東方不可稱計無際世界其在東方一切佛土皆悉遥見此佛國土其彼衆會集在道場亦復皆覩於此佛刹當爾之時九十九億百千兆載諸四部衆皆各各見諸佛世尊佛告童子寶網仁今乃見東方去此不可思議無能稱計無際世界諸佛世尊浩浩甚多無以爲喻童子白曰已見世尊佛告童子譬如三千大千世界諸天人名一一身號建立精進不可計會其諸佛名復過於彼不可稱載或名吉祥善寂亦然或名月響月殿亦然或名清淨華光亦然或有名號過神通王如一名號其若干名亦各如是對曰已見天中之天東西南北四維上下亦復如是如仁今者所見佛數仁者更轉輪王若干返數時童子寶網歡喜踊躍善心生焉時地大動一切衆生皆得安隱其大光明無所不照勸發德本無央數億百千兆姟諸天之衆住虚空中㪷華燒香供養如來釋梵諸天各各侍從無數兆載諸天營從雨赤栴檀青蓮芙蓉黄白蓮華或有諸天遥散無數諸寶瓔珞不可計數億百千姟世間人民自來投身歸佛足下悲喜交集淚流于面承佛威神識念無數億百千姟宿世所更遥覩無底兆載神足變化於是天人歎頌曰

其無央數億　諸天普周徧　柔輭妙華香
下散世光明　億載天帝釋　僉住虚空中
紫磨金色華　以奉兩足尊　億百千梵天
手執赤栴檀　以散光明曜　舉聲而嗟歎
無數諸天樂　在上而自鳴　所演辭尊妙
顯離垢光明

諸天散華有百千　住在虛空讚導師
諸華若干天香蓋　爲人中尊億幢旛
各持百千寶瓔珞　散明月珠奉歎佛
其心歡悅供最尊　勝無等倫威無量
人民具足百千億　自歸最勝不可量
頭面著地而自歸　識億姟宿無以喻
於時世光明　則爲扣法鼓　應時告於彼
名聞巨億土　無限不可量　億數人民會
佛則建立之　尊慧人中上　上妙堅固寶
栴檀無能勝　自然彼牀座　童子懷踊躍
巍巍微妙寶　寶網即受持　化是無數千
以奉兩足尊　一心所思惟　其價直千界
光明億百千　所出明月珠　一心悉如是
寶網演威曜　其明所可照　徧其維耶離
以此奉供養　世護聖明主　寶蓋三萬六
用上兩足尊　若干種寶蓋　諸佛身形現
紫磨金色成　團如尼拘類　所貢上寶蓋
周帀垂真珠　一一其寶蓋　二萬有五千
如是獻世尊　須臾間悉辦　以黃金衣服
賜遺諸菩薩　莊嚴於佛道　具足普周徧
二萬五千人　諸億百千衆　衆菩薩億黨
無能計數者　無央數億姟　其載數如是
悉從東方來　南方西亦然　北方上下方
四隅亦如是　一切諸世界　目悉遙覩之
世護諸聖主　其色紫磨金　世尊住於彼
晃晃奮光明　諸菩薩等類　各從本土來
童子寶網者　供養此學士　當爾集會時
所敬不可議　世尊勸安住　人上世師子
於諸天龍神　人民高位者　如今住佛前
一心而奉敬　住世亦如是　供如江河沙

其聞此佛經　童子寶綱行　其三昧正定
不退轉至佛　所得功德報　不可稱限量
持斯經典者　福無以爲喻　十方諸佛土
尚可知其數　水火及風種　地可盡極知
若持此經者　嗟歎說其限　不能盡究福
功德之多少　比丘比丘尼　及清信士女
諸天摩睺勒　聞是經典者　衆生悉集會
不能稱其德　血脉不損耗　入火火爲冷
七日思惟是　奉修佛道行　亦供養菩薩
奉經當如是　其欲一毛氂　執持千世界
擎之以手掌　億劫不捨置　若於後末世
以如是像經　廣爲他人說　疾成尊覺道
能爲他人說　是爲未曾有　佛道不可限
譬喻難徧數　然於後末世　外道異學人
聞佛師子吼　必當共諍訟　其有奉敬佛
世護演光明　於後將來世　聞經甚謙恭

佛告童子若有佛刹中三品衆生共和同心志於佛慧設復有人供養此等無央數劫如江河沙以貢上佛一心無二造立精舍極令廣大如大千界以天栴檀而合成之一一精舍裏與造講堂計有億數一一講堂施億千榻一一牀上重布好衣柔輭百億紫磨金寶以爲牀榻使大神聖住在世間以此牀榻而供養之竟恒沙劫滅度之後爲一一佛各起塔廟亦如江河沙不可計億爲一一佛所起塔廟七寶合成大如三千大千世界極高巍巍極於上界三十三天一一塔廟所供養蓋數如江河沙億百千姟諸眞珠貫垂著四面億千繒播跱立諸幢亦如江河沙衆寶校飾皷諸妓樂一一塔廟豎天上柱諸柱羅列億百

千姟而見供養所設如是一佛世界所興塔廟幢蓋香華如是奉事江河沙劫若聞是經一偈之頌不懷猶豫須宣咨嗟一安住名號福過於彼并供養吾爲天中能持奉行不毀禁戒若有明者聞三昧名得見諸佛如江河沙亦能恭敬消息承事諸兩足聖威神無極講說經典常無放逸無數億劫未曾忘失其有曾見過去世吼爲說尊經殊異道王是等來世聞之乃悅宿從世尊更已啓受棄捐結網瑕穢之垢除諸惡行如糞不淨出於貪欲名曰有目習樂閑居常無馳騁其人本在維耶離城以曾聞佛說是經時自歸如來及見寶網於末世中乃持是經如我所教爲弟子其行尊妙功德茂盛愍傷衆生開度諸流於後末世乃持是經供養諸佛不可稱計是等之類於後末世乃持佛法若億千劫淨修梵行在於世間行不可計積累功德於後末世聞此經者福超於彼無能限量啓受經典精思無底遊諸佛土不可計會見諸正覺講無限法見阿彌陀阿閦如來其欲覩此諸人中導離垢光焰師子月英然後末世當持此經若復欲見彌勒如來無垢大聖師子英如來如光明尊亦復如是然後末世當持佛法順如是比尊妙經典令者如來爲寶網說自於後世當奉行之無得住立放逸之地不毀禁戒常無放逸於後世時常奉行之人壽終時當速往生上方世界無量光明最勝佛土世界名曰爲寶君主彼壽終已當久尋逮見彌勒正覺佛說如是童子寶網四萬億菩薩彌勒菩薩等六十億阿羅漢九十億諸天世人

阿須倫聞佛所說莫不歡喜作禮而退

佛說寶網經

音釋

寢寐寢七稔切卧也寐彌二切息也姟古哀切十京曰姟跱除紀切立也閫苦本切門限也跛布火切足偏癈也僂力主切背曲疾也㲉直庚切觸也翳於計切障也怵惕怵敕律切惕他歷切怵惕憂懼也釁許覲切隙也恪苦各切謹也錠徒徑切

佛說內藏百寶經

後漢月支三藏支婁迦讖譯

佛說温室洗浴衆僧經

後漢安息三藏安世高譯

佛說菩薩行五十緣身經

西晉三藏法師竺法護譯

佛說菩薩修行經

西晉河內沙門白法祖譯

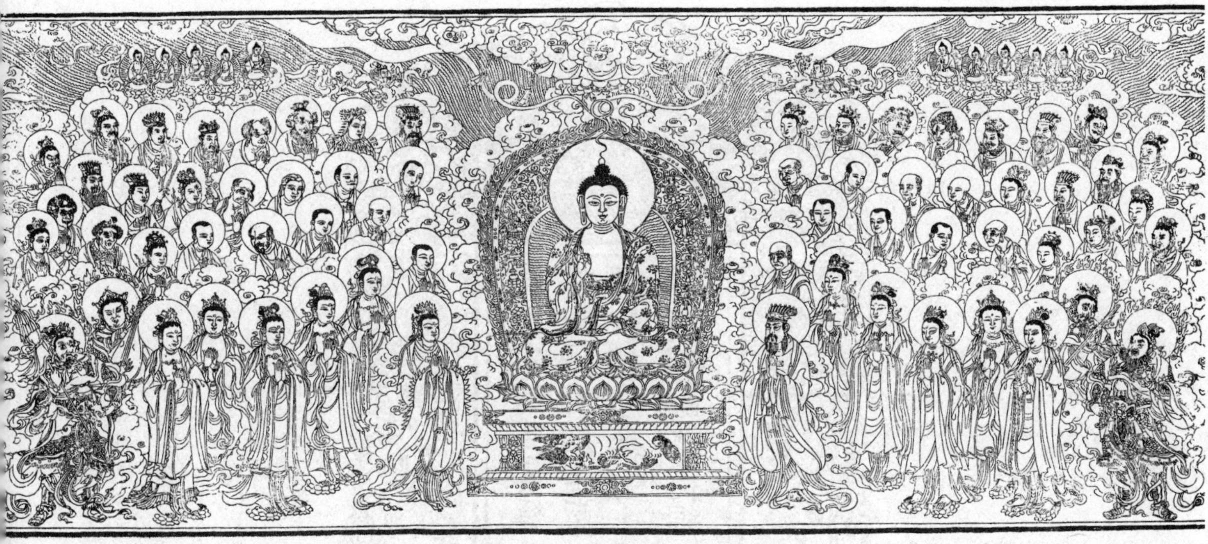

清刻龍藏佛說法變相圖

四經同卷

佛說內藏百寶經

佛說温室洗浴衆僧經

佛說菩薩行五十緣身經

佛說菩薩修行經

佛說內藏百寶經

後漢月支三藏支婁迦讖譯

佛在羅閱祇耆闍崛山中時有萬二千比丘僧菩薩十萬二千人共坐文殊師利菩薩從座起前白佛今菩薩大會欲從佛聞漚惒拘舍羅所入事菩薩何因緣分別知內外事

佛語文殊師利菩薩聽我所說隨世間習俗而入教佛智不可量經法不可計諸阿羅漢辟支佛所不能知何況世間人當所聞知世間人所行皆著佛所行無所著獨佛佛能相

知如佛經法所言如佛身內外心智慧佛何緣現世間何因當別知雖在世間皆不著悉爲世間作明身所行口所言心所念隨世間習俗而入行內事行諸佛法所行無能過者佛所行無有能逮者隨世間習俗而入無有能知者佛用哀十方人故悉現明隨世間所喜爲說經法菩薩不從父母構精而生其身化作譬如幻示現父母隨世間習俗而入示現如是佛光焰不可計照明十方隨世間習俗而入示現七尺光明佛未嘗持足蹈地文相反現地隨世間習俗而入示現如是佛從數千萬億阿僧祇劫以來成就般若波羅蜜隨世間習俗而入示現小兒佛照明十方人於婬冥中隨世間習俗而入亦復現妻子菩薩生墮地時自説言天上天下無過我者我當過度十方人隨世間習俗而入亦復問太子閻浮提坐樹下時從是起去勤苦六年隨世間習俗而入示現人勤苦如是佛道欲成時於樹下獨坐隨世間習俗而入放光使魔知之佛智慧以成悉等無有能過者隨世間習俗而入得佛坐安隱示現世間如是雖得佛用哀十方人故當爲説經度脱之釋梵從佛求哀爲人故使佛説經隨世間習俗而入示現如是佛智慧無有能增減者隨世間習俗而入示現智慧多少如是佛亦無所從來去亦無所至住如本無隨世間習俗而入呼佛爲出入示現如是佛無所適住譬如空亦無所適住隨世間習俗而入呼佛爲住示現如是佛足譬如蓮華不受塵垢佛洗足隨世間習俗而入示現如是佛身如金不受塵垢

佛現入浴隨世間習俗而入示現如是佛口中本淨潔譬如鬱金之香佛反以楊枝漱口隨世間習俗而入示現如是佛未甞有飢時用哀十方人故爲現飢隨世間習俗而入示現如是佛身如金剛淨潔無瑕穢無圊便現人大小圊便隨世間習俗而入示現如是佛身無有衰老時但有衆德而現身衰老隨世間習俗而入示現如是佛身未甞有病而現病呼醫服藥與藥者得福無量隨世間習俗而入示現如是佛力不可當持一指動十方佛刹現人羸瘦疲極隨世間習俗而入示現如是佛一念頃能飛至無央數佛刹而現疲極隨世間習俗而入示現如是佛身如幻以經法名爲身現人惡露身隨世間習俗而入示現如是佛本無所有隨世間所喜樂現所有隨世間習俗而入示現如是佛身力不可計終無坐起行步卧出現人坐起行步卧出隨世間習俗而入示現如是佛身終不以寒温動隨得寒温陰涼隨世間習俗而入示現如是佛如空現人常著衣無有解時譬如梵天人常著衣隨世間習俗而入示現如是佛頭未甞墮髮法但示人亦無有見持剃刀去者隨世間習俗而入示現如是佛無坐時現人勤苦於石上坐隨世間習俗而入示現如是佛咽喉有滋味之相未甞有飢時用哀十方人故有人施與麤惡悉爲受隨世間習俗而入示現如是佛功德之福不可盡亦無有能過者佛入城分衛得空鉢出隨世間習俗而入示現如是佛功德之福不可盡欲得天上天下名好衣悉可得故著補納之衣隨世

間習俗而入示現如是佛欲得舍宅牀卧具天上天下珍寶殿舍悉可得現世間人暴露精思草蓐上坐隨世間習俗而入示現如是佛持威神吹海水悉令枯竭見天雨持傘蓋隨世間習俗而入示現如是佛一念頃能使數千萬億魔不知佛處現人爲魔所嬈隨世間習俗而入示現如是佛悉曉了十方不可計諸佛所有經法示現人反覆問隨世間習俗而入示現如是佛用哀十方故出現世間欲教度復現人供養得福無量隨世間習俗而入示現如是佛無本隨世間所喜色現身如是本一隨世間習俗而入示現如是合聚十方雷電之聲共作一聲不能動佛一毛現入禪三昧當於無聲處隨世間習俗而入示現如是諸經法本無名佛示人諸經法無央數隨世間習俗而入示現如是佛想計本悉斷常不離三昧現人爲説若干種經法隨世間習俗而入示現如是佛前身所作善惡不可前身得會當後身得佛示人自作自得隨世間習俗而入示現如是佛知世間本無人諸所有本無形佛現度脱無央數人隨世間習俗而入示現如是佛知諸經法本空本亦無所有現人有更死生隨世間習俗而入示現如是本無今世後世之事佛現人有今世後世之事隨世間習俗而入示現如是五陰六衰四大合爲一本無有佛示現人欲界色界無思想界隨世間習俗而入示現如是本無過去當來今現在人佛現死生五道中人隨世間習俗而入示現如是佛爲悉示愚癡皆盡現人本布施隨世間習俗而入示現如

是過去當來今現在經法佛悉知其本佛示人可說有不可說隨世間習俗而入示現如是佛知諸經本末一切皆深佛分別各自說其事隨世間習俗而入示現如是佛所說無有異說四諦法隨人所解而說隨世間習俗而入示現如是諸比丘僧難可敗壞正使數千億萬魔來及諸惡不能破壞比丘僧佛現人破壞比丘僧隨世間習俗而入示現如是經法本無從誰學亦莫不學者佛現人經法是受戒是不受戒隨世間習俗而入示現如是空空亦無繫亦無脱世間佛示人度脱隨世間習俗而入示現如是佛般泥洹無所向阿羅漢般泥洹無所向佛說法示人隨世間習俗而入示現如是佛說無所生無所滅是爲要亦無所得亦無所失隨世間習俗而入示現如是佛說泥洹譬如燈滅無形但有字耳經法無有能壞者隨世間習俗而入示現如是佛悉知諸經法本無形佛現人說經法甚衆多隨世間習俗而入示現如是諸佛心無所罣礙未嘗離三昧時現人生念隨世間習俗而入示現如是佛諸惡悉盡但有諸功德具足佛現人諸惡未盡隨世間習俗而入示現如是佛身行口言心念當與智慧俱是爲本佛現人使比丘說經自復欲聞隨世間習俗而入示現如是佛智慧所解無有竭底過去當來今現在本空佛現人說經法隨其所喜各各爲說隨世間習俗而入示現如是諸佛合一身以經法爲身佛現爲人說經法隨世間習俗而入示現如是佛辟支佛阿羅漢未得道人現死生得泥洹隨世間習俗而

入示現如是佛現爲羅漢說經法悉具足雖知其具足不及薩云若隨世間習俗而入示現如是佛智慧無有能過者悉知無有過去當來今現在佛現所因緣說經法隨世間習俗而入示現如是中有欲知佛及了佛法者經本端界悉入是人爲曉了佛隨世間習俗而入示現如是菩薩亦不入母腹中亦不從母腹中出何以故經法本界無所不入菩薩現人入母腹中隨世間習俗而入示現如是無所從生法樂諸經法亦無所從生菩薩現人初生時隨世間習俗而入示現如是菩薩母腹空定舍受一佛境界菩薩各各現人因緣生隨世間習俗而入示現如是佛化分身在無央數不可復計佛刹悉徧至佛身亦不增亦不減隨世間習俗而入示現如是菩薩常現生無有絶時常本無而住不懃苦隨世間習俗而入示現如是佛智慧功德威神不可復計佛現人限長短使人知之隨世間習俗而入示現如是經法本界無有能過者過去當來今現在皆空故佛現人尊經法隨世間習俗而入示現如是本無所生無所滅經本界悉入佛現人境界壞敗時隨世間習俗而入示現如是經法本無所從生無形而住佛現經法隨世間習俗而入示現如是觀本無亦無所見亦無所視佛視人悉見悉了悉知隨世間習俗而入示現如是諸經法無有作者亦無所出生佛現人經法本無所出生隨世間習俗而入示現如是泥洹及空無有形聲亦無有名佛現四大及形聲隨世間習俗而入示現如是佛力無有雙比不可復計

亦無滅盡時現人衰老求人給使隨世間習俗而入示現如是佛慈哀悉徧等終無有厄難窮極時佛現癡人不當與從事隨世間習俗而入示現如是佛諸功德成就悉具足佛現功德少所隨世間習俗而入示現如是無所從生本從中亦無所出生佛現三門者隨世間習俗而入示現如是佛現本末無所罣礙功德福無有能過者佛現人有施與者不斯受趣足而已示不貪隨世間習俗而入示現如是人有至誠善意念佛者佛即爲現佛亦無處所佛現身行菩薩道者隨世間習俗而入示現如是佛度脱不可復計阿僧祇人爲不度一人何以故本無故隨世間習俗而入示現如是佛珍寶内藏經人有聞者無有不得安隱度數千萬億劫無數如是菩薩世世所行用十方人故菩薩世世行經戒未甞有犯時用是得佛智慧有應是行得佛疾菩薩行慈哀有益十方無有極作是行者得佛疾何人聞是不奉行者佛威神巍巍其有聞經法莫不過度佛説經已文殊師利菩薩及諸菩薩等皆歡喜前爲佛作禮而去

佛説内藏百寶經

佛説温室洗浴衆僧經

後漢安息三藏　安世高譯

阿難曰吾從佛聞如是一時佛在摩竭提國因沙崛山中王舍城内有大長者柰女之子名曰耆域爲大醫王療治衆病少小好學才藝過通智達五經天文地理其所治者莫不除愈死者更生喪車得還其德甚多不可具陳八國宗仰見者歡喜於是耆域夜欻生念明至佛所當問我疑晨旦勑家大小眷屬嚴至佛所到精舍門見佛炳然光照天地衆坐四輩數千萬人佛爲説法一心靜聽耆域眷屬下車直進爲佛作禮各坐一面佛慰勞曰善來醫王欲有所問莫得疑難耆域長跪白佛言雖得生世爲人踈野隨俗衆流未曾爲福今欲請佛及僧菩薩大士入温室澡浴願令衆生長夜清淨穢垢消除不遭衆患惟佛聖旨不忍所願佛告醫王善哉妙意治衆人病皆蒙除愈遠近慶賴莫不復歡喜今請佛及諸衆僧入室洗浴願及十方衆藥療疾洗浴除垢其福無量一心聽法吾當爲汝先説澡浴衆僧及報之福佛告耆域澡浴之法當用七物除去七病得七福報何謂七物一者然火二者淨水三者澡豆四者酥膏五者淳灰六者楊枝七者内衣此是澡浴之法何謂除七病一者四大安隱二者除風病三者除濕痹四者除寒氷五者除熱氣六者除垢穢七者身體輕便眼目精明是爲除衆僧七病如是供養便得七福何謂七福一者四大無病所生常安勇武丁健衆所敬仰二者所生清淨面貌端正塵水不著爲人所敬三者身

體常香衣服潔淨見者歡喜莫不欽敬四者肌體潤澤威光德大莫不敬歎獨步無雙五者多饒人從拂拭塵垢自然受福常識宿命六者口齒香好方白齊平所説教令莫不肅用七者所生之處自然衣裳光飾珍寶見者悚息佛告耆域作此洗浴衆僧開士七福如是從此因緣或爲人臣或爲帝王或爲日月四天神王或爲帝釋或爲轉輪聖王或爲梵天受福難量或爲菩薩發意治地功成志就遂致作佛斯之因由供養衆僧無量福田旱澇不傷於是世尊重爲耆域而作頌曰

觀諸三界中　天人受景福　道德無限量
諦聽次説之　夫人生處世　端正人所敬
體性常清淨　斯由洗衆僧　若爲大臣子
財富常吉安　勇健中賢良　出入無罣礙
所説人奉用　身體常香潔　端正色從容
斯由洗衆僧　若生天王家　生即常潔淨
洗浴以香湯　苾芬以熏身　形體與衆異
見者莫不欣　斯造温室浴　洗僧之福報
第一四天王　典領四域方　光明身端正
威德護四鎮　日月及星宿　晃照除陰冥
斯由洗衆僧　福報如影響　第二忉利天
帝釋名曰因　六重之寶城　七寶爲宮殿
勇猛天中尊　端正壽延長　斯由洗衆僧
其報無等倫　世間轉輪王　七寶導在前
周行四海外　兵馬八萬四　明寶照晝夜
玉女隨時供　端正身香潔　斯由洗衆僧
第六化應天　欲界中獨尊　天相光影足
威靈震六天　自然食甘露　妓女常在邊
衆德難稱喻　斯由洗衆僧　梵魔三鉢天

淨居脩自然　行淨無垢穢　又無女人形
梵行脩潔已　志淳在泥洹　得生彼天中
斯由洗衆僧　佛爲三界尊　脩道甚苦勤
積行無數劫　今乃得道眞　金體玉爲瓔
塵垢不著身　圓光相具足　斯由洗衆僧
諸佛從行得　種種不勞勤　所施三界人
無處不周徧　衆僧之聖尊　四道良福田
道德從中出　是行最妙眞

佛説偈已重告耆域觀彼三界人天品類高下長短福德多少皆由先世用心不等是以所受各異不同如此受諸福報皆由洗浴聖衆得之耳佛説經已阿難白佛言當何名此經以何勸誨之佛告阿難此經名温室洗浴衆僧經諸佛所説非我獨造行者得度非神授與求清淨福自當奉行佛説經竟耆域眷屬聞經歡喜得須陁洹道禮佛求退嚴辦洗具衆坐大小各得道跡皆共稽首禮佛而去

佛説温室洗浴衆僧經

佛説菩薩行五十緣身經

西晉三藏法師竺法護譯

佛在羅閱祇耆闍崛山中時與比丘僧千二百五十人比丘尼優婆塞優婆夷諸天龍鬼神無央數十方諸來菩薩十萬人皆自然師子七寶蓮華上坐十方諸菩薩見佛端正無比身有三十二相八十種好座中有一菩薩名惒那尸利語文殊師利菩薩言仁者知深經能自知佛何因緣莊嚴其身得功德如是乎十方諸菩薩聞是言莫不歡喜文殊師利即起前長跪白佛言座中諸菩薩中有已得阿惟越致者中有未得阿惟越致者皆見佛身有三十二相八十種好莊嚴其身端正無比何因緣得是乎願佛爲諸菩薩説前世所作功德諸菩薩聞之當益增功德佛言善哉善哉文殊師利發意問乃爾乎佛言聽我説前世作功德菩薩世世所重愛珍奇好物持施與人常持好眼善意施與用是故佛悉得智慧知諸經法菩薩世世持采女珍寶莊飾持善意以施與人用是故得佛聲萬種聲出菩薩世世常以好願善意視世間人用是故人民見佛視無猒極譬如月十五日盛滿姝好視之無有猒菩薩世世爲人説經法不從有所希望趣使得安隱而已用是故佛説經時人聞無有猒飽者菩薩世世不説人惡有惡者亦不爲他人説用是故塵垢不著佛身菩薩世世常受毀辱雖有筋力皆悉忍之用是故佛行地高者爲下卑者爲高菩薩世世見人窮厄給足與之見人破壞安隱令在職用是故佛行道時地爲現威神如喜狀菩薩

世世不作弓弩刀兵使人相害用是故佛行時荆棘瓦石丘墟皆自辟除菩薩世世從師所聞法不敢犯鈌用是故佛所行事悉具足如是菩薩世世喜然燈於佛寺及師父母前人有狐疑輒用解之用是故佛身光明焰出殊好無有比威神巍巍乃如是菩薩世世若見奴婢說經不呵止令斷身復聽之用是故佛說經無有躓誤菩薩世世不持惡目視人設有瞋恚稍稍忍之用是故佛眼不大不小引長好人有見佛無不歡喜者菩薩世世見他人端正婦女不持婬意向之用是故佛身顏色姝好無比人有見者莫不歡喜菩薩世世隨時熟果及好香華持上佛比丘僧師父毋用是故果樹華見佛無不曲傾向佛菩薩世世見丘墟惡道改令平正見無橋梁爲作橋梁不以錢財故恐迫人用是故佛所入里門爲大菩薩世世見閑空無井樹之處爲種樹作井及諸飲食令人得食用是故佛所行處地爲出泉水出於八味菩薩世世見人行步出入不說其惡用是故佛身悉殊好無瑕穢菩薩世世持雜香塗佛身持善意施佛及上塔用是故諸天人作香風之香持供養佛菩薩世世持雜香水與佛及諸菩薩澡面及楊枝踈齒用是故佛面口中皆香譬若發藏之緘菩薩世世見人有瞋恚意向菩薩常以善意待之用是故佛行道時足下有蟲蟻無不得安隱者威神巍巍乃如是菩薩世世所有國土及好香華衣被持施與佛用是故有人散華著佛上便成華蓋菩薩世世不壞人宅舍常喜作舍用是故佛恊金剛之力四方

如山無能害佛身者菩薩世世見人有飢渴者先飯食之却爲說經用是故佛所止前皆有香華流水菩薩世世人從有所求索有者即與無所愛惜用是故佛說經時人聞之無有唐苦者皆有所益是故佛降伏諸魔菩薩世世持好音樂樂於佛及塔用是故佛爲諸弟子說經滿一佛界中人悉徧聞之菩薩世世作金銀雜寶樹上佛用是故諸天龍鬼神無有能見佛頂上者菩薩世世作佛塔持雜香塗之用是故佛所行處珍寶香華爲散佛上菩薩世世見人有中毒輙持慈心往喻用是故佛所行處若人若樹中毒悉去之菩薩世世常隨經法不犯心常柔輭忍辱於人用是故有人狂亂來至佛所莫不得安隱者菩薩世世常持若干種香供養佛舍利及塗塔用是故佛身無有臭處瑕穢之惡殃禍不能及佛身佛威神巍巍乃如是菩薩世世見人有疑亂若爲鬼神所持輙往救之使得度脫用是故佛所向處若地有蟲蟻悉爲除去菩薩世世事師父母若見卧睡不數驚覺若欲使覺當持音樂若持好語誦經往覺之用是故佛在內默聲諸天梵釋持音樂往覺之菩薩世世爲佛作精舍好持牀卧具什物用是故蚊蝱蜂蛇蚤蝨之屬不敢近佛身菩薩世世寒冬之時爲佛諸菩薩作細靡之衣用是故隨藍風起在佛前不寒不熱亦不動衣毛菩薩世世有奇異美飯食終不獨食若師父母有飯食不減損而食之用是故佛捨置威神力雖無所食佛亦不飢渴身亦不羸菩薩世世不放火於山野幷除他人三毒用是

故佛般泥洹後火雖盛熾不能令佛變色菩薩世世常上師父母及有道德人上貴舍宅衣被飲食有從乞者給與之用是故諸天及鬼神諸長者持世間所有珍寶什物以上佛菩薩世世爲佛治道徑持澤香塗地用是故佛行道時諸好雜華行列散地上菩薩世世持戒未曾有犯時亦不教他人犯用是故隨藍風四面起不能動佛一毛菩薩世世爲佛於佛道中施五色幔於下請飯佛及比丘僧用是故佛所行處諸天張五色幔隨佛而行佛威神巍巍乃如是菩薩世世持珍寶履屣以善意與佛用是故佛經行時足去地四寸不蹈地其相文爲現菩薩世世持幢潘華蓋雜種五色持用上佛塔用是故自然生雜色幢旛蓋隨佛而行菩薩世世爲佛治道以雜香汁用灑地用是故佛所行處諸龍持雜香汁灑地菩薩世世不曾説不淨人所諱語設有是語當意制不作用是故諸天龍神飛鳥不過佛上菩薩世世見佛若比丘僧來至扶迎爲佛作禮用是故佛所行處諸天釋梵阿須倫鬼神世間人民莫不迎佛持頭面著佛足者菩薩世世常護身口意不犯衆惡不但用身故爲十方天下人施用是故菩薩在母腹中時臭處惡露不著身常安隱不恐怖亦無有嬈者菩薩世世持善意視佛見怨家見父母心正等無有異用是故佛智慧悉具足但爲衆善無有惡人有疑難問佛無不解者菩薩世世持諸音樂雜香華供養佛及塔用是故佛入城時城中諸音樂不鼓而自鳴菩薩世世持無梨弊結金銀珍寶附憚持用上

佛及塔諸菩薩比丘僧及世間人悉布施與之常持和顏悅意與共語用是故佛行分越時畀戸爲高菩薩世世爲佛施軒交露令佛住行其下持善意視佛復讚歎佛之功德用是故佛放光焰日月星辰皆冥無能當佛光明者佛威神巍巍乃如是佛言我前世爲菩薩時世世所行如是無數世用人故粗說少少功德耳我從無數世以來所有財產知非常是故持施與人我世世所作功德如是釋梵天人所不能作是皆前世所行功德所致虛空尚可度須彌山尚可稱海水尚可量佛所作功德行累劫億世說之不可稱不可量若有人至意念佛功德者其福無量況爲作禮嗟嘆者哉人有欲求佛者作功德行亦當如是佛說經已諸菩薩及諸天人皆歡喜前以頭面禮佛而去

佛說菩薩行五十縁身經

佛說菩薩修行經

西晉河内沙門白法祖譯

聞如是一時佛遊舍衛國祇樹給孤獨精舍與大比丘千二百五十及衆菩薩五千人俱皆尊菩薩神通叡達權慧變化遊于三世導利一切莫不蒙濟於時舍衛國大城之中有豪長者名比羅達（此言威施）與其城中諸大長者五百人等宿意同念俱從舍衛大城中出往詣祇樹給孤獨精舍前至佛所即皆稽首繞佛三帀問訊世尊却坐一面於時世尊以無限達因問威施及諸長者族姓子等發何志乎詣如來耶是時威施并諸長者即白佛言吾等世尊集坐靜處競有念言佛世難值人身猶然得脫離世同亦甚難吾等竊議爲用何乘而至泥洹當以聲聞緣覺乘取泥洹耶大乘普智泥洹脫乎時吾等舉心便發言曰志願無上乘泥曰身不以聲聞緣覺脫也吾等世尊志願發心無上獨尊正眞道意以斯法故來奉如來云何世尊菩薩大士内性常欲應於無上平等正眞尊覺當學何法而應行住惟願如來垂惠普慈以無極哀散示疑結爾時世尊告威施曰善哉善哉諸大長者乃能跂俗捨世之榮樂發無上正眞道意覲詣如來又威施等勤聽思念當演說之菩薩大士行得無上等最正覺志作所應及其覺法長者威施并五百人即皆叉手受教而聽時佛告曰是諸長者菩薩大士發行欲應無上正眞等最覺者心向衆生當建弘普無極大慈志習念行勤執無捨進學無忘是乃應於無上覺道又諸長者若有衆生分其所受

身口意惡彼行非故命終墮獄故諸長者天地聚合集以衆苦向諸網見衆生之類存心大慈勤志大悲守習學行專精如斯其身不著衣被飲食於諸利養意亦不貪以諸所珍樂盡施惠念彼衆生愼行戒具忍進定智如是長者菩薩大士欲發無上正眞道者當習觀法乃應身行爾時威施及諸長者吾等世尊當修身三口四意三念法菩薩大士云何應觀身行法耶爾時世尊告威施等如是長者菩薩大士有四十二事而以觀身作是觀已離想結縛身心意識縛著吾我貪身壽命濁亂諸非應使除盡是時威施及諸長者受教而聽佛言菩薩大士觀身汙穢本爲不淨觀身臭處純積腐爛觀身危脆要當毀壞觀身無强當歸碎散觀身如幻諸大變化觀身惡露九孔諸漏觀身盛然婬欲火熾觀身焦燒興恚毒火觀身愚冥癡蒙毒盛觀身羅網恩愛結縛觀身如瘡衆患纏繞觀身可患四百四病觀身穢宅受諸蟲種觀身無常神逝歸土觀身頑愚不達體法觀身危陋毀落不久觀身無賴常懷多憂觀身無堅老至苦極觀身無信飾僞純詐觀身難滿受盛無猒觀身巢窟受衆色愛觀身貪惑迷著五樂觀身眛冥意懷喜悅觀身無住生死種異觀身識念懷想衆賤觀身無友拯養會離觀身衆食狐呑狼爭觀身機關展轉無數觀身係屬飲食所盛觀身叵視膿血臭滿觀身毀滅趣非常法觀身如讎恒多怨害觀身熱惱常懷憂結觀身聚殃五陰所誤觀身苦器生死劇痛觀身非我衆緣積聚觀身無命男女會散觀

身爲空根受諸情觀身無實譬之如幻觀身虛僞其現若夢觀身僞惑爲如野馬觀身詐欺其喻響像是謂長者菩薩大士四十二事觀身行法其不觀者或著貪身心神意識由之起滅其有菩薩如是觀已受著身命貪愛吾我疑垢倒謬及諸欲樂有常之計皆悉除盡遵志守一不惜年壽如是速具六度無極斯謂長者菩薩大士以滿六德權化流布疾得無上成最正覺於是世尊重加弘演說身行法而歎頌曰

得爲人甚難值　無以身造惡行
要會死棄丘冢　狐狼食或爛壞
僞欺我愚常惑　專與念貪色欲
是身求無返復　晝夜受諸苦痛
因衆苦以成惱　身癰滿盛不淨
常困極於飢渴　夫智者豈貪命
常受身終無猒　強畜養劇親厚
爲見色犯衆罪　彼緣是受獄痛
身不能如金剛　無以是造惡業
雖久存會歸死　時與信念佛世
假長久養育身　甘餚饍及香華
會飢渴不恒常　雖勉勵當何益
更劫數因還值　人雄尊佛之世
常發信莫犯非　或墮三受苦毒
其極壽億千歲　勤自勉如救火
況其壽百歲者　憍縱身造獄殃
若有念想吾我　得人身甚爲難
當極意恣五樂　且自娛焉知後
斯之樂不永久　諸苦毒至不遠
當速離諸慳貪　可得應大福祚

財非財譬如夢　強以此僞衆生
時一有惑便盡　明智者不吝財
若如幻化色惑　現虛僞華鮮采
是欲財詐欺身　愚濁惑隨顛倒
以衆苦致福財　用身故念興想
財非財五家事　有何智爲財惑
謬順隨妻與子　王勢強奪聚財
覺無常了如此　終無意樂利家
恩愛聚致苦惱　無貪惑著家獄
父母財身妻子　皆留在行自當
有貪惜不自覺　惟恐財隨我滅
愚頑者力求財　有智慮信無貪
慳不信不可從　極自卑如兒僕
外焦貪內熱諂　諸聖賢所不詠
談書籍或詩頌　以惑衆若婬女
意麤獷性暴弊　諸慳人多妬嫉
貪狼性無親友　現卑謙強親人
惟爲財習追苦　智慮者莫信之
順財故興此事　乃造起毒害心
是故智當省察　棄離慳妬邪事
金珠寶諸珍奇　因福祚得致之
爲斯故興諍訟　制是意整以法
時可值人雄尊　慈氏佛上如來
乃當有金寶地　焉知復在向生
欲五樂純虛僞　愚迷惑欺詐意
欲若如夏盛熱　坐野馬困疲勞
貪目色欲惑已　婬發醉失意志
從習欲隨顛倒　當何時值佛世
從九十一劫中　世乃有佛尊覺
山須彌燒壞滅　後何緣當得值

海陂池枯竭乾　天地焦水無餘
欲熾然亦如是　有何智當著欲
諸聰達明智士　當察知居寂滅
有何貪奚可樂　解是義不入網
觀行習法之最　莫戀屍塚囚獄
著恩愛貪濁意　不能免獄苦殃
有妻子會離別　所作行當自受
便獨趣隨苦毒　彼無有代痛者
斯三界惱之甚　莫若如妻與子
本受時規與樂　返成憂罪惱根
緣受三惡道苦　毒辛酸慘痛生
若當被諸惱根　妻及子無代者
勿以父造惡行　及與母諸親屬
阿鼻痛無免救　且莫如身行善
閻羅王獄卒地　彼不問父母事
兄弟妻子親友　惟詰劫身善惡
以得致身人身　遭遇值不念惡
斷滅衆殃罪行　除改前不善事
已濁汙自防覆　莫信作無報應
彼法王當散説　分別了行清淨
身種作行自當　縱放意隨墮惱
身所造即獲殃　譬喻之影隨形
當其受苦痛時　父母親不能免
及善厚無代者　是故智無戀欲
其欲脱獄楚毒　及衆縛枷鎖械
當勤念捨離欲　速行法世雄教
家火熾多惱根　火之起而常然
何慧達而樂是　墮大火恐難中
在家者憂利時　居俗業營妻子
有是衆萬端慮　何智慧不捨家

十力教甚可樂　無種栽取苦根
騃癡子無是志　但惑家墮地獄
天地間專惑者　興念想我妻子
愚頑意謂常存　不知之幻化身

當佛世尊說是法時威施之等五百長者應時逮得柔順法忍從得忍已神通備具達知去來聖智弘妙慧無罣礙明曉衆生意志所趣欲發起衆生一切會者觀心之故即說偈曰

快哉爲大利　衆利之最上　其有發心行
求佛菩薩者　大乘心可樂　但欲安衆生
爲人修橋梁　志樂大乘者　衆生愛樂彼
顏像衆欣覩　其有興發心　志求菩薩道
諸發菩薩心　種德於福田　深樂菩薩者
得爲三界明　隆聖菩薩心　踰越諸衆意
一切悉備足　能度諸衆生　吾等快得利
愛樂與斯心　值佛能仁世　師子最正覺
得逮聞是法　菩薩觀身法　志即樂大乘
獲致於柔順

時佛便笑世尊笑時五色光出從口中奮輝耀晃昱色色各異遂至無數光明普徧十方諸土威影覆蔽一切釋梵日月天魔宮殿之明當其佛笑及震光明諸天龍神弁世人民七萬二千見佛神耀暐曄之變亦皆自覺被如來明安育其體各於座上忽然悉得無所從生法樂之忍其餘無數皆發無上正真道意然其焰還繞身三帀而其威光忽從頂入爾時賢者阿難白佛諸佛如來出現於世安度衆生道教洋洋終不妄笑今者何因興發威顏而欣笑耶善哉世尊如來降德愍念一

切無量諸天及世人民皆使得安畜生禽獸蜎飛蠕動莫不蒙度願尊開解敷演笑意爾時世尊告阿難曰汝見長者威施之等五百人不唯然已見世尊告曰是諸長者在過去諸佛植衆德本從發無上正眞道意如是阿難長者威施五百人等却後當更七十六劫不墮三苦然後成佛當同一劫劫名勇猛皆同一字其號名曰華吉藏王如來無所著平等正覺道法御天人師爲佛世尊各各所度極至無量是時阿難重白佛言唯然世尊甚深妙哉未曾有也如來散說是之弘與無極要法是經名何云何奉持佛言阿難是經名曰菩薩修行亦名大士威施所問觀身行經又斯阿難是觀要法過去當來今現在諸佛致道弘化無不由之吾今成佛有身相好化于生死亦因此法當善書持諷誦讀說開示一切佛說經已賢者阿難大士威施五百人等諸天龍神及世人民聞經歡喜皆起叉手爲佛作禮

佛說菩薩修行經

音釋

圊七盈切溷也　羸力追切弱也　欻許勿切忽也　痺必至切脚濕冷病也　躓陟利切顛頓也　劇其逆切甚也　詰苦吉切問也　騃五駭切癡也　韡曄韡羽鬼切曄域輒切韡曄明盛也　蜎蠕蜎蠉緣切小飛也蠕乳兗切蠢動貌

佛說金色王經

元魏婆羅門瞿曇般若流支譯

沙門曇林筆受

佛語法門經

元魏北天竺三藏法師菩提留支初譯

佛說四不可得經

西晉三藏竺法護譯

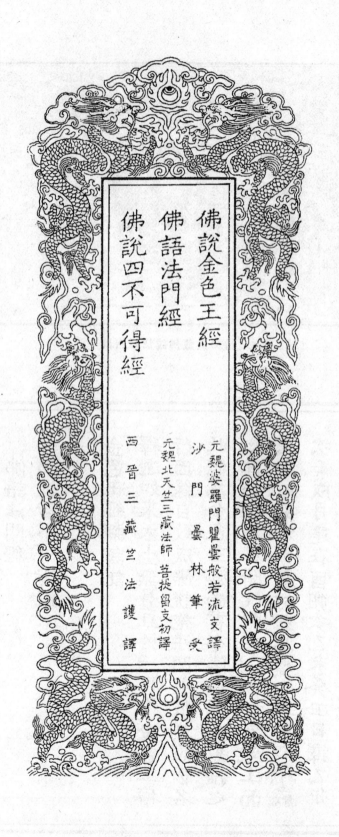

清刻龍藏佛説法變相圖

三經同卷

佛説金色王經

佛語法門經

佛説四不可得經

金色王經翻譯記

釋迦如來本生無量且於一時作金色王檀行因緣自致成佛説施法門引彼爲證因名此經爲金色王魏尚書令儀同高公敦捨之心往齊金色爲開此門普示一切嚴宅上面出斯妙典沙門曇林瞿曇流支興和四年歲次壬戌月建在酉朔次乙未癸丑日譯乙卯畢功三千五百一十四字

佛說金色王經

元魏婆羅門瞿曇般若流支譯

沙門　曇林　筆受

如是我聞一時婆伽婆住舍婆提城祇陀樹林給孤獨園與大比丘衆千二百五十人俱爾時世尊有多比丘比丘尼優婆塞優婆夷諸王王等群臣宰相種種外道沙門婆羅門波離波闍迦天龍夜叉乾闥婆阿脩羅迦樓羅緊那羅摩睺羅伽等侍衛供養恭敬尊重奉給所須世尊如是多得淨利衣食卧具病患醫藥一切天人受用之物然佛世尊不染不著猶如蓮華處水無異勝善名稱普聞世間一切讚歎爾時世尊如來應供正徧知明行足善逝世間解無上士調御丈夫天人師佛世尊於諸世間天人魔梵沙門婆羅門知時所宜如應說法彼所說法初中後善義善語善純備清淨鮮白梵行爾時世尊告諸比丘言諸比丘若有衆生能知布施施果分報如我所知施果分報於食食時若初食摶若後食摶不以少分先捨施已則不自食離嫉心垢則能捨施諸比丘若有衆生不知布施施果分報如我所知施果分報如是衆生若初食摶若後食摶不以少分捨用施他而便自食有嫉心垢則不能施何以故諸比丘過去有王名曰金色端正殊特容相具足成就最上勝妙色身彼金色王極大富樂有大財寶多有雜物多受用物多有錢穀珠及眞珠珂寶珊瑚多有金銀饒生色金多有象馬多有牛群多騲馬群充滿欄廐金色王都名饒金城王處其中東西之量長十二由旬南北之

量廣七由旬人民充滿間無空處安隱豐樂五十七億村邑聚落人民充滿安隱豐樂六萬山川皆有大城城有主者人民充滿安隱豐樂彼金色王多有臣衆一萬八千中宮采女乃有二萬彼金色王善知王法依法而行於彼國法如法爲王彼金色王一切所有皆能捨施無物不捨乃至身肉彼時人壽八萬四千彼金色王復於異時在空閑處寂靜思惟生如是心一切賫父我當不稅一切人民我當不賦時金色王既思惟已詔喚大臣左右内外諸曹百官如是勑言自今已後一切人民一切賫人不賦不稅普閻浮提一切人民放其賦稅彼金色王以此方便如法治國乃經多年復於異時有惡星現應十二年天不降雨有婆羅門善知相術善知呪論知太白等衆星行度既見惡星占相知已詣金色王既到王所具爲王說作如是言天今當知惡星已出於天不祥應十二年天不降雨時金色王聞是語已悲啼泣淚嗚呼嗟歎作如是言苦哉我此閻浮提人苦哉我此閻浮提人何期我此閻浮提處安隱豐樂多饒人物未久之間何期空曠無有人民時金色王於須臾間悲啼止已如是思惟富人饒財穀食豐長於十二年能過不死若貧窮者財物至少穀食不足云何存活彼十二年云何能過彼金色王如是念已復更思惟起如是心我今當集閻浮提中一切穀食聚著一處一切外舍一切村落一切城邑一切人處國土王處所有穀食皆悉將來量知多少一處作倉閻浮提中一切人民數知口數計十二年均

等與食時金色王如是念已即喚大臣左右內外諸曹百官一切關防諸禁伺處所有主者皆悉來集如是勑言卿等皆去閻浮提中所有穀食一切收檢量知多少閻浮提中一切外舍一切村落一切城邑一切人處國土王處所有穀食皆悉將來量知多少一處作倉彼大臣等聞金色王如是勑已閻浮提中所有穀食一切收檢量知多少閻浮提中一切外舍一切村落一切城邑一切人處國土王處所有穀食皆悉將來一處作倉然後往到金色王所作如是言天今當知閻浮提中一切外舍一切村落一切城邑一切人處國土王處所有穀食皆已收聚量知多少閻浮提中一切外舍一切村落一切城邑一切人處國土王處所有穀食皆已將來一處作倉天應知時隨意所作時金色王喚閻浮提善筭數人善知書人如是勑言卿今速去閻浮提中一切人民數知口數從我爲首閻浮提中一切人民均等與食一切省與彼知筭數善知書人聞金色王如是勑已即爾速去閻浮提中一切人民皆悉徧數知口數已善知書人具作文案謹送奉王時金色王自身爲始閻浮提中一切人民均等與食一切省與如是乃至到十一年存命不死出十一年經一月日處處多有男子婦人若男若女漸漸患飢何以故穀欲盡故猶故復有十一月在處處多有男子婦人若男若女飢渴欲死當於爾時閻浮提中一切穀食皆悉已盡倉皆空虛爾時唯有五升熟飯可給一人一日之食供金色王一食食在時有一人過去已經

四十劫來行菩薩行乃至到此娑婆世界於異林中見兩衆生母子二人共行婬欲時彼菩薩如是見已心即歎曰如是衆生極惡煩惱住其胷中飲其乳已作如是事何處更有如是惡法我今不用如是衆生不用如是非法衆生非法欲染邪見惡貪之所覆人不識父母不知沙門及婆羅門不護種姓不敬尊長不念親舊我今不用利益如是極惡衆生菩提之行我今寧當作自利益時彼菩薩既起是心即向餘處異樹根下既到彼已依彼樹根結加趺坐端身正念時彼菩薩於五取陰若出若沒隨順觀察此色集起此色散滅如是此受此想此行此識集起此識散滅菩薩如是於五取陰隨順觀察見此歿已未久之間所有集法一切散滅既如是知以是因緣即時獲得緣覺菩提得菩提已而說偈言

因愛故生苦　如是應捨愛　當樂於獨處
猶如犀一角

時辟支佛緣覺世尊如是憶念我爲衆生作利益故多行苦行無一衆生得我利益我於今日憐愍衆生爲作利益於何人所受其飲食時辟支佛緣覺世尊得天眼通清淨過人普徧觀察閻浮提處彼辟支佛緣覺世尊見閻浮提一切食盡唯金色王一食之食五升飯在既觀察已起如是心我今憐愍彼金色王爲作利益我今當往取金色王一食而食時辟支佛緣覺世尊即以神通飛空而去自現其身令人得見如舍居尼鳥身神通向金色王饒金城都時金色王住在樓上五千大臣一切皆見彼辟支佛緣覺世尊諸大臣中

有一大臣於先遥見彼辟支佛緣覺世尊在於遠處漸欲來近如是見已向餘大臣如是說言君等皆看君等皆看於彼遠處有一赤翅舍居尼鳥向此而來第二大臣看已答言君當諦觀彼非赤翅舍居尼鳥彼是羅刹食力惡鬼欲來至此食我等力今來食我時彼大臣示金色王作如是說時金色王兩手抹面然後諦觀諦觀察已語大臣言大臣當知彼非赤翅舍居尼鳥亦非羅刹食力惡鬼彼是仙人憐愍我故而來至此時辟支佛緣覺世尊於須臾間到金色王所住樓上時金色王見辟支佛緣覺世尊即便起迎頂禮其足頂禮足已設好敷具勸令就座彼辟支佛緣覺世尊在座坐已時金色王向辟支佛緣覺世尊作如是言不審仙人何故來此答言大王我今爲食故來至此時金色王既聞是語即爾悲啼泣涙而言何期我今如是貧窮此閻浮提富樂自在我已得之忽於今者此一仙人不能供給一食好食爾時彼處有一天女住在饒金王都城中向金色王而說偈言

何法名爲苦　所謂貧窮是　何苦最爲重
所謂貧窮苦　死苦與貧苦　二苦等無異
寧當受死苦　不用貧窮生

時金色王聞是說已詔喚廚宰而問之言有飯食不我欲供養此大仙人廚宰答言王今應知閻浮提中所有穀食一切皆盡唯天所食餘一食在時金色王如是思惟我若自食我命暫存若不自食我命速盡如是念已更異思惟若我自食猶不免死若我不食死則俱然我今不取如是少活此大仙人清淨持

戒修行善法既來我家云何令其不得飯食空鉢而出時金色王如是念已勑語大臣左右内外諸曹百官及眷屬等而作是言汝等一切皆當隨喜此我金色王最後布施以此善根願閻浮提一切人民自今已後於當來世永斷貧窮時金色王如是願已持一食飯置辟支佛緣覺世尊所持鉢中如是置已授辟支佛緣覺世尊右手掌中時辟支佛緣覺世尊法皆如是以身示法非口言説時辟支佛緣覺世尊受金色王所施食已即以神通飛空而去時金色王并諸大衆一切合掌皆悉諦觀目不暫瞬於是乃至過眼境界時金色王勑諸大臣左右内外諸曹百官防守門者及眷屬等作如是言卿等皆去各到自家飢渴餓死彼諸大臣至眷屬等一切皆言天勝樂時我等一切與天相隨嬉戲遊觀俱共受樂我今云何能捨天去時金色王既聞是語悲啼泣淚手抆淚已語諸大臣左右内外諸曹百官眷屬等言卿等皆去各向自家勿令一切於我宫中飢渴餓死爾時大臣左右内外諸曹百官至眷屬等一切悲啼皆悉泣淚手抆淚已相與前行近金色王既到王所頭面敬禮金色王足禮王足已一切合掌向金色王作如是言隨我多少所作諸惡唯願大天忍我此事我於朝日最後見天如是時間彼辟支佛緣覺世尊受其施食將向餘處食彼食時普於四方四雲輪起涼風吹扇令閻浮提其地皆淨爾時涼風吹閻浮提其地淨已中後半日天雨種種佉陀尼食蒲闍尼食如是色食所謂飯麨及以熟豆雨如是等

蒲闍尼食佉陀尼者所謂餅根莖葉華果及胡麻等此佉陀尼如是復有油脂粔敉此佉陀尼稻米末餅此佉陀尼雨如是等種種食等時金色王見如是事心大歡喜踊悅無量善意心生語諸大臣左右内外諸曹百官至眷屬等而作是語言卿等當看卿等當看朝日如是一食施報得如是果復有無量餘果報在後必當得如是訖日從第二日至七日中復更興雨種種穀等所謂胡麻大豆小豆大麥小麥江豆踝豆稻粮米等七日雨已如是次第七日雨酥七日雨油七日雨錢七日雨氎復於種種雜雨復於七日唯雨七寶所謂金銀及毗瑠璃私頗知迦赤色真珠并雨馬腦牟娑羅等如是七寶諸比丘汝等當知彼金色王施食因緣普閻浮提一切人民貧窮永斷汝諸比丘於意云何彼過去世金色王者豈異人乎莫作異觀何以故諸比丘彼過去世金色王者則我身是諸比丘此門如是汝應善知如是衆生知布施果布施分報如我所知施果分報若初食搏若後食搏不以少分先捨施已則不自食離嫉心垢則能捨施如是衆生不知施果布施分報如我所知施果分報如是衆生若初食搏若後食搏不以少分分捨施他而便自食有嫉心垢故不能施爾時世尊而説偈言

前作善不善　不失罪福業　親近黠慧者
不失往來業　聖衆中善語　不失語言業
知恩報恩人　不失所作業　善業爲端正
不善爲鄙陋　二業皆有報　必定實得果

世尊爾時説是語已彼諸比丘比丘尼優婆

塞優婆夷天龍夜叉乾闥婆阿脩羅迦樓羅緊那羅摩睺羅伽一切衆會聞佛所說皆大歡喜

佛說金色王經

佛語法門經

元魏北天竺三藏法師　菩提留支初譯

如是我聞一時婆伽婆住毗耶離大林樓閣上與大比丘衆八千人俱八萬四千諸大菩薩復有學無學無量人衆圍繞說法爾時會中有一菩薩名龍威德上王從座而起整服右肩右膝著地合掌向佛白言世尊如來先說佛語修多羅諸經復有說非佛語世尊此有何義云何受持爾時佛告龍威德上王菩薩言善男子如汝所問於諸經中而說佛語非佛語者善男子如是非語即是佛語善男子善思念之我於今者善爲汝說時龍威德上王菩薩而白佛言善哉世尊願樂欲聞佛言善男子言非語者即是佛語善男子言佛語者是則名爲最重身業我之所說皆悉無有不離身業口業意業彼亦無語無能說者亦無言者善男子諸有色語皆非佛語若龍威德上王色非語非佛語者受想行識非語亦非佛語善男子若無色語無受想行識語者是名佛語善男子若有身口意業語者不名佛語善男子若無身口意業語者是名佛語善男子若有地水火風空界如是等語不名佛語善男子若有不說地水火風空界等者是名佛語善男子若有貪瞋癡語不名佛語善男子若無貪瞋癡語是名佛語善男子若有漏語及無漏語不名佛語善男子若非有漏語非無漏語是名佛語善男子若有所希如是語者不名佛語以彼佛語不希求故善男子若無高下如是語者是名佛語善男子若有事語非事語者不名佛語善男子若

有非事非非事語是名佛語善男子若於自性清淨法上言得證者彼非佛語善男子若非自性非他性語是名佛語善男子若有實語非實語者不名佛語善男子若無實語無不實語是名佛語善男子若有此語是凡夫人之所說語此是聖人之所說語不名佛語善男子若無凡語無聖人語是名佛語善男子若有內語及有外語內外語者不名佛語善男子若無內語及無外語內外語者是名佛語善男子若於諸法有色所依受想行識所依語者不名佛語善男子若於諸法無色可依亦無受想行識可依如是語者是名佛語善男子若有處語是魔王語是魔民語不名佛語善男子若無一切諸處語者是名佛語善男子若有色覺分別而語受想行識覺分別而語不名佛語善男子若無色覺分別而語受想行識覺分別而語是名佛語以此義故魔及魔民不得其便復次善男子言菩薩者若色無我亦不分別非是我所如是受想行識無我亦不分別非我所者名為菩薩時龍威德上王菩薩而白佛言世尊以何義故而有言說何者言說佛言善男子魔波旬掾復次善男子若菩薩色不作念我當如是受想行識亦不作念我當如是如是菩薩於一切處皆無有語龍威德上王諸善男子有上勝者斷一切語斷一切障滅諸我慢斷一切網離諸二見離一切想以無語故云何有言亦無可語是故非語名為佛語善男子以此義故當如是知此是佛語善男子若無身無身行無口無口行無意無意行非行非非

行非謗非不謗不生不起無想無處無住無沒非寂非行諦語不動復非不動而亦不住自然不緣亦非不緣善男子此是佛語以彼無有可能語故是名佛語善男子菩薩能作如是學已是則名爲學上上智光明佛語清涼佛語徧悦一切諸衆生身開發一切諸衆生意趣向佛智受持法義徧悦一切諸菩薩衆覺諸睡者善入法界是善決定向於法輪轉於法輪擊大法鼓降諸魔衆降伏異怨降伏一切諸外道衆是能救護向惡道者是能莊嚴諸佛世界是一切佛之所稱歎必坐道場知是菩薩已坐道場如是菩薩已得菩薩諸陀羅尼說此佛語法門之時聖龍威德上王菩薩菩提分法皆悉滿足即時獲得無生法忍二萬六千諸菩薩等得陀羅尼及諸三昧八千比丘得無漏法復有八萬四千衆生皆發阿耨多羅三藐三菩提心即以神力雨種種華供養世尊如來說是法門之時聖龍威德上王菩薩及諸大衆天人阿脩羅迦樓羅緊那羅摩睺羅伽等一切大衆聞佛所說皆大歡喜信受奉行

佛語法門經

佛說四不可得經

西晉三藏竺法護譯

聞如是一時佛遊於舍衛祇樹給孤獨園與大比丘俱比丘千二百五十人及諸菩薩佛明旦著衣持鉢入城分衛四輩皆從諸天龍神各賫華香妓樂追於上侍佛道眼覩見兄弟同産四人遠家棄業山處閑居得五神通皆號仙人宿對來至自知壽盡悉欲避終各各思議吾等神足飛騰自恣在所至到無所罣礙今反當爲非常所得便危失身命當造方便免斯患難不可就之也於是一人則踊在空中而自藏形無常之對安知吾處一人則入市中人鬧之處廣大無量在中避命無常之對趣得一人何必求吾一人則退入于大海三百三十六萬里下不至底上不至表處於其中無常之對何所求耶一人則計竊至大山無人之處擘山兩解入中還合非常之對安知吾處於時四人各各避命竟不得脫藏在空中者便自墮地猶果熟落其在山中于彼喪亡在大海中則時夭命魚鼈所食入市中者在于衆人而自終歿於是世尊覩之如斯謂此四人闇昧不達欲捨宿對三毒不除不至三達無極之慧古今以來誰脫此患佛則頌曰

雖欲藏在空　若處大海中　假使入諸山
而欲自堅形　欲求不死地　未曾可獲之
是故精進學　無身乃爲寧

佛告諸比丘世有四事不可獲致何等爲四一曰年幼顏色煒燁髮黑齒白形貌光澤氣力堅强行步舉止出入自遊上車乘馬衆人

瞻戴莫不愛敬一旦忽耄頭白齒落面皺皮緩體重拄杖短氣呻吟欲使常少不至老者終不可得二謂身體强健骨髓實盛行步無雙飲食自恣莊飾頭首謂爲無比張弓碟矢把執兵仗有所危害不省曲直罵詈衝口謂爲豪强自計吾我無有衰耗病疾卒至伏之著牀不能動搖身痛如榜耳鼻口目不聞聲香美味細滑坐起須人汙露自出身卧其上衆患難喻假使欲免常安無病終不可得三謂欲求長壽在世無極得於病死命既甚短懷萬歲慮壽少憂多不察非常五樂自恣放心逸意殺盜婬亂兩舌惡口妄言綺語貪嫉邪見不孝父母不順師友輕易尊長反逆無道希望豪富謂可求存譏謗聖道以邪無雙噓天推步慕于世榮不識天地表裏所由不別四大因緣合成猶如幻化不了古今所興之世不受倡導不知生所從來死之所歸心存天地謂是吾計非常對至如風吹雲冀念長生命忽然終不得自在欲使不爾終不可得也四謂父母兄弟家室親族朋友知識恩愛榮樂財物富貴官爵俸禄騎乘遊觀妻妾子息以自憍恣飲食快意兒客僕使翺行綺視顧影而步輕蔑衆人計己無雙奴客庸罵獸類畜生出入自在無有期度不察前後謂其眷屬從使之衆意可常得宿對卒至如湯消雪心乃懷懅請求濟患安得如願呼噏命斷魂神獨逝父母兄弟妻子親族朋友知識恩愛皆自獨留官爵財物僕從各散馳走如星欲求不死終不可得也佛告比丘古今以來天地成立無免此苦四難之患以斯四苦

佛興于世設無此難不現身相教化群黎猶如四方有洪石山廣大且高上生草木衆果藥樹華實悉茂忽失野火四山俱發暴疾相向速于日行有人白王說有此患寧可避乎答曰不可得也天中之天唯有神通乃可濟矣佛言有心意識不解深妙空無之慧心計吾我五陰所縛六衰所惑欲不老病規拔此惡分離之患志于常存終不可得唯成法身陰衰悉蠲無内無外進退自在乃能免此四難之患如春種穀令秋不熟終不可得殖老病死別乖之本欲令不終不如志也猶樹生果欲使不落終不得也猶人飲酒欲使不醉孰有獲願種斯根本欲令不終不可得也如人服毒欲令不死誰有獲願種離根本欲令不別終不可得也猶人入溷欲令不臭誰有獲願殖老病死欲免斯患未有如願人不識此四苦放心恣意歿沉五道猶如車輪不得離地悲哀呼嗟轉相戀慕無有竟已猶如狂逸裸形而遊恍惚妄語謂爲眞諦痛哉誰了此義唯有解道乃知之耳比丘白佛言何緣免濟此四苦之難世尊告曰當求解脫何謂解脫佛言護身口意初中竟善不爲聲聞行身不犯三罪口不犯四過意不念三惡初中竟善也又身口意和而歸三寶除于三毒入空無相不願之法向三脫門是初中竟善之德也三界皆苦生老病死視身如咎行于四等慈悲喜護不遵大慈無極之哀趣欲免身至于泥洹不念一切便得羅漢不及十方雖得免於四患猶有限礙佛言發菩薩意普令衆生常念遵六度無極之行初中竟善者謂

發意菩薩也初亦善者視一切人如父如母如身常等無異中亦善者不畏勤苦在于生死無央數劫不以爲勞竟亦善者分別空慧不見吾我又初亦善者本發大意願濟一切不爲己計中亦善者行四等心慈悲喜護竟亦善者弘無極慈欲導群黎遭諸惱患初亦善者觀身四大本無化合緣于無緣中亦善者無我無人無壽無命有斯四事則受身矣無緣無攀何從得因猶如立屋有材有土有水有草四事別離各散異處人合作舍因得屋名計身四事亦復如是各存一面心著所有我人壽命四大合成因號爲人竟亦善者了知無身不倚三界一切悉空初亦善者布施持戒忍辱精進一心智慧之道中亦善者曉知六通之法入柔順法忍竟亦善者知身自然諸法自然人物自然一切如化如幻計皆本無初亦善者謂發無上正真之意中亦善者解音響慧得無所從生不起法忍竟亦善者逮一生補處勇猛之狀遊一切生觀無所起救濟一切如日普照無所不徧是爲菩薩初亦善者中亦善者竟亦善者佛言行菩薩道多所度脫猶衆星中月而獨光光如日初出一時悉徧猶如炬火在所如照如良醫療諸病如良醫度群黎如船師安三界猶國主降異道如師子道心普如虛空心等如地洗垢如水燒諸罪如火遊無礙如風是爲初中竟善菩薩之事乃爲究暢

佛說如是諸菩薩及衆比丘諸天龍神阿須倫聞經莫不歡喜

佛說四不可得經

音釋

騲千老切牝馬也 廐居祐切馬舍也 瞬舒閏切目動也 抆無粉切揩拭也

麨尺沼切乾粮也 粔籹粔其吕切籹忍與切粔籹蜜餌也 豍必迷切豆也

黠胡八切慧也 掾俞絹切 擘博厄切鈲也 耄莫報切老也

喋許涉切猶挾也 懅其據切懼也 呼噏呼荒胡切出息也噏許及切與吸同入息也

須眞天子經

西晉三藏法師竺法護譯

清刻龍藏佛說法變相圖

須眞天子經卷上

西晉三藏法師 竺法護 譯

問四事品第一

聞如是一時佛遊舍衛國祇樹之園給孤獨精舍與大衆俱比丘千二百五十人菩薩萬人及諸欲天子諸色天子諸徧淨天子比丘比丘尼優婆塞優婆夷於是世尊與無央數百千之衆圍繞會聚而爲說法爾時文殊師利須眞天子於會中坐須眞天子察衆坐定便從座起整衣服叉手長跪白佛言願欲有所問唯佛分別解說其決佛言善哉善哉天子爲世一切求最上義乃以此念問多陀竭所疑便說恣所欲問須眞天子踊躍歡喜即白佛言世尊何謂菩薩得不妄信而志大乘何謂菩薩所作堅强得不怯弱何謂菩薩得

無能及最偶之福何謂菩薩得知無所罣礙之行何謂菩薩去離冥塵而得智慧何謂菩薩入衆勇辯得不恐懼何謂菩薩得所聞義依而有護何謂菩薩得依法與超絶於俗何謂菩薩得恭敬順行佛世尊教何謂菩薩得承法教導利一切何謂菩薩得不可及神通之慧何謂菩薩得魔現怪心不傾動何謂菩薩得深遠智而不可遠何謂菩薩得不爲俗法之所點汙何謂菩薩得入深行殊勝無侣何謂菩薩得知巧方便根爲衆說法何謂菩薩得入解脱門在生死中不與色欲會何謂菩薩得奇特方便降伏貢高何謂菩薩得因緣方便知諸所作何謂菩薩得律方便離諸所見何謂菩薩得善權方便長育一切何謂菩薩得吉祥願身意清淨何謂菩薩得忍辱力心無恚怒何謂菩薩得波羅蜜度於彼岸何謂菩薩得度所乏饒益一切何謂菩薩得爲一切世人所愛敬何謂菩薩得智黠爲人所譽何謂菩薩所作功德而不可盡何謂菩薩堅其本要會得至佛何謂菩薩常爲豪尊攬持諸法而得自在何謂菩薩諸所施造輙爲作師何謂菩薩總持諸事無所不了須真天子問已默然佛言善哉善哉須真天子所問甚深多所過度於世人民念持是事以問如來發起菩薩意濟脱生死諦聽諦受佛當爲汝解說其義踰於所問疾得是事於是天子受教而聽佛告天子菩薩有四事行得不妄信而志大乘何等爲四一者以善權方便入於智慧而不動轉二者已立大哀住無蓋慧三者已立法義所問能報四者已立於道

逮得神通曉知所有是爲四事菩薩得不妄信而志大乘佛爾時歌頌言

堅住於權方便　已見慧智無底
普弘廣行大哀　慈護人常得勝
得義法善方便　應所報無躓礙
神通達道華足　已得是無能壞

復次天子菩薩有四事行所作堅强得不怯弱何等爲四一者精進不轉二者身所行淨及淨他人三者其意純淑得至於道四者不厭倦於佛法而得成就是爲四事菩薩所作堅强得不怯弱佛爾時歌頌言

得堅住於精進　立中正無兩際
常清淨無垢濁　身意行口亦爾
所作爲常純淑　以是故乘佛義
於請益不厭倦　常思念於佛法
此四事法之上　是則爲微妙持
若有堅住法者　便當得道行徑
於内外皆已了　悉逮得道之節
在於此三處中　爲法王今不久

復次天子菩薩有四事行得無能及最偶之福何等爲四一者以般若波羅蜜廣教授諸菩薩二者未發道心者而勸一切令發道意三者常行三品願一戒二智慧三平等應是事者所作功德而無恚怒四者心念於道而無懈怠是爲四事菩薩得無能及最偶之福佛爾時歌頌言

用智慧度無極　教導於解縣者
便以等住於道　則恒以是道心
度勸免於衆人　皆使令發道意
於三品而不轉　若有應於是者

便爲合於道義　其一切諸所作
是功德遂當辨　稍得依近於道
復次天子菩薩有四事行得知無所罣礙之
行何等爲四一者有所作常以慧不爲頑佷
自用二者知一切法因緣所屬離於吾我而
無瞋怒三者以空法擁護一切四者遠離愛
欲曉了六情是爲四事菩薩得知無所罣礙
之行佛爾時歌頌言
所作常以慧　不佷不自從　信用力方便
所見而不受　是法爲已空　終不捨離人
行過諸所欲　内外爲已淨　如是最上法
四事之所立　便得智無礙　慧度於無極
復次天子菩薩有四事行去離冥塵而得智
慧何等爲四一者所聞不厭足二者應人所
欲而爲説法心無所冀三者一切所作如幻
於諸法界慧無所壞四者一時發意超入法
城是爲四事菩薩去離冥塵而得智慧佛爾
時歌頌言
常求深學　聞不厭足　審觀法義　應所欲教
已得總持　自以意説　不復從人　有所啓受
所作若夢　及野馬幻　視一切法　癡分如是
其所修設　而不壞法　一發淨意　便棄苦痛
如是法品　甚爲殊傑　是經特尊　常當親近
遠離冥塵　而得慧明　遊於三世　譬如日光
復次天子菩薩有四事行入衆勇辯得不恐
懼何等爲四一者得陀鄰尼念持不忘二者
一語能報諸所問皆斷其狐疑三者已得大
哀教授一切使入空法四者所作離於魔事
便逮得神通之智是爲四事菩薩入衆勇辯
得不恐懼佛爾時歌頌言

已得於總持　所聞而不忘　一語報諸問
皆斷衆狐疑　大哀廣教授　一切無所有
神通爲已達　魔欲不能制　如是四事法
則爲應菩薩　於此無恐畏　在衆住不懼
復次天子菩薩有四事行得所聞義依而有護何等爲四一者諸所聞者悉持之於所聞無所聞亦無力亦無恃亦無所至二者諸所音聲非是正行皆遠離之諸法解脫等若如稱語義如響三者若聞他方有深經輒身自往求四者已入寂靜義而無有憒吏是爲四事菩薩得所聞義依而有護佛爾時歌頌言
雖欲多聞法　不聽採其義　無聞亦無力
因義是其要　三界諸音聲　皆非正道行
響等譬如聲　知義亦如是　於此得聞聽
觀受奉其義　無使身自行　彼說聞歡喜
其義最第一　法寂無憒吏　用是深法行
禀承敬其義
復次天子菩薩有四事行得依法與超絕於俗何等爲四一者聚會衆人而爲說法二者於大衆中爲現無常事三者勸大祠祀者使爲覺願四者常欲捨諸所有止空閑處是爲四事菩薩得深法與超絕於俗佛爾時歌頌言
住於大城　常處其中　因其黠慧　而爲說法
住身大會　建立衆人　婬放逸中　爲現無常
會於大祠　彼我等佐　因祠勸助　用以覺故
與無有俱　常念捨離　心常願求　處在空閑
復次天子菩薩有四事行得恭敬順行佛世尊教何等爲四一者心常在道究竟不離二者所聞受持念未曾忘三者所許如言有求

不逆四者習於空無入一切法是爲四事菩薩得恭敬順行佛世尊教佛爾時歌頌言

身更諸苦痛　道意終不轉　得聞入法要
是則大導師　心口有所許　身行亦如是
習諸空無慧　入衆智慧法　奉行如法教
得離婬怒癡　不懈不中止　無恚亦無異
十方稱名譽　歌歎其功德　若應順此教
法慧無過者

復次天子菩薩有四事行得承法教導利一切何等爲四一者受空身住能爲衆會廣說大法二者已自調心去離婬欲而得泥曰復令會者調心止欲說泥洹法三者自身所作滿足至道復令一切立摩訶衍四者自身求法已暢衆妙復教於人令求索法是爲四事菩薩得承法教導利一切佛爾時歌頌言

教授於人　令受空要　調心止欲　得住泥曰
道德至尊　及大神足　以法寶施　示人覺乘
所爲已具　至於道心　於衆立人　使到大乘
常求於法　使合義力　爲衆說法　亦不增減

復次天子菩薩有四事行得不可及神通之慧何等爲四一者日日修梵四淨之行二者常止宿於空閑之處三者深入於法忍四者身心而等慧是爲四事菩薩得不可及神通之慧佛爾時歌頌言

日修梵行　以自興立　常樂空閑　處於清淨
已入深法　便至於道　身心平等　自致得慧
已合如是　於行而等　於五神通　爲已得達
飛到十方　住諸佛前　多所育養　於一切人

復次天子菩薩有四事行得魔現怪心不傾動何等爲四一者住四禪者皆令入空二者

常以大哀不捨一切三者供施三寶精進不絶常不厭足四者以漚和拘舍羅故六波羅蜜而得堅住是爲四事菩薩得魔現怪心不傾動佛爾時歌頌言

空無思想住　建立導四禪　常以無極哀
令衆安入義　其於法寶貫　不截亦不斷
應諸度無極　則是權所引　意無能沮壞
堅住而不動　一切諸四魔　皆悉爲之伏
徧見衆庶人　在魔羅網中　示於泥洹道
昔令發是乘

復次天子菩薩有四事行得深遠智而不可逮何等爲四一者常思惟入深法二者非義之事常悉捨離三者常憂念一切使得合法義四者能調剛强開解愚冥得佛無礙智是爲四事菩薩得深遠智而不可逮佛爾時歌頌言

意常思惟　入於空法　放捨非義　常合正義
已入是念　憂勞一切　得深遠智　則意之最
得調剛强　開伏曚冥　令發起意　立摩訶衍
神通之智　皆爲已辦　得智深遠　不可逮覺

復次天子菩薩有四事行得不爲俗法之所點汙何等爲四一者若得利若樂若有名若歎譽不以喜悦二者若無利若苦若無名若謗毁亦不以憂三者依受五陰護養一切四者若得受陰者依現空聚處是爲四事菩薩得不爲俗法之所點汙佛爾時歌頌言

若有利及名譽　便已得一切樂
有如是稱歎者　心亦不以爲喜
若無利無名苦　有智者不以憂
如蓮華不點汙　於世行亦如是

若受陰用是義　以將養一切人
已能滅盡諸陰　計念之善如幻
於世行隨其法　不爲俗所點汙
令一切得樂義　以戒德爲塗香

復次天子菩薩有四事行得入深行殊勝無侶何等爲四一者是身亦非身二者是人亦非人三者諸法皆靜寞四者慧無所著是爲四事菩薩得入深行殊勝無侶佛爾時歌頌言

是身亦非身　是人亦非人　法靜亦如是
慧亦無欲著

復次天子菩薩有四事行得知巧方便根爲衆說法何等爲四一者便得神通二者其慧無所罣礙三者得辯才之智四者本願已淨是爲四事菩薩得知巧方便根爲衆說法佛爾時歌頌言

神通爲已達　其慧無罣礙　辯智常如此
本願已畢淨　已知見人根　如應爲說法
聽者輒聞受　不疑怪泥洹

復次天子菩薩有四事行得入脫門在生死中不與色欲會何等爲四一者得住於空聚若見繫囚便度脫之二者得立無想著行者皆度脫之三者遠得無願安和定隱將育一切四者得漚和拘舍羅以智慧示現諸法是爲四事菩薩得入脫門在生死中不與色欲會佛爾時歌頌言

已得空於聚　繫囚即解脫　已立於無相
度諸想著行　已得於無願　安詳和定隱
隨衆所生處　將育於一切　權慧開化人
則住度脫門　不止無色界　是足以時入

復次天子菩薩有四事行得奇特方便降伏貢高何等爲四一者普視悉見知諸法界二者了生死本以法度脫之三者悉知身欲本四者習於泥洹不疑諸法是爲四事菩薩得奇特方便降伏貢高佛爾時歌頌言

普察悉見知　一切諸法界　終無偏限心
所視悉平等　至於身之本　處欲而自在
已知殊特便　以權應而說　一切無所習
諸法皆滅度　不生無所起　所有爲都盡
不慢不自大　降伏諸貢高　一切以巧智
皆使入泥曰

復次天子菩薩有四事行得因緣方便知諸所作何等爲四一者布施得豪富因此便致是二者持戒得生天因此便致是三者博學成大智因此便致是四者止觀離生死因此便致是爲四事菩薩得因緣方便知諸所作佛爾時歌頌言

布施得豪富　緣是則果報　持戒生天上
緣是則果報　博聞慧無欲　緣是則果報
道觀無識著　緣是則果報

復次天子菩薩有四事行得律方便離諸所見何等爲四一者在有常中心得無著二者在無常中意不有異三者見諸起者及生死本乃從十二因緣合會生其已見知不作是事四者視諸起滅及生死滅乃從十二因緣離散滅其已見知處於三界不作滅事是爲四事菩薩得律方便離諸所見佛爾時歌頌言

見計有常者　爲示無常事　在於無常中
爲現中正法　若爲一切人　廣說因緣意

其聞十二事　心普得清淨　一切諸十方
世尊所可說　癡爲生死本　上下從是起
諸可所起者　亦終不復滅　因緣皆已盡
不與十二會
復次天子菩薩有四事行得善權方便長育一切何等爲四一者一切人是我所皆爲示現其道二者所作功德而不厭足三者住於生死而求泥洹四者隨諸所樂入而度脫之以善權行不爲愛欲所汙是爲四事菩薩得善權方便長育一切佛爾時歌頌言
堅於一切人　使住於覺道　諸所作功德
不念欲中止　在於生死中　而爲求滅度
如其所好樂　因是而濟脫　心意常當念
親近於是法　善權方便故　都已曉了知
恒志在養護　無數諸人民　攬持一切智
皆使疾逮得
復次天子菩薩有四事行得吉祥願身意清淨何等爲四一者無慳貪二者施不擇時與三者堅於戒四者身意所作常願於道是爲四事菩薩得吉祥願身意清淨佛爾時歌頌言
心質朴不慳　持戒淨無瑕　堅住而不動
譬如須彌山　身意之所作　常願於覺乘
今得吉祥應　如是在不久
復次天子菩薩有四事行得忍辱力心無恚怒何等爲四一者待遇一切人如父母愛其子亦如自身無異二者若得苦痛撾捶割剌計無有身而不愁憂三者已得解空離諸所見四者身所行惡常自責悔他人所作見而不證是爲四事菩薩得忍辱力心無恚怒佛

爾時歌頌言

視一切如身　若父母愛子　常持大慈意
煦育諸人民　若有起恨心　則覺隨而滅
已解了於空　能爲第一忍　若身有短惡
常深自責悔　及見他瑕穢　終不證其闕
一切諸人民　吾當度脫之　在於夜夢中
未曾起恚心

復次天子菩薩有四事行得波羅蜜度於彼岸何等爲四一者所作福無央數二者所作慧無有限三者以一波羅蜜滿諸度無極四者發意作功德不求餘但願一切智是爲四事菩薩得波羅蜜度於彼岸佛爾時歌頌言

所作福無猒足　如衆流歸於海
修智慧無限量　以得住於佛乘
則持一度無極　滿足諸波羅蜜
凡發意所作爲　常願求於正道
已得度於彼岸　諸度無極亦爾
則便入泥洹城　如是得不爲難

復次天子菩薩有四事行得應所乏饒益一切何等爲四一者有無盡寶藏二者有無窮法教三者神通爲已達四者心平等譬如地是爲四事菩薩得應所乏饒益一切佛爾時歌頌言

其福藏無有盡　法教化亦無窮
神通達智無礙　心平等其若地
如此法難稱量　已於道而得住
如是者多饒益　便疾得至於佛

復次天子菩薩有四事行得爲一切世人所愛敬何等爲四一者行梵四淨行二者行四恩救攝一切三者有諦慧四者得四無所罣

礙一義二法三次第均四報答是爲四事菩薩得爲一切世人所愛敬佛爾時歌頌言

如梵住行四淨　常樂施於四恩
已得有四諦慧　用供養一切人
因是恩已得度　應教授而說法
以恩行合會人　用是故見敬愛

復次天子菩薩有四事行而得智黠爲人所譽何等爲四一者多聞具足不犯於戒得無所疑二者已得樂止安而無害三者已得寂寞諸根便定四者自身已得安隱而無所貪所作不自侵悉逮見智是爲四事菩薩而得智黠爲人所譽佛爾時歌頌言

聞已具便受持　以自戒度彼岸
如是者無所疑　得樂止安隱處
已止宿在空閑　則諸根門寂定
身已安無所貪　悉逮見諸自侵

復次天子菩薩有四事行所作功德而不可盡何等爲四一者以信得豐饒二者以精進得豐饒三者以大哀得豐饒四者所作功德但願大乘是爲四事菩薩所作功德而不可盡佛爾時歌頌言

以信得堅住　無能動摇者　常修精進行
從是得大力　無盡之大慈　及與無極哀
常爲一切人　行於廣大道　以如是之故
得無盡功德　稍稍復增益　遂至不可量
如月盛滿時　淨好無瑕穢　常在衆星中
其明無能蔽

復次天子菩薩有四事行堅其本要會得至佛何等爲四一者如口所言身意不異二者已受持要三者心已安隱得住於道四者意

得堅强若如金剛是爲四事菩薩堅其本要會得至佛佛爾時歌頌言
口之所言　所作亦爾　善已敬受　奉持正要
爲已安住　於此道意　其身堅强　譬如金剛
如是則爲　四事法行　智黠之人　常修是事
意不猶豫　爲已得定　已堅其要　會得至佛
復次天子菩薩有四事行常爲豪尊攬持諸法而得自在何等爲四一者得於智力而無欲力二者得黠慧力離於癡冥三者心得自在不隨魔教四者已得總持隨人所樂而爲說法是爲四事菩薩常爲豪尊攬持諸法而得自在佛爾時歌頌言
以智力得勇慧　爲不隨受欲力
黠慧力消癡冥　已度脱諸所見
心已尊魔皆伏　得總持應問答
教授衆不自侵　以是故疾得尊
復次天子菩薩有四事行諸所施造輒爲作師何等爲四一者無瞋恚二者常恭敬於人三者不婬泆四者意純淑是爲四事菩薩諸所施造輒爲作師佛爾時歌頌言
心念無婬恚　常住於恭敬　純淑得至道
爲師敷要慧　造匠衆方便　於世世之上
世人咸歸仰　一切頭面禮
復次天子菩薩有四事行總持衆事無所不了何等爲四一者已通於智於智中遊無所不過二者所説十方諸佛皆聞其音佛尋報讚三者皆已離諸無功德法四者皆已得諸功德正法即便逮得世雄印是爲四事菩薩總持衆事無所不了佛爾時歌頌言
神通爲已達　飛行淨衆塵　其智甚廣大

普等如虛空　一切諸如來　皆見聞其音
報答悉滿足　其語無缺減　諸非功德業
爲已悉遠離　愛慶得吉祥　立諸功德本
已住如此者　爲能光是法　於是功德中
皆無自侵者
佛說是四事章句法言時萬二千人發無上
正眞道意五千菩薩得無所從生法忍爾時
三千大千剎土六反震動其大光明無所不
照

答法義品第二

須眞天子則語文殊師利童子言如來爲我
發遣三十二事章句法品惟願重爲廣說令
解云何菩薩於此大乘意不忘信文殊師利
答言心自審信不隨他人教故天子復問云
何菩薩所作堅强文殊師利答言降棄諸欲
故天子復問云何菩薩得最偶之福文殊師
利答言了知法界而不動故天子復問云何
菩薩得無礙行文殊師利答言不爲諸入之
所惑故天子復問云何菩薩去離冥塵文殊
師利答言知諸法界本皆淨故天子復問云
何菩薩入衆勇辯離諸恐畏文殊師利答言
選求諸法不可得貌故天子復問云何菩薩
得所聞義依而有護文殊師利答言已知諸
法默然故天子復問云何菩薩得依法奧文
殊師利答言以知住法界故天子復問云何
菩薩而得順世尊教文殊師利答言不隨諸
音故天子復問云何菩薩得承法教文殊師
利答言得諸解脫故天子復問云何菩薩得
無過者文殊師利答言於諸法心不動故天
子復問云何菩薩降伏魔衆文殊師利答言

以空覺於愛欲而求道故天子復問云何菩薩智不可逮文殊師利答言得諸佛法悉受持故天子復問云何菩薩不爲世法所汙文殊師利答言隨世俗行無能汙故天子復問云何菩薩得諸深行文殊師利答言於空法不恐懼故天子復問云何菩薩知巧方便根文殊師利答言於六情悉見諸情之本故天子復問云何菩薩得至脫門文殊師利答言於一切問爲說脫教故天子復問云何菩薩得奇特方便文殊師利答言於生死索泥洹求而見之於泥洹見生死徑故天子復問云何菩薩得因緣方便知諸所作文殊師利答言住於無數悉見一切諸法故天子復問云何菩薩得律方便文殊師利答言視一切法無所屬故天子復問云何菩薩得善權方便文殊師利答言隨世所作不離不著故天子復問云何菩薩得吉祥願文殊師利答言已逮道智故天子復問云何菩薩得忍辱力文殊師利答言從本已來至於泥洹悉知諸法故天子復問云何菩薩得度彼岸文殊師利答言悉知一切異法故天子復問云何菩薩得饒益一切文殊師利答言悉知無盡法界故天子復問云何菩薩爲衆所愛文殊師利答言觀諸佛刹無有色故天子復問云何菩薩得衆稱譽文殊師利答言不於諸法言是我所非我所故天子復問云何菩薩德不可盡文殊師利答言等知諸法如虛空故天子復問云何菩薩得堅其本要文殊師利答言於諸法界無所破壞故天子復問云何菩薩得爲衆尊文殊師利答言無心悉知一切心

故天子復問云何菩薩而得爲師文殊師利答言於無念法無所捨故天子復問云何菩薩得曉知衆事文殊師利答言知一切法無依無怙無來無往故是故天子菩薩得曉知衆事爾時文殊師利説是事時八萬菩薩得無所從生法忍於是世尊讚文殊師利童子言善哉善哉如所解説分别法義何快如此

法純淑品第三

於是須眞天子復問文殊師利言仁者我所問法爲純淑不文殊師利答言世之所有欲而無猒心悉捨離審於法奥是則法之純淑如吾所報卿屬所問豈復純淑法耶法乎天子無純無淑所以者何無像貌故法乎天子不可得見所以者何目之所視不極於微用有著故法乎天子亦無作者所以者何用無起故法乎天子無有道徑所以者何無吾非我故法乎天子悉皆平等所以者何如虚空故法乎天子不可得等所以者何用無侣故法乎天子常住無來無去無語無言無毁無譽離於毁譽無綺無飾無醜無陋故法乎天子無穿無漏無補無納所以者何過於魔行故法乎天子無長無養所以者何離於起滅故法乎天子無處無住所以者何樂於法界故法乎天子無所畏所以者何用不惑故法乎天子無所受所以者何離於貢高故法乎天子不貢高所以者何習寂然故法乎天子習寂然所以者何離諸念故法乎天子無所念所以者何降伏諸異道故法乎天子無有巢窟所以者何離婬怒癡故法乎天子空所以者何從本已來淨故法乎天子無相所以

者何無聲名故法乎天子無願所以者何不造立識故法乎天子無造立所以者何無境界故法乎天子無所倚所以者何用無雙故法乎天子無動搖所以者何用堅住故法乎天子無我所以者何則不滅故法乎天子無人所以者何從本已來無所生故法乎天子無常所以者何無所起故法乎天子無所起所以者何習無所生故法乎天子無所生所以者何無若器相故法乎天子無有相所以者何離諸相故如是天子此則爲法之純淑義也天子復問文殊師利法無所有亦無有要云何仁者說純淑法義乎文殊師利答天子言善哉善哉如卿所語誠無有異無所有者此則純淑法義也所以者何無身口意所作是則法法之純淑也所以然者天子法無巢窟故有巢窟者身與意而異則爲非時之心施天子復問文殊師利云何得知非時之心文殊師利答言天子有身爲六衰所相繫而計有常則知非時之心知法求名著音聲響而隨邪徑則知非時之心知法及僧受道果證則知非時之心知愛欲本邪想施與則知非時之心知戒而離寂淨則知非時之心畢三惡道得出爲人志在天福則知非時之心其意不調而欲布施則知非時之心意無寂滅而欲持戒則知非時之心意有倚怙而欲忍辱則知非時之心不淨其意而欲精進則知非時之心多念喜忘禪思　定則知非時之心自大貢高求於智慧則知非時之心住於我所而欲行慈則知非時之心志於猶豫而欲行哀則知非時之心行墮於四證而

欲行喜則知非時之心住於有身而欲行護則知非時之心無身痛痒意而欲念法不應止則知非時之心知諸起滅不應斷則知非時之心身意相倚不應神足則知非時之心以六情倚於五根則知非時之心以所見力依於五力則知非時之心知立法無覺意則知非時之心念愛欲貪不應八直則知非時之心於苦智而有疑則知非時之心於集而有疑則知非時之心於滅盡而有疑則知非時之心貴俗所有欲入於道則知非時之心如是天子受持淨心用專著故則知非時之心天子復問文殊師利云何得知是時之心文殊師利答言天子心等如虛空則知是時之心天子復問文殊師利云何心等如虛空文殊師利答言天子如虛空無心心亦如是如是心心等如虛空天子復問文殊師利誰當信心等如虛空文殊師利答言天子計有吾我人者則不信天子復問文殊師利計吾我人者何所是文殊師利答言天子心等如虛空而欲增益過出其上天子復問文殊師利云何增益過出其上文殊師利答言計有常者便欲出其上計無常者亦欲出其上苦者亦欲出其上樂者亦欲出其上憂者亦欲出其上無憂者亦欲出其上計有身者亦欲出其上計無身者亦欲出其上空無相無願亦欲出其上幻夢水中月影響一切諸法其譬如是如是等而復欲出其上如法有所處便可增益婬怒癡更相倚復欲出其上形此生死之不可讃歎泥洹之事復欲出其上如是天子是爲計吾我人者天子復問文殊師

利云何得無瞋恚而不狠文殊師利答言天子從生死出住泥洹還世間滅諸愛欲而淨行於滅不永滅於起無所起諸形音聲不以畏懼如是滅爲習者有所脫脫習者爲已度如是事一切法不能舉其功不能勝其德是爲天子無瞋恚而不很說是法時三萬二千天子得法眼淨五千比丘心得解脫萬二千菩薩皆得法忍

聲聞品第四

於是須眞天子謂諸大弟子仁者所狐疑可問文殊師利長老摩訶迦葉前問文殊師利言菩薩云何行八唯務禪文殊師利答迦葉言菩薩於八唯務禪本無無所造立禪無恚禪等禪是菩薩禪迦葉復問文殊師利云何作是說文殊師利答言唯迦葉身本無無造立於三界者便起愛欲已了離欲是故知身本無三界無所造於欲無所想已知空而立禪於是迦葉而作此說八唯務禪本無無所造立禪無恚禪等禪則菩薩禪於是迦葉默然無言賢者舍利弗復問文殊師利云何菩薩得無礙慧文殊師利答言唯舍利弗菩薩於諸礙而無恚恨於諸罣礙而無制著一切愛欲而皆見知而不捨離所以者何養護一切故是故菩薩得無礙慧賢者摩訶目揵連復問文殊師利云何菩薩而得神足文殊師利答言唯目揵連菩薩於無爲而無所愛度脫一切而降盡之不於有爲有所愛所以者何將護一切故是故菩薩得大神足長老須菩提復問文殊師利云何菩薩得知他法行文殊師利答言唯須菩提菩薩於一切他異

法悉了知之心於道事而不猒常樂三昧而無足諸所作爲而示現是故菩薩得知他法行賢者阿耨文陀尼子復問文殊師利云何菩薩博採衆義說明慧法文殊師利答言唯阿耨菩薩悉視一切諸根隨所樂喜而說其德無常苦空非身之義各令得其所無數生死百千劫持是法義而徧教授無有滅盡其智如是是故菩薩博採衆義說明慧法賢者蠡越復問文殊師利云何菩薩而常樂禪文殊師利答言唯蠡越菩薩習三摩越悉知諸法於諸亂意者而起大哀令發無央數行不禪無所樂是故菩薩得禪賢者優波離復問文殊師利云何菩薩得持法藏文殊師利答言唯優波離菩薩悉知諸法奥藏從本已來泥曰離愛欲者已應法藏教授一切爲示愛欲令覺知之於愛欲中令起道意是故菩薩得法奥藏賢者阿那律復問文殊師利云何菩薩得天眼徹視文殊師利答言唯阿那律菩薩於十方諸色悉照見已有色習者而爲示現一切法悉示現無所著令尋跡而得出是爲菩薩得天眼徹視賢者薄鳩盧復問文殊師利云何菩薩得諸根寂定文殊師利答言唯薄鳩盧菩薩於一切界視如佛界於佛界視如諸界無所有是故菩薩得諸根寂定賢者鶩掘魔復問文殊師利云何菩薩得利諸根文殊師利答言唯鶩掘魔菩薩視諸逆惡等之如道是故菩薩得利諸根賢者摩訶迦旃延復問文殊師利云何菩薩得分別知衆經方便文殊師利答言唯迦旃延菩薩得四等無盡何等爲四一者義二者法三者次

第四者報答是爲四以一絶句於百千劫廣爲一切分別演教如是教不近有爲不有所涂已淨無所却如是教於諸法界不動轉於一切受而爲作受是故菩薩得分別知衆經方便賢者摩訶拘絺復問文殊師利云何菩薩得義法次第報答四事文殊師利答言唯拘絺菩薩於寂然法得此以義等教授已住於法以法等教授於所爲常歡喜而無恨以次第等教授如響不可護持以報答等教授是故菩薩得義法次第報答賢者羅云復問文殊師利云何菩薩得淨其戒文殊師利答言唯羅云菩薩以淨戒三昧捨戒犯戒將養一切是故菩薩而得淨戒賢者阿難復問文殊師利云何菩薩而得博聞文殊師利答言唯阿難菩薩一切諸佛所説樂欲聽聞已聞則受其義聞已皆持所聞便以教授是爲菩薩而得博聞於是諸大弟子歡喜默然爾時須眞天子謂諸大弟子言屬文殊師利所説法仁寧有是事乎諸大弟子言吾等尚不能了知一切何況爾所法耶天子言仁者若干種身各各異類其道義一也大弟子答言譬如牛跡中水諸餘弟子所知如是若車轂隱地其處受水吾等之類其譬如此譬如大海中水廣長大無有邊幅深難得底於聲聞辟支佛中菩薩爲尊天子讚言善哉善哉所説至誠而不貢高文殊師利言如是天子弟子所言而不貢高稱譽菩薩審諦實爾天子復問文殊師利仁者云何作是説文殊師利答言如是天子聲聞辟支佛爲倚貢高爲離貢高菩薩貢高出彼輩上合聚佛法是則菩薩

爲行勇悍天子復問文殊師利菩薩貢高欲令他人稱譽耶文殊師利答言欲將導一切故如是天子天子復問文殊師利云何如是文殊師利答言天子是故菩薩方便稱譽佛乘毀弟子乘於大衆中自現身所行及法事所以者何欲令一切皆發道意不欲使人起小道意所以者何焦燒佛種故教一切人皆令遠離所以者何不欲令人貪樂故也如是天子欲令菩薩發大乘滅弟子乘故天子復問文殊師利得無過耶文殊師利答言天子稱譽摩尼瑠璃水精甚淨無所點汙寧復過乎天子報言所說無過文殊師利答言如是天子菩薩稱譽大乘毀弟子乘不增不減也天子譬如長者子稱譽轉輪聖王功德毀呰國中諸貧乞者豈有不可天子言無不可也文殊師利自如所說耳文殊師利答言如是天子菩薩稱譽大乘而毀弟子乘者而無所損佛爾時讚歎文殊師利言善哉善哉文殊師利如是所說爲甚快也何以故文殊師利稱譽大乘毀弟子乘則毀一切乘矣所以然者文殊師利其大乘者皆生一切乘故

須眞天子經卷上

音釋

攬（盧敢切手取也）憒丙（憒古外切心亂也丙奴教切與鬧同不靜也）怙（胡古切恃也）很（胡懇切很戾也）蠡（落戈切）拘絺（梵語具云摩訶拘絺羅此云大膝）悍（侯旰切有力也）絺（丑知切）

須真天子經卷下

西晉三藏竺法護譯

無畏品第五

須真天子復問文殊師利菩薩何從造發道意文殊師利答言天子菩薩從一切欲而起道意天子復問文殊師利云何正作此語文殊師利答言天子菩薩於愛欲中與欲從事爾乃成道不隨愛欲則菩薩何緣得起一切道意天子復問文殊師利心從何所建立於道文殊師利答言天子於諸佛法中建立道意何以故天子道意本從諸佛法生天子復問文殊師利一切佛法在何所起文殊師利答言天子一切佛法本無無所起何以故天子如虛空本無所從起虛空起一切佛法天子復問文殊師利一切佛法爲幾何乎可數知不文殊師利答言天子如諸法等佛法亦爾所以者何如一切法如來從是最正覺故是故天子如諸法等佛法之數等亦如是天子復問云何文殊師利婬怒癡寧復是佛法耶文殊師利答言爾天子婬怒癡是爲佛法何以故愛欲無覺以道之教授故也天子復問文殊師利將無一切皆當得佛耶文殊師利答言天子一切皆當得佛審當作佛卿莫疑也所以者何天子一切當得如來覺故天子復問文殊師利云何皆當得佛乎文殊師利答言天子爲入寂然爲入空故天子復問文殊師利寂之與空云何得覺文殊師利答言天子若不得空何從得覺乎用空無侶無强無弱故天子復問文殊師利如來曉空便得道乎文殊師利答言爾天子如所語空則

是道佛說解空則爲入道天子復問文殊師利如空之行當云何行文殊師利答言天子無色欲行是則空行於欲界行不爲情行亦不香行亦不色行亦不無色行亦不身行亦不心行何以故不行是行是亦空故天子復問文殊師利如來爲不行是本空行耶文殊師利答言天子如來之空亦如是空彼無所有於我亦爾如無所行則如來行天子復問文殊師利如無所有當何所行文殊師利答言天子如無所有當行無所有不他餘行至於他餘亦無所有如是行是亦無所有天子復問文殊師利假無所有持何等來文殊師利答言天子至於婬欲而離於欲則名曰無所有於婬欲中習無所有貪怒癡欲無欲不欲是故名曰無所有也於欲不習名曰無所有以吾我身而住空行名曰無所有習是無所有亦無所有天子復問文殊師利何所習而無所有文殊師利答言天子習寂然則無所有是空是閑是不生無所起寂然則無所有習天子復問文殊師利何所施作而名爲習文殊師利答言天子無所壞敗是名曰習明諸所有而無點汙是名曰習不可限度等如虛空是名曰習離於貢高常照明一切是名曰習亦不多亦不少是名曰習天子復問文殊師利何所是不曉習者文殊師利答言天子不知法習者是名不曉習天子復問文殊師利何所名曰曉於習者文殊師利答言天子了知法習者是則曉習天子復問文殊師利意不妄信何所是其相文殊師利答言天子諸無罣礙行是其相天子復問文殊師

利意不妄信菩薩云何報畢信施之恩文殊師利答言天子意不妄信者是名眼見了一切諸法不隨他人教有所信從也意不妄信者不復報信施之恩何以故從本巳來悉清淨故天子復問文殊師利云何下鬚髮菩薩不肯入衆不隨其教是名何等當何所應文殊師利答言除鬚髮菩薩不肯入衆不隨他教是名曰世之最厚也何以故天子所作無爲名曰衆僧菩薩不住無爲不止無爲是故名曰世之最厚者天子復問文殊師利設使菩薩正住於無爲有何咎耶文殊師利答言天子設使菩薩住於無爲無益一切便墮弟子習爲滅度是其咎也天子復問文殊師利無爲則入道地有爲則凡人地菩薩爲住凡人地故爲世之最厚耶文殊師利答言天子不也所以者何菩薩亦不住於無爲地亦不住於有爲地是故名曰世之最厚何以故菩薩與發行者會止於有爲不住無爲不造無爲是故爲世作最厚住於有爲悉知可否處住於無爲知諸慧處巳知有爲可否便住其中巳知無爲慧不止其中天子譬如勇悍健男子張弓遣箭仰射虛空箭不住空亦不下墮文殊師利語天子言是爲難不天子報言甚難甚難文殊師利言菩薩所作又難於此所以者何於有爲中而不捨離便得無爲不住於無爲於有爲中養護一切

天子復問文殊師利菩薩之畏從有爲致耶從無爲致乎文殊師利答言天子菩薩畏懼從兩緣致亦從有爲亦從無爲所以者何從有爲中畏於愛欲在無爲中畏於無欲天子

復問文殊師利尚無愛欲云何復畏文殊師利答言天子於三界不近是則爲畏不近於三界爲墮弟子地天子復問文殊師利云何菩薩得無所畏文殊師利答言天子菩薩於有爲中常行智慧之慧以善權慧不墮無爲是爲菩薩得無所畏復次天子菩薩以一切故不捨有爲以佛法故不墮無爲是爲菩薩從得無畏復次天子菩薩所有福施因緣近於有爲所有佛慧因緣不墮無爲是爲菩薩得無所畏復次天子菩薩住於有爲爲以立禪住於權慧爲從禪還是爲菩薩得無所畏復次天子菩薩以道意住便起功德以大哀住廣護一切是爲菩薩得無所畏復次天子菩薩於空閑住覺知魔事以善權住降伏魔行是爲菩薩得無所畏復次天子菩薩以大慈住普而說法以大哀住爲行雜施是爲菩薩得無所畏復次天子菩薩住於生死植泥洹本住於泥洹植生死本是爲菩薩得無所畏復次天子菩薩於不生中而爲已生於有爲中爲已出生現所見法不於五陰及與六衰有所稱譽悉見知離而無所生寂然已寂不然不熾於然熾中而無所生悉持愛欲不爲愛欲之所玷汙學者不學者皆爲已伏不以弟子解脱而爲奇異入於人身不捨法身於魔界而現行於法界無所放以慧入於無爲以權從無爲而還多所分現諸可不可而皆忍之佛所示現常思樂見法所示現而無狐疑是爲天子菩薩得無所畏

住道品第六

爾時須眞天子復問文殊師利菩薩云何得

住於道文殊師利答言天子菩薩説滅貪法不於滅貪而求其證滅婬怒癡諸愛欲法不於其中而求其證是故天子菩薩得住於道復次天子菩薩説空不以空爲證説無相不以無相爲證説無願不以無願爲證説不會不以不會爲證説無生不以無生爲證説無所起不以無所起爲證説無分際不以無分際爲證説離貪不以離貪爲證説離所作不以離所作爲證説滅事不以滅事爲證是爲菩薩得住於道復次天子菩薩無所施爲具檀波羅蜜不持戒爲具尸波羅蜜有瞋恚爲具羼波羅蜜以懈怠爲具惟逮波羅蜜亂忘爲具禪波羅蜜志愚癡爲具般若波羅蜜是故天子菩薩得住於道天子復問文殊師利何因作是説文殊師利答言天子有四事無所施何等爲四一者不捨一切二者不捨法三者不捨道意四者不捨諸功德是爲四法不捨爲具檀波羅蜜天子所以持戒用心未調故心已調便捨戒已捨戒出於冥已出冥爲已明已捨明爲得等已捨等便得慧已捨慧便得解脱示現慧天子當知如是是以捨戒爲具尸波羅蜜天子設是菩薩形呰弟子乘讃歎大乘已讃大乘爲至大乘便具羼提波羅蜜天子設是菩薩不爲身口意所説則爲無懈怠所作如法是爲具惟逮波羅蜜復次天子設是菩薩若於夢中心不念著兩際所以者何不樂弟子乘辟支佛乘故已不樂弟子辟支佛乘爲至大乘已至大乘爲具禪波羅蜜天子一切法皆癡譬如草木墻壁瓦石愚癡如是見用久習羸劣癡義是故一

切癡法之本以智慧備於道故便具般若波羅蜜天子所作已應是爲菩薩得住於道復次天子菩薩不捨生死迹不求泥洹跡於迹無斷於迹無作亦無所住其入邪者爲立正道是爲菩薩得住於道復次天子菩薩索一切人求一切法亦不得一切人亦不得一切法所以者何不捨菩薩道故所說至誠而皆有効是爲菩薩得住於道復次天子菩薩知弟子道無所希望知辟支佛道亦無所希望知菩薩道具足其根滿諸功德然後乃隨是爲菩薩得住於道復次天子菩薩如生死所作會皆爲之所作果實不受也合會之態不能玷汙一切功德悉作道願不見有不退轉之道所以者何悉具足故是爲菩薩得住於道復次天子菩薩於道而求於道而不滅度是爲菩薩得住於道天子復問文殊師利云何於道而復求道文殊師利答言天子以生死故名曰道菩薩求道欲脫一切故一切無所有亦無所求亦無所不求亦無所有亦無所救亦無所度天子復問文殊師利一切世間所入道是菩薩行耶文殊師利答言如是天子審如所說一切世間所入則菩薩行也何以故如此天子行於世間不爲俗法之所玷汙也隨愛欲現無欲不隨無欲於生死而示現知一切法不生不起爲無榮冀於無榮冀而不求證持於五陰六衰離於五陰六衰非我所見知持五陰六衰者一切而爲說法五陰六衰空無所有亦不可見已知無所有便逮禪惟務三昧三摩越合以爲一便得意止心便堅住已得堅住便能徧入一切人心

不止爲樂於魔衆菩薩不爲魔事之所汙不捨於佛界於魔界隨所作爲於法界處而不動還於人界處施護衆生是爲菩薩精進隨一切世俗之行

菩薩行品第七

爾時須眞天子復問文殊師利何謂菩薩爲精進行願爲說之吾等欲聞文殊師利答言天子無所行是爲甚清淨所敬之行皆以得住是菩薩行於諸所有無所鈌減於空閑所作應意巳辦意存於道是不忘行心意平等是施與行心意巳調是爲戒行心意巳寂是忍辱行意不懈倦是精進行身意靜默是禪思行於法界行不著所有是智慧行不爲不可是慈心行一切不有是大哀行愛欲非我所爲巳空是則喜行廓然無念是則護行不顚天人是寂定行了知衆事是苦智行計陰如幻知緣起行無黠等類是滅知行分部巳滅是道慧行不樂合聚是因慧行了知寂然是緣慧行於義決律是俱會行無處所義默無所語是依法行法界無壞是依滅行名色無所有是依報行如音如響依上義行不現具好依身慧行身情嚴具依經空行有罪自悔是依戒行知人心是天眼行罪淨是耳聰行戒甚淨是知他心行衆罪巳畢是宿世行計三塗等是神足行心得自在是堅强行無所壞敗是爲要行不動不搖是安造行不震不駭是爲等行常念無恬是虛空行觀而悉知是爲幻行莊嚴相是夢行邊幅相是焰行不聚相是影行不會相是響行義決律相是野馬行慌惚相是空行身分部相是無相行

意分部相是不願行三界分部相是無相逢行相逢分部相是降伏魔行心意識不有不相是不斷三寶金剛行一切增益是行之相如是之心天子菩薩行道之行

分別品第八

爾時須眞天子復問文殊師利住於道菩薩其行已過諸聲聞辟支佛上文殊師利答言如是天子審如所言菩薩之行實過諸聲聞辟支佛上何以故亦無信證亦不持法亦不八等亦不須陀洹亦不斯陀含亦不阿那含亦不阿羅漢亦不辟支佛亦不多陀竭亦不三耶三佛亦不世多羅如是天子若不知此不計是菩薩爲菩薩也亦不俗法亦不婬法亦不怒法亦不癡法亦不生死法亦不泥洹法若不如此不計是菩薩爲菩薩也天子復問文殊師利云何如此何因菩薩而得信證至泥洹法文殊師利答言天子菩薩不信諸法一切遠離於欲無著不信於餘道所以者何信六波羅蜜道故信已便持所可縛著者而度脫之常求未然之慧於生死亦不懼於泥洹無所畏是故菩薩得持信要天子復問文殊師利云何菩薩得持法要文殊師利答言天子菩薩一切諸佛所說法教皆悉持之不甘世味以法爲飲食立於法義不住愛欲則得法力不爲俗力得法義不尚俗義得法尊不爲俗尊得依怙法不怙於人說中正法不說非法法住法處不處非法以法徹見審無弊礙悉知諸法得陀隣尼諦識不忘以七珍事於寶具足倚一切法便得住於自在之法是故天子菩薩得持法要須眞天子復問

文殊師利云何菩薩得是八事文殊師利答言天子菩薩出於八邪以淨功德得八直行滿於所願便得入道一切世人在八難處皆悉住之於無難處爲得男子八覺之念常願道意而不放捨便得八惟務禪是故菩薩得是八事天子復問文殊師利云何菩薩得入須陀洹文殊師利答言天子菩薩視一切人皆如墮海隨水下流有多力者逆水上行斷生死流不毀其本行而得等斷於三惡之道一切使得安隱之處遠離於猶豫諦住佛法滅過於凡人跡樂立佛法迹了生死際便向泥洹門於諸世界第一之厚常立於人志泥洹行使人向道得會道場畓現教授遠離生死在有爲中示現無爲而嗟嘆之等樂於阿惟越致是故菩薩得入須陀洹天子復問文殊師利云何菩薩得入斯陀含文殊師利答言天子菩薩知一切當來未然之法來入生死中護於一切而爲說法令至無爲不見有法至無爲者亦不見來亦不見往雖示現來而無愛欲去則畢於所作來則不違於本要來則不隨於魔教來則到於道場來便持諸佛教而示現依怙諸法來護一切令度生死淵巳得堅强神通之道無能壞者是故菩薩得入斯陀含天子復問文殊師利云何菩薩得入阿那含文殊師利答言天子菩薩一切所見而不復還不隨諸陰得不墮諸顛倒於是不復還亦不來亦不去於是不復還亦不從非法之教亦無所畏亦無貪婬亦無瞋恚亦無愚癡不復還所作事常勝具滿於佛法去來功德等而無異一切所作巳畢無貪爲

已受決所可造而不起所不自在者以慧而度之黠不從他人待是故菩薩得入阿那含天子復問文殊師利云何菩薩得入阿羅漢文殊師利答言天子菩薩悉棄所有降伏貪欲而爲一切說法諸瞋恚者而降伏之以法教授使除惡態伏諸愚癡以法而化已得空聚悉見諸法不捨一切精進於諸佛法心不樂於世間一切合會皆無有常於供養中常爲之最譬如蓮華不著泥水無我無持亦無所有等持諸法常念爲之以慧分別空隨人所樂而立其志宿命所願皆已滿足意之堅住不隨他人教諸語之好惡一切無所受歡喜而得決以決轉度一切是故菩薩得入阿羅漢天子復問文殊師利云何菩薩得入聲聞文殊師利答言天子菩薩一切所不聞法

而爲說之是爲聲聞於聲聞乘而無有信於諸著法以不生不起法界使未聞者聞緣諸因緣者以無我無人使習聞之於空法教不限佛法其所作法譬如虛空造諸法要聞常精進無所罣礙從他聞法不受行自是於禪不從他教去來現在所有音聲悉曉知之以斷所作不可盡已爲德具足復得無盡譬喻法義悉知一切人意所行以慧示現而導利之隨其所欲而爲說法令到其處而不貢高常行本願是故菩薩得入聲聞天子復問文殊師利云何菩薩得入辟支佛文殊師利答言天子菩薩得因緣方便知諸法無我無人無壽無命無有主如自莊飾者僞而無實無所屬其因緣相譬亦如是諦見諸因緣以道爲飲食於法律而不捨是諸波羅蜜之侶一

切道證則法之侶於四恩事而無貢高是神通之侶知因緣法而不斷著不信餘業得平等覺道信見知處不以爲異意而不隨壞敗小乘功德爲立大乘以因緣行一切諸法是故菩薩得入辟支佛天子復問文殊師利云何菩薩得至於佛文殊師利答言天子菩薩悉覺知一切法本皆空寂覺知一切本無所有覺知諸行於惡處人中天上意悉遠離衆所安樂所以者何悉曉了諸慧故自意覺智慧知諸欲空自身亦空以一時念則覺道次不爲餘轉便現無數若干之事是故菩薩得至於佛天子復問文殊師利云何菩薩得至多陀竭文殊師利答言天子菩薩以如來道來如者爲諦無一遺忘如者爲造立如者爲施與如者爲戒如者爲忍辱如者爲精進如者爲一心如者爲智慧如者爲善權如者爲慧如者爲人亦不人現立爲人習斷生死行於諸行中等出其上度恐畏者至於彼岸所度無彼亦不在彼至於此亦不在此用本淨故過於二處遠離於冥平等見明於冥無冥而度於冥如來從壞散垢穢使歸於空是故菩薩得至多陀竭天子復問文殊師利云何菩薩得至匐迦波壞生死處文殊師利答言天子菩薩破壞愛欲得度三界生死之處於有處示現無處凡一切人皆擔重擔降壞魔衆於諸處所樂喜著者皆遠離之令放重擔絕離其處徧見所生善惡衆處以去所處樂捨貪婬以柔輭心用定身意定於戒智悉見惡處離而不著悉入諸身知一切態止生死處導利福施廣設橋梁常樂供養滿覆三處

未曾厭廢爲三界人之所戴仰是故菩薩得至㐭迦波天子復問文殊師利云何菩薩得至三耶三佛平等覺文殊師利答言天子菩薩心於五逆若於正道其意平等是故無不等覺等於所見及四顛倒等於陰蓋諸所覆蔽於道無異是故無不等覺等婬怒癡及於諸欲亦等於道是故無不等覺於凡夫法習法不習法辟支佛法菩薩法悉等於道是故無不等覺是故菩薩得至三耶三佛天子復問文殊師利云何菩薩得至世多羅世尊文殊師利答言天子菩薩教戒世人使得功德瞋恚不生聞法教者則皆奉持教非法教爲轉法輪甘教慈教三千世界教爲一切世尊教爲受一切自歸爲一切作燈明爲一切明中最明爲一切作寂然之寂令一切人無有

思想滅而不熾爲一切人解諸狐疑狐疑諸難皆爲以斷爲一切人長益功德爲轉輪王四天王釋梵之所禮爲愚所輕不以恚恨爲智所歎不以歡喜心恒平等常若虚空世尊爲最等於世間是故菩薩得至世多羅天子復問文殊師利云何菩薩得入鉢遬禪陀嵐凡人法文殊師利答言天子菩薩一切人民所行以善權示現一切凡人行而知之無所著是故菩薩得入凡人法天子復問文殊師利云何菩薩得入勒迦陀嵐貪婬法文殊師利答言天子菩薩常愁悲泣欲得佛法常貪樂成身如如來身慈向一切而無恚怒是故菩薩得入貪婬法天子復問文殊師利云何菩薩得入霒陀嵐瞋恚法文殊師利答言天子菩薩於一事中見十八事於聲聞辟支佛

乘譬如怨家不勸發人使起是業於有爲中而現愛欲於愛欲中心無所著所以者何欲養一切故是故菩薩得入瞋恚法天子復問文殊師利云何菩薩得入稍諡陀嵐愚癡法文殊師利答言天子無所識知是名曰癡於無識習習等定法亦不知亦不曉亦不喘亦不息亦不作亦不壞是故菩薩得入愚癡法天子復問文殊師利云何菩薩得入僧薩陀嵐生死法文殊師利答言天子菩薩於生死而不動所以者何求佛道故堅住不動一切衆魔不能得便一切諸行得無所著等於生死亦等佛法於小道而不樂於大道而等見不動亦不轉是故菩薩得入生死法天子復問文殊師利云何菩薩得入泥洹陀嵐滅度法文殊師利答言天子菩薩隨諸習俗現泥洹道知一切法習而滅之於泥洹行不般泥洹於泥曰行不永泥曰是故菩薩得入滅度法

頌偈品第九

須眞天子復問文殊師利童子云何菩薩得持權慧自在所入隨俗教化爾時文殊師利便爲天子歌頌偈言

心於欲無所著　常志求無上道
意所習眼悉見　以是故智慧相
令一切皆發意　常使願於此道
心於道無所捨　如是者善權相
一切人亦無人　智慧者曉了是
悉已淨諸空寂　以是故智慧相
悉合聚一切人　諸受身有著者
以道德成熟之　如是者善權相

身本空亦如是　於本無無所見
猗三場爲已淨　以是故智慧相
諸所有悉惠施　頭目身及珍寶
爲一切立所願　如是者善權相
樂清淨於寂默　不於戒自貢高
身口意亦俱寂　以是故智慧相
自身戒悉已備　亦勸讚持戒者
佛亦皆從戒成　如是者善權相
無吾我而得忍　一切人亦皆空
身口意無鈌漏　以是故智慧相
亦不身口所説　心於是不起亂
一切法皆寂靜　如是者善權相
常忍於一切人　若駡詈加捶杖
愍一切護不捨　以是故智慧相
悉了信一切福　皆勸勉一切人

常審行於道軌　如是者善權相
常等行於三昧　皆悉滅於愛欲
於習著而不爲　以是故智慧相
所樂禪皆棄捐　於城郭而現行
欲愍導一切故　如是者善權相
不在此不住彼　已止住於中間
所不可見便離　以是故智慧相
常於空無厭足　如是者爲曉空
便哀護一切人　如是者善權相
無相法乃見佛　等視之如虛空
於色像無所住　以是故智慧相
已供養萬億佛　爲一切供尊雄
悉已得佛相好　如是者善權相
法淨無婬欲塵　平等視如虛空
如此説無所持　以是故智慧相

於法界爲已住　所造立常究竟
於是而不動搖　如是者善權相
一切人無能知　其法義亦皆如
察視之本端空　以是故智慧相
無所生亦不滅　悉曉知一切法
亦不去無從來　如是者善權相
所在生常安隱　於五陰無色欲
常悉護於一切　以是故智慧相
常習在於空閑　無我法不造立
常奉修禪三昧　如是者善權相
於丘聚及城郭　柔輭音以教授
所說法無猒倦　以是故智慧相
於三世無恐懼　於苦樂無所住
自調身根以寂　如是者善權相
於大衆心等定　於憂慼意亦爾

悉現身於其中　如是者善權相
悉已行無礙慧　常不住於名字
如空等無所語　以是故智慧相
於欲縛現其中　法教授於人民
常讚歎於三寶　如是者善權相
於神通行功德　常調心寂三昧
自處中不高卑　以是故智慧相
神通具飛變化　便去到億刹土
悉供養巨億佛　如是者善權相
視陰蓋譬如幻　於愛欲無色著
便得滅諸魔界　以是故智慧相
於諸魔而示現　示現已便捨離
於其中度一切　如是者善權相
常親近度脫門　便得空無思想
願施於所當施　以是故智慧相

於瞋恚無怒害　不愚癡慧之聚
無長益栽不生　如是者善權相
所當作悉已辦　常奉行於衆慧
悉過諸波羅蜜　以是故智慧相
雖現於貪欲癡　喻忤之非黠根
用是護於一切　如是者善權相
得平等若泥洹　便能滅於藂聚
已降伏於三界　以是故智慧相
於是世生死聚　一切人是朋友
所作福無厭足　如是者善權相
因八直而空寂　是則爲菩薩慧
智慧及權方便　順此乘得世雄
行善權智慧俱　亦不生亦不有
智慧與善權俱　至德黠無貢高
智慧及善權慧　常相隨與併行
如兩牛共一槅　覺法田無有上

道類品第十

須眞天子復問文殊師利童子道爲何等類文殊師利答言天子我所處是道類天子復問文殊師利何所處是道處文殊師利答言天子寂靜是道處天子復問文殊師利何所是道之相文殊師利答言天子虛空是道相天子復問文殊師利道何所住止而爲道文殊師利答言天子住止於虛空是則爲道天子復問文殊師利道誰之所立文殊師利答言天子道從諸法立天子復問文殊師利何所是道之本文殊師利答言天子平等則道之本天子復問文殊師利法何所持而爲道文殊師利答言天子持無我無人是故爲道天子復問文殊師利何所而與道等文殊師

利答言天子無所生無所起則與道等天子復問文殊師利道去至何所文殊師利答言天子道去至一切人心諸所行中所以者何無所行亦無所至天子復問文殊師利道何所出生文殊師利答言天子大哀則道所出生天子復問文殊師利云何大哀是道之所生文殊師利答言天子度脱一切是則大哀道之所生天子復問文殊師利道從何求文殊師利答言天子道從一切愛欲中求天子復問文殊師利云何愛欲而能出道文殊師利答言天子淨八直行是欲道天子復問文殊師利云何八直行與愛欲俱耶文殊師利答言天子爾八道與愛欲俱鄉將讚道之淨乎婬怒癡盡是故道如行愛欲行道亦爾天子復問文殊師利於此行中何所爲作而與道合文殊師利答言天子於此行中亦不得愛欲亦不不得愛欲亦不得生死亦不得泥洹是故道道之所行得合於道天子復問文殊師利何所是菩薩行文殊師利答言天子六十二見四顛倒五陰蓋一切無功德輩是菩薩行天子復問文殊師利是事云何文殊師利答言天子菩薩以善權方便廣隨所入欲救一切一切所求唯因諸見愛欲四顛倒中求所以者何一切從是中生故於此求索一切不可得見亦不見所見愛欲亦不可見四顛倒亦不可見亦非一切亦非不一切所以者何護脱一切故如是天子當作是知菩薩道於愛欲中求天子復問文殊師利菩薩不從三脱門而求道耶文殊師利答言天子不可從空而成道亦不可於無相亦不可於

無願而成道也所以者何於是中無心意識念亦無動故有心意識念動者乃成其道天子復問文殊師利何所施行而名爲道文殊師利答言天子愚癡與道等道與愚癡等施行是等則名曰道等於直見等於邪見等於直念等於邪念等於直語等於邪語等於直治等於邪治等於直業等於邪業等於直方便等於邪方便等於直意等於邪意等於直定等於邪定等天子復問文殊師利云何直見與邪見等文殊師利答言天子等於虛空等於寂靜天子復問文殊師利空與寂靜有何差特文殊師利答言天子虛空無等虛空等是寧有異不也天子報文殊師利言虛空無等虛空等實無有異也文殊師利答言如是天子空寂適等亦復無異天子復問文殊師利云何所說等而復有稱譽讚歎之差特耶文殊師利答言天子無思想因所作而自貢高便有異而致稱譽讚歎設使無思想因所作而自貢高解知是義相者是無有異也譬如天下萬川四流各自有名盡歸于海合爲一味所以者何無有異故也如是天子不曉了法界者便呼有異曉了法界者便見而無異也天子復問文殊師利法界乎寧可得見知不也文殊師利答言天子法界不可得見知也所以者何總合聚一切諸法故於法界而不相知於是法界而等念得三世之慧是則法界之處棄捐煩亂猶豫之心是則知處所亂語者終不受之則知其處譬若天子於無色像悉見諸色是色亦無等如虛空也如是天子於法界爲甚清淨而無瑕穢如明

鏡見其面像菩薩悉見一切諸法如是諸法及於法界等淨如空天子復問文殊師利云何菩薩得辯才慧文殊師利答言天子菩薩以空身慧而無所斷於諸所見自現其身爲一切人說無常法令離是身是故菩薩得辯才之慧知所有空於一切皆無所有天子復問文殊師利云何菩薩得分別諸法文殊師利答言天子知空寂於有身無身而不作異是故菩薩得分別諸法天子復問文殊師利云何菩薩得爲導師文殊師利答言天子菩薩法亦不住亦不不住是故天子菩薩得爲導師天子復問文殊師利云何菩薩得知一事了無數事文殊師利答言天子菩薩於無思想而無動搖是故菩薩得知一事了無數事天子復問文殊師利菩薩寧能有要現入三品不何等爲三等於正要入於不要入於邪要文殊師利答言天子菩薩於正要入佛法於不要入聲聞辟支佛地於邪要入度一切天子復問文殊師利菩薩寧有住於閑復住於遽不文殊師利答言天子菩薩有閑務天子復問何以正爾何故得入於遽答曰以諸遽故而住示現育養衆生而令得閑所以者何瞻視一切故天子聲聞解脫自爲身故所以者何是爲得閑菩薩不於是中而示現復次有遽者皆未得道菩薩而往示現天子復問文殊師利仁者今得閑耶而得遽乎文殊師利答言吾亦不遽亦復不閑天子復問文殊師利何故如是乎文殊師利答言天子吾未有所至亦無所得不閑於閑亦不須臾亦不一時以生死爲拘天子復問文殊師利

說是法言爲降伏魔場已文殊師利答言實爾天子如仁所云說是法言爲降伏魔場何以故爾天子如是法言不識五陰亦不於愛欲有所棄亦不於解脱有所起亦不近於解脱降伏於異道何以故爾天子一切異道行不在其中爲堅立法英所以者何無冥皆悉明故爲轉法輪爲斷一切諸所見已天子復問文殊師利說是法言爲有幾人得知法世文殊師利答言天子無世爲不冥是則法世之所作天子復問文殊師利世人聞是法言而得解脱甚哉難值文殊師利答言天子其不猒於世縛者乃信是法無不解脱天子復問文殊師利猒於世縛爲何所是文殊師利答言遠婬怒癡棄於愛欲覺知苦者而欲求脱是則猒於世間縛天子復問文殊師利誰復不猒世間縛者文殊師利答言天子等於婬怒癡等於愛欲等於解脱是故不猒世間縛於是衆會聞說法言莫不踊躍皆得歡喜爾時雨於天華及栴檀香諸天亦復持衣裓盛華香散於佛上及文殊師利上鼓樂絃歌來供養佛億百千諸天以柔輭聲讃歎於佛復於虛空奮振衣服喜躍加倍僥倖乃聞是法爾時衆會一切人民見是變化皆以華香及與衣服散於世尊及文殊師利童子上便說是言世尊聞是法言而不信解者爲不值見佛云是法言非佛所說者爲非除鬚髮及持大戒者亦不諷誦復不信樂亦非沙門婆羅門而不隨是是輩無四德亦無名字所以者何用恐畏故聞是有信菩薩摩訶薩最上菩薩種種功德者爲盡生死底斷絶諸惡道

於過去當來今現在佛世尊所得持是法而堅住聞是法因是皆當解脫有受持諷誦讀廣爲一切解說其義者是爲持戒清淨而完具是爲值見佛是爲轉法輪是爲沙門是爲婆羅門是爲除鬚髮是爲受大戒是爲有所得是爲有名字爾時世尊於衆會中讚言善哉善哉於是佛語彌勒言受持是法當諷誦讀廣爲一切說之說是經時六十二那術人衆遠塵離垢諸法法眼生八千比丘漏盡意解三萬菩薩發阿耨多羅三耶三菩心五萬菩薩得無所從生法忍佛語彌勒仁者得佛時一切菩薩及諸會者皆當逮得奉持是法其聞受持是深經者彌勒皆當授與其決爾時世尊語賢者阿難書持諷受是法言品廣爲一切說之阿難白佛言唯受持之阿難問佛是名何經云何奉行佛言是經名須真天子所問是名文殊師利童子所報是名斷一切諸法狐疑是名一切諸佛法普入方便慧分别照明教授之持當持審持持而諦持說是法言時三千大千不可計剎土六反震動佛說經已文殊師利童子須真天子彌勒菩薩等賢者阿難及大衆會諸天人民揵沓和阿須倫民皆大歡喜前爲佛作禮而去

須真天子經卷下

音釋

匐蒲北切　遬桑谷切　懟徒對切　稍訑稍莫角切訑弋支切　忤五故切違戾也　藂祖紅切萃也　槅古陌切車槅也　僥倖僥堅堯切倖下耿切僥倖謂不當得而得之也

佛說觀普賢菩薩行法經

劉宋罽賓三藏法師曇摩蜜多譯

清刻龍藏佛說法變相圖

佛說觀普賢菩薩行法經 一名觀普賢觀經 一名出深功德經

劉宋罽賓三藏法師　曇摩蜜多譯

如是我聞一時佛在毗舍離國大林精舍重閣講堂告諸比丘却後三月我當般涅槃尊者阿難即從座起整衣服叉手合掌繞佛三帀爲佛作禮胡跪合掌諦觀如來目不暫捨長老摩訶迦葉彌勒菩薩摩訶薩亦從座起合掌作禮瞻仰尊顏時三大士異口同音而白佛言世尊如來滅後云何衆生起菩薩心修行大乘方等經典正念思惟一實境界云何不失無上菩提之心云何復當不斷煩惱不離五欲得淨諸根滅除諸罪父母所生清淨常眼不斷五欲而能得見諸障外事佛告阿難諦聽諦聽善思念之如來昔於耆闍崛山及餘住處已廣分別一實之道今於此處

爲未來世諸衆生等欲行大乘無上法者欲學普賢行者我今當說其憶念法若見普賢及不見者除却罪數今爲汝等當廣分別阿難普賢菩薩乃生東方淨妙國土其國土相雜華經中已廣分別我今於此略而解說阿難若比丘比丘尼優婆塞優婆夷天龍八部一切衆生誦大乘經者修大乘行者發大乘意者樂見普賢菩薩色身者樂見多寶佛塔者樂見釋迦牟尼佛及分身諸佛者樂得六根清淨者當學是觀此觀功德除諸障礙見上妙色不入三昧但誦持故專心修習心心相次不離大乘一日至三七日得見普賢有重障者七七日然後得見復有重者一生得見復有重者二生得見復有重者三生得見如是種種業報不同是故異說普賢菩薩身量無邊音聲無邊色像無邊欲來此國入自在神通促身令小閻浮提人三障重故以智慧力化乘白象其象六牙七支拄地其七支下生七蓮華其象色鮮白白中上者玻瓈雪山不得爲比象身長四百五十由旬高四百由旬於六牙端有六浴池一一池中生十四蓮華與池正等其華開敷如天樹王一一華上有一玉女顏色紅輝有過天女手中自然化五箜篌一一箜篌有五百樂器以爲眷屬有五百鳥鳧鴈鴛鴦皆是寶色生華葉間象鼻有華其莖譬如赤眞珠色其華金色含而未敷見是事已復更懺悔至心諦觀思惟大乘心不休廢見華即敷金色金光其蓮華臺是甄叔迦寶如梵摩尼以爲華鬘金剛寶珠以爲華鬚見有化佛坐蓮華臺衆多菩薩坐

蓮華鬚化佛眉間亦出金光入象鼻中從象鼻出入象眼中從象眼出入象耳中從象耳出照象頂上化作金臺當象頭上有三化人一捉金輪一持摩尼珠一執金剛杵舉杵擬象象即能行脚不履地躡虚而遊離地七尺地有印文於印文中千輻轂輞皆悉具足一一輞間生一大蓮華此蓮華上生一化象亦有七支隨大象行舉足下足生七千象以爲眷屬隨從大象象鼻紅蓮華色上有化佛放眉間光其光金色如前入象鼻中從象鼻出入象眼中從象眼出還入象耳從象耳出至象頸上漸漸上至象背化成金鞍七寶校具於鞍四面有七寶柱衆寶校飾以成寶臺臺中有一七寶蓮華其蓮華鬚百寶共成其蓮華臺是大摩尼有一菩薩結加趺坐名曰普賢身白玉色五十種光光五十種色以爲項光身諸毛孔流出金光其金光端無量化佛諸化菩薩以爲眷屬安詳徐步雨大寶華至行者前其象開口於象牙上諸池玉女鼓樂絃歌其聲微妙讃歎大乘一實之道行者見已歡喜敬禮復更讀誦甚深經典徧禮十方無量諸佛禮多寶佛塔及釋迦牟尼并禮普賢諸大菩薩發是誓願若我宿福應見普賢願尊者徧吉示我色身作是願已晝夜六時禮十方佛行懺悔法誦大乘經讀大乘經思大乘義念大乘事恭敬供養持大乘者視一切人猶如佛想於諸衆生如父母想作是念已普賢菩薩即於眉間放大人相白毫光明此光現時普賢菩薩身相端嚴如紫金山端正微妙三十二相皆悉備有身諸毛孔放大

光明照其大象令作金色一切化象亦作金色諸化菩薩亦作金色其金色光照于東方無量世界皆同金色南西北方四維上下亦復如是爾時十方一一方面有一菩薩乘六牙白象王亦如普賢等無有異如是十方無量無邊滿中化象普賢菩薩神通力故令持經者皆悉得見是時行者見諸菩薩身心歡喜爲其作禮白言大慈大悲愍念我故爲我說法說是語時諸菩薩等異口同音各說清淨大乘經法作諸偈頌讚歎行者是名始觀普賢菩薩最初境界爾時行者見是事已心念大乘晝夜不捨於睡眠中夢見普賢爲其說法如覺無異安慰其心而作是言汝所誦持忘失是句忘失是偈爾時行者聞普賢說深解義趣憶持不忘日日如是其心漸利普賢菩薩教其憶念十方諸佛隨普賢教正心正意漸以心眼見東方佛身黄金色端嚴微妙見一佛已復見一佛如是漸漸徧見東方一切諸佛心想利故徧見十方一切諸佛見諸佛已心生歡喜而作是言因大乘故得見大士因大士力故得見諸佛雖見諸佛猶未了了閉目則見開目則失作是語已五體投地徧禮十方佛禮諸佛已胡跪合掌而作是言諸佛世尊十力無畏十八不共法大慈大悲三念處常在世間色中上色我有何罪而不得見說是語已復更懺悔懺悔清淨已普賢菩薩復更現前行住坐卧不離其側乃至夢中常爲說法此人覺已得法喜樂如是晝夜經三七日然後方得旋陀羅尼得陀羅尼故諸佛菩薩所說妙法憶持不失亦常夢見

過去七佛唯釋迦牟尼佛爲其說法是諸世尊各各稱讃大乘經典爾時行者復更懺悔徧禮十方佛禮十方佛已普賢菩薩住其人前教說宿世一切業緣發露黑惡一切罪事向諸世尊口自發露既發露已尋時即得諸佛現前三昧得是三昧已見東方阿閦佛及妙喜國了了分明如是十方各見諸佛上妙國土了了分明既見十方佛已夢象頭上有一金剛人以金剛杵徧擬六根擬六根已普賢菩薩爲於行者說六根清淨懺悔之法如是懺悔一日至七日以諸佛現前三昧力故普賢菩薩說法莊嚴力故耳漸漸聞障外聲眼漸漸見障外事鼻漸漸聞障外香廣說如妙法華經得是六根清淨已身心歡喜無諸惡相心純是法與法相應復更得百千萬億旋陀羅尼復更廣見百千萬億無量諸佛是諸世尊各伸右手摩行者頭而作是言善哉善哉行大乘者發大莊嚴心者念大乘者我等昔日發菩提心時皆亦如汝慇懃不失我等先世行大乘故今成清淨正徧知身汝今亦當勤修不懈此大乘典諸佛寶藏十方三世諸佛眼目出生三世諸如來種持此經者即持佛身即行佛事當知是人即是諸佛所使諸佛世尊衣之所覆諸佛如來眞實法子汝行大乘不斷法種汝今諦觀東方諸佛說是語時行者即見東方一切無量世界地平如掌無諸塠阜丘陵荆棘瑠璃爲地黃金間厠十方世界亦復如是見是地已即見寶樹寶樹高妙五千由旬其樹常出黃金白銀七寶莊嚴樹下自然而有寶師子座其師子座

高二十由旬座上亦出百寶光明如是諸樹及餘寶座一一寶座皆有百寶光明如是寶座一一皆有自然五百白象象上皆有普賢菩薩爾時行者禮諸普賢而作是言我有何罪但見寶地寶樹及與寶座不見諸佛作是語已一一座上有一世尊端嚴微妙而坐寶座見諸佛已心大歡喜復更誦習大乘經典大乘力故空中有聲而讚歎言善哉善哉善男子汝行大乘功德因緣能見諸佛今雖得見諸佛世尊而不能見釋迦牟尼佛分身諸佛及多寶佛塔聞空中聲已復勤誦習大乘經典以誦大乘方等經故即於夢中見釋迦牟尼佛與諸大衆在耆闍崛山說法華經演一實義覺已懺悔渴仰欲見合掌胡跪向耆闍崛山而作是言如來世雄常在世間愍念我故爲我現身作是語已見耆闍崛山七寶莊嚴無數比丘聲聞大衆寶樹行列寶地平正復敷妙寶師子之座釋迦牟尼佛放眉間光其光徧照十方世界復過十方無量世界此光至處十方分身釋迦牟尼佛一時雲集廣說如妙法華經一一分身佛身紫金色身量無邊坐師子座百億無量諸大菩薩以爲眷屬一一菩薩行同普賢如此十方無量諸佛菩薩眷屬亦復如是大衆集已見釋迦牟尼佛舉身毛孔放金色光一一光中有百億化佛諸分身佛放眉間白毫大人相光其光流入釋迦牟尼佛頂見此相時分身諸佛一切毛孔出金色光一一光中復有恒河沙微塵數化佛爾時普賢菩薩復放眉間大人相光入行者心既入心已行者自憶過去無數

百千佛所受持讀誦大乘經典自見故身了了分明如宿命通等無有異豁然大悟得旋陀羅尼百千萬億諸陀羅尼門從三昧起面見一切分身諸佛衆寶樹下坐師子座復見瑠璃地妙蓮華聚從下方空中湧出一一華間有微塵數菩薩結加趺坐亦見普賢分身菩薩在彼衆中讚說大乘時諸菩薩異口同音教於行者清淨六根或有說言汝當念佛或有說言汝當念法或有說言汝當念僧或有說言汝當念戒或有說言汝當念施或有說言汝當念天如此六法是菩提心生菩薩法汝今應當於諸佛前發露先罪至誠懺悔於無量世眼根因緣貪著諸色以著色故貪愛諸塵以愛塵故受女人身世世生處惑著諸色色壞汝眼爲恩愛奴故色使汝經歷三界爲此弊使盲無所見今誦大乘方等經典此經中說十方諸佛色身不滅汝今得見審實爾不眼根不善傷害汝多隨順我語歸向諸佛釋迦牟尼佛說汝眼根所有罪咎諸佛菩薩慧眼法水願與洗除令得清淨作是語已徧禮十方佛向釋迦牟尼佛大乘經典復作是言我今所懺眼根重罪障蔽穢濁盲無所見願佛大慈哀愍覆護普賢菩薩乘大法船普度一切十方無量諸菩薩伴唯願慈哀聽我悔過眼根不善惡業障法如是三說五體投地正念大乘心不忘捨是名懺悔眼根罪法稱諸佛名燒香散華發大乘意懸繒旛蓋說眼過患懺悔罪者此人現世見釋迦牟尼佛及見分身無量諸佛阿僧祇劫不墮惡道大乘力故大乘願故恒與一切陀羅尼菩

薩共爲眷屬作是念者是爲正念若他念者名爲邪念是名眼根初境界相淨眼根已復更誦讀大乘經典晝夜六時胡跪懺悔而作是言我今云何但見釋迦牟尼佛分身諸佛不見多寶佛塔全身舍利多寶佛塔恒在不滅我濁惡眼是故不見作是語已復更懺悔過七日已多寶佛塔從地湧出釋迦牟尼佛即以右手開其塔戶見多寶佛入普現色身三昧一一毛孔流出恒河沙微塵數光明一一光明有百千萬億化佛此相現時行者歡喜偈讚繞塔滿七帀已多寶如來出大音聲讚言法子汝今眞實能行大乘隨順普賢眼根懺悔以是因緣我至汝所爲汝證明說是語已讚言善哉善哉釋迦牟尼佛能說大法雨大法雨成就濁惡諸衆生等是時行者見多寶佛塔已復至普賢菩薩所合掌敬禮白言大師教我懺悔普賢復言汝於多劫耳根因緣隨逐外聲聞妙音時心生惑著聞惡聲時起百八種煩惱賊害如此惡耳報得惡事恒聞惡聲生諸攀緣顛倒聽故當墮惡道邊地邪見不聞法處汝於今日誦持大乘功德海藏以是因緣見十方佛多寶佛塔現爲汝證汝應自當說已過惡懺悔諸罪是時行者聞是語已復更合掌五體投地而作是言正徧知世尊現爲我證方等經典爲慈悲主唯願觀我聽我所說我從多劫乃至今身耳根因緣聞聲惑著如膠著草聞惡聲時起煩惱毒處處惑著無暫停時坐此竅聲勞我神識墜墮三塗今始覺知向諸世尊發露懺悔既懺悔已見多寶佛放大光明其光金色徧照

東方及十方界無量諸佛身眞金色東方空中作是唱言此佛世尊號曰善德亦有無數分身諸佛坐寶樹下師子座上結加趺坐是諸世尊一切皆入普現色身三昧皆作是言善哉善哉善男子汝今讀誦大乘經典汝所誦者是佛境界說是語已普賢菩薩復更爲說懺悔之法汝於前世無量劫中以貪香故分別諸識處處貪著墮落生死汝今應當觀大乘因大乘因者諸法實相聞是語已五體投地復更懺悔既懺悔已當作是語南無釋迦牟尼佛南無多寶佛塔南無十方釋迦牟尼分身諸佛作是語已徧禮十方佛南無東方善德佛及分身諸佛如眼所見一一心禮香華供養供養畢已胡跪合掌以種種偈讚歎諸佛既讚歎已說十惡業懺悔諸罪既懺悔已而作是言我於先世無量劫時貪香味觸造作衆惡以是因緣無量世來恒受地獄餓鬼畜生邊地邪見諸不善身如此惡業今日發露歸向諸佛正法之王說罪懺悔既懺悔已身心不懈復更讀誦大乘經典大乘力故空中有聲告言法子汝今應當向十方佛讚說大乘於諸佛前自說己過諸佛如來是汝慈父汝當自說舌根所作不善惡業此舌根者動惡業相妄言綺語惡口兩舌誹謗妄語讚歎邪見說無益語如是衆多諸雜惡業鬪遘壞亂法說非法如是衆罪今悉懺悔諸世雄前作是語已五體投地徧禮十方佛合掌長跪當作是語此舌過患無量無邊諸惡業刺從舌根出斷正法輪從此舌起如此惡舌斷功德種於非義中多端強說讚歎邪見

如火益薪猶如猛火傷害衆生如飲毒者無瘡疣死如此罪報惡邪不善當墮惡道百劫千劫以妄語故墮大地獄我今歸向南無諸佛發露黑惡作是念時空中有聲南方有佛名栴檀德彼佛亦有無量分身一切諸佛皆說大乘除滅罪惡如此衆罪今向十方無量諸佛大悲世尊發露黑惡誠心懺悔說是語已五體投地復禮諸佛是時諸佛復放光明照行者身令其身心自然歡喜發大慈悲普念一切爾時諸佛廣爲行者說大慈悲及喜捨法亦教愛語修六和敬爾時行者聞此教勑心大歡喜復更誦習終不懈息空中復有微妙音聲作如是言汝今應當身心懺悔身者殺盜婬心者念諸不善造十惡業及五無間猶如猨猴亦如黐膠處處貪著徧至一切六情根中此六根業枝條華葉悉滿三界二十五有一切生處亦能增長無明老死十二苦事八邪八難無不經歷汝今應當懺悔如是惡不善業爾時行者聞此語已問空中聲我今何處行懺悔法時空中聲即說是語釋迦牟尼名毗盧遮那徧一切處其佛住處名常寂光常波羅蜜所攝成處我波羅蜜所安立處樂波羅蜜滅受想處淨波羅蜜不住身心相處不見有無諸法相處如寂解脫乃至般若波羅蜜是色常住法故如是應當觀十方佛時十方佛各伸右手摩行者頭作如是言善哉善哉善男子汝今讀誦大乘經故十方諸佛說懺悔法菩薩所行不斷結使不住使海觀心無心從顛倒想起如此想心從妄想起如空中風無依止處如是法相不生不

没何者是罪何者是福我心自空罪福無主一切諸法皆亦如是無住無壞如是懺悔觀心無心法不住法中諸法解脱滅諦寂靜如是想者名大懺悔名莊嚴懺悔名無罪相懺悔名破壞心識懺悔行此懺悔者身心清淨不住法中猶如流水念念之中得見普賢菩薩及十方佛時諸世尊以大悲光明爲於行者説無相法行者聞説第一義空行者聞已心不驚怖應時即入菩薩正位佛告阿難如是行者名爲懺悔此懺悔者十方諸佛諸大菩薩所行懺法佛告阿難佛滅度後佛諸弟子若有懺悔惡不善業但當讀誦大乘經典此方等經是諸佛眼諸佛因是得具五眼佛三種身從方等生是大法印般涅槃海如此海中能生三種佛清淨身此三種身人天福田應供中最其有讀誦大方等典當知此人具佛功德諸惡永滅從佛慧生爾時世尊而説偈言

若有眼根惡　業障眼不淨　但當誦大乘
思念第一義　是名懺悔眼　盡諸不善業
耳根聞亂聲　壞亂和合義　由是起狂亂
猶如癡獼猴　但當誦大乘　觀法空無相
永盡一切惡　天耳聞十方　鼻根著諸香
隨染起諸觸　如此狂惑鼻　隨染生諸塵
若誦大乘經　觀法如實際　永離諸惡業
後世不復生　舌根起五種　惡口不善業
若欲自調順　應勤修慈心　思法眞寂義
無諸分別相　心想如獼猴　無有暫停時
若欲折伏者　當勤誦大乘　念佛大覺身
力無畏所成　身爲機關主　如塵隨風轉

六賊遊戲中　自在無罣礙　若欲滅此惡
永離諸塵勞　常處涅槃城　安樂心憺怕
當誦大乘經　念諸菩薩母　無量勝方便
從思實相得　如此等六法　名爲六情根
一切業障海　皆從妄想生　若欲懺悔者
端坐念實相　衆罪如霜露　慧日能消除
是故應至心　懺悔六情根

說是偈已佛告阿難汝今持是懺悔六根觀普賢菩薩法普爲十方諸天世人廣分別說佛滅度後佛諸弟子若有受持讀誦解說方等經典應於靜處若在塚間若林樹下若阿練若處讀誦方等思大乘義念力强故得見我身及多寶佛塔十方分身無量諸佛普賢菩薩文殊師利菩薩藥王菩薩藥上菩薩恭敬法故持諸妙華住立空中讚歎恭敬行持法者但誦大乘方等經故諸佛菩薩晝夜供養是持法者佛告阿難我與賢劫諸菩薩等及十方諸佛因思大乘眞實義故除却百萬億劫阿僧祇數生死之罪因此勝妙懺悔法故今於十方各得爲佛若欲疾成阿耨多羅三藐三菩提者若欲現身見十方佛及普賢菩薩當淨澡浴著淨潔衣燒衆名香在空閑處應當讀誦大乘經典思大乘義佛告阿難若有衆生欲觀普賢菩薩者當作是觀作是觀者是名正觀若他觀者名爲邪觀佛滅度後佛諸弟子隨順佛語行懺悔者當知是人行普賢行行普賢行者不見惡相及惡業報其有衆生晝夜六時禮十方佛誦大乘經思第一義甚深空法一彈指頃除却百萬億阿僧祇劫生死之罪行此行者眞是佛子從諸

佛生十方諸佛及諸菩薩爲其和尚是名具足菩薩戒者不須羯磨自然成就應受一切人天供養爾時行者若欲具足菩薩戒者應當合掌在空閑處徧禮十方佛懺悔諸罪自說已過然後靜處白十方佛而作是言諸佛世尊常住在世我業障故雖信方等見佛不了今歸依佛唯願釋迦牟尼正徧知世尊爲我和尚文殊師利具大慧者願以智慧授我清淨諸菩薩法彌勒菩薩勝大慈日憐愍我故亦應聽我受菩薩法十方諸佛現爲我證諸大菩薩各稱其名是勝大士覆護衆生助護我等今日受持方等經典乃至失命設墮地獄受無量苦終不毀謗諸佛正法以是因緣功德力故今釋迦牟尼佛爲我和尚文殊師利爲我阿闍梨當來彌勒願授我法十方諸佛願證知我大德諸菩薩願爲我伴我今依大乘經甚深妙義歸依佛歸依法歸依僧如是三說歸依三寶已次當自誓受六重法受六重法已次當勤修無礙梵行發曠濟心受八重法立此誓已於空閑處燒衆名香散華供養一切諸佛及諸菩薩大乘方等而作是言我於今日發菩提心以此功德普度一切作是語已復更頂禮一切諸佛及諸菩薩思方等義一日乃至三七日若出家在家不須和尚不用諸師不白羯磨受持讀誦大乘經典力故普賢菩薩勸發行故是十方諸佛正法眼目因由是法自然成就五分法身戒定慧解脫解脫知見諸佛如來從此法生於大乘經得受記莂是故智者若聲聞人毀破三歸五戒及八戒比丘戒比丘尼戒沙彌戒

沙彌尼戒式叉摩尼戒及諸威儀愚癡不善惡邪心故多犯諸戒及威儀法若欲除滅令無過患還爲比丘具沙門法者當勤修讀方等經典思第一義甚深空法令此空慧與心相應當知此人於一念頃一切罪垢永盡無餘是名具足沙門法式具諸威儀應受人天一切供養若優婆塞犯諸威儀作不善事不善事者所謂論説佛法過惡論説四衆所犯惡事偷盜婬泆無有慚愧若欲懺悔滅諸罪者當勤讀誦方等經典思第一義若王者大臣婆羅門居士長者宰官是諸人等貪求無猒作五逆罪謗方等經具十惡業是大惡報應墮惡道過於暴雨必定當墮阿鼻地獄若欲除滅此業障者應生慚愧懺悔諸罪云何名爲刹利居士懺悔罪法懺悔法者但當正心不謗三寶不障出家不爲梵行人作惡留難應當繫念修六念法亦當供給供養持大乘者不必禮拜應當憶念甚深經法第一義空思是法者是名刹利居士修第一懺悔第二懺悔者孝養父母恭敬師長是名修第二懺悔第三懺悔者正法治國不邪枉人民是名修第三懺悔第四懺悔者於六齋日勑諸境内力所及處令行不殺修如此法是名修第四懺悔第五懺悔者但當深信因果信一實道知佛不滅是名修第五懺悔佛告阿難於未來世若有修習如此懺悔法當知此人著慚愧服諸佛護助不久當成阿耨多羅三藐三菩提説是語時十千天子得法眼淨彌勒菩薩等諸大菩薩及以阿難聞佛所説歡喜奉行

佛説觀普賢菩薩行法經

音釋

箜篌（箜苦紅切篌戶鉤切箜篌樂器）甄叔迦（梵語也此云赤色寶甄居延切）擬（魚紀切揣度以待也）轂輞（轂古祿切輞扶紡切）塠（都回切聚土也）竅（苦弔切穴也）疣（羽求切瘤也）黐膠（黐丑知切黏也膠古肴切黏膏也）

觀世音菩薩得大勢菩薩受記經

劉宋黃龍沙門釋 曇無竭 譯

清刻龍藏佛說法變相圖

觀世音菩薩得大勢菩薩受記經

劉宋黃龍沙門釋　曇無竭　譯

如是我聞一時佛在波羅柰仙人鹿苑中與大比丘衆二萬人俱菩薩萬二千其名曰師子菩薩師子意菩薩安意菩薩無喻意菩薩持地菩薩那羅達菩薩神天菩薩寶事菩薩伽睺多菩薩賢力菩薩明天菩薩愛喜菩薩文殊師利菩薩智行菩薩專行菩薩現無癡菩薩彌勒菩薩如是等上首菩薩摩訶薩萬二千人俱復有二萬天子善界天子善住天子等以爲上首皆住大乘爾時世尊與無量百千眷屬圍繞而爲說法爾時會中有一菩薩名華德藏即從座起偏袒右肩右膝著地合掌向佛而作是言惟願世尊賜我中間欲有所問佛告華德藏菩薩恣汝所問諸有疑

者吾已知之當爲解説令汝歡喜爾時華德藏白佛言世尊菩薩摩訶薩云何不退轉於阿耨多羅三藐三菩提及五神通得如幻三昧得是三昧以善方便能化其身隨衆形類所成善根而爲説法令得阿耨多羅三藐三菩提佛告華德藏菩薩摩訶薩善哉善哉能於如來等正覺前問如是義汝華德藏已於過去諸佛植諸善根供養無數百千萬億諸佛世尊於諸衆生興大悲心善哉華德藏諦聽諦聽善思念之當爲汝説對曰唯然願樂欲聞佛告華德藏菩薩摩訶薩成就一法得如幻三昧得是三昧以善方便能化其身隨衆形類所成善根而爲説法令得阿耨多羅三藐三菩提何等一法謂無依止不依三界亦不依内又不依外於無所依得正觀察正

觀察已便得正盡而於覺知無所損減以無減心悉度正慧謂一切法從緣而起虚假而有一切諸法因緣而生若無因緣無有生法雖一切法從因緣生而無所生如是通達無生法者得入菩薩眞實之道亦名得入大慈悲心憐愍度脱一切衆生善能深解如是義已則知一切諸法如幻但以憶想語言造化法耳然此憶想語言造化諸法究竟悉空善能通達諸法空已是名逮得如幻三昧得三昧已以善方便能化其身隨衆形類所成善根而爲説法令得阿耨多羅三藐三菩提爾時華德藏菩薩摩訶薩白佛言世尊於此衆中頗有菩薩得是三昧乎佛言有今是會中彌勒菩薩文殊師利等六十正士不可思議大誓莊嚴得是三昧又白佛言世尊唯此世

界菩薩得是三昧他方世界復有菩薩成就如是如幻三昧佛告華德藏西方過此億百千剎有世界名安樂其國有佛號阿彌陀如來應供正徧知今現在說法彼有菩薩一名觀世音二名得大勢得是三昧復次華德藏若有菩薩從彼正士七日七夜聽受是法即便逮得如幻三昧華德藏菩薩白佛言世尊彼國應有無量菩薩得是三昧何以故其餘菩薩生彼國者皆當往至彼正士所聽受是法佛言如是如是如汝所言有無量阿僧祇菩薩摩訶薩從彼正士得是三昧華德藏菩薩白佛言善哉世尊如來應供正徧知願以神力令彼正士至此世界又令彼此兩得相見何以故以彼正士至此剎故善男子善女人成善根者聞其說法得是三昧又願見彼

安樂世界阿彌陀佛令此善男子善女人發阿耨多羅三藐三菩提心願生彼國生彼國已終不退轉阿耨多羅三藐三菩提爾時世尊受彼請已即放眉間白毫相光徧照三千大千國土於此世界草木土石須彌山王目眞隣陀山大目眞隣陀山斫迦羅山大斫迦羅山乃至世界中間幽冥之處普皆金色莫不大明日月暉曜及大力威光悉不復現徧照西方億百千剎乃至安樂世界悉皆金色大光右繞彼佛七帀於如來前廓然不現彼國衆生菩薩聲聞悉見此土及釋迦文與諸大衆圍繞說法猶如掌中觀阿摩勒果皆生愛樂歡喜之心唱如是言南無釋迦如來應供正徧知於此衆會比丘比丘尼優婆塞優婆夷天龍夜叉乾闥婆阿脩羅迦樓羅緊那

羅摩睺羅伽人非人等釋梵四天王菩薩聲聞皆見安樂世界阿彌陀佛菩薩聲聞眷屬圍繞晃若寶山高顯殊特威光赫奕普照諸刹如淨目人於一尋内覩人面貌明了無礙既見是已歡喜踊躍唱如是言南無阿彌陀如來應供正徧知時此衆中八萬四千衆生皆發阿耨多羅三藐三菩提心及種善根願生彼國爾時安樂世界菩薩聲聞見此刹已怪未曾有歡喜合掌禮釋迦牟尼如來應供正徧知作如是言南無釋迦牟尼佛能爲菩薩聲聞說如是法爾時安樂世界六種震動動徧動等徧動揺徧揺等徧揺震徧震等徧震爾時觀世音及得大勢菩薩摩訶薩白彼佛言甚奇世尊釋迦如來現希有事何以故彼釋迦牟尼如來應供正徧知少現名號令無量大地六種震動爾時阿彌陀佛告彼菩薩釋迦牟尼不但此土現其名號其餘無量諸佛世界悉現名號大光普照六種震動亦復如是彼諸世界無量阿僧祇衆生聞釋迦牟尼稱譽名號善根成就皆得不退轉於阿耨多羅三藐三菩提時彼衆中四十億菩薩聞釋迦牟尼如來應供等正覺名號同聲發願善根迴向阿耨多羅三藐三菩提佛即授記當得阿耨多羅三藐三菩提爾時觀世音及得大勢菩薩摩訶薩詣彼佛所頭面禮足恭敬合掌於一面住白佛言世尊釋迦牟尼放此光明何因何緣爾時彼佛告觀世音如來應供等正覺放斯光明非無因緣何以故今日釋迦牟尼如來應供正徧知將欲演說菩薩珍寶處三昧經故先現瑞爾時觀世音

及得大勢菩薩摩訶薩白佛言世尊我等欲詣娑婆世界禮拜供養釋迦牟尼佛聽其説法佛言善男子宜知是時時二菩薩即相謂言我等今日定聞彼佛所説妙法時二菩薩受佛教已告彼四十億菩薩眷屬善男子當共往詣娑婆世界禮拜供養釋迦牟尼佛聽受正法何以故釋迦牟尼如來應供等正覺能爲難事捨淨妙國以本願力與大悲心於薄德少福增貪恚癡濁惡世中成阿耨多羅三藐三菩提而爲説法説是語時菩薩聲聞同聲歎言彼土衆生得聞釋迦牟尼如來應供正徧知名號快得善利何況得見發歡喜心世尊我等當共詣彼世界禮拜供養釋迦牟尼佛言善男子宜知是時爾時觀世音及得大勢菩薩摩訶薩與四十億菩薩前後圍繞於彼世界以神通力各爲眷屬化作四十億莊嚴寶臺是諸寶臺縱廣十二由旬端嚴微妙其寶臺上有處黃金有處白銀有處瑠璃有處頗梨有處赤珠有處硨磲有處碼碯有處二寶黃金白銀有處三寶金銀瑠璖有處四寶黃金白銀瑠璃頗梨有處五寶金銀瑠璃頗梨赤珠有處六寶黃金白銀瑠璃頗梨硨磲赤珠有處七寶乃至碼碯又以赤珠栴檀優鉢羅鉢曇摩拘物頭分陀利而莊嚴之又雨須曼那華薝蔔華波羅羅華阿提目多華羅尼華瞿羅尼華曼陀羅華摩訶曼陀羅華波樓沙華摩訶波樓沙華曼殊沙華摩訶曼殊沙華盧遮那華摩訶盧遮那華遮迦華摩訶遮迦華蘇樓至遮迦華栴那華摩訶栴那華蘇樓至栴檀那華栴奴多羅華他羅

華摩訶他羅華其寶臺上種種雜色徧爛熀曄清淨照曜諸寶臺上有化玉女八萬四千或執箜篌琴瑟箏笛琵琶鼓貝如是無量衆寶樂器奏微妙音儼然而住或有玉女執赤栴檀香沉水栴檀香或執黑沉水栴檀香儼然而住或有玉女執優波羅波頭摩拘物頭分陁利華果儼然而住或有玉女執曼陁羅華摩訶曼陁羅華波樓沙華摩訶波樓沙華盧遮那華摩訶盧遮那華栴那華摩訶栴那華蘇樓至栴那華遮迦華摩訶遮迦華蘇樓至遮迦華陁羅華摩訶陁羅華蘇樓至陁羅華莊嚴而住或有玉女執一切華果儼然而住諸寶臺上衆寶莊嚴師子之座座上皆有化佛三十二相八十種好而自嚴身臺上各懸八萬四千青黄赤白雜眞珠貫諸寶臺上各有八萬四千衆妙寶瓶盛滿末香列置其上諸寶臺上各有八萬四千衆寶妙蓋彌覆其上諸寶臺上各有八萬四千衆妙寶樹植立其上諸寶臺上各有八萬四千寶鈴羅網羅覆其上諸寶樹間有七寶池八功德水盈滿其中青黄赤白雜寶蓮華光色鮮映微風吹動衆寶行樹出微妙音其音和雅踰於天樂諸寶臺上各有八萬四千衆妙寶繩連綿樹間一一寶臺光明照曜八萬四千由旬莫不大明爾時觀世音及得大勢菩薩摩訶薩與其眷屬八十億衆諸菩薩俱莊嚴寶臺悉皆同等譬如力士屈伸臂頃從彼國沒至此世界時彼菩薩以神通力令此世界地平如水與八十億菩薩前後圍繞以大功德莊嚴成就端嚴殊特無可爲喻光明徧照娑婆世

界是諸菩薩詣釋迦牟尼佛所頭面禮足右繞七帀却住一面白佛言世尊阿彌陀佛問訊世尊少病少惱起居輕利安樂行不又現彼土莊嚴妙事時此菩薩及聲聞衆見此寶臺衆妙莊嚴歎未曾有各作是念此諸寶臺莊嚴微妙從安樂國至此世界爲是佛力菩薩力耶爾時華德藏菩薩承佛神力白佛言甚奇世尊未曾有也今此娑婆世界衆妙寶臺莊嚴如是是誰威力佛言是觀世音及得大勢神通之力於此世界現大莊嚴甚奇世尊不可思議彼善男子願行清淨能以神力莊嚴寶臺現此世界佛言如是如是如汝所說彼善男子已於無數億那由他百千劫中淨諸善根得如幻三昧住是三昧能以神通變化現如是事又華德藏汝今且觀東方世界爲何所見時華德藏即以菩薩種種天眼觀于東方恒河沙等諸佛世界見彼佛前皆有觀世音及得大勢莊嚴如前恭敬供養皆稱阿彌陀佛問訊世尊少病少惱起居輕利安樂行不南西北方四維上下亦復如是爾時華德藏菩薩見是事已歡喜踊躍得未曾有而白佛言甚奇世尊今此大士乃能成就如是三昧何以故今此正士能現莊嚴是諸佛刹爾時世尊即以神力令此衆會見是事已三萬二千人發阿耨多羅三藐三菩提心華德藏菩薩白佛言世尊是二正士久如發阿耨多羅三藐三菩提心於何佛所唯願說之令諸菩薩修此願行具足成就佛言諦聽善思念之當爲汝說善哉世尊願樂欲聞佛言乃往過去廣遠無量不可思議阿僧祇劫

我於爾時爲百千王時初大王劫欲盡時有世界名無量德聚安樂示現其國有佛號金光師子遊戲如來應供正徧知明行足善逝世間解無上士調御丈夫天人師佛世尊是佛刹土所有清淨嚴飾之事今爲汝說於意云何安樂世界阿彌陀佛國土所有嚴淨之事寧爲多不答曰甚多不可思議難可具說佛告華德藏假使有人分析一毛以爲百分以一分毛滴大海水於意云何一毛端水於大海水何者爲多答曰海水甚多不可爲譬如是華德藏應作是知阿彌陀國莊嚴之事如毛端水金光師子遊戲佛國如大海水聲聞菩薩差降亦爾彼金光師子遊戲如來亦爲衆生說三乘法我於恒沙等劫說此佛國功德莊嚴菩薩聲聞快樂之事猶不能盡爾時金光師子遊戲如來法中有王名曰威德王千世界正法治化號爲法王其威德王多諸子息具二十八大人之相是諸王子皆悉住於無上之道王有七萬六千園觀其王諸子遊戲其中華德藏白佛言世尊彼佛刹土有女人耶佛言善男子彼佛國土尚無女名何況有實其國衆生淨修梵行純一化生禪悅爲食彼威德王於八萬四千億歲奉事如來不習餘法佛知至心即爲演說無量法印何等爲無量法印華德藏菩薩凡所修行應當發於無量誓願何以故菩薩摩訶薩布施無量持戒無量忍辱無量精進無量禪定無量智慧無量所行六度攝生死無量慈愍衆生無量莊嚴淨土無量成就色無量音聲無量辯才無量華德藏乃至一念善根應迴向

無量云何迴向無量如迴向一切衆生令一切衆生得無生證以佛涅槃而般涅槃是名迴向無量無量空無量無相無量無願無量無行如是無欲實際法性無生無著解脫涅槃無量善男子我但略說諸法無量何以故以一切法無限量故復次華德藏彼威德王於其園觀入于三昧其王左右有二蓮華從地涌出雜色莊嚴其香芬馥如天栴檀有二童子化生其中加趺而坐一名寶意二名寶上時威德王從禪定起見二童子坐蓮華藏以偈問曰

汝爲天龍神　夜叉鳩槃茶　爲人爲非人
願說其名號

時王右面童子以偈答曰

一切諸法空　云何問名字　過去法已滅
當來法未生　現在法不住　仁者問誰名
空法亦非人　非龍非羅刹　人與非人等
一切不可得

左面童子而說偈言

名名者悉空　名名不可得　一切法無名
而欲問名字　欲求眞實名　未曾所見聞
夫生法即滅　云何而問名　說名字語言
皆是假施設　我名爲寶意　彼名爲寶上

華德藏是二童子說是偈已與威德王俱詣佛所頭面禮足右繞七帀合掌恭敬於一面住時二童子即共同聲以偈問佛

云何爲供養　無上兩足尊　願說其義趣
聞者當奉行　華香衆妓樂　衣服藥卧具
如是等供養　云何爲最勝

爾時彼佛即爲童子而說偈言

當發菩提心　廣濟諸群生　是則供正覺
三十二明相　設滿恒沙剎　珍妙莊嚴具
奉獻諸如來　及歡喜頂戴　不如以慈心
迴向於菩提　是福爲最勝　無量無有邊
餘供無過者　超踰不可計　如是菩提心
必成等正覺
時二童子復說偈言
諸天龍鬼神　聽我師子吼　今於如來前
弘誓發菩提　生死無量劫　本際不可知
爲一衆生故　爾數劫行道　況此諸劫中
度脫無量衆　修行菩提道　而生疲倦心
我若從今始　起於貪欲心　是則爲欺誑
十方一切佛　瞋恚愚癡垢　慳嫉亦復然
今我說實語　遠離於虛妄　我若於今始
起於聲聞心　不樂修菩提　是則欺世尊
亦不求緣覺　自濟利己身　當於萬億劫
大悲度衆生　如今日佛土　清淨妙莊嚴
令我得道時　超踰億百千　國無聲聞衆
亦無緣覺乘　純有諸菩薩　其數無限量
衆生淨無垢　悉具上妙樂　出生於正覺
總持諸法藏　此誓若誠實　當動大千界
說如是偈已　應時普震動　百千衆妓樂
演發和雅音　光曜微妙服　旋轉而來降
諸天於空中　雨散衆末香　其香普流熏
悅可衆生心

佛告華德藏於汝意云何爾時威德王者豈異人乎我身是也時二童子今觀世音及得大勢菩薩摩訶薩是也善男子是二菩薩於彼佛所初發阿耨多羅三藐三菩提心爾時華德藏白佛言甚奇世尊是善男子未曾發

心成就如是甚深智慧了達名字悉不可得世尊是二正士於彼先佛已曾供養作諸功德善男子此恒河沙悉可知數而此大士先供養佛種諸善根不可稱計雖未發於菩提之心而以不可思議而自莊嚴於諸衆生爲最勇猛爾時華德藏菩薩白佛言世尊其無量德聚安樂示現國土爲在何方佛言善男子今此西方安樂世界當於爾時號無量德聚安樂示現華德藏菩薩白佛言世尊願爲解說令無量衆生得大利益是觀世音於何國土成等正覺世界莊嚴光明名號聲聞菩薩壽命所有乃至成佛其事云何若世尊說是菩薩先所行願其餘菩薩聞是願已必當修行而得滿足佛言善哉諦聽當爲汝說對曰唯然願樂欲聞佛言善男子阿彌陀佛壽命無量百千億劫當有終極善男子當來曠遠不可計劫阿彌陀佛當般涅槃般涅槃後正法任世等佛壽命在世滅後所度衆生悉皆同等佛涅槃後或有衆生不見佛者有諸菩薩得念佛三昧常見阿彌陀佛復次善男子彼佛滅後一切寶物浴池蓮華衆寶行樹常演法音與佛無異善男子阿彌陀佛正法滅後過中夜分明相出時觀世音菩薩於七寶菩提樹下結加趺坐成等正覺號普光功德山王如來應供正徧知明行足善逝世間解無上士調御丈夫天人師佛世尊其佛國土自然七寶衆妙合成莊嚴之事諸佛世尊於恒沙劫說不能盡善男子我於今者爲汝說譬彼金光師子遊戲如來國土莊嚴之事方於普光功德山王如來國土百倍千倍千

萬億倍億兆載倍乃至筭數所不能及其佛國土無有聲聞緣覺之名純諸菩薩充滿其國華德藏菩薩白佛言世尊彼佛國土名安樂耶佛言善男子其佛國土號曰衆寶普集莊嚴善男子普光功德山王如來隨其壽命得大勢菩薩親近供養至于涅槃般涅槃後奉持正法乃至滅盡法滅盡已即於其國成阿耨多羅三藐三菩提號曰善住功德寶王如來應供正徧知明行足善逝世間解無上士調御丈夫天人師佛世尊如普光功德山王如來國土光明壽命諸菩薩衆乃至法住等無有異若善男子善女人聞善住功德寶王如來名者皆得不退於阿耨多羅三藐三菩提又善男子若有女人得聞過去金光師子遊戲如來善住功德寶王如來名者皆轉女人身却四十億劫生死之罪皆不退轉於阿耨多羅三藐三菩提常得見佛聞受正法供養衆僧捨此身已當得出家成無礙辯逮得總持爾時會中六十億衆同聲歎言南無十方般涅槃佛同心共議發阿耨多羅三藐三菩提心佛即授記當成阿耨多羅三藐三菩提復有八萬四千那由他衆生遠塵離垢於諸法中得法眼淨七千比丘漏盡意解爾時觀世音及得大勢菩薩即以神力令此衆會悉見十方無數諸佛世尊皆爲授其阿耨多羅三藐三菩提記見已歎言甚奇世尊是諸如來爲此大士授如是記爾時華德藏菩薩白佛言世尊若善男子善女人於此如來甚深經典受持讀誦解說書寫廣宣流布得幾所福唯願如來分别解說何以故當來惡

世薄福衆生於此如來甚深經典而不信受以是因緣長夜受苦難得解脫世尊唯願說之憐愍利益諸衆生故世尊今此會中多有利根善男子善女人於當來世而作大明佛言華德藏善哉諦聽當爲汝說對曰受教願樂欲聞佛言若善男子以三千大千世界一切衆生置兩肩上盡其形壽隨所須欲衣食卧具牀褥湯藥而供養之所得功德寧爲多不甚多世尊若以慈心供一衆生隨其所須功德無量何況一切佛言若善男子善女人於此經典受持讀誦解說書寫種種供養廣宣流布發菩提心所得功德百千萬倍不可爲譬華德藏菩薩白佛言世尊我從今日於此如來所說經典及過去當來三佛名號常當受持讀誦解說書寫廣宣流布遠離貪恚癡心發阿耨多羅三藐三菩提終不虛妄世尊設我成佛若有女人聞如是法現轉女身轉女身已當爲授記得阿耨多羅三藐三菩提號曰離垢多陀阿伽度阿羅訶三藐三佛陀說是經已華德藏菩薩摩訶薩及諸比丘比丘尼菩薩聲聞天龍夜叉乾闥婆阿脩羅迦樓羅緊那羅摩睺羅伽人非人等聞佛所說皆大歡喜

觀世音菩薩得大勢菩薩受記經

音釋

媥爛 媥逋閑切爛離閑切媥爛色不純也　踰 羊朱切越也　疲 蒲糜切勞也

不思議光菩薩所說經

姚秦三藏鳩摩羅什譯

清刻龍藏佛說法變相圖

不思議光菩薩所說經

姚秦三藏鳩摩羅什譯

如是我聞一時佛在舍衛國祇陀林中給孤窮精舍與大比丘僧千二百五十人俱菩薩摩訶薩五百人衆所知識爾時世尊依舍衛大城時王大臣婆羅門居士及諸眷屬供養恭敬尊重讃歎多諸供養衣服飲食卧具醫藥是如來應供正徧覺明行足善逝世間解無上士調御丈夫天人師佛世尊生處成就種姓生成就三昧具足智慧具足解脱具足解脱知見具足具足十力四無所畏佛十八不共法演說正法初中後善文義美妙具足清白梵行鮮淨五眼具足所謂肉眼天眼慧眼佛眼法眼善知此世他世所住于時世尊善降外道尼乾陀若提子等佛法熾盛人天

宗敬世尊時到著衣持鉢及比丘僧眷屬圍繞趣入舍衛大城乞食去來進止威儀庠序視瞻容豫屈伸俯仰執持衣鉢皆悉庠序金色妙身光明照曜猶猛火聚寶珠日月照曜闇夜三十二相莊嚴其身以金色足蹈門閫上當於是時舍衛大城示現種種未曾有事如偈所說

人仙來入時　釋師子蹈閫　現多希有事
淨心聽我說　盲者得目視　聾者得聞聽
裸者得衣服　狂亂得正意　皆歡喜合掌
觀佛無厭足　衆鼓自然鳴　簫笛自出聲
鴈鴿鳩鴛鴦　出佛妙軟音　失財得寶藏
衆寶物出聲　時地六種動　不信得淨心
勝覺下轉足　淨蓮華承接　觸衆生安樂
命終得生天　女人妊娠苦　安樂生妙子
無貪瞋癡惱　父母子俱爾　階陛妙莊嚴
多億天雨花　衆生無病患　脫一切衆苦
善逝入城時　一切受安樂　各謂我奉食
各謂佛看我　人仙福德力　非我說能盡

爾時世尊於舍衛大城次第乞食至於中路有一空處捐棄嬰兒容貌端嚴極爲鮮白自唻右指而此空處多狐狼狗見是嬰兒舐已而去無能逼惱此嬰兒者是福德人久種善根多人往觀生希有心往來觀看空處棄兒端嚴可愛歡喜樂見於是嬰兒爾時世尊見多人衆往來空處知而故問告阿難言汝可往彼看是諸人往來空處何所作爲阿難白言如是世尊大德阿難即往空處見是嬰兒容貌端嚴自唻右指諦視衆人其目不瞬阿難見已便還佛所如見而說世尊此空閑處

有棄嬰兒容貌端嚴甚可敬愛猶如寶像觀視諸人其目不瞬于時世尊於彼嬰兒起悲愍心觀本善根知已成熟堪能知我所說法義又知衆生善根成熟即往嬰兒所到已於一面住向此嬰兒而說偈言

本所造惡業　今此報應現　棄捐此空處　嬰兒苦如是

爾時嬰兒承佛神力自本善力以偈報佛

瞿曇猶故有　見棄空處想　尊在道場時　不知是想耶

爾時世尊復以偈言

我已知於想　而我永無想　以憐愍汝故　來至此空處

爾時嬰兒復說偈言

若不得衆生　畢竟不可得　尊憐愍於誰　誰所轉悲心

爾時世尊復說偈言

衆生不知是　無我空寂滅　爲覺悟彼故　我行村城邑

爾時嬰兒復說偈言

達解空寂滅　覺了空寂滅　猶有衆生想　如來不斷耶

爾時世尊復說偈言

佛悲力如是　覺了空寂滅　教化衆生故　導師演說法

爾時嬰兒復說偈言

猶故有顛倒　如來未斷耶　無衆生生想　如是生悲耶

爾時世尊復說偈言

佛之所護持　菩薩生精進　爲不達衆生

人尊發莊嚴
爾時嬰兒復說偈言
此是癡莊嚴　若不得於物　若法非是物
何由起莊嚴
爾時世尊復說偈言
此大悲神力　調御世如是　猶不著於物
爲衆生說法
爾時嬰兒復說偈言
法無有文字　云何可演說　世間尊敗失
非法作法說
爾時世尊復說偈言
我不敗壞世　我不非法說　衆生自倒惑
我解脫彼結
爾時嬰兒復說偈言
結使無根本　亦無有方所　又不在內外

於何脫彼結
爾時世尊復說偈言
從於妄想生　與顛倒共俱　爲斷彼妄想
嬰兒我說法
爾時嬰兒復說偈言
心性自常淨　彼中無垢結　正使多妄想
性淨不生垢
爾時世尊復說偈言
如是如汝說　心性自常淨　客煩惱塵結
無慧者生染
爾時嬰兒復說偈言
結無有方所　亦非方所得　云何名爲客
願爲我演說
爾時世尊復說偈言
猶如空中雲　可覩無眞實　結使生如是

雖見無有實

爾時嬰兒復說偈言

法同等如如　其生性即如　法若是眞實
非如不可得

爾時世尊復說偈言

一切非如法　等住於如中　覺了是如已
無過無功德

爾時嬰兒復說偈言

若不得衆生　瞿曇和合誰　先觀察法本
從誰有煩惱

爾時世尊復說偈言

過世及未來　及與現在世　佛知覺了了
爲衆生說法

爾時嬰兒復說偈言

所演說三世　及說我能知　便爲是大慢
則爲自稱譽

爾時世尊復說偈言

我不自稱譽　亦不輕慢他　如如等顯現
是故名如來

爾時嬰兒復說偈言

如無有可得　非言說相應　非言以言說
是則非是如

爾時世尊復說偈言

凡夫隨於想　如中生妄想　爲斷除我想
如來出於世

爾時嬰兒復說偈言

正覺無出世　善修無生故　於無生法中
佛出不相應

爾時世尊復說偈言

無生現有生　佛出世顯現　此是世諦說

非是第一義

爾時嬰兒復說偈言

猶故有二想　世諦第一義　於一乘道中
瞿曇相違說

爾時世尊復說偈言

我不道相違　我住不相違　爲相違衆生
嬰兒如是知

爾時嬰兒復說偈言

悔過於正覺　我上所言說　是佛力持故
我能如是說

爾時世尊從於衣裏出金色臂起彼嬰兒爾時嬰兒執世尊手指從地而起爾時世尊從彼空處將是嬰兒趣向正陌是時大衆得未曾有於世尊所倍生敬禮歎言希有如來世尊得成如是勝妙之法乃能令此極苦厄者安住是法爾時世尊告嬰兒言汝業行盡汝可憶念本造善根令此大衆生希有心現大神力爾時嬰兒上昇虛空過七多羅樹身放光明此光徧照三千大千佛之世界以此光故釋梵護世及餘百千天龍夜叉乾闥婆阿脩羅迦樓羅緊那羅摩睺羅伽見斯光已來詣佛所到已頂禮佛足以諸天華散供於佛供養佛已向佛世尊作如是言菩薩光明不可思議身出光明普徧照此佛之世界令諸無量衆生得於不思議利當名此兒不思議光爾時釋迦牟尼世尊印可是名此兒當名不思議光爾時嬰兒不思議光從空而下住於地已以佛神力自善根力其形猶如八歲童子爾時釋提桓因即以天衣施與嬰兒便語之言嬰兒汝今愍我等故受此天衣勿裸

形住爾時不思議光菩薩嬰兒語釋提桓因憍尸迦菩薩不以衣服爲妙當被法服以爲嚴飾憍尸迦菩薩所服汝今善聽憍尸迦菩提之心是菩薩服乃至道場成滿具足一切佛法有慚有愧是菩薩服調伏成就一切衆生置無過中堅誓莊嚴是菩薩服辦諸事故質直無僞是菩薩服成就斷除幻惑僞故勤加精進是菩薩服成滿具足諸善根故志欲喜樂是菩薩服成滿一切諸佛法故除捨憍慢是菩薩服成滿一切諸禪定故欲法聞法是菩薩服成滿般若波羅蜜故不起智慢是菩薩服成滿具足無著智故作於利益是菩薩服悲諸衆生具覺智故捨一切物是菩薩服成滿具足諸相好故護持淨戒是菩薩服成滿願故調和忍辱是菩薩服究竟成滿梵音聲故牢强精進無懈退心是菩薩服成滿出過一切事故得諸禪定解脱三昧是菩薩服成就滿足大通智故不壞智慧是菩薩服成就斷除一切結使諸見障故大方便智是菩薩服成就教化諸衆生故大慈是菩薩服成就救濟諸衆生故大悲是菩薩服成就於生死中無疲厭故大喜是菩薩服成就具足於法喜故大捨是菩薩服成就捨離愛瞋心故於諸衆生無惱害心是菩薩服成就不惱於自他故敷演説法是菩薩服成就不自譽毁他人故如説修行是菩薩服成就斷除諸結使故憍尸迦應如是知菩薩法服以法莊嚴生不裸形爾時釋提桓因於嬰兒所增加恭敬愛念尊重白言世尊愍我等故令是嬰兒受取此衣爾時世尊告不思議光菩薩嬰

見受帝釋衣手時世尊右手取衣授與嬰兒爾時嬰兒右膝著地以其右手受取是衣受已便著爾時世尊將不思議光菩薩嬰兒於舍衛大城次第乞食是時大衆男女大小長者居士刹利婆羅門王及輔臣見不思議光菩薩嬰兒生希有心亦爲見佛禮敬供養皆悉來集爾時世尊次第乞食到不思議光菩薩嬰兒所生母舍爾時不思議光菩薩即入其舍前至母所向所生母而說偈言

母無有過咎　應當自喜慶　是我本惡業
今生在母腹　母是我福田　哀愍所生恩
母勿生羞恥　速往如來所　母今得大利
腹懷妊我故　如是之功德　往問於導師

爾時不思議光菩薩語釋提桓因憍尸迦與我香華衣服所須欲奉上母母當以是供養於佛當發阿耨多羅三藐三菩提心爾時釋提桓因以天曼陀羅華及以天香天諸衣服與彼菩薩爾時不思議光菩薩復向其母而說偈言

受此適意華　天妙曼陀羅　妙香及衣服
奉上供釋仙　非飲食及寶　能報父母恩
引導向正法　便爲供二親　供二足尊已
發淨上道心　我長夜常勸　常數數時勸
其母生喜心　畢竟不生恥　往詣人仙所
禮已在前住　華散如來上　奉華及衣服
佛所種善根　即發菩提心　堅住菩提心
問於釋師子　懷妊淨衆生　願說是福報
汝以此善業　不生諸難趣　供多億佛已
當得成爲佛

爾時世尊於舍衛大城次第乞食已與不思

議光菩薩及諸大衆出王舍大城向祇陀林給孤窮精舍世尊食已淨自澡漱而起就坐演説正法爾時憍薩羅國波斯匿王聞不思議光菩薩嬰兒有大不可思議神通聞已莊嚴四種兵衆向祇陀林給孤窮精舍詣世尊所到已頂禮佛足却坐一面波斯匿王白世尊言大德世尊不思議光菩薩嬰兒爲在何處聞有如是不可思議神通之力時佛即示波斯匿王不思議光菩薩嬰兒時王見是不思議光菩薩嬰兒形色端嚴殊特於天無所畏懼具戒定慧以自莊嚴如是見已便作是念種何善根修集何福有是妙身爾時不思議光嬰兒承佛神力知憍薩羅國王心之所念向是大王而説偈言

常修慈心淨衆生　無麤穢惡修正念
攝身口意淨梵行　彼有如是淨妙身
遠離惡者不自造　增長修集無量善
捨離一切惡諍訟　彼有如是淨妙身
恭敬佛法及聖僧　常恒奉施衆妙供
不毀罵他不逼惱　彼有如是淨妙身
調弄呵罵及毀呰　於他人所不生是
歎美讚善不説惡　彼有如是淨妙身
慳貪嫉妬及憍慢　諦觀已行不毀他
彼有如是淨妙身

爾時波斯匿王白世尊言是不思議光菩薩嬰兒成就如是勝妙大法有何業障而生於是婬女腹中捐棄空處佛告大王乃往過去九十一劫爾時有佛號毗婆尸出現於世如來應供正徧覺明行足善逝世間解無上士調御丈夫天人師佛世尊大王當知爾時毗

婆尸如來法中有二菩薩一名賢天二名饒財賢天菩薩於無上道得不退轉得陀羅尼及無礙辯獲無生忍有福德威勢少欲少事常樂獨處逮得神通彼時饒財菩薩習學頭陀爲賢天菩薩而作給使彼人恒往聚落城邑多諸事務是賢天菩薩呵責教誨何故多造是諸事務而不斷除數數教呵彼便生瞋忿心不喜以忿恚故毀敗身心敗身心已瞋恚罵言輕婬女兒私通所生從他人得不識其父又不識母況汝當有戒聞定慧彼瞋罵已復不悔過又不捨離結使所纏恒有忿心瞋賢天菩薩時賢天菩薩即便捨棄既捨棄已倍生瞋恚罵詈揚惡以此不善業行因緣身壞命終生婬女胎爲彼賢天菩薩所護不生地獄婬女生已恒常棄之爲狐狼狗之所噉食大王以是因故九十一劫常如是死生生常棄爲多人衆之所罵言是婬女子被棄空處狐狼狗食大王莫疑何以故彼時饒財瞋罵菩薩即是今此不思議光菩薩是也惡業行盡以善業力淨於結心悅可佛意是人惡道悉皆永盡大王此不思議光菩薩已曾值遇六十四億佛恭敬供養尊重讚歎是諸佛所常修梵行勤進求法此本善力得如是事及神通力大王如是黑白之業終不敗亡是故智者善護身口及以意業寧捨身命不造惡業爾時波斯匿王白言世尊彼賢天菩薩爲已得成於一切智爲故修習菩薩行耶佛言大王彼賢天菩薩今者在彼阿閦佛土修菩薩行名曰德藏爾時波斯匿王白言世尊若善男子善女人常應當親於善知識近

善知識何以故世尊近善知識恭敬圍繞聽聞善法聞善法已得於善心已有善心則修善行造作善業趣向善處得善知識得善友故不作諸惡修習諸善習諸善已自無逼熱不逼熱他若有菩薩自護護他能得菩提若已住道有大勢力能有所利佛言善哉大王快說此言大王菩薩親近於善知識具滿一切功德善法爾時不思議光菩薩白言世尊菩薩成就幾法疾得阿耨多羅三藐三菩提獲淨法忍佛言嬰兒菩薩成就四法疾得無上正眞之道及淨法忍何等四解因緣忍遠離斷常解無我人衆生壽命解了空寂修行於空是爲四復有四法何等四過去寂滅未來無知現在不住三世平等是爲四復有四法所謂自淨淨諸衆生淨法淨禪定是爲四復有四法謂寂身寂心寂道寂法是爲四復有四法謂以法觀佛不以色以離觀法不以我以無爲觀僧不以衆淨於慧眼是爲四復有四法所爲滿足諸波羅蜜不捨四攝法善知方便說無衆生而行大悲是爲四嬰兒是爲菩薩成就四法疾得阿耨多羅三藐三菩提及深法忍說是法時不思議光菩薩得無生法忍歡喜踊躍上昇虛空高七多羅樹時此三千大千世界六種震動大光普照天雨衆華百千妓樂不鼓自鳴爾時世尊知不思議光菩薩心已即便微笑佛之常法若微笑時種種若千百千色光從面門出青黃赤白紅玻瓈色是光普照徧於無量無邊世界隱蔽魔宮及日月光斷除地獄餓鬼苦已上至梵世還繞佛三帀從頂相入爾時大德阿難

從座而起偏袒右肩右膝著地合掌向佛說偈問曰

色相甚微妙　雜好莊嚴身　圓光善答問
以何因緣笑　上戒行無畏　勝定慧莊嚴
示堅解脫果　以何因緣笑　忍力及十力
忍勇進難動　樂見示四諦　以何因緣笑
金剛身堅固　那羅延力盡　梵音聲悅意
願演說笑義　梵身天在上　不見如來頂
次第合掌敬　以何因緣笑　樹王下降魔
得無垢淨道　知諸衆生行　願顯何緣笑
轉無上法輪　說無常動地　調人天龍等
大德何故笑　照明除闇冥　無垢徧淨眼
功德如虛空　以何因緣笑

爾時世尊告阿難言汝今見是不思議光菩薩去地七多羅樹住虛空不阿難白言已見世尊阿難是不思議光菩薩過百千阿僧祇劫當得作佛亦號不思議光出現於世如來應正徧覺明行足善逝世間解無上士調御丈夫天人師佛世尊國名淨潔劫名無咎阿難是淨潔佛土甚爲清淨如此他化自在諸天宮殿彼佛壽命二十中劫大聲聞衆其數八萬諸菩薩僧三萬二千阿難以何因緣故劫名無咎阿難彼時多有百千劫中無佛出世是不思議光佛於彼劫中最初成佛淨居諸天歡喜讚歎此劫無咎此劫無咎以有如來出現於世故是故當名此劫無咎說是不思議光菩薩時三萬二千衆生發阿耨多羅三藐三菩提心六萬菩薩得無生法忍五百比丘斷諸結漏心得自在成阿羅漢爾時佛告阿難汝受此經持讀誦說於大衆中廣敷

演之令我正法久住在世亦多利益未來菩薩大德阿難白言世尊我已受持世尊此經何名云何受持佛言阿難此經名爲除淨業障亦名爲神力所持不思議光菩薩所説如是受持阿難若善男子善女人盡其壽命奉諸如來供養恭敬尊重讚歎以雜色華褯如須彌燒香粖香塗香幢旛寶蓋皆亦如是以用供養復有善男子善女人受持於此不思議光所説經法讀誦通利在大衆中廣爲人説如説修行是福多彼阿難若欲法供養如來欲作大智慧光明者應當受持讀誦此經佛説是經已不思議光菩薩大德阿難一切大衆人天龍鬼神乾闥婆阿脩羅聞佛所説皆大歡喜

不思議光菩薩所説經

音釋

庠似羊切 蹈徒到切踐也 鵂具愚切鵂鶹也 涑所角切吮也 舐神紙切以舌餂也 妊汝鴆切孕也 訾蔣氏切毀也 啖徒感切食也 褯古得切衣前襟也

超日明三昧經

西晉清信士聶承遠譯

清刻龍藏佛說法變相圖

超日明三昧經卷上

西晉清信士聶承遠譯

聞如是一時佛遊維耶離柰氏樹園與大比丘衆俱比丘二萬八千菩薩八萬一切大聖神通已達悉得總持攬十力慧住無所住超三脫門善權方便莫不從化三達之智無所罣礙遊步三世獨尊無侶見生死源本末所起應病授藥令各得所守護法城救濟群萌行四等心慈悲喜護四恩隨時開建橋梁布施持戒忍辱精進一心智慧以度無極解空無相無願之法得不起法忍現入衆生都無所起誨諸退轉令不迴還八不思議拔度八難與法身合示現菩薩或爲如來聲聞緣覺猶如日光無所不照往來十方亦無周旋觀一切法如化幻夢野馬影響悉無所有利衰

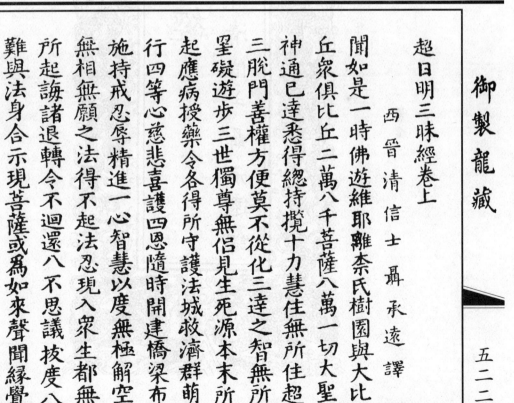

毁譽苦樂善惡永已滅除皆過世間諸所有法至于道場等無增減其名曰普明菩薩普達菩薩普智菩薩普慧菩薩普至菩薩光明菩薩光焰菩薩光等菩薩光英菩薩光造菩薩慈光菩薩慈施菩薩慈戒菩薩慈忍菩薩慈進菩薩慈寂菩薩慈智菩薩慈救菩薩慈護菩薩慈雨菩薩慈明菩薩慈普菩薩如是等上首八萬德皆如是爾時世尊與無央數百千之衆眷屬圍繞而爲說經講大乘業無極之慧於是城中有大長者名曰善寶與千人俱各各手執七寶之華來詣佛所稽首佛足以其寶華共散佛上而各誓願願使十方衆生之類心輙如華意淨若空如來威神令諸寶華皆在空中於世尊上合成華蓋華蓋之光普照十方諸佛國土國土菩薩諸天人民靡不覩焉諸佛世界各有無數億百千菩薩來詣佛所稽首畢一面坐於是慈普八萬大士與百億天帝釋梵王與三十億梵諸天大神妙天與十億眷屬淨居天與二十億侍從魔子導師與五十億支黨相隨俱來詣佛歸命稽首足下退住一面阿闍世王與八萬人波斯匿王與五萬人維耶離王與諸尊者八萬四千人欝禪王與二萬人悦頭檀王與九萬人拘美夷那竭王與六萬人如是諸王各將官屬不可復計俱來詣佛稽首于地退坐一面諸比丘比丘尼清信士清信女諸天龍神阿須倫迦留羅眞陀羅摩睺勒人與非人無央數億不可譬喻來詣佛所稽首于地各各分部或坐或住佛在衆中威神特尊如日初出若星中月猶須彌山映于大海周照

四域世尊放身光明巍巍聖慧無邊普照一切靡不蒙度四品瞻仰猶冥覩明於時會中有菩薩名曰普明從座起整衣服長跪叉手以偈讚曰

大慈哀愍群生　爲陰蓋盲冥者
開無目使視瞻　化未聞以道明
處世間如虛空　若蓮華不著水
心清淨超於彼　稽首禮無上尊
觀法本無所有　如野馬水月形
影響化幻芭蕉　曉三界亦如是
從無量難計劫　積功德不可數
慈心等定廣化　衆生類皆被荷
了三界其若夢　覺悉滅無適莫
生死五之本末　斯恍忽無所有
佛光明靡不照　威相好難計量
道巍巍無等倫　故稽首禮十方
本發意爲十方　拯厄難濟黎庶
以獲願過於空　一切人冥不蒙
坐佛樹力降魔　逮無量覺道成
解諸法本自然　於異術無所求
衆上佛七寶華　在虛空成華蓋
光普照十方國　群黎集受法誨
聖尊德踰須彌　智慧光超日月
所敷演不可踰　故稽首大聖雄

爾時普明說此偈讚佛已長跪叉手問曰唯然世尊斯諸會者有發菩薩意或未發者有得不退轉或未得者有得不起法忍一生補處道德成者或在五道生死縛者如來加哀深爲演現無極寶藏令未解達心得燿然愍冥覩明得不退轉寧有三昧名普耀深淺消

散二法疾至無上正眞道乎佛言善哉善哉普明多所哀念多所安隱愍傷諸天及十方人各令得所諦聽諦聽善思念之唯然世尊願樂欲聞佛言有三昧名超日明菩薩逮得是者無所不入譬如日光在所而現無所蔽礙化終始者使暢三處心意所爲其未發意興菩薩心已發道心至不退轉立不迴還至一生補處已得補處究竟無上正眞之道等如虛空無往無來不出不入無所不行行八十事乃諦逮得斯定何等八十解眼空除耳聲無鼻鼽抜言著濟于識息貪婬休恚恨釋愚癡了色沫痛若泡想野馬行芭蕉識猶幻心本淨意喻夢念同像不見身不計人不有壽不保命四大空五陰無根六衰無源七識無主行慈心哀一切志和悅護諸根無憎愛離衆對不散行無合會無施不慳無戒不犯無忍不怒無進不怠無寂不亂無智不愚不廢俗不專道講說法不爲身爲一切無所著亦不斷亦無縛無所解行平等却睡眠無諸蓋不受入不隨對心自解順佛教不違法不輕衆愍十方人如父嚴教若母撫育譬子順親恩如己身不自爲形不爲他人亦不爲法行菩薩道弘持雅志不爲邪想無聲聞念無緣覺意不求妄想棄彼此行一切無倚不見三世了三界本不心意識解道若空離去來今深入大慧一切本無行大善權佛語普明是爲八十行若尊修者則疾得至超日明三昧譬如日出一時徧照百穀草木仰天之類莫不成熟逮斯定者等入一切上中下行無所不現而皆度之如月盛滿消夜窈冥以大

定光進却三垢想蔽用除而覩上道如大醫王選採百藥以療衆病各各得愈以無極慧隨衆本行而爲說法屛色痛想行識求使獲神通又如船師御牢堅船度人往還而無停滯示現泥洹濟無量人開化止處解三界空修至終始救攝群萌如雄師子隱于林藪諸獸懾伏獲斯定者開士獨步周旋三界六十二見九十六徑諸墮邪者皆爲降棄從受道教三品得所如轉輪王典領四域天下戴仰斯定四等以四恩行分別四大度脫衆生生老病死我人壽命使知本無得至大道猶若巨海悉受衆流包含諸寶奇妙異珍一切法門總持辯才諸定意門悉而歸之光演深邃無上慧義興隆三寶洗濯愚冥超至日明三昧尊定佛時頌曰

譬如日出時　其光悉徧照　百穀仰成熟
大定超於彼　等至於一切　雜行群萌類
普現無不周　莫不得過度　醫王療衆病
隨時而授藥　斯定應所宜　婬怒癡消除
船師度往還　從此到彼岸　菩薩亦如是
所濟無窮極　譬如雄師子　獨步無所畏
六十二疑見　斯定皆降化　若轉輪聖王
綏恤四天下　菩薩猶如斯　四等度群黎
巨海受萬川　瓚琦異珍寶　斯定包諸法
施以七大財　假使有發意　欲至無極慧
常尊斯定義　疾獲正眞覺

佛語普明菩薩有四事疾獲斯定何謂四慇傷群黎如已骨髓植衆德本不望其報觀四大空猶若如夢計五陰本則野馬也是爲四事佛時頌曰

欲獲定意者　愍哀衆生類　猶如已骨髓
立德不想報　觀身四大空　恍惚其若夢
計五陰本無　譬若如野馬　假使解慧者
則不見吾我　縷練一切源　速逮斯定意
佛語普明菩薩有四事疾得斯定何等爲四
煦育衆生愛若赤子常行慈心無有彼此勸
誨愚癡示以道明晝夜精進志道無失是爲
四佛時頌曰
養護哀衆生　如父毋愛子　大慈不勞望
等心無適莫　勸化誘愚憃　使觀大道明
夙夜樂正法　乃能逮斯定
佛語普明菩薩有六事疾得斯定何等爲六
布施平等奉持禁戒一切無犯忍辱之力被
大乘鎧精進勤修未曾懈廢一心攝意使無
衆想智慧明了不著三界是爲六佛時頌曰

布施無所望　護戒若山地　忍辱立大力
則被大乘鎧　若修大精進　未曾有懈休
一心禪三昧　智慧無罣礙　不自覩緣變
所從與造立　三處忽現沒　一切無所住
佛語普明菩薩有十事疾得斯定何謂爲十
施安於人除諸穢害消化塵勞和合别離釋
理邪見六十二疑曉無吾我常崇十德欲濟
一切三趣之難不爲外術所見迷網從本無
教無合無散是爲十事佛時頌曰
施安悦衆生　離諸穢害想　消化於塵勞
和合亂别離　釋六十二見　曉了無吾我
常遵崇十德　欲濟拔三趣　矜愍諸八難
往來周旋者　猶若盲無目　不自覺没冥
以故興大哀　救脱衆危厄　分别深遠慧
疾得斯定意

佛語普明菩薩有七事疾得斯定何等爲七心專志道不爲他念於法自在分別空妙悅顏一心瞻察衆生信知諸法無有根源常加精進不廢于道建立大意志存求安將順護法至獲大定是爲七事佛時頌曰

策心專志道　未曾興他念　分別於空法
和顏向一切　曉了三脫門　解諸法無根
常修精進行　不廢於道教　建立大弘意
將養到永安　救護癡迷惑　得超日明定

佛語普明菩薩有十事法疾得斯定何等爲十無我無人無壽無命無聲聞無緣覺不處二法不著菩薩不想見佛不在生死不處泥洹是爲十佛時頌曰

不見吾我人　不計身壽命　無有聲聞心
蠲除緣覺想　不處法有二　無著於菩薩
不覩想佛身　不住有無際　燿然不自見
乃覩一切空　因緣不復起　乃得成定意

佛語普明菩薩有八事法疾得斯定何等爲八等觀邪正無有二心常念三寶令不斷絕講深法義未曾言語業以大乘不樂弟子所造順法不捨佛道平正方便除諸起滅因緣之想永已滅盡意止至寂不爲憒亂一心定意覩見十方是爲八佛時頌曰

等觀諸邪正　二俱無所處　常念於三寶
令慧不斷絕　演說深義要　未曾生他想
業以供大乘　不慕於小乘　所造常順法
不釋佛正道　方便行平等　除諸起滅緣
意止至寂寞　未曾興憒亂　一心存定意
則覩十方佛

佛語普明菩薩有七事疾得斯定何等爲七

解色本空聲如呼響香若風等味猶緣合細
滑何樂曉識如幻諸法諭夢是為七佛時頌
曰
解色之本空　音聲猶呼響　鼻香因風氣
細滑更則過　了諸識幻化　一切法則夢
能分別如是　得超日明定
佛語普明菩薩有五事疾得斯定何等五等
心十方人與非人於供養利不以適莫若有
講經後不宣闕不望他有財色之寶深入微
妙難喻之法是為五佛時頌曰
等心於十方　人非人無異　若獲於供養
其志無適莫　假使講經者　殁命不誦闕
不望他財利　深入乃逮定
佛語普明菩薩有五事疾得斯定何等五過
空無相不願諸法曉三達智辯才無量行大
智慧度於無極善權方便無所不入是為五
佛時頌曰
過空無相願　曉了三達智　辯才不可量
所說如大海　修行大智慧　所度於無極
善權皆周普　日明定如是
佛說是語時三十億菩薩皆得不起法忍八
萬四千人發無上正真道意三萬人遠塵離
垢諸法眼淨八千比丘漏盡意解三千世界
六返震動雨天華香箜篌樂器不鼓自鳴飛
鳥禽獸皆來集聽十方菩薩自然飛來各擎
諸華如須彌山用散佛上若干種衣被服珍
寶供養世尊大聖難值如優曇鉢華時時可
遇斯法希有難以遭焉佛大神通從無數劫
積功累德恢弘大哀布施持戒忍辱精進一
心智慧善權方便皆為黎庶自然獲之功不

唐捐吾爲善利得見如來闡深妙法超日明定意快哉快哉何乃僥倖至如斯乎佛告諸菩薩審如所云實無一異信於深法能遵修者則當逮得超日明定意十慧之德何等十具足四等四恩無猒尊崇大慧普暢大定神通則達成就六度不起法忍善權方便見十方佛能領國土一生補處已逮道場三達之智是爲十說是語時無數菩薩得不起法忍不可計人發無上正眞道意爾時有菩薩名離垢目白世尊曰何謂菩薩學何謂聲聞學何謂緣覺學佛言無限無礙其心泰然是菩薩學有限有礙其心褊局是聲聞學庶慕大乘進退無慧心存中峙是緣覺學離垢目又問何謂無限何謂無礙何謂泰然佛言發無上正眞道意慈哀一切欲度蚑行喘息人物之類布施持戒忍辱精進一心智慧善權方便但爲一切不念已身遵四等心慈悲喜護加以四恩惠施仁愛利人等利一切救濟危厄窮匱者化之爲道而爲黠慧學菩薩道自省已過不察彼闕敬人如父如母如子如身等無有異以身敬德敬一切人以愛赤子慜一切人仇怨親友心無殊特解知身空衆生無處吾我自然諸法自然道法自然佛法自然一切本無無形無貌是謂無限於生死無求索泥洹不見泥洹於泥洹無求索生死亦無所覩不惡生死不住泥洹住無所住猶如日光徧照悉至亦無往來光無想念菩薩如是普入一切亦無所入亦無往反周旋之想譬如大海中有七寶明月之珠龍神蛟蛇黿鼉魚鼈悉容受之無憎無愛其水一味亦無

能穢菩薩如是現於生死三趣之難若至泥洹無為之界未曾增減心如明珠若喻淨水終不穢濁普濟群黎入諸通慧平等之味以示衆生猶如空中生藥樹毒樹其毒樹者不害虛空其藥樹者無所療除菩薩如是若在生死三毒之中無所染穢假在泥洹清淨之處亦無所淨俱度黎庶無所不濟雖曰有入亦無出入往來周旋是謂無礙道心無限不有處所無人無心亦不可得度衆生心如一切法如其趣此者則趣平等其趣平等則等正覺無三界也無聲聞地無緣覺處無菩薩住不處有為不處無為不有不無亦無過去當來現在之處度無所度生無所生道跡本無往來本無不還本無無著本無緣覺本無三界本無衆生本無佛道本無無此本無乃真本無無所適莫是謂其心泰然離垢曰又問何謂為限何謂為礙何謂其心褊局佛言畏惡生死三界之患言泥洹第一不了自然猒身之苦憚無數劫周旋塵勞布施持戒忍辱一心精進學智不倦頭目耳鼻髓腦肌肉支體在所惠與不可稱限乃至于佛豫懷是心便却不學菩薩法欲求滅身是謂為限以得羅漢欲有所度三昧禪思乃見人心不能豫覩一切根本不應病授藥適欲久住觀察惡露不淨之體不以為樂視如讎賊如虵如毒早證泥洹是謂為礙住于泥洹好明惡冥不了諸法都無根本而求處所不知空慧是謂其心褊局離垢曰又問佛言何謂中峙佛言發菩薩意布施持戒忍辱精進一心智慧皆有望想欲得世尊三十二相八十種好威

神聖德與衆卓異不解本無如來之化示現身命反求謂有又謂有人欲度吾我不知本空行四等心四恩著行不至空見無爲因止不知進退不得空慧欲度衆生無權方便法身之明可以濟之是謂緣覺學說是語時無數千人皆發無上正眞道意於是長者子名曰淨教與五千群從來詣佛所稽首足下退坐一面叉手白佛此諸群從好樂佛法欲發道意積何等行得至道慧施行何法得攝佛土佛言有一法行而應道意何謂一心性調柔等向一切是爲一佛時頌曰

心性常調柔　志意不麤獷　平等攝一切
乃應菩薩行

復次又有二法爲菩薩行何謂二寂然心淨離諸著觀覩無所見唯志大道是爲二佛時頌曰

心淨常寂然　離見諸著觀　釋六十二疑
惟志大道行

又有三法爲菩薩行何謂三曉空不著無相不縛無願不脫是爲三佛時頌曰

心常曉了空　無相不復縛　無願無所脫
乃解三界結

又有四法爲菩薩行何謂四常遵慈心無有害意長養道化常修悲心愍傷衆生生死勤苦爲之雨淚常奉喜心和顏悅色向於群萌無憎愛心常行護心勸教衆生使發道意以發道意至不退轉以不退轉至於道場無上正眞是爲四佛時頌曰

常遵四等心　和顏意志悅　愍哀群生類
矜傷而雨淚　心欲度衆生　等心無憎愛

救護以道法　乃應菩薩行

又有五法爲菩薩行何謂五奉於禁戒而無所犯定意攝志令心憺怕智慧解空而無所起脫於五陰使無處所示現三界觀無所有是爲五佛時頌曰

持戒無所犯　三昧意不亂　智慧分別空
濟脫五陰聚　觀見三世厄　示現在其中
隨時而開化　各令得其所

又有六法爲菩薩行何謂六目觀皆空耳聽無聲鼻齅無香口語無言身不存細滑心無思想是爲六佛時頌曰

目所覩皆空　耳聽無有聲　鼻香無所著
舌味無所有　計身但四大　心了本空事
如是曉無形　乃應菩薩行

又有七法爲菩薩行何謂七攝身口心寂定無亂無所復違是爲七佛時頌曰

常攝己身口　其心靜不亂　寂寞定三昧
神通無不達

又有八法爲菩薩行何謂八施度無極戒度無極忍度無極進度無極寂度無極智度無極權度無極成明慧行是爲八佛時頌曰

布施度無極　戒忍精進禪　智慧自然達
道明爲最尊

又有九法爲菩薩行何謂九除五陰去六衰滅三垢蠲八難不著三界不慕三世離羅漢心遠緣覺意常志大道是爲九佛時頌曰

除五陰六衰　無三垢八難　不著於三界
三世無所處　以離羅漢心　無緣覺之念
常慕求大道　斯謂菩薩行

又有十法爲菩薩行何謂十法寶三昧善住

三昧無動三昧度無動三昧寶積華三昧日光曜三昧諸利義三昧現在前三昧慧光曜三昧勇猛伏三昧超日明三昧是爲十佛時頌曰

以法寶三昧　善住無所動　堅立不可震
寶積華三昧　光曜諸利義　現在慧光明
勇猛伏三昧　乃獲超日明

復次離垢目菩薩布施天人樂從開化慳者令無所惜菩薩遵戒天人樂仰化放恣者令無殃釁菩薩忍辱天人樂修化忿恚者令無纖介菩薩精進天人樂隨化懈廢者令建勤仂菩薩一心天人樂習化憒擾者令志安寂菩薩智慧天人樂順化蔽礙者令通聖範菩薩行慈天人樂之化不仁者令等婉變菩薩行悲天人樂之化愚迷者悼愍衆生菩薩喜悅天人樂之化愁慼者法鼓自娛菩薩行護天人樂之救化無援將養一切菩薩講法天人樂聽化志俗者令慕聖典菩薩謙若天人樂恭化貢高者奉敬三寶菩薩利人天人樂慧化無義者令普施恩菩薩等攝天人樂豫化不恢泰令接未達菩薩行權攝諸衆生化之爲善成平等覺悉生彼國菩薩行三十七品之行以攝衆生意止足斷根力覺道攝取衆生使令寂然若成佛時悉生彼國菩薩在于大會講深妙法欲使蠕動悉蒙超度若成佛時皆生彼國菩薩行十德以攝衆生悉以開化護身口意菩薩説經蠲除八難以攝衆生行八正道若成佛時皆生彼國菩薩自省不求彼闕以攝衆生離諸邪見六十二網若成佛時皆生彼國菩薩説法以攝衆生脱於

八縛得至八解若成佛時皆生彼國菩薩說法除八思議至不思議法門之海若成佛時悉生彼國菩薩說法假使逮得無所從生法忍成具佛事示現泥洹度無量人皆使得道如是離垢目菩薩所行本末若斯以應此行號字自然成立國土度脫群黎佛說是時離垢目長者子五千營從皆發無上正真道意尋時逮得不起法忍於時有居士名曰見正前白佛言我常聞佛思一奉覲罪蓋之故不能自到今日乃果欣踊難量視尊無猒聽法不倦惟加大恩使我世世值遇天尊佛言善哉善哉有四事法常不離佛何謂四常念如來立佛形像聞經深義則信奉行雖不見佛曉了本無知十方佛則一法身是爲四事不離諸佛又有四事雖面覲佛則不見之何謂四事如來現在不往聽經不採其義不能奉行不宣示人是爲四事雖面見佛則爲不見又有見佛自計吾我不解非常苦空非身墮四顛倒聽經著音不能分別呼聲之響於其人身則滅度也佛以滅度不現世間其人聞經欣然心開如冥覩明曉知如來隨俗現化奉行道教不違經典離外邪法六十二見行四等心無憎無愛佛雖滅度志達如是常爲相見又復問曰何謂見佛何謂聞法何因供衆佛言見如來身觀知何行得至於佛本因六度無極慈傷一切如父如母如子如身不貪四大是爲見佛聞說經法不著音聲但取其法不取於人取要不嚴取慧不形取正不說是爲聞經若見道跡往來不還無著緣覺世尊菩薩等心供養謙遜卑順不以憍慢爲

見聖衆又復問曰何謂魔事佛言魔有四事何謂爲四一曰身魔身犯衆惡五陰六衰不順佛法二曰欲塵魔愛欲情態無有休息三曰死魔生諸想著不與法念四曰天魔及與官屬來試乞求無有猒足意止意斷魔則降伏譬如兩木相揩則自生火還燒其木火不從風出不從水出不從地出其四魔者亦復如是皆由心生不從外來譬如畫師畫作形像隨手大小雖因緣合有彩有板有筆畫師不畫不能成像四魔如是心以堅固便無所起則無四魔所以者何五陰無處四大本無十二因緣無有端緒曉了如是則無魔事計我人壽命隨魔見縛分別無身乃降伏魔離垢目白佛言何謂法寶三昧佛言不斷三寶佛法聖衆何謂不斷發無上正真道意成就

德本如須彌山信樂大乘心不動移先覩嘉瑞三千佛土億百千藏皆滿具足逮成殊勝難當總持而成就通達施度無極初發心時捨身之安常憂一切諸樂所樂不以爲樂離俗所慕以法爲樂何謂俗樂吾我人壽五陰六衰十二因緣妓樂飲食官爵俸禄財物富貴妻子奴婢眷屬營從田宅牛馬車乘衣被是俗所樂何謂法樂曉知無我無人無壽無命五通六達十二部經講讀諷誦菩薩道法於七法財不以爲猒四恩之行行四等心慈悲喜護六度無極衆善之行無毀害心蚑行喘息人物之類以爲國土不自稱譽不毀諸餘其心悽悽常在一切天神龍鬼人民大小覩斯人者莫不興意而爲善德是謂法樂又行十事何謂十信根第一定根爲本大慈爲

源大哀爲尊志性調柔諸通慧正建立衆生四恩爲首道品則最志護佛法以爲徒類是爲十復有十事不犯何謂十身不殺盜婬口不妄言兩舌惡口綺語意不貪恚嫉癡邪見是爲十愍十方人如母念子於色痛想行識不亂不爲俗人所惑不爲榮貴所侮不從貪欲不從瞋恚不從愚癡不謗三寶不懷諂詭興六念行念佛法衆施信慧出入行步不尚矜高初發意者如月始生會當成滿天龍鬼神所見擁護不爲邪惡所見中害心存三法以道爲寶以世爲無常是爲法寶三昧

離垢目又問何謂善住三昧佛言譬若如地善惡好醜美苦香臭不淨之物悉受不汙菩薩如是受一切法而自修立先覩嘉瑞三千佛土平等如掌衆寶蓮華以爲莊嚴逮成殊勝難踰總持則具超越戒度無極又行十事蠲八難態建立佛德度於聲聞緣覺之乘淨身口意諸事所由皆從佛法莊嚴志性度三趣厄具滿諸願檢御人心是爲十身常行慈不竊不婬講議經典不爲浮譁至誠和靜言輭不麤未曾綺飾捨貪念施爲人安調離於邪見好樂正法常觀非常苦空非身以世爲穢以法爲計心自修立常患不及視身無益五陰則損欲拔五欲佛道爲尊不懷悔恨察天不常觀人如夢三塗最苦憐愍傷之以何方便自濟生死五陰之難并化他人計十方人則爲我所所以者何欲度脫之見來侵者不念其惡若光益者不偏念善見罵詈者默而不報若撾捶者受而不校若瞋恚者慈心向之若輕毀者哀而不害又自羞恥從無數

劫在生死中五陰所蓋不能自拔迷心惑意流於五江四懼之患不能自覺有物能施知財非常身非我有求于善友遠離惡友發意向佛恒求尊經不慕世名行常恭敬志於信戒聞施慧道不爲疑惑犯禁懈怠慳貪愚癡捨道義也常思念法如飢求食稍入於道如泉遠流轉入於海如毋生子乳哺養育治生救命不居畜積供給父毋兄弟妻子奴客婢使皆念慜哀欲令得度不墮三塗使越三界歸命三尊佛法聖衆獲三達智無礙之慧不爲二垢之所黠汙也行如是者則善住三昧也離垢目白佛言何謂無動三昧佛言譬如師子諸獸之王衆獸畏威靡不慴伏先覩嘉瑞三千佛土自見執持五兵勇猛遠成善住總持則具超越忍度無極又有十事何謂十忍辱爲本信悅爲力教一切人深妙法忍散割諸結除所欲得不慕身源不惜壽命以諸通慧超三脱門觀法平等是爲十護身口意常以諸法而興因縁何謂法樂樂於佛法不好俗法樂聞經典不思世談樂供養衆不爲俗黨但樂三寶不志三垢樂度三處不爲黠汙樂觀四大爲地水火風不計我許樂安人物不爲危害樂施所有不爲慳悋樂奉禁戒不毀所尊樂忍於辱不失德本樂精進力不爲罪根樂禪一心不爲亂意樂深智慧不爲愚惑樂化塵勞不爲垢濁樂佛國淨不猒鬧化樂嚴道法不爲非法樂三脱門離空相願樂無爲法不樂爲俗樂入深法不爲失節志樂欣喜離怒不諦樂自然法亦不捨人樂習善友遠世親厚樂常志道不造迷惑樂講正

義不爲俗典樂慕菩薩不爲聲聞樂求正覺不爲緣覺樂向大道不爲細術樂存八等不爲八邪樂六十二慧不爲自墮六十二見樂無上法不爲下劣樂大乘業棄羅漢法是爲法樂又有十事疾得定意何謂十事慈心哀人不爲危害常行十善遠離惡行專心修道善念佛法如飢求食如渴欲飲普尊深義不偏他念慈念十方欲度一切不自念已是爲十所以名曰無動三昧之法超越第一第二三昧之故不爲欲法之所迷惑奉行菩薩慈心之法布施持戒忍辱精進一心智慧以救衆生三趣之難稍習大慈欲濟三界視一切人如已無異不爲他念常念法念以法爲本以俗爲罪常哀群萌悉使至道是爲無動三昧離垢目白佛言何謂度無動三昧佛言譬如自然鉤鎖力士勇猛力强多所開闢獨步雄傑雄傑無侶除諸穢害塵勞讎怨先覩嘉瑞三千佛土四方四隅有大風來吹若干種華普徧佛土分別逮成難當總持則具超越進度無極又有十事何謂十等精進根進力爲本平等方便意志爲首令一切人不貪樂身而以心口順化衆生所住不曲而無處所精進最上降伏怨惰勤修成就諸通妙慧是爲十念四大身猶如蛇蚖畏老病死不捨終始不爲惑事慈悲喜護蚑行喘息人物之類如父如母如子如身等無差特常思道義無貪怒癡念爲布施不爲慳想奉持禁戒無犯惡想爲忍辱念無瞋恚想常修精進無懈怠想專精一心無亂意想智慧行正無闇蔽想常求方便至心善權無放逸想念勸化人如

度已身一切所有非我之有念墮地獄者毒痛之患如身自遭常省已過彼罪代受不以爲怨念餓鬼趣飢渴窮乏爲之悲泣戰慄寒心欲令度脫自然安隱使服法食除五陰六衰之渴誦習經典以爲飯食分別深義以爲飲漿修六法行以爲賢良出入行步精進安詳念墮獸者常懷惻愴欲令安隱畢其前債了故世罪無令造新奉行諸善不爲衆惡自觀察已世世不了坐計吾我不信道法思犯罪者如沒深淵奉法信戒心如虛空不解法者展轉五道猶如車輪父毋相憂兄弟相念夫婦相戀持心不堅本爲父毋反爲子女本爲子女反爲父毋或爲夫妻更爲怨家顛倒上下無常根本此菩薩意常慈念之開化使信入佛正道信解非常苦空非身是爲度無動三昧離垢目白佛言何謂寶積華三昧佛言譬如忉利天上晝度之樹以諸本行度於五根超越衆生心淨如空先覩嘉瑞三千佛土衆音妓樂雜校瓔珞莊嚴其身以恩夷華光曜其體雨解脫華及青蓮華侍在其上則以是故諸德總持便爲受應禪度無極又有十事何謂十調伏諸根以爲德本一心爲力平等方便定意不亂禁戒爲元脫門爲上趣于定要而無所有消殄塵勞具惟諸定是爲十愍哀五道故除五陰成立五根蠲化五色而已積德具足五品戒定慧解度知見品志慕五通十力當蒙不與諸殃罪疊相遇在在生處常修佛法名德遠著哀三界居不爲愚迷了善惡趣譬如萬川歸向四流駛水之瀆此菩薩行奉法如是精進不休遂得大道譬

若如月十日之時光明轉盛遂照衆星菩薩如是功德威曜日日增益度諸危厄哀愍群黎之患又有五事行何等爲五五戒清淨譬如明鏡無所黠汙十善不犯以淨戒爲具足不失道意不爲邪想不自貪身是爲五復有五事除瞋恚色無怯弱心棄慳貪意蠲諛諂志分别解空不但口說常修一心不爲亂行知世豪貴富樂如化觀色如泡痛癢如沫想如芭蕉生死如影識若如幻不爲色使不以痛癢惑不爲想還不爲邪行不爲識退解五陰空是爲五復有五何等五貪婬瞋恚睡眠調戲狐疑除斯五蓋徹視洞聽輕舉能飛知人心所念自知所從來生死之處以五神通而自娛樂不以五陰而爲放逸身修德行不爲非法開化說法多所安隱不爲多患危害之事以道爲業習法爲食解味爲飲不慕豪貴以法爲豪解空爲貴是爲寶積華三昧離垢目白佛言何謂日光曜三昧佛言先覩嘉瑞見三千佛土衆寶浴池八味之水湛滿且清植以青蓮紅黄白華周帀欄楯皆用七寶與瑞華俱底布金沙自身娛樂遊戲其中逮成慧定燈明總持則具超越智度無極又有十事何謂爲十慧爲根源智力爲上正見爲最等意爲勝修身諸德盡入諸種聖諦之相爲平等相慧無陰蓋除諸往見不起法忍是爲十事觀于六情本無處所無所從來無所從去本自然空緣對而興譬如天雨不從龍出不從水出不從地出不從龍心出皆因緣合乃致此雨六情諸入亦復如斯猶因緣成不得獨立生死如是譬如畫師畫作人像屋

宇舍宅象馬車乘未畫作時不見處所工治壁板素筆綵繪衆緣共合乃成之耳善惡如是因緣合成若復行道因十善行六度無極布施持戒忍辱精進一心智慧善權方便乃合成耳不著佛身不離佛身心意無想自然如空稍入大慈又修大悲喜護等行不自爲身當爲他人常爲一切亦不有求身行謹勑口言謙順心念柔和無有諛諂質朴無邪又有六事疾得無上正眞之道何等六常依佛住入於正道心不迴還於內意行而自曉了得善朋友因而委付志願弘綽不以猒足心非不恊不乏智慧是爲六事菩薩行道不倚于俗不倚於色痛想行識不倚內外隨本法教不違菩薩深妙之行不廢大慈不失大悲隨世所乏而救濟之修道正誨不爲邪教一心向慧不爲闇蔽分別六衰猶如幻化影響野馬水中之月夢中所見忽不知處多所感動柔順法忍是爲日光曜三昧離垢目白佛言何謂爲逮成諸利義三昧佛言先覩嘉瑞見三千佛土衆寶浴池察其左右度地獄厄遊於曠野逮成奇特聚落總持則具超越權度無極又有十事權度無極何謂十入諸志行建立衆生無極大慈普哀爲本心性調柔未曾猒倦捨於弟子緣覺之乘所觀審諦導御道心以諸通慧立不退轉覺了弘智是爲十事常以正慧遠離邪見自然修道不爲俗惑深入微妙無極之法普入道俗於俗不俗於道無倚思入聖教開化衆生老病死者常護身事摧却六情不隨六衰不從七邪常攝七覺心了不邪精進不廢順法不違好喜不

恨信根不迷安隱不危志定不亂信財信知本無戒財不墜小乘慚愧財愧于三界未得度世羞恥財恥不弘慧博聞財聞無等倫至深遠智布施財施以大道智慧財入於智慧廣度無極又有十事至不退轉何謂十聞有度無極心不動迴有佛無佛心不動迴有法無法心不動迴有聖衆無聖衆心不動迴有道無道心不動迴有菩薩無菩薩心不動迴有法身無法身心不動迴有俗無俗心不動迴有人無人心不動迴有命無命心不動迴有壽無壽心不動迴是爲十飛到十方教化諸天及諸群萌以法爲本以道爲元不計吾我或入地獄救濟苦痛或入禽獸開悟癡冥或入餓鬼慰滿飢毒隨俗教化各得其所不爲俗法之所染汙淨如日光明若月滿菩薩得不退轉能行權變有所開濟輙多保度諸苦惱者皆獲大安諸無智者悉弘智謀是爲逮成諸利義三昧離垢目白佛言何謂爲現在諸佛目前立三昧佛言譬如月盛具足滿時衆冥皆除喻諸所作精修清淨所願者具成立佛土教化衆生先覩嘉瑞三千佛土師子鹿王首戴繒帛其身高大威御雜獸逮成無上獲諸總持門八萬四千則具超越以慧成就又有十事一心定意三昧無想無念專志向佛衆想皆斷不爲諸求解法悉空不畏三界不樂無爲不計有爲解知法身是爲十其所向方聞現在佛常念彼方觀佛衆會四部弟子爲說經法察四大空地如聚沫水如朝露火如虹電風如摇扇分别四大因緣合成本無所有自觀身本察一切根本悉無形

貌自觀痛癢察一切痛癢知本無痛癢自觀思想察一切思想知本無思想自觀其意察一切意知本無意以觀已空見一切空愍哀八難釋世八事利衰毀譽有名無名勤苦安隱捨于八邪不住八正等處有無亦無所住行四等心慈悲喜護四恩濟衆惠施仁愛饒益等利一心向佛無諸想念五陰則斷六衰無處心則得定不見四大不見人民不覩天地人物永無所見久久乃覩十方諸佛譬如水濁不見其底停久不動洋而清澈菩薩如是適定無想獲無所見五陰六衰爣如雲除日月光顯覩十方佛以復觀之我至佛所佛為來耶心自思惟佛亦不來我亦不往譬如明鏡清水淨油覩形覩影不入不出菩薩如是覩十方佛亦無往還譬如夢中歸本鄉里自見父母兄弟妻子寤則不見菩薩如是見十方佛從三昧悟都無所見所以者何解知本無三十二相八十種好但化現耳無形無處譬如虛空不可別知何者是空法身如斯無有處所乃能覩達一切之源坐覩十方亦不去來是為現在諸佛立目前三昧離垢目復白佛言何謂為慧光曜三昧佛言先覩嘉瑞三千佛土轉輪聖王造法王教無量君臣相輔百千眷屬營從於虛空中執諸寶華持覆其身逮成無盡行總持門六十萬姟諸總持慧則具超越教化衆生譬如明月神珠令諸窮匱周滿所僥具足諸法訓誨群萌隨一切人而應施與無盡德藏又有十事何謂為十以法布施戒攝不順忍攝强暴進攝慢怠一心攝亂慧攝邪智善權隨時化以大乘闓

弘大道遊於八難度脫八邪等心一切無偏頗行是爲十住八不思議不捨菩薩觀于三界若如幻化不以爲實自忖何來去至何所不見去來隨行所住各各自成譬如野馬夏行曠野無人之處遥見大河水流駛疾其傍生樹若干種果而甚茂盛其人飢渴既熱疲勞不可復言欲往趣之覩之如近走有里數都不見水乃解野馬無有水也達者頻覩則知無水不走趣求衆生不了三界如幻化者計吾我人有壽命聞佛說經一切無常乃思覺之不復爲惑菩薩解知一切衆生處三界者如化如幻如影野馬如夢水月悉知本無無著無縛無脫一切無求猶如慈母養活諸子菩薩如是開化一切亦無所置譬如導師多將賈人歸本鄉里不逢惡賊安隱到家菩薩如是以慧光曜三昧之定携接一切袪婬怒癡三毒之冥開示三乘大乘爲本各令得所譬如醫王見衆生疾應病授藥諸被病者莫不消除菩薩如是以慧光曜三昧普見群萌五道之患三毒酷苦以大慈悲而開化之令奉正教無極之慧發未發者堅進不轉迴者昇一生補處至無上正眞之道是爲慧光曜三昧之定也

超日明三昧經卷上

音釋

爈 虛郭切與霩同開朗貌 窈 伊鳥切窈窴深暗也 緌 息遺切安也 峙 池爾切立也 蚑 詰利切蟲行也 亹 許刃切隙也 婉孌 婉於阮切孌力兖切婉孌美好也 譎詭 譎古穴切詭古委切譎詭欺詐也 譁 胡瓜切諠譁也 慴 質涉切懼也 協 虛業切怯也又以威力相恐也 慄 力質切懼也

殪壹計切殺也 駛爽士切疾也 綽尺約切寬也

超日明三昧經卷下

西晉清信士聶承遠譯

離垢目白佛言何謂勇猛伏三昧佛言譬如轉輪王功祚無量威德巍巍而得自在於一切法得無盡慧方之虛空無垢清淨先覩嘉瑞三千佛土如來形容紫磨金顏其光方圓與無數梵億百那術而爲說經逮成無量行總持門恒沙百千姟總持行則具超越聖智具足多所成就又有十事何謂十志一切智無所適莫不住有爲不住無爲行普慈心等于衆生行大悲心等若虛空無弟子念無菩薩想亦無俗志亦無道意常以大慧順化群黎入一切生亦無所生現諸佛土不捨法身等心吾我及與泥洹是爲十事不以身口有所言行心常定安不增不減現于欲界度諸欲塵於欲自然亦無所著一切無求譬如蓮華不著塵水現於色界於色自然無求無望譬如麻油不與水合觀色無色自察本無亦無所察現無色界無色自然無後無前譬如火焰不燒虛空亦無增損不來不去無去來處獨步三界已越三處譬如飛鳥飛行虛空無所罣礙濟脱三界各隨本志使疾開解得至大乘譬如醫王持若干藥各隨應病而令服食風寒熱病即便瘳愈菩薩如是以佛法藥療治婬怒癡病使無有餘其心清淨無形無名猶如猛健大軍之主攻討惡逆菩薩如是以大慈悲開化衆生諸周旋者闇昧之人六十二見諸邪狐疑墮羅網者及九十六諸非正法皆令發意自遵六度大慈大悲衆行之要使至大乘譬如船師御堅牢船通度往

還一切黎庶各隨彼此菩薩如是以勇猛伏三昧之定度脫無數生死之惱於聲聞現隨心開化於緣覺現從本誨授示現佛身開三道教或現大法無極之慧大乘深法無三惡道亦無三乘譬如幻師於大衆中自現身死火燒獸食衆人恐怖各各求哀大饋遺之欲令復身知得實多便從地起亦復如故亦不有死亦無起活菩薩如是開化衆生生死五道或發菩薩或為聲聞或為緣覺或生天上忽現泥洹衆人啼哭謂以滅盡忽現他方緣覺聲聞亦復如是謂以滅度無所復有如大火滅亦無處所則歸本無菩薩雖現泥洹與法身合亦無往來還復示現隨衆化度菩薩大士乃達之耳解知法身譬如日照現于水中乃至郡國縣邑丘聚村落日殿不行亦不轉移在於人間而明悉至不去不來菩薩如是現于三界亦不往返周旋也度脫一切亦無所度是爲勇猛伏三昧也離垢目復白佛言何謂超日明三昧佛言其明無量不可譬喻過於日光所以者何日之光明照現在事人物蜎動百穀藥木諸天龍神皆因日成普得茂活日不能照二鐵圍間亦不能照人心之本令開達也但照有形不照無形超日明三昧所以勝者何殊照十方無邊無際三界五道靡不徹暢菩薩大乘照于聲聞緣覺之乘九十六徑六十二見邪疑結冥使心燿然普發道意業三乘者各得成就或得生天或得人身無不普蒙如忉利天處須彌頂天帝釋宮紫紺寶殿炳然在上中四天王下四方域諸天人民餓鬼魘鬼諸神閱叉超日明三

昧亦復如是心堅不動如須彌山主化五道天王帝釋化生老病死瘵諸不孝婬怒癡垢使發道意釋小乘志大乘發意受決得忍受決未發意受決行六度無極悉無有妄想不覺受決超日明三昧甚深甚深難可稱量無有涯底譬如虛空假使有人欲量虛空升合斗斛多少之限空尚可量盡知其升數超日明定慧不可稱量譬神足人度空十里百里千里萬里億里億萬里無央數億百那術里空尚可盡究其邊際超日明定慧殊於彼無央數億億倍而復倍無能限量造譬喻者所比道明無遠無近無廣無狹離垢目問世尊曰大聖嗟歎當言極廣甚大長遠何謂無遠無近無廣無狹佛言有狹之故因曰有廣有近之故因曰言遠無遠無近無廣無狹無可方比假喻譬之欲使人解無有邊際如空無際超出其外微塵無色開入其裏無復計校引喻了義至大道慧無有譬也過諸聲聞緣覺菩薩乃至無上正真之道正覺爲上爲尊爲無儔匹爲無等倫自然之法無有作者亦無不造無來無去虛無自然曉了一切本無曉了一切本末以了諸本亦無所倚亦無不倚自然之慧皆別了之三界自然三界自然人物自然人物自然生死自然生死自然本無自然本無自然佛道自然解分別斯一切自然解分別斯一切自然乃能逮得超日明定普濟三世至無極慧是爲超日明三昧於是有長者女名曰慧施與五百女人俱來詣佛所前稽首佛足却坐一面聞佛説斯超日明定喜踊無量前白佛言我今女身願發無

上正眞道意欲轉女像疾成正覺度脫十方有一比丘名曰上度謂慧施曰不可以女身得成佛道所以者何女人有三事隔五事礙何謂三少制父母出嫁制夫不得自由長大難子是謂三何謂五礙一曰女人不得作天帝釋所以者何勇猛少欲乃得爲男雜惡多態故爲女人不得作天帝二曰不得作梵天所以者何奉清淨行無有垢汙修四等心若遵四禪乃升梵天婬恣無節故爲女人不得作梵天三曰不得作魔天所以者何十善具足尊敬三寶孝奉二親謙順長年乃得魔天輕慢不順毀失正教故爲女人不得作魔天四曰不得作轉輪聖王所以者何行菩薩道慈愍群萌奉養三尊先聖師父乃得作轉輪聖王主四天下教化人民普行十善遵崇道德爲法王教慝態八十四無有淨行故爲女人不得作聖帝五曰女人不得作佛所以者何行菩薩心愍念一切大慈大悲被大乘鎧消五陰化六衰廣六度了深慧行空無相願越三脫門解無我無人無壽無命曉了本無不起法忍分別一切如幻如化如夢如影芭蕉聚沫野馬電焰水中之月五處本無無三趣想乃得成佛而著色欲情淖態慝身口意異故爲女人不得作佛此五事者皆有本末是爲五礙時慧施女報上度曰各植諸本用獲果實本有男女及報應耶本有五處釋梵魔天轉輪聖帝大道小道乎上度答曰無也慧施問曰設使本無何因而有答曰因行而成慧施報曰譬如畫師治壁板素和合彩具因模作像分布彩色從意則成五道如是本

無處所隨行而成譬如幻師化作日月帝釋梵天轉輪聖王天龍鬼神人民禽獸隨意則現慌忽之間則不知處生死如是本無所有從心所行各各成形至於如來無幻無化無合無散亦無處所乃至佛耳所以者何五戒爲人十善生天慳墮餓鬼觝突畜生惡墜地獄行四等心不解空行生于梵天倚空求度散心著空生無想天六度無極之想不離三界畏苦猒身惡生死難志存泥洹故墮羅漢發菩薩意欲度一切不解本無著佛身相欲疾得佛不得善師不了善權便中道止得緣覺道斯之所行有合有散則不得成無上正眞道也一切無相何有男女上度又問以何等德行而成正覺慧施報曰不生色行不觀不空行不滅色行不捨執行亦無造行不生識行不觀不空行不滅識行不色生行不識生行亦無歸行無來無去求無處所無所住行不倚三界不捨五陰不受五陰不捨俗行不想道行是爲行道得至正覺不倚四等不想六度無極之行不於三脫有所倚行違空無相無願之法乃爲菩薩應順法行不違正覺平等之行如是上度行斯法者寧有方面處所三界男女乎答曰無也尚無造者何所成立以是之故吾取佛者有何難耶取無所取成無所成覺無所覺無取無捨乃號爲佛亦無名號假有字耳佛言善哉善哉慧施誠如所云一切無處隨行而成不合不散不與不衰無見無聞無念無知無言無說乃成正覺於時慧施則轉女身化成男子踊在空中從上來下稽首佛足得不起法忍時五百女

人欣然踊躍以偈頌曰

本每自觀察　謂男有常種　強弱各有品
女固不得移　今日蒙佛恩　乃知無堅固
五道如幻化　隨行而各成　三界爲心造
不了本無諦　自計有吾我　縛著墮汙泥
譬如捕魚工　以鉤釣取魚　非是已所有
自謂我應獲　三界如寄居　四大非我所
解諸法如夢　則無有取捨　惟佛見加哀
恩慈垂覆蓋　令轉女人身　值超日明定
得佛成國土　教化諸天人　衆生皆度脱
疾獲無上真

佛告五百女當如所願疾獲爾志諸女欣然即成男子於是佛授慧施及五百女決却後十劫皆當爲佛名曰慧見如來至真等正覺明行成爲善逝世間解無上士道法御天人師號佛世尊世界曰除冥劫曰光明佛住百億萬歲說法恒沙菩薩得不起法忍一生補處亦復如是諸阿羅漢不可稱計爾時人民被服飲食當如第二忉利天上時諸衆會聞佛授決滿百千人皆發無上正真道意無數菩薩得不起法忍八萬比丘漏盡意解十萬天人遠塵離垢諸法眼生地即大動空中散華其墮如雨箜篌樂器不鼓自鳴億百諸天於虛空中皆歎頌曰甚哉深法難值難聞偉哉吾等宿有餘福今乃值聞何其快哉佛復告慧施人在世間生死之縛但用不解深法要故計吾我人猶如猩猩誘誑以酒知不能釋爲人所獲世人若茲綢繆五陰六衰之患恒計吾我不知苦空無我非身犯則有殃不自抑制而爲三毒五蓋所縛不得解脱反真

諦道如木生火不覺自燒不了空行計吾我人亦復如是自誤墮冥入三惡道譬如劇賊刼抄寇害自謂健快俗人著色痛想行識没溺穢垢罪蔽陰蓋不解大法殊妙深義有癡恩愛則生爲人十二結縛六十二見癡網遮羅迷惑諸邪九十六徑研精諸法分別空無如幻如化如夢芭蕉野馬水月呼聲之響不計吾我知色自然痛想行識自然痛想行識自然四大自然四大自然三界自然三界自然泥洹自然泥洹自然乃得無所從生法忍不在生死不處滅度則應大乘深妙之慧譬如有人體得重疾欲自療治當服順藥反服毒藥謂攻身病害腹傷臟不即更服除毒之散尋能殺人悔無所及學道之士亦復如是本發道意爲菩薩行奉四等心慈悲喜護遵行六度而皆有想有所求望便墮聲聞緣覺之乘假使適成不樂因出得至大乘躊躇不了便住中者即墮小乘譬如庶人之食如是轉輪聖王食之爲毒藥也譬如甘露上味是藥多所療治衆人之病菩薩如是以大乘法多所療治於一切人生老病死婬怒癡厄衆想之患佛說是時千天人發無上正真道意五百天子得不起法忍於是有菩薩名曰慧英問文殊師利何謂菩薩博聞多智文殊師利答曰從無央數恒河沙等劫積累功德不以爲猒聞四等心亦不猒足修四恩法亦不猒足行六度無極亦不猒足空無相無願亦不猒足大慈大悲亦不猒足進五神通亦不猒足教化衆生亦不猒足爲大乘教亦不猒足現聲聞緣覺普化一切亦不猒足示現泥

洹住泥洹中還生死界亦不猒足不去不來無所不至譬如虛空無所不至不出不入無所不逵無所不徧是故名曰博聞多智不以過去爲計數不以當來有限礙不以現在有處所無去來今三世之限於三塗等無三界想無泥洹念無道無俗不附不捨是者乃謂博聞多智於所聞亦無所聞於所見亦無所見於所言亦無所言於所度亦無所度是故乃謂博聞多智慧英又問何謂行者何謂成就答曰發菩薩意行四等心大慈大悲無極之慧布施攝人戒忍精進一心智慧以救衆生行稍漸進是謂行者行過於空無相無願不見吾我不覩三世不見泥洹及與生死是謂成就慧英菩薩又問佛言人生從何所來去至何所老病死何所從來去何所至色痛想行識從何所來去至何所地水火風空眼耳鼻舌身心本從何所來去何所至佛言皆無所從來去無所至緣合則有緣離則滅如幻如化如畫如鼓如雨如電皆從因緣有緣有生無緣無對生死如是等無有異也慧英又問何謂無所從來無所從去因緣合成佛言作人行者則得爲人作天行者則得爲天作地獄行則入地獄作畜生行則受畜生作餓鬼行則爲餓鬼無五行則無五道無五道已則無出入名曰人本無有三界欲界色界無色界無心意識故無三界名之人本未有人物有色無見何謂有色無見地色水色火色風色定者謂地清者謂水明者謂火攝者謂風天地未然未有三界是四色者而常自然無有作者自然動起惟道能名乃至補處

能名斯者無像之像亦曰心色阿惟越致見心色阿惟顏見四色心如來見未有四色之心本也於三界中而不然者是爲心色名曰心本故曰非不然於菩薩法故曰爲然無心色志三界自然自然如空乃名曰道於是諸法無合無散所以者何假使合者則人本也假使散者則生死也見生死苦泥洹之樂則名聲聞處在中間無益一切名曰緣覺無合無散不處泥洹不得生死乃名之曰法身法身無形普入一切亦無所入無所不入佛說是語時五千天人得無所從生法忍無央數人皆發無上正真道意於是阿難問世尊曰欲發道意爲菩薩者以何爲本佛言當精進不懈分別空慧欲度一切不見吾我及與壽命是則爲本又復問曰寧有遲疾佛言亦有

亦無又問何謂亦有亦無佛言有者從進不怠積植功德布施持戒忍辱精進一心智慧善權方便慈悲喜護四恩空行得致無上正真之道不從放逸懈慢而得斯謂有也無者道無處所無形無名譬如虛空不從造作而可獲也無所造作無心意識無內無外亦無中間無取無捨乃應入道斯謂無所入所以者何乃往歷劫數難計會有轉輪王名曰自在王有千子勇猛傑異國典七寶主四天下治以正法不加刑罰爾時有佛號曰寶妙如來至真等正覺明行足爲善逝世間解無上士道法御天人師號佛世尊時佛說法初語亦善中語亦善竟語亦善分別其義微妙具足淨修梵行所演弘普時會菩薩無數億衆聲聞緣覺不可稱限時轉輪王供養侍佛積

有年歲千子寶臣大衆翼從俱詣佛所稽首足下却一面坐佛爲廣説菩薩之行多所安隱多所救護於一切人爲第一尊王及諸子寶臣翼從之衆皆發無上正眞道意夙夜精進不敢倦息供養如來一切所安於是千子悉於佛前自試功德各各探策誰前作佛得上策者餘降不如次第作佛懈怠薄德最當在後尋如所言各各探策有一太子最後得策窮久下第乃得作佛則時愁慼不能自勝便自投身如太山崩吾身云何最後作佛佛告之曰勿得憂慼道無有限亦無遠近能分別解了空無之慧便在前耳於時太子聞佛所説即時踊躍尋發無上正眞道意得不起法忍行大慈大悲解一切法如幻如化影響如野馬夢芭蕉水中之月千人之中第四作

佛號曰釋迦文如來至眞等正覺其餘諸子次第得佛最後當作佛者名曰樓由佛語阿難欲知爾時轉輪聖王者錠光如來是也失策太子便解空無精進不懈先得佛者則吾是也其餘諸子斯賢劫中千佛興者是也當知斯義道無遠近解空別妙知自然法乃得佛疾爾時諸會莫不欣然普發弘願爲菩薩行五千菩薩逮得不起法忍萬人得柔順法忍於是日天王與無央數百千天人來詣佛所稽首佛足下却住一面前白佛言以何等行爲日天王行照四天下何緣爲月照夜除冥佛告日王有四事法得爲日王何謂爲四常喜布施修身愼行奉戒不犯又志然燈於佛寺廟若於父母沙門道人植光明德是爲四佛時頌曰

常樂興布施　奉戒不犯禁　然燈於佛寺
若於父母前　好喜佛正典　不誹謗經法
敬沙門道士　因斯得爲日　身出千光明
普照四天下　諸窈冥之處　莫不蒙暉曜

佛告日王又有十事爲日天王何謂十身不殺盜婬口不兩舌惡口妄言綺語意不恚嫉癡是爲十佛時頌曰

恭己自攝護　而不殺盜婬　不兩舌惡口
妄言及綺語　心不懷嫉妬　無瞋恚毒害
離六十二見　日光照四方

佛告日王又有四事得爲月王何謂爲四布施貧匱奉持五戒遵敬三尊冥設錠光君父師寺是爲四佛時頌曰

布施諸貧匱　常奉持五戒　然燈於佛寺
恭敬侍三寶　心存念諸善　蠲却世諸惡
自護身口意　得月光照冥

於時日天王白佛言惟願大聖枉屈尊神到宮小食令諸導御虛空神天皆蒙大恩聞深妙法悉發道意所度無量時佛默然已受其請日王見佛已許就請繞佛三帀忽然還宮辦百種食若干甘美牀榻坐具校飾鮮潔爲佛敷座高四千里於是日王住於宮殿遙重請佛傾側悚息以頌讚曰

布施於一切　所有無所悋　亦不望相報
得佛度十方　智慧如虛空　所化無罣礙
一切皆蒙恩　時到惟屈尊　慈心加衆生
未曾懷危害　悲哀未度者　施誨以法寶
威神照群黎　救脱貧匱路　惠以七寶財
時到惟屈神　覩衆生迷惑　五道之苦勤
常以加大哀　慰免諸恐懼　開化以法教

示道諸不及　種至空無慧　時到惟屈神
其光踰日月　威德超須彌　智慧超虛空
雙比不可喻　日月照衆冥　但能成萬物
佛照五道人　悉令獲五眼　虛空尚可度
海水知幾滴　須彌十方地　亦可知斤兩
如來智慧聖　功祚弘巍巍　無限普超彼
時到願屈神
爾時世尊告大衆會時至悉嚴就日王請則皆受教佛與大衆踴在虛空至日王宮坐師子之牀衆會坐畢王后太子諸天眷屬稽首于地即以至心供養世尊手自斟酌百種之饍飯訖澡畢更取卑牀自坐佛前恭肅聽法佛告日王一切三界所受形貌皆從心意心意無形而有所造隨行立身豪貴貧賤皆歸無常如泡起頃尋復滅壞一切世間所有如是當信道德正眞可怙餘不可恃棄捐衆行奉行法行何謂法行無生之行除諸所生眞諦之行所存殊勝入道之行無所忘失布施之行無所榮冀持戒之行普得諸願忍辱之行不亂衆人精進之行未曾動轉一心之行意行常達智慧之行以聖眼覩慈心之行忍一切苦悲心之行等意衆生喜心之行以法開化護心之行安慰一切神通之行六通已達惟空之行無恚害心消滅之行度諸群黎四恩之行合聚教人博聞之行從受成道不起之行而觀自然道品之行不獲有爲本無之行無罪福報緣起之行了知無明明不可盡衆勞之行解人物自然諸法之行了空之慧得平等覺伏魔之行無能傾動三界之場雖處不墮師子之行善勝無畏力無懼行所

向無畏三達之行無有罣礙一心覺場大智普具教一切行無所不周化六十二見行濟衆生羅網九十六徑誨入一道如是曰王菩薩以應斯行則順道行以順道行則應大慈以順大慈則應大悲以順大悲則應大鎧以順大鎧則師子吼以師子吼則應化幻以順化幻則入五陰以順五陰則隨時入以隨時入無所不變以在所變無去無來度無所度淨無所淨明無所明覺無所覺乃爲正覺佛告曰王欲達去來今現在事十方諸佛法身平等常當信樂分别此義欲知生死十二因緣從所與發三趣之患五蓋之覆當解此義信奉行之欲了十二部經典之要開三達教越于三脱至三達智當解斯義猶郡國縣邑丘聚村落百穀草木藥果之樹皆因地生菩薩入斯慧無所不化皆成立之至于無上正眞之道聲聞緣覺皆依因之佛說是時日天王皇后太子眷屬諸天其心自然皆得不起法忍十億天人發無上正眞之道爾時世尊即從座起而立空中與無央數百千之衆釋梵四王諸天翼從而歎頌曰

天人不解了　從來難計量　迷惑於五趣
如魚著鉤餌　三界猶如夢　怳忽不見處
生者不自覺　爲意識所使　墮于四顛倒
甚可愍哀憐　自計身有常　不信于道眞
一切從空生　反惡聞空慧　如人從親生
更不孝父母　貙者化爲虎　不覺爲人時
尋還害家中　不别其親踈　人本從空出
憎無亦如是　迷亂於陰入　猶醉者裸馳
貙復變爲人　乃識家親屬　以分别本無

乃解一切空　空者不念空　空亦不見空
以達無所生　乃能解自然　欲求菩薩行
度脱衆生類　當了一切法　自然如化幻
分別斯慧已　周旋不以難　則入深妙法
權慧開導人

佛說是時無數億天虛空諸天皆發無上正眞道意不可計菩薩得不起法忍佛還維耶離奈氏樹園爾時城中有大長者名曰解法供養先佛無數百千植衆德本不可稱限稽首諸佛禮敬難量諮受法言於無上正眞之道志不退轉不起法忍出於智慧所度無極善權所濟不可計議與眷屬俱來詣佛所稽首畢一面坐叉手白佛供養世尊得何功德佛告長者奉華散佛所生端正衣食自然燒香氣熏身體香潔名德遠聞其然燈者天眼明慧不處窈冥旛綵施者在在富樂財寶無限上繒蓋者致得屋宅覆蓋不露音樂倡妓樂佛塔寺得天耳聰履屣車乘施者得輕舉能飛一心向佛得知宿命慈察衆生知一切心以法施與得諸漏盡以食施與常值法會以衣施與得三十二相八十種好我滅度後其有供養形像舍利德皆如是稍稍順法因斯得度無爲之道也解法長者復白佛言寧有供養殊過於斯華香旛蓋妓樂屣乘飲食衣服者乎佛言有又問何所是佛言發菩薩意哀念一切終始之患欲令濟度大慈大悲不猒生死求諸總持三藏之篋優深難量無極之慧平夷三塗導以三寶分別於空無相無願起三脱門得三達智覩人根本本無處所因緣而生觀一切法亦無去來六情自然

如水上沫四諦無諦譬如野馬了本無巳乃爲正諦慈悲喜護布施以法仁愛衆生勸益群黎等利一切六度無極善權方便隨順而化不惡生死又如飛鳥飛行空中樂乎終始譬如華果苑園流泉戲廬不違大聖眞妙之誨不畏四魔降伏衆邪六十二見化發九十六種之道諸徑之惑捨聲聞緣覺之行知無我無人無壽無命遵修正眞無上大道斯供最勝自觀巳身如幻化耳十二因緣了無端緒所以者何本無有癡緣對而與從癡致行從行致識從識致名色從名色致六入從六入致觸從觸致痛從痛致愛從愛致取從取致有從有致生從生致死從死致憂慼悲感不可意惱了知本無尚無有癡何有行識名色六入觸痛愛取有生老死憂悲之患永無有也諸緣悉除不住三界不樂泥洹無大道想無小道想遊生老死譬如日明不出不入於世間人有出有入菩薩如是開化一切現生三界說三乘教便現滅度於一切人見諸生滅於菩薩法無有生滅是供養者最爲殊勝爲尊爲上無極無底之供養也佛說是時十萬天人皆發無上正眞道意解法長者及諸眷屬立不退轉不起法忍於是調意菩薩白佛言何謂爲調何謂爲寳佛言若得罵詈撾捶呪詛心無有異毁辱輕慢陵侮唾賤心無有異若稱譽恭敬宣揚功德心無有異若稽首歸命跪拜尊敬心無有異設以天福轉輪聖王愛欲之樂以勸示之心無有異假以地獄餓鬼畜生災怪恐逼心無有異知命非常苦空非身示以動之心無有異若以聲聞

緣覺之法用誘進之心無有異假以菩薩空無之慧大乘化之心無有異是則謂調何謂爲寶佛言發菩薩心欲度一切斯則寶也尊敬於佛不隨外道斯即寶也解經順教不逆大化斯即寶也謙敬衆僧有及聖衆斯即寶也布施一切無所希望斯即寶也奉戒愼禁發菩薩願斯即寶也忍辱之力伏意不亂斯即寶也精進恪勤修道務本斯即寶也一心行定正不邪迷斯即寶也智慧幽微不隨六情斯即寶也善權方便各得其所斯即寶也慈心弘普志不纖介斯即寶也常懷悲愍矜哀危厄斯即寶也安和悅喜不欣不戚斯即寶也擁護一切無不救度斯即寶也以法施與不道不俗斯即寶也撫育衆生無所愛惡斯即寶也務存長益無所損耗斯即寶也等利群黎無偏邪意斯即寶也常執謙忠未嘗慢恣斯即寶也若有罵詈而無結恨斯即寶也假使撾捶計若無身斯即寶也設使怨害以仁惻報斯即寶也如令輕易不念其惡斯即寶也解知非身不計吾我斯即寶也了一切苦不樂放逸斯即寶也物非我有無所眩惑斯即寶也捨聲聞行不爲緣覺斯即寶也修尚神化于五至六斯即寶也釋六十二不墮邪見斯即寶也不安泥洹不危生死斯即寶也常以大法開化未聞斯即寶也爲一切人示現法橋救攝諸厄斯即寶也解三界空一切自然斯即寶也

蓮華淨菩薩白佛言何謂菩薩得至淨行世尊曰不爲愛欲所黠汙斯則清淨心常鮮潔不恊恚毒斯則清淨於三界塵無所染礙斯

則清淨不俍滅度不忽生死斯則清淨不計
終始出入無爲斯則清淨常行大慈不捨大
哀斯則清淨無大道想無小道想斯則清淨
光英菩薩白佛言何因緣菩薩光曜普照佛
言然燈廟寺學問智慧博綜無猒顯授道明
令達眞僞遵習聖典十二部經度諸有海二
六牽連常志大乘消衆人患至微妙慧斯則
菩薩光曜普照解縛菩薩白佛言何緣菩薩
解一切縛佛言了三處空於去來今無所想
著三垢則除分別色空痛想行識亦復如是
一切本無不著不斷一無所求亦無所捨是
爲菩薩解一切縛寶事菩薩白佛言以何爲
寶以何爲石世尊曰歸佛法衆不爲非法棄
捨諸徑九十六種不樂聲聞緣覺之乘常志
大道大慈大悲救濟衆生五道之惑是則爲
寶十二因緣所見迷謬不識大法空無之慧
是謂爲石恩施菩薩白佛言何謂菩薩施恩
衆生佛言其未發意者皆令發之其退轉者
使不退轉於諸所生使無所起其未具足至
一生補處是爲菩薩恩施一切帝天菩薩白
佛言何謂菩薩能化諸天佛言在於欲界現
欲無常譬如人夢示清淨行在于色界爲現
大慈菩薩之行在無色界爲現深妙之法無
所依倚不倚欲界不倚色界不倚無色界不
倚小乘不倚大道是爲菩薩能化諸天水天
菩薩白佛言何謂菩薩解知本淨世尊告曰
菩薩了知一切諸法如幻如化一切本無譬
如水源本初清淨無有垢濁所以者何水滴
定住則清如故以了本無便逮法身大導師
菩薩白佛言何謂菩薩爲一切導世尊告曰

見慳貪者導令布施放逸者導令護戒恚怒者導令忍辱懈廢者導令精進亂意者導令一心愚冥者導令智慧其無道心導之大乘是爲菩薩爲一切導龍施菩薩白佛言何謂菩薩不惜身命世尊告曰菩薩觀世所有非常苦空非身我不有身身非我有一切如影因形而現生死如是從心而成了一切空皆無所求吾我自然吾我自然生死自然生死自然泥洹自然泥洹自然大道自然是爲菩薩不惜身命爾時梵天白佛言甚哉法之大也誠難值遇從無數劫積行累德乃髣髴聞音幸遇大聖得聞斯法供養菩薩典要妙之化深邃之義以本屢聽解達是法故使彼人依行立號其斯聞經爲以見佛耳聽妙慧供奉聖衆濟人天路拔濟三趣使發無上正眞道意體解三脫不廢三達雖未至道其德漸增如月初生如師子子無所畏難自在由已諸天龍神悉衛護之衆魔邪惡自然爲伏所在州城郡國縣邑莫不敬重出入應節十方諸佛威神化祐於時四天王白佛言快哉甚哉大聖洪恩現神濁世令我之等得近安住遇斯妙化菩薩純慧如天中天有人發行入于大海獲如意珠爲一切願其人欣豫豈可訾量我等如是詣於大會瞻戴慈澤聽受甘露菩薩景則猶入大海得是寶珠當以宣布顯示同志爲菩薩行未曾信樂諸天之衆依福徒類當令亘然開心受學其信樂者倍令堅進而不迴轉佛言善哉四王誠如所云斯大法者難可見聞若一蹉跌以法永違於億千劫未曾值遇猶如一針墮深大海反覆求

索寧易致乎四王白佛甚難甚難天中天佛言聞斯要典菩薩深法而不信樂失不諷受累劫徼錯不可再遭是故諸人欲得自致在在見佛聞深妙法疾至無上正真道者當勤諷翫誦讀奉持散示未聞敷演其義使蒙法典令人因修展轉相化其福難測正使三千大千世界如來充滿若族姓子族姓女供養奉事於百千劫一切施安佛滅度後各各興塔七寶峙立上至二十四天供養旛蓋妓樂歌頌亦百千劫福寧多不四王白佛甚多無極天中天不可譬喻佛言其有受斯三昧十法超日明定六度無極善權方便福越於彼所以者何雖供養侍佛不如受斯佛之遺典從大聖命諸行菩薩一切學者皆由深經自致得佛於時慧施白佛言斯法甚深甚深若有信樂而不誹謗知爲佛之所護聞不欣悅狐疑譏訕不寫諷誦既不自誦并止餘人使不遵學罪難計量世世自誤墮墜三趣自服毒藥復勸他人自危身命投陷盲冥又危衆人斯大法者衆明之元毀巨就細殃釁難限生遠三寶甘在八處何謂八處一曰邊地二曰外道三曰貧匱四曰下賤五曰短命六曰醜陋七曰人所憎惡八曰夷人不解法者其有誹謗不信不樂大乘之業歸于八惡悔之無及佛言善哉善哉誠如所云無異憶念往古無數劫時發菩薩意始學之初出家離欲得爲比丘名曰法樂常好雜句嚴飾之辭不志大乘深妙之化謂爲虛僞非佛正典乃以四阿含而求果證以爲雅誨時有大學信大乘者名智度無極講空無慧深邃無際久修

梵行悉共諷誦敷陳旨要宣布流美四輩洽聞法樂比丘所在坐上聞誦慧品輙誹謗之云非佛教自共撰合愼勿修學用因此罪墮大地獄十八囹圄受殃酷痛彌歷年劫阿難白佛言如令佛國劫盡燒壞水災蕩溢痛寧息不佛言不得休廢所以者何若佛土壞徙至他方佛界囹圄所以者何斯大法尊三塗所由去來今佛之父母也假使謗訕殃釁不朽佛告阿難欲知爾時法樂比丘不答曰不及佛言則吾身是用是之故護身口意勿妄誹謗以墮惡罪酷掠處者悔當何及佛告阿難後來世人覩有學法爲佛弟子聰達智慧演宣大乘散決疑網嫉供養者誹謗無知用憎人故并毀深經云不足宣假喻言之如一父母有十餘子兄弟相憎并謗二親如是阿難當來世人憎嫉同學誹謗正法其人受罪不可計量無以爲喻阿難白佛假使自覺則悔過者當云何乎佛言其人殃咎轉當微輕雖復獲釁速得解脫故當自省改變心口無輕妄言也佛言阿難受斯經典持諷讀誦廣爲人說須宣四周福祚難量諸天龍神揵沓惒阿須倫迦留羅眞陀羅摩休勒悉共擁護學斯經者諸佛世尊悉共擁護若猛師子虎狼熊羆無敢嬈者行步出入常得自在未曾惡夢夢中但見佛塔寂志四輩道士講經天龍鬼神皆欲見之諸佛世尊亦復如是四大天王帝釋梵王皆欲見之悉共擁護用樂深法菩薩篋藏超日明尊定故也佛時頌曰

學斯經典者　諸天悉敬護　龍神阿須倫
眞陀摩休勒　迦留羅一切　無敢犯嬈者

十方佛威神　皆共授尊之　天帝釋梵王
諸大神妙天　虛空持世者　欽渴悉欲見
卧起常安詳　未曾有卒暴　夢中見塔寺
不覩惡因緣　體解深經要　常務分別説
聞者則暢達　不疑于大乘　無智少福者
不信毀正法　謂虛自合作　非佛之所說
以嫉妬學者　并謗弘邪訓　如兄弟相憎
并訕及二親

爾時有菩薩名曰大光白佛言何謂爲光何謂爲明世尊告曰解了慧明心如虛空觀見十方去來現在三世之事無所罣礙逺得權智神通已達坐觀一切衆生根源無有去來因緣之想不礙四大不礙鐵圍大鐵圍寶山於地水火風出入無礙所以者何地皆空耳人不解地地不空者水不得前水不出入以空之故轉相開通如人體中毛孔九十九萬以神通者不見有身察之虛空無所罣礙是謂爲光覩一切心已生未生有志無志道心欲心漏心盡心無漏之心悉曉了見而爲講義各令得所是謂爲明說是語時無數菩薩皆得神通光明無量普照十方佛告阿難受斯經典宣示未聞令得流布衆生蒙度以致正眞阿難白佛言惟當受持要者何名此經佛言名超日明三昧又名十定佛之決教多所成就譬如日明徧照四域百穀藥木萬物變化皆因成熟斯定若茲一切十方五道生死莫自能濟聲聞緣覺菩薩大道皆由斯定而得成濟若千萬劫奉行六度而有妄想不如達斯超日明定以大慧光照於十方德踰於彼佛說如是賢者阿難大菩薩衆諸天龍

神阿須倫等莫不歡喜頂戴奉行

超日明三昧經卷下

音釋

饋遺　饋求位切餽也遺以醉切贈也　魘　於琰切眠魘也　淖　女教切溺也

觝　都禮切觸也　猩　師庚切猩猩能言獸也　綢繆　綢除留切繆莫彪切

綢繆猶纏綿也　穢　於廢切汚也　躊躇　躊直由切躇陳如切躊躇猶豫也

貙　勅於切獸也　屣　踈士切草履也　篋　苦協切箱屬　髣髴　髣妃兩切

髴敷勿切髣髴猶依俙也　訾　將几切毀也　蹉跌　蹉千箇切跌徒結切蹉跌

乇失拔也　訕　所晏切謗也　邃　雖遂切深遠也　囹圄　囹郎丁切圄魚巨切

囹圄獄牢

除恐災患經

乞伏秦沙門釋聖堅譯

清刻龍藏佛說法變相圖

除恐災患經

乞伏秦沙門釋聖堅譯

聞如是一時佛遊王舍城竹林精舍與四部弟子大衆俱會說上妙法爾時維耶離國癘氣疫疾威猛赫赫猶如熾火死亡無數無所歸趣無方療救國王大臣長者居士婆羅門集會博議國遭災患非邪所摧疫火所燒死亡無數當以何誼設何方便以除災害婆羅門議言當於諸城門設祠祀壇或有議言當於城中四衢路頭立大祠祀禳却害氣或有議言當用白馬白駝白牛白羊白鷄白狗種種百頭而以祠祀鎭禳解除以禳去之時衆會中有一長者名曰彈尼（此言才明）奉佛五戒修行十善爲清信士諦證道跡時發議曰唯聽所言國遭災患死亡無數如仁等議害生救

命豈得然乎以先世時所行不善今遭斯厄當設方便以善禳惡永無苦别如何反倒行害求安長夜受苦無有出期時諸大會問才明曰當設何誼才明對曰世有大怙三千世界天人之師一切覆護慈愍衆生號曰爲佛獨步三界若能降致光臨國者災害可除大衆聞之皆然其議莫不稱善才明又曰佛無數劫修治六度布施無限國城財寶象馬車乘頭目髓腦肌體妻子戒忍精進一心智慧每生自剋不可計量以求佛道不爲己身但爲衆生救濟危厄消除衆患生老病死地獄鬼神畜生之苦今成佛道順其本誓周行濟救授甘露藥消除衆生今世後世苦毒之患永令獲安衆會咸曰如仁所言甚誠大快佛在王舍阿闍世王與吾國嫌豈當聽佛來至此耶或復有言儻聽佛來時才明曰佛興出世救衆生苦猶如虛空無所罣礙誰能制止猶如日光萬物萌生莫不蒙育佛憐國厄必來無疑但遣重使貢遺琦珍溫辭雅謝詣阿闍世又别歸佛委命酸切心雖懷嫌信使賢重貢遺妙寶詞理柔輭事無不泰自古以來隣國不協還相侵叛皆由明使名寶重貢輭詞遜順而得和協展轉相謂思惟任使爾時大衆國王大臣長者居士皆同意言唯清信士長者才明是佛弟子可以爲使往行請佛所以者何先衆開建請佛之議便告才明唯仁可往詣王舍國與王相聞求請佛來爾時才明受使欲往於時大衆皆起退坐向佛方面叉手長跪五體投地以頂禮佛跪告才明佛天中天慈悲喜護加於群生唯隣鄙國遭

遇大患疾病死亡猶猛野火焚燒草木普遭困厄幸佛世尊猶冥求曉寒願朝陽渴暑蔭飲病追良醫迷者求道唯願世尊垂降救濟授甘露法令得甦息於是才明受命爲使詣羅閱祇涉路遥達到王舍城詣門求通書命貢遺時王聽現才明啓言奉使詣國前雖不和無他重隙故先致虔除前不協俱綏萬民佛興於世大慈普覆國有重患因命請佛唯願大王勸佛迴光顧臨鄙國救濟災患冀蒙神祐王默思惟適欲留佛令不出國無理得爾非力所制佛以大慈普許十方等視憎愛救濟爲務以是之故不可留之便告才明可詣佛所宣遺國命於是才明辭詣竹林行到精舍見佛世尊盡虔禮敬五體投地右繞三帀長跪叉手而白佛言維耶離國諸王大臣長者居士遥禮佛足唯天中天普慈衆生莫不蒙濟鄙國遭厄唯願世尊垂恩降光憐愍苦厄令得甦息時佛默然許其所請才明見佛受請許往歡喜無量時王舍國境內神祇天龍鬼神知佛受請當詣他國莫不躁動慘然不悅便現感應語其國王阿闍世曰大王如何安然無憂於今不久當違離佛猶如嬰兒失其二親喻行曠路斷失水漿譬如猛寒亡失衣裳今佛當行國失恃怙其喻如是王聞神祇降應說是情即愴然甚懷愁苦默然思惟衆生頑愚志性鈍濁今離世尊安從復得智慧之礪磨瑩鈍心誰當濟其塵勞重愆宿世重責誰當誨除一切衆生重罪令輕吾等久在生死牢獄重關所閉誰當復以正法之鑰開生死獄重關牢閉吾等普爲勞垢盛

陽暑熱所炙安從復得佛清涼教月精明珠消除炎熱王即勑嚴駕出詣佛所稽首佛足右繞三帀却坐常位時佛爲王説正法化初中竟善淨身口意清淨微妙王心歡喜叉手白佛聞維耶離使請世尊承已許往心甚懷慘無方留尊唯垂矜愍特受鄙請住宮三月佛告王言衆生可傷若住三月何時當周衆若厄者吾無數劫苦身求道爲衆生故願欲成佛以甘露藥施於衆生今願已成猶如有人合和神藥欲救衆患值遇病者違其本誓而不授與則非良醫若在江側見漂流人不往救度非賢士宜若於曠野見失路者不示正道是則非仁吾以大慈普愍衆生故遊諸國縣邑村落救濟衆苦傳甘露藥無恃者恃無歸者歸王重白佛唯垂慈恩許受二月佛故不許王重慇懃長跪叉手垂泣白言命難可保猶露然燈遇無常風奄忽便滅今與佛別何時當復更覩尊顏幸受二月佛重不許王便投身於佛足下唯願世尊特加大慈與弟子衆許住一月世尊不忍即便許受王便還起心悅懷敬繞佛三帀禮辭還宮勑廚饌具百味之飯極令精好鮮甘香潔宮裏張施繒綵旛蓋雜寶牀机綩綖座具掃除繕治香汁灑地衆事辦畢明日時至王於正殿遙向世尊燒香長跪佛天中天聖達知時願與聖衆迴降神光到宮蔬食於時世尊勑諸弟子法服執器行詣王請佛與聖衆俱至王宮王即盡虔華香妓樂宮門迎佛入各就座王自行水周徧聖衆手自斟酌百味飯食鮮潔香甘一切平等日日供養飯食卧具疾藥所須

令勑外宮治塡道路種植行樹七行街路乃至江水頓息帳幔及牀座具嚴飾旛蓋猶如天街更新造作五百七寶蓋維耶離國聞佛當至亦復平治七行階路種植行樹帳幔牀座國王大臣長者居士各從大衆出國迎佛一月期滿佛與聖衆出宮臨路王從大衆華香散佛周徧覆地大衆來集猶秋水漲投于大海白明月珠校七寶蓋王以恭敬手執奉上以覆世尊佛與大衆尋路而行至江水側時王上佛五百七寶蓋大海龍王亦復敬奉五百七寶蓋恒水諸龍亦俱上佛五百七寶蓋時天帝釋將諸天衆亦復獻佛五百七寶蓋時維耶離大衆迎者服飾嚴麗青馬青車青蓋青旛服飾皆青赤馬赤車服飾皆赤黃馬黃車服飾皆黃白馬白車服飾皆白黑馬黑車服飾皆黑色色殊別將從無數佛遙見之告諸弟子欲知天帝出遊觀時威儀如是維耶離國奉迎上佛五百七寶蓋各以其蓋前至佛所各白佛言佛天中天普世覆蓋願受蓋施佛受其施餘留一蓋時諸大衆心各懷疑不審爲是宿世積德行蓋之報海龍恒龍忉利天帝維耶離國羅閱祇王各各奉上七寶妙蓋同時俱會又疑何故不受一蓋於是阿難知衆懷疑長跪叉手前白佛言唯天中天大衆並疑今日何緣有是二千五百七寶寶蓋同時俱至奉上世尊爲是前世善本報乎今現福耶唯願世尊決一切疑佛告阿難一心專聽今當決除汝等所疑乃往過去無央數劫時有轉輪聖王名曰摩調此言大天典主四域王有千子七寶導從王末少子見其

父王七寶御蓋還問母曰我當何時得服此蓋以自光飾母言唯子王千子中汝最末小若無大王太子承嗣若太子崩以次承嗣展轉千人汝骨朽腐未央得蓋重問母曰無蓋望耶因聞有死形骸當朽宿福迫逮怵然心恐唯人生世必當有死因報母曰唯願見聽捨家學道母甚愍傷不違其願母告之曰聽汝捨家若卿道成要還見吾爾乃相聽對曰如勑道成當還即詣林藪除剃鬚髮被著法服靜處勤修精進不懈竭盡塵勞成緣覺道遊行諸國縣邑村落福度衆生所種善本忽憶母要便上昇空猶如鴈王還本國宮與母相見闔宮大小見道士神通莫不歡喜王諸婇女八萬四千共請令住道士慈仁不逆一切便受其請諸婇女輩於宮後園爲設廬屋止宿其中舉宮供養衣食牀卧疾藥所須朝暮禮事一切世間壯者皆老强健必病生者皆死時辟支佛於其宮園便捨壽命舉宮婇女薪油華香供養以禮斂骨起塔朝暮禮拜燒香然燈時王大天巡四域還臨幸後園見有此塔顧問侍臣何故有是婇女對曰此是聖王最下少子離家學道於此壽終爲立是塔因重發問是誰之子何緣捨家便召其母而問之曰是卿子耶對曰唯爾又復問曰何緣學道其母白王是兒往昔見王出遊即還見問王七寶蓋不審何時在我上旋妾便告言太子應繼承嗣聖王展轉千子汝骨朽敗永無蓋望子聞妾言慘然畏死求行學道妾輙聽之勤學道成妾等請住供養盡壽建立此塔王復問曰子以蓋故行學道耶對曰如

是王愍其子不得蓋故學道盡壽生不得蓋令便以蓋覆其塔上王因發願令以此蓋奉得道塔緣是福報願成佛道濟度衆生生老病死王心悚然知世非常無免死者因立太子承嗣聖位王捨四域七寶千子八萬四千後宮婇女剃除鬚髮行作沙門靜處學道修四淨行慈悲喜護畢其形壽上生梵天佛告大衆於卿等意所志云何王大天者豈異人乎莫造斯觀則吾是也時以一蓋上緣覺塔以是福報於此地上爲轉輪王不可稱數上爲天王天上世間受福無限一蓋餘福吾應於世二千五百返爲轉輪王王四天下阿難又問世尊何故不受一蓋佛言是吾一世轉輪王福所以捨置而不受者以此福報施後末世受吾法化爲弟子者學士學女欲令此等不乏衣食牀卧疾藥過去諸佛法没盡時其有學道或因恐怖或因飢窮不得行道正法没盡其有末世於吾法化捨家學道被服法衣稱佛爲師畜妻養子此等皆尚得人供養何況精勤修奉禁戒守淨行者至吾法盡不得供養耶羅閱祇王勑其部界令於江上更造新橋佛與聖衆得乘度江維耶離國亦復造橋欲使佛過恒水諸龍遮相交編結龍爲橋請佛乘度時佛思惟若乘羅閱祇所造橋度恐維耶離國及諸龍王心懷微恨乘維耶離所造橋度恐阿闍世及龍懷恨欲乘龍橋恐二王有恨佛又思惟今當分身令於三橋皆有佛過佛垂臨橋王阿闍世與其將從數億衆生香華雜寶妓樂供養佛法聖衆王與羣臣一切大衆數億千人五體投地自歸

悔過垂泣送佛佛現神化於二王橋及諸龍橋皆現有佛與聖衆俱天龍鬼神乘橋度江王舍國王維耶離王恒水諸龍各自見其所作橋上佛將大衆乘橋度江各不知見更有佛在餘橋上過獨自見橋佛登度江佛適度江已竟見八萬四千餓鬼身出煙火其中未得道者見此火皆恐怖是何大火譬如燒其大山見此大火或來近水或遠於水阿難悉知一切人意長跪叉手白佛言佛天中天佛至尊至重天上天下最尊一切衆生見此火者無不恐怖此何等火願佛爲一切衆生說此何等之火佛語阿難今此餓鬼先世不逢佛亦不聞法亦不見比丘僧亦不知世間有罪福生爲餓鬼如今見佛奔趣歸向皆爲頭面著地長跪叉手白佛言佛天中天至尊至重天上天下憐愍一切衆生蜎飛蠕動有形之類佛爲一切衆生之父母使我墮餓鬼佛度我我亦如一切衆生之類佛亦知餓鬼先世所種佛爲一切衆生故問餓鬼前世所種行今爲餓鬼餓鬼曰先身雖見佛不知有佛雖見法不知有法雖見比丘僧不知有比丘僧我亦不作福教他人亦不作福作福有何等福不作福有何種罪見人作福言恒笑之見人作罪意常歡喜佛問餓鬼生此餓鬼之中以來至今更歷幾百年歲餓鬼報言我生中七萬歲佛問餓鬼生中七萬歲食飲何種爲得何食餓鬼報言我先世種行至惡遇值小水即化不見至於大水便爲鬼神龍羅刹所逐言汝先世種惡今何以來近此江海雖值大龍普天放雨謂呼得雨雨漬其身方更

礫石熱沙或值炭火以墮其身佛問餓鬼生中七萬歲由來飲食何等餓鬼報佛言或有世間父母親里稱其名字爲作追福者便小得食不作福者不得飲食諸餓鬼叉手白佛言從來飢渴佛天中天慈愍一切衆生今賜餓鬼小飲食佛語阿難捉鉢取水用布施餓鬼阿難便捉鉢取水與餓鬼餓鬼白佛言今此一鉢水不飽一人況乃八萬四千佛語諸餓鬼八萬四千捉此鉢水至心布施佛及諸弟子諸八萬四千餓鬼捉此鉢水長跪布施以我先世不布施今我生餓鬼中如今無所有持此鉢水布施佛及諸弟子使諸餓鬼緣此功德遠離三惡道後所生得師如佛無異餓鬼過水與阿難阿難捉水與佛嘗一口過與千二百五十弟子各嘗一口佛語諸餓鬼入大江飲水并可洗浴江海龍鬼神遮不得洗浴飲水佛語海龍王及諸鬼神無極之水何以愛惜諸龍鬼神言不惜此水以餓鬼不淨故佛語海龍王鬼神卿身自從無數劫已來亦作此身愛惜無極之水卿後還作此身以慳貪故生爲餓鬼諸海龍王鬼神聞佛言盡還入海聽諸餓鬼盡得飲水飽滿洗浴還出繞佛三帀爲佛作禮叉手白佛言佛天中天知當來過去何時當脱此餓鬼之身佛言以一鉢水故後當彌勒佛出世人壽八萬四千歲現諸餓鬼盡得人身皆得阿羅漢道其諸衆會聞此布施功德者皆得正眞道意諸一切餓鬼繞佛三帀作禮而去維耶離國諸王大臣長者居士國人無數五體作禮自投佛足歸命三寶香華妓樂繒蓋幢旛奉迎世

尊華徧覆地尋路供養日日不絶至于國城
佛與聖衆天龍鬼神往于城門以金色臂德
相之手觸城門閫以梵清淨八種之聲而説
偈言

諸有衆生類　在土界中者　行住於地上
及虚空中者　慈愛於衆生　令各安休息
晝夜勤專精　奉行衆善法

説此偈已地即爲之六反大動佛便入城空
中鬼神昇空退散地行鬼神諍門競出城門
不容各各奔突崩城而出於時城中諸有不
淨厠穢臭惡下沉入地高卑相從溝坑皆平
盲視聾聽瘂語躄行狂者得正病者除愈衆
馬牛畜悲鳴相和箜篌樂器不鼓自鳴宫商
調和婦女珠環相振妙響器物瑱甂自然有
聲柔輭和暢妙法之音地中伏藏自然發出
一切衆生如遭熱渴得清涼水服飲澡浴泰
然甦息舉城衆病除愈解脱亦復如是佛與
大衆便還出城垂大慈哀欲爲衆生施大擁
護繞城周帀門門呪願敷演妙法除凶致祥
普國疾患災疫悉除國界盡安於是才明前
禮佛足長跪叉手白世尊言前許垂愍唯願
明日與諸大衆愍衆生故迴光顧臨至舍蔬
食佛默聽許歡喜踊躍右繞三帀禮佛而退
歸家供辦百味飯食清淨香潔色鮮味甘嚴
飾家裏懸繒旛蓋牀座統綖香汁灑地散華
燒香供設備辦遂於門中長跪燒香遥白佛
言幸時降神爾時世尊勅諸弟子著衣持鉢
行詣長者才明受請即到其門才明肅恭華
香妓樂請佛入舍佛與聖衆以次就位於時
才明執持金瓶躬行澡水手自斟酌上下平

等飯食畢訖重行澡水長跪叉手前白佛言唯願世尊垂四等心更受三日如今之請佛默便許於是才明供佛聖衆種種香潔如其初日四日已竟以金色氎價直十萬次到上座九萬價氎以次轉下末下坐者萬錢價氎以爲噠嚫其妻即起長跪叉手白世尊曰唯天中天慈加人物願留神光受賤妾請更住四日佛默然許其妻供養初日後日至于四日飯食香潔等無差異四日已竟又以金色十萬價氎奉上世尊次九萬氎最下萬錢時才明子起至佛前長跪叉手白世尊言唯天中天已受父母各四日食幸垂慈哀憐愍受我四日之請佛亦默許其子恭勤四日供養飲食甘美亦如父母即以金色十萬價氎奉獻世尊次座九萬末下萬錢子婦又起長跪白佛世尊弘慈已受翁姑及夫供養幸如前比復受四日佛又默受所設肴饌如前無異亦至四日亦以金色十萬價氎次座九萬下座萬錢以爲噠嚫居家大小於佛前坐奉受訓誨佛爲頒宣敷演四諦苦集盡道八賢聖路斷除勞意二十二結證諦溝港維耶離國諸王大臣長者居士闔國人民皆生心念佛來至國爲獨以一才明故乎意皆懷嫌象馬車步皆共來集向才明家欲壞其舍得見世尊大衆震動響響有聲佛悉預覩故問阿難外有何聲阿難白佛維耶離王大臣長者國人巨細皆懷怨心世尊入國才明請歸獨固在家至十六日餘不得見以此爲嫌故集會來欲見世尊佛告阿難出慰諸人莫懷恨意欲見佛者便聽使入阿難宣命謂諸大衆以

啓聽入國王大臣及一切人聞佛教告怒心霍除無餘微恨如雨淹塵便入見佛五體投地稽首佛足大衆浩浩其舍不容在外者衆佛悉慈愍化才明舍令爲瑠璃表裏清徹悉通相見於是才明爲設牀座氍毹毾㲪種種食具水精瑠璃金銀雜寶以爲器物大衆食訖於是才明前白世尊及諸貴實居儉蔬食枉屈顧臨願以食器及牀座具以相貢遺時會大衆莫不愕然皆共難咤長者才明立名不妄與德相副興設大施貢遺寶器莫不周徧家中財寶豈可貲計四部弟子及與大衆心皆懷疑長者才明有何功德請佛大衆至十六日及王臣民供養貢遺周徧一國得服甘露前世福耶今世德乎阿難即知衆會心疑長跪叉手前白佛言大會懷疑長者才明於何福田廣植德本遭何明師受其教誨今逮影報財富無限心明行淨先服甘露惟願世尊現說本行決一切疑佛告阿難及諸大會一心善聽今當解暢心之所疑往世有城名波羅奈去城不遠山名仙居山中池水林樹華果快樂無比世有佛時與諸弟子遊處其中若世無佛緣覺居中若無緣覺外學神仙則居其中初無斷絕以是之故斯名仙居時有緣覺在山中止早起澡漱法服持鉢出山求食未至聚落遇暴風雨去道不遠有宫果園中有園監見有煙出道士往詣報語主人行遇風雨幸聽入舍向火曝衣即請令入取薪然火爲曝衣裳衣乾體暖風雨小歇著衣欲出園監問曰唯聖道士欲何所至答曰賢者一切有形衣食爲命吾捨家學道乞食

自存若不得食身命不濟諸根不定不能思道園監對曰貧家蔬食色麤味酸若垂甘受幸住勿行緣覺答曰學道求食不著色味充軀而已若相許食便住不行於是園監便歸取飯至家問婦飯食辦未對曰已辦其國食法分飯別食夫語婦曰取吾分來偶有要客欲以食之妻即念言夫爲男子當執勞役涉冒寒暑假令不食不能執勞妾爲女人在家閑處可持妾分以待此客其子又言父母年老便可自食以我分與其子婦曰翁姑及夫已許食客妾年幼壯堪忍飢渴乞以妾分持用食客大人便言汝等各各善心欲施可共減取衆人之分足以食客即便各減已之飯分園監又念道士衣裳裂壞形露因問其婦家中少有衣裳調無其妻對曰家中唯有一領氎衣會賓應門更共衣之餘無所有夫答婦言以前世時無所惠施今守貧賤不及逮人今者不施貧窮下賤何時當竟富貴豪尊衣食自然者皆是前世惠施之福今續惠施無有厭足我亦不用會客應門改易服飾取氎并飯家屬皆往到道士所澡手奉食道士食訖澡漱滌鉢四人奉氎共授緣覺即便衣之緣覺不以說法教化現通神足悅悟衆生令發道意告主人曰已能惠施供養道士堅强汝志發弘誓願語竟昇空結加趺坐住立經行變現緣覺充滿虛空各各現化身出水火水不滅火火不侵水若干變化乘空飛行還仙居山園監眷屬歡喜踊躍叉手作禮叩頭求哀便發誓願以今日惠施聖明神聖道士緣是福報離三惡道地獄餓鬼畜生之趣

所生之處常共聚會天上世間饒富安隱覺慧道力服甘露味如聖明師若遭明師神德殊勝佛告大衆時園監者則才明是妻息子婦皆是本人爾時同心施尊緣覺自是已來九十一劫不更三途受妙福報天上世間室家聚會不相遠離爾時發願願服甘露覺道得解遭殊勝師緣是之故今遭値我得遇勝覺無限無喻今服甘露如其先師爾時大會聞佛頌宣功德報應莫不歡喜心悅意清自歸三寶佛法聖衆險結除解或受五戒或捨家學道於是會中有四千人皆得道迹往來不還無著之果無央數人發大乘意心不退轉於是世尊起出其舍一切大衆稽首各退佛與大衆遊至柰女林樹精舍柰女聞佛從大聖衆至其樹園心喜無量即便嚴駕與其僕從詣園見佛到下寶車如雲降電趨翔入園如吉利天服飾姿容殊天王女園樹諸天莫不迴目佛見其然是魔使來壞敗淨戒定慧解脱度知見品即以梵音告諸沙門柰女來至各檢汝意各自執持精進力弓皆自嚴辦智慧之矢被定意鎧乘禁戒車與塵勞戰汝等當計女人所有欺誑一切如金塗錢皮薄如蠅翅以覆惡穢筋骨連綴血肉之聚目眵涕唾身體汙垢若不洗拭作是計念觀女人身以制迷惑色欲之意諦觀骨舍束縛以筋塗以血肉覆以衣服飾以華綵猶如畫師立墻以墼泥塗汙堊畫以彩色女人之身亦復如是當諦忖知除滅婬心夫欲學道先調其心後可獲安不先調心後悔無及邪行迷旋譬如櫪馬臨其壽終願與意違終不解脱

其有視色心隨惑者無常計常苦有樂想無我計我不淨淨想慧覺無常苦空不淨達如是者即離長途生死患難佛以是教告諸弟子皆共受持一心奉行柰女見佛如日出雲金光照曜發清淨意五體投地稽首佛足却坐一面佛告柰女女人情逸或著五欲汝能御心迴屈詣佛所樂妙法化是汝最利男子安重壍勞垢薄樂受法化此不爲竒女人纏綿壍勞羅網盤旋周慞不識出要一切世間苦空無常不可怙恃彊疾侵壯老失顔色死劫壽命危侵安隱欲離是患專精受法勤修奉行乃免斯苦女人怨憎相遇甚惡亦甚戀慕恩愛之别凡爲女人每不遠離於此二事是故女人當勤奉法可離怨會恩愛離别不復遭遇生老病死衆苦都滅柰女聞佛若干妙化女人之穢心懷慙愧即起長跪叉手白佛願垂慈哀與聖衆俱至舍受食佛即黙受於是柰女稽首而退還歸辦具百味之食甘脆精美張施旛蓋牀座綩綖香汁灑地燒香散華長跪請佛日時已到願與聖衆垂迴臨赴佛與弟子著衣持鉢至柰女家華香妓樂請佛入舍各就座位手自斟酌行水奉食食訖澡漱佛爲廣說布施福報戒愼之果天人快樂不得長久危亡别離不可恃怙唯四聖諦八賢聖路以獲大安永無憂患心皆歡喜疑除結解得須陀洹衆坐懷疑柰女前世有何功德從樹華生端正姝好賢者阿難知衆懷疑長跪叉手前白佛言衆坐悉疑柰女前世於何福田植何德本今遇世尊服甘露藥佛告阿難乃前過世迦葉佛時人壽二萬歲

佛事終竟復捨壽命爾時有王名曰善頸供養舍利起七寶塔高一由延一切衆生然燈燒香華蓋繒綵供養禮事時有衆女欲供養塔便共相率掃除塔地時有狗糞汙穢塔地有一女人手撮除棄復有一女見其以手除地狗糞便唾笑之曰汝手以汙不可復近彼女逆罵汝弊婬物水洗我手便可得淨佛天人師敬意無已手除不淨已便澡手繞塔求願令掃塔地汙穢得除令我來世勞垢消滅清淨無穢時諸女人掃塔地者今此會中諸女人是爾時掃地願滅塵勞服甘露味爾時以手除狗糞女今柰女是爾時發願不與汙穢會所生清淨以是福報不因胞胎臭穢之處每因華生以其爾時發一惡聲罵言婬女故今受是婬女之名佛爲廣說善惡報應天上世間榮樂歡娛三惡道苦更相呑噉愁毒號哭爾時衆會聞佛所說歸命三尊佛法聖衆除身口意奉行十善無央數人各於三乘建立道意一切歡喜繞佛三帀作禮而去於是世尊還至精舍

除恐災患經

音釋

襬公玫切襬也　琦渠宜切玩也　礪力制切砥也　綩綖綩於阮切綖音延綩綖坐褥也　躄彼戟切不能行也　掁直庚切觸也　瓨甖瓨胡江切長頸甖也甖烏莖切缶也　氍氀氍其俱切毛席也氀力朱切毛布也　毾㲪毾他盍切㲪都滕切毾㲪毛席之細者也　眵赤脂切目汁凝也　墼吉歷切土墼也　堊遏各切白塗也　櫪郎狄切馬櫪也　脆此芮切易斷也

佛說首楞嚴三昧經

姚秦三藏鳩摩羅什譯

清刻龍藏佛說法變相圖

佛說首楞嚴三昧經卷上

姚秦三藏鳩摩羅什譯

如是我聞一時佛在王舍城耆闍崛山中與大比丘僧三萬二千人俱菩薩摩訶薩七萬二千衆所知識得陀羅尼成就辯才樂說無盡安住三昧而不動轉善能了知無盡之慧得深法忍入深法門於諸無量阿僧祇劫所修善法皆悉成就摧伏衆魔降諸怨敵攝取最尊嚴淨佛土有大慈悲諸相嚴身於大精進得到彼岸善知一切言辭方便所行威儀具足清淨悉已得住三解脫門以無礙智通達三世發決定心不捨一切憶念義趣堪忍智慧其諸菩薩德皆如是其名曰轉不退轉法輪菩薩發心即轉法輪菩薩無礙轉法輪菩薩離垢淨菩薩除諸蓋菩薩示淨威儀見

皆愛喜菩薩妙相嚴淨王意菩薩不誑一切衆生菩薩無量功德海意菩薩諸根常定不亂菩薩實音聲菩薩一切天讚菩薩陀羅尼自在王菩薩辯才莊嚴菩薩文殊師利法王子菩薩彌勒菩薩須彌頂王菩薩海德寶嚴淨意菩薩大嚴菩薩大相菩薩光相菩薩光德菩薩淨意菩薩喜王菩薩堅勢菩薩堅意菩薩如是等菩薩摩訶薩七萬二千人及三千大千世界所有釋梵護世天王并諸天龍夜叉乾闥婆阿脩羅迦樓羅緊那羅摩睺羅伽人與非人衆所知識多種善根樂大法者皆來集會爾時堅意菩薩在大會中作是念言我於今者當問如來以是所問欲守護佛種法種僧種令諸魔宫隱蔽不現摧伏自大增上慢者未種善根者今當令種已種善根者當令增長若有未發阿耨多羅三藐三菩提心者當令發心已發心者令不退轉已不退者當令疾得阿耨多羅三藐三菩提計有所得住諸見者皆悉令發捨離之心樂小法者令不疑大法樂大法者令生歡喜作是念已即從座起偏袒右肩右膝著地合掌向佛白佛言世尊我今欲於如來法中少有所問唯願聽許佛告堅意隨汝所問吾當解說令汝歡喜堅意菩薩白佛言世尊頗有三昧能令菩薩疾得阿耨多羅三藐三菩提常得不離值見諸佛能以光明普照十方得自在慧以破諸魔得自在智得自然智得無生智能不隨他得不斷辯才盡未來際得如意足受無量命樂聲聞者示聲聞乘樂辟支佛者示辟支佛乘樂大乘者爲示大乘通達聲聞法

而不入聲聞道通達辟支佛法而不入辟支佛道通達佛法而不畢竟滅盡示現聲聞形色威儀而内不離佛菩提心示現辟支佛形色威儀而内不離佛大悲心以幻三昧力示現如來形色威儀以善根力示現在於兜率天上現受後身入於胞胎初生出家坐佛道場以深慧力現轉法輪以方便力現入涅槃以三昧力現分舍利以本願力現法滅盡唯然世尊行何三昧能令菩薩示現如是諸功德事而不畢竟入於涅槃佛告堅意菩薩言善哉善哉堅意能問如來如是之義當知汝能多所饒益安樂衆生憐愍世間利安天人今世後世菩薩蒙益當知汝已深種善根供養親近過去無量百千億佛徧行諸道降魔怨敵於佛法中得自在智教化守護諸菩薩

衆已知一切諸佛法藏曾於恒河沙等佛所成就問答堅意如來於此衆會之中不見天龍夜叉乾闥婆及諸聲聞求辟支佛者能作是問唯有汝等大莊嚴者乃能啓發如是之問汝今諦聽善思念之吾當爲汝説諸菩薩成就三昧得是功德復過於此堅意白佛言願樂欲聞佛告堅意有三昧名首楞嚴若有菩薩得是三昧如汝所問皆能示現於般涅槃而不永滅示諸形色而不壞色相徧遊一切諸佛國土而於國土無所分别悉能得值一切諸佛而不分别平等法性示現徧行一切諸行而能善知諸行清淨於諸天人最尊最上而不自高憍慢放逸現行一切魔自在力而不依倚魔所行事徧行一切三界之中而於法相無所動轉示現徧生諸趣道中而

不分別有諸道相善能解説一切法句以諸言辭開示其義而知文字入平等相於諸言辭無所分別常在禪定而現化衆生行於盡忍無生法忍而説諸法有生滅相獨步無畏猶如師子爾時會中諸釋梵護世天王一切大衆皆作是念我等猶尚未曾聞是三昧名字何況得聞解説其義今來見佛快得善利皆共得聞説首楞嚴三昧名字若善男子善女人求佛道者聞首楞嚴三昧義趣信解不疑當知是人必於佛道不復退轉何況信已受持讀誦爲他人説如説修行時諸釋梵護世天王皆作是念我等今當爲佛如來敷師子座正法座大人座大莊嚴座大轉法輪座當令如來於我此座説首楞嚴三昧是中人人各各自謂唯我爲佛敷師子座餘人不能

爾時釋梵護世天王各爲如來敷師子座莊校清淨端嚴高顯無量寶衣以敷其上悉皆張施衆妙寶蓋又以衆寶而爲欄楯於座左右無量寶樹枝葉間錯行列相當垂諸幢旛張大寶帳衆寶交絡懸諸寶鈴衆妙雜華以散其上諸天雜香燒以熏之金銀衆寶光明間錯種種嚴淨靡不具有須臾之間於如來前有八萬四千億那由他寶師子座悉於衆會無所妨礙一一天子不見餘座各作是念我獨爲佛敷師子座佛當於我所敷座上説首楞嚴三昧時諸釋梵護世天王敷座已竟各白佛言唯願如來坐我座上説首楞嚴三昧即時世尊現大神力徧坐八萬四千億那由他師子座上諸天各各見佛坐其所敷座上不見餘座有一帝釋語餘釋言汝觀如來

坐我座上如是釋梵護世天王各相謂言汝觀如來坐我座上有一釋言如來今者但坐我座不在汝座

爾時如來以諸釋梵護世天王宿緣應度又欲少現首楞嚴三昧勢力亦爲成就大乘行故令諸衆會皆見如來徧在八萬四千億那由他寶師子座一切大衆皆大歡喜得未曾有各從座起合掌禮佛咸作是言善哉世尊威神無量令諸天子各滿所願其諸天子所爲如來施設座者見佛神力皆發阿耨多羅三藐三菩提心俱白佛言世尊我等爲欲供養如來滅除一切衆生苦惱守護正法不斷佛種是故皆發阿耨多羅三藐三菩提心願令我等於未來世住佛如是威神之力如今如來所作變現爾時佛讚諸天子言善哉善哉如汝所説爲欲利益一切衆生發阿耨多羅三藐三菩提心是爲第一供養如來時梵衆中有一梵王名曰等行白佛言世尊何等如來爲是眞實坐我座上是餘座上是佛告等行一切諸法皆空如幻從和合有無有作者皆從憶想分別而起無有主故隨意而出是諸如來皆是眞實云何爲實是諸如來本自不生是故爲實是諸如來今亦無滅是故爲實是諸如來非四大攝是故爲實諸陰入界皆所不攝是故爲實是諸如來如先中後等無差別是故爲實梵王是諸如來等無差別所以者何是諸如來以色如故等以受想行識如故等以是故等是諸如來以過去世如故等以未來世如故等以現在世如故等以如幻法故等以如影法故等以無所有法

故等以無所從來無所從去故等是故如來名爲平等如一切法等是諸如來亦復如是如一切衆生等是諸如來亦復如是如諸一切世間佛等是諸如來亦復如是如一切世界等是諸如來亦復如是是故諸佛名爲平等梵王是諸如來不過一切諸法如故名爲平等梵王當知如來悉知一切諸法如是平等是故如來於一切法名爲平等等行梵王白佛言未曾有也世尊如來得是諸法等已以妙色身示現衆生佛言梵王是皆首楞嚴三昧本行勢力之所致也以是事故如來得此諸法等已以妙色身示現衆生說是法時等行梵王及萬梵天於諸法中得柔順忍爾時如來還攝神力諸佛及座皆不復現一切衆會唯見一佛爾時佛告堅意菩薩首楞嚴三昧非初地二地三地四地五地六地七地八地九地菩薩之所能得唯有住在十地菩薩乃能得是首楞嚴三昧何等是首楞嚴三昧謂修治心猶如虛空一觀察現在衆生諸心二分別衆生諸根利鈍三決定了知衆生因果四於諸業中知無業報五入種種樂欲入已不忘六現知無量種種諸性七常能遊戲華音三昧能示衆生金剛心三昧一切禪定自在隨意八普觀一切所至諸道九於宿命智得無所礙十天眼無障十一得漏盡智非時不證十二於色無色得等入智十三於一切色示現遊戲十四知諸音聲猶如響相十五隨順入念慧十六能以善言悅可衆生十七隨應說法十八知時非時十九能轉諸根二十說法不虛二十一順入眞際二十二善能攝伏衆生之類二十三悉

能具足諸波羅蜜二十四威儀進止未曾有異二十五破諸憶想虛妄分別二十六不壞法性盡其邊際二十七一時現身住一切佛所二十八能持一切佛所說法二十九普於一切諸世間中自在變身猶如影現三十善說諸乘度脫衆生常能護持三寶不絕三十一能於現世發大莊嚴盡未來際而心未曾有疲倦想三十二普於一切諸所生處常能現身隨時不絕三十三於諸生處示有所作三十四善能成就一切衆生三十五善能識知一切衆生三十六一切二乘不能測量三十七善能具知諸音聲分三十八能使一切諸法熾盛三十九能使一劫作阿僧祇劫四十阿僧祇劫使作一劫四十一能使一國入阿僧祇國四十二阿僧祇國使入一國四十三無量佛國入一毛孔四十四一切衆生示入一身四十五了諸佛土同如虛空四十六身能徧至無餘佛土四十七使一切身入於法性皆使無身四十八一切法性通達無相四十九善能了知一切方便五十一音所說悉能通達一切法性五十一演說一句能至無量阿僧祇劫五十二善觀一切法門差別五十三善知同異略廣說法五十四善知出過一切魔道五十五放大方便智慧光明五十六身口意業智慧爲首五十七無行神通常現在前五十八以四無礙智能令一切衆生歡喜五十九現神通力徧示一切法性六十能以攝法普攝衆生六十一解諸世間衆生語言六十二於如幻法無有所疑六十三一切生處徧能自在六十四所須之物隨意無乏六十五自在示現一切衆生六十六於善惡者皆同福田六十七得入一切菩薩密法六十八常放光照無餘世

界六十九其智深遠無能測者七十其心猶如地水火風七十一善於諸法章句言辭而轉法輪七十二於如來地無所障礙七十三自然而得無生法忍七十四得如實心諸煩惱垢所不能汙七十五使一切水入一毛孔不嬈水性七十六修集無量福德善根七十七善知一切方便迴向七十八善能變化徧行一切諸菩薩行七十九佛一切法心得安隱八十已得捨離宿業本身八十一能入諸佛祕密法藏八十二示現自恣遊戲諸欲八十三聞無量法具足能持八十四求一切法心無厭足八十五順諸世法而不染汙八十六於無量劫爲人說法皆令謂如從旦至食八十七示現種種瘂殘跛蹇聾盲瘖瘂以化衆生八十八百千密跡金剛力士常隨護侍八十九自然能觀知諸佛道九十能於一念示現無量無數劫壽九十一現行一切二乘儀法而內不捨諸菩薩行九十二其心善寂空無有相九十三於衆妓樂現自娛樂而內不捨念佛三昧九十四若見若聞及觸共住皆能成就無量衆生九十五能於念念示成佛道隨本所化令得解脫九十六示現入胎初生九十七出家成就佛道九十八轉於法輪九十九入大滅度而不永滅一百堅意首楞嚴三昧如是無量悉能示佛一切神力無量衆生皆得饒益堅意首楞嚴三昧不以一事一緣一義可知一切禪定解脫三昧神通如意無礙智慧皆攝在首楞嚴中譬如陂泉江河諸流皆入大海如是菩薩所有禪定皆在首楞嚴三昧譬如轉輪聖王有大勇將諸四種兵皆悉隨從堅意如是所有三昧門禪定門辯才門解脫門陀羅尼門神通門

明解脱門是諸法門悉皆攝在首楞嚴三昧隨有菩薩行首楞嚴三昧一切三昧皆悉隨從堅意譬如轉輪聖王行時七寶皆從如是堅意首楞嚴三昧一切助菩提法皆悉隨從是故此三昧名爲首楞嚴三昧佛告堅意菩薩住首楞嚴三昧不行求財而以布施大千世界及諸大海天宫人間所有實物飲食衣服象馬車乘如是等物自在施與此皆是本功德所致況以神力隨意所作是名菩薩住首楞嚴三昧檀波羅蜜本事果報佛告堅意菩薩住首楞嚴三昧不復受戒於戒不動爲欲化導諸衆生故現受持戒行諸威儀示有所犯滅除過罪而内清淨常無闕失爲欲教化諸衆生故生於欲界作轉輪王諸婇女衆恭敬圍繞現有妻子五欲自恣而内常在禪定淨戒善能了見三有過患堅意是名菩薩住首楞嚴三昧尸波羅蜜本事果報佛告堅意菩薩住首楞嚴三昧修行忍辱畢竟盡故衆生不生而修於忍諸法不起而修於忍心無形色而修於忍不得彼我而修於忍不念生死而修於忍以涅槃性而修於忍不壞法性而修於忍菩薩如是修行忍辱而無所修亦無不修爲化衆生生於欲界現有瞋恨而内清淨現行遠離而無遠近爲淨衆生壞世威儀而未曾壞諸法之性現有所忍而無有法常定不壞可以忍者菩薩成就如是忍辱爲斷衆生多瞋惡心而常稱歎忍辱之福亦復不得瞋恚忍辱堅意是名菩薩住首楞嚴三昧羼提波羅蜜本事果報佛告堅意菩薩住首楞嚴三昧發大精進得諸善法而不發

動身口意業爲懈怠者現行精進欲令衆生隨效我學而於諸法無發無受所以者何菩薩悉知一切諸法常住法性不來不去如是遠離身口意行而能示現發行精進亦不見法有成就者現於世間發行精進而於內外無所作爲常能往來無量佛國而於身相平等不動示現發行一切善法而於諸法不得善惡現行求法有所諮受而於佛道不隨他教現行親近和尚諸師而爲一切諸天人尊現勸請問而內自得無障礙辯現行恭敬而爲一切天人戴仰現入胞胎而於諸法無所染汙現有出生而於諸法不見生滅現爲小兒而身諸根悉皆具足現行技藝醫方呪術文章筭數工巧事能而內先來皆悉通達現有病苦而已永離諸煩惱患示現衰老而於先來諸根不壞示現有死而未曾有生滅退失堅意是名菩薩住首楞嚴三昧精進波羅蜜本事果報佛告堅意菩薩住首楞嚴三昧雖知諸法常是定相而示衆生諸禪差別現身住禪化亂心者而於諸法不見有亂一切諸法如法性相以調伏心於禪不動現諸威儀來去坐卧而常寂然在於禪定示同衆人有所言說而常不捨諸禪定相慈愍衆生入於城邑聚落郡國而常在定爲欲饒益諸衆生故現有所食而常在定其身堅牢猶若金剛內實不虛不可破壞其內無有生藏熟藏大小便利臭穢不淨現有所食而無所入但爲慈愍饒益衆生於一切處無有過患現行一切凡夫所行而實無行已過諸行堅意菩薩住首楞嚴三昧現在空閑聚落無異現在

居家出家無異現爲白衣而不放逸現爲沙門而不自高於諸外道出家法中爲化衆生而無所出家不爲一切邪見所染亦不於中謂得清淨現行一切外道儀法而不隨順其所行道堅意譬如導師將諸人衆過險道已還度餘人如是堅意菩薩住首楞嚴三昧隨諸衆生所發道意若聲聞道若辟支佛道若發佛道隨宜示導令得度已即復來還度餘衆生是故大士名爲導師譬如牢船從於此岸度無量人令至彼岸至彼岸已還度餘人如是堅意菩薩住首楞嚴三昧見諸衆生隨生死水四流所漂爲欲度脱令得出故隨其所種善根成熟若見可以緣覺度者即爲現身示涅槃道若見可以聲聞度者爲說寂滅共入涅槃首楞嚴三昧力故還復現生度脱餘人是故大士名爲船師堅意譬如幻師於多衆前自現身死膖脹爛臭若火所燒鳥獸所食於衆人前如是現身得財物已而便還起以其善能學幻術故菩薩如是住首楞嚴三昧爲化衆生示現老死而實無有生老病死堅意是名首楞嚴三昧禪波羅蜜本事果報佛告堅意菩薩住首楞嚴三昧修行智慧諸根猛利未曾見有衆生之性爲欲化故說有衆生不見壽者命者說有壽者命者不見業性及業報性而示衆生有業業報不見生死諸煩惱性而說當知見生死煩惱不見涅槃而說至涅槃不見諸法有差別相而說諸法有善不善已能度至無礙智岸現生欲界而不著欲界現行色界禪而不著色界現入無色定而生於色界現行色界禪而生於欲

界現於欲界而不行欲界行悉知諸禪及知禪分自在皆能入禪出禪爲化衆生隨意所生一切生處悉能受身常能成就深妙智慧除斷一切衆生諸行爲化衆生現有所行而於諸法實無所行皆已出過一切諸行久已滅除我我所心而示現受諸所須物菩薩成就如是智慧有所施作皆隨智慧而未曾爲業果所汙爲化衆生示現瘖瘂而内實有微妙梵音通達語言經書術筭不先思量當說何法隨所至衆所說皆妙悉能令喜心得堅固隨其所應而爲說法而是菩薩智慧不減堅意譬如男女若大若小隨所持器行詣水所若泉若池渠河大海隨器大小各滿而歸而此諸水無所減少如是堅意菩薩住首楞嚴三昧隨所至衆若刹利衆婆羅門衆若居士衆釋衆梵衆至是諸衆不加心力能以善言皆令喜悅隨宜所應而爲演法然其智辯無所減少堅意是名首楞嚴三昧般若波羅蜜本事果報佛告堅意菩薩住首楞嚴三昧衆生見者皆得度脫有聞名字有見威儀有聞說法有見默然而皆得度堅意譬如大藥樹王名爲喜見有人見者病皆得愈如是堅意菩薩住首楞嚴三昧衆生見者貪恚癡病皆得除愈如大藥王名曰滅除若鬪戰時用以塗鼓諸被箭射刀矛所傷得聞鼓聲箭出毒除如是堅意菩薩住首楞嚴三昧有聞名者貪恚癡箭自然拔出諸邪見毒皆悉除滅一切煩惱不復動發堅意譬如藥樹名爲具足有人用根病得除愈莖節心皮枝葉華果皆能愈病若生若乾若段段截悉能除愈衆

生諸病菩薩住首楞嚴三昧亦復如是於諸衆生無時不益常能滅除一切衆患謂以説法兼行四攝諸波羅蜜令得度脱若人供養若不供養有益無益而是菩薩皆以法利令得安隱乃至身死有食肉者若諸畜生二足四足及諸鳥獸人與非人是諸衆生皆以菩薩戒願力故死得生天常無病痛衰惱諸患堅意住首楞嚴三昧菩薩猶如藥樹佛告堅意菩薩住首楞嚴三昧六波羅蜜世世自知不從他學舉足下足入息出息念念常有六波羅蜜何以故堅意如是菩薩身皆是法行皆是法堅意譬如有王若諸大臣百千種香擣以爲末若有人來索中一種不用餘香共相熏雜堅意如是百千衆香末中可得一種不雜餘不不也世尊堅意是菩薩以一切波羅蜜熏身心故於念念中常生六波羅蜜堅意菩薩云何於念念中生六波羅蜜堅意是菩薩一切悉捨心無貪著是檀波羅蜜心善寂滅畢竟無惡是尸波羅蜜知心盡相於諸塵中而無所傷是羼提波羅蜜勤觀擇心知心離相是毗梨耶波羅蜜畢竟善寂調伏其心是禪波羅蜜觀心知心通達心相是般若波羅蜜堅意菩薩住首楞嚴三昧如是法門念念皆有六波羅蜜爾時堅意菩薩白佛言未曾有也世尊菩薩成就首楞嚴三昧其所施行不可思議世尊若諸菩薩欲行佛行當學是首楞嚴三昧何以故世尊是菩薩現行一切諸凡夫行而於其心無貪恚癡於時衆中有大梵王名曰成慈白佛言世尊若菩薩欲行一切諸凡夫行當學首楞嚴三昧何以

故是菩薩現行一切諸凡夫行而心無有貪恚癡行佛言善哉善哉成慈誠如汝所説若菩薩欲行一切諸凡夫行當學首楞嚴三昧不念一切諸所學故堅意菩薩白佛言世尊菩薩欲學首楞嚴三昧當云何學佛告堅意譬如學射先射大准射大准已學射小准射小准已次學射的學射的已次學射杖學射杖已學射百毛射百毛已學射十毛射十毛已學射一毛射一毛已學射百分毛之一分能射是已名爲善射隨意不空是人若欲於夜闇中所聞音聲若人非人不用心力射之皆著如是堅意菩薩欲學首楞嚴三昧先當學愛樂心學愛樂心已當學深心學深心已當學大慈學大慈已當學大悲學大悲已當學四聖梵行所謂慈悲喜捨學四聖梵行已

當學報得最上五通常自隨身學是通已爾時便能成就六波羅蜜成就六波羅蜜已便能通達方便通達方便已得住第三柔順忍住第三柔順忍已得無生法忍得無生法忍已諸佛授記諸佛授記已能入第八菩薩地入第八菩薩地已得諸佛現前三昧得諸佛現前三昧已常不離見諸佛常不離見諸佛已能具足一切佛法因緣具足一切佛法因緣已能起莊嚴佛土功德能起莊嚴佛土功德已能具生王家種姓入胎出生能具生王家種姓入胎出生已能具十地具十地已爾時便得受佛職號受佛職號已便得一切菩薩三昧得一切菩薩三昧已然後乃得首楞嚴三昧得首楞嚴三昧已能爲衆生施作佛事而亦不捨菩薩行法堅意菩薩若學如是

諸法則得首楞嚴三昧菩薩已得首楞嚴三昧則於諸法無所復學何以故先已善學一切法故譬如學射能射一毛分已不復學餘所以者何先已學故如是堅意菩薩住首楞嚴三昧於一切法無所復學一切三昧一切功德皆已學故爾時堅意菩薩白佛言世尊我今欲說譬喻唯願聽許佛言便說世尊譬如三千大千世界大梵天王自然普能徧觀三千大千世界不加功力如是菩薩住首楞嚴三昧於一切法自然能觀不用功力又亦能知一切衆生心心所行佛告堅意如汝所說若菩薩住首楞嚴三昧者悉知一切諸菩薩法一切佛法爾時會中有天帝釋名持須彌山於此三千大千世界最在邊外白佛言世尊譬如住於須彌山頂悉能覩見一切天下菩薩如是住首楞嚴三昧於諸聲聞辟支佛行及諸一切衆生之行自然能觀爾時堅意菩薩問是持須彌山釋言汝從何許四天下來住何須彌山頂是釋報言善男子若有菩薩得首楞嚴三昧不應問其所住處也所以者何如此菩薩一切佛國皆是住處而不著住處不得住處不見住處堅意問言仁者得是首楞嚴三昧耶釋言是三昧中寧復有得不得相耶堅意言不也釋言善男子當知菩薩行是三昧於諸法中都無所得堅意言如汝辯者必已得是首楞嚴三昧釋言善男子我不見法有所住處於一切法無所住者乃得首楞嚴三昧善男子住是三昧則於諸法都無所住若無所住即無所取若無所取即無所說爾時佛告堅意菩薩汝見是持須

彌山釋不已見世尊堅意是釋自然隨意能得首楞嚴三昧住是三昧於此三千大千世界諸帝釋宫皆能現身爾時此閒釋提桓因白佛言世尊若持須彌山釋於諸釋宫能現身者我於一切帝釋處所何故不見爾時持須彌山釋語此釋言憍尸迦若我今以實身示汝汝於宫殿不復喜樂我常至汝所住宫殿汝不見我爾時釋提桓因白佛言世尊我欲見此大士成就妙身佛言憍尸迦汝欲見耶世尊願樂欲見佛語持須彌山釋言善男子汝示此釋眞實妙身彼釋即現眞實妙身爾時會中其諸釋梵護世天王聲聞菩薩不得首楞嚴三昧者身皆不現猶若聚墨持須彌山釋身如須彌山王高大巍巍光明遠照爾時佛身倍更明顯釋提桓因白佛言未曾有也世尊今此大士身色清淨殊妙難及是諸釋梵護世天王身皆不現猶如聚墨世尊我於須彌山善妙堂上著釋迦毗楞伽摩尼瓔珞以是光明一切天衆身皆不現我今以此大士光明身不復現所著寶瓔珞亦無光色佛告釋提桓因憍尸迦若此三千大千世界滿中釋迦毗楞伽摩尼珠更有照明諸天摩尼珠能令此珠皆不復現憍尸迦若此三千大千世界滿中照明諸天摩尼珠更有金剛明摩尼珠能令此珠皆不復現憍尸迦若此三千大千世界滿中金剛明摩尼珠更有諸明集摩尼珠能令此珠皆不復現憍尸迦汝見是釋所著諸明集摩尼珠不已見世尊但爲此珠其光猛盛我眼不堪佛告憍尸迦若有菩薩得首楞嚴三昧或作帝釋皆著如

是摩尼瓔珞

佛說首楞嚴三昧經卷上

音釋

欄楯 欄落干切楯食閏切
鈍 徒困切
癃 力中切病也
瘖瘂 瘖於金切瘂烏下切瘖瘂疾不能言也
羼提 梵語也此云忍辱羼初限切
諮 津私切訪問也
藝 倪祭切技能也
膖脹 膖匹絳切脹知亮切
擣 都皓切舂也
首楞嚴 梵語也此云健相分別楞盧登切

佛說首楞嚴三昧經卷中

姚秦三藏鳩摩羅什譯

爾時釋提桓因白佛言世尊諸有不發阿耨多羅三藐三菩提心者不得是清淨妙身亦復失是首楞嚴三昧於時瞿或天子語釋提桓因言諸聲聞人已入法位雖復稱歎愛樂佛道無能爲也已於生死作障隔故若人已發阿耨多羅三藐三菩提心者今發當發是人則應愛樂佛道能得如是上妙色身譬如有人從生而盲雖復稱歎愛樂日月然其不蒙日月光明如是聲聞入法位者雖復稱歎愛樂佛法而佛功德於身無益是故若欲得此妙身大智慧者當發無上佛菩提心便得如是上妙色身瞿或天子說是語時萬二千天子發阿耨多羅三藐三菩提心爾時堅意菩薩問瞿或天子言行何功德轉女人身答言善男子發大乘者不見男女而有別異所以者何薩婆若心不在三界有分別故有男有女仁者所問行何功德轉女人身昔事菩薩心無諂曲云何而事答言如事世尊云何其心而不諂曲答言身業隨口口業隨意是名女人心無諂曲問言云何轉女人身答言如成問言云何如成答言如轉問言天子此語何義答言善男子一切諸法不成不轉諸法一味謂法性味善男子我隨所願有女人身若使我身得成男子於女身相不壞不捨善男子是故當知是男是女俱爲顛倒一切諸法及與顛倒悉皆畢竟離於二相堅意菩薩問瞿或言汝於首楞嚴三昧知少分耶答言善男子我知他得身自不證我念過世釋

迦牟尼佛在淨飯王家爲菩薩時於宮殿内衆婇女中夜半清淨爾時東方恒河沙等諸梵王來有問菩薩乘者有問聲聞道者菩薩各隨所問而答於梵衆中有一梵王不解菩薩所行方便而作是言仁者乃有如是智慧善答所問云何貪受王位色欲餘諸梵王了知菩薩智慧方便語此梵言菩薩不貪王位色欲將爲教化成就衆生處在居家現爲菩薩而令他方成就佛道轉妙法輪是梵聞巳而作是言得何三昧能作如是自在神變餘梵謂言是首楞嚴三昧勢力善男子我於爾時而作是念菩薩三昧神力感應至未曾有處在愛欲領理國事而能不離如是三昧我聞此巳倍加恭敬於菩薩所生世尊想深發阿耨多羅三藐三菩提心願於來世亦當成就如是功德善男子我所見者如是少分我唯知此首楞嚴三昧當有無量不可思議功德勢力堅意白佛言希有世尊是瞿或天子深心說此皆是如來爲作善知識常所護故世尊瞿或天子不久亦當住首楞嚴三昧得是自在神變勢力如今世尊所爲無異堅意菩薩白佛言世尊今此會中寧有得是首楞嚴三昧者不爾時會中有天子名現意語堅意菩薩言譬如賈客入於大海而作是言此大海中有摩尼珠可持去不汝語似是所以者何於今如來大智海會其中菩薩成就法寶發大莊嚴汝在中坐而作是問於此會中寧有菩薩得是首楞嚴三昧者不堅意今此會中自有菩薩得首楞嚴三昧現帝釋身有現梵王身有現諸天龍夜叉乾闥婆阿脩羅

迦樓羅緊那羅摩睺羅伽身有得首楞嚴三昧現比丘比丘尼優婆塞優婆夷身有得首楞嚴三昧以諸相好而自嚴身自有菩薩爲化衆生現作女身形色相貌有現聲聞形色相貌有現辟支佛形色相貌堅意如來自在隨所至衆若刹利衆婆羅門衆若居士衆釋衆梵衆諸護世衆隨是諸衆普能示現形色相貌當知皆是首楞嚴三昧本事果報堅意若見如來所説法處當知此中則有無量諸大菩薩大智自在發大莊嚴於一切法自在行者能隨如來轉法輪者堅意菩薩白佛言世尊我今謂是現意天子得此首楞嚴三昧如其智慧辯才無礙神通如是佛言堅意如汝所説是現意天子已住首楞嚴三昧通達是三昧故能作是説爾時佛告現意天子汝可示現首楞嚴三昧本事少分現意天子語堅意言仁者欲見首楞嚴三昧少勢力不答言天子願樂欲見現意天子善得首楞嚴三昧力故即現變應令衆會者皆作轉輪聖王三十二相而自莊嚴及諸眷屬七寶侍從天子問言汝見何等堅意答言我見衆會皆作轉輪聖王色相眷屬七寶侍從爾時天子復現衆會皆作釋提桓因處忉利宫百千天女作衆妓樂圍繞娛樂復以神力普令衆會皆作梵王色相威儀在於梵宫行四無量又問堅意汝見何等答言天子我見衆會皆是梵王復現神力普令衆會皆作長老摩訶迦葉形色相貌執持衣鉢入諸禪定行八解脱皆無有異復現神力普令衆會皆如釋迦牟尼佛身相好威儀各有比丘眷屬圍繞又問堅

意汝見何等答言天子我見大衆皆是釋迦牟尼佛身相好威儀各有比丘眷屬圍繞現意天子謂堅意言是爲首楞嚴三昧自在勢力如意堅意菩薩得首楞嚴三昧能以三千大千世界入芥子中令諸山河日月星宿悉現如故而不迫迮示諸衆生堅意首楞嚴三昧不可思議勢力如是爾時諸大弟子及諸天龍夜叉乾闥婆釋梵護世天王同聲白佛言世尊若人得是首楞嚴三昧是人功德不可思議所以者何是人則爲究竟佛道成就智慧神通諸明我等今日於一座上普見衆會種種色相若干變現我等惟念若人不聞首楞嚴三昧當知是爲魔所得便若得聞者當知是人諸佛所護何況聞已隨說行者世尊菩薩若欲通達佛法至於彼岸當一心聽

首楞嚴三昧受持讀誦爲他人說世尊菩薩若欲普現一切形色威儀欲悉普知一切衆生心心所行又欲普知一切衆生隨病與藥當善聽是三昧法實受持讀誦世尊若人得是首楞嚴三昧當知是人入佛境界智慧自在佛言如是如是如汝等說若人不得首楞嚴三昧不得名爲深行菩薩如來不謂此人具足布施持戒忍辱精進禪定智慧是故汝等若欲徧行一切道者當學得是首楞嚴三昧不念一切諸所學故爾時堅意菩薩問現意天子言菩薩若欲得是三昧當修行何法天子答言菩薩若欲得是三昧當修行凡夫法若見凡夫法佛法不合不散是名修習首楞嚴三昧堅意問言於佛法中有合散耶天子答言凡夫法中尚無合散何況佛法云何

名修行若能通達諸凡夫法佛法無二是名修習而實此法無合無散善男子一切法集無生相故一切法集無壞相故一切法集虚空相故一切法集無受相故堅意復問首楞嚴三昧去至何所天子答言首楞嚴三昧去至一切衆生心行而亦不緣心行取相去至一切諸所生處而亦不爲生處所汙去至一切世界佛所而不分別佛身相好去至一切音聲語言而不分別諸文字相普能開示一切佛法而不至於畢竟盡處善男子問是三昧至何處者隨佛所至是三昧者亦如是至堅意問言佛至何處天子答言佛如如故至無所至又問佛不至涅槃耶答言一切諸法究竟涅槃是故如來不至涅槃所以者何涅槃性故不至涅槃又問過去恒河沙等諸佛不至涅槃耶答言恒沙諸佛爲是生耶堅意言如來所説恒沙諸佛生已滅度天子言善男子如來不云一人出世多所饒益安樂衆生於意云何如來爲定得諸衆生有生滅耶天子如來於法不得生滅善男子當知如來雖説諸佛出於世間於如來相而實無生雖説諸佛至於涅槃於如來相如實無滅又問今現無量如來得成道不答言如來無生無滅相如是成道善男子若諸佛出若入涅槃無有差別所以者何如來通達一切諸法是寂滅相是名爲佛又問若一切法畢竟寂滅涅槃相者可通達耶答言如一切法畢竟寂滅同涅槃相通達相者亦復如是善男子如來不以生住滅出無生住滅是名佛出堅意問言汝住首楞嚴三昧能作如是説耶答言

善男子於意云何如來化人住何法中而有所説堅意答言乘佛神力能有所説又問佛住何處而作化人答言佛住不二神通而作化人天子言如如來住不住法而作化人諸化人亦住不住法而有所説堅意言若無所住云何有説天子言如無所住説亦如是又問菩薩云何具足樂説辯才答曰菩薩不以我相不以彼相不以法相而有所説是名具足樂説辯才隨所説法文字相不盡法相亦不盡如是説者不以二説是名具足樂説辯才又善男子若菩薩不捨諸法幻相於諸音聲不捨響相是名具足樂説辯才又如諸文字音聲語言無處無方無內無外無有所住從衆緣有一切諸法亦復如是無處無方無內無外亦無所住非是過去未來現在不爲文字言辭所表內自通達而有所説是名具足樂説辯才譬喻如響一切音聲皆隨響相而有所説堅意問言隨義云何善男子隨虛空是隨義如虛空無所隨一切諸法亦無所隨諸法無比無有譬喻爲有得者言有所隨爾時世尊讚天子言善哉善哉如汝所説菩薩於此不應驚怖所以者何若有所隨不得阿耨多羅三藐三菩提堅意菩薩白佛言世尊是現意天子從何佛土來至此間天子謂言問作何等堅意答言我今欲向彼方作禮以是大士遊行住處天子謂言若人手得是首楞嚴三昧者一切世間諸天人民皆應禮敬爾時佛告堅意菩薩是現意天子從阿閦佛妙喜世界來至於此是人於彼常説首楞嚴三昧堅意一切諸佛無有不説首楞嚴三

昧者堅意是現意天子於此娑婆世界當得成佛是人欲斷此五濁惡取淨佛土教化衆生修習增長首楞嚴故來至於此堅意白佛言令此天子幾時當於此間世界得成佛道其號云何世界何名佛言是天子者過是賢劫千佛滅已六十二劫無復有佛中間但有百千萬億辟支佛出其中衆生得種種善根過是劫已當得成佛號淨光稱王如來世界爾時名爲淨見於時淨光稱王如來能令衆生心得清淨世界衆生不爲貪欲瞋恚愚癡所覆得法淨信皆行善法堅意是淨光稱王佛壽十小劫以三乘法度脱衆生其中無量無邊菩薩得首楞嚴三昧於諸法中得自在力爾時魔若魔民皆修大乘慈愍衆生其佛國土無三惡道及諸難處莊嚴清淨如鬱單越無衆魔事離諸邪見佛滅度後法住千萬億歲堅意是天子者當於如是清淨國土而成佛道爾時堅意菩薩謂天子言汝得大利如來授汝阿耨多羅三藐三菩提記天子答言善男子於一切法若無所得是名大利於法有得是則無利善男子是故當知若不得法是名大利說是語時二萬五千天子曾於先世植衆德本皆發阿耨多羅三藐三菩提心有萬菩薩得無生忍爾時舍利弗白佛言世尊未曾有也今說首楞嚴三昧而是惡魔不來嬈亂佛告舍利弗汝欲見魔衰惱事不唯然欲見爾時佛放眉間白毫大人相光一切衆會皆見惡魔被五繫縛不能自解佛告舍利弗汝見惡魔被五縛不唯然已見此惡魔者爲誰所縛佛言是首楞嚴三昧威神之

力在所佛土說首楞嚴三昧其中諸魔欲以惡心作障礙者首楞嚴三昧及與諸佛威神力故其諸惡魔皆自見身被五繫縛舍利弗在所說首楞嚴三昧處若我現在若我滅後其中所有諸魔魔民及餘人衆懷惡心者以首楞嚴三昧威神力故皆被五縛爾時會中天龍夜叉乾闥婆等白佛言世尊我等於此三昧心無有疑不爲障礙我等不欲身被五縛世尊我等恭敬此三昧故皆當往護說是法者於是三昧生世尊想佛告諸天龍神汝以是故當於十二見縛而得解脫何等十二我見縛衆生見縛壽命見縛人見縛斷見縛常見縛我作見縛我所見縛有見縛無見縛此彼見縛諸法見縛是爲十二汝等當知若有衆生於佛法中起瞋恨心欲毀壞者皆以住是十二見縛若人信解隨順不逆於此十二見縛當得解脫爾時舍利弗白佛言世尊惡魔於今得聞說此首楞嚴三昧名不佛言亦聞以被縛故不能得來舍利弗言如來何不以威神力令魔不聞說首楞嚴三昧名字佛言且止勿作此語假使恒河沙等世界滿中大火爲聞說此首楞嚴三昧當從中過何以故若人但聞說首楞嚴三昧我說此人大得善利勝得四禪生四梵處舍利弗若使惡魔今得聞說首楞嚴三昧名字以此因緣當得出過一切魔事若以被縛而得聞者亦當於此十二見縛而得解脫是故舍利弗邪見惡人入魔網者尚應聞此首楞嚴三昧何況淨心歡喜欲聞爾時會中有一菩薩名魔界行不汙白佛言唯然世尊我今當現於魔界

中自在神力令魔得住首楞嚴三昧佛言隨意時魔界行不汙菩薩即於會中忽然不現現於魔宫語惡魔言汝寧不聞佛說首楞嚴三昧無量衆生皆發阿耨多羅三藐三菩提心出汝境界亦皆當復度脱餘人出汝境界魔即報言我聞佛說首楞嚴三昧名字以被五縛不能得往所謂兩手兩足及頭又問惡魔誰繫汝者魔即答言我適發心欲往壞亂聽受首楞嚴三昧者即被五縛我適復念諸佛菩薩有大威德難可壞亂我若往者或當自壞不如自住於此宫殿作是念已即於五縛而得解脱菩薩答言如是一切凡夫憶想分别顛倒取相是故有縛動念戲論是故有縛見聞覺知是故有縛此中實無縛者解者所以者何諸法無縛本解脱故諸法無解本無縛故常解脱相無有愚癡如來以此法門說法若有衆生得知此義欲求解脱勤心精進則於諸縛而得解脱時魔衆中七百天女以天香華末香塗香及諸瓔珞散魔界行不汙菩薩而作是言我當何時於魔境界而得解脱菩薩報言汝等若能不壞魔縛則得解脱云何名爲魔縛謂六十二見若人不壞此諸見者即於魔縛而得解脱天女復言云何名爲不壞諸見而得解脱答言諸見本無所從來去無所至若知諸見無去來相者即於魔縛而得解脱諸見非有非無若不分别有無即於魔縛而得解脱若無所見是爲正見如是正見無正無邪若法無正無邪無作無受即於魔縛而得解脱是諸見者非内非外亦非中間如是知見亦復不念則於魔縛而

得解脫七百天女聞說此法即得順忍而作是言我等亦當於魔界中行無所汙度脫一切魔所縛者爾時魔界行不汙菩薩語惡魔言汝諸眷屬已發阿耨多羅三藐三菩提心汝作何等惡魔答言我被五縛不知所作菩薩答言汝發阿耨多羅三藐三菩提心當從此縛而得解脫時諸天女慈愍魔故皆作是言可發阿耨多羅三藐三菩提心勿於安隱生怖畏想勿於樂中而生苦想勿於解脫而生縛想爾時惡魔生諂曲心而作是言若汝捨離菩提心者我當發心時諸天女以方便力而謂魔言我等皆已捨離此心汝便可發阿耨多羅三藐三菩提心若一菩薩發菩提心一切菩薩亦同是心所以者何心無差別於諸眾生心皆平等爾時惡魔謂魔界行不汙菩薩言我今當發阿耨多羅三藐三菩提心以是善根令我縛解說此言已即自見身從縛得解時魔界行不汙菩薩以神通力放大光明現淨妙身照於魔宮魔自見身無有威光猶如墨聚時魔眾中二百天女深著婬欲見此菩薩身色端正起染愛心各作是言是人若能與我從事我等皆當隨順其教時此菩薩知諸天如宿緣應度即時化作二百天子色貌端嚴如身無異又作二百寶交露臺勝魔宮觀是諸天女皆自見身在此寶臺各各自謂與此菩薩共相娛樂所願得滿婬欲意息皆生深心愛敬菩薩菩薩即時隨其所應而為說法皆發阿耨多羅三藐三菩提心時魔界行不汙菩薩謂惡魔言汝可詣佛魔作是念我縛已解當詣佛所壞亂說法爾

時惡魔眷屬圍繞行詣佛所白言世尊勿復說是首楞嚴三昧所以者何說是三昧我身即時被五繫縛唯願如來更說餘事時堅意菩薩謂惡魔言誰解汝縛答言魔界行不汙菩薩解我繫縛汝許何事而得解脫魔言我許發阿耨多羅三藐三菩提心爾時佛告堅意菩薩今是惡魔爲解縛故發菩提心非清淨意如是堅意我滅度後後五百歲多有比丘爲利養故發菩提心非清淨意堅意汝觀首楞嚴三昧勢力佛法威神是諸比丘比丘尼優婆塞優婆夷以輕戲心貪利養心隨逐他心聞是三昧而發菩提心我皆知此心與阿耨多羅三藐三菩提得作因緣何況聞是首楞嚴三昧能以淨心發阿耨多羅三藐三菩提當知此人於佛法中已得畢定堅意菩薩白佛言世尊今此惡魔聞說首楞嚴三昧爲解縛故發菩提心亦得具足佛法因緣耶佛言如汝所說惡魔以聞是三昧福德因緣及發菩提心因緣故於未來世得捨一切魔事魔行魔諂曲心魔衰惱事從今以後漸漸當得首楞嚴三昧力成就佛道堅意菩薩謂惡魔言如來今已與汝授記魔言善男子我今不以清淨心發阿耨多羅三藐三菩提如來何故與我授記如佛言曰從心有業從業有報我自無心求菩提道如來何故與我授記時佛欲斷衆會疑故告堅意言菩薩授記凡有四種何謂爲四有未發心而與授記有適發心而與授記有密授記有得無生法忍現前授記是謂爲四唯有如來能知此事一切聲聞辟支佛所不能知堅意云何名爲有

未發心而與授記或有衆生往來五道若在地獄若在畜生若在餓鬼若在天上若在人間諸根猛利好樂大法佛知是人過此若干百千萬億阿僧祇劫當發阿耨多羅三藐三菩提心又於若干百千萬億阿僧祇劫行菩薩道供養若干百千萬億那由他佛教化若干百千萬億無量衆生令住菩提又過若干百千萬億阿僧祇劫當得阿耨多羅三藐三菩提號字如是國土如是聲聞衆數壽命如是滅後法住歲數如是佛告堅意如來悉能了知此事復過於是是名未發心而與授記

爾時長老摩訶迦葉前白佛言從今以後我等當於一切衆生生世尊想所以者何我等無有如是智慧何等衆生有菩薩根何等衆生無菩薩根世尊我等不知如是事故或於衆生生輕慢心則爲自傷佛言善哉善哉迦葉快說此言以是事故我經中說人則不應妄稱量衆生所以者何若妄稱量於他衆生則爲自傷唯有如來應量衆生及與等者以是因緣若諸聲聞及餘菩薩於諸衆生應生佛想適發心已得授記者或自有人久植德本修習善行勤心精進諸根猛利好樂大法有大悲心普爲衆生求解脫道是人發心即住阿惟越致入菩薩位墮畢定數出過八難如是等人適發心時諸佛即與授阿耨多羅三藐三菩提記名號如是國土如是壽命如是如是等人如來知心而與授記是名發心即與授記密授記者自有菩薩未得授記而常精勤求阿耨多羅三藐三菩提樂種種施樂一切施受法堅固持戒不捨深發莊嚴有

大忍力等心衆生勤行精進求諸善法身心不懈如救頭然行念安隱能得四禪樂求智慧行佛菩提久行六度有成佛相時餘菩薩天龍夜叉乾闥婆等皆作是念如此菩薩勤心精進實爲希有幾時當得阿耨多羅三藐三菩提其號云何國土何名聲聞衆數多少云何佛爲斷此衆生疑故而與授記普令衆會皆得聞知唯是菩薩獨不得聞佛神力故令一切衆知是菩薩成佛號字國土如是聲聞衆數多少如是衆所疑者時悉決了於此菩薩生世尊想而是菩薩不能自知我爲得記爲未得記是爲菩薩密得授記現前授記者有菩薩久集善根無不見得常修梵行觀無我空於一切法得無生忍佛知此人功德智慧悉已具足則於一切天人魔梵沙門婆羅門大衆之中現前授記作是言善男子汝過若千百千萬億劫當得成佛號字如是國土如是聲聞衆數壽命如是時無數人隨效是人皆發阿耨多羅三藐三菩提心是人佛前得授記已身升虚空高七多羅樹堅意是名第四現前授記爾時堅意菩薩白佛言今此會中寧有菩薩以此四事得授記不佛答言有世尊誰是佛言此師子吼王菩薩樂欲居士子是未發心而得授記如是等他方世界無數菩薩亦未發心而得授記復有寂滅菩薩大德法王子菩薩文殊師利法王子菩薩如是無量諸菩薩等適發心時即與授記皆住阿惟越致地中是中復有智勇菩薩益意菩薩如是無量諸菩薩等密與授記堅意我及彌勒賢劫千菩薩皆得無生法忍現前

授記堅意菩薩白佛言希有世尊菩薩所行不可思議授記亦不可思議一切聲聞諸辟支佛尚不能知況餘衆生佛言堅意菩薩所行所發精進威神勢力不可思議爾時魔界行不汙菩薩所化天女令發阿耨多羅三藐三菩提心者各以天華散於佛上白佛言世尊我等不樂密得授記我等願得無生法忍現前授記唯願世尊於今與我授阿耨多羅三藐三菩提記佛時微笑口出種種妙色光明照諸世界還從頂入阿難白佛言世尊何因故笑佛告阿難汝今見是二百天女合掌敬禮如來者不已見世尊阿難是諸天女已曾於昔五百佛所深種善根從是已去當復供養無數諸佛過七百阿僧祇劫已皆得成佛號曰淨王阿難是諸天女命終之後得轉女身皆當生於兜率天上供養奉事彌勒菩薩爾時惡魔聞諸天女得授記已白佛言世尊我今自於所有眷屬不得自在以聞說是首楞嚴三昧故況餘聞者若人得聞首楞嚴三昧即得畢定住佛法中爾時天女以無怯心語惡魔言汝勿大愁我等今者不出汝界所以者何魔界如即是佛界如魔界如佛界如不二不別我等不離是如魔界相即是佛界相魔界法佛界法不二不別我等於此法相不出不過魔界無有定法可示佛界亦無定法可示魔界佛界不二不別我等於此法相不出不過是故當知一切諸法無有決定無決定故無有眷屬無非眷屬爾時惡魔憂愁苦惱欲還天上魔界行不汙菩薩謂惡魔言汝欲何去魔言我今欲還所住宮殿菩薩

謂言不離是衆即是汝宮殿爾時惡魔即自見身處本宮殿菩薩語言汝見何等惡魔答言我自見身處本宮殿好林園池是我所有菩薩語言汝今可以奉上如來魔言可爾適作是語即見如來聲聞菩薩一切大衆皆在其中說首楞嚴三昧爾時阿難白佛言世尊佛所住處說首楞嚴三昧有施食已佛得成道此二施主何者福多佛言阿難施佛食已佛成阿耨多羅三藐三菩提食已轉法輪食已說首楞嚴三昧此三食福無有差別阿難我於何處得阿耨多羅三藐三菩提當知其處即是金剛過去未來現在諸佛皆於其中得成佛道隨所住處說首楞嚴三昧等無差別及有讀誦書寫之處亦復如是阿難施佛食已初轉法輪若有法師得施食已讀誦說是首楞嚴三昧此二施福等無有異又復阿難佛住精舍以十八種神通變化度脫衆生復有精舍於中讀誦說是首楞嚴三昧此二福處其福不異爾時阿難語惡魔言汝得大利能以宮殿施佛令住魔言是魔界行不汙菩薩恩力所致堅意菩薩白佛言世尊是魔界行不汙菩薩住首楞嚴三昧神力自在乃如是乎

佛言堅意如汝所說今此菩薩住是三昧能以神力隨意自在示現一切行魔界行而能不爲魔行所汙與諸天女現相娛樂而實不受婬欲惡法是善男子住首楞嚴三昧現入魔宮而身不離於佛會現行魔界遊戲娛樂而以佛法教化衆生

佛說首楞嚴三昧經卷中

音釋

迫迮（迫博陌切逼也迮側革切狹也）鬱單越（梵語也此云勝處鬱於勿切）縛（符各切繫也）兜率（梵語具云兜率陀亦云覩史陀此云知足兜都侯切率朔律切）

佛説首楞嚴三昧經卷下

姚秦三藏鳩摩羅什譯

堅意菩薩白佛言世尊如來住是首楞嚴三昧能現幾所自在神力善哉世尊願少演説佛言堅意我今住此首楞嚴三昧於此三千大千世界百億四天下百億日月百億四天王處百億忉利天百億夜摩天百億兜率陀天百億化樂天百億他化自在天乃至百億阿迦貳吒天百億須彌山王百億大海是名三千大千世界堅意我住首楞嚴三昧於此三千大千世界或於閻浮提現行檀波羅蜜或於閻浮提現行尸波羅蜜或於閻浮提現行羼提波羅蜜或於閻浮提現行毗梨耶波羅蜜或於閻浮提現行禪波羅蜜或於閻浮提現行般若波羅蜜或於閻浮提現爲五通神仙或於閻浮提現在居家或於閻浮提現行出家或於四天下或現在兜率天一生補處或於四天下現爲轉輪聖王或爲釋提桓因或爲梵王或爲四天王或爲夜摩天王或爲兜率陀天王或爲化樂天王或爲他化自在天王或現長者或現居士或復現爲小王大王或爲刹利或爲婆羅門或爲菩薩或於四天下欲從兜率下生世間或現入胎或現處胎或現欲生或現生已行七步舉手自稱天上天下唯我爲尊或現處宫與婇女俱或現出家或現苦行或現取草或現坐道場或現降魔或現成佛或現觀樹王或現釋梵請轉法輪或現轉法輪或現捨壽或現入涅槃或現燒身或現全身舍利或現散身舍利或現法欲滅或現法已滅或現壽命無量或現

壽命短促或現國土無惡道名或現有諸惡道或現閻浮提清淨嚴飾如天宮殿或現弊惡或現上中下堅意是皆首楞嚴三昧自在神力菩薩示現入於涅槃不畢竟滅而於三千大千世界能現如是自在神力亦現如是諸莊嚴事堅意汝觀如來於此四天下轉法輪餘閻浮提未成佛道或有閻浮提現入滅度是名首楞嚴三昧所入法門爾時會中諸天龍夜叉乾闥婆等諸菩薩大弟子咸作是念釋迦牟尼佛但能於此三千大千世界有是神力於餘世界亦有是力時文殊師利法王子知衆會意欲斷所疑白佛言世尊我所遊行諸佛國土於是世界上過六十恒河沙土有佛世界名一燈明佛於其中爲人說法我至其所頭面禮足問言世尊號字何等我等云何奉持佛名彼佛答我汝詣釋迦牟尼佛自當答汝世尊彼佛國土功德莊嚴說之一劫猶不可盡復過於是彼國無有聲聞辟支佛名但有諸菩薩僧常說不退轉法輪唯願世尊說此佛名一燈明土講說法者爾時佛告文殊師利法王子汝等善聽勿懷恐怖而生疑悔所以者何諸佛神力不可思議首楞嚴三昧勢力亦不可思議文殊師利彼一燈明土講說法者佛號示一切功德自在光明王文殊師利一燈明土示一切功德自在光明王佛則是我身於彼國土現佛神力我於彼土說不退轉法輪是我宿世所修淨土文殊師利汝今當知我於無量無邊百千萬億那由他土盡有神力一切聲聞辟支佛所不能知文殊師利此則皆是首楞嚴三昧勢

力菩薩常於無量世界示現神變於此三昧而不動轉文殊師利譬如日月自於宮殿初不移動而現一切城邑聚落菩薩如是住首楞嚴三昧初不移動而能徧於無量世界示現其身隨衆所樂而爲說法爾時衆會得未曾有皆大歡喜踊躍無量合掌恭敬及諸天龍夜叉乾闥婆阿脩羅迦樓羅緊那羅摩睺羅伽等以眞珠華雜色妙華末香塗香散於佛上皆作諸天所有妓樂供養如來及諸弟子亦各脱上衣奉上於佛諸菩薩等以妙色華大如須彌并衆雜香末香塗香珍寶瓔珞散於佛上皆作是言唯然世尊若有說首楞嚴三昧處其地則爲金剛若人得聞說是三昧信受讀誦爲人演說不驚不畏當知此人亦是金剛成不壞忍深住於信諸佛所護厚種善根得大善利降魔怨敵斷諸惡趣爲善知識之所守護世尊如我解佛所說義若有衆生聞是首楞嚴三昧即能信受讀誦解義爲人演說如說修行當知是人得住佛法畢定不退佛言如是如是如汝等說若人不厚種諸善根聞首楞嚴三昧不能信受少有衆生聞首楞嚴三昧能信受者多有衆生不能信受善男子人有四法聞是三昧能得信受何等爲四一者曾於過去諸佛聞是三昧二者爲善知識所護深樂佛道三者善根深厚好樂大法四者身自得證大乘深法有是四法則能信受如是三昧善男子復有滿願阿羅漢及具足正見者信行見行者是人信順如來語故信是三昧而身不證所以者何是三昧者一切聲聞辟支佛所不能通達況餘

衆生爾時長老摩訶迦葉白佛言世尊譬如從生盲人夢中得眼見種種色心大歡喜即於夢中與有眼者共住共語是人覺已不復見色我等亦爾未聞是首楞嚴三昧時心懷歡喜謂得天眼與諸菩薩共住共語論説義理世尊我今從佛聞是三昧不知其事如生盲人不能得知諸佛菩薩所行之法我等從今已往自視其身如生盲人於佛深法無有智慧不知不見世尊所行我等從今已往知諸菩薩眞得天眼能得如是諸深智慧世尊若人無有薩婆若心誰當自謂我是智者我是福田佛言如是如是迦葉如汝所説菩薩所得諸深智慧聲聞辟支佛所不能及摩訶迦葉説是語時八千衆生皆發阿耨多羅三藐三菩提心

爾時堅意菩薩問文殊師利法王子言文殊師利所言福田云何名爲福田文殊師利言有十法行名爲福田何等爲十住空無相無願解脱門而不入法位見知四諦而不證道果行八解脱而不捨菩薩行能起三明而行於三界能現聲聞形色威儀而不隨音聲從他求法現辟支佛形色威儀而以無礙辯才説法常在禪定而能現行一切諸行不離正道而現入邪道深貪染愛而離諸欲一切煩惱入於涅槃而於生死不壞不捨有是十法當知是人眞實福田爾時堅意菩薩問須菩提言長老須菩提世尊説汝第一福田汝爲得在是十法不須菩提言我於是法尚無其一何況有十堅意言汝以何名第一福田須菩提言我不於佛諸菩薩中第一福田佛説

我於聲聞辟支佛中第一福田堅意譬如邊地小王亦名爲王若轉輪聖王至於邊地諸小王等不名爲王爾時唯有轉輪聖王聖王威德殊妙勝故堅意隨有國土城邑聚落無菩薩處我於其中得爲福田若有佛處有大菩薩我於其中不名福田諸菩薩等有薩婆若心是故勝我爾時佛讚須菩提言善哉善哉如汝所説是無增上慢大弟子之所言也堅意菩薩復問文殊師利法王子言文殊師利所説多聞云何名爲多聞文殊師利言若人得聞一句之法即解其中千萬億義百千萬劫敷演解説智慧辯才不可窮盡是名多聞復次堅意菩薩若聞十方無量諸佛所説盡能受持無有一句先所不聞凡所聞者皆是先聞隨所聞法能持不忘爲衆生説而無衆生身與衆生及所説法無有差别是名多聞爾時會中有菩薩天子名淨月藏作是念佛説阿難於多聞中爲最第一如文殊師利所説多聞阿難今者寧有是不作是念已問阿難言如來説汝於多聞中爲最第一汝之多聞寧如文殊師利所説者不阿難答言如文殊師利所説多聞我無是事淨月藏言如來云何常稱説汝於多聞中爲最第一阿難答言佛諸弟子隨逐音聲而得解脱於是人中説我第一非謂我於無量智海無等大慧無礙辯才諸菩薩中多聞第一天子譬如以有日月光明閻浮提人見諸形色得有所作我亦如是倶以如來智慧光明得受持法我於其中自無有力當知皆是如來神力

爾時世尊讚阿難言善哉善哉如汝所説汝

所受持誦念諸法當知則是如來神力爾時佛告淨月藏言阿難所持諸法甚少所不誦者無量無邊天子我於道場所得諸法百千億分不說其一我所說者阿難於中百千億分不持其一天子如來但於一日一夜十方世界諸釋梵王護世天王天龍夜叉乾闥婆等天子菩薩與之說法以智慧力而作偈頌說修多羅因緣譬喻衆生所行諸波羅蜜及說聲聞辟支佛乘佛無上乘攝大乘法毀呰生死稱讚涅槃假使閻浮提內所有衆生成就多聞皆如阿難於百千劫不能受持天子以是因緣當知如來所說諸法無量無邊阿難所持甚爲少耳爾時淨月藏天子即以十萬七寶華蓋奉上如來其蓋即時徧住虛空所覆衆生皆作金色奉上蓋已作如是言唯然世尊願以是福普使衆生辯才說法當如世尊能受持法如文殊師利法王子時佛知是菩薩天子深樂佛道與授阿耨多羅三藐三菩提記而作是言今是天子過四百四十萬劫當得作佛號一寶蓋國名一切衆寶莊嚴說是法時二百菩薩生懈怠心諸佛世尊其法甚深阿耨多羅三藐三菩提如是難得我等不能具足是事不如但以辟支佛乘入於涅槃所以者何佛說菩薩若有退轉或作辟支佛或作聲聞

爾時文殊師利法王子知此二百菩薩有懈退心欲還發起令得阿耨多羅三藐三菩提亦欲教化會中天龍夜叉乾闥婆阿脩羅迦樓羅緊那羅摩睺羅伽等故白佛言世尊我念過去劫名照明我於其中三百六十億世

以辟支佛乘入於涅槃爾時一切衆會心皆生疑若入涅槃不應復還生死相續今文殊師利何故作如是言世尊我念過世劫名照明我於其中三百六十億世以辟支佛乘入於涅槃是事云何爾時舍利弗承佛神旨白佛言世尊若人已得入於涅槃不應復有生死相續云何文殊師利入涅槃已還復出生佛言汝可問之文殊師利自當答汝時舍利弗問文殊師利言若人已得入於涅槃於諸有中不復相續汝今云何而作是説世尊我念過去照明劫中三百六十億世以辟支佛乘入於涅槃此義云何文殊師利言如來現在是一切知者一切見者眞實語者不欺誑者世間天人無能誑者我所説者佛自證知我若異説則爲誑佛舍利弗彼時照明劫中

有佛出世號曰弗沙利益世間諸天人已入於涅槃是佛滅後法住十萬歲法滅之後其中衆生於辟支佛有度因緣假使百千億佛爲之説法不信不受唯皆可以辟支佛身威儀法則而得度脱是諸衆生皆共志求辟支佛道是時無有辟支佛出是諸衆生無處得種善根因緣我於爾時爲教化故自稱我身是辟支佛隨諸國土城邑聚落皆知我身是辟支佛我時皆爲現辟支佛形色威儀是諸衆生深心恭敬皆以飲食供養於我我受食已觀其本緣所應聞法爲解説已身飛虛空猶如鴈王是時衆生皆大歡喜以恭敬心頭面禮我而作是言願使我等於未來世皆得法利如今是人舍利弗以是因緣成就無量無數衆生令種善根我時觀察知諸人衆供

養我食生懈厭心即時告言我涅槃時至百千衆生聞是語已各持華香雜香酥油來至我所我於爾時入滅盡定以本願故不畢竟滅是諸衆生謂我命終供養我故以香薪𧂐而燒我身謂我實滅我時復至異國大城自稱我是辟支佛身其中衆生亦以飲食來供養我我於其中示入涅槃亦謂我滅皆來供養共燒我身如是舍利弗我於爾時滿一小劫三百六十億世作辟支佛身示入涅槃於諸大城一一皆以辟支佛乘度脫三十六億衆生舍利弗菩薩如是以辟支佛乘入於涅槃而不永滅文殊師利說是語時三千大千世界六種震動光明徧照千億衆生諸天供養文殊師利法王子雨諸天華皆作是言是實希有我等今日得大善利見佛世尊及見文殊師利法王子又聞說是首楞嚴三昧世尊文殊師利法王子成就如是未曾有法住何三昧能現如是未曾有法佛告諸天子文殊師利法王子住首楞嚴三昧能作如是希有難事菩薩住此三昧爲作信行而不隨他信亦作法行而於法相轉於法輪不退不失亦作八人於諸無量阿僧祇劫爲八邪者而行於道作須陀洹爲生死水漂流衆生不入法位作斯陀含徧現其身於諸世間作阿那含亦復來還教化衆生作阿羅漢亦常精進求學佛法亦作聲聞以無礙辯爲人說法作辟支佛爲欲教化因緣衆生示入涅槃三昧力故還復出生諸天子菩薩住是首楞嚴三昧皆能徧行諸賢聖行亦隨其地有所說法而不住中諸天聞佛說如是義悉皆涕淚而

作是言世尊若人已入聲聞辟支佛位永失是首楞嚴三昧世尊人寧作五逆重罪得聞說是首楞嚴三昧不入法位作漏盡阿羅漢所以者何五逆罪人聞是首楞嚴三昧發阿耨多羅三藐三菩提心已雖本罪緣墮在地獄聞是三昧善根因緣還得作佛世尊漏盡阿羅漢猶如破器永不堪任受是三昧世尊譬如有人施酥油蜜多有人衆持種種器中有一人用心不固破所持器雖詣所施酥油蜜所無所能益但得自飽不能持還施與餘人是中有人持器完堅既得自飽亦持滿器施與他人酥油蜜者是佛正法所持器破但得自足不能持還施他人者即是聲聞及辟支佛持完器者即是菩薩身自得足亦能持與一切衆生是時二百天子心欲退轉於阿耨多羅三藐三菩提者從諸天子聞是語已及聞文殊師利法王子不可思議功德勢力更以深心發阿耨多羅三藐三菩提不復隨先退轉之心皆白佛言我等乃至危害失命不捨是心亦終不捨一切衆生世尊唯願我等聞是首楞嚴三昧善根因緣當得菩薩十力何等十於菩提心得堅固力於不可思議佛法得深信力於多聞中得不忘力往來生死得無疲力於諸衆生得堅固大悲力於布施中得堅捨力於持戒中得不壞力於忍辱中得堅受力魔不能壞得智慧力於諸深法得信樂力爾時佛告堅意菩薩若有衆生於今現在若我滅後聞是首楞嚴三昧能信樂者當知是人悉皆得是菩薩十力爾時會中有菩薩名曰名意白佛言世尊若欲得福者

應供養佛欲得慧者應勤多聞欲生好處應勤持戒欲大富者應加布施欲得妙色者應修忍辱欲得辯才者應敬師長欲得陀羅尼者應離增上慢欲得智者應修正憶念欲得樂者應捨一切惡欲利益衆生者應發菩提心欲得妙音聲者應修實語欲得功德者應樂遠離欲求法者應近善知識欲坐禪者應離憒鬧欲思慧者應修思惟欲生梵世者應修無量心欲生天人應修十善世尊若人欲得福德者欲得慧者欲生好處者欲大富者欲妙色者欲辯才者欲陀羅尼者欲得智者欲得樂者欲利益衆生者欲妙音聲者欲功德者欲求法者欲坐禪者欲思慧者欲生梵世者欲生天人者欲得涅槃者欲得一切功德者當聞首楞嚴三昧受持讀誦爲他人說如說修行世尊菩薩云何修是三昧佛言名意菩薩若能觀諸法空無所障礙念念滅盡離於憎愛是名修是三昧復次名意學是三昧不以一事所以者何隨諸衆生心心所行是三昧者有是諸行隨諸衆生心心所入是三昧者有是諸入隨諸衆生諸根入門是三昧者有是入門隨諸衆生所有名色得是三昧菩薩亦示若干名色能如是知是名修是三昧隨一切佛名色相貌得是三昧菩薩亦示若干名色相貌能如是知是名修是三昧隨見一切諸佛國土菩薩亦自成是國土是名修是首楞嚴三昧名意菩薩白佛言世尊是三昧者修行甚難佛告名意以是事故少有菩薩住是三昧多有菩薩行餘三昧爾時名意菩薩白佛言世尊此彌勒菩薩一

生補處次於世尊當得阿耨多羅三藐三菩提彌勒得是首楞嚴三昧耶佛言名意其諸菩薩得住十地一生補處受佛正位悉皆得是首楞嚴三昧彌勒菩薩即時示現如是神力名意菩薩及諸衆會見此三千大千世界諸閻浮提其中皆是彌勒菩薩或見在天上或見在人間或見出家或見在家或見侍佛皆如阿難或見智慧第一如舍利弗或見神通第一如目揵連或見頭陀第一如大迦葉或見說法第一如富樓那或見密行第一如羅睺羅或見持律第一如優波離或見天眼第一如阿那律或見坐禪第一如離婆多如是一切諸第一中皆見彌勒或見入諸城邑聚落乞食或見說法或見坐禪名意菩薩及諸天衆一切皆見彌勒菩薩現首楞嚴三昧神通勢力見已即大歡喜白佛言世尊譬如眞金雖復鍛磨不失其性是諸大士亦復如是隨所試處皆能示現不思議法性爾時名意菩薩白佛言世尊我謂菩薩若能通達首楞嚴三昧當知通達一切道行於聲聞乘辟支佛乘及佛大乘皆悉通達佛言如是如是如汝所說菩薩若能通達首楞嚴三昧則能通達一切道行

爾時長老摩訶迦葉白佛言世尊我謂文殊師利法王子曾於先世已作佛事現坐道場轉於法輪示諸衆生入大滅度佛言如是如是如汝所說迦葉過去久遠無量無邊不可思議阿僧祇劫爾時有佛號龍種上如來應供正徧知明行足善逝世間解無上士調御丈夫天人師佛世尊於此世界南方過於千

佛國土國名平等無有山河沙礫瓦石丘陵堆阜地平如掌生柔輭草如迦陵伽龍種上佛於彼世界得阿耨多羅三藐三菩提初轉法輪教化成就七十億數諸菩薩衆八十億人成阿羅漢九萬六千人住辟支佛因緣法中其後續有無量聲聞僧迦葉龍種上佛壽命四百四十萬歲度天人已入於涅槃散身舍利流布天下起三十六億塔衆生供養其佛滅後法住十萬歲龍種上佛臨欲涅槃與智明菩薩授記莂言此智明菩薩次於我後當得阿耨多羅三藐三菩提亦號智明迦葉汝謂爾時平等世界龍種上佛豈異人乎勿生此疑所以者何即文殊師利法王子是迦葉汝今且觀首楞嚴三昧勢力諸大菩薩以是力故示現入胎初生出家詣菩提樹坐於道場轉妙法輪入般涅槃分布舍利而亦不捨菩薩之法於般涅槃不畢竟滅爾時長老摩訶迦葉語文殊師利言仁者乃能施作如此希有難事示現衆生文殊師利言迦葉於意云何是耆闍崛山誰之所造是世界者亦從何出迦葉答言文殊師利一切世界水沫所成亦從衆生不可思議業因緣出文殊師利言一切諸法亦從不可思議業因緣有我於是事無有功力所以者何一切諸法皆屬因緣無有主故隨意所成若能解此所爲不難迦葉若人未見四諦聞如是事能信解者此則爲難見四諦已得諸神通聞此能信不足爲難

爾時世尊身升虛空高七多羅樹結加趺坐身出光明徧照十方無量世界一切衆會皆

見十方無量諸佛悉皆說是首楞嚴三昧不增不減悉遙得聞十方諸佛亦升虛空高七多羅樹結加趺坐身放光明徧照十方無量世界彼諸衆生亦見釋迦牟尼佛身升虛空結加趺坐彼諸衆會悉皆以華遙散釋迦牟尼佛皆見衆華於上空中合成華蓋此土菩薩及諸天龍夜叉乾闥婆等悉亦以華散彼諸佛皆於佛上化成華蓋爾時釋迦牟尼佛還攝神足坐於本座告堅意言是爲如來神通之力爲令衆生功德增益是故如來示現是事佛現神通力時八千天人發阿耨多羅三藐三菩提心又說是首楞嚴三昧垂欲竟時堅意菩薩及五百菩薩得首楞嚴三昧悉皆得見十方諸佛所有神力於佛深法得智光明住第十地受佛職位三千大千世界六種震動放大光明徧照世界千萬妓樂同時俱作諸天空中雨種種華爾時佛告阿難汝當受是首楞嚴三昧持諷誦讀廣爲人說時持須彌山頂釋白佛言世尊阿難智慧憶念有量聲聞人者隨他音聲何故以是三昧法寶囑累阿難持須彌山頂釋發至誠言若我能於今世來世廣宣流布是寶三昧無有虛者於此耆闍崛山中樹悉皆當如佛菩提樹其諸樹下皆有菩薩持須彌山頂釋作是語已即見諸樹如菩提樹一一樹下皆見菩薩諸菩提樹皆出是言如持須彌山頂釋所言爲實是人必能令此三昧廣宣流布爾時諸天龍神夜叉乾闥婆等同聲白佛言世尊假使如來住壽一劫不爲餘事以聲聞乘爲人說法一一說法皆悉如初轉法輪時所度衆

生說是首楞嚴三昧所度衆生此則爲勝所以者何是諸衆生皆以聲聞乘度於菩薩乘百分不及一百千萬億分乃至筭數譬喻所不能及如是首楞嚴三昧有是無量勢力能成就諸菩薩使得具足佛法

爾時堅意菩薩白佛言世尊實壽幾何幾時當入畢竟涅槃佛言堅意東方去此世界三萬二千佛土國名莊嚴是中有佛號照明莊嚴自在王如來應供正徧知明行足善逝世間解無上士調御丈夫天人師佛世尊今現在說法堅意如照明莊嚴自在王佛壽命我所壽命亦復如是世尊是照明莊嚴自在王佛壽命幾所佛告堅意汝自往問自當答汝即時堅意承佛神力又以首楞嚴三昧力故及自善根神通力故如一念頃到彼莊嚴世界頭面禮彼佛足右繞三帀却住一面白佛言世尊壽命幾時當入涅槃彼佛答言如彼釋迦牟尼佛壽命我所壽命亦復如是堅意汝欲知者我壽七百阿僧祇刧釋迦牟尼佛壽命亦爾爾時堅意菩薩心大歡喜即還娑婆世界白佛言世尊彼照明莊嚴自在王佛壽七百阿僧祇刧而告我言如我壽命釋迦牟尼佛壽命亦復如是爾時阿難從座而起偏袒右肩合掌向佛白佛言世尊如我解佛所說義我謂世尊於彼莊嚴世界以異名字利益衆生爾時世尊讃阿難言善哉善哉汝以佛神力能知是事彼佛身者即是我身以異名字於彼說法度脫衆生阿難如是神通自在力者皆是首楞嚴三昧勢力爾時佛告堅意菩薩堅意以是事故當知我壽七百阿

僧祇劫乃當畢竟入於涅槃時會大衆聞佛所説壽命如是不可思議皆大歡喜得未曾有白佛言世尊諸佛神力至未曾有一切所行不可思議於此現壽如是短命而實於彼七百阿僧祇劫世尊願使一切衆生具足如是不可思議壽命爾時世尊復告堅意是首楞嚴三昧隨在郡國城邑聚落精舍空林其中諸魔魔民不得其便又告堅意若有法師書寫讀誦解説是首楞嚴三昧於人非人無有恐怖復得二十不可思議功德之分何等二十功德不可思議其智不可思議其慧不可思議方便不可思議辯才不可思議法明不可思議總持不可思議法門不可思議憶念隨義不可思議諸神通力不可思議分別衆生諸所語言不可思議深解衆生心之所樂不可思議得見諸佛不可思議所聞諸法不可思議教化衆生不可思議自在三昧不可思議成就淨土不可思議形色最妙不可思議功德自在不可思議修治諸波羅蜜不可思議得不退轉佛法不可思議是爲二十堅意若人書寫讀誦是首楞嚴三昧得是二十不可思議功德之分是故堅意若人欲得今世來世諸利當書寫讀誦解説修行是首楞嚴三昧堅意若求佛道善男子善女人於十萬劫勤心修行六波羅蜜若有聞是首楞嚴三昧即能信受心不退没不驚不畏福勝於彼疾至阿耨多羅三藐三菩提何況聞已受持讀誦如説修行爲人解説若有菩薩欲聞諸佛不思議法不驚不畏欲於一切諸佛法中現了自知不從他教應當修習行是三

昧若欲得聞所未聞法信受不逆應當聞是首楞嚴三昧說是百楞嚴三昧經時無量衆生發阿耨多羅三藐三菩提心復倍是數住阿惟越致地復倍是數得無生法忍萬八千菩薩得是首楞嚴三昧萬八千比丘比丘尼不受諸法故漏盡解脫得阿羅漢二萬六千優婆塞優婆夷於諸法中得法眼淨三十那由他諸天得入聖位佛說經已文殊師利法王子堅意菩薩等一切諸菩薩摩訶薩及諸聲聞大弟子一切諸天龍神乾闥婆阿脩羅等世間人民聞佛所說歡喜信受

佛說首楞嚴三昧經卷下

音釋

盲莫耕切目無童子也　礙牛代切阻也　誑古況切詐也　積疾智切聚也　憒鬧憒古對切心亂也鬧奴教切不靜也　鍛都玩切鍊也　輭乳兗切柔弱也　耆闍崛梵語也此云靈鷲耆渠伊切闍時遮切崛渠勿切

未曾有因緣經

蕭齊三藏沙門釋曇景譯

清刻龍藏佛說法變相圖

未曾有因緣經卷上

蕭齊三藏沙門釋曇景譯

如是我聞一時佛在舍衛國祇樹給孤獨園爾時世尊告目揵連汝今往彼迦毗羅城問訊我父閱頭檀王并我姨母波闍波提及三叔父斛飯王等因復慰喻羅睺羅母耶輸陀羅令割恩愛放羅睺羅令作沙彌修習聖道所以者何母子恩愛歡樂須臾死墮地獄母之與子各不相知窈窈冥冥永相離別受苦萬端後悔無及羅睺得道當還度母永絕生老病死根本得至涅槃如我今也目連受命即入禪定譬如力士屈伸臂頃到迦毗羅城淨飯王所而白王言世尊慇懃致問無量起居輕利氣力安不及大夫人波闍波提并三叔父斛飯王等問訊起居亦復如是時耶輸

陀羅聞佛遣使來至王所未知意趣即遣青衣令參消息青衣還白世尊遣使取羅睺羅度爲沙彌耶輸陀羅聞是消息將羅睺羅登上高樓約勑監官關閉門閤悉令堅牢時大目連既到宮門不能得入又無人通即以神力飛上高樓至耶輸陀羅座前而立耶輸陀羅見目連來憂喜交集迫不得已即起恭敬禮拜問訊冐涉遠途得無勞也勑爲敷座請目連坐問目連曰世尊無恙教化衆生不勞神也遣上人來欲何所爲目連白曰太子羅睺年巳九歲應令出家修學聖道所以者何母子恩愛少時如意一旦命終墮三惡道恩愛離別窈窈冥冥母不知子子不知母羅睺得道當還度母永離生老病死憂患得至涅槃如佛今也耶輸陀羅答目連曰釋迦如來爲太子時娉我爲妻奉事太子如事天神曾無一失共爲夫婦未滿三年捨五欲樂騰越宮城逃至王田王身往迎違戾不從反遣車匿白馬令還自要道成誓願當歸被鹿皮衣譬如狂人隱居山澤勤苦六年得佛還國都不見親忘忽恩舊劇於路人遠離父母寄居他邦使我母子守孤抱窮無有生賴唯死是從人命至重不能自刑懷毒抱恨强存性命雖居人類不如畜生禍中之禍豈有是哉今復遣使欲求我子爲其眷屬何酷如之太子成道自言慈悲慈悲之道應安樂衆生今反離別人之母子苦中之甚莫若恩愛離別之苦以是推之何慈之有白目連曰還向世尊宣我所陳時大目連更以方便種種因緣隨宜諫喻反覆再三耶輸陀羅絕無聽意辭退

還到淨飯王所具宣上事王聞是已令喚夫人波闍波提王告夫人我子悉達遣目連來迎取羅雲欲令入道修學聖法耶輸陀羅女人愚癡未解法要心堅意固纏著恩愛情無縱捨卿可往彼重諫喻之令其心悟時大夫人即便將從五百青衣往至耶輸陀羅所住宮中種種方便隨宜諫喻反覆再三耶輸陀羅猶故不聽白夫人曰我在家時八國諸王競來見求父母不許所以者何釋迦太子才藝過人是故父母以我配之太子爾時知不住世出家學道何故慇懃苦求我耶夫人娶婦正為恩好聚集歡樂萬世相承子孫相續紹繼宗嗣世之正禮太子既去復求羅睺欲令出家永絕國嗣有何義哉爾時皇后聞是語已默然無言不知所云爾時世尊即遣化

人空中告言耶輸陀羅汝頗憶念往古世時誓願事不釋迦如來當爾之時為菩薩道以五百銀錢從汝買得五莖蓮華上定光佛時汝求我世世所生共為夫妻我不欲受即語汝言我為菩薩累劫行願一切布施不逆人意汝能爾者聽為我妻汝立誓言世世所生國城妻子及與我身隨君施與誓無悔心而今何故愛惜羅睺不令出家學聖道也耶輸陀羅聞是語已霍然還識宿業因緣事事明了如昨所見愛子之情自然消歇遣喚目連懺悔辭謝捉羅睺手付囑目連與子離別涕淚交流爾時羅睺見母愁苦長跪合掌辭謝母言願母莫愁羅睺今往定省世尊尋爾當還與母相見時淨飯王為欲安慰耶輸陀羅令其喜故即時召集國中豪族而告之言金

輪王子今當往彼舍婆提國從佛世尊出家學道煩卿人人各遣一子隨從我孫咸皆唯然奉大王命即時合集有五十人隨從羅睺往到佛所頭面作禮佛使阿難剃羅睺頭及其五十諸公王子悉令出家命舍利弗爲其和尚大目揵連作阿闍梨授十戒法便爲沙彌羅睺幼稚習樂憿慢耽著嬉戲不樂聽法佛數告勑恒不從用非可如何爾時舍衛國波斯匿王聞佛子羅睺出家爲沙彌與其群臣夫人太子後宮婇女婆羅門居士恭敬圍繞於其晨朝來詣佛所禮拜問訊并看佛子羅睺沙彌各一面坐佛爲說法王及群臣憍憿習樂不堪苦坐聽佛說法辭退欲還爾時世尊知王始悟信根未立將欲開悟王及群臣爲利益故告阿難曰汝可往召沙彌羅雲

及其眷屬悉皆令集聽佛說法阿難往召須史皆集佛告王曰且待須史聽我說法王叉手曰今我此身習樂來久不堪苦坐願佛垂恕佛告王曰此不爲苦所以者何前身種福今爲人王常處深宮五欲恣意出入導從脚不觸地何名爲苦三界之苦莫若地獄畜生餓鬼諸難等苦如此諸苦前已曾說佛告羅雲佛世難值法難得聞人命難保得道亦難子今既得人身値佛在世何故懈怠不聽法耶羅雲白佛佛法精妙小兒意麤安能聽受世尊法也前已數聞尋復忘失徒勞精神無所一獲及今少年且放情肆意至年大時自當小差堪任受法佛告羅雲萬物無常身亦難保汝能保命至年大不唯然世尊羅雲不能佛豈不能保子命也佛語羅雲我尚不自

保豈況汝耶羅雲白佛徒勞聽法既不得道聞法之功何益於人佛告羅雲聽法之功雖於今身不能得道五道受身多所利益如我前說般若智慧亦名甘露亦名良藥亦名橋梁亦名大船汝不聞乎羅雲白佛唯然世尊時波斯匿王長跪合掌白天尊曰如佛所說般若智慧有四種名其義云何願佛哀愍爲我說之佛告王言欲得聞者著心諦聽吾今說之佛言憶念過去無數劫時毗摩大國徒陀山中有一野干爲師子王追逐欲食野干惶怖奔走墮一丘井不能得出經於三日開心分死而說偈言

禍哉今日苦所逼　便當没命於丘井
一切萬物皆無常　恨不以身餧師子
嗚呼奈何罪厄身　貪惜軀命無功死
無功而死尚可恨　況復臭身汙人水
南無懺悔十方佛　表知我心淨無已
前世所造三業罪　願於今身償令畢
衆罪畢了三業淨　勤心不動念眞實
從是世世遭明師　如法修行速成佛
時天帝釋聞佛名　肅然毛竪念古佛
自惟孤露無師導　耽著五欲自沉没
不能得出恩愛獄　思惟感切目下淚
即與諸天八萬衆　飛下詣井欲問詰
乃見野干在井底　兩手攀土不能出
天帝復自思念言　聖人應現無方術
今我雖見野干形　斯必菩薩非凡器
今當請問決我疑　并令諸天得聞法
不聞聖教曠大久　常處幽冥無師導
仁者向說非凡語　願爲諸天宣法教

於時野干仰答曰　汝爲天帝無教訓
不知時宜甚癡慠　法師在下自處上
都不修敬問法要　法水清淨能濟人
云何欲得懷貢高　天帝聞是大慙愧
給侍諸天愕然笑　天王降志大無利
而被慙恥甚可悼　帝釋即時告諸天
愼莫以此爲驚怪　是我頑弊行不稱
必當因是聞法要　即爲垂下天寶衣
接取野干出於上　叉手辭謝說不是
叩頭懺悔願垂亮　諸天實爾如尊誨
纏綿五欲致迷荒　皆由不遇善師導
爲說苦樂常無常　諸天爲設甘露食
心懷踊躍慶無量　野干得食生活望　非意禍中致斯福
於是野干心自念言畜生道中醜弊困厄無

過野干智慧力故乃至如是復作是念形殘
之命本非所愛所以稱慶大歡喜者爲通化
耳此諸癡天皆蒙帝釋先有般若一毫之分
共相隨來皆欲聞法而自歎言奇哉奇哉何
慰如之今當通化成我功德復作是念今日
之恩莫不由我先師和尚慈哀教授智慧方
便功德力乎南無我師南無我師南無般若
南無般若雖復失行生惡趣中猶識宿命知
其業緣般若之力能感諸天降神來下接濟
供養復得通化展我微心時天帝釋告諸天
曰如師言者定欲說法我等今來快得善利
今當人人叩頭丹誠請令說法咸然唯諾即
各修敬偏袒右肩圍繞野干長跪合掌異口
同音而說頌曰
善哉善哉　和尚野干　唯願說法　開化天人

天人幽冥　五欲所纏　恒恐福盡　無常所遷
死墮惡道　求拔良難　從久遠來　數萬億年
今始一遇　良祐福田　唯垂慈哀　宣示法言
天人得福　衆生亦然　願與和尚　永劫相連
至成佛道　常作因緣　明人難值　故立誓焉

於時野干見諸天人慇懃勸請樂欲聞法益加踊躍告天帝曰憶念我昔曾見世人欲聞法者先敷高座莊飾清淨方請法師登座說法所以者何經法貴重敬之得福不宜輕心自虧福也諸天聞已咸言唯諾脫天寶衣積爲高座須臾之間莊校嚴飾清淨第一野干升座告天帝曰吾今說法正當爲二大因緣故何等爲二一者說法開化天人福無量故二者爲報施食恩故豈得不說天帝白曰免井厄難得全身命功報應大尊者云何說法報恩不及此耶所以者何一切天下皆樂生求安無欲死者以是因緣全命之功豈得不大野干答曰死生之宜各有其人有人貪生有人樂死何人貪生其人生世愚癡幽冥不知死已後世更生違佛遠法不遭明師殺盜婬欺唯惡是從如是之人貪生畏死何人樂死遭遇明師奉事三寶改惡修善孝養父母敬事師長和順妻子奴婢眷屬謙敬於人如斯之人惡生樂死所以者何善人死者福應生天受五欲樂惡人死者應入地獄受無量苦善人樂死如囚出獄惡人畏死如囚入獄天帝問曰如尊所說全其軀命無功夫者誠如所言其餘二功施食施法有何功德唯願說之開化盲冥野干答曰布施飲食濟一日命施珍寶物濟一世乏增益生死繫縛因緣

說法教化名爲法施能令衆生出世間道出世間道凡有三種一者羅漢二者辟支佛三者佛道此三乘人皆從聞法如說修行又諸衆生免三惡道苦受人天福樂皆由聞法是故佛說以法布施功德無量天帝白言師今此身爲是業報應化身乎野干答曰是罪業報非應化也天人聞已肅然驚怖悲哀傷心垂淚滿目更起修敬白野干曰我意謂是菩薩聖人應現濟物而今方聞罪業果報未知其故唯垂哀愍說其因緣野干答曰欲聞者善吾今說之憶念古世生波羅柰波頭摩城爲貧家子名阿逸多刹利種姓幼懷聰朗好學是欲至年十二追隨明師在於深山辛苦奉事研精習學翹勤不懈師亦晨夜切磋教授不失時節經五十年九十六種經書記論醫方呪術占相吉凶灾異禍福靡所不達高才智德名聞四遠時阿逸多伏自惟曰今日之濟莫不由我尊師和尚教化之恩其功難報家既貧乏無爲供養唯當賣身以報師恩作是念已長跪白師弟子今者欲自賣身以報師恩其師答曰山居道士乞食自存正無所乏子今何爲毀賣貴身爲供我也子今成就智慧辯才當轉教化天下人民爲法燈明教化之功豈不足報我之恩也幸可不須餘舉動也時阿逸多既是智人不違師教留住山中乞食自存如是不久國王崩亡群臣集議宜令國界諸名學士普召使集令共講論誰得勝者當立爲王時阿逸多應召來集與諸學士五百餘人七日之中共捔試議無有勝者群臣歡喜召婆羅門拜阿逸多紹爲國

王時阿逸多見是事巳憂喜交集而作是念若作王者恐有憍溢貪求快意爲民致患死入地獄受苦因緣若不爲者家貧無禄無以供養報師重恩思計反覆聽當受之爲報師恩并養父母思惟是巳享受王位受王位巳即遣中臣嚴駕寶車幢旛曲蓋香華妓樂百種飲食就山迎師還國供養别立宫舍七寶廁塡彫文刻鏤衆綵雜飾床卧被褥飲食醫藥華果園林流泉浴池莊校嚴好以供養師阿逸多王與國臣民夫人婇女日日從師受十善法經一百年爾時邊境有二小國其二小王共相怨嫉私立兵馬共相誅伐經於多年各不相得其一國者名安那羅一國者名曰摩羅婆耶安那羅王召諸群臣集共議言當作何方令得彼國諸臣答言阿逸多王出生寒賤雖居王位寒意猶在從昔巳來奉持十善不犯外色雖有宫女其年並宿如臣計者檢括國中不問豪賤選擇名女足一百人年少端正堪適意者莊嚴香潔遣忠良臣賷持重寶并諸婇女往貢獻之若其納者當從王請强兵百萬助往攻之無往不伏即隨其計名女寶物一時悉辦遣忠良臣往奉獻之阿逸多王得諸美女及珍寶物甚大歡喜問使者言彼王奉我如斯好物欲望何報使者白王摩羅婆國是大王所統彼王頑嚚不知禮度婬亂無道不理國政民被其毒視之若怨特從大王請兵百萬助往伏之奉獻之誠其正在此王曰甚善即令簡閲强兵百萬以送與之安那羅王自簡國中得百萬人一時相助鳴鼓往伐百日之中鬬戰傷殺人死過

半方得勝彼摩羅婆王悉被刑斬及其宗族數千萬餘一時傾没阿逸多王既得諸女意迷情惑忘失本志奢婬著樂不理國政衆官群僚相與作亂良民之子略爲奴婢風雨不時饑餓滿道異方怨敵遂來侵掠阿逸多王從是失國遂致亡没從是死已生地獄中身被楚毒緣前學問智慧力故即識宿命心自悔責改惡修善須臾之間地獄命終生餓鬼中復識宿命即復悔過修念十善須臾之間餓鬼中死生畜生中受野干身智慧力故復識宿命改往修來奉持十善復行轉教諸餘衆生令行十善近逢師子當時怖懼墮丘井中開心分死冀得生天離苦受樂由汝接我違失本願方經辛苦何時當免是故我説汝濟我命無功夫也天帝難曰如尊語者善人求死是事不然何以故師在井底若不入衣則不得出若不得出自不得生今所緣得生由師入衣是故當知非不欲生云何説言不貪生耶野干答曰吾今所以入衣之意正爲三事大因緣故何謂爲二一者入衣不違天帝本志願故夫人違志不果所願則致大苦施人苦惱在在所生所願不果所求不得所向不偶自致苦惱爲是等故非爲生也二者入衣見諸天意欲得聞法欲爲諸天宣通正法不吝法故如當不説則爲吝法吝法之罪世世所生聾盲瘖瘂諸根閉塞生於邊地癡騃無智雖生好處情頑闇鈍所學不成學不成故自致苦惱爲是等故非爲生也譬如世人因其前世布施修善福德因緣今生爲人所願從心富有財物貧者求乞慳心吝惜不

肯施與慳貪果報生餓鬼中常患饑渴裸形無衣冬時寒凍身體破裂暑時大熱無依蔭處如是苦惱數千萬歲餓鬼罪畢生畜生中食草飲水癡無所知或食泥土汙露不淨慳貪罪故受報如是吝法之僁亦如此焉三者入衣正爲宣傳通法化耳利益天人令開悟故名爲法施功德無量爲是等故非求生也天帝問曰教化之功其福云何唯願說之野干答曰宣傳正化能令衆生知死有生作善獲福爲惡受殃修道得道緣是功德轉身所生智慧明了常識宿命若生天上爲諸天師若生世間爲金輪王常以十善教化天下若爲人王治以正法常識宿命識宿命故心不放逸人居尊寵受五欲樂多有魔事來相沮壞令人意惑造起惡業雖復失行受惡報時智慧力故速得免苦生天福樂智慧光明漸漸增長成菩薩行至無生忍是故佛說教化之功其福無量天帝喜曰善哉善哉誠如尊教我等諸天今日始知財施法施功德因緣差别之相其財施者譬如十燈明小室中其法施者猶若日光照四天下隨所行處能除闇冥所以者何日性自明故能照物和尚今者亦復如是本修習故智慧明了復以慧明除衆生闇於時天帝說是語已八萬諸天咸然起立正服修敬長跪合掌白野干曰願尊垂愍授十善法多所饒益利安衆生亦令和尚功德轉增答曰善哉宜知是時告天帝曰受戒之法先當懺悔淨身口意何謂身業殺盜邪婬何謂口業妄言兩舌惡口綺語何謂意業嫉妬瞋恚憍慢邪見是爲十事禁身口

意業不犯衆惡名爲十善恣身口意造衆惡業名爲十惡一心丹誠悔除十惡十惡滅故身口意淨三業淨故名爲十善天帝問曰十善之功果報云何野干答曰曾聞師說人行十善十善果報生六欲天七寶宫殿五欲自然百味飲食壽無量命父母妻子六親眷屬端正淨潔歡喜快樂假令諸天持十善者天上福盡還生天中福報轉勝不同世人十善報也所以者何世人修善心道三戒難可護持不瞋戒者先須方便行於慈心然後能得成不瞋戒世人行慈難得久停如刀破水隨破隨合持不瞋戒亦復如是嫉妬戒者發有時節云何時節見他得利見他快樂見他端正見他勇健見他聰明見他修福以要言之一切勝事爾時其心方生嫉妬是故當知嫉妬之心發起有時其憍慢心起亦有時見愚癡者心起憍慢見醜陋人見不淨人見貧窮人以要言之聾盲跛僂諸根不具夷蠻胡虜憍慢之心見時方起是故當知不憍慢戒發起有時是故世人心戒難持雖復强持乍得乍忘是故世人十善果報雖受天福不如諸天十善功德光明神力食禄相好巍巍第一識宿命事皆亦如是是故當知天人修行十善果報勝於世人天帝白曰如尊所說人行十善心道三戒難爲護持天人亦爾嫉妬瞋恚憍慢邪見如是等心未嘗不有云何福報勝世人耶野干答曰天人雖有不同世人所以者何天人福德苦少樂多煩惱心輕世人薄福樂少苦多煩惱心重天帝白曰諸天昔來習樂心麤猶若獼猴今持十善後脫廢忘

虧犯之時當云何也野干答曰曾聞師說人行十善若有犯失行惡業者當就賢明福德之人隨所犯事發露懺悔更從受之如是行者不失戒也所以者何十善戒者譬如穀苗煩惱如草草與穀苗互共相妨欲長苗故當除草穢穀苗淨故收實必多穀實多故終無饑之爾時天帝及八萬諸天聞是事已甚大歡喜不復憂慮福盡無常受惡趣報復自惟曰行善功德雖無苦報然有生死不免無常兼有他化自在天王見人修福心懷嫉妬爲作留難忘失善道令造惡業惡業因緣應受苦報白野干曰修何功德常得不死不令魔王所惑亂也野干答曰曾聞師說發菩提心修菩薩業魔王波旬不能沮壞心不惑故在在所生智慧明了慧明了故常識宿命識宿命故不起惡業心清淨故得無生法忍無生法忍故於道不退遠離生死憂苦惱患天帝白曰修菩薩道應行何法野干答曰曾聞師說求佛道者從源而起先當廣學諸法因緣解因緣故信心堅固信根立故能起精進精進力故不起一切惡業因緣純善之心無放逸故智慧成就智慧力故總攝一切三十七品助菩提道天帝問曰如尊教者三十七品其義弘深非是麤懷卒能得了云何得入菩薩道行野干答曰曾聞師說修菩薩道者先以方便調伏諸根何謂方便謂六波羅蜜四無量心是名方便調伏諸根天帝白曰六波羅蜜其義云何唯願說之野干答曰第一布施破慳貪心無遺惜故二者守善不行惡故三者遭逢惡事心能堪忍不懷報故四者精

進修行道業不懈退故五者收攝其心不邪念故六者修習智慧照除煩惱無明闇故是則名爲六波羅蜜方便之力調伏諸根復有四事調伏諸根何謂爲四一者慈心二者悲心三者喜心四者捨心是爲四事名無量心天帝問曰云何行慈野干答曰見苦厄人當起慈心爲作救護皆令得所何謂爲悲見諸衆生無明愛故造生死業五道受苦不能自免是故我今不應懈怠常勤精進修習智慧速成佛道得佛道已當以智慧光明照除衆生無明黑闇令見大明免衆苦縛雖未成佛凡所施爲一切善業迴施衆生令得安樂衆生有罪我當代受是名悲心何謂爲喜若見世人修行善業求三乘果勸助隨喜見受樂人心亦隨喜見端正人見勇健人見富貴人見智慧人見慈心人見孝順人以要言之一切善人勸助隨喜是爲喜心何謂爲捨凡所施爲一切功德行恩於人不望現報不望生報不望後報是名爲捨成就四事名四無量心衆生無量故慈心無量衆生無量故悲亦無量衆生無量故喜亦無量衆生無量故捨亦無量是故名爲四無量心連前六度名十波羅蜜十波羅蜜總攝一切菩提道行時天帝釋聞野干說十善行法功德因緣復聞菩薩行菩提道因緣義趣疑網結解歡喜踊躍充徧其身即與八萬侍從諸天更起修敬叉手合掌白野干曰弟子今日八萬諸天一心同時發菩提心如和尚說菩薩道行當具奉行唯願和尚隨喜聽許野干答曰宜知是時斯則是其本心所望於時天帝白野干曰和

尚飲食法用云何唯願教示當設供養野干答曰其所食法不中人間何以故罪業因緣所食之物極是不淨形似畜生不異餓鬼幸不須問其所食物天帝白曰和尚飲食好亦當示惡亦當語弟子今當隨所便宜施設供養野干答曰常食師子虎狼屎尿及食塚間死人骸骨弊衣皮革脫不能得如斯之食饑窮所逼亦食泥土罪苦果報從生至死雖食不淨未曾充飽時天帝釋及諸天衆聞野干說飲食之相悲哀感結涕淚傷心白野干曰弟子意欲施設供養如師言者所願不果非可如何今還天宮當作何方報師重恩野干答曰汝等今者從我聞法還於天上展轉教化開悟諸天不問男女乃至一人令信受行非但報我亦報一切諸佛之恩隨所教化而自增長諸天福德何況教化開悟多人功報無量諸天起立白野干曰弟子之徒今還天宮未審和尚何時當捨此罪報身得生天堂得相見也野干答曰限至七日當捨罪身生兜率天汝等便可願生彼天何以故兜率天中多有菩薩說法教化爲諸天人求佛道故天帝白曰如尊教者弟子眷屬於忉利天福盡命終皆當生彼兜率陀天與師相見奉侍教授誓如今也說是語已以天華香散野干上於是別去諸天去已於時野干不離本座一心專念十善行法不行求食七日命終生兜率天爲天王子復識宿命復以十善教化諸天佛告王曰爾時野干即我身是時天帝釋舍利弗是時阿逸多教授大師憂波達者彌勒是也八萬諸天者今娑婆國土八萬菩

薩不退者是佛告大王憶念往昔從初發意修菩提行乃至無生於其中間常與彌勒舍利弗等爲求法故勤加精進不顧軀命追逐明師親近奉侍研精學問成就智慧智慧力故於五道中隨所生處教化成就無量衆生令得度苦至今成佛皆由般若智慧方便斷除一切結習因緣成等正覺復以智慧於娑婆國土教化衆生度三有苦是故我說般若智慧有四名義時波斯匿王及其眷屬聞佛說已心意開解更起作禮歡喜踊躍侍立合掌而白佛言世尊今來見佛快得善利聽佛說法不知疲懈所以者何世尊先說四眞諦法十二因緣出世間道情根鈍故慌慌不解以不解故身體疲懈今聞佛說菩薩行法雖未全解心甚愛樂渴仰欲聞情無厭足弟子今欲發菩提心求無上道唯願世尊哀愍聽許教示菩薩所行法度當如說行佛告王曰菩薩行法如上所說身口意業十善道行十波羅蜜總攝一切助佛道法汝能行乎王曰如世尊說十善行法心道三法難得護持當云何受令不漏失佛告王曰世人心麤譬如猨猴爲諸煩惱風所動轉是故欲行十善道者不得遲久欲修十善當限三時何謂三時從晨至食名爲上時經一食頃名爲中時行百步時名爲下時受十善法隨其所堪於一時中將護其心堅持三戒無令漏失是則名爲修行十善王曰如世尊說限三時持十善行者其功蓋微云何生福佛告王曰人修十善時節雖促功報彌廣何以故心道三戒難守護故雖少時持果報無量譬如有人於百

年中積聚薪草以火焚之須臾滅盡是故當知少時修善能滅無量惡業重罪又如鑽火加勤用力須臾得火火之功力能燒天下草木叢林傾盡乃息大王當知人修十善亦復如是須臾之功能滅無量惡業重罪能令行者起菩提芽萌芽成故漸漸增長至成佛果王聞是已更起作禮甚大欣慶得未曾有白世尊曰弟子今者大得善利所以者何聞世尊說修十善道功德因緣能令衆生成菩提芽弟子今者志樂菩提當勤修行心不退却佛說是時隨從王者群臣吏民後宮夫人四部弟子天龍鬼神人非人等五千餘人皆發無上菩提道意爾時波斯匿王國太夫人出入行來常使四人名扇提羅最大觔力扇提羅者此言石女無男女根故名石女令此四人擔皇后輦皇后所乘七寶輦輦留在祇桓精舍門外勑諸黃門令守護之黃門轉令四扇提羅守夫人輦其身自往佛邊聽法扇提羅等各於輦下睡眠不覺時有凶人偷取夫人珍寶輦輦一摩尼珠爾時黃門暫出看輦不見寶珠心中惶怖懼夫人責問石女言使汝守輦何故偷珠各各答言實不偷也黃門大怒鞭打石女苦痛徹骨時有一石女自知不偷橫受楚毒奔走逃突入精舍中稱怨大喚大衆皆聞莫知所由佛語阿難汝可出往彼黃門所無令橫鞭無過之人何以故此四石女者乃是皇后前世之師自無過罪何以橫鞭自造後世惡業因緣是時皇后聞佛此語即起恭敬合掌白佛如世尊說四擔輦石女乃是皇后前世時師迷意不解唯願世尊說其因緣令諸會衆

普得聞知佛告皇后喚石女來於世尊前驗其虛實皇后奉命即遣黃門攝之將來時四石女見佛叩頭涕哭長跪合掌白世尊曰實不偷珠有何因緣横羅此罪鞭打楚痛身體破壞世尊答曰罪業因緣自身所造非父母爲非從天墮人行善惡受苦樂報如響應聲貪現前利心行邪諂不知後世累劫受殃夫惡從心生反以自賊如鐵生垢消毁其形王又手白佛前後説法皆有因緣令四石女先世本業有何因緣願佛爲説開悟盲冥多所利益衆人蒙祐

未曾有因緣經卷上

音釋

窈 於皎切深遠也　劇 奇逆切甚也　酷 苦沃切毒也　稚 直利切幼小也　憍慠 憍居妖切恣也慠五到切倨也　捔 古岳切校也　廁 初吏切間廁也　填 徒年切填滿也　鏤 落候切雕刻也　嚚 疑巾切頑嚚也　閱 欲雪切察而數之也　騃 五駭切癡也　祼 郎果切赤體也　跛 布火切偏廢也　僂 力主切傴僂也　蠻 謨還切南蠻也　虜 郎古切北狄曰虜　慌 呼廣切惛也　猨猴 猨于元切猴戶鉤切　觔 舉欣切骨絡也

未曾有因緣經卷下

蕭齊三藏沙門釋曇景譯

佛告王曰欲聞者善著心諦聽吾當與汝分別說之佛復惟曰今我法中有諸比丘言行不同心口相違或爲利養錢財飲食或爲名譽要集眷屬或有厭惡王法使役出家爲道都無有心向三脫門度三有苦以不淨心貪受信施不知後世彌劫受殃償其宿債爲是等故豈得不說佛告王曰憶念過去無數劫時有一大國名裴扇闍有一女人名曰提韋婆羅門種夫喪守寡其家大富都無兒息又無父母守孤抱窮無所恃怙婆羅門法若不如意便生自燒身諸婆羅門時時共往到提韋所教化之曰今身之厄莫不由汝前身罪業何謂爲罪不敬奉事諸婆羅門又不孝順父母夫壻復無慈心養育兒子有是罪故致令今身抱孤守厄汝今若不修福滅罪後世轉劇墮地獄中當爾之時悔無所及提韋問曰當作何福得滅罪耶婆羅門曰滅罪二種其罪輕者手自髡頭香湯洗浴入天廟中懺悔辭謝那羅延天請婆羅門足一百人施設飲食設飲食已以乳牛百頭從犢子者䞋婆羅門然後罪滅所以者何諸婆羅門修淨梵行不食酒肉五辛葱蒜唯仰牛乳以爲食資令施主檀越滅罪生福世世所生所願從心汝今罪重應以家中一切所有諸珍寶物布施五百大婆羅門諸婆羅門得布施已當爲呪願令汝後生常得大富欲滅重罪者於恒水邊積薪自燒諸婆羅門當復呪願令汝前身所造一切輕重過罪一時滅盡後世更生

無復餘殃父母兄弟夫婿兒子壽命無量快樂無極於是提韋便許可之決定開心當自燒身便勑家奴將十乘車入山伐樵規以自燒爾時國中有一道人名鉢底婆(此言辯才也)精進持戒多聞智慧常以慈心教化天下令攺邪就正捨惡修善傳聞提韋欲自燒身心生憐愍往詣其所問提韋言辦具薪火欲何所爲提韋答言欲自燒身滅除殃罪辯才答曰先身罪業隨逐精神不與身合徒苦燒身安能滅罪夫人禍福隨心而起心念善故受報亦善心念惡故受惡果報心念苦樂受報亦爾如人餓死則作餓鬼苦惱死者受苦惱報歡喜死者受歡喜報安隱快樂果報亦爾汝今云何於苦惱中求欲滅罪望善報也幸可不須於理不通復次提韋如困病人爲苦所逼若有惡人來至其所呵罵病人以手搏耳於意云何爾時病人寧有善心無忿惱不提韋答言其人困病未見人時常懷忿惱況被搏耳而當無怒辯才答曰汝今如是先身罪故守窮抱厄常懷憂惱復欲燒身欲離憂惱當可得不如困病人得人呵罵尚增苦惱百千萬倍況自燒身猛炎起時身體燋爛氣息未絕心未壞故當爾之時身心被煑識神未離故受苦毒煩悶心惱從是命終生地獄中地獄苦惱尤轉增劇百千萬倍求免甚難況欲燒身求離苦也復次提韋譬如車牛厭患車故欲使車壞前車若壞續得後車枙其項領罪未畢故人亦如是假令燒壞百千萬身罪業因緣相續不滅如阿鼻獄燒諸罪人一日之中八萬過死八萬更生過一劫已其罪

方罪況復汝今一過燒身欲求滅罪何有得理爾時辯才種種因緣爲說正法提韋女人心開意解改志易操燒身意息白辯才言當設何方令得滅罪辯才答言前心作惡如雲覆月後心起善如炬消闇汝今幸有欲滅罪意自有方便令能令汝不費一錢乃至不經毫分之苦滅除殃罪現世安隱後更生處善願從心提韋聞已心大歡喜憂怖即除如重罪囚蒙赦欲出即起修敬禮拜問訊即勑婢使爲敷高座氍毹毾㲪錦繡綩綖嚴飾第一散華燒香勸請辯才令登高座辯才受請即升高座提韋女人即率家內奴婢眷屬五百餘人圍繞辯才叩頭恭敬合掌而立提韋女人白辯才言尊向所說滅罪事由雖懷欣慶猶有微疑唯願爲說除罪之法當如法行辯才答曰起罪之由出身口意身業不善殺盜邪婬口業不善妄言兩舌惡口綺語意業不善嫉妬瞋恚憍慢邪見是爲十惡受惡果報今當一心丹誠懺悔若於過去若於今身有如是罪今悉懺悔出罪滅罪當自立誓從今已往不敢復犯并爲我等先人父母夫壻兄弟所有過罪我今一心代其懺悔弟子提韋以今懺悔改惡修善福德因緣施與一切受苦衆生令其得樂衆生有罪我當代受復立誓言緣我今日改邪就正悔罪修福從是因緣捨身受身至成佛道常遭明師遇善知識壽無量命常與父母夫壻兒子六親眷屬常相保守不經苦患莫如今也於是辯才告提韋言悔過滅罪法皆如是於是提韋及其眷屬於辯才前長跪合掌白辯才言弟子之徒

奉尊教誨如法懺已願尊更賜餘善法教當勤奉行增本功德辯才告曰今當誠心歸佛歸法歸比丘僧如是三說今當盡形受十善道我弟子某甲從今盡形不殺不盜不邪婬是身善業不妄言兩舌不惡口綺語是口善業不嫉妬瞋恚憍慢邪見是意善業是則名為十善戒法爾時辯才教授提韋十善法已提韋眷屬歡喜踊躍盡心奉行提韋女人為設種種百味飲食及諸珍寶於辯才前長跪叉手白辯才言願尊留神垂愍教化今當為尊造立宮室隨所便宜終身奉事辯才答曰汝今以能捨邪就正淨修十善為正法子復以十善教化天下則為已報師徒重恩汝已得度我不宜留吾今復當往化餘處爾時提韋知師不住運輦庫藏諸珍寶物以奉上師冀得留意辯才不受辭退便去於是提韋心自念言今日之濟莫不由我尊師和尚開悟成就教授重恩苦請不留又復不受珍寶之物當如之何悲感傷心涕淚交流叩頭辭謝於是別去辯才去後提韋女人與其眷屬五百餘人常以十善展轉相化經於多時爾時國中忽遇穀貴人民饑餓時有五比丘懶惰懈怠不修學問經書義理又不專行持戒精進世人輕慢不供養之貧窮困苦無復生理五人議曰夫人生計隨時形儀人命至重不宜守死各共乞索辦具繩牀於曠野中掃灑淨潔華旛莊嚴依次而坐外形似禪內思邪濁世人見之謂是聖人賫持供養百種飲食雲集供養於是五人飽足有餘爾時提韋聞是事已遣人訪覓信還報曰有五聖人獨坐

山澤世人雲集如事天神提韋聞已心大歡喜而自慶言我願果矣明旦即勑嚴駕寶車香華妓樂百種飲食詣五比丘提韋到已禮拜問訊施設供養飲食畢已提韋眷屬恭敬合掌白比丘曰

尊德至重　無上福田　衆生蒙祐　不宜自輕
弟子愚意　欲請尊靈　臨顧貧舍　展釋微誠
唯願慈哀　濟度群生　弟子亦有　清淨園林
流泉浴池　嚴飾光榮

提韋眷屬叩頭再三時五比丘知其意至便許可之提韋歡喜辭還家中即遣使人莊嚴寶車迎五比丘還家供養提韋女人有好園林去舍不遠其園縱廣足滿十頃流泉浴池奇華異果鵁鶄鴛鴦清淨嚴好於其園中造立堂舍衆寶莊校其堂舍中敷置牀席衆好卧具香潔第一令五比丘止住其中提韋女人終身給事隨時便宜飲食湯藥供養使令不失時節時五比丘既被主人恩厚供養安隱快樂而自慶言何慰如之夫人生世種種方宜求覓財利以救貧乏雖得如意不如我等都不勞身而食福禄此豈不由智慧力乎其五比丘察見主人慇懃意重而共議言雖得主人隨宜供給日富歲貧不能濟人歲寒富樂我等今宜更施方便求覓錢財充爲後時受五欲樂作是論已更相易代差遣一人遊諸聚落宣語諸人唱如是言彼四比丘閑居寂靜護持禁戒斷絕酒肉不食葱蒜稱於梵行修禪止觀證無漏業不久修行成阿羅漢則爲天下無上福田衆人聞已賫持種種錢財飲食運集來詣恭敬供養如是多年提

韋女人直心敬信隨宜供養歡喜無厭壽盡命終生化樂天其五比丘專行巧僞邪濁心故福盡命終生地獄中八千億劫受大苦報地獄罪畢受餓鬼形慝魅魍魎如是展轉經八千劫餓鬼罪畢受六畜身償其主人先世供養業報因緣或作駱駞驢騾牛馬隨其主人所受福處常以筋力報償主人如是展轉復八十世畜生罪畢雖獲人身諸根闇鈍無男女根名爲石女自爾以來八千世中常以筋力報償主人於今不息佛告王曰爾時提韋者皇后是也爾時辯才者目連是也時五比丘即今皇后隨從擔轝扇提羅等五人是也王白佛言如世尊說五人起因今者唯見擔轝四人其餘一人爲何所在佛告王曰其一人者常在宮内修治廁溷除糞者是皇后

聞已肅然毛豎心懷怖懼更起禮佛侍立合掌而白佛言如世尊說扇提羅等是我前世因緣師者實懷憂怖恐犯逆罪所以者何夫人師者應修恭敬頂戴禮拜是其宜也而反使擔轝不異牛馬以是因緣甚懷怖懼願佛垂哀聽我懺悔佛告之曰皇后福德自無過罪何故疑懼衆生殊性業行不同善者受福惡自受殃皇后本時直心清淨信樂修福福德因緣自爾以來世世所生常遭明師信受教誨從善入善從禄入禄至於今日食福自然值佛出世前身福德因緣力故復聞正法如說修行以是因緣無罪咎也其扇提羅五人因緣由其本時邪濁佞諂無有慈心受汝供養罪業因緣償其宿債皇后白曰今聞佛說本業因緣弟子疑解無憂懼也此扇提羅

罪業果報何當畢耶弟子今者放扇提羅不敢驅使隨意東西唯願世尊說法開悟令其心解改惡修善速得免苦佛告之曰今欲令我開化其者喚彼宮內除糞者來皇后即時遣使令喚扇提羅來使者受命須臾將來扇提羅等五人聚集於佛前立世尊大慈先以善言慰勞之曰汝等諸子體氣康和安隱快樂無苦惱不五人怒曰佛不知時所以者何晝夜勤苦鞭打使役不暇得息有何樂哉佛豈不知如是事乎而反問人快樂以不佛告五人今身之苦皆由前世邪濁諂曲懷不善心受人供養罪業因緣展轉所生至於今身償罪因緣猶故未畢若欲求免惡果報者今應至心丹誠悔過改惡修善從是因緣可得免苦扇提羅等聞佛語已忿怒隆盛反背向佛不欲聽聞佛以神力令一化佛對其前立方便慰喻勸令懺悔扇提羅等又反向東復有化佛對前而立復反向西復有化佛四維上下皆有佛對扇提羅等見佛圍繞五人即時稱怨大喚而作是言我等今者是弊惡罪人佛今何爲苦見逼耶爾時世尊還攝化佛爲一佛身佛告大衆國王太后諸比丘等汝等見是扇提羅不咸言唯然汝等當知衆生罪業有二種障一者業障二者煩惱障其罪輕者有煩惱障重罪業障扇提羅等具有二障重罪障故不得受化非可如何爾時皇后見扇提羅不受佛化哀感傷心語五人曰自今以後求解因緣隨意東西無憂快樂扇提羅等長跪涕淚白皇后言我等五人奉事大家有何等僫非意今日被驅棄捐若有不稱

唯願弘恕使役如前於是皇后辭讓再三扇提羅等不欲離去皇后白佛弟子至意放扇提羅不肯欲離當如之何佛告之曰扇提羅等償債未畢因緣繫縛不令得去非可如何且順其意復其事業償因緣畢自當得脫佛告王言夫人修福謙虛敬重直心清淨行於道業功德無量火不能燒水不能漂偷劫盜賊不能得便國王強力不能動轉如今皇后受福報也人行惡心貪現前利如扇提羅歷世受殃於今不息雖遇聖化如風過耳罪業力故反生怨嫉窈窈冥冥何時當免爾時世尊慈悲心故告諸比丘如我前說人身難得值佛時難法難得聞終壽亦難汝等諸子前身微善得生人道遇佛在世聞法信受割斷恩愛離別父毋兄弟妻子六親眷屬出家爲道如囚免獄應捨惡從善中表相應言行無異少欲知足不貪世榮忍饑耐渴志存無爲研精學問棄捐衆惡莊嚴智慧修無漏業出生死海復以智慧順化天下使行十善是則名爲自度度人應菩薩業爾時會中有諸比丘聞佛說已自忖所行身口意業不稱道法五百餘人即起修敬叩頭懺悔叉手合掌而白佛言如世尊教三不善業我等悉有今於佛前發露懺悔唯願天尊表察其誠從今以往誓不爲非當如法行願佛證知佛言諸子三界聖尊衆生之父子今悔惡修善甚是所欣當隨爾喜復次五百麤行比丘聞說是已即起修敬叩頭向佛白言世尊我等不堪修出家道所以者何從昔已來爲利養故行於邪濁有虛無實受人供養負債滋多爲是等

故實懷憂懼今欲捨道還歸俗緣願佛垂聽佛告比丘善哉善哉吾助爾喜所以者何夫人入行如把刃持毒不能堪者不如不爲何以故執持不勤反爲害故汝等今者信於業報有慚愧心慚愧因故除滅過罪增長善根彌勒菩薩後成佛時初會說法當得上度又告比丘寧割身肉以用供口不以邪心受人施也甚難甚難愼之愼之爾時佛子羅睺羅等五十沙彌聞佛說彼扇提羅等禍所由起因緣本末甚大憂懼即各修敬頭面禮佛叉手合掌白言世尊今聞說此扇提羅等宿業因緣受苦果報甚懷怖懼所以者何和尚舍利弗大智福德爲國中豪族所見知識衆人競共雲集供養餉致最上甘珍美味小兒愚癡無有福德食人如是妙好飲食後世當復償其因緣受苦果報如扇提羅是故我等實懷憂慮彼諸長德五百比丘尚不能堪退道還俗而況小兒無智慧者願佛垂哀賜聽我屬捨道還家冀免罪酷不經苦厄爾時世尊告羅睺羅汝今畏罪欲得還家求離苦者是事不然何以故如有二人乏食饑餓忽遇主人爲設種種肥濃美味其人饑餓貪食過飽然此二人一者有智二者愚癡有智之人自知食過身體沉重頻申欠呿恐致苦患即詣明醫謙虛下意叩頭求哀請除苦患良醫即賜摩檀提藥令其服之其人即吐腹中宿食吐宿食已令近暖火禁節消息其人因是得免禍患終保年壽安隱快樂其無智者不知食過謂是鬼魅消費家財橫殺生命祠祭鬼神欲求濟命唐費功夫腹中宿食遂成生風

生氣轉筋絞切心痛因是死亡生地獄中兩世受苦由無智焉佛言汝羅睺羅畏罪還家如彼無智愚癡人也夫人求福欲離罪者當謙虛精勤親近明師修習智慧悔惡罪業改往修來從是漸漸智慧成就慧成就故消滅衆罪如我前說日光威力能除衆冥人修智慧亦復如是緣汝先有善根因緣遭值我時舍利弗等如彼明醫能濟苦患而得不死子今何爲捨明入闇沙彌羅睺白言世尊諸佛智慧猶如大海羅睺等心猶如毫末豈能受持如來智慧佛告羅睺如天雨渧後不及前雖不相及能滿大器修學智慧亦復如是從小微起終盛大器盛大器已轉盛餘器如是展轉滿無量器是則名爲自利利人自利利人名爲大士如我今也羅睺羅等聞佛說已心開意解無復憂慮如世尊教當具奉行不敢疑也爾時會中國王太子名曰祇陀聞佛所說十善道法因緣果報無有窮盡長跪叉手白天尊曰佛昔令我受持五戒今欲還捨受十善法所以者何五戒法中酒戒難持畏得罪故世尊告曰汝飲酒時爲何惡耶祇陀白佛國中豪强時時相率賫持酒食共相娛樂以致歡樂自無惡也何以故得酒念戒無放逸故是故飲酒不行惡也佛言善哉善哉祇陀汝今以得智慧方便若世間人能如汝者終身飲酒有何惡哉如是行者乃應生福無有罪也夫人行善凡有二種一者有漏二者無漏有漏善者常受人天快樂果報無漏善者度生死苦涅槃果報若人飲酒不起惡業歡喜心故不起煩惱善心因緣受善果報

汝持五戒何有失乎飲酒念戒益增其福先持五戒今受十善功德倍勝十善報也時波斯匿王白佛言世尊如佛所說心歡喜時不起惡業名有漏善者是事不然何以故人飲酒時心則歡喜歡喜心故不起煩惱無煩惱故不行惱害不害物故清淨三業清淨之道即無漏業世尊憶念我昔遊行獵戲忘將廚宰於深山中覺饑欲食左右答言王朝去時不被命勑令將廚宰即時無食我聞是語已走馬還宮教令索食王家廚監名修迦羅修迦羅言即無現食今方當作我時饑逼忿不思惟瞋怒迷荒教勑傍臣斬殺廚監臣被王教即共議言簡括國中唯此一人忠良直事今若殺者更無有能爲王監廚稱王意者時末利夫人聞王教勑殺修迦羅情甚愛惜知王饑乏即令辦具好肉美酒沐浴名香莊嚴身體將諸妓女往至我所我見夫人莊束嚴麗將從妓女好酒肉來瞋心即歇何以故末利夫人持佛五戒斷酒不飲我心常恨今日忽然將酒肉來共相娛樂展釋情故即與夫人飲酒食肉作衆妓樂歡喜娛樂恚心即滅夫人知我忘失怒意即遣黃門輒傳我命令語外臣莫殺廚監即奉教旨我至明旦深自悔責愁憂不食顏色憔悴夫人問我何故憂愁爲何患耶我言吾因昨日爲饑火所逼瞋恚心故殺修迦羅自計國中更無有人堪監我廚如修迦羅者爲是之故悔恨愁耳夫人笑曰其人猶在願王莫愁我重問曰爲實如是爲戲言耶答言實在非虛言也我令左右喚廚監來使者往召須臾將來我大歡喜憂

恨即除王白佛言末利夫人持佛五戒月行六齋一日之中終身五戒以犯飲酒妄語二戒八齋戒中頓犯六戒此事云何所犯戒罪輕耶重耶世尊答曰如此犯戒得大功德無有罪也何以故爲利益故如我前説夫人修善凡有二種一有漏善二無漏善末利夫人所犯戒者入有漏善不犯戒者名無漏善依語義者破戒修善名有漏善依義語者凡心起善名無漏善王白佛言如世尊説末利夫人飲酒破戒不起惡心而有功德無罪報者一切人民亦復皆然何以故我念近昔舍衛城中有諸豪族剎利公主因小諍競乃致大忿各各結謀興兵相伐兩家並是國中豪强復是親戚非可執録紛紜鬬戰不從理諫深爲憂之復自念言昔太子時先王大臣名提韋羅恃其門宗富貴豪强而見輕慢形調戲弄劇於畜生當時忿恚情實不分意欲誅滅力所不堪訴向父王復不聽省懷毒抱恨非可如何以是之緣飲食損常懊惱愁悴爾時太后見我愁苦種種諫曉愁故不息於時太后愛子情重便遣使人求覓好酒勸我令飲即白母言先祖相承事那羅延天奉婆羅門今若飲酒懼恐天怒爲婆羅門之所讁罰太后當時懼子致命於夜靜時關閉宮門不令異人黄門婢使而得知者太后言夫天神者有慈悲心救一切苦婆羅門者皆應如是子今愁毒唐自失命天神豈能救子命耶寧當服藥消散憂患得全身命諸婆羅門未得天眼安能知子隱密事耶逼迫再三俛仰從之既飲酒已忘失愁恨太后見子還復顏色心

即歡喜召集宮女作倡妓樂三七日中受五欲樂所追忿恨從是得息思惟是已即勑忠臣令辦好酒及諸甘饍又使宣令國中豪族群臣士民悉皆令集欲有所論國中大事諸臣諍競兩徒眷屬各有五百等應召來集於王殿上莊嚴大樂王勑忠臣辦瑠璃椀椀受三升諸寶椀中盛滿好酒我於衆前先擎一椀王曰今論國大事想無異心坐此會也今當人人辦此一椀甘露良藥然後論事咸言唯諾奉大王命並勑伎官作倡妓樂諸人得酒並聞音樂心中歡樂忘失仇恨沛然無憂王復持椀白諸君曰士夫修德歷世相承遵奉聖教不應差違諸君何爲因於小事忿諍如之若不忍者恐亡國嗣是故重諫幸息諍事諸臣曰王敬奉重命不敢違也因是和平王白佛言諸人起諍不因於酒然因得酒息忿諍心而得和平此豈非是酒之功也復次世尊察見世間貧窮小人奴客婢使夷蠻之人或因節日或於酒店聚會飲酒歡樂心故不須人教各各起舞未得酒時都無是事是故當知人因飲酒則致歡樂心歡樂時不起惡念不起惡念則是善心善心因緣應受善報復次世尊獼猴得酒尚能起舞況於世人如世尊説施善善報施惡惡報如世間人緣前布施福德因緣今致大富貧者從乞慳惜不與慳貪因緣受餓鬼報或有世人若男若女受形端正男人好者爲女所愛女人好者男情所樂若有强力制斷男女不令合會不得合故則致憂苦此之殃罪當歸何處未利夫人皆由前身以好施人故今得好報世尊

云何令持五戒月行六齋六齋之日不得莊嚴香華服飾又復不聽作倡妓樂又復不聽附近夫壻愛好之姿竟何所施徒亡其功豈非苦也佛告王曰大王所難非不如是末利夫人在年少時若我不勑令受戒法修智慧者云何當有今日之德以能得度復度王身如斯之功復歸誰耶末利夫人受我教故如說而行故使今日成就智慧方便解脫復次大王譬如世人家有一子欲令成故及其幼年將詣學堂與師令教文藝書疏人望禮儀學堂之法皆有制令呵責杖罰禁節飲食不得睡眠出入行來不失節度有違犯者隨罪輕重計而行罰兒畏杖故專心就學至年大時高才博聞靡所不知復以所知轉教餘人末利夫人奉持齋戒亦復如是復次大王如富樓那嫉妬心故割斷恩愛辭別父母捨離妻子入山習學被服草衣忍寒耐苦自立誓言要當諷誦九十六種經書記論悉令通達不爾不還與父母相見足二十年一切通達還王舍城頭戴炬火以銅鍱腹陌上而行自唱稱言我一切智來至我所謂我言你瞿曇沙門竟何所知我言癡人而說頌曰

若有人智慧　不說人自知　如是多聞者
如日照世間　若多少有聞　自大以憍人
如人盲執燭　照彼不自明

時富樓那聞是語已霍然心悟捨炬解腹五體投地慚愧悔過皆由多聞智慧諸根利故未起之頃斷三界漏得羅漢道智慧之力譬如調象隨鉤而轉大王當知夫習學者皆由禁制攝五情根然後通達無所罣礙名無礙

智無礙智者具四辯也今富樓那具四辯才皆由謙苦勤學所得是故我說夫慧解者有七德財何謂爲七第一信財二精進財第三戒財四慚愧財第五聞財六爲捨財七定慧財是爲七財末利夫人具此七財大王當知末利夫人雖爲女身髙才智博非同凡人皆由少來慎身口意一心專念修習智慧智慧力故名爲解脫復以智慧解悟天下爾時世尊因羅睺沙彌爲諸大衆而說頌曰

聞爲金翼鳥　威勢武力强　聞爲行寶藏
所在相利益　聞爲大橋梁　濟度衆苦厄
聞爲大船師　濟度生死海　多聞令志明
以明智慧增　智則博解義　見聞行法安
多聞能除憂　能以定爲歡　善解甘露法
從是得泥洹　聞爲知律法　解疑亦見正
從聞捨非法　行到不死處　仙人敬事聞
諸天亦復然　檢心不放逸　積聞成聖智
慧能散憂恚　亦除非邪衰　欲求安隱吉
當奉事明者　盲從是得眼　如闇中得燭
開導世間人　如明將無目　是故應捨癡
離慢豪富樂　務學事明者　是名積聚德

爾時世尊說是偈已復告王曰王今福德聰朗博義皆由前世親覲明師謙苦奉侍習學所致因緣果報今爲人王智慧明達隨宜撫接世間難有是故我說般若智慧有四種義是故當知求三乘人當學般若欲離三惡八難苦患欲受人天快樂果報以要言之求一切福德皆應修學智慧方便如我前說阿逸多王勤苦習學智慧力故雖復失行生惡趣中常識宿命識宿命故改惡修善速得解脫

感致諸天濟接供養以智慧力爲諸天師以是因緣我說般若有四種義爾時波斯匿王聞佛所說智慧方便功德因緣甚大歡喜太子祇陀夫人太后群臣士民一切大衆莫不解悟各各修敬爲佛作禮復坐如故王叉手曰如佛所言世人修善凡有二種一有漏善二無漏善有漏無漏二義歸一世尊云何說差別耶佛告王曰人有二器一者利根二者鈍根爲鈍根人說二種善利根之人不說二也所以者何衆源泉流終歸一海鈍根之人諸根闇塞是故爲說分别法耳爾時國王太子祇陀白佛世尊十善戒法有差别也同一義也妄語戒義一也多也若一義者終不可持若差品者願佛說之佛告之曰妄語有二一重二輕何謂爲重若受戒人不修智慧愚癡無智不能教化興隆佛法爲是之故人所輕慢不得供養貧窮困苦爲供養故外現精進内行邪濁展轉相教宣向諸人比丘苦行精進得禪境界或言見佛見龍見鬼如是之人名大妄語犯是罪者墮阿鼻獄又復妄語能令殺人破壞人家復有妄語違失期契令他瞋恨如是名爲下妄語也行如是者名爲犯戒墮小地獄其餘調戲及諸私理匿禁之事或有言無或無言有不犯戒也太子祇陀聞說是已即於佛前受十善道法白佛言世尊弟子今日疑悔已除發三菩提心願佛證知佛言善哉甚大歡喜宜知是時王白佛言如佛所說十方賢聖明達衆生因緣果報者我父先王事外道修持禁戒絶於酒食五辛葱蒜供養梵天日月水火常行布施求梵天

福年年常用千頭乳牛施婆羅門計四十年四萬頭牛請婆羅門食其乳酪生酥熟酥醍醐等味如斯功德生何天耶願佛垂哀分別教示令諸行者普得聞知佛告王曰前王果報今在地獄所以者何不值善時不遇善友無善方便雖修功德不得免罪布施之功不亡失也罪後畢時方當受福大王當知夫人修福不與罪合不共合故要須方便令得滅罪何謂方便謂善知識何謂善友謂正見人是爲善友常以正教調伏其心何謂正教謂觀無常苦空無我十二因緣縛著生死修四眞諦見苦斷集證滅修道行六波羅蜜四無量心是爲方便調伏諸根根調伏故定慧成就慧成就故其心正直心正直故能起精進精進心故能起戒愼戒愼究竟定慧明了慧明了故遊諸萬行通達無礙行無礙故名爲解脱解脱心者即涅槃也是則名爲善知識也大王當知明師善導是大因緣不可輕也大王今者遭賢遇聖皆由前世因緣果報聞法信解復能解人是故我說明人難値如不比有其所生處族親蒙慶是故當修般若智慧王白佛言聞世尊說智慧方便皆已貫心如世尊說禍福不同我先帝大王有何惡業受苦報耶佛告王曰先帝大王有六種罪何謂六種一者憿慢垢弊事無麤細便起鞭罰不忍辱故二者貪受寶貨斷事不平致令天下懷怨恨故三者遊獵嬉戲苦困人民傷害衆生所愛命故四者禁閉宮女不得從意受大苦故五者耽著女色得新厭舊撫接不平致怨恨故六者畏婆羅門偷食酒肉五辛葱

蒜恐被呵責行諂僞故是爲六事罪業因緣生地獄中王白佛言若如是者佛未出時弟子亦有如斯之罪當如之何修十善行令得成就無滯礙也佛告王曰如我先說日光出時衆冥悉滅有餘闇不王曰燈火之光尚能滅闇況日光明威勢力也今王福德聞佛說法成就智慧喻若日光滅一切闇無餘罪也王白佛言我父所事婆羅門師精進智慧修習苦行爲求福故不惜身命或有投巖五熱炙身或斷飲食求生梵天或大積薪生自燒身或有翹脚張口向日或於高樹以繩繫脚而自倒懸或卧刺棘扶石壓胷有如是等種種苦行苦行之功福德因緣歸何所耶佛答之曰如吾前說行苦苦報行樂樂報汝不聞乎王言世尊制諸弟子令持禁戒非爲苦耶

夫人饑時不即得食煩惱横起忿怒隆盛不自覺識起想懷害殺修迦羅如斯之事兩世受苦豈非惡也佛告王曰吾前所以制中前食者爲諸比丘捨外道法於我法中出家爲道先習苦行饑餓心故得諸弟子肥美飲食貪食過飽食不消故則致衆病是故制食非爲饑苦求福德也又節食者見諸比丘縱横乞食無有晝夜食無時節爲諸外道之所譏責而作是言瞿曇沙門自言道精何以不如外道法也是故節食非於饑苦而求福也以要言之所制禁戒正爲癡人無方便慧非爲智人知時宜也如我前說般若智慧即是解脱智者所受聖所行處王聞是已益加歡喜更起恭敬爲佛作禮一切大衆皆亦如是波斯匿王長跪合掌白世尊曰今此大衆聞佛

所說疑網結解猶如日光消除闇冥得見大明如此之功其恩難報諸弟子等當以何方施設供養報今世尊斯重恩也佛告王曰及諸會衆甘露法教其功難報假令有人於恒沙劫盡心奉事佛法聖衆衣食卧具疾病醫藥於意云何其福多不王曰甚多不可稱量佛告王曰甘露法者精妙難量濟無麤細非天世人福德之力所能報也唯有一事能報佛恩何謂爲一常以慈心以其所解一切善法展轉開化乃至一人令其信心成就智慧展轉教化無有窮盡譬如一燈然無量燈如是行者乃名爲報師徒重恩大王當知欲報師徒解脫恩者還以智慧解度衆生如是行者則爲供養三世諸佛非但供養報一師也王叉手曰宣傳聖教開悟群生令行正見修習聖道其福云何唯願垂哀開導衆生佛告王曰若善男子善女人從師聞法一句一義展轉教化乃至一人未信令信未解令解如是功德無量無邊非是凡夫所能知也大王假使有人於千歲中飲食醫藥上妙衣服供養恭敬佛法聖衆其福多不王言甚多不可稱量佛告大王善男子善女人從師聞說諸佛正教展轉教化乃至一人令其信解其所得福復過於彼千萬億倍不及其一何以故法化之功應無量故佛告阿難如此法教精勤宣化一切人民其福無量阿難我今以此無上妙法付囑於汝宣布教化過度衆生則爲供養一切諸佛阿難叉手白世尊曰佛囑此經當何名之佛告阿難此經教者名未曾有說因緣經當勤修行爾時波斯匿王祇陀

太子夫人後宮四部弟子釋梵諸天八部龍神八十萬人聞佛所説皆大歡喜各各發心向三脫門禮佛辭退如法奉行

未曾有因緣經卷下

音釋

壻女之夫曰壻　葱蒜葱倉紅切蒜蘇貫切葱蒜並葷菜也　搏伯各切手擊也　梔於華切與軛同　氍其俱切毛席也　氀龍珠切毛布也　毾㲪毾吐盍切㲪都騰切毾㲪毛蓐之細者也　綩綖綩于阮切綖以然切綩綖坐褥也　懶惰懶魯旱切惰徒可切　鵁鶄鵁居肴切鶄倉經切鵁鶄鳥名　溷胡困切溷廁也　漂匹招切浮也　憔悴憔昨焦切悴秦醉切憔悴枯瘠貌　謫陟革切責也　鍱以輒切銅鐵薄也　醍醐醍徒奚切醐戶吳切醍醐酥之精液也

諸佛要集經

西晉三藏法師竺法護譯

清刻龍藏佛説法變相圖

諸佛要集經卷上

西晉三藏法師竺法護譯

聞如是一時佛遊摩竭國柰叢樹間於其鄉土北有山名曰因沙舊此言帝樹石室與大比丘衆俱比丘五千菩薩二萬皆不退轉不起法忍身口意定總攝三世獨步三界開化衆生應病與藥各令得所文殊師利彌勒菩薩等復有諸天八萬四千悉志佛道爾時四部弟子各往詣佛雖欲聽經不能專精厭所講法各各怱怱多所慕求追逐五濁以爲事業佛心念言衆人患厭所宣道教不肯復來咨受法言不見如來不聞正法不入心耳心不思惟不能修立佛自念言吾欲示現如像宴處不自現形到他方佛土與諸佛俱宣講諸佛之要集佛復觀之諸佛世尊會於何方輒覩東

方去是八萬四千億諸佛世界國名普光佛號天王如來至眞等正覺現在說法諸佛會彼佛告阿難如來當入因沙舊室宴坐三月諸天龍神阿須倫迦留羅眞陀羅摩睺勒人與非人若有來者解喻其意勿令入室阿難白佛大聖垂恩有尊巍巍神妙諸天其威洞徹身形微妙心意叵見往來周旋不能將護難既弱劣無神足力離大德鎧神變所爲不及目連大目連者如來咨嗟神足第一飛到十方無所罣礙獨可委付護於後事佛告阿難勿有此言如來至眞不須人護令佛觀察天上世間諸魔梵天沙門梵志諸天人民及阿須倫無能作威動移如來無上至眞之所建立也汝且默然如來在衆能自將護不須衛者又若阿難若有比丘比丘尼清信士清信女諸天龍神阿須倫迦留羅眞陀羅摩睺勒人若非人來到爾所如來至眞而在宴坐汝當爲說如是道教法難可遇了義亦難人身難得經道希有如來與世劫數時出能信如來所宣經法出家爲道見善師友能從啓受精進愛樂亦復難遭若復蒙覩明經比丘講清淨法此不可得心好於施若遭衆祐受於供養受能淨畢是亦難遇假使孝順反復報恩又勤學問遵持經戒至死不毁是亦難值若復有人愍哀衆生而發無上正眞道意適發心已尋能奉順隨佛之教究竟菩薩是則最難矣佛告阿難如來宴坐四部之衆諸天龍神阿須倫等人與非人來到爾所欲聽經法當爲宣傳如是法教佛復語阿難汝承佛教爲宣如斯如來至眞無數方便隨時化

人棄捐非法迷惑邪見汝等承命修正眞教阿難於彼何謂邪見謂禮他人妖僞之術敬於諸天奉事鬼神枯骨朽木山樹江河泉源石神天地日月東西南北北斗社君蟒蛇鳥獸麞鹿蛟龍承事若干殊異魍魎是謂邪見復次阿難計受吾我著人壽命斷滅計常是謂邪見舉要言之當復爲汝說彼邪見若族姓子及族姓女自起妄想欲得聲聞緣覺之乘若欲得佛當取滅度是悉邪見復次阿難如來至眞在於宴處當爲解說如斯法要汝等學人當慕法義樂於法樂以法爲上念修清淨好於篤信多所歡悦慚愧恭恪戰戰恐畏在於三界不疑解脱慈悲喜護行四等心所經歷處常能應時忍辱和雅謙遜下意但歸於義不取嚴飾唯歸於慧不取識著唯歸妙經不取綺辭唯歸正法不取於人教令遵修深妙法忍所言解度謂三脱門勤奉空行不計吾我修於無相棄捐希望遵行無願消除所誓當爲衆生說十二因緣一切諸法從因緣起設無因緣則無所起亦無所滅當審諦觀十二緣起察其根源而奉行之彼若不諦觀十二緣而致此難當云何觀阿難當知十二牽連悉無所生無所生者不起法忍若不生念是爲審諦觀十二緣當復分別賢聖正行爲衆説法何謂聖諦所行誠信其聖諦者若以心聽計於聖諦無誠無欺無誠欺者以是之故名曰聖諦眞諦之義是謂誠信而無所生其眞諦者實爲眞正爲離欲諦爲信脱諦無言辭諦無所行諦不造業諦無所有諦無應不應無舉無下諦則爲一諦無有罪

諦不滅度諦則無爲諦假使阿難解一切法不起不滅悉無所住無異衆生是謂賢聖諦以故如來説如此法賢明弟子行於無爲欲曉了慧令苦不起至無所生是謂苦諦若遭惱患在於苦痛不集諸行斷於因緣因緣已斷是曰棄於集諦矣若能永滅盡一切苦長無所生是謂盡諦何謂道諦若修道誼不爲二業善不善法入一品門求如是路是則名曰爲三脱門諸過去佛及與弟子由是道路至無所至而取滅度是爲名曰八賢聖路一曰正見二曰正念三曰正言四曰正業五曰正治六曰正方便七曰正意八曰正定以此護意因説平等性已平等則於諸法不懷望想此乃名曰還入徑路又復阿難説法若是汝等精勤歸四意止爲諸衆會班宣解説三十七品道行之法使立法教何謂於彼三十七品若住順義悉達自然假文字耳若等文字如來以此建立諸法是諸文字亦自然空不生不壞若有説者不説亦等不增不減所以文字以等故等假使阿難比丘等知文字是道品法所住順義又復阿難如來在宴若有天龍鬼神揵沓惒人非人來當爲講説三世平等何謂爲三過去以滅當來不現現在無住墮在顛倒是亦本淨一切諸法亦復悉空無有三世亦無所住過去已空當來亦空現在亦空亦如空空無空亦空知三世空人空亦如是三世空名曰平等入於一義無有若干若爲説法能除三界乃爲安耳何謂能除三界若有比丘應時思惟而觀察之欲界色界無色界者心想所生其思想者亦無所

有其無所有了三界已無想不想無進無怠無所建立亦不誓願不思不念皆捨心念得三脫門慇懃專精而修明證奉三脫門空無相願何謂三脫得至明證不捨平等暢於諸法無作不作知一切法皆當歸盡不入於禪意不墮落不計有一亦無若干是三脫門而得明證又復阿難當爲說法使去五陰何謂爲五色痛想行識是爲五陰若受此者則爲盛陰不受無陰假使修行處於閑居當作此觀如來常說色如聚沫痛癢如泡想如野馬行如芭蕉心識如幻佛光踰日慧越虛空覩自說言教告修行者當作此觀如來所講可入義者吾不解了不即啓解欲界如聚沫是亦空耳色界亦無無色無處不著三界其不倚者則無處所聚沫無我無人壽命以是之故一切諸法無人衆生悉如聚沫水泡野馬芭蕉識如幻化其幻亦空不著三界若遊諸法不著三界無有處所則無所倚其幻化者不復處當我人壽命其了實者亦無我人壽命之本其觀五陰如是無處則無五陰又復阿難當復說法分別消除內外六入具分別之何謂內外六入如來常說其吾我空所以者何悉本淨故眼耳鼻口身意亦空本淨無身假使本淨空無諸入則無色聲香味細滑法處設無眼耳鼻口身意無因緣識無內六入何謂外六入於一切法悉無所受亦無所捨從思想生外諸六入不習諸入則無處所佛語阿難如來宴坐若有人來當爲解說如是法義佛建威神顯其變化若有應器當應度者悉聞此法其餘衆人都不見聞覩佛默

然口無所説講是法時五千比丘漏盡意解
四萬二千天子遠塵離垢得法眼淨三百比
丘尼得阿羅漢七千衆人得離愛欲爾時世
尊教阿難已復告阿難汝詣石室當爲如來
布其座席唯用芻草如來坐上三月宴處阿
難白佛當施牀榻布令細軟用芻草爲佛告
阿難且止且止諸過去佛如來至眞等正覺
皆用芻草以爲座席不以柔軟服飾重坐爲
佳快也修順道法乃爲大安阿難受教即從
座起捨於聚會出外求草應時無數百千億
天各取柔軟天上好草著阿難前阿難即取
持詣石室爲佛敷設芻草之座敷設適竟應
時無數百千億天人各取天衣敷著草上所
敷衣具其數甚多設著天下不能悉受佛之
威神變所敷衣高四寸耳佛從座起入於石
室無量妓樂不鼓自鳴天雨衆華大千世界
積至于膝佛適宴坐三昧正受化其石室皆
如水精三千世界諸有衆生德本純淑悉見
如來坐於石室猶如明鏡見其面像佛演右
掌百千億光其光普照三千大千世界日月
之光悉爲覆蔽當爾之時一切衆生除婬怒
癡不壞自大貢高嫉妬亦無勞倦鬬訟之患
慈心相向如父母兄弟如子如身等無有異
世尊三昧其行永定無住無業自然如空行
無望想三千大千世界六反震動應時佛土
見佛威神神力變化二萬二千天子皆發無
上正眞道意各取天華散於石室以供養佛
繞室三帀忽然不現天所散華悉覆山間化
爲佛寺其香普周三千世界莫不聞香佛便
變身詣於天王如來至眞等正覺所至普光

世界爾時十方江河沙等剎土諸佛因五濁世衆生難化故皆現諸天王佛所亦如能仁如來至眞彼土若斯婬怒癡盛自大憍慢反逆不孝諛諂邪念志僞不等所以者何本土衆生不往見佛不肯啓受既有所聞不聽不入不思奉行以故諸佛善權方便而坐宴室更化變形詣普光世界天王佛所講說分別諸佛要集何謂諸佛要集諸佛世尊所戴衆行已備無所復進最後究竟愛愍衆生故名諸佛要集經典之義如來至眞滅度之後當爲衆生發去覆蓋諸佛大聖則是法王德過須彌智超江海道越虛空不可爲喻用一切愚懈怠放逸不順法教復受經法鄙等何故懈廢迷荒纏綿蔭蓋不免三趣諸佛世尊見此義故合要集法于時於彼普光世界不可

計會無數諸佛悉共集會其土何故而謂普光彼土純眞無有聲聞緣覺之名皆諸菩薩充滿備悉其土菩薩各各自有金色光明相好嚴身光曜普照靡不通徧故謂普光何謂諸佛要集則如眞諦遵崇諸法何謂諸法何謂爲崇何謂爲遵一切諸法悉爲一法此諸法者亦無有法亦無非法亦不可說所以者何其無法者則無所生亦無所起而爲說法不久長存以假言耳內有六入外亦六入五陰諸種及與諸入是謂一切所有以假言耳分別章句一切諸法如眞諦觀則無五陰四種諸入無有斷滅亦無有常無有堅固是故言曰諸法無言一切諸法本淨則空無有其名其命所說亦無所有一切諸法及與名號皆亦自然悉無所有是諸佛要集何謂爲崇

謂崇憺怕悉無所生崇於無欲崇於眞諦崇於無本而崇法界崇於本際諸法悉空崇此眞諦一切諸法皆無所住無所習行無行不行威儀禮節不取當來無我無所諸所受業則無君主亦無被服不可見覩爲究竟盡故不可盡假有文辭其無盡者則無所生其爲本淨謂志憺怕亦無所生捨離所生及無所生巳所崇者無聲無寂無能墮落亦無退者除諸勸助則無有底亦不無底不起無生講宣平等亦無想念無近無遠亦無足迹故謂爲崇是所崇者謂入法城一切諸法假有號耳無來無往無得無不得無有將往亦無還反不正不邪不聞不見無念無知不恐不懼無愛無處無寂不寂不麤不細不長不短不中不彼不來不藏不得因緣不安不危悉不曉了亦無所行無所興廢亦無蠲除不令發起不養不眠不思不想不達不念無有限節所念無量無守無護無所呼來不度彼岸不有處不無處不斷滅不計常不失不得無去來今無慧無不慧不衆不寡無音無言亦無所入無恐無字亦不入文不動不搖不遠不近無禮無不禮不希名稱亦無吾我無人壽命不戒不犯不忍不諍不進不怠不所不無所非不清非無清非空非無空不身不無身不講名號等如虛空無卑無不卑不教化不願不離不作無不作以無殃釁亦不除罪無想無不想不動不捨施亦不授之初不與之不調不寂不滅不等不使灰盡不塵不離塵不墮不落不染無不染不忘不念亦不愁亦不憂慼無思無不思無應無不應無雙無隻

不遊不在不此際不彼岸不彼不此不臨岸不陸地無底無中不往度無能度者不動迹不志願不退轉不合會不斷不壞不還合不相比不著不脫不取無不取不虛空無不空光明無底不愛壽命無人無教常當講說捨諸處所是入法城其不入者著菩薩字說無著法不見住處斯謂爲崇是佛要集何謂爲導諸法常住住於法界其能奉行如是法者是謂爲導何謂爲法所名法者不念於法無所除毀不懷希望無不希望設無所望亦無想報若不想報則除一切望想不造多不爲少不起不斷不念過去不想當來不住現在如是行者等於三世則無言說不用住故而致衆生是謂爲法是故如來演此言教佛興不興相住如故法界亦然法界住者法界寂然以何等故名曰爲法致寂然者以純淑喻因此故曰諸法寂然何謂無純計是我所自謂有身因緣諸見名色思想處所言辭識知依倚所謂名號心思稱量觀察本末意所思惟受諸五陰四大諸入我當勸助開化三界以當棄捐婬怒癡名奉修道教證三脫門致於道迹往來不還至羅漢道吾當思念修四意止四意斷四神足根力覺意至於八道三十七品照明四事滅盡塵勞是爲聲聞名曰不滓於彼何謂爲寂然者行菩薩乘發大心言我當成佛慕求道慧於此所行我當布施捨于慳貪施以法財淨其禁戒斷於衆缺謹慎守行建立忍辱刈其瞋恚爲柔輭行當修精進除懈怠垢遵修勤仂處於閑居修於正受教化爲師逮得一心從三昧起念般若波

羅蜜奉行其義智度無極開化衆生以求佛道一切諸佛由般若波羅蜜生逮成佛道降伏衆魔則轉法輪度脱人民以佛無爲而令滅度究竟佛慧學諸佛事宣揚如來十力之業佛十八法諸力根本四無所畏分別辯才多所暢達菩薩所説建立應念出入進退是爲處所一切塗想諸所受取敢可施行無有此法是謂純淑寂然之無其寂然者斯謂爲法是則名曰諸佛要集佛言復次所言諸佛要集則是初發菩薩心者言教之謂何謂初發菩薩心者謂無從生所以者何於一切心而無有心其無心者則無所生無所生者是初發心因得逮致無所從生法忍又初發意菩薩心者堅固其志於此菩薩當發其心猶若金剛何謂發心如金剛者菩薩發心有十事行爲若金剛何謂爲十一曰遊於無量生死之難二曰一切所有施無所悋三曰常有等心加於衆生四曰我皆當度一切衆生以佛滅度而滅度之五曰度衆生已亦無有人至滅度者解一切法無所生故六曰分別曉了一切諸法七曰常加精進無所遺漏八曰其慧普入靡所不達九曰具一切智了入一門十曰諸所愛重無有增減不以貪惜斷諸所著是爲菩薩發心十事心如金剛是佛要集佛言菩薩復有發心皆於三界不起衆想不起無想又佛要集謂當奉行六度無極何謂爲六有俗檀波羅蜜沒於世俗不應度世亦有度世檀波羅蜜不墮於俗持戒忍辱精進一心般若波羅蜜亦復如是或有行俗般若波羅蜜不應度世或有行度世般若波羅

蜜不墮於俗何謂爲俗檀波羅蜜不應度世於是菩薩廣有所施供給沙門外學梵志貧窮乞匃不安已者飢者與食渴者與漿車乘象馬牀卧衣被金銀珍寶妻子男女國邑墟聚外諸所有若干種物無所愛惜悉能惠捨作是施已計於吾我倚其所施令我所出供養彼人受之我爲施主無所貪惜以從佛教行檀波羅蜜令所施者以反施心願及一切衆生之類逮此勸助令我所施當使衆生永得安隱作是施者有三著礙何謂爲三一計吾我二計他人三計望想施是爲俗檀波羅蜜不應度世何者爾乎纏綿在俗不得度故何謂度世檀波羅蜜不墮於俗能淨三品何謂爲三一於是菩薩若布施時不得吾我二不見受者而有所取三有所施未曾望想而求還報也是謂爲三有菩薩施以用勸助一切衆生若施衆生不見受者而有所取則用勸助於無上正眞之道彼不察見所取食法是則名曰度世檀波羅蜜所以者何得度世故何謂在俗謂五盛陰之所覆蓋能捨此五則曰度世其無吾我無所想念心無所倚悉無所著是曰度世若已受戒謂他毀禁不應法行若復開化若干弟子因我得度我當成佛救濟衆生自計有身不解本無是俗尸波羅蜜不應度世雖已持戒不計吾我不見他人毀法亂禁悉等濟之不捨生死不倚無爲雖度衆生悉了本無忍辱精進一心智慧亦復如是無所著者則應度世有所著者則墮於俗又諸世間書疏術呪章句筭計五經六藝王者典籍神仙之業所學智慧而有希望

是爲墮俗般若波羅蜜若於俗間有所希望不以爲慧曉空無相不願之法平等三世無去來今等於三塗解法身一不在生死不住滅度開化一切普無所住是爲度世般若波羅蜜是佛要集說是語時天王佛國七那術菩薩悉逮得無所從生法忍三千大千世界六反震動天雨衆華其大光明普照十方又佛要集者謂菩薩地所入之處何謂爲地所云入者於一切法悉無所入諸法無來亦無有去一切諸法亦無所失不念道地亦無所想修治其地不見處所何謂修治其地菩薩修學第一住者有十事法何謂爲十一曰清和其性二曰慇哀哀諸有形三曰等心欲濟衆生四曰好喜布施救諸窮乏五曰親近善友諮啓不逮六曰習求經典開化所疑七曰數念捨家不慕居業八曰志求佛身達之無形九曰開闡法施以示不及十曰蠲除自大常奉誠信是爲初發意菩薩所行十法又菩薩行二住常當慇懃奉行八法何謂八一曰奉戒清淨而無點汙二曰常修孝順念報恩德三曰得住勢力忍辱爲本四曰遵修恭恪常懷悅豫五曰不捨一切衆生之類六曰行無極哀未曾忘捨七曰奉敬師長視如世尊八曰精進務求諸度無極是爲八法菩薩行三住有五法何謂爲五一曰求於博聞而不猒足二曰開闡顯施離衣食法三曰所與德本勸助佛土四曰患猒無量生死之難五曰住於羞恥常懷慚愧是爲五法菩薩行四住復有十法何謂爲十一曰習在閑居志常寂靜二曰知其限節心在止足三曰棄捐調戲

謿嚜四曰常順禁戒未曾毀犯五曰猒五所欲處調和地六曰而發其心永至成就七曰一切所有皆能惠施心無所著八曰其心常勇不懷怯弱九曰一切所有無所愛惜十曰所習德本以施衆生是爲十法菩薩學五住復有十法何謂爲十一曰捨於家業二曰遠比丘尼三曰棄捐種姓慳嫉之念四曰離於憒閙衆會之黨五曰而釋瞋恚鬪訟之本六曰不自歎身不毀他人七曰除於十惡憍慢之意八曰常刈四倒不順之教九曰翦於貪婬瞋恚愚癡十曰去於罣礙望想之著是爲十法菩薩學六住者當具六法諸度無極不習六事何謂爲六一曰其心靖然不求聲聞二曰其心明了不慕緣覺三曰其心不捨一切衆生四曰見乞求者不懷怯弱五曰未曾修行愁慼之法六曰不慕高處綺飾之座是爲六法菩薩學七住捨二十事何謂二十一不計身二不計人三不計壽四不計命五不計斷六不計常七不望想八不計報應見九不見名與色十不倚於五陰十一不貪於四大十二不依於衰入十三不著於三界十四而惡不親近十五永安無所著十六於無異無所作十七常不著佛乃至究竟十八未曾順從六十二見十九悉解諸法不誹謗空二十曰悉知本無不希望道以行此法具二十事何謂二十曉了空行明於無相分別無願淨修三場常懷愍哀慈於衆生不計衆生等觀諸法明解止門無所從生法忍無起聖慧宣一品義蠲除衆念去諸望想捨諸邪見滅塵勞穢寂然觀地其心調和志不懷害不染

結著是爲二十第八菩薩當行四法何謂爲四一曰心入衆生以神通慧而開化之二見佛土空所觀靚者令逮究竟三稽首佛身容受不及四既見佛身觀而審諦是爲四復有四法一具足曉了衆生根本隨其所好而爲示之二嚴淨佛土慇懃精學如幻三昧三從其衆生好喜應脱而濟度之四察於衆生所生五趣逐而解之是爲四第九菩薩當分別學善願之本從其所誓輒得成就識別諸天龍鬼神揵沓惒阿須倫迦留羅眞陀羅摩休勒人與非人所説言辭則以辯才隨其音響而爲説法從在胎中悉曉了知及生墮地種姓眷屬在家出家坐佛樹下莊嚴道場一切功勲具足佛法靡不周悉第十菩薩則當名之如來至眞若入此住處其地者乃謂諸佛之道地也號佛要集又佛要集等於文字所説亦等入於文字所説室門何謂文字所説室門一切諸法悉爲室門以何謂室門令當來法無所生故諸法欲門除所著故其度門者宣暢諸法究竟本末其行門者一切諸法無放無捨不没不生其名門者一切諸法以離號字其名本淨無逮無失其輕門者悉度諸法輕慢之戒及恩愛根報應因縁之所由生其順門者宣揚諸法調定降伏其縛門者解一切法令與寂寞其焚門者燒除諸法令其清淨其大門者於一切法無有罣礙無著無脱其趣門者斷除諸法所歸音響不捨無本其如門者曉了無本不進不動其隨門者從一切法而發起之其處門者於一切法亦無所處不懐憂慼其作門者不見諸法所造

種性其等門者於一切法奉修平等而不退轉其垢門者計於諸法以離垢穢本末無疵其受門者攝取諸法而不可得志於深妙於六事入及一切法意得永寂其岸門者一切諸法令度彼岸不見彼此度與未度其生門者不得諸法生老病死其思門者一切諸法悉爲寂靜不念不捨無著不著其法門者法界常住則以隨時興顯諸經其寂門者一切諸法皆在憺怕靖寞之地而無患難其虛門者一切諸法皆如虛空無本末無住其盡門者諸法悉盡而不退轉悉亦永滅其住門者諸法無動無能搖者其慧門者因從其慧無所習行悉無能知亦無不知無思無見其斷門者一切諸法無應不應亦無合散曠其言辭其闡門者雖遊諸法蠲除諸垢其蓋門者於一切法去諸覆蓋使如空無棄捐六事其念門者而於諸法消化所生不念不忘其已門者諸法皆由因空而起恐懼緣生衆苦其去門者於一切諸法捨離斷滅有常之計其數門者悉於諸法不舉所生諸所有數無高無下其立門者一切法住住無所住除諸所處其無門者雖在諸法無來無去不立不坐不遊不寐無應不應其具門者存於諸法具足無六無度不度無所周徧猶如虛空其陰門者皆於諸法解知五陰起無所起其響門者解一切法無有音聲所謂無響永離文辭其差門者了於諸法雖處放逸而無馳騁其固門者知於諸法解散堅强永令滅度其消門者悉達諸法了其邊際而無處所無有終始亦無有生猶如世尊計於文字無能堪任

倍加於言辭亦無所有亦復無名文字無言亦不談語不執所向無著無讀所以者何虛無實故諸法如是由此而有是入總持計於無者暢入於空其能入此近菩薩行於諸文字解無瘡病不爲文字之所繫著分别諸法所由次第逮得聖慧音聲所由假使菩薩入此文字室印門迹若聞若受執念懷抱爲他人說心不墮落則能蠲除二十衆結一其志强而不怯弱二意念常存不爲恍惚三能獨步無所忌難四其心堅强不懷羸劣五志在羞恥慚愧不遠六意能覺了靡不通達七智慧巍巍莫不蒙曜八辯才之辭無一滯礙九致總持所聞悉持未曾忘失十除諸疑網無有猶豫十一通達不懷沉吟十二所在遊居在於衆人不懷增減十三言辭柔和無不稽首十四若聞麤言不以憂慼十五性不卒暴而常安詳十六所住明了分别音響十七了五陰品四大諸入報應因緣十八剖判諸法靡不通達曉了諸法知人心念而爲說法十九知處非處限與無限曉了智慧明解善權隨時開化二十識别進退出入之事威儀禮節解了羞恥執堅牢𥈠所可遊入興發無上正眞之道說是文字室印之門若聞若受奉持諷誦適得聞之致十功勳一世世所生不受女人身二棄捐衆難八不閑處三所在遊居常得閑暇不懷怱怱四常值佛世適見世尊便生悅豫五其心亘然供養大聖六如來見心爲說經典七聞其所說輒則奉行八尋便逮得立不退轉九曉了空慧逮無從生十疾成無上正眞之道是佛要集又問何謂宣

佛要集者等於三世嚴淨三場逮無所生了
眞諦法解了三界暢婬怒癡自然無樂無斷
無常無處無住其三乘者歸于一門通達諸
法而無所爭入無等倫無行無步無相無比
又計佛者未曾覺成逮最正覺不決諸法不
知不得佛不逮慧亦不無慧不合塵勞亦無
瞋恨亦不取證不得不礙亦無所行不住平
等佛不得道亦無所失無法無衆佛不得佛
不想菩薩不解不縛一切衆生本甚清淨佛
不見法不聞不念亦無所教尊無所說亦無
言辭解諸佛者乃知無言初不演音於當來
世亦無所宜不教人說無慧不慧佛非衆祐
亦非淨畢衆祐之德佛不飲食不施人食佛
無有身亦無形體莫觀如來有色身也無相
無好無有經典及與法界佛不出現亦不常
存未曾滅度亦無所滅所以者何一切諸法
永滅度故佛不獨立不處大衆無能見佛亦
無聞者無有供養計諸佛法無有若干亦復
非一佛不得道不求處所不轉法輪亦不退
還佛如假號計如佛者音聲亦如過去當來
音響無異去來平等其平等者則無偏黨其
無偏黨彼無無量其無無量彼無終亡其無
終亡不行醫藥是佛要集所以宣傳佛所講
者欲以愍傷度衆生故佛無要集亦不分別
亦不講論要集之義天王如來講說於此諸
佛要集經典義時普光世界萬二千菩薩皆
悉逮得無所從生法忍時諸菩薩都不自見
若干億佛但覩一佛天王如來於是文殊師
利住忍世界心自念言今日十方各江河沙
等諸佛世尊悉來集會東方佛土天王佛所

普共班宣佛要集法吾寧可往詣彼世界奉見諸佛恣受經典吾常周行至於十方稽首諸佛聽所說法於今悉集會一佛土是時難值希未曾有如是比像無上聖士顯出於世不可再遇難可見聞文殊師利報彌勒菩薩曰可共俱往詣天王佛普光剎土無央數佛百千億載悉會于彼俱共班宣佛要集法當共聽受并見諸佛所以者何諸佛世尊皆會一處難可值遇彌勒菩薩答文殊師利曰仁者欲往便可進路吾不行也所以者何諸佛會者道德巍巍不可攀喻身不能見亦不堪任覩形聞音又文殊師利莫以色像觀諸如來佛者法身法身叵見無聞無養文殊師利問曰卿不供養於如來乎彌勒答曰吾不供養所以者何如來至真不可供養本無如來則無二故文殊師利又謂所言無二爲何謂乎彌勒答曰其無二者謂無所著不可稱載無有若干所言無二不造二業何謂二業言此塵勞是懷瞋恨與如是輩生滅之見此爲奉戒是爲毀禁妄想彼此斯謂爲二此爲聲聞是爲緣覺斯平等覺妄想如是則爲造二斯爲聲聞爲緣覺爲佛懷如是想則曰爲二當除此法奉行其法證明其法此爲二分別其慧其不解慧假使文殊念持二慧志在進退上至計佛則造二業我於一劫若復過劫講說諸二所演辯才而無窮極所以者何計諸二者而無有二敢可班宣皆入一義一切諸法皆無若干文殊師利答曰卿身今者墮大顛倒一切諸法悉無所生强爲分別若干種辭反咨嗟身我於一劫若復過劫辯才無

窮盡彌勒答曰因其文字言有所著察一切法實無所生相不可動時文殊師利謂餘菩薩諸族姓子俱共往至天王佛所見諸如來聽受所説辯積菩薩報文殊師利曰如來至眞不可得見何因仁者而發此教當共俱往見如來乎如來何在而欲見耶曾聞佛説如來至眞無去來今計三世法皆悉空無故不可見向者文殊師利有此教言往見如來以何等眼觀如來乎肉眼見耶爲用天眼若以肉眼肉眼無見所以者何肉眼空故空無所見若以天眼計於天眼無有想念不以想念可見如來文殊師利告曰如族姓子今者所念無有如來亦無經典無見無養如辯積意所趣云言寧可講説分別言辭諸佛如來衆生往來供養奉事悉假文字字自然空以故平等此之謂也如來無言無本無轉悉自然空謂此二事悉平等矣如來無言無本無轉其堪任者可共俱進不肯者已吾當獨往

無形而現形　亦不住於色　欲以開化衆
現身而有教　佛者無色會　亦不著有爲
皆度一切數　導師故現身

諸佛要集經卷上

音釋

颿（貧涉切忽然也）蟒（母朗切大蛇也）蛟（居肴切龍類無角曰蛟）芭蕉（芭比加切蕉即消切芭蕉草名）憯怕（憯徒覽切怕薄各切憯怕安靜也）舋（許覲切隙也）仂（六直切力同）蠲（圭玄切潔除也）謿（陟交切以言相調也）刈（牛制切割也）竫（疾郢切安也）羸（力追切弱也）

諸佛要集經卷下

西晉三藏法師竺法護譯

於是文殊師利飢虛於法而無厭倦獨已無侶佛神所制使彼衆會無一從者文殊師利如伸臂頃須臾之間從忍世界忽然不現至普光土天王佛所於時文殊師利皆繞三千大千世界至于七帀稽首諸佛却住一面爾時天王如來右面有一女人名曰離意結跏趺坐以普月離垢光明三昧正受時天王佛心自念言文殊師利諸佛所嘆深入忍辱行於空慧無能逮者空靜寂寞以爲功勳令從忍界與心念來墮大顚倒極受吾我而有所趣當退立之鐵圍山頂由是之故令講無極深妙之法當爲將來諸菩薩衆顯大光明所以者何諸佛之法不可思議巍巍無量深不可逮文殊師利博聞第一道慧超殊如十方空常令住於鐵圍山頂爾乃發起一切衆生天王如來告文殊師利曰來至於此欲何所觀文殊師利曰唯然世尊我在忍界心自念言諸佛與世甚難得值講說經法亦復難遇十方諸佛不可稱數億百千載悉來集會普光世界宣佛要集法吾當往詣見諸如來聽所說法以法故舉詣此佛土天王如來即如其像三昧正受而現神足移文殊師利自然立於鐵圍山頂不自覺知誰爲舉著於此山頂於彼自念令何變怪吾在大衆巍巍難量威神殊絕處諸大聖嚴淨道場忽至於此住鐵圍山頂誰之所爲尋即知之天王如來之所與變文殊師利復自念言此何瑞應而有此變於大衆會自然住此離意女人坐於天

王如來之右不徙彼女獨移我身又彼女人將無德本純淑無侶深入法忍總持無底踰於我乎所以者何不遣彼女反遷我矣文殊師利復言今顯神足威神變化無極聖慧示其道力還復衆會即如其像三昧正受而現神足發意之頃越于東方江沙佛土不能捨遠彼佛世界大如毛氂況入佛會未之有也於時文殊師利復至十方無量世界作其威勢道力之變不能還復入諸佛會所以者何諸佛威神之所建立文殊師利普至十方無央數億百千姟土尋復還住鐵圍山頂自思惟言諸佛世尊所立聖旨威神無量道慧高遠不可攀踰吾之神足所不能及不可作力與講神足所以者何諸佛說法終不虛妄獨步十方而無儔匹悉是我身之不及耳至使不得聽受說法諸如來法未曾相枉諸佛等心向於衆生寧可於此鐵圍山頂修四意止定意正受文殊師利又心念言何謂意止謂無有意不念諸法諸法無處亦非無住以何無住無處所故如是誰爲究暢本末遣諸法乎所可住處亦無所住是爲住處是四意止住無所住所謂無意亦無所念文殊師利遵修於是四意止時四萬二千諸天子等徃到其所稽首足下雨天華香供養文殊師利遷住一面時有天子名光明幢問文殊師利向者何定修何道行適興起乎文殊師利答曰天子於今反問我言以何等定而遵修行今乃興起所行定者諸佛大聖所不得處聲聞亦然以是定意而遵修行因斯所行使諸衆生婬怒癡俱吾奉此行時光明幢天子問曰

其行何類諸佛大聖所不得處答曰行空無相無願諸佛大聖所不得處天子又問諸佛大聖所不得處於今仁者修此行乎文殊師利答曰假使有行吾當行之向者所行永無所行何者然乎一切諸法悉憺怕故向天子問以何等定而遵修行修四意止天子又問何謂意止一切諸法無意無念天子又問假使無意無有念者何有行乎文殊師利答曰無意無念爲第一行其惟此行爲平等行其行平等則無偏黨其無偏黨則無五趣其無五趣不見癡本其無癡本不生慧明不生慧明者則無所起其無所起則無所懷其無所懷則無律儀其無律儀則無所成其無所成則無所壞其無所壞是則名曰本末清淨是賢聖行永離塵勞又問文殊師利所謂塵勞爲何謂乎文殊師利答曰其識退轉樂于佛慧是謂塵勞受于思想而計有身有所依倚而興思惟憍慢自大有所依慕希望誓願校計稱量圖度遠近思惟觀察念應不應除去貢高而計斷滅心念有常於無所受受止宿處而歸所見取於所有受無所有乃至放逸思惟調戲稱量其心欲至平等計如是行於聖法律皆爲塵勞時光明幢天子讚曰善哉善哉文殊師利快說斯言乃能以此四意止行文殊師利尋告之曰無得妄想於諸名色悉無所生亦無所成復無現在亦無言辭假使隨時說諸法無住亦無不住反稱善哉又復天子不說意止則不可說亦無能講令辭所趣所以者何一切諸法悉無所說欲宣諸法不可分別未曾有教各各隨時而開化之

時光明幢天子問文殊師利向者所說順從一切愚癡凡夫所住處所行婬怒癡住於此行而復興起愚癡凡夫爲住何所行婬怒癡文殊答曰愚癡凡夫住無所有行婬怒癡立在法界處於本際而住無本所以者何天子當知法界所在不可分別亦不可說無本本際亦復若茲天子又問所言本際爲何謂乎文殊師利答曰衆生之源名曰本際天子又問衆生之源爲何謂乎文殊師利答曰生死之本爲衆生源天子又問於彼何謂爲生死本文殊師利答曰虛空之本爲生死源猶如天子虛空之界本際無斷無有邊崖不長不短不麤不細不廣不狹不遠不近無方無圓其虛空者假有號耳亦復無名一切諸法亦復若斯猶如虛空但假有名亦如虛空不生不壽不病不老亦復不死亦無往生無有妄想不懷瞋恨亦無所失亦無所不失悉無所著不懷憂慼一切諸法皆爲歸趣此一本際亦無所歸無有計數天子當知一切諸法無進無退無合無散不可怒常無處所是故天子一切諸法悉無處所無所志願無將不將無有科律是爲一切諸法悉等而無偏黨故曰無本本無如是說此語時諸天子衆悉皆逮得無所從生法忍時諸天子住於法忍則行恭恪便雨天華供養於文殊師利文殊師利威神所感諸華皆住於虛空中無執持者猶如根生文殊師利告光明幢於天子意所志云何今此諸華依因何住天子答曰無所依住文殊師利告曰是故天子當知諸法住無所住如虛空住如空無動不墮不搖無念

無想所以者何一切諸法等如虛空是故無動不墮不搖時光明幢天子白文殊師利仁者神足巍巍乃爾不可稱限發意之頃至於十方無央數億百千佛土尋即復還文殊師利答曰諸佛不得神足變化威神無量諸聲聞等亦不能及所以者何道慧無際尚不得聞安能逮耶一切愚癡凡夫之士所逮神足一切諸佛諸菩薩衆及諸聲聞於無央數阿僧祇劫所不能得亦無逮者亦無當得一切愚癡凡夫之士獨能得耳爲何所得得我人壽及命意識斷滅計常得婬怒癡諸佛世尊所不得者所謂得者道所不與無所生者而反使生是故天子一切愚癡凡夫之士所可得者諸佛菩薩弟子緣覺所不能逮佛說是諸佛要集時各還本處於是天王如來心自念言吾可現應使文殊師利還詣此乎時天王佛則捨神足從其右掌演紫金光其明照於文殊師利繞之七帀於文殊師利頂上不現文殊師利尋即知之天王如來念欲相見文殊師利因告光明幢天子曰當往俱至天王如來稽首作禮諮受所問深妙之義今說法門天子答曰善哉行矣宜知是時文殊師利發意之頃光明幢天子俱從鐵圍山頂忽然不現尋往天王如來之前稽首足下右繞三帀退住一面叉手恭立十方世界諸天子等亦復如是文殊師利白天王佛若善男子及善女人俱植德本修深妙法不當懷疑成已法器一切蒙恩所以者何見諸大聖德踰龍象又諸大聖既共會焉吾在於外不得預數離於如是深妙法義其離意女身續獨存

專坐於斯而不動移不見退去如我見遣咨嗟如此無極微妙經典之要我反從住鐵圍山頂吾自憶念一旦食頃徧至東方不可計會江河沙佛土稽首諸佛聽所演法執持在心啓問諸佛解決所疑未曾識念而見發遣處他佛土諸佛世尊察我志操尚復相勸頒宣經道於今大聖反從我著鐵圍山頂因此興發無極法教多所歡悦咸共渴仰飢虚道化若干法教其心元元欲覩如來而發念言以何等故獨從我身捨於衆會其離意女安然不出復更念言如來至眞所演經教不見侵枉心非不受是我不及彼所説法非其器故以故相移住於此耳獨不從女天王如來報文殊師利諸佛世尊所宣經道仁者於彼靡不應受又諸佛世尊道慧玄殊不可攀逮

以是之故不可如常一等如意演諸佛要集又文殊師利向者從忍世界發起來時心自念言今普光界講佛要集經典之義我當往至稽首諸佛聽所演法當爾之時墮大艱難在無極倒不順思想從彼刹來欲得見佛聽所説法則以三事自著罣礙懷抱此意至斯佛土何謂爲二一得已身二得諸佛三逮諸法文殊師利當知不可倒行致諸菩薩無礙慧行於文殊師利意所趣云何從古以來頗有能覩見如來乎如來寧可復觀察耶文殊師利白佛唯然世尊眞諦觀法無有諸佛及與諸法一切諸法悉無所生如來無見不可覩佛所以者何一切諸法悉無所見時佛復問文殊師利以何等眼通暢之行欲見如來以何等耳清徹諸義欲聽如來所説經典文

殊師利默然無言於時彼會餘菩薩衆各心念言文殊師利實不堪任答報如來所問法義所以者何如來向者有所難問默而無言天王如來知諸菩薩心之所念告諸菩薩止族姓子莫觀文殊師利想言不及所以者何解深法忍權慧悉備靡不通達智踰虚空默然不言以報如來諸菩薩問唯諾世尊以何等意究暢慧義發遣此問世尊告曰是族姓子文殊師利心自念言設我報説有此眼耳有所見聞則計有常若復説言無眼無耳則墮斷滅其行斷滅及計有常不曉了法其如法者彼無斷滅不計有常矣其不斷滅不計有常則無所生其無所生則無言辭以故文殊師利見所難問默而無言則爲答佛説是語時六百菩薩尋得無所從生法忍爾時世尊告文殊師利仁以三事著於罣礙以故相遣住鐵圍山頂又仁復問以何因緣離意女身獨存不出是離意女普月離垢光明三昧而正受矣心永無念諸佛來至若不來耶爲説經法若不説乎永無佛想亦不想法無彼我想蠲除一切諸念妄想女住此定普聞十方無央數姟百千億載現在佛土諸佛説法而無所著所可聽受爲他人説又此女身不從此刹到他佛土在諸刹土無刹土想處於諸佛無諸佛想聞所説法無經法想無吾我想無他人想猶月宫殿未曾動移下於人間光明普照靡不見者月之所照不念遠近亦不想念我當照其若不照也此女如是住三昧定現於無量無際世界度脱開化無數衆生所可顯現諸佛國土不想衆生等説經典

佛於一劫復過一劫浴嗟歎此離意女德不能盡暢得其邊際其女功勳不可思議巍巍若斯文殊師利白佛其此佛土諸菩薩衆億百千姟諸佛會時從諸菩薩著他界乎如我見遣耶佛言且默文殊師利無得稱限如來聖慧亦勿平相如來變化之所建立所以者何此文殊師利三千大千世界充滿諸佛猶如竹蘆甘蔗稻麻叢林諸如來集其數若斯於此刹土諸菩薩衆天龍鬼神揵沓惒阿須倫迦留羅眞陀羅摩休勒人與非人無一見者唯見於吾一如來身亦復不聞諸佛說法但見吾身班宣道化文殊師利且觀如來至眞之所建立神足變化不可稱限其身微妙諸佛充滿三千大千世界靡不周徧諸菩薩衆則以道眼見一如來豈況餘人欲得見乎未之有也諸天龍神揵沓惒等及人非人遊此三千大千世界周旋往來立坐卧寐寂寞憺怕威儀禮節所行齊整亦不妨礙諸如來身無有限齊是故文殊師利當造斯觀諸如來等則爲法身無有色像佛身無漏諸漏已盡亦無有身觀之無類無生無起無見無聞無意無處亦如虛空無有諸漏無因緣貌無像無見不可捉持欲覩虛空而不可見無有五眼何謂五眼一曰肉眼二曰天眼三曰慧眼四曰法眼五曰佛眼其虛空者假有名耳其如來身亦復如是無漏無色亦無見者無有貌也無見如來佛無五眼如來至眞假有名矣則無所應文殊觀此諸如來衆神足變化身如虛空而反隨時示現色身三十二相八十種好文殊師利向者所見諸如來身悉

是諸佛威神建立之所感動所以者何用仁者故當顯無極深妙法教時彼佛土諸會菩薩異口同音舉聲讚曰至未曾有驚喜悅豫諸佛世尊威神變化巍巍若此十方如來皆來會斯充滿佛土吾等菩薩不見一佛不憶形響誰來誰去何所解說分別經義但共見此一如來尊唯願大聖今見大乘無極聖慧一一人故恒邊沙劫地獄見責行菩薩道宜忍此患不當違捨如是比慧文殊師利問天王佛今此女子發無上正眞心已來久如所行寂寞誓願高遠定意若斯佛言發無上正眞道意已來不可計也勤劬懷信常無放逸施戒忍進一心智慧具足佛道所作已備隨諸佛教於過去佛植衆德本供養無數億百千姟諸大聖尊文殊師利今此女子從三昧起仁可問之發道意來爲能久如當見發遣於是文殊師利聞佛教詔即從座起到其女所至心彈指謦揚大音欲令女起其女寂靜三昧不興文殊師利即如其像變無限身益高彈指其彈指聲聞於十方無數世界女亦寂靜不從定起於時文殊師利即如色像三昧正受現大神足三千大千世界所有衆生世間人民諸天龍神揵沓惒等億百千姟一切妓樂不鼓自鳴及復化作琴瑟箏笛萬種之妓俱時同作演柔輭音清明和雅悲哀之聲其樂各各宣無數響徹聞十方無量世界不能令女從三昧起時於十方今現在佛邊諸侍者各各問佛今日何故諸大樂音無數無量清和之聲聞諸佛土其音柔輭悲哀之曲莫不欣然於時諸佛各謂侍者有族姓子

普光世界天王如來其土有女名曰離意在佛右面普月離垢光明三昧而正受矣有一菩薩名文殊師利被大德鎧過不退轉欲令此女從三昧覺故感動如此諸世間人天龍鬼神揵沓惒等若干妓樂億百千姟俱自然作諸化妓樂亦復如是不鼓自鳴欲令此女從三昧起不能使興以是之故諸大音樂普徧世間侍者白佛至未曾有不可逮及此女三昧寂然巍巍不可稱限如是比像若干種樂清和之曲女續三昧而不興焉諸佛告曰如族子之所言也此女三昧不可思議說是語時十方無量不可計會衆生之類皆發無上正眞道意各歌頌言願令我等逮得如是寂定三昧如今此女獲致神足無極變化聖通徹暢如文殊師利時文殊師利復如其像三昧正受變三千大千世界須彌山王雪山黑山目鄰山大目鄰山鐵圍大鐵圍山展轉相搏不能自安譬如勇士以大勢力兩掌相拍亦如大雷音聲暢逸無不聞者須彌鐵圍諸山如是展轉相𣪍各各崩落諸山躃地其形可畏其聲甚悲又彼大聲聞於無量無際世界其女三昧亦不移興時文殊師利不近彼女以權方便兩手牽女欲令起坐乃動下方江河沙等諸佛剎土不能移女大如毛髮亦不能令從三昧興加復興顯一切勢力欲舉彼女江河沙等諸佛剎土皆拔反仰不能令女從三昧興文殊師利截斷其女所坐地處舉著右掌擲梵天復在梵天天上地坐不能令女從三昧興於時文殊師利復從梵天舉其女身著其右掌過於東方恒沙佛土

南西北方四維上下各江河沙等諸佛刹土亦復如是十方刹土衆音妓樂悉鳴諸山崩落音聲可畏雨諸天華其響暢逸無可爲喻不能令女從三昧興於時文殊師利舉女投擲徧於十方不能令覺還安故處叉手前白天王如來唯然大聖諸菩薩行至未曾有不可逮及思惟稱量吾能令變虛空諸器起立周旋行來談語於今顯現無極神足變化感動揚大音聲崩毀須彌鐵圍諸山拔諸佛土移十方界永不能使從三昧起吾當謙恭爲女作禮及復餘學大士之衆諸族姓子族姓女初發無上正眞道意者已成未成甫欲學者慕樂如斯無極大慧亦當歸之所以者何菩薩所行不可攀喻文殊師利舉離意女至於十方諸佛刹土周旋徃來所感動聲不能令女從三昧興當爾之時開化十方無數衆生令發道意不可限人成衆德本天王如來報文殊師利誠如所云菩薩大士所被德鎧不可思議一切聲聞若與縁覺所不及知況復凡庶所能逮乎猶如三千大千世界成爲大鼓別異世界鼓大亦如其鼓乃爾廣長無量時彼忽有大丈夫現其身高大如三千世界舉一大桴如千世界於是女前撾此大鼓具足一劫若復過劫不能令女耳聞音聲況復欲使從三昧興未之有也文殊師利欲知此女三昧寂定靜安終不與移道慧如是威德無限文殊師利問佛誰能堪任感動此女從三昧與佛報文殊師利唯有如來能令興起復有菩薩名棄諸陰蓋亦能使與佛適發此族姓子名德之勲三千大千世界六反震

動天王佛邊有一菩薩名曰燈明王爲佛侍者前問佛言今何因緣地大震動佛告侍者向者適歎棄諸陰蓋菩薩名故三千大千世界爲大震動又及他方諸佛刹土諸如來等所在方面歎斯名者其地亦復六反震動時會菩薩皆懷飢虛欲得見於棄諸陰蓋菩薩所在文殊師利亦復俱然文殊師利見諸菩薩心之所念亦自敬樂欲令女與白天王佛善哉世尊願垂威光一切會者悉懷渴仰咸欲得見棄諸陰蓋菩薩大士如來普愍唯顯神足無極道聖使族姓子詣斯佛土講演深法諸菩薩聞因當習學至眞之義并使此女從三昧與開示不及時燈明王菩薩大士問天王佛其族姓子爲在何方何佛刹土其土如來所號爲何其佛報曰下方過此江河沙等諸佛刹土界名錦幢其佛號曰師子鷹象頂吼如來至眞等正覺現在說法彼之佛土純諸菩薩被大德鎧不可思議具足充滿於其刹土如來恒宣不退轉輪棄諸陰蓋菩薩大士遊於彼國天王如來自在其座右足大指演金色光其光名曰請諸菩薩適放此明照於下方江河沙等諸佛刹土其明則曜棄諸陰蓋菩薩之身繞之七帀於頂上沒棄諸陰蓋菩薩自念今何以故柔輭清和無極光明繞吾七帀沒其頂乎尋即知之天王如來快欲相見時便往詣師子鷹象頂吼如來所稽首足下白其佛言欲詣上方普光世界天王佛所今彼如來欲得相見佛言往族姓子宜知是時師子鷹象頂吼如來邊有菩薩名衆告義爲佛侍者前白佛言我等欲見普光

世界及天王如來師子鷹象項乳如來至眞正覺則悅可之尋時演出眉間相光照於上方江河沙等諸佛刹土通普光界悉共遙見天王如來諸菩薩衆眷屬圍繞而爲說經佛身獨顯如紫金山其佛光明踰日月明猶明眼者對覩人面悉了了分明一切衆會見天王佛亦復如斯及諸菩薩時棄諸陰蓋菩薩與五十萬菩薩沒彼佛土發意之頃至普光界天王佛土棄諸陰蓋與諸菩薩偏出右肩禮天王佛頭面自歸繞之三帀退住虛空時諸菩薩解了諸身三昧正受棄諸陰蓋即如其像面現瑞應顯示神足空中散華斯墮如雨其華皆散天王如來前後左右此華暢音說微妙義師子鷹象項乳如來至眞正覺敬問無量聖體康寧進止輕利勢力安耶時彼衆會怪未曾有誰之威神令此衆華出柔輭音宣傳意敬文殊師利問天王佛唯然世尊誰之聖旨雨此衆華演微妙音佛報文殊師利棄諸陰蓋菩薩威變又問世尊今爲所在佛言在上虛空中解了諸身三昧正受又問諸菩薩衆何以不現佛言棄諸陰蓋菩薩威神使不得現文殊師利心自念言吾當以是三昧正受求諸菩薩爲在何所棄諸陰蓋菩薩即知輒便沒形而謂文殊師利於意云何唯有是一解了諸身三昧定乎莫造斯觀解了諸身三昧定數不可稱限向者三昧如大海中別一滴耳我身諸定三昧坐興不可稱載仁者造來所未聞名文殊師利復自念言寧可思察吾本往世所修妙行緣是必得成此三昧尋如所念即如其像一彈指頃具諸

三昧時天王佛告衆菩薩諸族姓子皆共觀斯精進之業而致超踰殊特之義諸餘菩薩億百千劫勤行積德乃逮此定今者文殊師利一彈指頃輒悉具之文殊師利白天王佛唯垂當現此諸菩薩衆會族姓咸欲見之棄諸陰蓋與諸菩薩稽首佛足尋没其身問文殊師利寧相見乎答曰不見天王如來告棄諸陰蓋菩薩取來衆會咸欲相見當自現身及諸菩薩尋即受教與諸正士菩薩之等從三昧興稽首佛足繞之三帀退在一面如本所誓化作蓮華而坐其上於是文殊師利謂棄諸陰蓋菩薩感此女子令三昧起答曰且止虛空界者無有三昧亦不興起又虛空者不可動摇向者文殊師利而發此言感令是女從三昧起當以其名從定起耶若以色乎爲以識耶計色自然不爲三昧亦不正受亦無興起其識自然不爲正受亦不興起一切諸法亦無本淨亦不正受無所興起今我當興何所法乎假使文殊師利諸法三昧吾當令興永無正受當何所興所以者何一切諸法悉無興立亦無存亡天王如來告棄諸陰蓋菩薩汝族姓子感此女人從三昧起白佛我不堪任於如來前興顯巳功我身宜當覆藏至真如來應當感此女人從三昧興正使我任能令此女從三昧起如來至真普了諸法慧無罣礙隨時說法靡不通暢應當令女從三昧起見佛道神莫不欣悅皆發道意時天王佛以興定意三昧正受適定意巳應時於彼三千大千世界諸天龍神及世間人諸菩薩衆三昧正受者及與彼女皆從定起適

從座起十方尋時六反震動咸皆踊上住虛空中當爾之時無數百千諸天來會女住虛空僉雨青蓮紅黄白蓮供養如來於是文殊師利問離意女至未曾有寂然之行所得三昧不可逮及其女報曰文殊師利且止勿懷妄想寂定三昧永無逮得所以者何諸佛世尊所修道慧無所得也其有得者則有所失諸法憺怕默然寂靜其寂靜者無所復寂又其寂靜亦不三昧無有正受亦不興起文殊師利答曰誠如女辭女之永定甚爲殊特設無微妙不逮三昧則有所得興發曠大無極音聲而不起耶女又問曰其法界者寧有三昧復興起耶文殊師利答曰不也女又問曰其不三昧可令起耶寧有色像比類貌耶文殊師利報曰設無形像比類貌者誰三昧乎

其女答曰諸法本淨爲三昧也不復定意亦無所興是故諸法悉如呼響譬如諸天及世間人若干種樂寧能演出若妙音不曰如㛅言又問其虛空界豈有此念令是妓樂暢若干種悲和音耶答曰不也是故文殊師利一切諸法等如虛空誰聞彼音若有耳識乃得聞聲文殊師利問曰女無耳耶何以不聞乎女默無言文殊師利復問如是至三女默不報女又答曰不爲不聞又問何故默然其女答曰常無所得離意女復問文殊師利猶如文殊師利大亂風起而普流布入大樹裏無能見者爲何像類風無想念樹無所思風不念是我入大樹而動揺之樹亦不念入我體裏菩薩如是恒常奉行摩訶般若波羅蜜慧悉除諸想不自念言我三昧定亦復不念從

三昧起所以者何一切諸法悉本淨故文殊師利曰姊宜當從虛空來下往如來前乃說此事其女答曰我立已行不用他行文殊師利問何謂已行其女答曰一切衆生皆因虛空所以者何衆生之類悉依虛空周旋往來衆生居業衣被飲食諸所興造不離虛空是故衆生自然遊空一切諸法虛空見印時女即從虛空來下退在一面蓮華上坐不禮如來亦不瞻謝文殊師利問離意女女甚憍慢不懷恭恪不禮如來默然坐乎其女答曰審如來言實不恭恪所以者何不有所作亦不無所作於意云何其本無者寧可禮乎答曰不也其女報曰以是之故佛不可禮所以者何計於本無及如來尊無有二也當等觀之又問文殊師利見如來乎文殊師利答曰等觀之耳又問以何等觀文殊師利答曰無本等故以是等觀以無形像是故等觀吾之正觀平等如是其女又問如是等觀爲見何等答曰如是觀者爲無所見其女又問爲以肉眼無所見乎答曰不以肉眼亦不天眼所以者何眼無所生亦無所起猶如幻化不有不無亦不當說有無之行文殊師利問其女曰於今何故不轉女身其女答曰文殊師利且止勿懷望想亡有慧觀達諸法者有男女乎答曰無也又問諸計於色者有男女乎答曰無也痛想行識有男女乎答曰無也地水火風有男女乎答曰無也虛空曠然無有邊際不見處所有男女乎答曰無也又問文殊師利所說文字本末有處所得男女乎答曰無也其女報曰向者何故而發此言於今何故

不轉女身假使我已自得女處見於男女則捨女像當受男形我不得女不見男子何因捨女成男子形計於諸法無合無散無本本際空靜虚空無合無散一切諸法悉如虚空當以何因轉於女像成男子乎所以者何是爲如來之所頒宣第一法教又問如來曰眼無男女耳鼻口身意亦無男女假使諸法無男女者無合無散則無男女文殊師利又問女曰汝發道意爲幾何乎其女答曰如幻師化神識所存吾發道意遠近亦然所以者何一切諸法悉如幻化向者文殊師利發此問言汝發道意爲幾何乎如是所悟非問之理所以者何無所生者不可令生亦不可知心之處所其無處所彼無所生亦無所滅文殊師利又問設如是者所遵何所應順智慧其女答曰無問無言是應智慧又復問曰何謂應順其女答曰其無所生則爲應順又復問曰女得法忍來爲幾何乎答曰無也又問女爲逮得無所從生法忍乎答曰不也又問何故答曰其無所生則無所得以是之故不得法忍亦不逮成無所從生法忍文殊師利又問女覩何義被弘誓鎧發道心乎其女答曰一切衆生無滅度故是故菩薩發於道心修弘誓鎧又問何故答曰一切衆生及與諸法極滅度故云何文殊師利諸過去佛平等正覺不度衆生當來現在亦無所度所以者何一切衆生從虚無出文殊師利問佛以何因興現世間乎答曰欲使無造無所作故故興於世所以者何導修斯者無作不作文殊師利問何故出家受具足戒爲比丘乎其女答

曰欲得具足五逆業故又問誰當信女如是言辭答曰不生令無所起無所壞者乃信此言耳又問以何信樂答曰以無所說謂之信樂又問其不樂說有何結礙答曰其不樂說說爲結礙文殊師利曰未曾有難及難及所演辯才而無罣礙其女答曰且止文殊師利勿造反行令處諸礙闇蔽衆前何因咨嗟無礙之義又問無說乎答曰無說是故我身無罣礙說又問虛空逈然有辯才乎文殊師利又問所言辯才爲何謂乎其女答曰無所生者乃謂辯才又問何謂無所生答曰無所生者謂遵修行順奉法界本際無本是謂修行又問文殊師利其不修行是遵修行又問何謂不遵修行答曰於三界行而無所行存於三界而無所處是所行者悉無所著文殊師利又問汝當久如成最正覺其女答曰如天王佛成最正覺吾亦如斯於仁者意所趣云何道可成乎得處所耶文殊師利則時默然其女重謂文殊師利宜當知時說不應嘿也文殊師利答曰道無言說以是之故不知云何於時文殊師利白天王佛至未曾有天中之天此女慧明不可思議殊異之德無以爲喻今所宣暢巍巍如是發道意來其已久如後當亦如成最正覺佛土云何佛號何類佛言在仁之前九十六億百千姟阿僧祇劫遵修道行過若干劫文殊師利於後乃發道意文殊師利問此女本從於何佛所發道意乎佛言從寶成如來興發道意寶成如來國土德淨不可稱限假使咨嗟恒邊沙劫不能究盡刹土之善功勳之快因從彼佛而發道意

又問是女彼世之時爲女人耶答曰不也爾時此女作轉輪王名曰無數文殊師利當知此非女人亦非男子所以者何以逮曉了如幻三昧所欲能現隨時顯化文殊師利此女當更如三千大千世界地塵華實上塵更若干數百千阿僧祇劫當得無上正眞道成最正覺號曰普光如來至眞等正覺明行成爲善逝世間解無上士道法御天人師爲佛世尊在大功勳佛土之中亦如寶成如來至眞土地所有嚴淨功勳此女亦然等無有異於是棄諸陰蓋菩薩白天王佛文殊師利多所饒益乃念過去當來諸法文殊師利答曰誠如仁言所可饒益不可窮盡由以法界不可盡故天王如來謂文殊師利仁者莫與棄諸陰蓋菩薩大士俱講辯才所以者何此族姓

子所得辯才不可思議棄諸陰蓋所逮三昧正受若所興立仁者不及其三昧名號字云何時彼會中新學菩薩各心念言棄諸陰蓋不可逮及普無等侶行如是慧天王如來知新學心之所念告善調菩薩族姓子合三千大千世界人民爲一勇猛令如文殊師利計此衆生皆亦如斯不能逮及三昧百倍千倍萬倍億倍於百千劫不逮此女所獲三昧定者文殊師利不及知其名號假使三千大千世界遊居衆生令得定慧如離意女皆不能逮棄諸陰蓋菩薩大士所致三昧定力聖慧百千億倍無以爲喻不能察知棄諸陰蓋菩薩之力之所興發正使十方一切衆生悉得定慧如棄諸陰蓋菩薩聖慧不及如來舉足下足舉動進止之所開化如來聖慧不可思

議巍巍如是不可攀踰時佛歎此諸佛慧德七萬二千人悉發無上正真道意異口同音各舉歎曰令我等身逮得聖慧亦當如是彼時世尊告善調菩薩是離意女本勸文殊師利令發道意如文殊師利等東方世界如江河沙等南方西方北方四維上下亦復如是悉女所化又族姓子棄諸陰蓋菩薩大士勸離意女使發道意八維上下各恒河沙等亦復如是所開化者如離意女等無差特今我於此得成佛道亦轉法輪本因族姓子亦勸化吾使發道意乃往久遠過去世時須彌旛佛在世教化如我等類在於十方各江河沙等如來現在其滅度者不可稱限皆見開化適說此語三千大千世界六反震動箜篌樂器不鼓自鳴飛鳥禽獸相向悲鳴自慶鳥獸得值佛聖地獄餓鬼悉得解脫心中悅豫如冥覩明婦女珠環相轂作聲當爾之時莫不欣慶說是法時普光世界九十二載諸天及人皆得無所從生法忍於是世界承佛威神悉聞斯法咸共勸助代其悅豫欣慶無量彌勒菩薩亦受此法益加恭敬於斯佛土聞是法者六十四億諸天及人皆發無上正真道意又七萬人僉復逮得無所從生法忍萬四千比丘意解漏盡五百比丘尼心解脫二千六百世間人民遠塵離垢諸法眼淨於是釋迦文佛告彌勒菩薩仁當受此經典之要於後末世少有信者唯以相付便得廣布彌勒白佛唯當受之如聖所教不敢違命此經典者若於後世所流布處若受持者德不可量若有菩薩供養過去諸滅度佛又見十方無

極聖尊及諸發意建志學道方當學者悉令長存一切聲聞并與緣覺及其菩薩若有一人於當來世悉供養此諸如來一切施安過去當來今現在佛等奉無異福寧多不彌勒白佛多矣世尊吾聞此喻其心惘然不識所趣其數浩浩不可稱計福無限量佛言若有菩薩受是經法持諷誦讀爲他人說得一反聞而悅信者福多於彼供養諸佛佛語彌勒我今現在若滅度後假使女人聞離意女名德之稱棄諸陰蓋菩薩之號天王如來并此經法因聞斯經名德變化竟是一世轉女人身得爲男子疾成無上正眞之道爲最正覺未成佛頃世世所生常值佛世棄捐八難諸憹不閑常識宿命逮得總持三十二相莊嚴其身所在遊居不更胞胎常得化生所以者何諸大正士威神廣大不可稱計若有女人得聞其名然後亦當逮得如此功勲佛說如是彌勒菩薩諸天人民阿須倫聞佛所說莫不歡喜稽首作禮

諸佛要集經卷下

音釋

氂（陵之切十毫曰氂也）蘆（落胡切葦也）謦（苦定切謦欬也）敞（直庚切觸也）鎧（可亥切甲也）桴（音浮擊鼓杖也）撾（陟瓜切擊也）鷹（於陵切）惘（文紡切無知意）

稱揚諸佛功德經

元魏西域三藏吉迦夜共曇曜譯

清刻龍藏佛說法變相圖

稱揚諸佛功德經卷上 亦名集諸佛華

元魏西域三藏吉迦夜共曇曜譯

聞如是一時佛在羅閱祇靈鷲山中與大比丘衆千二百五十人俱爾時耆年舍利弗便從座起偏袒右肩更整法服在佛右面右膝著地長跪叉手前白佛言唯天中天今日現在諸佛世尊進止康常今說法者其數幾許時舍利弗發是問已爾時世尊告舍利弗所問甚快多所饒益普利一切諦聽諦聽善著心中吾當爲汝具分別說於是舍利弗聞佛許可歡喜踊躍叉手白言諾當善聽願樂欲聞佛告舍利弗東方去此十萬億諸佛剎土有世界名曰天神其國有佛名曰寶海如來至眞等正覺明行成爲善逝世間解無上士道法御天人師號曰衆祐度人無量若族姓

子族姓女其有得聞寶海如來名號者執持諷誦歡喜信樂其人當得七覺意寶皆當得立不退轉地疾成無上正眞之道却六十劫生死之罪復次舍利弗東方有世界名曰寶集其國有佛號曰寶英如來至眞等正覺明行成爲善逝世間解無上士道法御天人師號曰衆祐度人無量其有得聞寶英如來名號者執持諷誦歡喜信樂五體投地而爲作禮若使三千大千佛刹滿中七寶持用布施滿百歲中所得功德寧多不乎舍利佛言甚多甚多天中天佛言不如有人得聞寶英如來名號持諷誦者作禮之德十萬億倍過出布施功德者上復次舍利弗東方去此寶集世界度八百佛刹有世界名曰寶最其國有佛號曰寶成如來至眞等正覺明行成爲善

逝世間解無上士道法御天人師號曰衆祐度人無量其有得聞寶成如來名號者執持諷誦以清淨心歡喜信樂却五百劫生死之罪復次舍利弗東方去此寶最世界度千佛刹有世界名曰光明其國有佛號寶光明如來至眞等正覺明行成爲善逝世間解無上士道法御天人師號曰衆祐度人無量其有得聞寶光明如來名號者執持諷誦歡喜信樂於三塗中疾得解脱復次舍利弗東方去此光明世界度千五百佛刹有世界名曰幢旛其國有佛號曰寶幢旛如來至眞等正覺明行成爲善逝世間解無上士道法御天人師號曰衆祐度人無量其有得聞寶幢旛如來名號者持諷誦念歡喜信樂其人則爲成法珍寶復次舍利弗東方去此幢旛世界度

二千佛刹有世界名曰一切衆德光明其國有佛號寶光明如來至眞等正覺明行成爲善逝世間解無上士道法御天人師號曰衆祐度人無量其有得聞寶光明如來名者持諷誦念歡喜信樂五體投地而爲作禮刦二十萬刧生死之罪復次舍利弗東方去此衆德世界度千佛刹有世界名曰妙樂其國有佛號曰阿閦如來至眞等正覺明行成爲善逝世間解無上士道法御天人師號曰衆祐度人無量其有得聞阿閦如來名號者捉持諷誦歎説其德復勸他人令學諷誦爾時波旬將四種兵來詣佛所而作是語寧使捉持餘千佛名亦勸他人令使學之不使捉持阿閦佛名其有捉持阿閦如來名號者我終不能毀壞其人無上道心我亦當能毀壞斯等無上道心佛告魔言汝能毀壞誰之道心魔言其求大乘捉持阿閦如來名者我心則生愁憂熱惱如我今日復得熱惱用聞阿閦如來名故魔言亦復有衆生其數甚多捉持餘佛名號者我或當能毀壞其人正覺道心佛告魔言汝莫愁憂懷於惱結汝終不能毀壞此等無上道心魔波旬言有何因緣佛告魔言汝爲隱蔽歸命諸佛功德之行所以者何阿閦如來自當觀視擁護其人時舍利弗即白佛言波旬今日於如來前云何欲作師子之吼欲破衆生正覺道心其有衆生捉持阿閦如來名者及餘一切諸佛名號魔審當能毀壞其人正覺心乎佛告舍利弗我今觀覩諸衆生其有捉持諸佛名者若有訶罵誹謗之者斯人則爲造大惡行致無量罪入阿鼻

獄具受衆苦舍利弗言有誹謗經者其數幾許佛言十方諸佛爲諸衆生廣説法時皆先讃歎阿閦如來名號功德衆生聽聞其功德者終無厭足若有衆生得見如來聞其功德未曾有能謗此經者諸佛如來不於五濁弊惡之時興出於世如我今者於此忍界下劣微賤諸衆生中而作佛也阿閦佛國嚴淨最好終不爾也當知舍利弗斯尊法輪隨次分布立丘聚國邑若族姓子若族姓女一心信行當廣宣傳此諸經法當知舍利弗聞此經者誹謗輕毁所受之報汝今諦聽舍利弗言諸當善聽佛言揵陀梨國謗此經者滿百千人造斯惡行當墮阿鼻大泥犂中次復北方國名罽賓其國經法興盛久住而此國中五百千人謗此經法此衆生輩死墮阿鼻大泥犂中舍利弗於衆聚中嘗有共謗斯經者有八萬人墮阿鼻大泥犂中東方少有信斯經者多造阿鼻泥犂行有百千人死入阿鼻大泥犂中南方二百千人嘗謗此經死入阿鼻大泥犂中西方有百萬人嘗謗斯經死墮阿鼻大泥犂中當知舍利弗緣覺智慧不能度量如來之智況諸聲聞及諸衆生未成道果爲生死水所漂流者欲度如來智慧功德未之有也夫黠慧者當自思惟諸佛功德不可限量諸佛智慧不可思議諸佛已成一切種智三達無礙而我癡冥無有是智諸佛已成一切智者自當知之我所不了若我不了不當謗毁四句一偈何況謗毁斯大尊經造斯大罪衆惡行聚無央數劫當在阿鼻大泥犂中於彼止宿是故舍利弗若族姓子族姓女

當作是意我今乃聞此大尊經而不誹謗乃却阿鼻一劫之罪我等今當自慶歡喜與大踊躍緣此之故無央數劫常當與此大法共俱復次舍利弗東方去此妙樂世界度萬佛刹有世界名曰無量其國有佛號大光明如來至眞等正覺明行成爲善逝世間解無上士道法御天人師號曰衆祐度人無量其有得聞大光明如來名者執持諷誦歡喜信樂解其人所生未曾不値諸佛世尊住不退轉必得成就最正覺道復次舍利弗東方去此無量世界度六萬佛刹有世界名曰衆華其國有佛號無量音如來至眞等正覺明行成爲善逝世間解無上士道法御天人師號曰衆祐度人無量其有得聞無量音如來名者淨心信樂三返稱言我今一心禮無量音如來其人當得無量音聲及得如來淨光之音復次舍利弗東方去此衆華世界度萬四千佛刹有世界名無塵垢其國有佛號無量音如來至眞等正覺明行成爲善逝世間解無上士道法御天人師號曰衆祐度人無量其有得聞無量音如來名者歡喜信樂持諷誦念却十二劫生死之罪復次舍利弗東方去此無塵垢世界度二萬佛刹有世界名莫能勝其國有佛號大名稱如來至眞等正覺明行成爲善逝世間解無上士道法御天人師號曰衆祐度人無量其有得聞大名稱如來名者淨心信樂諷誦不忘長跪叉手而作是言我今禮大名稱如來作七寶阜如須彌山持用布施滿百歲中所得功德寧爲多不舍利弗言甚多甚多天中天佛言不如有人持

大名稱如來名號作禮之者得其功德巨億萬倍過出布施功德者上不得爲比復次舍利弗東方去此莫能勝世界度三千佛刹有世界名光明其國有佛號寳光明如來至眞等正覺明行成爲善逝世間解無上士道法御天人師號曰衆祐度人無量其有得聞寳光明如來名者盡心信樂持諷誦者當却十劫生死之罪住不退轉必成無上正眞之道其有誹謗其不信者當在阿鼻大泥犁中壽命一劫復次舍利弗東方去此光明世界度萬五千佛刹有世界名曰多光其國有佛號得大安隱如來至眞等正覺明行成爲善逝世間解無上士道法御天人師號曰衆祐度人無量其有得聞大安隱如來名者歡喜信樂諷誦不忘當作是念持此功德普使一切

無量衆生而得安隱其人則受無量功德便能安隱一切衆生復次舍利弗東方去此多光世界度七千佛刹世界名摩尼光其國有佛號火光明如來至眞等正覺明行成爲善逝世間解無上士道法御天人師號曰衆祐度人無量其有得聞火光明如來名號者歡喜信樂持諷誦讀其人當得如來十力復次舍利弗東方去此珠光世界度八千佛刹有世界名曰正直其國有佛號正音聲如來至眞等正覺明行成爲善逝世間解無上士道法御天人師號曰衆祐度人無量其有得聞正音聲如來名號者淨心信樂持諷誦讀其人當得如來四諦平等之法復次舍利弗東方去此正直世界度二萬佛刹有世界名光明尊其國有佛號無限淨如來至眞等正覺

明行成爲善逝世間解無上士道法御天人師號曰衆祐度人無量其有得聞無限淨如來名者歡喜信樂持諷誦者大千世界滿中七寶持用布施所得功德寧多不乎舍利弗言甚多甚多天中天佛言不如捉持無限淨如來名者所得功德百千萬倍過出布施功德者上無以爲比少功德人不得聞此如來名號於千佛所造立德本爾乃得聞此尊佛名却生死罪四十八劫復次舍利弗東方去此光明尊世界度九千佛刹有世界名曰音響其國有佛號月音如來至眞等正覺明行成爲善逝世間解無上士道法御天人師號曰衆祐度人無量其有得聞月音如來名號者盡心信樂持諷誦念其人所得清淨功德成具畢滿如月盛明立不退轉當成無上正眞之道復次舍利弗東方去此音響世界度萬二千佛刹有世界名曰安隱其國有佛號無限名稱如來至眞等正覺明行成爲善逝世間解無上士道法御天人師號曰衆祐度人無量其有得聞無限名稱如來名者一心信樂而諷誦者長跪叉手自作是言今我禮無限名稱如來至眞等正覺計於其人所得功德若積七寶如須彌山持用布施滿百歲中所得功德寧爲多不舍利弗言甚多甚多天中天佛言不如得聞無限名稱如來名者持其名號歡喜作禮其福甚多比於布施過出百倍無以爲比復次舍利弗東方去此安隱世界度千五百佛刹有世界名曰爲日其國有佛號日月光如來至眞等正覺明行成爲善逝世間解無上士道法御天人師號曰

衆祐度人無量其有得聞日月光如來名號者歡喜敬心兩膝著地長跪叉手自作是言我今禮日月光如來至眞等正覺其人疾得成就無上正眞之道復次舍利弗東方去此日世界度三十佛刹有世界名曰清淨其國有佛號無垢光如來至眞等正覺明行成爲善逝世間解無上士道法御天人師號曰衆祐度人無量其有得聞無垢光如來名者若天若人龍及閲叉若諸非人歡喜信樂一心敬禮斯等皆得立不退轉成無上最正覺道終不畏墮三塗之中復次舍利弗東方去此清淨世界度半大千佛刹有世界名曰瑠璃光其國有佛號曰淨光如來至眞等正覺明行成爲善逝世間解無上士道法御天人師號曰衆祐度人無量其有得聞淨光如來名號者誦其名號歡喜作禮若天若龍閲叉及與非人此等壽終當生天上及與人中未曾失於天人之路常當得值法之盈利貪心瞋恚愚癡之意疾得清淨若有謗毁而不信者六萬歳中在於虛盧泥犁受罪復次舍利弗東方去此瑠璃光世界度三百佛刹有世界名得大豐其國有佛號日光如來至眞等正覺明行成爲善逝世間解無上士道法御天人師號曰衆祐度人無量其有得聞斯佛名者歡喜信樂念其如來斯等之類譬若日輪皆悉具滿白淨之法降伏衆魔及諸外道刧四十刧生死之罪復次舍利弗東方去此大豐世界度萬佛刹有世界名曰得立正覺侍從其國有佛號無量寶如來至眞等正覺明行成爲善逝世間解無上士道法御天人師

號曰衆祐度人無量其有得聞無量寶如來名號歡喜信樂持諷誦者斯輩皆當得七覺寶能立衆生於最實中衆德之聚日日增益復次舍利弗東方去此立正覺世界度五千佛刹有世界名蓮華光其國有佛號蓮華最尊如來至眞等正覺明行成爲善逝世間解無上士道法御天人師號曰衆祐度人無量其有得聞蓮華最尊如來名號歡喜信樂持諷誦者猶若妙華在尊法室功德智慧日日增長譬如蓮華從水湧出却五千劫生死之罪復次舍利弗東方去此蓮華光世界度十萬億佛刹有世界名普度衆難其國有佛號曰身尊如來至眞等正覺明行成爲善逝世間解無上士道法御天人師號曰衆祐度人無量其有得聞身尊如來名號者盡心信樂持諷誦者其人疾度生死之海能除衆生諸欲飢渴當作快士爲於世間而作福田能受三界一切供養其有自見此如來者歡喜信樂當爲世間作大法師得金剛力立不退轉當成無上正眞之道其有女人聞此身尊如來名者盡心淨意歡喜信樂無諛諂者猒惡女身從是巳後便止不受女人之身却六十劫生死之罪如是舍利弗其有得聞身尊如來名號者斯等爲獲無極之德是故當求正覺之道普救一切令離衆苦復次舍利弗東方去此度衆難世界度二十佛刹有世界名曰堅固其國有佛號曰金光明如來至眞等正覺明行成爲善逝世間解無上士道法御天人師號曰衆祐度人無量其有得聞金光明如來名號者歡喜信樂持諷誦念斯等皆

當爲佛光明之所護持成佛之時於諸如來光明廣遠而得自在悉得如來一切衆德是故至心並當信樂諸佛尊號悉得無礙辯才之慧終不諮受下劣之法諸願之行當疾成滿其有聞此諸如來名當自勸發起於尊意發金剛志求無上道此等皆當却十二劫生死之罪復次舍利弗東方去此堅固世界度十佛刹有世界名曰無際其國有佛號梵自在王如來至眞等正覺明行成爲善逝世間解無上士道法御天人師號曰衆祐度人無量其有得聞梵自在王如來名者歡喜信樂持諷誦念叉手作禮其人必當得見其佛作轉輪王立不退轉當成無上正眞之道復次舍利弗東方去此無際世界度二千佛刹有世界名曰爲月其國有佛號金光明如來至眞等正覺明行成爲善逝世間解無上士道法御天人師號曰衆祐度人無量其有得聞金光明如來名者歡喜信樂持諷誦念此等後生常爲衆生廣説經法雖爲分別一切如夢如水中月幻化之法用悟衆生從是已後終不復墮惡道之中當與大德衆聚共會而常歡喜能使衆生而得快樂後作佛時以大乘法興顯於世無有二道復次舍利弗東方去此月世界度十佛刹有世界名曰火光其國有佛號曰金海如來至眞等正覺明行成爲善逝世間解無上士道法御天人師號曰衆祐度人無量其有得聞金海如來名號者盡心信樂持諷誦者得不退轉必成正覺所以者何其佛如來本行菩薩道時作是誓願若使有人生我國者及在他方諸佛國土聞

我名號斯等當住不退轉地成最正覺我當盡爲滿具如來無上之願復次舍利弗東方去此火光世界度十八佛刹有世界名曰正覺其國有佛號龍自在王如來至眞等正覺明行成爲善逝世間解無上士道法御天人師號曰衆祐度人無量其有得聞龍自在王如來名者盡心信樂持諷誦者若使郡縣村落之中雨雹霜時以右膝著地叉手作禮而作是言龍自在王如來本行菩薩道時無數諸龍於厄難中悉度脫之由此功德自致成佛作是誓言若我刹中及諸佛土若我在世般泥洹後若有諸龍雷電雹霜恐怖衆生以龍自在王如來威神功德智力至誠誓願口作是言頭面作禮疾得解脫當知舍利弗如是厄難疾得解脫唯除宿罪不能得免一切

諸龍若在厄難聞此佛名於衆厄中疾得解脫其有執持斯佛名者復勸他人令使誦持增益功德必當得往生此佛國求最正覺立不退轉疾成不久復次舍利弗東方去此正覺世界度十億佛刹有世界名曰踰月其國有佛號一切華香自在王如來至眞等正覺明行成爲善逝世間解無上士道法御天人師號曰衆祐度人無量其有得聞一切華香自在王如來名者淨心信樂持諷誦者斯其人等所生之處當得恒沙戒香具足一切妙香香華徧熏諸佛刹土衆戒具滿常能奉持未曾缺犯舍利弗言本何因緣乃能如是佛言其佛本行菩薩道時作是誓願我若在世般泥洹後若有衆生持我名號一心信樂皆悉當得如是戒香是故舍利弗常當興立大

敬信心於諸如來如是諸佛擁護其人使得功德不可計量若有持此諸佛名者從其所願得之皆悉當得諸佛智慧而令備滿得不退轉長跪叉手自作是言我今禮此一切華香自在王如來常念不忘却十四劫生死之罪復次舍利弗東方去此踰月世界度二千一億佛刹有世界名曰星王其國有佛號曰樹王如來至眞等正覺明行成爲善逝世間解無上士道法御天人師號曰衆祐度人無量其有得聞樹王如來名號者歡喜信樂持諷誦者斯輩皆當得諸法樂壞諸魔兵裂破羅網若聞此經輕慢誹謗用相調戲滿六萬歲於僧迦泥犁受其罪報若有言我不信此經於七萬歲常在餓鬼不聞飲食水穀之名復次舍利弗東方去此星王世界度五十五佛刹有世界(其名元無)其國有佛號曰勇猛執持牢杖棄捨鬬戰如來至眞等正覺明行成爲善逝世間解無上士道法御天人師號曰衆祐度人無量其有得聞勇猛執持牢杖棄捨鬬戰如來名者歡喜信樂持諷誦者乃至夢中此等衆生譬如金剛伏衆魔兵以諸智慧消伏諸欲其有得聞此佛名號一心信者審諦自知我等前世以爲曾見此佛世尊遊於菩薩徑路之時而不疑也我等當發弘誓之願莫從大乘而得退轉但當自慶歡喜踊躍進大法路得聞如來種姓名號諸佛普利益於一切不捨一人而取滅度諸佛大慈普愍衆生雨於法雨其有得持此如來名者歡喜信樂所得功德我當爲汝引少譬喻如恒河邊沙諸佛國土滿中七寶持用布施所得功

德寧多不乎舍利弗言甚多甚多不可思議佛言分大海水一滴爲一分布施功德猶若一滴持佛名者所得功德如大海水不可爲喻少功德人不能堪任聽斯經典若使有人久植德本得聞斯法信而不疑若使地獄畜生餓鬼及長壽天聞此經者尚得大福況復有人已種德本聞斯經法所得功德寧可喻乎復次舍利弗東方去此佛土度二十佛刹有世界名曰豐饒其國有佛號内豐珠光如來至眞等正覺明行成爲善逝世間解無上士道法御天人師號曰衆祐度人無量其有得聞内豐珠光如來名者一心信樂持諷誦念斯等皆當獲大功德終不畏墮三塗之難所發弘誓如意得滿大乘之願若今現在般泥洹後其有得聞内豐珠光如來名者信樂誦念斯等皆當得大乘法樂而以自娛及受天上人中快樂常當得生清淨佛土於諸佛國具滿衆願從意所欲於三乘法而得滅度於其中間從此佛所獲功德聚甚大弘廣恒沙劫中所作衆罪悉當捨棄不受唯除逆罪起瞋恚意向諸快士此等之類於久長世地獄之中受斯罪畢因得聞此佛名功德所發弘誓願其後如願於三乘中而取滅度當知舍利弗衆惡之行愼莫造作如我於此經中上章所說不可起恚向於燋炷何況懷惡向於衆生已立信心向成道者況起瞋恚懷於誹謗向諸如來無量慧等如此之人於無數劫在地獄中具受無量苦惱之罪爾乃得出我爲斯等求於大乘信解者故而說斯法其有毀壞大乘法者實當具受無量大苦信樂

之者自果當立不退轉地必成正覺復次舍利弗東方去此豐饒世界度八十佛刹有世界名最香熏其國有佛號無量香光明如來至眞等正覺明行成爲善逝世間解無上士道法御天人師號曰衆祐度人無量其有得聞無量香光明如來名者持諷誦念一心信樂最後念之斯等皆當得不退轉地成最正覺成正覺已諸毛孔中出衆妙香徧至十方猶若雲起非是下劣少智之士學淺法者而解斯經吾亦道眼觀覩斯等諸衆生類其有信樂斯經法者過去世間無數劫中於諸佛所集諸慧法造衆德本今乃得聞此尊妙法最後末世間斯典教信而奉持未曾生意而懷誹謗初未曾有不解法時却四十劫生死之罪其人功德如月欲滿爲於世間而作快士應當得受一切恭敬而爲衆生作良福田復次舍利弗東方去此香熏世界度五十佛刹有世界名龍珠觀其國有佛號師子響如來至眞等正覺明行成爲善逝世間解無上士道法御天人師號曰衆祐度人無量其有得聞師子響如來名者持諷誦讀一心信樂念於戒行斯等皆當立不退轉成最正覺作衆德輪入白淨法於中旋轉過出於世却二十劫生死之罪若族姓子族姓女若人非人其有得聞斯佛名者於諸厄難疾得解脫在於世間猶若尊塔復次舍利弗東方去此龍珠觀世界度三十佛刹有世界名曰修行其國有佛號大强精進勇力如來至眞等正覺明行成爲善逝世間解無上士道法御天人師號曰衆祐度人無量其有得聞大强精進

勇力如來名者盡心信樂持諷誦念右膝著地叉手作禮自作是言我今禮大强精進勇力如來至眞等正覺斯其人等遊生死中多所饒益得大戰力退却衆魔伏諸外道却二十五劫生死之罪復次舍利弗東方去此修行世界度四十佛刹有世界名曰堅住其國有佛號過出堅住如來至眞等正覺明行成爲善逝世間解無上士道法御天人師號曰衆祐度人無量其有得聞過出堅住如來名者淨心信樂持諷誦念此等皆當堅住大乘於諸尊法得堅固財加得大福晝夜日日增益功德復次舍利弗東方去此堅住世界度三十六佛刹有世界名曰光明其國有佛號鼓音王如來至眞等正覺明行成爲善逝世間解無上士道法御天人師號曰衆祐度人無量其有得聞鼓音王如來名者盡心信樂持諷誦念長跪叉手自作是言我今禮鼓音王如來至眞等正覺所得功德三千大千一切世界滿中珍寶持用布施得其功德寧爲多不舍利弗言甚多甚多天中天佛言不如有人持此佛名功德甚多過出施上百千萬倍復次舍利弗東方去此光明世界度百五十佛刹有世界名衆德室其國有佛號曰月英如來至眞等正覺明行成爲善逝世間解無上士道法御天人師號曰衆祐度人無量其有得聞月英如來名者盡心信樂若天若人龍及非人聞此佛名持諷誦念斯等皆當得入清淨猶若蓮華不著塵水於衆惡中悉無所犯若有女人得聞月英如來名者淨心信樂無有諛諂從是已後便止不受女人之

身若有不信輕慢謗毀當二十劫在於阿鼻大泥犁中具受衆苦若使有人盡心信樂懷大恭敬却二十一劫生死之罪復次舍利弗東方去此衆德世界度十萬億佛刹有世界名住栴檀地其國有佛號超出衆華如來至眞等正覺明行成爲善逝世間解無上士道法御天人師號曰衆祐度人無量佛告舍利弗其佛本行菩薩道時自作是言我成正覺與出世時其刹土中無有八難用是誓願自淨佛國若有得聞超出衆華如來名者盡心信樂持諷誦念斯等大士在於世間多所利益如大藥王復次舍利弗東方去此栴檀世界度二十億佛刹有世界名曰善住其國有佛號世燈明如來至眞等正覺明行成爲善逝世間解無上士道法御天人師號曰衆祐度人無量其有得聞世燈明如來名者盡心信樂持諷誦念斯等皆當脫三塗厄難唯除逆罪起瞋恚向諸快士其有持此如來名者爲得此尊妙法之寶却二十劫生死之罪復次舍利弗東方去此善住世界度八十億佛刹有世界名曰光明其國有佛號休多易寧如來至眞等正覺明行成爲善逝世間解無上士道法御天人師號曰衆祐度人無量所以世界名光明者其國佛土地平如掌以衆蓮華布滿世界其土如來光明晃晃猶若大火晝夜常照其佛國土光明巍巍最尊第一常於大衆轉尊法輪若使有人三千世界以金布地復以妙衣莊飾其地悉令彌滿三千世界持用布施得其功德寧爲多不舍利弗言甚多甚多天中天佛言不如有人聞休多

易寧如來名者盡心信樂持諷誦念其人得福過出布施功德者上數百千倍斯等衆生自恣發願如意得之却六十劫生死之罪後成無上正眞道時其佛國土嚴淨快樂最尊無比復次舍利弗東方去此光明世界復有刹土名圍繞月其國有佛號曰寶輪如來至眞等正覺明行成爲善逝世間解無上士道法御天人師號曰衆祐度人無量今現在說法復次舍利弗東方去此圍繞世界有刹土名曰爲度覺其國有佛號常滅度如來至眞等正覺明行成爲善逝世間解無上士道法御天人師號曰衆祐度人無量而今現在轉不退轉無上法輪復次舍利弗東方去此度覺世界有刹土名須彌脅其國有佛號曰淨覺如來至眞等正覺明行成爲善逝世間解無上士道法御天人師號曰衆祐度人無量而今現在廣說經法復次舍利弗東方去此過須彌脅世界有刹土名曰名稱其國有佛號無量寶華光明如來至眞等正覺明行成爲善逝世間解無上士道法御天人師號曰衆祐度人無量今現在廣說妙法復次舍利弗東方過此名稱世界有刹土名曰妙轉其國有佛號須彌步如來至眞等正覺明行成爲善逝世間解無上士道法御天人師號曰衆祐度人無量今現在於大衆中廣說經法復次舍利弗東方去此妙轉世界有刹土名曰豐養其國有佛號寶蓮華如來至眞等正覺明行成爲善逝世間解無上士道法御天人師號曰衆祐度人無量現在大衆廣說經法復次舍利弗東方過此豐養世界有刹土

名蓮華涌出其國有佛號一切衆寶普集如來至眞等正覺明行成爲善逝世間解無上士道法御天人師號曰衆祐度人無量現在說法復次舍利弗東方去此蓮華涌出世界有刹土名曰金光其國有佛號樹王豐長如來至眞等正覺明行成爲善逝世間解無上士道法御天人師號曰衆祐度人無量現在說法復次舍利弗東方過此金光世界有刹土名曰清淨其國有佛號轉不退轉法輪衆寶普集豐盈如來至眞等正覺明行成爲善逝世間解無上士道法御天人師號曰衆祐度人無量與諸菩薩無央數衆前後圍繞轉不退轉無上法輪復次舍利弗東方過此清淨世界有世界名曰淨住其國有佛號圍繞特尊清淨如來至眞等正覺明行成爲善逝世間解無上士道法御天人師號曰衆祐度人無量斯諸如來至眞等正覺現在東方其有宣揚諸如來名廣分别說令人受持復有餘者不可計數今悉現在說無上法其有得聞斯諸佛名盡心信樂以膝著地長跪叉手普爲東方諸佛作禮持諸佛名三作是言我今普禮東方一切諸佛世尊其人得福不可限量

稱揚諸佛功德經卷上

音釋

罽賓（梵語也此云賤種　罽居例切）　黠（胡八切　慧也）　諛（羊朱切　面從也）

諂（丑琰切　佞言也）

稱揚諸佛功德經卷中

元魏西域三藏吉迦夜共曇曜譯

復次舍利弗南方去此度十萬億佛剎有世界名曰眞珠其國有佛號日月燈明如來至眞等正覺明行成爲善逝世間解無上士道法御天人師號曰衆祐度人無量其有得聞日月燈明如來名者持諷誦念歡喜踴躍至心信樂而無有疑如來言教實爲快善無數千人淨心敬信悲喜情踊爲之雨淚此衆生輩自當憶知吾等往昔爲曾值見此諸佛已若有女人其有得聞日月燈明如來名者歡喜信樂從是已後所生之處止更不受女人之身十方世界其有得聞斯佛名者皆當得立不退轉地必成正覺於諸欲中意常清淨不爲欲垢之所纏縛此佛剎人及與他方諸衆生類聞此如來名號者計其功德不可限量不以言辭所可稱說能盡其德魔王官屬終不堪任毀壞其人無上道心佛語舍利弗魔王常欲索此經便欲斷絕之所以者何爲諸欲聚之所纏縛雖爾舍利弗斯之伴黨最後世時會當信樂斯尊經法而不謗毀其信樂者斯之正士如優曇華在於世間宜受一切三界供養舍利弗言唯天中天最後末世凶愚暴惡幾所衆生有能信持日月燈明如來名者及諸世尊如來名號歡喜信者佛言我今現在諦觀察之比丘僧中終不見有被白衣者最後末世亦復如是信樂斯經諷誦之者亦復少有百萬之中若一若兩舍利弗言設有聽受信斯經者所得功德爲幾許佛言如來於無數劫遊於五道拔濟衆生三塗

之厄滿具一切弘誓之願興出於世廣爲衆生敷陳妙法實爲難值用説正法故多所利益一切衆生其有聞者歡喜信樂斯等皆當疾能解了我之智慧却生死罪百劫在後其聞此法不信樂者斯之等輩我悉見之舍利弗言唯天中天有幾所人謗毁斯經所得罪報受幾時苦佛言斯衆生輩六十億歲於地獄中具受衆罪爲以謗毁諸如來等正覺法故舍利弗斯法興盛幾時之間在所之處愚癡之人於中造立地獄之行用謗諸佛如來之故是故舍利弗夫黠慧者若族姓子族姓女最後末世聞此妙法信不誹謗宜當自慶歡喜踊躍作是思惟我等不謗如來之法身之所受惡行苦報吾已得脱佛告舍利弗最後世時大千世界滿中七寶持用布施猶尚

易得聞有讃歎斯衆功德實難得值值此法者皆爲如來之所護持復次舍利弗南方去此真珠世界度萬佛刹有世界名曰戒光其國有佛號曰須彌如來至真等正覺明行成爲善逝世間解無上士道法御天人師號曰衆祐度人無量其有得聞須彌如來名號者持諷誦念歡喜信樂長跪叉手當爲作禮當得無比功德之報魔王不能毁壞其人無上道心猶須彌山堅住不動功德甚多日日增益不可限量復次舍利弗南方去此戒光世界度萬四千佛刹有世界名曰音響其國有佛號大須彌如來至真等正覺明行成爲善逝世間解無上士道法御天人師號曰衆祐度人無量其有得聞大須彌如來名盡心信樂持諷誦念若至夢中斯等之人終不更起

恚亂之意向諸快士得不退轉當成正覺斯諸正士當解妙慧了一切法猶若如夢却八十劫生死之罪復次舍利弗南方去此音響世界度五千佛刹有世界名紫磨金其國有佛號阿提彌留晉音超出須彌如來至眞等正覺明行成爲善逝世間解無上士道法御天人師號曰衆祐度人無量其有得聞阿提彌留如來名者盡心信樂持諷誦念所得功德設使有人持閻浮檀金布於三千大千世界悉令彌滿持用布施其人得福寧爲多不舍利弗言甚多天中天佛言不如有人持諷誦念阿提彌留如來名者淨心信樂所得功德過出施上百倍有餘無以爲比若有常念此如來名却生死之罪十劫在後復次舍利弗南方去此紫磨金世界度二萬佛刹有世界名色像光其國有佛號喻如須彌如來至眞等正覺明行成爲善逝世間解無上士道法御天人師號曰衆祐度人無量其有得聞喻如須彌如來名者淨心信樂持諷誦念以膝著地長跪叉手而爲作禮如斯人等當得智慧猶若大海悉能奉持諸佛之法疾得成就正覺之道復次舍利弗南方去此色像光世界度萬八千佛刹有世界名過珠光其國有佛號曰香像如來至眞等正覺明行成爲善逝世間解無上士道法御天人師號曰衆祐度人無量其有得聞香像如來名號者彈指之頃恭敬淨意念斯如來所得功德假令有人持閻浮檀金布三千大千世界悉令彌滿持用布施其人得福寧爲多不舍利弗言甚多甚多天中天佛言不如有人口中諷誦香像如

來名號者如彈指頃功德殊特過出施上百倍有餘所以者何一返唱聲稱斯佛名獲大益利何況目覩如來色像作禮恭敬及泥洹後入於廟寺瞻覲形像禮拜虔恭所得功德寧可稱乎復次舍利弗南方去此珠先世界度無數千佛刹有世界名曰得勇力其國有佛號三蔓陀揵提（此言圍繞香熏）如來至眞等正覺明行成爲善逝世間解無上士道法御天人師號曰衆祐度人無量舍利弗其佛如來本求大乘爲菩薩時作是誓願我先世供養諸佛及復供養彌嘉揵尼如來正覺燒名好香丸如芥子自誓願言願我今日持此功德成作佛時身諸毛孔悉出妙香熏徧十方恒沙世界猶若雲起皆悉令彌滿他方佛國無量世界一切衆生得齅我香聞我名者斯等一切成作佛時我諸毛孔亦出斯香徧無量國三蔓陀揵提如來亦自滿其一切諸願若使有人讚歎廣說如來名德若族姓子族姓女七日之中飢不獲食故當往聽歎說如來功德之法所以者何聞斯佛名所得功德不可限量舍利弗言如是世尊其有得聞三蔓陀揵提如來名所得功德不可稱量甚多乃爾最後世時若族姓子族姓女聞斯功德歡喜踊躍及復得聞諸佛名號功德法者魔王不能毀壞其人無上道心所以者何諸佛世尊皆共擁護此等衆生是故魔王不能得壞其人道心佛言設我讚歎斯佛功德衆生聞者或能惑亂所以爾者此等之類福德淺薄無黠所致不能信持若有信者舍利弗皆當歡喜踊躍自慶此等必當成最正覺而於此中

所得功德我當爲汝引少譬喻諸佛大慈皆欲使人入其法中十方世界滿中七寶持用布施所得功德寧爲多不舍利弗言甚多甚多天中天佛言不如有人得聞三蔓陀揵提如來名者得福甚多過出施上百倍有餘加復作禮五體投地得其福德不可思議却生死罪百劫在後復次舍利弗南方去此得勇力界度十億佛剎有世界名曰雲厚無垢光其國有佛號曰淨光如來至眞等正覺明行成爲善逝世間解無上士道法御天人師號曰衆祐度人無量其有得聞淨光如來名號者歡喜信樂持諷誦念彈指之頃發大慈心其人至心慕樂斯佛已自作是言今我得聞斯佛名號彈指之頃發大慈心持此功德願使十方一切衆生得解如來微妙之慧當知舍利弗斯等衆生發弘誓願於中所得功德之福如恒邊沙諸佛國土滿中七寶持用布施其所得福寧爲多不舍利弗言甚多甚多世尊不可稱量佛言不如有人誦持淨光如來名者歡喜踊躍彈指之頃發大慈心與弘誓願所得功德比於布施過上百倍諸正士等欲布施時當作法施斯之功德疾得成就正覺之道却八十劫生死之罪復次舍利弗南方去此雲厚無垢光界度萬佛剎世界名曰法界其國有佛號曰法最如來至眞等正覺明行成爲善逝世間解無上士道法御天人師號曰衆祐度人無量其有得聞法最如來名號者歡喜信樂持諷誦念長跪叉手頭面作禮斯等皆當而能護持諸佛之法於佛法中所得大利目見如是以是之故皆當信

樂持斯佛名加廣宣傳闡揚佛德發尊覺意不當起心作輕慢行向於如來敬信之者悉能滅除三塗之苦皆由斯德諸佛世尊無數劫中聚衆德本具如來行實爲勤苦久遠難量乃得成就如來法身暢達正覺一切之智實爲甚難以是之故不當生慢皆當興立敬信之心向於如來一切世界設滿中水水上有板而板有孔有一盲龜於百歲中乃一舉頭欲值於孔斯亦甚難求索人身甚難甚難於此欲得除去八難之難若有得聞斯經法者衆難惡道皆悉永絶以是之故當發大願求解最尊無比之法若一發意於如來者喜心信樂斯等疾近正覺之道却二十劫生死之罪復次舍利弗南方去此法界度五萬五千佛刹有世界名曰星自在王其國有佛號

香自在王如來至眞等正覺明行成爲善逝世間解無上士道法御天人師號曰衆祐度人無量其有得聞香自在王如來名者歡喜信樂持諷誦念長跪叉手自作是言我今禮香自在王如來至眞等正覺當發大慈持功德聚使諸如來及諸弟子長受天樂亦受法樂一切衆生皆亦如是若使有人不慕泥洹斯等皆當住不退轉疾成正覺三千世界滿中七寶持用布施滿千歲中所得功德寧爲多不舍利弗言甚多世尊佛言不如有人持斯佛名發大慈心得福甚多比於施德過上百倍却三十劫生死之罪復次舍利弗南方去此星自在王世界度萬佛刹有世界名曰正眞其國有佛號大集如來至眞等正覺明行成爲善逝世間解無上士道法御天人師

號曰衆祐度人無量其有得聞大集如來名字者歡喜信樂持諷誦念如此人等與諸佛法常共合偶亦不起意樂入泥洹復次舍利弗南方去此正眞世界度八千佛刹有世界名曰廣博其國有佛號香光明如來至眞等正覺明行成爲善逝世間解無上士道法御天人師號曰衆祐度人無量其有得聞香光明如來名者歡喜信樂持諷誦念斯等皆當得不退轉成最正覺所以者何香光明如來本遊菩薩徑路之時作是誓願我作佛時一切衆生聞我名者得不退轉疾成正覺在於三塗恐怖之中疾得解脱復次舍利弗南方去此廣博世界度三萬佛刹有世界名曰廣遠其國有佛號曰火光明如來至眞等正覺明行成爲善逝世間解無上士道法御天人師號曰衆祐度人無量其有得聞火光明如來名號者歡喜信樂持諷誦者斯等皆得無限之福其有謗毀而不信者獲無量罪復次舍利弗南方去此廣遠世界度萬五千佛刹有世界名曰無崖際其國有佛號無量光如來至眞等正覺明行成爲善逝世間解無上士道法御天人師號曰衆祐度人無量其有得聞無量光如來名者盡心淨意歡喜信樂斯等衆生爲此如來光明威神之所護持却生死罪十劫在後其有謗毀而不信者當二十劫在波多畔泥犁中復次舍利弗南方去此無崖際界度二萬佛刹有世界名曰堅固其國有佛號曰開光如來至眞等正覺明行成爲善逝世間解無上士道法御天人師號曰衆祐度人無量其有得聞開光如來名號

者歡喜信樂持諷誦者魔王衆兵不能毀壞其人道心復次舍利弗南方去此堅固世界度二千五百佛刹有世界名曰碼碯其國有佛號月燈光如來至眞等正覺明行成爲善逝世間解無上士道法御天人師號曰衆祐度人無量其有得聞斯佛名者持諷誦念斯等皆當爲世尊首應當得受世之供養其斯人等爲持天上之牢杖也當知舍利弗此諸佛名在於郡縣丘聚村落諸國邑則爲塔也所以者何舍利弗最後末世斯諸快士正覺之名甚難得值其有聞者皆當歡喜一心信樂復次舍利弗南方去此碼碯世界度八千佛刹有世界名曰妙香其國有佛號日月光如來至眞等正覺明行成爲善逝世間解無上士道法御天人師號曰衆祐度人無量其有得聞日月光如來名號者歡喜信樂持諷誦念若於夢中若聞若說展轉相語此輩皆當歡喜踊躍當得無量功德之報道心堅固如須彌山不可傾動一切魔王不能毀壞復次舍利弗南方去此妙香世界度萬佛刹有世界名曰爲日其國有佛號日月光明如來至眞等正覺明行成爲善逝世間解無上士道法御天人師號曰衆祐度人無量其佛國土無有四路何等爲四無有地獄餓鬼畜生貧窮下賤其佛世尊本求道時作是誓言設我成佛若泥洹後其有衆生聞我名者皆當得住不退轉地疾成無上正眞之道亦使此等成立國土無上道田所願具足亦當如我衆願悉滿舍利弗若有得聞日月光明如來名者歡喜信樂持諷誦念此等衆生亦當具

滿無上道願如此世尊復次舍利弗南方去此日世界度萬八千佛刹有世界名曰金珠光明其國有佛號曰火光如來至真等正覺明行成爲善逝世間解無上士道法御天人師號曰衆祐度人無量其有得聞火光如來名號者信樂歡喜持諷誦念斯等已持智慧之炬越度一切生死之海當各精進一心信行晝夜常念莫得疑懈當廣宣化設於法施一切魔王不能毀壞其人道心況於外道能毀呰耶復次舍利弗南方去此金珠光明世界度萬六千佛刹有世界名曰衆色像達鏡其國有佛號曰集音如來至真等正覺明行成爲善逝世間解無上士道法御天人師號曰衆祐度人無量其有衆生生彼佛刹甫當生者現已生者此等正士過逾一切人天像貌衆相嚴容端正姝妙光明巍巍非天世人所受之體其有得聞集音如來名號之者歡喜信樂持諷誦念後生之處常得端正顏容妙好心常歡喜信樂諸佛復次舍利弗南方去此衆色像世界度萬三千佛刹有世界名曰衆聚其國有佛號最威儀如來至真等正覺明行成爲善逝世間解無上士道法御天人師號曰衆祐度人無量其有得聞最威儀如來名號歡喜信樂持諷誦念其人爲得世間最尊天龍鬼神之所敬仰却二十劫生死之罪復次舍利弗南方去此衆聚世界度十萬佛刹有世界名曰勝戰越度無極其國有佛號光明尊如來至真等正覺明行成爲善逝世間解無上士道法御天人師號曰衆祐度人無量其有得聞光明尊如來名者歡喜

信樂持諷誦念若天若人閱叉鬼神斯等衆生因此功德會得成就正覺之道却三十劫生死之罪若有輕謗而不信者滿八萬歲在於大泥犁具受衆苦復次舍利弗南方去此勝戰越度無極世界度五千佛刹有世界名一切音響其國有佛號蓮華軍如來至眞等正覺明行成爲善逝世間解無上士道法御天人師號曰衆祐度人無量其有得聞蓮華軍如來名者歡喜信樂持諷誦念若使有人大千刹土滿中珍寶持用布施其人得福寧爲多不舍利弗言甚多甚多世尊不可稱量佛言不如有人持諷誦念蓮華軍如來名者所得功德過於布施功德者上常與諸佛世尊共會卿舍利弗汝曹不能都盡堪任聽此功德斯佛世尊從久已來於諸禪中具諸德本有其信持此佛名者其人皆當超過三界猶若蓮華從水涌出復次舍利弗南方去此音響世界度二萬佛刹有世界名曰月光其國有佛號蓮華響如來至眞等正覺明行成爲善逝世間解無上士道法御天人師號曰衆祐度人無量舍利弗此如來尊何故名曰號蓮華響初升道場坐蓮華上成最正覺無數諸天在虛空中異口同音共唱聲言蓮華響佛今出於世其音徧聞大千刹土以是之故號蓮華響其有得聞斯佛名者歡喜信樂長跪叉手自作是言我今禮蓮華響如來至眞等正覺斯等終不墮於惡道遊諸恐難疾得解脫唯除五逆惡罪行者復次舍利弗南方去此月光世界度三萬佛刹有世界名天自在其國有佛號曰多寶如來至眞等正覺

明行成爲善逝世間解無上士道法御天人師號曰衆祐度人無量舍利弗其佛世尊何故名曰爲多寳乎本遊菩薩徑路之時有不可計聲聞之衆悉來從其啓受經法異口同音共作是言斯之正士乃能有此深妙法寳因號名曰爲多寳也若族姓子族姓女其有得聞斯佛名者歡喜信樂長跪叉手三返稱言而我今禮多寳如來至眞等正覺其人所生在諸佛刹心常解了一切諸法所以者何斯佛世尊爲菩薩時發是誓願如此人者自成法寳以寳爲侍從復次舍利弗南方去此天自在世界度二萬佛刹有世界名曰蓮華其國有佛號師子吼如來至眞等正覺明行成爲善逝世間解無上士道法御天人師號曰衆祐度人無量其有得聞師子吼如來名者歡喜信樂長跪叉手三舉聲言我今禮此師子孔如來至眞等正覺斯諸人等所生之處皆當悉能作師子吼聲揚法音徧至三千化度無量衆生之類却五十劫生死之罪復次舍利弗南方去此蓮華世界度萬佛刹有世界名曰明星其國有佛號師子音王如來至眞等正覺明行成爲善逝世間解無上士道法御天人師號曰衆祐度人無量其有得聞師子音如來名者歡喜信樂持諷誦念斯諸人等後生之處得無量音及得如來淨光之音所以者何若散華香於虛空中稱南無佛得福無量況覩靈廟如來形像至心禮敬散華香者斯等在世猶若好華莫不鮮澤復次舍利弗南方去此明星世界度萬五千佛刹有世界名曰無憂其國有佛號精進軍如

來至眞等正覺明行成爲善逝世間解無上士道法御天人師號曰衆祐度人無量其有得聞精進軍如來名者歡喜信樂持諷誦念一心奉信無憂剎土以清淨心盡誠敬信於此如來斯等皆當成最正覺能爲衆生廣轉法輪所以者何其如來尊本求道時興此誓願吾成正覺一切衆生聞我名者其人皆當生我剎土悉當具滿如來之慧舍利弗若有謗毀輕慢不信更相調戲持用作笑此輩億歲在地獄中具受罪報復次舍利弗南方去此無憂世界度萬佛剎有世界名金剛聚其國有佛號金剛踊躍如來至眞等正覺明行成爲善逝世間解無上士道法御天人師號曰衆祐度人無量其有得聞金剛踊躍如來名者一心信樂持諷誦念若於夢中聞斯佛名其人皆能破壞三毒消散諸欲得不退轉於諸佛法復次舍利弗南方去此金剛聚世界度千億佛剎有世界名曰恐明珠其國有佛號度一切禪絕衆疑如來至眞等正覺明行成爲善逝世間解無上士道法御天人師號曰衆祐度人無量其有聞得度一切禪絕衆疑如來名者歡喜信樂至心諷誦念其如來若復有人說斯佛名其有聽者當以質直無諛諂意宣傳之者眞正說之斯等皆能壞衆魔兵及諸外道倒見之徒悉能決散一切疑結必得成就正覺之道復次舍利弗南方去此恐明珠世界度千八百佛剎有世界名曰華香熏其國有佛號寶大侍從如來至眞等正覺明行成爲善逝世間解無上士道法御天人師號曰衆祐度人無量舍利弗若有

得聞寶大侍從如來名者歡喜踊躍一心信樂持諷誦念斯諸人等能爲世間作大寶明當轉無上正法之輪如是舍利弗聞斯佛名信樂之者得大利益功德乃爾其有畏惡生死之難傾其心意著在聲聞緣覺之道此等徒類小誓淺智志存下劣不能堪任尊妙之道放捨如來廣大之慧斯之等輩不能信解此深妙義其有衆生求廣妙慧傾於衆德著最特妙乘於此法中但當求索無盡之藏除去慳心褊陋局意發無蓋哀但欲充滿衆生之願作是施與於如來田得無盡報會當解了正覺之慧能以財寶施與衆生令使一切各得快樂願此衆德著於無上正眞道中舍利弗其有得聞斯佛名者及諸如來功德名號加廣宣傳稱揚說時若有不信謗毀之者四十億歲在加羅秀傾泥犁之中具受衆苦

復次舍利弗南方去此華香世界度六千佛刹有世界名曰喜起其國有佛號曰無憂如來至眞等正覺明行成爲善逝世間解無上士道法御天人師號曰衆祐度人無量其有得聞無憂如來名號者發歡喜心信樂諷誦斯其人等於衆欲中無所汙染不爲諸欲之所拘礙心如蓮華不著塵水得不退轉悉能安隱一切衆生後成正覺若有衆生聞其名號至心諷誦歡喜信樂若存在世若般泥洹後斯等亦得最特妙乘爲世導師皆當逮得無量功德所生之處其人未曾不值佛時

復次舍利弗南方去此喜起世界度二十萬佛刹有世界名曰哀色其國有佛號地力持踊如來至眞等正覺明行成爲善逝世間解無

上士道法御天人師號曰衆祐度人無量其有得聞地力持踊如來名者淨心歡喜持諷誦念五體投地而爲作禮念其如來一日一夜斯人當得立不退轉難動如地一切衆魔不能毀壞其人道心得無量慧猶若大海斷生死路却二十劫生死之罪復次舍利弗南方去此哀色世界度十四佛刹有世界名曰爲天其國有佛號最踊躍如來至眞等正覺明行成爲善逝世間解無上士道法御天人師號曰衆祐度人無量其有得聞最踊躍如來名者歡喜踊躍持諷誦念長跪叉手而爲作禮當作是言我今禮最踊躍如來至眞等正覺此等衆生當爲最特殊妙大乘之所捉持亦能饒益一切衆生三塗八難悉爲永絶復次舍利弗南方去此天世界度八千佛刹有世界名栴檀光其國有佛號曰自在王如來至眞等正覺明行成爲善逝世間解無上士道法御天人師號曰衆祐度人無量其有得聞自在王如來名者益加信樂若更相勸持此佛名斯皆當得無量之福舍利弗若有説此如來名時若天若人龍及閲叉一切非人其有聞此如來名者此等皆當得不退轉於正眞道復次舍利弗南方去此栴檀光世界度二十億佛刹有世界名一切妓樂震動其國有佛號無量音如來至眞等正覺明行成爲善逝世間解無上士道法御天人師號曰衆祐度人無量其有得聞無量音如來名者歡喜信樂如來功德當發此願以此功德使我解了如來智慧斯皆當住不退轉地必成無上正眞之道所以者何此如來尊爲菩

薩時興大弘誓立此願故若有不信誹謗之者於地獄中長受衆苦罪畢得出所生之處常不遇值諸佛之世舍利弗其佛世界何故名曰妓樂震動無量音佛本從兜術降神之時始發一切妓樂之音聲普震動揚其樂音天上世間乃至非人一切妓樂所不能及其佛住壽在世之時説法教化至于泥曰其佛國土妓樂之音聲續美暢震于十方二十佛刹以是之故號無量音復次舍利弗南方去此一切妓樂震動世界度三百億佛刹有世界名集光明其國有佛號曰錠光如來至眞等正覺明行成爲善逝世間解無上士道法御天人師號曰衆祐度人無量舍利弗其如來尊停住光明照他佛國十萬億刹常以大明以是之故名曰錠光其有得聞斯佛名者一心信樂歡喜踊躍無諛諂意斯等當爲如來光明之所護持復次舍利弗南方去此集光明世界度八萬佛刹有世界名一切香其國有佛號寶光明如來至眞等正覺明行成爲善逝世間解無上士道法御天人師號曰衆祐度人無量其有得聞寶光明如來名者歡喜信樂持諷誦念斯等皆當爲於世間作大珍寶住不退轉於正眞道所生之處常值佛世初不曾生無佛之處遊於菩薩徑路之時却五十劫生死之罪是故舍利弗不當起於瞋恚忿亂向諸菩薩及諸弟子唯當興立大慈之心而奉敬之當求如來廣妙之慧發弘誓願趣至大乘舍利弗如是其人疾近無上正眞之道廣演如來深妙之法若使有人未入泥洹不在菩薩之境界者不信佛法亦

不信有行菩薩道言佛道難得如是之人滿於千歲在地獄中具受衆罪是故舍利弗不當起瞋恚之意向於蟲螺況持惡意向諸快士癡蓋所覆無慚愧者於中謗毀益牢地獄諸罪之行舍利弗諸佛與世甚難甚難百億之數發意求道至時得者若一若兩當知舍利弗如來興世如優曇華時時乃有不可見也其求大乘發弘誓願有已發者甫當發者今現發者起勇猛意不沉疑者當如所願疾成不久廣施法食具正覺道如是南方諸佛之等不可稱計今現康常廣説經法其有聞者廣演興顯歎揚如來無量功德當向南方五體投地念諸如來稱揚名號而爲作禮其人得福不可計量

稱揚諸佛功德經卷中

音釋

覲渠吝切見也　齅許救切以鼻揩氣也　龜居逵切介蟲也　響許兩切聲也　暢丑亮切通達也　螺落戈切蚌屬

稱揚諸佛功德經卷下

元魏西域三藏吉迦夜共曇曜譯

復次舍利弗西方去此度十萬億佛刹有世界名曰安樂其國有佛號阿彌陀如來至真等正覺明行成爲善逝世間解無上士道法御天人師號曰衆祐度人無量若有得聞無量壽如來名者一心信樂持諷誦念當起廣遠無量歡喜安立其意令使眞諦十萬億信心念斯如來其人當得無量之福永當遠離三塗之厄命終之後皆當往生彼佛刹土命欲終時一心信樂念不忘捨阿彌陀佛將諸比丘僧住其人前魔終不能壞毀斯等正覺之心所以者何其佛世尊興立大悲誓度一切無量衆生亦復護持十方世界一切衆生其有得生安樂世界當於其中具滿如來正覺之慧舍利弗其佛世尊本求誓願其有求於第二之乘於其世界具滿如來諸佛之法具正覺分求聲聞乘於彼佛刹得阿羅漢其有往生彼佛刹者從其所願大小之乘於彼畢滿其有最後聞阿彌陀如來名號讃説之者信不狐疑當起敬心至意念之如念父母作如是意斯等普當於彼佛國具滿衆願其有不信讃歎稱揚阿彌陀佛名號功德而謗毀者五劫之中當墮地獄具受衆苦復次舍利弗西方去此十萬佛刹有世界名破一切魔其國有佛號曰殊勝如來至眞等正覺明行成爲善逝世間解無上士道法御天人師號曰衆祐度人無量其有得聞殊勝如來名者歡喜信樂持諷誦念此等皆能降伏衆魔裂壞羅網却六十劫生死之罪復次舍利弗

西方去此十萬佛刹有世界名曰伏一切魔其國有佛號曰集音如來至眞等正覺明行成爲善逝世間解無上士道法御天人師號曰衆祐度人無量其有得聞集音如來名號者歡喜信樂持諷誦念其人當得一切如來諸佛音聲於大衆中廣説法處於中特尊退却衆魔降之以德却八十劫生死之罪於是阿逸菩薩長跪叉手前白佛言寧有一事菩薩摩訶薩於此事中具大乘願住不退轉疾成無上正眞道不佛言有阿逸北方有世界名曰豐嚴其國有佛號德内豐嚴王如來至眞等正覺明行成爲善逝世間解無上士道法御天人師號曰衆祐度人無量其有得聞斯佛名者歡喜信樂持諷誦念而爲作禮其人皆當得不退轉疾成無上正眞之道却一

劫生死之罪其有供養五千佛者此輩阿逸爾乃得聞德内豐嚴王如來名號其聞名者從是已後所生之處常得天眼未曾不得天眼之時常能徹聽未曾不得天耳之時常能飛行無有不得神足之時乃至泥曰常得端正未曾受於醜惡之形乃至泥曰常得尊貴未曾生於下劣之家乃至泥曰悉能壞除衆欲之縛其人六情眼耳鼻舌及於身意終無有病乃至泥曰初未曾生無佛之處聽大尊法未曾有礙不得聽時未曾有礙不見僧時亦復不生八難之處戒常具足無有缺時識心清淨無有忩亂時當知阿逸其有得聞此佛名者淨心信樂於最正覺如渴欲飲發信敬心向如來者此等阿逸悉能捉持諸佛世界最特之刹其人皆當獲於殊妙奇特功德

是故阿逸並當專精持此佛名若族姓子族姓女欲得殊特妙淨剎者當急聽此諸尊佛名稱其名號當爲作禮自作是言我今禮於德内豐嚴王如來至眞等正覺明行成爲善逝世間解無上士道法御天人師號曰衆祐度人無量阿逸白佛言唯天中天其佛剎土爲在何所去此遠近成佛以來爲幾時也佛告阿逸設使縱廣百由延中一大堆沙取一沙著一佛剎如是悉著諸佛剎中悉令沙盡如是沙數諸佛剎土悉滿中沙復取諸佛剎土中沙復以一沙著一佛剎如是諸國剎中沙悉使令盡取此沙數諸佛剎土悉破爲塵復取一塵著一佛剎悉令塵盡是諸佛國塵數剎土猶尚未至餘未到者過此百倍其佛剎土去此極遠不可稱量其佛世尊在彼豐嚴剎土之中而今現在與無央數諸開士等不可稱計諸比丘衆前後圍繞而爲說法我於此坐遥用肉眼見其如來於大衆中廣說經法彼佛世尊於彼剎土在高座上亦用肉眼觀此世界亦復見我在於座上於大衆中而說經法阿逸當知若有衆生信諸如來肉眼所見而歡喜者此必成就正覺之道斯等皆諸佛如來之所護持今使信樂而不狐疑斯等皆當捉持如來微妙之慧得不退轉於最正覺是故阿逸其欲求此大衆者若使三千大千世界滿其中火故當入中聽斯佛名智慧之法阿逸菩薩復白佛言寧有一法得不退轉疾成無上正眞道不佛言有阿逸北方去此不可計數諸佛剎土有世界名曰金剛堅固其國有佛號金剛堅强消伏壞散如

來至眞等正覺明行成爲善逝世間解無上士道法御天人師號曰衆祐度人無量其有得聞金剛堅強消伏壞散如來名者歡喜信樂持諷誦念盡心供養斯等皆當住不退轉疾成無上正眞之道却於十萬億那術劫生死之罪超然在後其佛如來功德無量弘誓乃爾我自過去無數劫前錠光如來興出於世於彼佛所而得聞此金剛堅強消伏壞散如來名號得超十萬億那術劫生死之罪阿逸當知若我不從錠光聞斯佛名者我今故未得成正覺其佛何故名曰金剛堅強消伏壞散譬如金剛所在墮處若山若岸瓦石土壘牆壁樹木若遥礙向所墮之處莫不消滅破碎壞散如是阿逸其有得聞此佛名者持諷誦念一切諸欲皆疾消散一切聲聞辟支佛心褊陿之意皆悉消滅疾得成就正覺之道是故號曰金剛堅強消伏壞散如來其佛世尊一切衆願具滿如是復次阿逸北方去此度十萬億諸佛刹土有世界名摩尼光其國有佛號曰寶火如來至眞等正覺明行成爲善逝世間解無上士道法御天人師號曰衆祐度人無量其有得聞寶火如來名號者歡喜信樂持諷誦念其有未入泥洹界者斯等一切皆當得立不退轉地疾成無上正眞之道其佛刹土一切人民供養寶火如來之者悉一大乘而得度脫無有聲聞緣覺之名佛告長老大迦葉當知諸佛如來之德不可思議北方去此五十萬佛刹有世界名阿竭流香其國有佛號寶月光明如來至眞等正覺明行成爲善逝世間解無上士道法御天

人師號曰衆祐度人無量迦葉若族姓子族姓女其有得聞寶月光明如來名者歡喜信樂持諷誦念此等後世所生之處得不中止三昧正定若三昧時自見諸佛轉尊法輪悉能總持諸佛之法在所生處常爲衆生闡揚大法辯才清妙於衆特尊諸所欲求從願悉得所以者何其佛世尊本求道時與此誓願吾成正覺聞我名者令使得此三昧定意從初發意至于成道於其中間常得此定未曾中失於是世尊而歎頌曰

度五十萬諸佛剎　有世界名阿竭流
其國有佛號寶月　光明晃煜甚巍巍
其有得聞此尊名　便爲已得所依仰
後生之處則得禪　精進智慧無中止
名聲普達光圍繞　其人見佛在剎土
爲諸衆生廣興演　諸佛導師所說法
一切諸事無堅固　觀諸法中無所起
普當慈哀於一切　於諸禪中得自在
已能發行如是意　都了三塗無恚忿
審諦解了無吾我　有無所者非無有
諦了諸事無所得　於此中間所與法
如是法者無所住　求了表識無表識
此二俱空亦無性　與顯如是無我法
無表識者是空義　常審諦說此妙法
表識可了不可了　此二俱轉於癡慧
諦觀此二俱清淨　亦不復見諸法垢
所說法者無所倚　都了無依波羅蜜
譬如月行於虛空　其所說法無所倚
如此妙法與是間　於三界中無所著
菩薩法中無所依　解如是者一切智

解了此法爲人説　若能解達無倚法
審諦分別如是者　其人則爲近大智
慧者得聞無依句　終無復有狐疑計
其人解了如是者　於世獨達無所諂
暢達如是大智慧　號曰特尊無上士
復次迦葉北方去此六萬佛剎有世界名長
歡樂其國有佛號曰賢最如來至眞等正覺
明行成爲善逝世間解無上士道法御天人
師號曰衆祐度人無量其有得聞賢最如來
名號之者歡喜信樂持諷誦念所生之處當
爲一切之所敬愛言見信用其所言教莫不
稟承其人皆當獲斯功德得無礙辯所説經
法衆生聞者歡喜信解莫不履行於是世尊
而歎頌曰
度於六萬諸佛剎　有界名曰長歡樂
慈哀度法賢最尊　其大導師在世界
最尊無比無與等　世世濟度諸衆生
其聞名者作法師　言奉信用莫不歡
此一切智大法王　無量黎庶斯依仰
若有女人聞其名　疾得捨離女人形
穢惡甚深無崖際　非離世者不能入
其無所有所可入　是爲審諦諦不諦
了此二事俱無性　其已寂滅無有性
其有盡者已爲滅　甫當興者亦無性
復次迦葉北方去此八千佛剎有世界名曰
現入其國有佛號寶蓮華步如來至眞等正
覺明行成爲善逝世間解無上士道法御天
人師號曰衆祐度人無量若族姓子族姓女
其有得聞寶蓮華步如來名者歡喜信樂持
諷誦念後生之處顏貌端正殊妙無比衆共

敬愛自識宿命無數劫中事皆悉了知生所從來所作善惡悉皆識知其所生處所說言教一切信奉莫不承用迦葉若族姓子族姓女得聞斯等諸如來尊正覺名號功德之行若有愛樂女人身者如是女人在於女中未得解脫若猒女人身不貪樂者持諷誦念諸佛名者盡可得斯等衆德迦葉白佛當復云何得此功德佛言絕諸名色盡諸欲垢斯等疾逮無量功德當疾遠離女人之身當得具受男子之形求爲女者所生之處續受女人之身都悉汙穢一切世界是故當棄女人之身當得無比諸善知識功德日生亦自受福復利他人多所饒益一切男女於衆苦中疾得拔濟譬若毒樹所在之處蔓莚生長多所傷害若能截斷諸毒樹者令使一切普得快樂女人之身譬若毒樹增長諸欲毒害精神廣諸惡行受無量苦皆由女人若能斷棄女人身者則爲斷絕衆生無量諸苦壞衆惡行閉絕三塗開泥洹門普使一切而得快樂斯等疾入諸佛徑路迦葉白佛云何得除女人之身佛言當自觀身觀他人身解此二事俱不可得不可得中無有徑路若於男子及女人中觀其處所男女相貌亦不可得若了二事亦不可得無處所者當於其中願得清淨若已清淨則無取捨已無取捨便無識心諦推覓之亦不可得無有處所意自思惟無處所中爲求男子成女人乎諦求索之意不可得若解意性了無男女不可見者爾乃得近如來之道其欲發心疾欲除去女人之身諦觀男子女人之身了無異同增減之二當受

女人作女人形如其所說以理推之六情分中亦不可得有男有女其如是者則爲求索如來之道其欲求解如此事者復有諦了知此法者是二輩人過去佛時曾得聞此諸佛名號當知其人過去世時於諸佛所造大功德今乃聞此諸佛名號世所依仰爲自在者其奉持此諸尊號者獲無量福其有聞者若有學者我普見之有欲急求得此經者斯等已爲見我無異若有輕慢其人說言此非佛語作是言者此等便爲謗佛毀經謗斯經已爲造大惡緣此惡行當入地獄受衆苦報無央數劫地獄罪畢所生之處常當聾瘂不能言語諸情閉塞常不完具常當愚癡而有顛狂其有嬈固諸菩薩者薄德醜陋言無威勢常生下賤常生惡道所生之處常不聞法如來正覺所說經法終不能解說深妙義愚癡之人與經共諍廣受罪報增益其意毀斯經法此衆生輩生常愚癡諸佛正覺常爲世間而作大明我重慇懃誡屬汝等諸比丘及比丘尼清信士清信女其有謗毀罵經法者實受重罪諸佛世尊現在十方無量世界爲作法師所說經法實難得聞如來慈愍重誡汝等若有信樂諸佛名號功德法者於諸善法自然合偶其有學持諷誦念者其人疾得見諸如來智慧轉增得無礙慧其有勸人讀諸佛名所生之處遊四方域獨言隻步而無所畏其有好樂盡心敬奉此諸佛名當知其人去正覺道終不復遠其有好喜諸佛功德加益勸人學斯佛名其人所在於諸如來所遊行處於諸欲中無所畏難當知迦葉若有比

丘具四事法乃能信此諸佛尊名何等爲四過去世時於諸佛所得聞深法喜樂靜寞清淨之處世世值遇諸善知識不於法中作危難行當知迦葉是爲四事若有比丘以能具此於諸如來正覺法中而無疑難其人得聞如來功德爾乃一心能信樂之於是世尊而歎頌曰

過去供養諸佛尊　緣此功德其聞名
最後惡世其聞者　普用是號增衆德
其有過去見諸佛　得聞如來深妙義
往世淨德不諍法　斯輩乃能信奉行
若使得聞深妙法　說諸若干微妙義
斯輩終不起狐疑　佛之深法無能毀
安住所說諸法義　以思集意信普智
堅固其意聽我說　念莫忘失此尊法
終不復更與法諍　聞諸佛名能奉行
有念無念不相豫　於其法中無差持
不可思議極廣大　終無猶豫於大智
其求此法深慧者　解達深義無諂啓
無疑勤求諸深法　此等不喜下劣業
當知此人無所求　極大勇猛於法中
佛所說法莫不信　其有衆生於先世
合偶衆善受福報　無所違諍乃得聞
顯諸如來大智德　皆爲讚歎十方佛
其有諷持諸佛名　諸佛遙讚其人德
於大衆中歎其名　常當得聞諸佛聲
疾能解了大智法　極大清淨無生業
放大光明超日月　廣爲衆生演妙法
後會當成最正覺　普悉照曜諸佛刹

復次迦葉上方有界名曰寶月其國有佛號

金寶光明如來至眞等正覺明行成爲善逝世間解無上士道法御天人師號曰衆祐度人無量今現在説法復次迦葉上方有世界名象步樓其國有佛號無量尊豐如來至眞等正覺明行成爲善逝世間解無上士道法御天人師號曰衆祐度人無量今現在説法復次迦葉上方有刹名天玉女其國有佛號無量尊離垢王如來至眞等正覺明行成爲善逝世間解無上士道法御天人師號曰衆祐度人無量今現在説法復次迦葉上方有刹名須彌旛其國有佛號曰德手如來至眞等正覺明行成爲善逝世間解無上士道法御天人師號曰衆祐度人無量今現在説法復次迦葉上方有刹名遵聚尠意其國有佛號無數精進興豐如來至眞等正覺明行成

爲善逝世間解無上士道法御天人師號曰衆祐度人無量今現在説法復次迦葉上方有刹名曰無受其國有佛號無言勝如來至眞等正覺明行成爲善逝世間解無上士道法御天人師號曰衆祐度人無量今現在説法復次迦葉上方有刹名淨觀莊嚴其國有佛號無愚豐如來至眞等正覺明行成爲善逝世間解無上士道法御天人師號曰衆祐度人無量今現在説法復次迦葉上方有刹名曰日光其國有佛號月英豐如來至眞等正覺明行成爲善逝世間解無上士道法御天人師號曰衆祐度人無量今現在説法復次迦葉上方有刹名曰説法其國有佛號無量光豐如來至眞等正覺明行成爲善逝世間解無上士道法御天人師號曰衆祐度人

無量今現在說法復次迦葉上方有剎名寶豐首盡其國有佛號逆空光明如來至眞等正覺明行成爲善逝世間解無上士道法御天人師號曰衆祐度人無量今現在說法復次迦葉上方有剎名曰好集其國有佛號最清淨無量旛如來至眞等正覺明行成爲善逝世間解無上士道法御天人師號曰衆祐度人無量今現在說法復次迦葉上方有剎名曰殊勝其國有佛號好諦住惟王如來至眞等正覺明行成爲善逝世間解無上士道法御天人師號曰衆祐度人無量今現在說法復次迦葉上方有剎名生精進其國有佛號成就一切諸剎豐如來至眞等正覺明行成爲善逝世間解無上士道法御天人師號曰衆祐度人無量今現在說法復次迦葉上方有剎名曰願力其國有佛號淨慧德豐如來至眞等正覺明行成爲善逝世間解無上士道法御天人師號曰衆祐度人無量今現在說法復次迦葉上方有剎名娛樂入其國有佛號淨輪旛如來至眞等正覺明行成爲善逝世間解無上士道法御天人師號曰衆祐度人無量今現在說法復次迦葉上方有剎名栴檀香其國有佛號瑠璃光最豐如來至眞等正覺明行成爲善逝世間解無上士道法御天人師號曰衆祐度人無量今現在說法復次迦葉上方有剎名曰星宿其國有佛號寶德步如來至眞等正覺明行成爲善逝世間解無上士道法御天人師號曰衆祐度人無量今現在說法復次迦葉上方有剎名無量德豐其國有佛號最清淨德寶住如

來至眞等正覺明行成爲善逝世間解無上士道法御天人師號曰衆祐度人無量今現在說法復次迦葉上方有剎名曰聲所不至其國有佛號度寶光明塔如來至眞等正覺明行成爲善逝世間解無上士道法御天人師號曰衆祐度人無量今現在說法復次迦葉上方有剎名無際限其國有佛號無量慚愧金最豐如來至眞等正覺明行成爲善逝世間解無上士道法御天人師號曰衆祐度人無量今現在說法於是世尊而歎頌曰

德如月滿其如來　諸天最上爲尊雄
此諸大尊德中王　能爲衆生除諸殃
持諸佛名成功德　能淨諸剎爲肅淨
其難得值此尊經　少有衆生聞其名
若有信行而供養　得大智慧勇力强
解了諸法無有量　當成一切正覺王
正覺之法甚深微　不當於中起狐疑
當善信奉諸導師　歡喜敬禮愼莫疑

復次迦葉上方有剎名寶蓮華莊嚴其國有佛號蓮華尊豐如來至眞等正覺明行成爲善逝世間解無上士道法御天人師號曰衆祐度人無量其有得聞蓮華尊豐如來名者三惡之道爲已閉塞爲已得成如來之華於諸正覺一切法中便爲得成無上道華却生死罪三十六劫於是世尊而歎頌曰

上方有剎寶莊嚴　衆華茂盛普大千
光色晃煜甚可觀　譬如天上難檀桓
蓮華尊佛在其剎　說法無比慧通達
光普照曜大千界　衆相端嚴聖中最
若有女人聞其名　斷絶惡道遭諸聖

却三十六劫生死　必成正覺不退轉
不見身哃道清淨　世世智慧功德成
緣念諸佛得善友　怨家消滅除罪苦
當普禮此是諸佛　今悉現在於異剎
其人快當受供養　用禮諸佛大法王
此等不當疑我言　必當成佛得無邊
常當共諸妙法會　後成正覺慧獨達

復次迦葉上方有剎名曰寶燈其國有佛號淨寶興豐如來至真等正覺明行成爲善逝世間解無上士道法御天人師號曰衆祐度人無量其有得聞淨寶興豐如來名者歡喜信樂持諷誦念其人得七覺意寶却三十劫生死之罪於是世尊而歎頌曰

上方有界號寶明　淨寶最尊在其剎
其有得聞名號者　斯等當得七覺禪
三十大劫生死苦　超越過去無因緣
得無比力住不動　常當遭值諸天尊

復次迦葉上方有剎名曰電光其國有佛號電燈旛王如來至真等正覺明行成爲善逝世間解無上士道法御天人師號曰衆祐度人無量其有得聞電燈旛王如來名者歡喜信樂持諷誦念斯之人等悉當遠離八難之處終不復生下劣之家於是世尊而歎頌曰

上方有界名電光　天尊號曰電燈王
其有聞此快士名　八難永斷不復生
智慧解了生死根　種種功德隨次成
興隆道化度衆生　智慧獨達無比聖

復次迦葉上方有剎名虛空緻其國有佛號法空燈如來至真等正覺明行成爲善逝世間解無上士道法御天人師號曰衆祐度人

無量其有得聞法空燈如來名者歡喜信樂持諷誦念却六十劫生死之罪得不退轉於最正覺常得與諸佛共會現世得見其佛世尊亦於夢中見此如來當知迦葉其人今世五體投地一心恭敬向於如來其人則種無量功德諸善根栽悉得具滿常當得值諸善知識常與諸人共相敬愛如是迦葉是爲現世獲諸善報其佛如來一切功德普集如是

於是世尊而歎頌曰

有虛空緻大世界　其佛號曰法空燈
名稱普達其世尊　光明極大踰虛空
其有得聞此尊名　超六十劫生死罪
必當遭值見諸佛　於如來前講妙法
精進現世見其佛　當五體禮其如來
夢中得見其世尊　其佛導師光圍繞
念其如來致斯德　常當得見諸大哀
生常得值諸法王　其人現世見諸佛
其佛導師德無量　智慧普達爲法王
其有勤求衆德者　盡心敬意禮其佛

復次迦葉上方有剎名審諦分其國有佛號一切衆德成如來至眞等正覺明行成爲善逝世間解無上士道法御天人師號曰衆祐度人無量何故此界名審諦分當知迦葉其彼世界皆爲八分衆華分栴檀樹分金多羅樹寶緻分其佛剎土出衆名香徧其世界於彼剎土在虛空中成爲香蓋普覆佛剎其佛如來趣於法座莊嚴大會其有得聞一切衆德成如來名者六情端正常得清淨解了諸佛妙法之分却八十劫生死之罪於是世尊而歎頌曰

審諦世界有八種　多羅寶樹香莊嚴
出妙名香徧其剎　普覆虛空香雲蓋
大智正覺在其剎　名聲普達號衆德
色像端嚴甚姝妙　法王獨步無畏懼
其有得聞此尊名　端正奇妙功德成
節解圓滿而方正　視之無厭莫不敬
功德極尊無與等　歡喜踊躍遊諸剎
精進勇猛甚超異　却八十劫生死罪
於正覺道終不轉　廣能演說佛尊法
逮得一切諸快樂　後生之處常尊貴
逮得清淨無差特　思念如來衆功德
思惟智慧諸法義　增進功德成諸智

復次迦葉上方有剎名曰月英其國有佛號賢旛幢王如來至眞等正覺明行成爲善逝世間解無上士道法御天人師號曰衆祐度人無量其有得聞賢旛幢王如來名者歡喜信樂持諷誦念其有當得立不退轉成最正覺却五十劫生死之罪於是世尊而歎頌曰

上方有界名月英　其佛號曰賢幢王
法王大仙在其剎　相好盛明如滿月
其有得聞此尊號　遊生死路諸根明
於諸法中常增長　審諦得住如來種
至心念佛而敬禮　却五十劫生死罪

復次迦葉上方有剎名曰寶種其國有佛號一切寶緻色持如來至眞等正覺明行成爲善逝世間解無上士道法御天人師號曰衆祐度人無量其剎何故名曰寶種當知迦葉其佛世界一切衆生悉求無上正眞之道其國菩薩神足勇猛無數菩薩俱共同時如彈指頃以神足力飛到十方供養無量恒沙諸

佛悉皆周徧悉能成就一切衆生説是諸佛功德處時若有聞者則爲到此諸佛國巳誰能發起大精進行有菩薩摩訶薩其有捉持此名號者其名曰師子戲菩薩師子奮迅菩薩師子旛菩薩師子作菩薩堅勇精進菩薩擊金剛慧菩薩其有得聞一切寶緻色持如來名號及諸菩薩大士名者皆悉當得如來十力十八不共特異之法常能轉於不退法輪却六百劫生死之罪於是世尊而歎頌曰

我今巳説諸法王　今悉現在康常者
無師自覺大導師　得泥洹樂爲最尊
如來名號性清淨　諸法威儀行清淨
其有最後聞諸名　興大歡喜懷恭敬
不當狐疑於如來　至誠奉信莫言無
汝當知是舍利弗　斯等先世巳供我
若有供養於諸佛　其人最後恐怖世
得聞此等諸尊經　一心信樂無疑生
諸佛大智所遊路　無比最上慧通達
於是法中多所成　云何於中疑此經
若值妙珠無疑寶　愚者不識嫌不好
貧者猶豫意未了　既無重價致此寶
是法出生等正覺　此皆大士之所聞
智德淺者無慧眼　斯等何從而能信
其有富者積衆寶　聞如意珠大歡喜
歎譽甚多益衆寶　我當買取自莊嚴
其有福慧合聚者　聞諸佛名大歡喜
鄭重讚歎欲得聞　得正覺珠自莊嚴
行惡之法求惡者　其有諛諂及反戾
福德智慧薄少者　終不堪任聞此法
短促倒覆及愚癡　慳垢甚多成穢意

貪婬瞋恚惑亂者　此輩不任聞此法
學斟懈慢憍自輕　弊惡親友意未成
直卷自舉外如清　斯衆不任聞此經
無數天人時唱言　巍巍正覺無上尊
快哉妙法甚難聞　當聽無比道之珍
聞諸如來名號中　所得盈利叵數陳
諸天在上虛空中　而散華香鼓樂音
諸天妙香而熏徧　大千世界結香雲
光明普照諸十方　一切剎土六返震

爾時世尊說諸如來名號之時諸在會者悉於座上遥見此等諸佛世尊各在其國大衆之中而說經法悉從座起禮諸世尊莫不歡喜踊躍無量於時會中無數千人已有得道未得道者悉發無上正真道意十方世界諸菩薩等各如恒沙皆來詣此禮釋迦文於其會中一億比丘得阿羅漢比丘比丘尼復有十萬人得法眼淨復有十萬人悉得法忍五百優婆塞四百優婆夷同時從座起整衣服供養如來盡發無上正真道意於是舍利弗長跪叉手前白佛言此名何經云何奉持佛言此經名曰稱揚諸佛功德法品亦復名曰集諸佛華當奉行之爾時世尊說此經竟舍利弗及諸比丘諸天人民龍阿須倫一切大會皆大歡喜前爲佛作禮而去

稱揚諸佛功德經卷下

音釋

錠　徒徑切錠光即然燈佛也
壘　魯水切軍壁也
褊　俾緬切陋也
陿　轄夾切隘也
煜　余六切燿也
蔓莚　蔓無販切莚音延蔓莚連緜不斷也
緻　直利切